潘大明文集系列丛书

海上四书

潘大明 著

纪实文学卷

上海三联书店

字码成的空间堆陈过往（代序）

1. 说实在的，《海上四书》并非是什么刻意设计的产儿。事实上，任何的设计往往比较脆弱，经不起时间击打，容易崩溃。而且，四十年前撰稿写文时，没有此般愿景，预设一个写作计划完成这样一套书，应该说彼时缺乏这般的智慧、能力和意志。即便将来，都无法奢望自己，写成这些作品和文章。

这不是什么谦辞，一切纯粹始于无意识的自觉行为，由兴趣而发轫，喜欢写什么便写什么，写成的样式也非设定，而是根据不同的材料做成不同的文章，犹如厨师视采撷的食材，做成怎样的菜蔬，须符合食材特点，是一种自觉的拿捏。与之相适应的便是要求语言风格的不同，这恐怕与写作前的思维方法有关。于是，便有了编辑时以文体分类的小说、纪实文学、文论、散文随笔特写四卷。在我看来，这四种文体差别化的表达，综合起来可以比较完整地反映思想感情，对人与事情的认知、理解和看法，在广度和深度上具有某种价值。其实，这样的归类有些牵强，某些作品和文章难以用文体归纳，小说不像小说，似散文；纪实不像纪实，似小说；文论不像文论，似散文；散文不像散文，似小说、文论、纪实。这并不奇怪，泾渭分明的分类，过于简单机械。何况，我喜欢混搭着写，笔下的作品和文章时常有些不伦不类——文体难辨。

作者近影

　　我是一个不喜迁徙的人，漫长的日子里并未久离或者移居他地，长年的生活圈半径没有超过 10 公里，而 20 岁以前几乎没有走出 5 公里之外，出生的妇产医院在家对面，就读的学校在这范围里，即使后来换了好几样工作，也在家的附近。这样，导致我耳闻目睹的人与事大都集中在这一狭小的空间里，这里有洋房、弄堂、棚户；有街宇、河流、铁路、公交、渡轮；有工厂、商店、医院、学校，生活着各色人等，熟悉他们的过往和喜怒哀乐，笔下反映的人与事，自然而然有了聚焦，大部分写的是这一区域的现实与历史，成了一种巧合。于是，书名顺理成章用了"海上"两字。

文字通常需要以某一种视角来反映自然与社会，局限成了必然，而由文字形成的文体，容量始终有限，无法包容全部，即便是瀚浩文字构成的鸿篇巨制，也无法如愿。人无法超越文字、文体的桎梏，进行无限制地码字，实施创作与写作。这样的局限和无奈，反映出人认识外部事物和表达的软肋。这样，就需要克服，进行多视角、多层面、多种文体方式、多种语言风格的表达，用不同文体对同一人物、事件行文，以不同视角、层面加以认识反映，表现的方法技巧也不尽同。这样的探索，我称为"交互式表达"，彼此交错可以使读者，获得一种立体的感受，对人物、事件的认识，可谓客观、多面、生动起来。交互式的表达，在书中得以体现。在文论卷里，有对于现代七君子思想形成的特点及人格现实意义的理论探索，同时在纪实文学卷中以形象生动的方法写就他们人生的轨迹和最后的命运；二十世纪八九十年代的赴日留学潮，不仅通过小说，还有报告文学、人物特写不同的文体加以反映，构成一种的立体感。这样的文字在书中还有不少，比如，在散文随笔中，可以找到形成小说、论文、纪实文学作品的思路和认识问题的方式方法；为普通人撰写的特写，人物可以在小说中找到影子。这种交互式的表达，反映同一时空中出现的纷繁的人与事，依靠文字建立一个形象生动、透彻、明晰，逻辑可循的曾经世界，以告诉未来，使读者对人与事的认识生出立体感。

然而，即便这样有意无意的力争，最终仅能解决某一时空内发生的故事，揭示其中的必然联系，根本上挣不脱文字文体的束缚，四十年的无意识的探索结果可想而知。尽管有朋友认为，这样的"一种无意识的探索和形成的作品，经过四十余年的积累，有其独特的文化和历史价值"。我想它的价值，恐怕还是历史价值大些，不管是感性还是理性的文字，都留下一段历史，渗透着自身的喜怒哀乐和理性的思考，无疑是对那些渐行渐远的大历史的细节诠释，哪怕是小说塑造的一系列人物，他们的所思所感所为，也多多少少能折射出时代的影子。

以现实主义写作方法而形成的小说，呈现读者面前的是人物形象，底色必须符合生活逻辑和社会常识，小说中的人物、故事如此，连塑造人物形象的细节也不能逃脱，可以虚构，不能违背逻辑、常识、小说营造的氛围和人物自身的发展规律。那么，纪实文学所形成的人物、事件，依托于史料和研究，本身是在某一个特定时空中发生过的真实存在，不能违背历史事实进行虚构。它的思维活动和创作过程以理性思考为主，非以感性为主体的创作。而文论纯粹是建筑在大量资料及前人的研究成果基础上，形成的具有作者自身独特见解的抽象思维的产物，它可以直接反映作者的主体思想意识。散文特写，似乎是作者在某一种特定时空中产生的思想感情火花式的流露。基于上述的思考，四十年的创作和写作似乎没有白费，自觉构成了一个内部循环的体系，不仅表达了自己的认知、感情等，同时，又形成了自身的一种循环体系，有助于读者认识作者的孜孜以求所付出的心血，而这些心血与文字融合在一起，传达给读者的是一种怎样的情状和心态？这只能由读者阅读之后萌发的感受而定。

2. 大概与早年的兴趣、偏好和文化积累相关，形成观察社会、认识社会、反映社会的方法，自然选择小说。本想以此为谋生手段，而梦想往往被现实打破，发表几篇小说后，再难以变成铅字，生存变成首屈一指的事情。在小说创作的途中，我没有像同辈的作家一样坚持不懈地努力耕耘，中途打断了很长时间，这种间断性的努力，使我有得有失，失去的是我没有一鼓作气地成就自己，而间断性的努力使我变得成熟，对小说这种艺术形态的文字要求也顺理成章地达到心里想要的预期。人可以一鼓作气成就自己，而间断性的努力也是一种磨炼，我想未来也许不会轻易放弃这门手艺，会在长时间里间断或趁热打铁完成一些作品，可能会得到读者的青睐，也可能得不到读者的喜欢，一切只能随缘。

应该说，我尝试过不同的小说创作方法，浪漫主义、意识流、象征主义、荒诞主义的手法，终究逃不脱自己的个性和擅长，用一种现实主义的方法来从事。现实主义的方法，贴近生活，反映生活实际，强调作品的真实性和客观性，通过艺术的典型化，真实地再现生活，忠实于生活的本来面貌，注重细节的真实描写。

确立以现实主义的方法进行小说创作，笔下大都为生活在周边的小人物，题材大概可以分为三类，文化知识界、产业工人和工厂、弄堂与棚户居民，反映了他们在历史转型时期的生活情状、心理变化；人物细节源自生活，合乎生活逻辑，又丰富了人物形象，构成二十世纪中叶至本世纪初的上海众相谱。早期的小说写工厂工人生活的不少，原因是我熟悉。这类作品可以说是二十世纪五十至七十年代工厂文学的延续，与其不同的是，如何站在人性和时代变革的基点上，塑造他们的形象，留下那个时代他们的细节，为未来提供有价值的材料，这是非小说之外其他样式的文体难以做到的。我喜欢把人物置于事件、特定环境中加以塑造，如发还资本家定息、发行国债、第一次股票发行、第一批个体户出现、赴日留学潮、企业改制、城市改造等，都是上海人经历过的事情，由此人们产生的心态和应对。这些大都自己碰到过，涉及的人与事至今活动在我心里。

这些四十年间留下的小说，保留下当时的社会风情和人物的细节，令我感到欣喜，因为它为那个时期留下一份真实。但是，小说的价值不仅单纯于此，还必须具有独特的艺术表现的形态，抹去这一点，单纯肯定它留下的历史痕迹，不足以肯定全部，这也是我试图把这些作品整理成篇，进行加工和完善的一个原因。

　　小说除去人物形象的塑造，情节的设置，为人物活动和情节发展提供典型环境，语言占据重要的地位，语言是否有特色，一定程度上决定了作品成功与否。小说卷中不少作品用沪语写成，而沪语的应用恰恰是我擅长的事情。我是比较早使用沪语写作的，几乎与写作同步。记得，用沪语写过一篇小说，发表在上海一家文学杂志上，北方的某个评论机构，说是混沌难懂，意义不大，就不知他们读懂与否。沪语具有一定的复杂性，一方面它是发展的、多变的，在同一的时期表达相同的意思，可以用不同的词汇；比较多地吸纳外来词汇，有英文、日语、俄罗斯语，更多的是国内其他地方的词汇。另一方面，使用沪语时需要过滤，一些低俗、晦涩、过时久远的词汇须去掉，保持叙述语言的气韵，免于庸俗。

　　现代小说是新文化运动向西方学来的，它的手法技巧，如人物塑造、故事结构、环境创设，自成一体，值得借鉴。晚清传统意义上的小说以故事为主体，叙述如行云流水自然流畅，细节信手拈来，人物含蓄耐读，可惜到了二十世纪二十年代，逐步衰而微，淡出人们视野，现代小说让人爱不释手。大概到了八十年代末，晚清传统意义上的小说一度让我着迷，大量阅读这一时期的小说，一定程度上，影响了我的创作。

　　如今写成的小说，不似早期写的小说那样具有冲突的场景和戏剧性的效果，渐渐地趋于平静和散淡，塑造更接近于真实的人物。同时，赋予小说某种散文化，符合生活的实际，可能也是自己对生活的认识、生活实际发生了某种变化，平静的叙说成了后期创作的特点。

　　3. 写的小说难以付梓，拿什么抵敌表达的欲望，加上谋生手段发生变化，我去了一家文化单位上班，开始了历史研究，写成历史纪实文学一路的作品。这样的作品，由历史人物研究着手，这似乎与小说创作有着某种关联，内在的都离不开人，只不过来源不同，一个直接源于生活，一个源自史料、采访、考察等，强调真人真事为依据，人物、事件都需要依据，而小说可以虚构人物、情节和环境。二者都可以反映社会现象，纪实的直接通过真实事例反映，小说则通过虚构的故事隐喻或象征社会现实。它们都需要叙事技巧，纪实文学为了使故事吸引人，叙事方法可以借鉴小说的倒叙、插叙等。

这一类型的写作，自觉比小说创作容易，在占有一定的史料后，把握史实、事件、人物，进行文学加工，便可以写出纪实文学形态的文字。它不同于小说创作云里雾里的虚构，以形象说话，又避免论文之类的枯燥，只有抽象的逻辑思维，干巴巴的立论与论证过程。应该说，纪实文学在文学与论文之间，占据一种中间的位置，既有思辨的考量又有形象的表述，它可以把描写、抒情、说理熔于一炉，洒脱地运用。它的许多的手法在小说创作时已经得到历练。这样，开辟了一条写作的新途径，成了一种新的门类。后来，事实也证明了这一点，小说难以发表后，接二连三地刊出的是纪实类作品，直至长篇历史纪实文学的出版。

历史纪实文学作品以研究为基础，在掌握史料的同时，我喜欢采访、实地考察，走访相关地区和人员，寻找体验感和鲜活的材料。读书行路并举，这应该是古人倡导的一种状态，其实，外国的一些先贤也这般提倡，只不过不被人说起。在行的过程中，发现一个有趣的现象，虽然过去几百年甚至上千年，坟茔依然是丘墓，只不过有兴衰之变；兵营依然是驻军，有的变成了公安、巡捕房；学校依旧是学校，样子变了，名字变了，根本却没有变；还有官府，那里出没的人变了，所办事务大同小异；村舍依然是人的聚居地，基本格局没变，历史的信息依然存在。所以，实地察看，成了我写纪实文学的一个必要条件。挖掘史料，也成了一桩有趣的活计，记得某年去上海档案馆，工作人员告诉我，要查的史料，别人已查过无数遍，不会有新发现。我执意，她无奈拿出卷宗，在乏味之际，突然发现一张当年公安局发放津贴的单子，上面写明分兵几路、几时、几人，每次多少钱，还有人员签名。我欣喜，直接把它写到书里。挖史料，还有一种，对当事人有过交往的人的采访，以及后人（包括研究者）。没有新的史料、感受、想法，千万别动笔开写。这样，提供不了新的东西给读者。

概括地说，纪实历史文学以历史研究为基础，实地考察为支撑，纪实文学的笔法，反映的人和事，以上海为主，涉及江南和淮河流域。呈现一种以研究为主，另一种以行走为主，二者兼用，仅有主次之分。以研究为主，比如，《1936'腥风血雨的中国》以上海为原点，俯瞰处于全面抗战爆发前夕中国各种政治势力的角逐，各式人物的运作，各种事件的爆发，与上海的关系，尤其写了一批中产阶级知识分子，他们在历史裂变时的所作所为，涉及的人物有鲁迅、沈钧儒、章乃器、邹韬奋、李公朴、陶行知、王造时、史良、沙千里、胡愈之等，在掌握大量史料的基础上，进行实地寻访和采访，进行研究，他们的思想成因、为什么会出现在彼时，他们的共性和差异，彼此关系，命运结局为什么不同。通过文学加工，把史实与文学性糅合在一起。

另一种以行走为主，形成的关于淮河流域的纪实作品大体属于这一类型，以考察、走访调查为基本方法，行走为线索，串联起沿途的古物遗址、人文历史、风土人情、民俗习惯、美食饮酒等，同时，加上自身思考、研究，比如《"淮夷"的星穹》《湖畔对话以及帝王的诞生》《昆明，明朝的那些故事》等等。这些作品，不需要借助特定的环境、人物、故事塑造的形象让人感知，无需婉转隐晦表达，可以直抒胸怀，这可能与我的性格有关系，直白的表述也是一种表现的手法。

以真实为基础，实地考察为支撑，纪实的笔法表达，形成一种含有研究、思考、形象、感人、走访等多种元素在内的作品，我把它归纳为纪实文学，若是说大散文也无妨，界别难以厘清。

4. 历史上，小说长期被视为不入流的文字，纪实类的作品既不被小说家看好，又不被专家认可，它的地位有点尴尬。而小说与纪实作品，在专家眼睛中都得不到垂青。我不得不做些论文，比如毕业、评定职称、参加一些学术会议，论文不可或缺。我没有经过学院派写论文的严格训练，总以为模式化的东西，写起来束手束脚，而常人稍许认真照着模式套用，大致可以达到目的。有时候，故意不按套路，自顾自写，一次应邀参加一个学术活动，由一家著名大学召集组织，结果论文没被发表在论文集中，大概是编辑者认为不合规制。

这次在编辑论文卷时，我回顾收入集子的文章，总觉得有些别扭，有的按照学院派的路数来做，关键词、索引、注释一应俱全；有的洋洋洒洒，一路说论，虽有悖学院派的规制，却有一些古风气韵。改哪种都于心不忍，用在论文卷中，恐怕读者生出误解。苦恼之际，打电话请教友人，他说不用论文卷，改用文论卷便可。两字掉个儿，好像服帖了许多。于是，把原来合乎规矩的论文要素全部删去。

论文是可以通过课堂教育训练出来的，治学态度严谨、严密的理性思维、具有独特性、论点新颖独到、材料具有独特性。我的视野依然囿于上海，聚焦近现代史出现的人物、思潮事件、团体、出版物等对象，例如《救国会：一个消失的政党》一文，探讨仅存现代史上十四年的中国人民救国会，它在上海诞生的原因、社会属性、纲领的形成和对全民抗战的促成作用，以及在力求民族独立、民主自由解放运动中的贡献。在《现代七君子精神之探》一文中，首次在史学界对七君子的精神作了归纳总结，并指出了它的现实意义。《现代七君子：一个专门名词》一文，初次提出了用现代七君子命名七君子事件的当事人。《以邹韬奋为例：论二十世纪初知识分子对中西文化的兼收并蓄和自我更新》，详细分析了邹韬奋在新文化运动期间，思想转换过程，由原先接受传统的儒家思想，如何转向接受西方文化，继而形成自己的人格。应该说，此文史料充足且丰富，分析细致且丝丝紧扣。我想它对今天的知识分子依然具有某种借鉴作用和参考价值。

这些文字更似学院派的论文，或者写作时，就是按套路来的，后来删去摘要、关键词、部分注释和引文出处。而下列的文章，起写时就是论述文，带着一些率性。陶行知与上海有千丝万缕的关系，他的教育方法特色鲜明，我在《解读陶行知的方法论》一文中，没有长篇大论地论述，而是就他的一句话，进行了解读，读来轻松。《抗战胜利：是中国近现代社会民主进程的必然》没有做具体的论证，而是提出了一个观点：二十世纪三十年代至四十年代中期，中国战胜外来民族的入侵，赢得了胜利。原因何在？帝王专制的统治模式已成过去，而处在民主进程中的中国现代社会，在维护民族利益的旗帜下必然战胜外来入侵。这是抗战胜利的内在因素，过去被人忽略。有限的论证也是粗线条的，比如说到晚清后期至二十世纪二三十年代，中国社会开始发育，结构中出现了中产阶级群体，他们向海外学习政治制度、思想流派、教育方式、文化艺术、科学技术、市场经济，自觉或不自觉地运用于中国社会实际，重新架构起社会价值体系。这一时期，民主思想的宣传和普及持续不断，高潮迭起。1912 年后，国家进入立宪、总统、国会、多党、舆论出版自由的民主实验期，经济运行以市场自由经济为模式。虽然有政治强人闹复辟、玩贿选、搞暗杀、图割据、欲独裁，都没能挡住中国社会的民主要求和对共和的渴求，民主共和成了多数人的共识，国家权力归人民已深入到小学课本。民主共和的国家观念植入国人心中，客观上为抗日胜利作了精神、物质、人才上的准备。由于，证明这一观点的史料丰富且为人熟知，无需太多的举例，也省略了。

在文论卷中，《回眸，1995 年世界经济》《外资流入邻近国家》两篇，比较另类，涉及世界经济，超出我的研究范围。其实，那时我兼任着电视台财经栏目的特约撰稿人。对于经济的关注，一向长久，我的小说不少题材与经济有关，而作为财经类栏目的撰稿人，自然需要大量研读相关资料、与行业专家为伍，请教、访问，不断学习，研究的方法为同一个原理。收录的这两篇非学院派模式的论文，是一种说论，恐怕是当年观众所需要的，而学院派的论文模式恰恰是学院需要的，另有一功。

5. 散文随笔特写专访之类，写起来比较自由，可以是对生活感悟、自然景色的描写，或写真人真事，或基于想象的情感表露，手法灵活多样，描写、叙述、象征、托物言志、借景抒情等十八般武艺都可派上用场；文采斐然追求语言的优美和意境的营造，朴实无华反映人与事的本原，道理通俗易懂亦可。一般而言此类文字，是作者对外界、内心的短兵快的反映，需要敏感的触点，一气呵成。特写是一种新闻文体，写这一类的文章，无疑是我由研究近现代史，转身去了新闻工作的第一线，做起了编辑和记者。我一直以为，特写是新闻文体中，文学含量高的一种，通常可以围绕一个特定的事件、人物、场景等进行深入细致的描绘，生动的细节描写增强表现和感染力。大概是写过小说的缘故，写起来也就没有碰到太多的障碍。应该说，不管散文随笔，还是特写专访，以短文居多，长文为鲜，但不拘泥于此，有话则长，无话则短。

为方便阅读，此卷分为散文随笔篇和特写篇，否则就会生出乱蓬蓬堆放的感觉。散文随笔篇反映对生活、文史的思考和感受以及书评，林林总总的短文，写出我的所思所感，从中可以看到自己成长的经历和追求。特写篇主要对上海出现的潮流、风尚和人物的剖析、怀念、记述等。

散文随笔篇中生活感悟类的有《难说观旭楼》《放歌的代价》《如歌的叫卖》《文学改变人生》《等待新生儿》等，有的感悟现在拿出，恐怕有些不合时宜；文史思考类的有《王充也知道》《青云谱的眼睛》《大师的力量》《辜鸿铭：百年轮回有好运？》《郑板桥与金农（外一篇）》等；

书评类的有《书缘·书争》《豪门尽碎》《中国商人阶层为何如此缺乏力量》《在上海的哭与不哭》等，我写过不少书评，加上拙著出版时写的前言、后记、心得之类，能够收录此卷的毕竟少数。

这部分中，也有篇幅较长的《江南烟雨曾经的泪》《看云起·乡村有故事》《醉纸——那些并没走远的往事》。末篇，有点像自传，从童年时如何醉心于读书、看画，到青少年时痴迷纸上写文画画习字的一些事情。写得有些散乱，并不完整，以待后续。

特写篇不少是关于人物的，写的多半是普通人，笔下的书画家、摄影家、拍卖师、京剧票友、纹样设计师，不是业内高大上的人物，普通且平凡的上海人，他们的故事具有地方特点。

另类的是《一个美国人的创业历程》，写的是一个来自犹他州普洛沃市（Provo）的美国人，带领他的团队到上海创业的事情，之后在江苏、浙江、福建、广东、上海四省一市开设 108 家专卖店，以网络、规模化的经销形式，开始了他们在中国大陆超常规的发展。有趣的是，在散文随笔篇中收录了《看云起·乡村有故事》，写的是来自安徽一个叫古庵村的三兄弟，几乎赤手空拳，靠着帮人推销茶叶开车拉货，逐步走入他们以前闻所未闻的国际货代、港口物流领域，最后办成集团公司的历程。一中一西、一土一洋，在上海这片土地上神奇地成就了各自的事业。他们之间的同与不同，可以看出一些名堂。

特写中包含着一些小型的报告文学，如《一份来自赴日淘金归来者的报告》《旗袍——中国女性的霓裳》《绚丽多彩装点居室》《渗向人才市场的浊流》等，对于曾经出现的潮流、风尚进行剖析。这些文章，让人读到具体且真实的包括作者自身在内的上海人的思想感情和社会更变的情态、崇尚，不能反映全部也能窥一斑而见全豹。

6. 从开始写作算起的许多日子里，我换过不少工作，写过许多简报、讲话稿、总结、调查报告、论文、新闻稿、电视专题片脚本、舞台剧剧本，这些与谋生有关的文字，回头再看，大部分意义不大，难以收进这套文集。小说的创作，凌驾于我的职业之上，原因出自对于它的热爱，而纪实文学、散文随笔之类，是小说创作搁置后，无奈之下的举措。小说创作在我心目中具有崇高的位置，始终认为它在其他以文字构建的文艺作品中地位独特。为什么这么说？小说往往是作者个体劳动的智慧结晶，以纯文字创造形象和艺术氛围，追求自身的完美，成为一部完整的文学艺术作品，戏剧、电视剧、电影通过文字的架构，需要导演、演员的演绎才能完成。优秀的小说，内含创造力和丰富的想象能力，宝贵的是创造力。尊重小说是我所提倡的，所以在编辑文集时把它列为第一位，为的是彰显创造力的价值。

以小说、纪实文学、文论、散文不同样式的文体表现、纪录、研究过往，文体不同，语言风格自然不同，而内在的关联无疑相一致，即使笔下的小说，坚持社会生活的逻辑和符合实际规律的构想，恪守着现实主义的创作原则，而这种创作的本身不可能超越认知，违背实际以及对人物、故事、环境做逻辑混乱、细节错误的刻画和描写。留下这些细节和故事、人物与环境，可以弥补历史的细节，让人读到更丰富的过往。无论创作还是写作的码字活动，伴随着人的思辨、情感活动而存在，不管它形成的样式如何，就作者而言总是期盼自身塑造的人物符合人性，以人为本探寻本质、反映事物的本来面貌。

同一种题材，以不同的文体进行码字，自鸣得意地称为"交互式表达"，是不是有江郎才尽之嫌？我不好说。需要考量的是这种彼此交互到底能够实现多少，能否达到对人物、事件客观、多面、生动的表述，获得一种立体的感受，塑造一个多维的世界，饱含理性思考和感性感悟，这种无意识的尝试值得与否。我不敢有太多的奢求，不过可以继续下去。另则，以不同语言风格进行表达，小说，纪实文学、文论、散文的语言本该如此，小说语言感性、形象，文论中的语言理性严密，以一种科学研究的方法揭示事件和历史人物形成的规律，使文章变得可读性强、史实事实笃实、内在逻辑严密。但对于小说中出现的上海方言的运用是否有价值，似乎还是有不少争议。这样，苦苦追求的意义又何在呢？

其实，我一直试图探索形象思维与理性思维相融合的方法进行创作与写作，甚至语言表达上也寻求一种相济融合、含量多少不同，形成自己的特色，这样的路难以走通达到预期。我不敢说，自己写成的这些文字都是出色的，可以肯定的是这些创作与写作，无疑促使我掌握用另一种方法感悟人世，这样的方法颇为神奇，充满鲜活的体验和理性的解析。

这四十年间，放到历史长河里来观察，可谓是罕见的熹色初起渐入高光的时期，恐怕这种现象长远才能遇上一次，虽有不尽如人意之处，多半与人的认知局限、利益索求以及自身的努力相关。就总体而言，这个时期，人性一定程度上得到唤醒、个体得以相对的尊重，文化趋于多元，触动经济引擎的转运，推进社会经济的发展，催生生存环境发生变化，城市的快速成长，乡村巨变。激荡的变化，引发人的思想感情行为产生剧烈的变化，身处上海这座城市，这让人感触颇多，无论自己的亲身遭遇，还是他人的经历故事，令人有感而言。

以绵力用字码起的世界，可以视为与宏观叙事的"大历史"相互印证、互为表里的微观"小历史"，展现大时代背景下具体的人的活动，这是鲜活的生活图景和历史画面，也是触及实际之后的思辨和理性的反射，即使是自身的经历，也是这"小历史"渺小的一分子。

我只是过往的行路人，思考感悟后反刍出不同样式的文字作品亦真亦假，恐怕还是真实的成分多了一些，即使表达的某种特殊感受、独特的思考，也是在特定时期、特定环境中个性化的反映。

　　热衷创作和写作的四十年已经过去，我不知道以后还有多少的激情去满足这一爱好，或者说长期养成的癖好，本身会变得淡漠甚至戒欲，不再有火焰。毕竟，一切都在发生变化，自己在变，外部的世界也在变。而不变的是对这座生我养我的城市的挚爱，正是它的魅力，促使我完成书中搜罗的这些文章。而下步如何走，需静观其变。

潘大明

2024 年 9 月沪上

目　录

85 年前，羁押"七君子"的监室今依在？

1.85 年前的今天（1936 年 11 月 23 日），沪上发生震惊中外的七君子事件，给硝烟四起的华夏大地带来震荡，激起全国团结一致共同御侮的豪情。12 月 4 日，事件当事人沈钧儒、章乃器、邹韬奋、李公朴、王造时、沙千里被押往位于苏州的江苏省高等法院，后被囚禁在看守所里，开始了他们的羁押生活。

自 2017 年春夏起，笔者曾数次去苏州寻找七君子当年留下的印迹。沈钧儒等人被押解到苏州后在江苏省高等法院（今道前街 170 号）接受侦讯，如今那里已经成了一些机关的所在地；法院旗下的看守所在司前街西善长巷，成了苏州警察博物馆（1936 年末，史良投案后曾被关押在此处女监里）。这些都被轻而易举地找到了，但当年沈钧儒等人被关押在哪里难以确定。

2. 意外发现的疑似建筑。沈钧儒被移送关押的第二天给儿子的家书里写道："经检查官侦讯一过，送至'吴县横街江苏高等法院看守分所'"；邹韬奋在《经历》中这样记叙："我们所被羁押的看守所分所却在吴县横街"；沙千里的回忆录也是如此记载："侦讯完毕后，我们被送到位于吴县横街的江苏高等法院看守所分所。"

吴县横街在哪里？曾经的看守所分所的建筑还在吗？当年沈钧儒等人关押于此230多天。他们在这里鼓动全民抗战：章乃器完成了《抗日必胜论》《民众基本论》和《出狱前后》中的部分文章，邹韬奋完成了重要著作《经历》，沙千里写成了著名的《七人之狱》。同时，这里一度成为社会的焦点，宋庆龄、黄炎培、褚辅成、张元济、胡愈之等来到苏州慰问声援，杜月笙、钱新之等则来此调停利诱。

从昔日的江苏省高等法院到看守所分所，邹韬奋记载乘坐黄包车大约需要二十分钟，离看守所（西善长巷）一定也近；《经历》中有牢房与"一道高墙和隔壁的一个女学校隔开"的记载，关押他们的地方与学校相邻。在查阅史料后，还知道它的周边有教堂……

根据这些细节，笔者冒雨前往苏州老城区慕家花园11号苏州市第十六中学进行实地走访，了解到该校南端的围墙在古吴路上。笔者沿着慕家花园向东走，拐进养育巷继续向南，不一会儿看见一座教堂，墙上有简介，为救世堂，1924年由美国监理公会传教士始建。这与当事人的记录相吻合，他们被关押在看守所分所时能听到教堂的钟声。

行至第十六中学操场的西南端围墙边，意外地发现一条叫作吴西弄的断头窄巷，沿着一边是围墙、一边是两层民居住宅的吴西弄径直往北走，至巷底有两扇黑铁门一开一合，并传来狼狗的咆哮。

走进院子，见有一栋平房坐落其中，与1937年8月出版的《救国无罪》一书上刊登的羁押六人的囚室照片，颇为相似。笔者心里一咯噔，想到邹韬奋曾经说过，关押他们的地方"在分所的大门内，但是和其余的囚室却是隔离的，有一道墙隔开"，关押他们的是一栋一排六间的建筑。而此时笔者面前的建筑疑似当年他们的囚室。

见有一位光头中年男子站在靠西端的家门旁，笔者主动招呼且问：这房子大概有多少年了？对方不假思索地回答：至少七八十年了。他叫徐重岗，五六岁时搬到吴西弄 16 号居住，已经在这里住了 50 来年。搬来时，原先的院子里有一栋大平房，东西各有一间小配房，院子的围墙上有铁丝网。

徐重岗领着笔者来到他家，进入朝北的房间，北墙上已经开了门，可以走到狭窄的天井里。他告诉笔者：原先这里不是一家一个的天井，而是两道墙之间一条狭窄的过道，可以通到两端。外面一道是学校的围墙，里面就是这栋房子的北墙头。北墙头上有窗户，被他改造成了落地门，窗外通通左右砌墙成了自家独用天井。笔者想到邹韬奋叙述，可以判定他们被囚禁的牢房与当年的一所女子学校一墙之隔，这学校与现在的第十六中学有没有关系呢？

徐重岗与笔者回到南面，他告诉笔者，院内低矮的平顶小屋是后来建的，居民用来堆放杂物，"过去院子蛮大的"。记得邹韬奋也这样描述过："房前有个较大的天井，可以让我们在这里走动走动。"

据沙千里回忆，这栋建筑门前有个水门汀的走廊。笔者问：你搬过来时房子的结构就是这样的吗？徐重岗回答：差不多就是。面前的平房并没有"水门汀的走廊"，而是一堵厚实的水泥砖墙，与当事人的回忆明显有出入，这会是当年关押沈钧儒等人的处所吗？

3. 那建筑全被毁了吗？时隔不久，笔者再次驾车到苏州，在图书馆地方文献阅览室里找到 2005 年版的《平江区志》，仔细查看老版的平江区行政区划图，发现古吴路原来属于金阊区。找遍阅览室，没有《金阊区志》，询问门口的工作人员也无答案。失望之际，边上一位读者说："你可以查一查苏州地情网。"上地情网一查，没有找到关于古吴路的文字，见有一个联系电话，打过去咨询，知道可去文史馆查阅。

在苏州文史馆查阅 2005 年出版的《金阊区志》。先查到苏州市第十六中学的介绍，前身由美国基督教监理公会的女布道会委派的金振声女士创办于清光绪十五年（1889 年），光绪三十年十月女子部迁入慕家花园即现在的地址，命名为英华女子初级中学。民国二十四年（1935 年）起学校改办初级中学及完全小学，并附设幼稚园。抗日战争开始，学校停办……根据上述文字记载，可以明确此校 1936 年为英华女子初级中学。

据《金阊区志》记载：吴县横街，抗日战争胜利后改用为古吴路，沿用至今。沈钧儒等人文中提到的吴县横街即为古吴路，已无疑。

民国初年，这里先后设立过苏州军政府民政长署、吴县公署。民国十九年（1930 年），吴县政府迁到道前街的苏州府署，吴县衙署改为江苏高等法院看守所分所。这意味着看守所分所由吴县衙署改换门庭而成，且并非仅有一幢楼，而是由一组建筑构成。

笔者还注意到关于吴西弄的记载，吴西弄即西吏库。"如有犯人病死狱中，就从西吏库的一扇小门拖出，叫作'拖牢洞'，当地人称为'拖老虫（老虫即老鼠）'"。显然，横街看守所分所与犯人生病亡故有关。邹韬奋在《经历》中这样写道："在我们未到的三个月前，这分所刚落成一座新造的病室""我们所住的高等法院看守分所里的这个病室，因为墙上的白粉和墙上下半截的黑漆，都是簇簇新的；尤其侥幸的是，没有向来和监狱结着不解缘的臭虫"。

但是，下面的一段文字让人心灰意冷："抗战爆发，国民政府撤离后，该监狱被百姓一哄而上拆光，时称'拆衙门'事件，一说被日机炸毁。1952 年苏州市第二初级中学（即现在的十六中学）在废墟上建成操场……"

4. 看守所分所还有建筑在。笔者决定去实地再作详细察看。吴西弄呈 U 形，东西两边都有进出口，中间隔那五栋民宅。快到古吴路口时，看到一棵古树和一眼古井。花岗石质井圈外呈八角形，内为圆，外侧面五面刻有文字，其中三面"博济泉"三字各占一面。

走到一栋楼前，见有一老妇在家门口烧食，上前询问。老妇指着不远处的一位老人说可问他。老人正爬上窗台准备做些什么，见状便停止劳作，下到地面与笔者交谈。老人姓赵名连良，1929 年出生，原是解放军 27 军 79 师卫生员，后在苏州人民商场卫生室工作，直到 1989 年办了离休。他告诉笔者，五栋民居于 1962 年建造，2 年后竣工，他于 1965 年搬来居住。之前，听说这里是一片棚户，苏北难民南下逃难搭建的住所。棚户之前，是监狱。博济泉就是当年犯人用的井。笔者问，你搬来时吴西弄 16 号在了吗？赵回答，已在，是平房。与我们住的房子不一样，院子围墙上有铁丝网。依照老人的回忆，当年被百姓拆光或者被日机炸毁的并不是看守分所的全部，16 号的房子还在。向老人道谢后去了吴东弄，沿着学校围墙往北走，到底便是吴东弄 13 号，有工人在铺设地砖，小院的围墙直接就是学校的围墙。问坐在院里的主人，他回答之前的事不知情。沿着 13 号由西向东，12 号、11 号、10 号的民居都依围墙而建，没有隔墙的通道，局促的巷子要安排下一幢六开间的平房、拘押六人，不现实。

回到古吴路，找到我来时看到的牌楼，观察砖瓦成色，为晚清民国初年所建。这也间接证明，以吴县直街为中心点的横街东侧吴东弄一带的民居，当年并未遭到日寇的轰炸或百姓的拆抢。

5. 锁定吴西弄 16 号是"病室"。春天，又去苏州。此前，笔者已经弄明白拘押沈钧儒等人的"病室"（邹韬奋语）竣工于 1936 年 8 月末，用于关押病犯，邹韬奋回忆："各病房是个长方形的格式，沿天井的一边有一门一窗（南面，作者注）。近高墙的一边也有一个窗（北面，作者注）。看守所的病室当然也免不了监狱式的设备，所以前后的窗下都装有铁格子，房门是厚厚的板门，门的上部有一个五寸直径的小圆洞，门的外面有很粗的铁闩，铁闩上有个大锁""右边有一个浴池式的浴室（即浴室里面是用水门汀造成的一个小浴池），左边有两个房间是看守主任住的。天井和外面相通的地方有两道门：靠在里面的一个是木栅门；出来这木栅门，经过一个很小的天井还有一个门，那门的格式和我们的房门差不多，上面也有个小圆洞"。他们所住的病房门楣上，"有珐琅牌子记着号数字。第一号和第六号的房间是看守和工役住的；第二号用为我们的餐室和看书写字的地方；第三号是沈（钧儒）王（造时）两先生的卧室，第四号是李（公朴）沙（千里）两先生的卧室；第五号是章（乃器）和我（邹韬奋）的卧室"。

吴西弄 16 号院子里，徐重岗和其他几位邻居在院子里聊天。徐重岗把自己新近领到的房产使用证拿给我看，以证明他居住的 16 号是苏州塑料一厂（现已转制）的职工宿舍，产权属于厂方。我抬头望见房顶上的滴漏有文字，徐告诉我这些滴漏是前几年才换上去的。

记得上次来此地，笔者问过赵连良老人是否去过吴西弄 16 号，他回答："搬来不久后进去过一回，到了一九九几年又进去过一回。房子结构变化大了些。"居民为了扩大居住面积，外移南墙，门前的走廊没了；搭了二楼，开出了老虎窗。

笔者不由得将眼前所见与当年的历史记载相对照起来：当年沙千里笔下记录的"水门汀的走廊"因为南墙外移，已经不复存在，但痕迹尚存，在南墙的里面还有一道墙，隔开住家，中间的空隙便是一条短短的内走廊。居住者通过南墙上的大门，走过内走廊，才能分别到家。现在这幢房子依然保持着六间房的格局，只不过中间砌了一道墙，左三家右三家，分别从南墙的两扇大门进出。

徐重岗的邻居——居住在右侧门洞内的一位老者领着我到他家勘察，让我对过道、原结构遗迹进行拍摄。居住者搭建阁楼的痕迹十分明显，有了阁楼，开老虎窗也是自然的事。

之后，笔者赶往苏州市房地产交易中心想进一步了解相关情况，得知只有办过产证的房子才能查到相关信息，徐重岗领到的是房产使用证不具有产权性质。移步至苏州城乡建设档案馆，工作人员热情地帮忙查找，电脑没有显示 16 号的建筑改建记录。下午，笔者去了养育巷社区中心、房管所、派出所、塑料一厂门市部，查无信息，调查该建筑使用、修缮情况的线索也就断了……

根据所掌握的资料和实地采访，笔者得出的基本结论：苏州市古吴路（原名吴县横街）上的吴西弄（原名西吏库）16 号，曾经是江苏省高等法院看守所分所的病监（即邹韬奋笔下的"病室"），1936 年 12 月 4 日至 1937 年 7 月 31 日沈钧儒等六人被囚禁此处，1937 年 11 月 19 日军占领苏州，看守分所的大部分建筑被毁，后南下逃难者陆续在上面搭建棚户，作为"病室"的房子还在。二十世纪五六十年代为苏州塑料一厂的职工宿舍延续至今。

6. 今年国庆期间，七君子事件发生 85 周年的日子即将到来之际，笔者又一次来到姑苏老城厢，核实之前的勘察、研究。这栋建筑还在，当年采访的对象如故，还是那么友好。笔者认为，如果经相关部门核实，笔者寻访、考证的结论属实，那么作为历史的重要见证，这栋建筑有必要保留下来，告诉后人这里曾经发生过的故事。

（原载《解放日报·上观新闻》2021 年 11 月 23 日，《解放日报·朝花》同年 11 月 25 日）

章乃器：从银行练习生到君子

无可奈何成"账房"

1921年的上海，已显现远东大都市的风采。入秋，25岁的章乃器只身再次来到上海，重返浙江地方实业银行做一个小小的营业部科员。在他的潜意识里，这座城市充满着活力和机遇，可以成就自己的人生。这个认知源自他之前走过的一段曲折路。四年前，他以优异成绩从浙江省立甲种商业学校研究科毕业，校长周锡经器重他，介绍他进入总部位于杭州的这家银行做练习生，不久派往上海的分支机构，待遇月得两元津贴。章乃器后来在《我的研究动机和研究经历》中回忆："这是十分违反我的'圣贤、英雄'思想的；我对于打算盘、记账簿……一类的'市侩生活'，自来是十分鄙视的。"他在《七十自述》中回忆："孤僻的个性和傲慢的态度，使得我和职业生活格格不入，苦闷牢骚又使得我沾上了饮酒赋诗的名士气。这就招致了胃溃疡重症，不久还并发了肺结核……"他依法练习静坐，同时改变生活习惯，奇迹般恢复了健康。

身体好了，金饭碗丢了。他孤身一人跑到京兆之地通县（今北京市通州区），出任月薪16元的京兆通县农工银行营业部主任。落后的北方小县城，令他压抑。随后到来的五四运动让他振奋，独自一个人跑到北平，从前门火车站下了车，步出车站，面前排列着一队不知从哪里来的学生，手里持着横幅，一脸严肃而悲痛的神情。"这一队为了要挽救民族危亡而不怕牺牲自己的纯洁青年，使我起了无限的爱慕，留给我永远不能磨灭的印象。"他想不出来用什么方法加入这支队伍，倘若那时候有人向他"援手"，他会感激不尽。"在北平城里盘旋了大半天，始终找不出来一条通时代巨流的路。于是，我就只好在'望洋兴叹'之后，搭着车废然而返了！"后来他在《我与青年》中记录下当时的情景。

这家小银行由北洋政府开办，人事变动不断，他又下了岗。因祸得福，他再次来到北平，经朋友介绍谋到中美实业公司会计主任的职位，月薪80元，供膳宿。公司系中美合资，从事贸易和投资。章乃器不满外方管理人员的作风和态度，冲突加剧，愤然辞职。失业、无助、贫困、流浪，不得不回青田老家，与早年定下娃娃亲的王镜娥在大路村（今青田县船寮镇大路村）结婚。

经过坎坷和磨炼，重返上海的章乃器已变了一个人，踏踏实实做起了银行小职员，身上的"名士气"全消，上海的灯红酒绿只是眼前的云烟。他两点一线，从银行到宿舍，虽然要经过那些浮华的大街，但一门心思学习业务，他在《我的研究动机和研究经历》中回忆这一段："毕竟为了敌不过生活的压迫，事实教训我还只有重新修养一些吃饭的技术——服务金融界的偏于技术的知识。在那几年中间，我除了练习珠算、簿记和英语以外，对于金融市场、银行组织、银行业务、商业法规等，的确是研究得很多。业务接触上所给我的经验，着实也不少。我在金融界里一些学术地位，还是那时候打下基础的，比如英文，自学的效果是可以利用业余时间到补习学校给学生上课。"

机会总是留给有准备的人。1923年初，浙江地方实业银行上海、汉口两家分行划归商股，定名为浙江实业银行，总管理处设于上海，他的老师陈朵如任上海分行经理，章乃器升任营业部主任，成了银行的重要管理人员。这时，银行注重开拓与外商的业务关系，兜揽外商存款，并为外商洋行企业发行债券、股票，与外商银行、企业有广泛的业务往来。章乃器具有银行和合资企业的就业经验，工作起来如鱼得水，且尽心尽责。

过度的辛劳，使他昏厥在办公室内，患上严重的神经衰弱症。他练习内功拳，每天吃早饭前，练习半小时至一小时。凭着坚强的毅力，章乃器身体渐健，精神渐渐地复原了，秃得几乎精光的头顶重新生出了浓密的头发。

心中有话终要表

1927年初，北伐军节节胜利，章乃器的哥哥章培随东路军进入浙江，逼近上海。上海工人第三次武装起义得胜，弟弟章秋阳担任起义的市民会议代表，章培随北伐军进入上海。形势发展使得章乃器欢欣鼓舞，他和人们一起走上街头，欢呼北伐的胜利，与兄弟相聚在黄浦江畔，留影纪念。

不久，发生"四一二"事变，共产党人遭到屠杀，他利用银行职位的便利，帮助中共地下党人杨贤江转移党的活动经费。杨贤江在武汉一带活动，经常汇款给在上海的同学郑利文，郑又托章乃器将款存入浙江实业银行。有一次，杨汇来六千元，国民党跟踪追查。章乃器得知后迅速将存款全部转移，结清账户。国民党查到银行，一无所获，钱款安然无恙，郑也避免了一场灾祸。

也许是"圣贤""英雄"的思想已融渗在血液中，也许是那个时代需要"圣贤"和"英雄"敢于担当，衣食无忧的章乃器，面对"四一二"事变，认为"我们在不久以前，还正在欢呼北伐的胜利，以为祖国从此可以转弱为强，我们这些生活在租界的人也可以不再受外国人的轻视、侮辱了。

孰知大好形势突然逆转，国家又濒于危亡，悲痛的心情真是难以用言语形容的"。后来他在《我和救国会》中这样回忆。

他要发出声音，办一份杂志，表露心迹。经朋友介绍，他到时事新报馆，结识邹韬奋，谈出版刊物之事；又致信函胡适："我想要利用这一点空闲的光阴和敷余的进款，去办理一种适合个性，而有益于人类、国家和社会的事业。我经长时间的考虑，决计去办一个小规模的言论机关……"他请胡适帮忙撰稿，胡适题写刊名后，没有赐稿。

隆冬，上海街头卖报刊的摊子上多了一本 32 开的半月刊《新评论》。它首倡"做潮流的指导者，不要做潮流的追逐者"，赢得许多青年知识分子的青睐，广泛被青年刊物沿用，引起社会反响。章乃器本想以一种超然、纯客观的态度来进行评述。不久，回到了办刊初衷，以孙中山的三民主义为基准，抨击蒋介石集团，最后被禁止出版。

章乃器独自一人承担《新评论》的撰稿、编辑、校对和组织印刷、发行，在中国现代出版史上，一个银行高级管理人员独自创办时势政治评论性刊物的极为少见。

杂志被查禁了，却意外收获了爱情。办刊期间，他结识了知识女性胡子婴，日久生情，1928 年 10 月 10 日，他与胡子婴在豪华的华安保险八楼大厅举行隆重的婚礼，银行、企业、文化界来了不少名流道贺，邹韬奋发表热情洋溢的讲话。

早年包办成婚的妻子，黯然回到故里，与那个时代许多成功人士的原配一样成了牺牲品。

银行家蜕变为公知

银行是章乃器的本业，出色的工作使他升任总行副经理主管检查部。

在防错、防弊、加强管理等问题上，他采取了不少措施，改进工作，成效显著，挪用行款、贪污舞弊的事不断减少。同时，他坚持按银行规定办事，维护中国人利益和尊严，为当时的银行和工商界人士所称道。有一次，章乃器解送现金到英商麦加利银行，主管要他把现金放在那里，另约时间再行点收。章乃器回答："我们送到了，收不收是你们的事。从我送到的时候算起，以后的拆点应当归你们负责。"这个主管只能当场点收。银行往来户之间，应互换有权签发票据的经理的中外文印鉴留底备案，凭此核对真伪，各银行均按此规定往来，唯有英商汇丰银行与华商银行往来时，出现其他人员签发票据，与原备案印鉴不符，违反规定的事情。章乃器坚决抵制，予以退回。

章乃器不仅在银行实务中建树颇多，在实务中他善于发现问题，加以分析、研究，成为银行和金融问题专家，在《申报》《时事新报》《银行周报》等报刊上陆续发表具有影响力的专业文章和时事评论。

这有助于他在业内建立声誉。1932年6月，他出面联合上海各华商银行，成立了行业的公用机构——中国征信所。征信所采取会员制，负责调查银行客户信用。这是国内第一家由国人创办的此类机构，他出任董事长，以"审慎以求真""忠实公正以求善""详尽明晰以求美"，将调查工作分为调查、复查、审查，各自背靠背独立进行。这种方法既科学又艺术，堪称国人资信调查方面的创举。仅仅4个月时间，业务扩大了三倍，以公平竞争击败了同类型外资机构。征信所编发的《征信工商行名录》图文并茂，超过了过去几十年间最有影响的英国人办的《〈字林西报〉行名录》。

章乃器每周还要安排时间到沪江大学讲授国际金融和银行实务，以后又被聘为光华大学、上海商学院等院校教授，所著《中国货币金融问题》一书，被译成英、日文，成为研究中国经济领域的权威性著作，受到国际学术界的重视。他成了沪上银行界的少壮派领军人物，出色的银行家、金融问题专家，声名鹊起。

1933 年 1 月 1 日，《东方杂志》刊登"新年的梦想"征文，章乃器写道："中国将来的革命，必然是一个向整个的上层阶级进攻的左倾的革命。那个革命的目标，不单是要推翻帝国主义，而且同时要推翻帝国主义的虎伥。当然，这样的一个革命，是要和遍满世界的革命潮流互相呼应一致行动的。"

其实，这一年开局并不怎么好，日军侵占山海关，热河省主席汤玉麟率部不战而逃，日军以 128 名骑兵先头部队，兵不血刃，进占承德，热河沦陷。日军继续向长城各口大举进攻，中国军队奋起进行长城抗战。章乃器相继在《申报》《新中华》《生活》《申报月刊》《新社会》《大晚报》《晨报》上发表文章，表明自己联合国内一切力量抗日的观点和立场，从而成为具有影响力的公知，并具有鲜明经济学特征，这在当时的公知群体中十分独特。

是年秋，他参加了苏联之友社活动，这个社团中有不少他的朋友，如沙千里、钱俊瑞、钱亦石、曹亮、王新元、金仲华、沈志远等，他们都是社会精英。但是，他并不知道他们中间有的已是秘密中共党员。章乃器回忆道："在当时，为苏联宣传也是有危险的，有可能被扣上红帽子，甚至被诬为'吃卢布的赤色汉奸'。苏联之友社的活动不外介绍苏联的政治、经济、社会情况。苏联之友社的社长，大概是宋庆龄大姐，邵力子也占很高的地位。以后到重庆，苏联之友社发展为中苏友好协会了。"

不安现状成斗士

那个时代的精英，总会把宏观和微观、理论与实务自觉联系在一起。在章乃器眼中，脱离实际的高大上理论是一种错误。他的抗战思想，源自1928 年的济南惨案，与实际操作紧密相连。此时，他要行动了……

1934 年 4 月 20 日，上海成立了中国民族武装自卫委员会筹备会，这是宋庆龄根据中共驻共产国际代表团的意见，出面组织 1779 人联合发起的。章乃器参与了该会筹备，成为该会后期重要成员。秘密成立的武自会，命运极为险恶，不久便遭南京政府"围剿"，工作受阻，组织的抗日活动越来越少。到了 1936 年中期，它大体上处于停顿状态。

大约在这状况出现前一年，章乃器与宋庆龄等人便把目光投向组织更广泛的民间抗日团体，他与沈钧儒、陶行知、周新民等组成 10 人小组，以聚餐会形式进行活动，讨论时局和救亡的方针，酝酿筹建救国会。章乃器在《我和救国会》一文中回忆："救国会是从一个十人小组开始的……小组的推动者大概是周新民，而公开召集的是沈老。当时所用的是叙餐会形式，每一二星期叙会一次，上次决定下次会的日期和地点。"

1935 年 12 月 12 日，章乃器与沈钧儒、邹韬奋、陶行知、李公朴、王造时等上海文化教育艺术界 283 位知名人士，发表《上海文化界救国运动宣言》，提出坚持领土和主权完整，否认一切有损领土主权的条约和协定；坚决反对在中国领土内以任何名义成立由外力策动的特殊行政组织；坚决否认以地方事件解决东北问题和华北问题——这是整个的中国领土主权问题；要求即日出兵讨伐冀东及东北伪组织；严惩一切卖国贼并抄没其财产；要求人民结社、集会、言论、出版之自由等主张。上海文化界救国运动的倡导者为宣传抗日救国主张，组织大规模示威游行，章乃器任行动总指挥，走到宣传抗日救亡的前沿。不久，上海文化界救国会在宁波同乡会举行成立大会，他与沈钧儒、邹韬奋、李公朴等 27 人被选为执行委员、常务委员。

1936 年，章乃器恰逢 40 岁。1 月 1 日，他在《知识》杂志上发表《由爱国救国说到误国卖国》一文："倘使一面高谈'培养民力'，而一面不惜用内战的手段来消耗民力，用屠杀来消灭优秀分子，不问他自命如何救国，事实上已经证明他是促国家的灭亡。"

不日，他与顾名、沈钧儒、王造时等推动上海各大学教授救国会成立，决定对全国学生的爱国救亡运动，尽力加以援助，教授应站在学生前面，负起领导学生救亡的责任。二十天后，章乃器在上海市商会大礼堂，出席纪念"一·二八"淞沪抗战四周年和上海各界救国联合会成立大会，他与沈钧儒、李公朴、陶行知等被推选进执行委员会。会议结束后，他与大会主席团成员一起率领群众游行，由宝山路江湾路直至庙行"一·二八"淞沪抗战无名英雄墓，一路高呼口号，高唱《义勇军进行曲》等抗日歌曲，沿途不少群众加入游行，队伍扩大达两千余人。

国民党中央宣传部发表《告国人书》，认为文化界救国会"其宣言不曰反对中央，即曰颠覆政府"；是"赤色帝国主义者之汉奸""其有不听劝告，怙恶不改，是则甘心受共党之利用""当予以最后的严厉之制裁"。章乃器起草《上海文化界救国会对中宣部告国人苦之辨正》，进行批驳。3月下旬，突然发生大批军警潜入复旦大学逮捕爱国学生，开枪、殴伤学生及该校教职员工事件。章乃器闻讯后，与沈钧儒、史良、沙千里、吴耀宗等前往市政府，会晤上海市长吴铁城，提出立即释放被捕学生；严惩失当公务人员；确保以后不发生同类事件。

章乃器主张成立的全国各界救国联合会，于这年5月底在上海博物院路中华基督教青年会一间不大的会议室里宣告问世，来自二十余个省市、六十余个救亡团体的七十余位代表出席，会上通过了《宣言》和《抗日救国初步政治纲领》两个重要文件，建议各党各派立刻停止军事冲突，释放政治犯，派遣正式代表进行谈判，制定共同抗敌纲领，建立一个统一的抗敌政权。全救会愿以全部力量保证各党各派对共同抗敌纲领的忠实履行，制裁任何党派违背共同抗敌纲领的行为。大会声明全救会现阶段的主要任务，就是促成全国各实力派合作抗敌，没有任何政治野心，没有争夺政权的企图，组织全国救亡只不过是尽一份人民的天职，站在人民的立场，不帮助任何党派去攻击其他党派，保持高度的超然性和独立性，维护民族共同利益。会议举行了两天，会上章乃器与沈钧儒、李公朴、王造时等15人被选为常务委员。会后，全救会在各报上发表了措辞激烈的对时局紧急通电，"我中央当局，亟宜立示决心，领导于上；全国民众，自应群起响应，督促于下。务使全国兵力，一致向外，抗日战争，立即展开，恢复我已失之河山，拯救我被压迫之同胞……"这些宣言、纲领、电文大部分出自章乃器笔端。

吴铁城得悉后，通过市府秘书长李大超，打电话邀请章乃器与沈钧儒、邹韬奋、李公朴四人到市政府便餐。饭后，吴铁城表示，要组织抗日政府，就是要推翻国民政府。章乃器与战友们回答："市长既然说政府是要抗日的，那末，现政府就会转变为抗日政府，有什么推翻另组的可能和必要呢？"吴铁城说："你们有了全国性的组织，又有独立的主张，那就是对抗国民政府，不是另组政府又是什么呢？现在我宣告你们的组织为非法，命令你们：立刻通告解散；销毁所有印刷品。否则，便把你们拘留起来！"章乃器回忆：我们从容镇定地回答他，"全国各界救国会联合会，如同它的名称所表示的，是全国各地的救国会的代表联合组成的，我们没有权力解散它；印刷品已经统统发出去了，没有留存的了。市长要逮捕我们吗？那应当依法由法院出拘票来拘捕。市长邀我们来吃饭，就把我们扣起来，这绝不是市长所应该做的，传出去是要闹笑话的？"

这年的中期，时局变得格外严峻。救国会组织千余市民、学生开赴北站，请求站长发列车赴京请愿。北站被请愿队伍占领，到南京的铁路运输中断。军警以请愿团不听劝告，拟强迫驱散，派出大批手持竹竿的警员赶到现场。请愿团为避免流血事件，全体撤出火车站。请愿团活动没有达到去南京请愿的预期，却造成了东方大都市上海的铁路运输中断六小时，引起中外各界关注。

这次，惊动了蒋介石。他邀请章乃器与沈钧儒、李公朴赴京叙谈。蒋介石对章乃器说，你在银行里工作得很好，肯研究问题，有事业心……之后，大家沉默了片刻，问起对日准备情况。蒋介石说："日本人是要我们不战而屈，我现在有把握可以战而不屈。"章乃器和沈钧儒等人表示："那太好了，可以立即反攻了，何以华北还要退让呢？"蒋介石重弹什么"共产党捣乱后方，他们不要国家"的老调。

章乃器希望蒋介石"以百姓为心腹，以舆论为耳目"，不要偏听偏信。谈话结束，蒋介石请章乃器他们吃了西餐午饭，还让陈布雷作陪。

之后，章乃器访问了总角之好陈诚。谈话中，章乃器抓住蒋介石"可以战而不屈"的话问："那为什么仍然不战而一味对敌屈服，继续打内战呢？内战再打下去，一定会把这点可以'战而不屈'的本钱输光。还要特别注意，人心愤懑已经到极点，再不抗战就要发生内部瓦解的悲剧。"经过一番辩论，陈诚承认说不过章乃器，赌咒发誓地说："我们将来总是还要见面的。假如蒋先生最终不抗日，你拿刀来砍我的头好了。"

章乃器在促进全民联合抗战、实行抵抗的道路上，已成为斗士而一发不可回头。回上海不久，他与沈钧儒、李公朴，王造时等人成立上海著作人协会，在成立大会他说："……我以为联合战线，不是折中的，调和的，也不是说各党各派的人，参加了联合战线就放弃他们的主张。而是在一个同样下一致对外。"

辞职毁家为纾难

南京政府的劝说不奏效，便发出威胁，吴铁城对浙江实业银行总经理李铭说，你们银行不应该容留章乃器这样的人，不去掉他，对你们十分不利。第二天，李铭找章乃器谈话，转告了吴铁城的警告，并表示："你还是出国吧，银行出钱送你去英国留学，薪水照发给你家用。你到英国学习三五年回来，那时不但银行需要你，国家也需要你。"章乃器回答："那我还是辞职吧，不能让银行受累。我离不开救国会，那是关系国家存亡的大事。"

章乃器花了一个多小时办好辞职手续，头也不回走出银行大门，继而辞去与银行有连带关联的中国征信所董事长一职。

章乃器在《我和救国会》中回忆："离开银行后，'无职一身轻'，对救国会的活动更加活跃了。由于从银行里领回了一笔几千元的行员储蓄金本息，生活也没有受窘，对救国会经费的支应也没有减少。工商界上层人士一面批评我太傻，但另一面对我的奋不顾身的爱国热忱都甚表尊敬。当时有一家造纸厂还要聘我当总经理，被我婉言谢绝了。"他觉得自己仍然"吃得开"，有些得意。但是，他还是把在江湾新落成的别墅卖了，居住在法租界拉斯脱路慈惠村 24 号（今太原路慈惠村）的公寓。

1936 年 7 月初，国民党在南京召开第五届二中全会，章乃器决定赴京请愿，与他同行的有沈钧儒、史良、沙千里等人。清晨，请愿团抵达南京，国民党中央拒不接受请愿。请愿团提出，在大会上发言五分钟的要求，请大会议决立即对日抗战，开放民众救国运动，保障言论出版自由，并释放政治犯，停止内战。国民党迟迟不给予答复，章乃器和沈钧儒等人决定闯会场，受到大会警卫部队阻拦。交涉后，进入警卫处等候是否接见的答复。南京市长马俊超姗姗而来应对。章乃器责问："民族危机日甚，政府不思抗日，敷衍民众抗日热情，不惜尽摧残之能事，怎能说我们拿抗日与政府作对呢？如果政府早日实行抗日，岂不是全国早已实现一致对外了吗？"马俊超表示："中央对开放民众救国运动，从不压迫、若地方当局有所压迫，是他们的错误。但是民众应该遵守纲纪，不能以民众运动为借口与政府捣乱。"马俊超的说辞，遭到反驳。

次日，章乃器在南京礼查饭店主持记者招待会，介绍请愿经过、报告全救会的态度及主张。中央日报、中央通讯社、新民报、大公报等近三十位记者出席。

此前，中共与章乃器等救国会领导人取得联系，冯雪峰率先以中共党员身份与章乃器接触。不久，潘汉年、胡愈之由苏联经法国抵达香港，胡愈之根据潘汉年的意见，说服救国会领导人邹韬奋、陶行知用接近《八一宣言》的基本观点，起草《为抗日救亡告全国同胞书》。邹韬奋、陶行知签字后，邹韬奋携带该文回沪，征求沈钧儒、章乃器的意见。章乃器看后认为，调子过于低了一些，便动笔作了大量修改，定名为《团结御侮的几个基本条件与最低要求》，由四人共同署名，在《生活日报》《生活知识》等报刊上发表，并发行单行本。文中表示：中国共产党于去年八月一日发表宣言，主张停止内战，联合各党各派，共同抗日救国。中国红军领袖也迭次发出通电，吁请各方面停战议和，一致对外。我们赞成中国共产党和中国红军这一个政策，而且相信这一个政策会引起今后中国政治上重大的影响。他们表示："抗日救国的基本队伍，当然是人民大众""要是没有民众的参与，断然谈不到抗日救国。同时在救亡联合战线中，也只有民众是最热诚的，最紧决的，最坦白无私的。"

同年8月，毛泽东致信章乃器等四人，婉转地批评该文把过去的争论归结为抗日斗争的方法和"安内""攘外"的先后上，认为"这只是表面上的，实际上是有些人在民族叛徒与民族英雄之间动摇，在抵抗与投降之间选择道路"。后经潘汉年汇报共产国际与中共代表团的情况，以及国统区的抗日救亡运动，在他离开陕北重返上海时，携有毛泽东给章乃器等人的信函。毛泽东代表中共中央，对他们所著的《团结御侮的几个基本条件与最低要求》一文，作了肯定答复，并在信中说："我委托潘汉年同志与诸位先生经常交换意见和转达我们对诸位先生的热烈希望。"

君子在危难中诞生

"九一八"事变过去了五年，纪念日即将到来。章乃器与救国会其他领导人提出举办大型群众性的纪念活动，上海市政府同意了。南京政府却顾虑重重，授意吴铁城设法阻止。经杜月笙、钱新之、黄炎培等人与市政府磋商，救国会不得已放弃原计划，改在远离市区的漕河泾地区举行，且限定人数。9 月 17 日，政府又找借口给予取消。一切进入僵局，章乃器他们没有退缩，当晚发动两千人进行"游击宣传"，每宣传队四人，散布在上海的大街小巷。宣传队员向群众分赠宣传品，宣传结束内战、团结一致抗日的主张。

翌日，章乃器与沈钧儒、李公朴、王造时、史良以及大批救国会成员和群众向南市小东门集结，准备乘车赶往漕河泾，不想军警已暗伏在小东门一带，见市民聚拢，便挥舞棍棒驱散人群，手无寸铁的群众被迫撤离。一部分群众在王造时、史良的率领下，突破警戒线，向老西门进发，高呼纪念"九一八"口号，高唱救国歌曲，秩序井然。老西门已布置下大批警察和便衣侦探，游行队伍一出现，军警一拥而上，用刺刀和棍棒殴打示威者，血案终于发生。人群里响起了"中国人不打中国人"的口号，可已受命的军警挥舞棍棒扑向示威者。游行人群顿时四处散开，有的避入沿街商店，有的逃到弄堂深巷。军警们不顾一切追赶、殴打，不少妇女儿童遭到暴虐，无法逃脱，遍体鳞伤。冲突持续了四十分钟，被殴伤者达百十余人，被捕失踪三十余人。老西门一带警笛狂啸、人嘶车鸣、鲜血涂街……

救国会在宁波路邓脱摩饭店举行记者招待会，向新闻界通报惨案真相。章乃器发表讲话："对敌人束手无策，一味乞怜，而对自己的同胞，则压迫唯恐不周，摧残唯恐不毒；这种误国的官吏，我们不能不宣布其罪状于全世界，以求人类理智的裁判。"

10月19日，鲁迅静静地躺在大陆新村9号寓所的卧室里离世。他的葬礼以救国会名义主办，通过葬礼发动一次民众抗日示威游行。那日，出殡队伍近万人，一路上抗日口号不绝，抗日歌曲起伏。到了墓地，安葬仪式由蔡元培主持，章乃器与宋庆龄、沈钧儒、内山完造先后报告生前事略。他在墓地发表演说："鲁迅先生所以伟大，是在于他的笔，肯为全世界被压迫大众讲话，肯为特别被压迫最厉害的中国民众讲话。纪念鲁迅先生，我们必须发起一种鲁迅运动，使没有参加联合战线的人，都觉悟了来参加；使每个人每天都做一小时有利于民族解放的工作；每个人都应该学鲁迅先生，为全世界被压迫者讲话，而且至死不屈！"

他与沈钧儒、邹韬奋、史良等代表救国会献"民族魂"绸旗，覆盖在灵柩上。

鲁迅葬礼的第六天，《日日新闻》透露出一则惊人的消息，蓝衣社上海特区高级会议决议："将王造时、章乃器、邹韬奋等数十名抗日救国联合会首脑，以对付史量才之手段处以死刑。"

时局紧张，压迫得人们无法透气，章乃器等人将被捕的消息，不胫而走。他也有所耳闻，有的流传渠道还十分可靠，畏惧、逃遁、隐匿是软弱、卑琐，唯一的出路就是继续战斗下去。

11月初，上海出现了大规模的日商纱厂工人罢工。日商纱厂工人罢工孕育长久，这年初，日商大康纱厂工人梅世钧被日方管理人殴毙，引起社会哗然，酿成一场波及上海日商纱厂的罢工活动。救国会机关报《救亡情报》一直关注日商纱厂劳资间日益尖锐的矛盾，不断发表文章揭露日商残害中国工人血淋淋的事实，引起社会震动。同时，该报悄悄在一些日商纱厂工人中间流传，日商纱厂出现了工人自发组织起来的救国会，罢工、怠工不绝。终于，酿成了 11 月声势浩大的反日大罢工。这是章乃器希望看到的局面，扼制日商剥削，可以减少日本经济利益，从而有利于中国抗战。

孙中山先生诞辰纪念日那天，救国会在静安寺路女青年会召开纪念会，会议最后，沪东区日本纱厂一名女工登台演说，揭露日商的残暴和工人的反抗，引起与会者同情和义愤，纷纷慷慨解囊援助工人们的正义斗争。章乃器与沈钧儒等人解囊相助，并当即致电国民党桂系高级将领李宗仁，请求支持日商纱厂工人罢工，给予罢工道义和物质援助。他们呼吁大中学生、工人、店员、公务员、市民和全国同胞，团结一致，缩衣节食援助日厂罢工。这样，可以在这场经济斗争当中，使日本帝国主义完全屈服。

同日，发起成立日商纱厂罢工后援会。后援会把募集来的钱款换成米票，发放给罢工工人兑换成米，保障他们的生活和罢工持续进行。得到援助的日商纱厂大罢工，直接影响了日本在华利益，日商受到沉重打击。这些经济上的运作，多半出自章乃器的主意和手笔，他是搞经济、金融的行家里手。他在《救亡情报》"时事一周"专栏中写道："久受奴隶待遇的上海日纱厂工人，他们是不愿意再做亡国奴了，这是救国阵线力量扩大的一个重大的表征。"

这下刺到了日本人的要害处，日本驻上海总领事若杉派寺崎到上海市政府与市府秘书长俞鸿钧协商罢工解决办法。日方认为，丰田纱厂罢工超出劳资纠纷范围，纯属暴动，背后有救国会、共产党的支持。寺崎提出立即逮捕罢工支持者章乃器、沈钧儒、李公朴等人。俞鸿钧表示，这些人员早已在监视中。由于他们的社会影响，需要有确凿证据才能逮捕。寺崎急不可待地说："那是遥遥无期，必须立即动手。"他以出动日本海军陆战队相威胁，"倘使今后再惹起同样事态，说不定会发生不测的情况。"

试图想着避开中日争端的南京政府，在日本帝国主义要挟下，准备着手一场大逮捕。11 月 23 日凌晨，章乃器寓所响起一阵急促的敲门声，他猛地坐起，很快意识到自己劫数难逃。

门开后，涌进十多个警探，一下子把他包围住。为首的法国警官用英语对章乃器咕哝了几句。他点点头，回答说自己要打电话给朋友。他拨通宋庆龄的电话，告诉她自己被捕了。放下电话，他又上楼换衣服，妻子胡子婴一边嘱咐他穿暖点，一边替他披上大衣。两个包探在书房查抄他们需要的证据，对胡子婴说："不是我们巡捕房要来，是上海的公安局长要我们来打扰的。你看，他们还派人和我们一同来了。"果然，楼下十几个警探中有几个与法租界巡捕装束不同的人，正在屋内四处翻腾。警探们带着几捆救国会的宣传品上了车。

章乃器敞着大衣走出大门，来到户外。西风扯起他的衣摆，早谢的头顶上几缕长发不安分地搭在眼前。他扣好大衣，用手指整理一下头发，登上警车……

与他同时被捕的还有沈钧儒、邹韬奋、李公朴、王造时、史良、沙千里，史称七君子事件。章乃器被关押在法租界卢家湾巡捕房（今建国中路20号）。

日本驻上海总领事若杉致外务省有田外务大臣第500号密电："救国会后台之章乃器、李公朴、沈钧儒、史良、王造时、邹韬奋、沙千里已于昨二十二日夜一举逮捕。中国方面希望公共、法二租界不拘泥于法规常例，将逮捕原委公诸报端……"

七君子被捕的消息，迅速传遍海内外，引起中外社会各界进步人士的同情和支持，连国际著名人士爱因斯坦、罗素、杜威、保罗·孟禄等都向蒋介石、孔祥熙等南京政府要员发出电报，对七人被捕表示关切。

身陷囹圄抵制反省

被捕当日，章乃器与其他六人分别被保释。次日，归案收监。这年12月4日傍晚，他与沈钧儒、邹韬奋、李公朴、王造时、沙千里被押解到江苏省高等法院接受审讯，移送吴县横街看守分所，开始长达239天的监狱生活。

他被关押在看守所新建成的病监里，病监为封闭式小院落，一排六间监室，章乃器和邹韬奋同住第五号监室。他们组成临时家庭，推举沈钧儒为家长，章乃器担任会计部主任，伙食、茶叶、草纸等开支的财政大权，都由他掌握。

这个家庭规矩很大，规定作息时间8时起身、9时早餐，10时至12时工作、12时午膳，14时至17时工作、18时半晚饭，19时半至22时工作、23时前就寝。值日也规定周一沈钧儒，周二邹韬奋，周三章乃器，以此类推，一人一天，谁也不落下。规定被制成图表，贴在餐室兼工作室的墙上。

七八点钟起身后，洗完脸，章乃器与难友们一起到天井里跑步，他可以跑25圈。之后，他练习形意拳，沙千里也跟着他学。早餐后，他写杂文之类的小块文章，宣传抗日主张，外面不少报刊等着拿到手稿发表。后来，这些文章结集成《民众基本论》《抗日必胜论》《出狱前后》出版。一旦有访客来到，章乃器他们向来访者宣传抗日。

进入看守所后，他与难友们生活平静，一切按时进行。即使十天半月的一次侦讯，他也不在乎，反正是翻来覆去老一套，根本没当作一回事。救国有什么罪呢？

然而，这种平静被打破，法院突然宣布不许六人见任何人，包括家属。看守所外增设武装巡警和宪兵。章乃器回忆："双十二西安事变，张学良、杨虎城两将军的通电，重点提出了释放我等的要求。于是，陈果夫就在国民党高级会议中提出枪毙我们的主张。冯玉祥将军很机智地用几句话挽回了这个危局。他说：'我们的人被扣在西安的不止七个，而且中间有蒋委员长。这时千万不能动杀机！动了杀机我们的危险太大。'于是陈果夫就只好沉默……我们准备高呼爱国口号，从容就义。"

张学良、杨虎城向蒋介石提出的第三个条件就是立即释放在上海被捕的爱国领袖。1937年2月始，国共两党终于坐在判谈桌前，进行第二次合作的正式谈判，释放一切政治犯成了重要的谈判内容之一。时局的发展越来越有利于章乃器他们。南京政府也明白，释放他们是大势所趋。然而，在如何释放的问题上，出现了明显分歧。蒋介石摆出一副广开言路、听取各方抗日意见的样子，准备召开国民大会国防会议，商讨抗战策略，借以改善形象，赢得人心，希望尽早结束七人的案子；陈果夫、陈立夫兄弟俩和国民党中央秘书长叶楚伦却认为章乃器他们必须宣判后经反省院才能释放，这样可以维护政府的面子。叶楚伦授意上海闻人杜月笙和交通银行行长钱新之说服章乃器他们。

侦查一拖再拖，直到4月4日，第二次延期羁押侦查的最后一天，检察官送来一份长达近万言的起诉书。起诉书措辞严厉，列举了十大罪状，主要有组织团体、危害民国并宣传与三民主义不相容的主义。

章乃器他们与21位律师紧急研究起草了长篇答辩状，针锋相对逐条对起诉书作了批驳。认为起诉书把七人的爱国行为诬蔑为害国，将救亡之呼吁指斥成宣传反三民主义之主义，"实属颠倒是非，混淆黑白，摧残法律之尊严，妄断历史之功罪"，希望法庭秉公审理，依法判决，以雪冤狱，伸张正义。"停止羁押，俾得在外候审"成为他们的心愿。

章乃器万万没有想到，国民党内部会有人使出让他们进反省院的招数。杜月笙、钱新之通过沈钧儒儿子沈谦带来了叶楚伦的亲笔信，"沈事宣判之日，自当同时谕交反省院，以便一气呵成"。信函转到狱中，章乃器等人极气愤，坚决反对进反省院，回信表示："就法律方面言，目前尚可撤回公诉，或宣判无罪，此不但无损于政府之威信，反可表示政府之德意，似不必坚持判罪。就政治救治方面言，判罪后尚可特赦，似亦不必坚持进反省院。"

拒绝进反省院给了杜、钱当头一棒，他俩无奈，只能亲自去一趟苏州。5月底，杜月笙和钱新之来到看守所，表示政府让你们去南京反省院是为了谈话方便，便于贡献你们的抗日主张。进反省院仅为便于交保之一种手续，并不实际留羁，亦不须签署任何书状。章乃器等人针锋相对，认为倘仅为谈话方便起见，则不论撤回公诉，或判决无罪，或在苏州保释，均可即日赴京而谈，何必多此一举。

他们做好充分的准备，采取不吃、不说、不写的"三不"办法来抵制。审判已经违背了全国人民抗日的意志，当以无罪释放。现在却想把人弄进反省院，岂不是痴心妄想？蒋介石的处置意见，通过《大公报》社长张季鸾无意透了出来，传到章乃器等人这里。他们认为可以利用国民党内部矛盾，粉碎叶楚伧等人的阴谋。沈钧儒当即给老朋友张季鸾写信，请他向蒋介石面陈七人抵制进反省院的决心。信通过胡子婴转到张季鸾手里，张季鸾表示："我就给蒋公写封信吧，试试看有没有转圜的余地。"

从侦查结束到开庭审判，风风雨雨两个多月，终于等来了6月11日，法院决定在江苏高等法院刑事第一法庭进行审理。这天，阴沉、闷人，不见一丝阳光。苏州城里谣言四起，有的说有几千人要冲击法庭，也有的说是来劫走七人的。南京政府做了严密防范，全城戒备森严，五步一岗、十步一哨，不时有巡警宪兵持枪盘问过往行人。

开庭审理，除家属、新闻记者外，禁止旁听。审判长宣布开庭。第一被告沈钧儒首先被传唤出庭。之后，第二被告章乃器走上被告席，说到诸如"国亡以后，要爱国也无从爱起，我们主张立即以抗日来爱国""对外求抗日，对内求统一""联合民族一切力量抵抗外来侵略"等词句时，章乃器声音特别响亮有力，审判长时不时提醒他注意情绪。

妻子胡子婴在旁听席上，得悉待审结后送章乃器他们进反省院。庭审后，她把这个消息告诉了沈钧儒、章乃器等人。他们紧急与律师磋商，决定依法申请主审和推事回避。第二天，法庭上冷冷清清，法院束手无策，只能宣布改期继续审理。

正在与共产党人周恩来进行第三次秘密谈判的蒋介石，尚不知苏州审判的进展，就在七人申请回避的当天，给秘书陈布雷去电话，讯问七人案的情况。陈布雷信心十足地回答："七人一进反省院，办完手续，立刻就可送来。"陈布雷刚放下电话，电话铃又响了起来，是苏州江苏省高等法院打来的，告诉他七人申请回避，案子无法继续审理，不可能送反省院。这时，蒋介石已接到张季鸾转来的信，得悉七人反对进反省院的消息，又给陈布雷打电话，让他迅速释放七人。陈布雷急了，跑到钱新之在南京的寓所，恳请他再次出面约请杜月笙、张季鸾等人去苏州，游说七人。黄炎培、张季鸾由杜月笙的律师陪同，联袂到了苏州。同时，钱新之也从南京出发，凑齐了去横街看守所探望沈钧儒、章乃器等人。沈钧儒说："我等六人也并非不讲情面者，既然诸先生来访一片诚心，我等总该有些表示，好让诸先生回复蒋先生。"

"写封函，请钱先生带到南京，转给蒋先生。"章乃器说。来人纷纷点头称是。

信函很快拟好，六人具名。钱新之等人接过信函，见函中只字未提反省院之事，颇感不满。待来人走后，六人便向他们又发出信函表示："对于经过反省院一点，钧儒等认为于国家前途无益，于个人人格有损，万难接受，不得不誓死力争，唯有尽其在我，依法应诉而已。"

七七事变后出狱

七人被起诉，引起公愤。自4月起诉书一公开，上海几家大报纷纷发表文章，指责南京政府破坏团结，影响国内民众国防心理的形成。开庭前后，全国一些主要城市报纸都刊文公开自己的立场。刚进入延安不久的中共中央决议，要求国民党政府释放七君子和全体爱国政治犯，彻底修改《危害民国紧急治罪法》，给予民众宣传抗战的民主权利。4月24日《解放》周刊发表了《中国共产党中央委员会对沈、章诸氏被起诉宣言》。一时，全国又形成了声援爱国七君子、要求国内联合统一抗日的群众性运动。

第二次开庭于6月25日在江苏高等法院刑事二庭审理。章乃器与沈钧儒、史良、邹韬奋、王造时、章乃器、沙千里、李公朴等排成一行，表情严肃、庄重。询问达七小时之久。旁听者仍仅限于家属和新闻记者。10时，开庭审理，主审判长朱宗周对各被告所讯问的要点有，全国救国联合会宣言中所谓"联合各党各派"及"建立一个统一的抗敌政权"的意义；《团结御侮的几个基本条件与最低要求》一书中所列有容共嫌疑的字句；救国会与毛泽东及共产党的关系；日商纱厂之罢工及学生的罢课，与各被告有无关系；与张学良有何关系及与西安事变有无因果等等。审判长对上述各项问题，反复讯问，态度异常和蔼。各被告的供词，均大同小异。且供词的主旨，与十一日第一次开庭时完全相同。唯对检察官起诉书中所列各点，则均称是断章取义，故意入人于罪。

章乃器在法庭上机智驳斥司法当局的指控。

法庭询问章乃器，"你们主张抗日救国是被共产党所利用吗？"章乃器反问："我想审判长也是和我一样主张抗日的吧，难道也被共产党利用了吗？"

他继续说："共产党在中国以前称工农苏维埃，现改为人民苏维埃，我们主张与苏维埃大会议决同不同？我们没有提国防政府的话。"

其后，他对训练日商纱厂工人罢工、西安事变做了说明，请求法庭调查张学良、马相伯等人证。

律师说："检察官侦查费四月之久，起诉书完全错误了。"检察官气极，不等律师说完就站立起来，"我没有这样说，请书记官记入笔录，将依法起诉"。审判长朱宗周劝两方息争。而全体律师这时又全体起立，说检察官不应威胁辩护人，检察官这种话，也请书记官记入在案。章乃器跑到审判长面前说："请审判长注意，检察官是代表国家的，我们又要请他代表国家的人格，不要与老百姓见解一样。"检察官听了更生气说："什么叫代表国家人格，不要和老百姓一样？请记入笔录，我要检举。"法庭内的情形已达从未有的紧张。

有记者记录下当时的情景："章先生讲话的音调抑扬顿挫，很使人感动。这时，有一位被感动的法警用水汪汪的眼睛注视着审判官，审判官低头看着卷宗不作声，大概也有动心于中吧。"

同日，宋庆龄领衔和何香凝、胡愈之、胡子婴、彭文应、潘大逵等16人向上海新闻界发表书面谈话，声明救国与爱国无罪。同时，还发布了《救国入狱运动宣言》与《救国入狱运动规则》："我们都是中国人，我们都要抢救这危亡的中国。我们不能因为畏罪，就不爱国、不救国。所以我们要求我们所拥护信任的政府和法院，立即把沈钧儒等七位先生释放。不然，我们就应该和沈先生等同罪。"

十天后，宋庆龄率领一行人来到苏州江苏省高等法院抗议，进入囚室探望章乃器等七人。次日，她出面电告南京政府，申诉江苏省高等法院的无理和傲慢，表达自己入狱的决心。

1937年7月7日，卢沟桥事变发生。蒋介石接到报告后，给二十九军军长宋哲元回电："宛平应固守勿退，并须全体动员，以备事态扩大。"

中国共产党向全国发表《中共中央为日军进攻卢沟桥通电》："中华民族危急！只有全民族实行抗战，才是我们的出路。"毛泽东等9人联名发电报给蒋介石表示红军将士愿为国家效命，与敌周旋，以达到保地卫国的目的。之后，蒋介石发出号召："如果战端一开，那就地无分南北，人无分老幼，无论何人，皆有守土抗战之责任，皆应抱定牺牲一切之决心。"中国社会进入了全面抗战阶段。

7月末，江苏省高等法院裁定称："沈钧儒等各被告因危害民国一案，羁押时逾半载，精神痛苦，家属失其赡养等，声请停止羁押，本院查核尚无不合，应予照准。"法院同时提出交保开释。次日14时七人以交保方式出狱，章乃器由名士李根源保释。

七君子出狱，在当时只是所谓停止羁押，案件并未了结。直到第三年，即1939年1月26日，才由四川省高等法院一分院宣布撤回起诉。至此，在司法上做了了结。

章乃器在《七十自述》中回忆：释放后"我们先去南京，在南京，国民党要求我们通告解散救国会。我们同它抗争了几天，才回上海。但一到上海，救国会已被接收，改组为救亡协会了。回想几天以前在南京同国民党的抗争，真觉得难以自解"。

（原载《民间影像》第十辑　同济大学出版社2021年1月版）

老头，带领着一路奔向北方

1936 年 7 月，陶行知在出洋的轮船上，看到报纸上刊登的沈钧儒领头游行的照片，写成《留别沈钧儒先生》，诗曰：

老头，老头！他是中国的大老，他是少年的领头。老头常与少年游，老头没有少年愁。虽是老头，不算老头。

老头，老头！他是中国的大老，他是同胞的领头。他为了中国得救，他忘了自己的头。唯一念头，大众出头。

老头，老头！他是中国的大老，他是战士的领头。冒着敌人的炮火，要报四十年的冤仇。拼命争取，民族自由。

老头，老头！他是中国的大老，他是大众的领头。他为老百姓努力，劳苦功高像老牛。谁害老头，大众报仇。

全国各界救国联合会成立后，在沈钧儒等的带领下，围绕停止内战、团结抗日这个中心任务，利用各种场合进行宣传动员，开展了一系列救亡运动。1936 年，全国救国会会员达数十万人，同情者更多，成为一支巨大的群众力量，对促进国共两党走向团结抗战起了重要作用。同时，开创了政治协商的先例，为日后形成政治协商制度，提供了契机。

1935 年末，沈钧儒、章乃器、邹韬奋、李公朴、王造时、史良、沙千里等在上海发起成立救国会，他们不惜个人得失、毁家纾难，致力于全国团结一致御侮的局面形成，次年 11 月 23 日遭到南京政府的拘捕、关押，史称"七君子事件"。

事件激起国内外的强烈反响，得到包括中国共产党、宋庆龄、爱因斯坦、杜威、罗素等的声援、营救，为全民抗战局面的形成作出了难以磨灭的贡献。之后，他们高举抗战、民主的大旗，与共产党人精诚合作，与统治当局抗争，不惜抛头颅、洒热血，邹韬奋、李公朴成为烈士，陶行知殉职，其他人在共和国成立前夕的命运如何？他们发起、组织的中国人民救国会为何会在共和国成立不久的 1949 年 12 月中旬宣布结束了历史使命？

1. 不惧独裁出走香港。1947 年 11 月末，沪上一片萧瑟、森严，银须飘动的沈钧儒让儿子找来一只大口罩，把胡子遮掩起来，剩下的部分塞进大衣领子里，长髯不露，他要秘密出走。此前，朋友劝他剃掉胡子，化装脱离虎口。他不愿意，乐呵呵地说："如果没了胡子还没能跑脱，岂不是弄巧成拙，成了割须弃袍之类的笑话？"

月初，南京国民政府宣布民盟为非法团体。民盟创建者之一的沈钧儒早在 5 年前率领救国会成员加入了民盟，看到民盟遭到摧残，他痛心疾首。经过争论，他同意以张澜的名义发表解散公告。当沈钧儒等人走出张澜寓所的客厅，把公告交给等候的记者时，他的学生史良看到老师眼中噙满了泪水。

72 岁的沈钧儒决意秘密出走香港。临行前，他约史良到自己的居住地（今愚园路 750 弄 11 号）说："民盟一定要搞下去。这里不让办，就到香港去办。"史良支持老师的主张。"表老（张澜）也是这样想的。你留在上海，坚持地下斗争。日脚不好过。你要知道，在蒋介石他们眼皮底下搞斗争，需要勇敢和坚持。好好保护自己。"

沈钧儒从容地离开家，坐上汽车直奔黄浦江畔的太古码头。黑夜中，他登上美国戈登将军号客轮，4 天后抵达香港。香港市面上多一个"卖字"的老头。

就是这矮小清瘦的老头，以凛然的气势主持民盟第一届中央委员会第三次全体会议，号召盟员站在人民的立场与中国共产党人携手合作，摧毁南京政府，为实现民主、和平、独立、统一的共和国而奋斗。

他的另一位学生沙千里以史良代表的身份出席了这次大会，并协助沈钧儒起草会议的文件。

此前，沈钧儒昔日的难友章乃器受民主建国会派遣，筹建港九分会已抵香港。这位银行家出身的政治活动家成了"宣言专家"，民主党派在香港联合发表的文件，几乎都由他执笔起草。同时，章乃器创建的港九地产公司生意兴隆，成为联络进步人士的场所，所赚的铜钿有力地支持了民主运动和进步文化事业，包括向沈钧儒主持的民盟中央（执行）委员会提供部分经费。

2. 响应召唤共创共和。1948 年 4 月末，北方传来令人振奋的消息，沈钧儒读到了中共中央颁发的纪念五一劳动节的口号，号召"各民主党派，各人民团体及社会贤达，迅速召开政治协商会议，讨论并实现召集人民代表大会，成立民主联合政府"。

翌日，沈钧儒和李济深接到身处西柏坡的毛泽东来电，他谦逊地征询他俩意见："似宜定名为政治协商会议"，并继续用商量的口吻说，"由中国国民党革命委员会、中国民主同盟执行委员会、中国共产党中央委员会于本月内发表三党联合声明""内容文字是否适当，拟或不限于三党，加入其他民主党派及重要人民团体联署发表，究以何者适宜，统祈赐示"。

沈钧儒兴高采烈地来到李济深寓所，和在港的民主人士代表聚会，一致响应召开新政协。紧接着联名通电拥护中共中央号召。

5月8日，沈钧儒以个人名义再次表示，召开新政协是一个民主、和平的具有建设性的号召。同时，托回沪的朋友带信给史良等民盟同人，得到在沪民盟领导人的拥护。之后，他又和125位在港的民主党派负责人以及社会贤达联合发表声明，重申拥护共产党人的主张。毛泽东复信各民主党派与民主人士，称赞他们的热情响应，表示极为钦佩。

也许是老人喜欢怀念故人，沈钧儒在香港主持了邹韬奋、李公朴、陶行知等烈士的纪念会，告诉人们即将诞生的新中国是无数先烈用生命换来的……

9月13日，香港依然闷热的天气不透一丝凉意，黄昏时分，沈钧儒换成一身短衫，打扮成劳工模样，坐上小舢板，再换乘苏联货轮波尔塔瓦号，北上去东北解放区。他满脸喜气，一个真正为人民服务的新政权即将取代腐败的旧政权，强大的中国要不了多久就会屹立于世界民族之林。16天后，沈钧儒到达哈尔滨。他一踏上岸，不顾劳顿，致电毛泽东、周恩来、朱德表示"愿竭所能，借效绵薄；今后一切，伫待明教"。

之后，沙千里随着第二批民主人士到达哈尔滨。1949年1月7日章乃器与李济深、马寅初等30余位民主人士抵达大连。

北平宣告和平解放，新政协筹备会议即将在北平举行，沈钧儒留在北平为新政协的召开操劳，与章乃器等其他民主党派人士去西苑机场迎接毛泽东、朱德等中共领导人进北平。

3. 劫难当头数度脱险。在上海的史良，以大律师身份为掩护，与国民党当局展开斗争。民盟三中全会后，她领导上海执行部，联络盟员参加反饥饿、反迫害、反美扶日等一系列抗议活动。1949年春，上海处在黎明前的黑暗时刻，警备司令汤恩伯签署密令，不择一切手段逮捕史良。此时，史良正犯高血压病，在沪西开纳路150号（今武定西路1359号）家中静养。5月10日傍晚，中共上海地下党负责人打来电话，告诉她晚上军警要动手了。

史良决定转移到霞飞路新康花园（今淮海中路1273弄）朋友的寓所里躲避。离家出走数小时后，一群军警和便衣特务乘坐数辆吉普车疾驰而来，团团围住史良的别墅，对宅中人员轮流用刑，惨号之声，闻于街邻。司机阿宝说出了史良小叔子的住址，小叔子旋即被捕入狱。军警又获悉史良姑母家的地址，于是姑父母被捕，迫于军警的威逼利诱，姑母无奈说出了史良妹夫的住址。

史良已经得到家人被捕的密报，从容地离开了新康花园，前往南市小东门（今中华路一带）的远房亲戚家中隐蔽。考虑路途比较远，途中危险多，她化装坐上一辆三轮车，车行不久，改乘出租汽车，到大光明电影院门口下车。她前脚走进弹子房，随即便从后门跑出了去，再乘上三轮车，到达小东门。

史良的秘书误入已被军警破坏的秘密联络点，被捕后特务把她的双手反绑在背后，吊在墙上，以皮鞭乱抽。拷打一个多小时后，始终未见她流泪，特务说："厉害，厉害！不愧为史良秘书。"旋即，她被转押到南市执行处拘留室，等候处置。

一天，住在对面的某区党部的官员来到史良的住处，说是寻找饲养的鸽子。史良警觉地意识到，行踪可能被发现。她赶紧装扮成病人，用围巾裹住头捂住脸，雇了一辆汽车转移。军警和便衣们星夜包围了小东门史良藏身处，此时，距离史良出走才10分钟，史良又躲过一劫。一路上，为了避免查身份证的麻烦，司机加快车速，汽车在红绿灯的转换间急速行驶，绕了好几个地方，最后才在海格路（今华山路）与霞飞路（今淮海中路）

交汇处的一栋公寓大楼前停下，史良住进了 4 楼一个套间里。

被捕的秘书和亲友，相继被集中关押到南市的执行处拘留室，军警和特务们将他们押上卡车，准备投入黄浦江里淹死。途中卡车坏掉，停车修理，解放军先遣部队已打进城里，枪声不绝，执行人员四散逃命，他们才幸免于难。

5 月 24 日夜 11 时许，解放军装甲车已冲入霞飞路的交通大学附近，史良知道天快亮了。空气中充满清新。一早，脱离险境的史良兴高采烈地跑到宋庆龄的寓所，两人拥抱在一起，流出激动的眼泪，互道心中的喜悦。

身处北平的沈钧儒，得悉史良已脱险，十分高兴。中共中央向张澜、史良等人发出参加新政协筹备会的邀请；沈钧儒发电报也邀请他们联袂北上，主持民盟四中全会。6 月 18 日，沪上夏风小起，50 岁的史良神采奕奕地登上北去的列车，一路上欢声笑语。

4. 完成使命续写新篇。1949 年 3 月的一天，王造时由虹口来到距黄浦江与跑马厅之间的杏花楼，出席戏剧家田汉 50 岁生日宴会。酒宴过后，他披衣走出饭店的大门，站在台阶，让东来的江风吹去酒意。恰巧一位好友也出了门，握住王造时的手轻声问："你往哪儿走？"他沉默了少顷："往右有坠入黄浦江的危险，中间向前穿过马路，可能被穿梭般的汽车压死，还是慢慢向左走吧。"好友会心地笑了。此前，这位著名教授参加了上海学生界、教育界、文化界开展的反美扶日本和反美扶蒋的运动，起草宣言、带头签名；拒绝南京政府代总统李宗仁派来的特使，要他为所谓的和平运动游说。他义正词严地告诉来人："现在不是和平问题而是革命问题，不是条件问题而是投降问题。"

上海解放前夕，王造时上了汤恩伯的"黑名单"，后查他没有参加民盟，汤恩伯便作了罢。但是，还是有朋友提醒王造时小心，要他隐蔽起来，免遭不测。他躲到了朋友家里，在紧张和高兴中，迎接上海解放。

6月间，已担任新政协筹备会常务副主任的沈钧儒，主持救国会在北平召开的临时工作委员会会议，讨论参加新政协的代表名单。身处上海的王造时来电，请求缓提救国会出席新政协的代表名单。他曾召开在沪救国会成员会议，力争提名出席新政协。同时，他说出了自己的心里话："我与衡老（沈钧儒）20年交谊，且为'七君子'之一，若不代表救国会参加新政协，有何面目见人？"

最终，救国会提出的政协代表名单中没有王造时，他无缘新政协，也意味着无法登上天安门城楼、出席开国大典。但是，这没有影响他撰文称赞新生的人民政权，廉洁、勤苦、奉公守法，称赞它是"中国政治生活史上空前未有的廉洁政府"。

1949年9月21日，夜幕降临，古老皇城北京火树银花，各路英豪鱼贯进入中南海怀仁堂，中国人民政治协商会议第一届全体会议隆重召开。沈钧儒、章乃器、史良、沙千里相聚在一起，互道着心中的喜悦，沈钧儒语重心长地说："现在我们全体代表、包含民盟代表在内，都是在中国共产党的领导下，团结一致、共同商量，办理革命建国的伟大事业。因此，今天我们的工作十分重要，我们对人民所负的责任，十分重大。"10月1日，他们出席了中华人民共和国的开国典礼。

随着中华人民共和国的建立，中国社会将发生根本性的变化，政治性组织的救国会将何去何从？1949年12月18日，沈钧儒和他的战友们给出了答案，他们在北京召开会议表示，中国人民救国会号召的政治主张已经实现，完成了历史使命，没有必要继续存在。因此，宣布解散。并表示今后将在中国共产党的领导下，为社会主义和共产主义的光明未来努力奋斗。

早离开救国会的章乃器到会致辞，回顾了救国会辉煌的历史。同时，王造时主持了救国会上海分会的座谈会，宣读了结束宣言。这个诞生在上海的政治团体，历经 14 年结束了它的历史使命。

那些曾经的救国会领导人和积极参与者，秉承一贯的实事求是精神、踏实肯干作风、敢于发表诤言的风格，为新中国的立法司法、经济金融、文化教育建设立下汗马功劳，在共和国的史册上镌刻下大写的人生。

（原载《人民政协报》 2020 年 12 月 10 日，人民政协网转发）

"淮夷"的星穹

1. 驱车赶往洪泽湖时，稻子已收割完毕，秸秆散落在稻田里，苞米撒在晒场上，农人用耙子梳开苞米，便于晾晒。车行不久，驶上陈旧的盱眙淮河大桥，友人指着窗外的湖面说："西边为淮河，东边为洪泽湖。"

"唐代有一个叫李绅的诗人，出任淮南节度使，巡视过这里，写下这样的诗：'山凝翠黛孤峰迥，淮起银花五两高。天外绮霞迷海鹤，日边红树艳仙桃。岸惊目眩同奔马，浦溢心疑睹抃鳌。寄谢云帆疾飞鸟，莫夸回雁卷轻毛。'可惜，现在看不到那时的景象了。"我惋惜。

"时移势迁，何足伤感。"友人表示。下了车，站在桥中央，发觉车辆驶过时桥身有些晃动，让人生出垮塌的担忧。定神举目，淮河并不宽，河水舒缓地流向水面开阔的洪泽湖。友人告诉说："相邻的溜子河和稍远的下草湾河都是支流，分担淮河汛期的泄洪。"

洪泽湖，古称富陵湖、破釜塘、洪泽浦，唐朝始用洪泽湖，延续至今。它原来的水域面积不大，黄河南途经泗水在淮阴以下夺淮河下游河道入海，淮河失去入海水道，在盱眙以东潴水，历经明清两代，下游河道泥沙淤高，排泄不畅，水流汇聚，小湖化为如今的大湖。

洪泽湖的水来自淮河，发源于桐柏山主峰太白顶西北侧河谷的淮河，跨河南、湖北、安徽、江苏和山东五省，流域面积近 20 万平方千米，干流全长一千余公里，淮水一路奔腾，流入洪泽湖，输送水量占洪泽湖的百分之七十以上。

三国时吴人徐整在所著的《五运历年记》有盘古开天地"肠为江海，血为淮渎"的表述，淮河水是盘古体内的血液的外泄，照此推说洪泽湖蓄存的水，大部分也是盘古之血。

在淮河的源头，充斥着神异和诡谲，缥缈的水雾隐约让人读到盘古的传说，地表上盘古文化的质证性物体随处可见，还可以听到大禹的故事。盘古开天辟地与大禹治水的传说融合在一起，一神一人的故事表述，显露出早期人类文明的曙光。

有趣的是巫支祁的神话，不仅流传在淮水源头，下游也有相验。当然，在下游更多的是老子传说。紧邻盱眙淮河入湖口的老子山，突向烟波浩渺的洪泽湖。据说春秋末年，李耳四方云游，途中食用了西王母的仙草成仙，他骑着青牛从天庭飘落到水中的一块巨大的礁石上，后来水退去，礁石原来是一座小山顶。李耳举目远眺，此处山色清秀，湖水浩淼，旋即决定在此修道，采药炼丹为渔民治病，解除百姓的疾苦。此后，杳然而去。在这里，人们尊称他为太上老君，并把这座山叫老子山，山上的仙人洞、炼丹台、青牛迹等，似乎在验证传说的真实。

到盱眙的目的，是弯道去地处泗洪县双沟镇的下草湾古人类遗址。记得 1970 年代中后期，读过一本叫作《化石》的杂志，记录着古脊椎动物和古人类研究专家杨钟健曾在下草湾河畔采集到一段骨化石，经他确定为人的股骨化石，属于晚更新世后期的人类。之后，考古人员在同一地区发现旧石器（距今四万至五万年）遗址，面积 1500 平方米，出土有刮削器、尖状器等，被命名为"下草湾新人"。这一遗址的状况如何，我一直心存去看一看的念头。

沿着 121 省道来到下草湾已是傍晚，按导航仪的引导，没有找到遗址，便下车询问。寥落的小村庄空空荡荡，行无一人。远处路旁有家卖杂货的小店，前往入内，店主抬起蒙眬睡眼，含含糊糊地告诉了大致的方位，方知道导航仪出了错。按原路踅回，行驶六七公里，见路旁的荒坡上耸立一块形状奇异的石头，刻有"下草湾人遗址"六个大字，金粉成色崭新，估计新近涂上。踩过一片瓦砾，爬上荒坡，走近奇石，发现另有一块灰黑色小石板不显眼地立着，上书"二〇〇二年十月"字样，灰黑色石板尚未嵌入泥土中，显然刚刚移挪过来，还没来得及加固。

下草湾人遗址在一片瓦砾杂草当间，史前人类文化的神秘感全消，心里不是滋味，又有些不甘。试图寻找路人问明情况，公路上行人全无。定下神来，远处有个小村落。小心翼翼地下了荒坡，径直跑去。

老农扒拉着苞米，漫不经心地说："当年挖完，全部装箱拉走了。"

"就剩一块石头竖着？"

"你想咋样？"老农反问。

乱石岗难以让人感悟旧石器时代的气息。即使后来，去了当地博物馆，也没见几样陈列品与下草湾新人有关。

奇形石头矗立处毗邻下草湾河，河水流淌到洪泽湖。大概不在汛期，有工人在固坝修堤，不少大型施工设备运行得噪声极大。我爬上堤坝，河道里水不多，举目远眺下草湾河逐渐变宽，平静地流向洪泽湖，再看两岸的农田村舍，别有一番厚重的美感。

淮河，告诉人们盘古、大禹、巫支祁的传说，也讲述李耳、庄周、刘邦与他子孙、朱元璋与淮西集团的故事。史前人类的印痕又在诉说什么？这片神奇的土地散发出的独特气息，足以诱使人静下心来仔细回味。

刨去上古时期的神话传说不说，单从考古角度看淮河游流域祖先活动的痕迹，人类在旧石器时代，便留下了一百多处遗址，一群古老的高等级生命活跃在这片土地上，令人遐想……

几乎与北京周口店猿人同期，淮河水系泗水的支流——沂水河畔繁衍生息着沂源猿人，他们与北方的同类遥遥相望。这一族群的一部分不知什么原因沿着古淮河，步履蹒跚地向西行走，也许他们凭着本能感觉到往东迁徙会遇到大海。他们会不会是史称淮夷的祖先呢？考古学界难以给出答案。

这是一次行动缓慢的迁徙，行走了三四十万年，一群属于晚期的智人开始生活在淮河中下游的下草湾，距今约四五万年。也就是先前说到的那块奇石孤立着的周围。我想，这些早期人类似乎喜欢盘桓在淮河两岸，土地肥沃、草木茂盛、猎物易获。斗转星移，日月变迁，他们学会了涉水渡河，河中捕鱼成了他们的拿手好戏，同时还学会了种植稻粟，肥沃的土地总能使他们有所收获。

相距不远的古淮河南岸的淮安青莲岗（距今约六七千年），也是人类的定居点。青莲岗人生活在这里时已是新石器（距今一万多年前至五四千多年）时代，他们食用籼稻，使用石器陶器，还有让人鲜见的渔猎用具。他们的生活质量，远远高于下草湾人，用烧土搭建长方形或圆形的房屋，死后埋在氏族公墓地里，先行单人葬，后出现少数成年男女合葬墓，随葬的有陶器、工具和装饰品。这一遗址的发现，把淮河中下游流域的原始文化，同中原黄河流域的原始文化有机地联系了起来，在地域上连成了一片，形成了我国新石器时代文化的完整体系。

考古学家阚续杭曾经告诉我，在淮河中下游地区发现三四万年前的下草湾人和西尤等旧石器时代遗址，出土了淮河先人打制的石器和共生的古象等动物群化石。"八千年前淮河流域的人们创造了贾湖、小山口、顺山集等新石器时代早期氏族文化。距今七千三百至六千多年前的双墩文化和侯家寨文化是淮河流域两个延续发展的新石器时代中期氏族聚落文化，也是淮河中游地区最早确立的新石器时代文化，它不仅填补了空白，且在淮河流域人类历史发展脉络和文明起源等方面发挥了重要作用。"

那么，淮河上游的情况又如何呢？溯河而上，进入上游，两岸古人类活动足迹依然稠密，他们生活在同一个水系中，是不是同一个祖先？比如，生活在驻马店打石山、新蔡诸神庙、郑州老奶奶庙等旧石器时代的人们。而进入新石器时代的裴李岗文化，分布范围以新郑为中心，东至河南东部，西至河南西部，南至大别山，北至太行山，横跨黄淮两河，密集分布于淮河水系中。它是仰韶文化的源头之一。

在鄂豫皖交汇的信阳，紧邻淮水南岸，现存的南山嘴文化遗址，距今七千至四千多年，新石器时代，遗址南北长 67 米，东西宽 66 米，面积4488 平方米，包含两个文化层，上层厚约 0.2 米—1 米，泥质中有黑陶、灰陶片，可辨器形有鼎、鬲、罐以及磨制石器等，陶片纹饰有划纹、弦纹、绳纹和附加堆纹；下层厚约 0.70 米—1.10 米，褐色黏土中包含夹砂灰陶、红陶、泥质灰陶和泥质红陶片，其中可辨器形有盆、罐、鼎、环、纺轮、弹丸以及打制、磨制石器等，陶片纹饰有绳纹、划纹、弦纹、窝纹和附加堆纹。显然，此处的规模比淮河中下游同时期的小了许多，出土的器物品种也少，更无缘渔猎工具的残迹。

出淮西北行，距离淮源一百多公里的南召猿人，生活在五六十万年前的旧石器更新世中期，与沂源猿人、北京猿人同期，被称为中原人类的鼻祖，繁衍生息在杏花山上，不愿迁徙到淮边生活，这恐怕与他们习性有关。淮河流域的文化源头与中原黄河流域的文化存在神秘的隔断，似乎又有着某种联系。

2. 那天，跟友人驾车由南向北穿过蚌埠朝阳路淮河公路大桥，去寻找距淮河仅七公里的双墩遗址（距今约七千年），它与青莲岗新石器遗址同期。公路大桥往来车辆不少，堵车严重。过桥后，行驶在一条宽敞的大道上，两旁是连片的无人居住的高层住宅和在建的工地，越往深处行驶，新房盖得越稠密，人迹越发稀少。

车拐入乡间小路，在一片简陋的农舍里七转八弯，终于在农田边觅得双墩遗址。大概原本想建遗址公园，不知什么缘故烂了尾。门楼破烂摇摇欲坠，园内几组反映古双墩人生活的雕塑矗立在杂草中，斑驳、孤零。沿着小径爬上土墩，不一会连小径也没了踪迹，只能踩着杂草前行。当年的挖掘现场，已盖上钢结构大棚，往下看挖掘过的地上用薄膜塑料覆盖，依照上面的尘土判断，已经多时没人翻动……

这一遗址出土的众多陶器，有刻画符号，形象生动体形规范，内容丰富多彩，涉及山川、河流、太阳、动物、植物、房屋、猎猪、捕鱼、网鸟、俘鹿、种植、养蚕、编织、饲养家畜等，以及记事、记数等几何类的图形，涵盖了生产、生活、精神方面的内容。专家认为它符合文字固定形态和社会特征。多种单体、重体、多重体和组合体符号具有表达复杂和完整的情节，是一套象形、会意、指事功能强的记事符号。

友人问："凭什么认定这些刻画不是装饰，而是文字符号？"

"依照常识。这些刻画大部分集中在碗、钵、杯陶土制品不显眼的地方，如果用于装饰，应该在明显处，这是依据之一。当然，还有其他的。"我答。

这些刻画简洁、生动、形象，意义、用途特殊，具有文字书写特点。刻画符号由两种及两种以上的符号组合，并有主纹与地纹的区别，表达了相对完整的意思，显现出语段文字功能。符号具有规律性，自成体系，在定远侯家寨遗址也有发现，同一符号在不同遗址内出现，说明在一定范围内已得以认同并使用，具备文字社会性的特点。依上判断，双墩刻画符号既有物象，又有表意的文字功能，记录传承了淮河流域先民对生活、环境和宇宙地理自然界观察的思想观念，具有可解读性，应当是中国文字的雏形，文字源头之一，也是文明源头的直接证据。

回到蚌埠市区，去看博物馆。一打听，已经搬出老城区，在淮河南岸的龙子湖畔。趔回淮河公路大桥，来到博物馆。

博物馆内陈列着双墩遗址出土的物件。陶器群"釜文化"的标志是"四鋬手平底罐形和钵形釜配套祖型支架"，还有甑、灶框、桶形圈座、鼎炊器，盛储器或生活用具罐、碗、盆、钵、豆、勺、盂、盖，工具是纺轮、网坠、投掷器、骨器、蚌锯、蚌刀、刮削器、石斧等。

那时，陶器流行平底，鸟首形鋬手，鸟首形耳系比比皆是，陶器形状与水鸟形象相关联，表现出先民对水鸟的崇拜，证明新石器时期淮河边短尾鸟是常见的飞禽。

吸引人的自然是陶塑人头像残件，采用捏制、堆贴加刻画的方法，将一个充满活力的人头形象完美地展现出来。他不仅双目炯炯有神，而且两颊各戳刺着五个排列整齐的小圆窝，额头上刻画重圆纹，具有鲜明的地域特色、原生审美和学术研究价值。有学者认为它是原始部落的雕题纹面或其它徽章性的符号，额头刻有重圆纹象征"天、天穹"，两颊各 5 个圆点加两个鼻孔为 12 法天之数，正是一年 12 个月"历法纪年"标志符号，也是天圆地方的古宇宙观。在他们的眼睛里，这件在额头和脸颊刻"天文历法"标志符号的人具有特殊身份，象征原始部落首领或巫师的权力或是一件神圣的供祭拜的氏族祖神的形象。

我没有想得那么多，兴许先人是为装饰那张脸，而缺乏表现手法和工具，无奈之下才弄成这个样子。我更不认为，它"具有特殊身份"，或是某个陶工夭折的孩子或是年轻的伙伴，脸上的笑容是那么纯真和灿烂。

……

3. 小车驶上淮河公路大桥，桥下的淮河水不紧不慢地流淌。记得有一年隆冬的深夜，途经它时，特意停车，下去感受这条位于我国南北之间河流的寒冷，肌肤产生的异样感受，北方的严寒夹杂着南方的阴冷。同行的气象专家告诉我，淮河南岸最冷月平均气温不低于 0℃，雨季较长，年平均降水量为 750 毫米—1300 毫米；北岸冬冷夏热，四季分明，日平均气温低于 0℃ 的寒冷期，普遍在 30 天以上，雨季较短，年降水量一般不超过 800 毫米。它是我国亚热带和暖温带的分界线，气候、水文的不同，导致植被以及农业生产的差异，继而形成生活方式和社会习俗的不同。

这种状况，史前的祖先不会感知，因为那时的淮河两岸气候要比现在温润许多。他们努力地继续沿河西行，来到距离淮河重要支流涡河极近的地方安营扎寨。当时，这里气候温和、水道繁复、土地肥沃、雨量充沛，光热资源丰富，给农作物生长提供了优渥的自然条件。

西行的小车，在省道上行驶，途经不少乡村，人迹稀少，许多路旁的小店已经空置，显然因无生意可做而被放弃。傍晚，终于来到蒙城一个叫做毕集村的地方，天空很好看，至于被誉为中国原始第一村的尉迟寺遗址（距今五千年）还在寻找中。车子来来回回好几趟，方在公路边看见制作粗糙的鸟形神器雕塑立在路口，问了村民，经指点，来到一片陡峭的玉米地前犯了难，如何爬上去？一侧是小河，搞不好会跌入其间。最后，和友人还是决定沿着玉米地的边缘，拉住地里长出的根茎，小心翼翼地爬上去。

尉迟寺遗址面积约为 10 万平方米，挖掘时发现红烧土排房完整、规模庞大。自 1980 年代末起，中国社会科学院考古研究所先后进行了 13 次发掘，在一万平方米的范围内，清理出房屋遗迹 78 间，墓葬三百余座及大量的灰坑、祭祀坑、兽坑、活动广场等遗址，出土陶、石、骨等文物近万件，被史学界专家誉为"可与金矿媲美的资源"，是迄今为止考古发现的保存最完整、内涵丰富、规模最大的原始社会新石器晚期村落遗存。

上了土墩，令人失望，四处皆为玉米地，中间一个大坑长满藤蔓。据说，尉迟寺遗址有一个独特的现象，考古人员在清理房基倒塌的墙体时，惊喜地发现了大量的稻壳拌泥痕迹和粟类浮选标本。由此，印证尉迟寺人受到南北农耕文化的互交式影响，或掌握粟稻两种粮食的种植技术，或拥有这两种粮食的资源。北方的粟类作物向南方传播，南方的稻作文化向北传播，在这里形成交汇点，导致尉迟寺人粟稻并食的食物结构。正是尉迟寺遗址出现的这一特殊现象，寓含着这一地区的农耕特点和随之而形成的与众不同的文化。

这里的人们，稻米粟稷兼食，淮河南岸以稻米为主，北岸以粟稷为主；居所南岸以木结构加上草泥糊墙为主，北岸以夯土建筑为主；发音南岸语音以平舌为主，北岸语音以卷舌为主……上述种种的不同点，形成了南北之间的差异和不同的文化性格。通俗地说，淮河以北，称为北方，淮河以南，称为南方。而淮河流域狭长地带，由于地质、气候、动植分布、区域位置的不同，导致稻粟皆食，木结构与夯土建筑共存，平舌卷舌音通用的现象。

长期以来，不少学者专家在强调淮河南北分界线时，忽略了融合南北生产和生活方式，且具地域特征的淮河文化的存在。这种文化既不同于黄河流域的文化，也不同于长江流域的文化，具有淮河流域自身的特点，与其他流域的文化共同架构起中华文明的价值体系。史前淮河流域人类的频繁活动遗存证明，在黄河和长江流域史前人类活动的同时，淮河流域人类活动丰富，建立了淮河生产和生活方式，同时，有了自身的文化。他们自有源头和发展轨迹，文化特征鲜明。素未谋面的中国科学技术大学博导师张居中教授在发给我的邮件中表示："淮河流域的史前文化有其自身特色和发展脉络，有学者在二十世纪七十年代就提出了各大文化区系间存在文化交汇的连接带，并关注到以淮河中游为主体的苏鲁豫皖邻境地区。淮汉文化带、淮系文化说等观点的提出表明学者已经认识到淮河流域考古学文化的独特性。"淮河族群与华夏、苗蛮集团三分天下，为中华文明的起源、发展和多样性作出了贡献。

扫兴而下，有老农骑车而来，询问。老农答："当年挖出来的东西全带走了，发掘现场填了。那坑可能是当时没填平。"再问，老农答村东边有块石头竖着。友人驾车速往，果然见一石碑站立在那里，上书全国重点文物保护单位。友人笑说："全填了，啥也看不到了。"

天色渐晚，赶往县城，下榻当地国际大酒店。蒙城产牛，牛肉自然成了当地的一道美食。晚餐主食锅仔牛肉。一锅实实在在的牛腱子肉仅五十来元，算来还蛮实惠。酒免不了的，大概在尉迟寺遗址没见到什么令人振奋的东西，败了心情，无兴多饮。酒尚有大半在瓶里晃荡，两人均表示作罢。

次日，去县博物馆。

友人问："什么感受？"

"他们是一群崇拜鸟的人，这可以在出土的陶器中得到验证。"我答道。记得有一次路过江苏金坛，闻悉境内有早期人类生活的遗址，便去了博物馆，那里陈列着一个叫做西岗的地方出土的器物。西岗三星村遗址与尉迟寺遗址均属新石器时代，距今五千年以上。三星村出土各类陶制器物四千多件，鲜见鸟形器，仅有一件疑似，制作工艺比尉迟寺的简单、粗糙。地处江南的三星村水系发达，水鸟应该不少，三星村人对鸟并不动心，没有在日常用具中融入它们的形象，说明了什么？

"可能是由审美、寄托、向往而引发的崇拜问题。"友人回答。

"三星村遗址发现的陶制品，大都是日用品，比如陶盉、陶罐等，与同时期的遗址出土物比较，丝毫不逊色，有的甚至超过其他地方。一定程度上反映了他们的务实人生态度。"我分析道。

"这是长江流域下游，尤其是江南农耕社会的一种文化现象。"友人说。

"还记得有一次去看崧泽遗址（距今六千年）吗？它应该与西岗三星村属同一时期，而且同处长江下游环太湖地区，崧泽出土的陶器，在陈列中几乎没看到一件与鸟相关的器具。"我说，友人点头。

巧的是，那次路过金坛，到常州办完事后，经南京飞抵兰州，参加一个学术研讨会。会议期间抽空去了趟甘肃省博物馆，目睹了黄河边出土的大量精美的陶器。

"那里鸟形器多不多？"友人问。

"我原本以为生活在黄河边的祖先也会崇拜飞鸟，却有些失望。"

应该说那里也是祖先喜欢居住的地方，聚集仰韶、马家窑、齐家等文化，陶艺水平较同时期其他地区略胜一筹，比如距今五千至七千年前，属仰韶文化的人头形器口彩陶瓶，让人叫绝。器口的人头塑像，神情与双墩出土的纹面泥塑人头像颇为相似，且精美许多。双墩遗址的年份在距今七千年左右，与仰韶文化相近。

在兰州，看到祖先制作的陶器数量多、品质高，具有较高的艺术价值。可惜，鸟形为体型的却不多，印象颇深的是红陶刻画纹鸟形器，器形两侧刻有鱼状、水珠、水波之类的纹饰，属于新石器时期的齐家文化，距今四千年前，再有一些陶罐的纹饰与鸟形有关，仅此而已。这种现象不仅在黄河上游出现，在陕西也类似，那里的祖先也很少把鸟的形象运用到他们的日常器皿中。

友人说："这样，把黄河长江边的人类文化遗址与淮河边的尉迟寺遗址一作比较，就可以看到有趣的现象呀。"

"不仅是现象，实质是不同地区形成的文化的不同，地域文化的独特性。正可谓一方水土养一方人。在我到过的寿县、凤阳等沿淮县市级博物馆都得以印证。"

尉迟寺的许多文物陈列在县博物馆里，鸟形神器单独陈列在精美的展柜中，显示出它的独尊。壁柜中还展陈出同时出土的鸟形陶鬶，形态各异，但是一眼便知是鸟形的演绎。应该说，这座县级博物馆，有如此丰富的展品，让人感叹。精美的展陈形式和压抑的空间，让人无法感悟到历史的天空，获取更多的先民信息，失去许多历史的真实。

那么，活跃在上古时期淮河两岸的族群，是不是以后被史学家称为淮夷的祖先呢？

4. 夷是掌握话语权的中原王朝对古代东南部各族群的泛称，史料上记载极少，显得格外扑朔迷离。一些学者认为夷在夏朝以前生活在今山东、河南等地，东方九黎族部落首领蚩尤在与华夏部落交战——涿鹿之战中失败瓦解，一部分融入华夏部落，另一部分举家南迁，至淮河流域一带定居。殷商时代称为九夷，史学界称为夷方。周朝时才有东夷、淮夷的名称出现。可见，那时中原王朝对于夷的了解并不多。

淮夷被认为是东夷的一部分，以居住于淮河一带而得名。如果说淮夷是外来户，那么，原先生活在淮河两岸的原住民比如尉迟寺人的后裔又去了哪儿？而且，他们已经形成颇为先进和独特的文化，不可能杳无行踪。细心揣摩，应该说原住民并没有消失，他们与外来族群融合在一起，这种融合或许通过战争，带着血腥；或许为了族群的利益，相互包容共同维护。然而，可以肯定的是此时淮河两岸人口骤增，生产力提高，相对富庶。

又有一种观点认为淮夷是个小国，南宋史学家郑樵撰写的《通志·氏族略·夷狄之国》"淮夷氏"条注曰："《姓纂》云：淮夷，小国。入周，因氏焉。其地，今淮甸。"其故城在淮河下游地区。如果是小国，他们又有多少能力参与中原政权的角逐，抵御来自中原王朝的入侵？

淮夷与商的关系，时好时坏，在国君武丁（？—前1192）中期，双方关系似乎和睦，互有来往。武丁中晚期，战事频繁，武丁诸妇（嫔妃）之一、著名的女性军事首领妇好曾率领军队前往征讨，可见淮夷的强大。

古文字学家、考古学家、诗人陈梦家在《殷虚卜辞综述》一书中认为，殷墟卜辞中记录的"征人（夷）方"，指的是征伐生活在淮水边的淮夷。据卜辞记载，商末乙、辛时期的重要战事有十祀和十五祀两次，帝乙和帝辛都曾率领军队征伐了夷方。

卜辞十祀记载："甲午卜王贞乍余，朕和西，余步从侯喜正人方（征夷方）……告于大邑商……才九月……隹十祀。"《殷代商王国政治地理结构研究》一书的作者韦心滢在综合各家的征夷方日谱排序后得悉，商王军队过了亳不久即进入敌方领域内，到了春地后又重回到商王国域内。因此，商王朝的东南边境应在安徽西北部宿州至亳州沿线以北，即淮夷聚集地。商国王返程时，停留攸地之后，便前往齐地征伐残余夷方势力。从十祀征夷方来看，有杀伐属于淮夷的林方及擒执可能属于东夷的冑方及夷方首领兽，并焚杀了伯樅。陈梦家认为林方就在今天的凤阳附近。商王朝与夷方之间的战事频发，夷方是商王朝劲敌之一。淮夷聚集地，又首当其冲，成为当时的主要战场。

时至西周初年，淮夷参与了周王族之间的内乱，跟随姬鲜管叔等人反对姬旦——周公的摄政，于是姬旦东征三年，始将叛乱扑灭。武力征服包括淮夷在内的五十个小国，周已不再是囿于西方的"小邦周"，而成为东至黄海，南至江淮，北至幽燕的泱泱大国。这个所谓的大国是联邦形态，比如淮夷已经归顺，它的社会组织机构、管理方法没有发生根本的变化，文化、习俗依然保持着。

也许正是周公的东征，使夷方长期与周王朝处于敌对状态。1975年初春，陕西扶风县农民在犁田时，发现了十八件青铜器，其中一件制作精美的簋，它的内底和盖内刻有一百三十四字的铭文，记录了周穆王时期录伯或与夷方的一次战争：某年六月，淮戎侵扰，王令录伯"或率有司、师氏奔追袭戎于椷林（西周郑国都城，在今陕西华县），搏戎胡"，大获全胜。"获馘百（割左耳一百只，即指杀敌一百人），执讯二夫"，缴获盾、矛、戈、弓、矢、胄等兵器一百三十五件，同时救回被掠走的西周百姓一百十四人。由于有其母日庚的灵魂护身，"朕文母竞敏圣行，休宕厥心，永袭厥身，俾克厥敌"，毫发未损。为感谢母亲的恩德，或特制此簋，"尊享孝于文母，其子子孙孙永宝"。

淮夷能够侵袭诸侯国的郑地，可见彼时势力可触及汉水流域，远非人们认知中那么弱小。

周厉王三年（前876），淮夷发兵进逼洛邑，周厉王派虢公长父征讨淮夷，由于国力衰减，虢公长父没能取胜，对峙而望。之后，淮夷和东夷部落参与了噩国（在今河南南阳东北一带）反对周王朝统治的战争，声势浩大，气势凶猛，一直打到成周（今河南洛阳）附近，威胁周王朝东都的安危。周厉王调集大军，从西、北两个方向向河洛地区聚集，形成夹击之势，歼灭噩国的军队，跟随噩国起事的淮夷，也遭受打击。淮夷不屈，再次发兵向周朝进攻。周厉王命虢工长父率兵反击，未能取胜。淮夷气势高涨，发动进攻，一路浩浩荡荡，深入到周朝的中心地带，打到伊水、洛河之间。周厉王亲临成周指挥，命令周将率领精兵反击。淮夷无法招架，只得败退。周军乘胜追击，最后击败淮夷，斩俘一百四十余人，夺回被淮夷掳去的周民。

周厉王时期，淮夷不息的抗争，与周厉王的无道有关。周厉王违背周人共同享有山林川泽以利民生的典章制度，实行"专利"，以国家名义垄断山林川泽，不准国人（指工商业者）依山泽而谋生，借以剥削人民。这遭到百姓的强烈反对，公开谴责声不绝。有人劝谏说："百姓不能忍受暴虐的政令！"周厉王大怒，找到一个卫国的巫师，让他来监视那些议论的人，巫师告谁议论，周厉王就杀掉谁。这样一来，议论的人逐渐减少，但诸侯也不来朝拜了。墨翟在《墨子·法仪第四》中表示："暴王桀、纣、幽、厉，兼恶天下之百姓，率以诟天侮鬼，其贼人多，故天祸之，使遂失其国家，身死为僇于天下，后世子孙毁之，至今不息。"司马迁在《史记·太史公自序》中说："幽厉昏乱，既丧酆镐……幽厉之后，周室衰微。"可以说，淮夷在周厉王的暴政面前，表现出不屈不挠的抗争精神，是一种联邦部落对集权统治的挑战。

后来，淮夷臣服了周朝的统治，《诗经》记载着这样的诗句，"憬彼淮夷，来献其琛"（《鲁颂·泮水》），"至于海邦，淮夷来同。莫不率从，鲁侯之功"（《鲁颂·闷宫》）。在与中原王朝的抗争中，淮夷是输了。

"这个被称为淮夷的庞大族群，建立的是怎样的社会形态？"我脱口而问。友人告诉我他对淮夷的解读："一个庞大的以血缘、通婚、饮食结构、习俗、语言、图腾等为纽带，联系在一起的族群，人群分成不同的部落，构成相对独立的氏族联邦。"

"那么，它的社会架构一定十分松散，各个部落各自为政，需要时才集结力量一致对外。"我猜测。

"族群没有最高首领统领，极有可能是由部落的领袖共同决策，指挥协调族群的统一行动；也不排斥某一部落单独对外行动，其他部落响应。淮夷部落之间的关系相对稳定，交往密切。这一些推断，从考古中可以间接地得到证实，文献中很少出现淮夷领袖的名字，大都用'淮夷'两字进行指称。"友人笑着说。

我以为淮夷的社会形态应该由考古发现加以佐证。友人摇头道："恐怕难。现在，一般认为淮夷主要生活在公元前21世纪至前3世纪之间的淮河流域，是一个强大的部族群落。在漫长的夏、商、周三代，一直与中原王朝分庭抗礼，时而交流，时而战争，在交流与战争中融合。"

"淮夷应该留有文字记录。"

"文字类的东西刻在骨、陶上，铸在青铜器皿上。一定是被战胜者毁了。目前，尚未发现。"

"劫难太多。胜利者不会记录失败者有过的辉煌，他们没有话语权。"

......

此时，站在凤阳临淮关镇东钟离古城遗址的夯土墙上，城墙内的农田与残存的土墙几乎一般高，站到残存的古城墙上容易。有风起，衣袂动，临风怀古，却感觉少了些什么。

"少了什么？酒呗。"友人答。

谈笑间，俯首可以清晰地看到城墙上人工夯实的痕迹，四五米宽的护城河，河水依然在静静地流淌。

陪同我等的是滁州文化馆的老曾，肤色黝黑，笑容纯朴，一双眼睛闪光有神，一看就知道是用心做实事的人。他告诉我，依据考古和推测，钟离城原有四方形夯土城墙，面积近十四万平方米。"关于钟离国的记载罕见，就推测而言，一般说来是在西周的时候，由伯益的后代受封而建立，是西周、春秋时代的诸侯国之一。国君为嬴姓。由于处在吴楚之间，钟离国被两国反复争夺，最后归楚。钟离国灭后，城池还在，钟离旧民还生活在这里，楚王派大夫来钟离城主持政务。"

友人指着脚下的土地，"钟离国应该是淮夷的一个重要联邦成员。"他感慨，"夏商周时，江淮流域有史可查的小国不少，安徽省境内有二十多个，北有钟离国和今长丰县一带的虎方国，南有巢国、桐国、舒国，西有六国（六安境内）等，它们面积不大，但相当富庶。可惜留下的历史痕迹稀少。"

老曾说："这个地方，'吴头楚尾'，长期是楚、吴的掠夺对象和兵戎相见的战场。后来，吴国的势力渐渐萎缩，楚国成了这片土地的主宰。"

记得曾经到过白塔河边的石梁土城遗址，距离扬州、南京已不远。石梁，古称卑梁，春秋后期，它的西端应该是钟离国的东部边界，典故"卑梁之衅、血流吴楚"的发生地。据《史记·楚世家》记载：卑梁系吴国的城邑与楚国的钟离一界之隔。一天，卑梁与钟离的两个女孩采桑叶时，发生争抢的口角。两家大人听闻随即赶到事发地，先是相互指责，继而大打出手，结果钟离人打死了卑梁人。卑梁的百姓怒不可遏，守城的长官带领大兵杀进钟离。楚平王接到报告，调拨军队攻占了卑梁。而吴王对楚国领土早有觊觎之心，正愁没有借口，自然不会放过这个出兵机会，派公子光率领大军进攻楚国。最后，吴军攻占了钟离和另一处重镇。

我说："随着楚国的势力不断壮大，淮河中下游地区的文化，深受楚文化的影响。在淮安，那里的一个区过去就叫楚州。当时我蛮惊讶，怎么会有这样的地名？我到过来安县最靠近南京的地方，发现那里的小村庄也叫什么什么'郢'，由此可见楚文化的影响。"

友人扼要地讲起二千七百多年前，东周时期的淮夷走向："那时，淮夷的命运与齐、楚、吴捆绑在一起，尤其是具有八百年历史的楚国。大约在齐桓公称霸时，淮夷的江、黄部落依仗齐国势力，拒绝向楚国纳贡，却没有得到齐国保护，那两个部落不久就被楚国吞灭。后来，楚国又灭六、蓼、舒蓼部落。大国徐国在齐、楚对抗中采取联齐抗楚的立场，但终不敌强楚，将政治重心东移。吴国称霸东南时，伐郯、巢、徐，许多已经被楚国占领的淮夷部落，又被吴国侵占。吴楚两国抗衡时，楚国灭舒庸、舒鸠；吴国灭徐国。泗上淮夷莒等几个小国苟延至战国。春秋后期徐国灭亡，淮夷作为一个有影响的政治文化集团，基本上退出了历史舞台。"

晚间，饮酒，微醺。我说："联邦样式的社会架构，最终被由上而下的分封制战胜，后来，分封制又被帝王专制的中央集权制度取代，这是中国古代社会的必然。"

友人说:"我国的地理具有相对封闭特征,许多重要的江河发源于西部高地,人口却聚集在它们的中下游;东南沿海的季风气候,能够吹到中部地区,自然灾害频发。在这样的环境中演进的中华文明,逐步形成的是大一统观念,天下'定于一',需要一个强大高效的行政系统承担社会救助职能。所以,联邦样式的社会架构,在中国难以奏效。"

这个解释,强调的是自然客观因素。"淮夷可以用联邦的形式对抗中原王朝,它一定有过联合抵御自然灾害的经历。再回顾大禹治水,也是领导氏族部落干的事情,绝非在哪个天子、君主领导下所为。根据我的认识,中国古代绝大部分战争不是因为无法联合抗击自然灾害、有效救助社会而引发的,开疆拓土、逐鹿中原、雄霸天下,似乎更是所谓天子、帝王主导的价值观念,灌输给人民。"我说。友人不以为然。"这种开疆拓土,本质上是抢占优质资源,扩大统治区域,掠夺其他族群,绝非为了自然灾害。而且,遵从的是弱肉强食的丛林法则。"我补充。

5. 距中都城遗址不远的一处徽派风格的庭院,便是凤阳的文物管理所。一行人走进院子正中间的大屋子,屋里四周简陋的架子上摆放着不少陶罐和青铜器皿。一位老者正在聚精会神地修复一件青铜器,见有人来访,放下了手里的活计。

老者告诉我们,这一带零零星星发现的青铜器大都是春秋晚期的器物,形制、纹饰与湖北发现的青铜制品相似。仔细观察,果然如此。记得,寿县蔡昭侯墓出土的青铜器乔鼎、敦、汤鼎、盥缶和尊缶等,形制、纹饰图案,精致、新颖、浪漫,楚风楚韵,与黄河流域文化有着明显区别。

"淮夷文化为什么没能与黄河流域文化相结合,而是与楚文化融合在一起呢?除了楚国用武力大肆占领了淮夷,是否在政治、文化、审美、宗教信仰、习俗上具有同一性呢?"这样想着,便脱口问道。

一旁的友人笑着说:"问的蛮有意思。楚国长期也被中原王朝视为夷,楚人自认不讳。在周夷王时,楚国已称王。到周厉王时,厉王暴虐肆行,楚国国君熊渠怕惹火烧身,于是自动取消王号。这是淮夷与楚国命运的共性,都曾被蔑视为夷。"

"有点难兄难弟的味道。淮夷更惨了些,留下来的东西太少。"

淮夷文化,或者说古代淮河文化,与楚文化在精神层面有着相同或者相近的地方。淮夷与楚人都有自己的文化传统,他们不故步自封,善于接受外来文化;他们的崇拜物也不同于北方:楚人崇火尚凤、亲鬼好巫,淮夷崇水尚鸟、亲神好卜。共同的是天人合一,追求浪漫,与黄河文化尚土崇龙、敬鬼远神、天人相分、力主现实,形成鲜明的对照。再仔细分析水与火、凤与鸟、鬼与神、巫与卜,在哲学、信仰、审美诸多方面存在着同一性。

应该说,淮夷文化与楚文化结合后,淮夷文化已经不具备绝对的独立性,而是掩盖在楚文化之下存在,与之相互渗透。为什么是覆盖,而不是覆灭呢?我告诉友人自己的理解,中国文化有一个特殊现象,呈现表层的文化,往往是现世统治者推崇的东西。在这一文化层面下,存在着另一个甚至多个文化层,以它的主要特征所处的历史时期进行分层,比如不同地域、不同人群形成的文化层,更符合自然生活环境和实际生活的需要,直接制约人群的思想、行为方式,很难被上一层或几层的文化所取代消灭。同时,文化思想是一个活体,多个文化层经过碰撞融合发酵,形成新的文化思想层,才能有效的被人接受,化为实际行动。这是一个漫长的过程,楚国统治下的广大淮夷人口居住地,淮夷文化事实上依然存在于,由于两者复合程度高,淮夷文化的特征明显弱小,以楚文化特征呈现于世。

"你是说,淮夷文化没有被消灭,而是与楚文化结合在一起,影响着后世?"

"可以这么理解。"我回答。

淮夷文化与黄河流域的文化差异比较大，内存的同一性小。在中原地区实行由上而下的分封制，以及商鞅变法后秦国出现的军事化中央集权制时，生活在淮河流域的淮夷尚处在氏族联邦形态之中，他们的政治、文化、审美、宗教信仰、习俗与黄河流域迥然不同，受到中原文化的鄙视和打击，尤其在秦灭楚和始皇帝统一天下后，黄河流域文化占据了主导地位，覆盖在楚与淮夷文化之上，成了楚与淮夷文化层之上的另一个文化层，并显示出强大的威慑力。然而，楚与淮夷文化没有灭亡，它们具有的同一性，导致发酵成以楚文化为特征包含淮夷文化成分的文化，对抗着来自北方的文化，且表现出与上述文化融合过程极其艰难缓慢的特点，其间还爆发激烈的冲突，导致秦帝国的崩溃，那就是陈胜、吴广、项羽、刘邦等群雄对秦帝国的挑战。后来西汉末年的赤眉军起义、唐末的黄巢起义、元末的红巾军起义等，从某种意义上说都是这种文化冲突的延续。当然，在项羽与刘邦的楚汉之争、曹操的"挟天子以令诸侯"、朱元璋淮水征战的历史事件中，也可以读到中原文化中的王道文化对淮河流域的影响，这是漫长文化交融和现实需要的结果。

文化上，淮河流域孕育了与黄河流域文化截然不同的特质，孙叔敖、老子、庄子、管仲、刘安、曹操、费祎、王粲、王弼、嵇康、阮籍、杜甫、李商隐、吴承恩等，由淮夷文化与楚文化相融合之后分泌的乳汁滋养他们，架构起淮河流域独特的文化符号。

友人说："表现在青铜器上，一个精致、新颖、浪漫；一个凝重、粗犷、大气。各有千秋，难分伯仲。"

老者喃喃自语："样子多才有看头。"

"其实，如果不是秦彻底灭了淮夷，现在的人能够看到更多的不同样式的文化。"我惋惜。

"为什么是秦，而不说楚？"

"南朝宋时期史学家范晔，是淮河上游淅川人，他在《后汉书·东夷列传》说：'秦并六国，其淮、泗夷皆散为民户'。在我理解，秦时淮夷才被彻底打散，成为民户，纳入行政体制下进行管理。但是，只要人还在，思维审美、人伦习俗一定还在。"

晚上，下榻县城闹市区的酒店。店主人听说我与友人来了，专门设宴洗尘，又喊来了郑夏等几位当地的文史专家作陪，一起喝酒聊天。

个子不高的店主瘦瘦白白，五六十岁的模样，说话慢条斯理，比较严谨。在凤阳，他算得上是有实力的企业家，赚了些钱，又跑到湖北某县投资，说起两地风俗，颇多相通之处，比如席位座次均尚左，就可见一斑。

……

6. 大约在东汉建光元年（121），许慎把几近四十年之功才定稿的呕心沥血之作《说文解字》，交由儿子许冲献呈汉安皇帝刘祜，流传至今。出生于淮河流域大沙河的许慎，解释"淮"字"从水隹声"，隹是"鸟之短尾总名也""水出南阳平氏桐柏大复山东南入海"。由此，可见淮河是一条栖息着众多短尾水鸟的河流，给人的是平静、贤淑、端庄的感觉。

也许正是淮河的美好，赢得了沿岸人们的敬爱，形成对水的崇拜。出生在淮河重要支流涡河边的李耳，传说中他的母亲理氏（玄妙玉女）在河边洗衣服，见上游飘下一个黄澄澄的李子，忙用树枝将这个拳头大小的果实捞起。到了中午，又热又渴的她将李子吃了。理氏不知不觉怀了八十一年的孕，生下一个白眉、白发、白须的"三白"男孩，指着院子中的一棵李子树，对理氏说："李就是我的姓。"显然，李耳的出生与水有关，他来自水中。

水是美好的，《道德经·第八章》中有句名言："上善若水。水善利万物而不争，处众人之所恶，故几于道。"李耳认为极致的善就像水一样，滋养万物，而不与万物相争，存在于人们不想去的地方，所以水最接近于道，这里的道是指一种崇高的境界。宋人王安石在《老子注》中说："水之性善利万物，万物因水而生。然水之性至柔至弱，故曰不争。众人好高而恶卑，而水处众人之所恶也。"

在自然界的客观存在中，水得到李耳崇高赞美，认为它的品格近于道，"道"是他认识的客观自然规律，具有"独立不改，周行不殆"的至高无上原则。水是接近于道的存在，可见水在李耳心目中的地位。

李耳理想中的"圣人"是道的体现者，言行类似于水的品格，并列举出七个"善"，都是受到水的启发。最后的结论是为人处世的要旨，即为"不争"。也就是说，宁处别人之所恶，也不去与人争利，所以别人也没有什么怨尤。

晚于李耳一百多年出生的庄周，据《史记·老子韩非列传》："庄子者，蒙人也，名周。""蒙人也"三字，引发了河南商丘、安徽蒙城、山东东明三地的庄子故乡之争。蒙城坐落在涡河边上，距离李耳的出生地不远。庄周与李耳一样，深深地热爱着水。记得那次从尉迟寺遗址赶往蒙城，临近县城时见有漆园的字样，庄周曾在这里任过漆园吏。行车途中，与友人聊天，称赞他是民族心灵鸡汤的煲制者，秦以后二千多年的专制统治，中国知识分子如若失缺庄周的汪洋恣肆、超然达观，恐怕会生出许多的自杀和精神病患者。友人笑而颔首。

那天晚上，在酒店贪食了一些牛肉，实在有点撑胀，于是一早便来到城边的庄子祠。这祠为宋时所建，有东坡题记，几经损毁，现址为上世纪末营造。表面气派的建筑里，却不见庄周生平陈列和介绍，一物一器似乎与庄周没有多大的关联。

走到祠内一处叫观鱼台的景点，友人指着说："庄子晚年游历于凤阳临淮城西南，《庄子·秋水篇》记录有他与惠施同游濠梁观鱼的故事，两人见一群鱼儿来回游动，悠然自得。庄子曰：'鲦鱼出游从容，是鱼之乐也。'惠子曰：'子非鱼，安知鱼之乐？'庄子曰：'子非我，安知我不知鱼之乐？'这事发生在凤阳的淮河边上——濠梁。"

"反正在水边。"我笑笑。

在庄周心目中，理想中的生命体鲲鹏居住在水中，"北冥有鱼，其名为鲲。鲲之大，不知其几千里也。化而为鸟，其名为鹏。鹏之背，不知其几千里也。怒而飞，其翼若垂天之云。是鸟也，海运则将徙于南冥。南冥者，天池也"。鲲为鱼时居住在水里，变为鹏鸟后，还是栖身在水里，只是南北水域的名称不同。水是鲲鹏的栖息地，孕育着这个伟大的生命。

不仅如此，水中还住着天下第一流的隐世高人，比如渔父，他或为庄周之化身。一天，"孔子游于缁帷之林，休坐乎杏坛之上。弟子读书，孔子弦歌鼓琴"。孔子奏曲到一半，"有渔父者，下船而来，须眉交白，被发揄袂，行原以上，距陆而止，左手据膝，右手持颐以听"。渔父乘船而来，他的胡子眉毛全白，披着头发扬起衣袖，沿着河岸而上，来到一处高而平的地方便停下脚步，左手抱着膝盖，右手托着下巴听孔子弹琴吟唱，这形象透射出自信、飘逸、沉着。渔父离开孔子，回到哪里去呢？"乃刺船而去，延缘苇间"，意思是渔父撑船离开孔子，缓缓地顺着芦苇丛中的水道划船而去，可以想象渔父居住在烟波浩渺处。

道家与儒家的重要对话发生在河边，庄周假借捕鱼的老人之名，对诞生于黄河流域代表中原文化的孔子进行面对面批评，指斥孔子学术，并借此阐述了"持守其真"、回归自然的主张。渔父先跟孔子的弟子子路、子贡谈话，说孔子"性服忠信、身行仁义""饰礼乐、选人伦"，都是"苦心劳形以危其真"。接着，他直面孔子进行批驳，指出不在其位而谋其政，乃是"八疵""四患"的行为；应该各安其位，才是最好的治理。接下来渔父向孔子提出什么是"真"的问题。所谓真，就是"受于天"，主张"法天""贵真""不拘于俗"。最后,似乎是孔子理屈词穷,甘拜下风,目不转睛地看着渔父离去,直到水波平息,听不见桨声方才登上车子……

时光飞逝,传承不息。庄周离世后百余年,刘安(前179—前122)出生,他生活在淮河南岸寿春一带的八公山上,随时可以领略淮河的风采,招揽一批门客在山上撰著出《淮南子》。《淮南子·原道》有如下表述:"夫道者,覆天载地,廓四方,柝八极;高不可际,深不可测。包裹天地,禀授无形;原流泉浡,冲而徐盈;混混滑滑,浊而徐清。"他认为"道",覆盖天承载地,扩展至四面八方,高不可触及,深无法测量。它包裹天地,养育万物苍生,像泉水从源头处浡涌出来,开始时虚缓,慢慢地盈满,滚滚奔流,逐渐由浊变清。所以,道竖直起来能充塞天地,横躺下去能充斥四方,施用不尽而无盛衰。"是故能天运地滞,轮转而无废,水流而不止,与万物终始……天下之物,莫柔弱于水,然而大不可极,深不可测;修极于无穷,远沦于无涯;息耗减益,通于不訾。上天则为雨露,下地则为润泽;万物弗得不生,百事不得不成。大包群生,而无好憎;泽及蚑蛲,而不求报;富赡天下而不既,德施百姓而不费;行而不可得穷极也,微则不可得把握也。击之无创,刺之不伤;斩之不断,焚之不然;淖溺流遁,错缪相纷,而不可靡散。利贯金石,强济天下。动溶无形之域,而翱翔忽区之上;邅回川谷之间,而滔腾大荒之野。有余不足,与天地取与,授万物而无所前后。是故无所私而无所公,靡滥振荡,与天地鸿洞;无所左而无所右,蟠委错紾,与万物始终。是谓至德。夫水所以能成其至德于天下者,以其淖溺润滑也。故老聃之言曰:'天下至柔,驰骋天下之至坚。出于无有,入于无间。吾是以知无为之有益。'"

这简直是一曲水的颂歌,把"道"和水融合在一起,诉说心中的至高无上,借助水描述道的形象。这样的想象,是不是他站在淮河边遐思的结果呢?

延至北宋末年，淮河依然美丽，河湖交错、沃野千里、资源富饶。直到 1194 年，也就是南宋绍熙五年金明昌五年，彼时北方已在金朝治下，黄河在阳武（今河南原阳县）南堤决口，洪水如千军万马奔向东南，通过泗水进入淮河。此时，淮河变得狂暴起来，有限的河床被冲破，两岸一片泽国，一派疯狂、暴虐，满目是死亡和贫瘠。美丽成了过往。十三至十四世纪，淮河每百年平均水灾三十五次；十六至二十世纪五十年代的四百五十年间，每百年平均发生九十四次，水灾日趋频繁；十五至二十世纪初的五百年间，流域内发生较大旱灾二百八十次。洪涝旱灾的频次已超过三年两淹，两年一旱，灾害年占整个统计年的百分之九十以上，不少年旱涝并存，往往一年内涝了又旱，旱了后涝。淮河呈现出癫狂、剽悍、撒泼、焦躁、贪婪，每一次的灾难都冲击着社会结构、文化构成和公众心理。记得有位学者曾经这样说过，洪水肆虐，灾难频发，造成淮河两岸民众滋生出宿命观，面对自然灾害束手无策，往往听天由命。他们不愿与自然抗争，却在另一方面表现出好勇斗狠，为了个人或者家族的利益大打出手。

许慎见到过的巨数短尾之鸟，再也不见了，淮河流域已经变得面目全非。记得那个深夜，小车行驶到跨越淮河的大桥上，我感受到它强大的磁场，车窗外一片漆黑，耳畔回荡着河水湍急流动发出的轰鸣，令人感到震撼和惊悸，这已经是 21 世纪初被驯服过的淮河。我想，曾经灾难无常的淮河，会使生活在沿岸的人们产生宿命的同时，也需要救赎的狂热。而这种救赎的表现就是后来历史上不断出现的以宗教为背景的起义。

7. 我在淮河边，凝望浅蓝的淮水，这水经河南、湖北，流至安徽正阳关，接泙纳颍，三水归一，滔滔滚滚，一路浩荡，进入江苏后分入江水道、入海水道、苏北灌溉总渠和分淮入沂四条出路，全长一千多公里，与秦岭一起构成气候、土壤、水文意义上的南北分界线。同时，淮河又是南北战争对峙的前沿，自有人类活动到 1949 年底，历史上大小战争接连不断，著名的战役有二百余次，发生在淮河流域的约占四分之一，战争对这片土地的摧残深重。

以淮夷文化为基础，覆盖着楚文化的浪漫、中原文化的厚重，爆发出惊人的创造力，直到战争频发、水患肆虐，使生存在这片土地上的人们陷入绝望的境遇中，他们或死去、或抗争、或苟且，而帝王专制的中央集权出现，推行一套禁锢人的思想后，如雪上加霜，沉重击垮淮河流域的创造力。

"其实，灾难和战争不可怕，不能每时每刻爆发。可怕的是人被洗脑后，失去创造力。"

"为什么？"友人问。

"有了创造力，可以化解灾难和阻止战争。没有了创造力便失去人的价值，只能成为螺丝钉，个体、族群、民族的前途岌岌可危了。"

淮河流域在历史进程中没有成为集权王朝的统治中心，而是以独特的创造力和鲜明的个性屹立于世。在皇帝专制的中央集权支撑下的儒学，重重地覆盖在淮夷、楚文化之上，旷日持久，使淮河两岸在政治、经济、科学、文化、艺术等方方面面，处在窒息状态，创新已成过去，衰弱显现。

"应该说，继老庄之后，刘安创造了淮河文化的一个新高峰。在他之后，淮河文化开始逐步走向下坡路，没有诞生过影响整个民族的思想家、文学家、发明家。"

"刘安喜好炼丹制药，意外发明豆腐，被尊为豆腐鼻祖。"友人说。

"就这一项发明，对中华民族的贡献就了不起。"我补充。

刘安颇具楚风，爱贤若渴、礼贤下士，"招致宾客方术之士数千人"。他著《离骚体》，高度评价屈原及其《离骚》。同时，也敬重孔子，为他建庙。刘安另一项贡献就是主持撰著《鸿烈》（后称为《淮南鸿烈》或《淮南子》）一书，二十余万字。书以道家为宗，与战国至汉初期的黄老之道有别，较多地受到庄子的思想影响，又综合了诸子百家，架构起一个以道论为主体的哲学思想体系，具有二元论特点和朴素唯物的自然主义倾向。他在书中主张积极进取，重新诠释无为而治，强调按客观规律办事，发挥众人智慧和力量，反对统治者无度的压榨、骚扰人民和独断专行等，对治国之道做出了有益的探索。同时，对天文、地理、节令等进行广泛而深入的探讨，并以道论为宗本解释各种自然现象，对我国古代科技发展也有重要贡献。

"奇人奇书。人奇，得道升天。书奇，百科全书式的学术著作。"友人说。

"这样的人和书，恐怕只能出现在淮河边。有人说《淮南子》比《老子》更系统，比《论语》《孟子》更深刻，比《墨子》更全面，比《庄子》更现实。后世从不同角度对它进行了批判或吸收。"

《淮南子》撰著于汉景帝一朝后期，在汉武帝刘彻（前156—前87）即位的第二年建元二年（前139）进献朝廷。初登基的刘彻年少气盛，志在加大王权，削诸藩，破匈奴，实施"大有为"之政，重用主张加强王权的儒士出任将相。彼时，主导政治大势的是推崇黄老之道的太皇太后窦氏（？—前135）以及诸刘、窦王公贵戚，刘安站窦氏一边，窦氏临朝罢免刘彻所任命的儒学将相，否定加强王权削弱诸侯的政策方向。显然，刘安以及撰著的《淮南子》令刘彻深恶痛绝。刘安献书的第六年，窦氏终老，刘彻主持朝纲。次年元光元年（前134），刘彻召集包括名儒董仲舒（前179—前104）在内的学士到长安策问，董氏提出著名的"天人三策"，指出春秋大一统是"天地之常经，古今之通谊"，现在师异道，人异论，百家之言宗旨各不相同，使统治思想不一致，法制数变，百家无所适从。他建议："诸不在六艺之科孔子之术者，皆绝其道，勿使并进。"刘彻决心由此而推行全面改革，史称"元光决策"。新政的首要方针是强化皇帝专制的中央集权，倡导"罢黜百家，独尊儒术"，而所罢黜的重点一为纵横家之言，一为黄老之道。

刘安命运可想而知。班固在《汉书》淮南王传记里，记录刘安友善领有兵权的太尉武安侯田蚡（？—前130），与刘安私语曰："方今上无太子，宫车一日晏驾，非王而谁可立者？"后来，窦氏病危，死前天上出现彗星，预兆着"兵当大起"，天下将要大乱。又有刘安准备武装起事的传说，"治军械，积金钱"。关于刘安谋反的种种说法满天飞，元狩元年（前122年）刘安被判定"大逆不道，谋反"罪自杀，淮南国被废除。刘彻在那里设立了九江郡。

"专制统治下，刘安的谋反说，值得怀疑。班固写《汉书》时，离他所纪录的田蚡之言，已隔二百多年，依据一定是刘彻他们留下的资料，可靠性可想而知。"我说。

"即使是真的，独裁者也应该想想，为什么老是有谋反刺杀。不排斥刘彻他们制造谎言，以达到自己的政治目的。"

"刘安死了，淮南国废了。淮河文化出现了大溃败，一些发源于淮河流域的文化，中心往南迁徙，比如道家文化。"

"刘安死后18年，董仲舒才死去，同年出生的两人，董氏活到了75岁，距他向刘彻提议独尊儒术已有三十年，三十年不算短，黄老之道、刘安的《淮南子》一定被批得一塌糊涂，体无完肤。"

"皇帝专制的中央集权有个特点，不允许与自己不同的学术存在，而其中具有价值的内容，也被视同垃圾。今人读它无不以为仅是一部学术著作，完全超越政治。"

刘彻为什么支持儒学？儒学有它积极入世的一面，唯上的一面，更主要的是与皇帝专制的中央集权利益有关。儒学的创始人孔丘生活的年代中央集权制还没有出现，他要努力保护的是周礼，即分封制下的人伦纲常。

同时，倡导人的忠勇刚毅。到刘彻时，把它拿过来，去维护自己的专制统治，削弱它对人的其他要求。到了宋明时候，弄到灭人欲存天理的地步。专制制度把儒学捧为与之相适应的主体思想，其实他们提倡的是后儒学，根本上是法家的那一套，学界称为儒表法里。儒法两家的伦理价值观，都讲究牺牲小我而满足群体利益，在帝王专制的中央集权体制下，群体利益最终归属于皇帝，从某种程度上来说，牺牲小我本质上是满足皇帝以及他所主导的统治集团利益。儒家似乎柔性地协调个体与群体的关系，往往强调个体通过修身达到群体的要求；法家则严苛地要求个体服从群体的利益，最后膺服皇权。从皇帝这方来说，似乎更喜欢法家的这一套方法，方便直接、效果明显。这样做通常会出现暴政不绝，有亡天下的危险。于是，采用"儒表法里"的方法进行统治。所谓的一张一弛、表松里紧，一定程度上法家的那一套占的成分更多。

"刘彻恐怕喜欢的也是法家一套，尊儒只不过是一个幌子而已。"友人说。

"刘彻否定黄老之道，单从窦氏和刘安为保护自身利益而守旧的角度出发，有失公允。实践证明他们信奉的黄老之道行之有效，直接产生了文景之治。"

汉初社会经济凋敝，文景两帝推崇黄老之道，采取"轻徭薄赋""与民休息"的政策。守和处、重农桑、轻徭赋、崇节俭、讲德化，结果是国家粮仓丰盈，府库节余大量铜钱，多年不用以至穿钱的绳子都烂了，散钱多得无法计算了。百姓的生活水平得到提高。这是中华文明迈入帝国时代后的第一个经济增长、社会稳定、文化繁荣的历史时期。

"应该说，那时治国理政的思想基础来自淮河文化，底色是淮夷文化与楚文化。这是这一文化第一次成为大而统帝国的执政理念，结出文景之治的成果，造福了华夏民族。"我表示。

"可以这样认为。"

"窦氏和刘安他们是文景之治的亲历者，可能直接参与了后期的政策制定。"

"刘彻是文景之治成果的受益者，他能成为所谓的大帝，征伐匈奴的物质基础由他们奠定。"

"这个不重要。重要的看他的历史作用和价值。"

刘彻在位 54 年（前 140—前 87），是中国历史上一位具有影响力的皇帝，加强中央集权颁行推恩令，解决国中国的问题；建立中朝，抑制外朝；实行察举制，改革经济政策，将铸币权收归中央，实行盐铁官营，均输平准，算缗告缗。统一思想文化，独尊儒术，设立太学；崇尚法治。拓展疆域，北击匈奴，派张骞出使西域，开辟丝绸之路。他的另一面，表现为穷兵黩武，多次发动对外战争，一定程度上扩大了西汉的领土，也消耗了大量的国力和民力，导致社会经济发展受到一定影响；重用酷吏通过严刑峻法来打击异己，对社会造成了一定的负面影响；晚年迷信神仙方术，追求长生不老，导致了政治腐败和社会混乱。

刘彻现象，让人反思集权统治建立后，帝王的权力由谁来限制，执政的度在哪里，谁来把控，而使他不至于走向反面。他是西汉由盛至衰的转折性人物，制定的一系列政策措施，不乏损害民族的利益，阻碍整个民族持久发展，比较他的开疆拓土，负面影响大的多。

历代帝王对他相当推崇，忽略他的罪孽。到了明朝后期，批判声渐起，近现代否定的声音越来越多，历史学家吕思勉在他著的《中国的历史》一书中就表示，文景之治的蓄积，到了武帝时已尽，社会经济弄得扰乱。这是他罪业。然而，还有人崇拜他，不过是迷信他的武功。吕思勉认为：武功是国力扩张的结果，并非一二人所能为，他的用兵，实在无足崇拜。

"当代，还有学者甚至认为刘彻祸国殃民、恶贯满盈，是暴君。"友人说。

"不过，评价历史人物需要综合考虑他们的功过，尤其从民族利益，对于民族持久发展是否有利。历史学家黄仁宇也持这样的观点，认为对刘彻功业，要在长期的历史上评判。"

汉武帝的统治理念，背后掩映的文化传承的复杂问题。如果，他能兼收并蓄，融入淮河文化、中原文化于一体，恐怕制约个人行为的控制力将大得多。在尊重客观规律与自我理想之间寻找到一个度——符合实际需要的平衡点。

我呆呆地望着远处流淌的淮河，战争、自然灾害、思想禁锢，使这片土地逐渐消沉。尤其是淮河布衣朱元璋崛起后，明中都的兴废，把淮河流域置于更深的灾难中，两岸沉睡了多年。它形成的文化，远远落后长江文化、黄河的中原文化以及以后的珠江文化。当这些文化，与海洋文明相交融时，淮河文化——尤其在中上游，失去优势，这优势包括自身的吸纳性、融合力和地域优势。曾经燦璨的淮河文化，陨落于华夏的夜空。直到晚清，洋务运动的兴起，才出现了复苏的迹象。

在专制的集权统治中后期，淮河文化有过一次崛起，以朱元璋为代表的明文化的兴起，这与外来的宗教有着关联。笔者依稀记得历史学家吴晗在《朱元璋传》中曾经讲过这样一段话："大明这一国号出于明教。明教有明王出世的传说，主要的经典有《大小明王出世经》。明教经过了五百多年公开、秘密的传播，明王出世成为民间所熟知、深信的预言。这传说又和佛教的弥勒降生说混淆了，弥勒佛与明王成为二位一体的人民救主。"

友人说："明教的势力在元末强大，成了反元的旗帜，朱元璋的成功得益于明教在淮河流域的传播，大明有了明教的意思。"

我补充道，"明教是个舶来品。归根寻源，是摩尼教。混合了佛教、道教等宗教，中国化后称为明教。"

摩尼教传入中国比佛教晚了五六百年，大致在隋至唐高宗时期。明教在中国能够生根，且广为流传的原因之一，与提倡互助、团结、素食、戒酒、裸葬的节俭生活方式有着密切的联系，它的素食主义使入教徒众能够相对果腹，结党互助可以帮助信众渡过难关。帝王专制的中央集权制度不施仁政，嫉恨仁政出于民间，不喜欢它的存在，视它为叛逆，禁止传播，从而压制。而百姓信仰，诚心坚固，无灾害时，相安无事，一旦闹起灾荒，政府压迫过重时，揭竿而起，成为农民暴动的核心力量。摩尼教在贫瘠的淮河两岸扎下根，与淮河文化相融合，结出的果实——大明帝国的诞生，这是历经磨难的古波斯人摩尼所始料不及的。但是，这时的摩尼教已经不是创办时的样子，原教义减弱，政治意义凸显，直接成了农民起义的口号。当时有"弥勒佛下生，明王出世"的说法。至正十一年（1351）五月，元顺帝征用大量人力物力治理黄河，劳民伤财，民怨沸腾。淮河流域出现以白莲教为纽带，宣传"弥勒降生""明王出世"的韩山童与刘福通、杜遵道等人，决定在淮河、颍河交汇处的颍上（今属安徽）发动红巾军起义。事泄，韩山童被捕杀，刘福通带韩山童之子韩林儿杀出重围，占领颍州（今安徽阜阳），百姓纷纷响应，在安徽、河南一带势头旺盛；徐州的芝麻李、彭大，濠州（今安徽凤阳）的郭子兴等，均打着红巾军的旗号起义。1355年，刘福通在亳州（今属安徽）立韩林儿为"小明王"，国号"宋"。

贫穷的朱元璋因生活逼迫，成了丐僧，踪迹留在淮河中游的州县里。千里之行使他感受到这一片土地的衰弱，日益凸显的焦虑、恐慌，感受到淮河两岸沉淀的文化和因为贫瘠而泛滥的险恶，当然也体会到充满宗教气息的骚动，而这种夹杂着不同因子的杂烩式的宗教令他感到新奇。年轻的他有一些冲动、亢奋，也有一些犹豫和害怕。他认识到只有激情下的冲动，才能解决自身的贫困和人群的饥寒交迫。无奈之下，投奔了郭子兴。

他凭智计和手段，取代了病逝的郭子兴的地位，渡长江占领集庆，改名为应天（今江苏南京）。1357 年前后，以察罕帖木儿、孛罗帖木儿、李思齐等为首的元军将领开始对北方红巾军反攻，红巾军内部也发生争执、分裂，势力渐弱。1363 年，北方红巾军在安丰（今安徽寿县）败给张士诚的部将吕珍，刘福通战死，韩林儿被朱元璋救至滁州安顿。1366 年底，朱派大将廖永忠赴滁接韩，在返回应天途中，船到瓜州被凿沉江，小明王至是而亡。后来史家大多推断，这是受朱元璋指使所为。南方，终由朱元璋攻灭陈友谅、张士诚后收入囊中，1368 年朱元璋称帝。

"也许明教是古代最后一次传入淮河流域的外来文化，与经过强权改造过的儒学、黄河流域文化、楚文化、淮夷文化一同发酵孕育了朱元璋这个淮河之子，后来他杜绝一切外来文化，终结了淮河文化的创造力。"我认为。

"前无古人的集权统制，使他成为历史上颇具争议的帝王，褒贬不一，各执一词。"

朱元璋糅合了法家、儒学、楚巫、佛教、弥勒、明教诸端于一身，且运用自如，成就他为一代大帝。淮河文化的特质，在他身上得以体现。然而，淮河沧海桑田的频率，表现出的强大力量，远远超出淮河文化的作用，而且他在淮河边的生存状况，极易使他与法儒思想走在一起，演化高度的集权，而摈弃无为而治、效法自然的精神实质。

8. "'说凤阳，道凤阳，凤阳是个好地方。自从出了朱皇帝，十年倒有九年荒。'凤阳花鼓里的唱词或许是一种夸张，发泄着对朱元璋的不满。毫不夸张的是，淮河边自从出了这位至尊，老百姓非但没有脱离苦海，反而他有意无意地终结了淮河文化与生俱来的特质——开放性、包容性和创造力，归附于极权的帝王文化，把帝王文化发挥到登峰造极的地步。"那一天，我对友人说。

这时，我已经来到凤阳，和友人回到宾馆，坐在大堂里闲聊。身后是高大的黄杨木制屏风，雕刻的是朱元璋和他的淮西将领群像，颇有气魄。

友人好像并不赞同我的说法："晚清时，这块土地开始苏醒。所以，你说的有失偏颇。"

"晚清的淮河流域文化崛起，准确地说应该偏向于江淮文化。这与海洋文明由东南沿海地区向西北扩散有关。淮河流域自身几乎没有了创新能力。"我说了自己的判断，"这与它丧失了开放性、包容性相关，也与它没能直接接触到新的文化体系有关系。"

儒法之道经过演变、改造、提炼趋于成熟，价值取向单一，借助政治力量压迫淮河文化，使之发生巨大的变化，开放性、包容性和创造力减弱失却。朱元璋政权出现后，帝王文化沉重地压制了淮河文化，更使它无法喘息，帝王文化的核心思想由王道和霸道两者构成，用来治天下。王道以儒家学说为主，讲的是忠孝仁义礼义廉耻；霸道以法家学说为主，讲的是威权统治严法苛政。

儒法两家价值体系主导下的文化与淮河形成的文化特质并不相同，前者以强大的力量覆盖淮河两岸上，逐渐削弱它的文化特质。而淮河频繁的自然灾害、战争，在元末以及以后的岁月里不断上演，沿岸人民生活雪上加霜，大批人员离开淮河，跟随朱元璋南征北战，或驻守边关，或异地加官进爵，使淮河两岸尤其在它的中部呈现人力资源严重缺乏的局面，以至于一片荒芜。朱元璋亲眼目睹了这一残酷，把东南沿海地区的民众移民至此，聚集在淮河边，试图振兴家乡的经济。血腥的移民并没让淮河文化补充到更多的外来养分，他们的后代有的成为明朝的官员，成为思想、科学、文学艺术界巨人的几乎没有，整个明朝以至清中期，淮河文化并没突破性的创新，比较春秋战国、两汉以及魏晋南北朝时期，它在思想、科学、文学、艺术上的创新相当孱弱。

"是否可以这样理解，在朱元璋身上，淮河文化出现了重大的变化，最初的淮夷文化，覆盖上楚文化，又加了黄河流域文化，最后叠加上经过强权改造过的儒学，沉淀在下面的淮夷、楚文化的生命力越来越弱小，创新能力衰弱。"

"可以如此说。自身已无力，又借不到外力做动能。"

明朝时期重要的思想家、科学家、文学家、艺术家，几乎都出生江浙闽赣湘等沿大江大海的地区，远离了淮河流域。哲学思想界的王守仁（1472—1529），出生在浙江余姚。他是我国杰出的哲学思想家，文学家和军事家。弘治年间进士，历任兵部主事，右副都御史，左都御史，总督两广兼巡抚。明世文臣用兵，无出其右者。心学唯心主义集大成者，与孔子、孟子、朱熹并称为孔、孟、朱、王。提出知行合一、致良知、心即理等命题，有《王文成公全书》三十八卷，要者为《传习录》《大学问》等。严复、梁启超、孙中山等均极推崇，其学术思想在日本、朝鲜半岛以及东南亚等地有重大影响。李贽、黄宗羲、顾炎武、王夫之等，均非淮人，且都在中国思想史上占据着重要地位。

在科技、翻译、地理学中，松江府上海人徐光启（1562—1633），明末科学家。字子先，号玄扈，天主教圣名保禄。崇祯朝礼部尚书兼文渊阁大学士、内阁次辅。毕生致力于数学、天文、历法、水利等方面的研究，勤奋著述，尤精晓农学，著译《农政全书》《徐氏庖言》《几何原本》《泰西水法》等书。为17世纪中西文化交流作出了重要贡献。徐光启还特别注重火炮的制造，对火器与城市防御，火器与攻城，火器与步、骑兵种的配合等各个方面都有所探求，可以称得上是中国军事技术史上提出火炮在战争中应用理论的第一个人。同样出生在苏南的还有徐霞客，宋应星则出生成长在赣西北。另外，汤显祖、冯梦龙、张岱、吴伟业等人身上，体现出明朝文学戏曲的光彩，他们分别来自临川、苏州、绍兴，也没有一个是从淮河流域走出来的。

友人说："例外的有，吴承恩。"

"嗯，他倒是个异数。"我说。

吴承恩（约1504—约1582），山阳（今淮安）人。字汝忠，号射阳山人。《西游记》的作者。其家到他父亲这辈由学官沦落为商人。吴父廷器，以卖彩缕文羯为生，好谈时政，有所不平时辄抚几愤惋，意气郁郁。吴承恩自幼聪明过人，天启《淮安府志》载其"性敏而多慧，博极群书，为文下笔立成"。然科举失意，直至知天命之年才由秀才补为岁贡生。后流寓南京，长期靠卖文为生。花甲之年出任长兴县丞，一年后却被诬赃入狱。冤情得洗，遂拂袖而归。后补授荆府纪善，不就。耽情诗酒，晚景凄怆。吴承恩一生创作宏富，惜家贫，又无子嗣（独子凤毛早夭），作品多散失。据载另有志怪小说《禹鼎志》已佚。其甥外孙丘度搜集其残存之稿，编《射阳先生存稿》四卷。淮安知府陈文烛赞其"李太白、辛幼安之遗也"；《长兴县志》称他"性耽风雅，作诗缘情体物，习气悉除。其旨博而深，其词微而显，张文潜后殆无其伦"；清朱彝尊《明诗综》谓其诗"一时殆鲜其匹"。

"吴承恩身上体现出强烈的淮河文化特质，这一特质在一定程度架构起中国人的精神世界的另一个侧面，天性中的一个组成部分，它顽强的体现出来，不是儒法文化在强权支配下可以殆尽的，在一定的外部条件下，它会变得强烈。"

我补充说："儒法文化长期的灌输，沉淀在中国人的性格中，构成性格的组成部分。很难说老庄文化就不是中国人性格的一个组成部分，性格并非单一。"

"老庄的东西不需要太多的教化，是人的天性的反映。所以老庄不是教育家，孔子是。或者说，这些学说都是对中国人性格的不同侧面的概括和提炼。老庄更接近人的天性。"友人说。

话归正题，从上述人物可以看到，出生在淮河流域的绝无仅有，尤其在安徽境内的更是遍觅不得。倒是出现了许多的王公贵族、文臣武将，去努力服务于一个王朝，即便到了清代也如此，比如李鸿章这样的淮系人物。友人表示，朱元璋开创的明朝处于古代专制统治的顶峰时期，理学占据统治地位，加上高度的集权以及对文化的禁锢，不仅使淮河流域创新能力下降，从整体而言，明朝文化艺术呈现世俗化趋势，远远没有达到两宋的高度。

"在朱元璋死了七十二年后，明成化六年（1470），苏州出生了一个大才子——唐寅，唐伯虎。我曾经读过他写的《把酒对月歌》：'李白前时原有月，惟有李白诗能说。李白如今已仙去，月在青天几圆缺？今人犹歌李白诗，明月还如李白时。我学李白对明月，白与明月安能知？李白能诗复能酒，我今百杯复千首。我愧虽无李白才，料应月不嫌我丑。我也不登天子船，我也不上长安眠。姑苏城外一茅屋，万树桃花月满天。'从中可以看到唐伯虎洒脱超凡的精神追求，诗风多俗语，大有民歌特征，与朱元璋的文风可有一拼。"我笑着说。

"明朝诗歌的一大特点。"

"明朝的市井小说趋于通俗，对汉语发展贡献巨大，现在读起来依然觉得不错。"郑夏表示，"还是蛮好看的。"

"明朝后期出现了反专制民主思想，文化艺术有一定发展。比如李贽，一个极具个性的哲人，旗帜鲜明地宣称自己的著作离经叛道，最后自刎在狱中，正如其言'我可杀不可去，我头可断而我身不可辱'，表现出为真理而献身的烈士般的决绝态度，给中国的文化思想界带来了一线生机，产生了影响后世的启蒙意义。"友人说。

李贽作为我国早期启蒙思潮的思想旗帜和一代思想文化巨人，在哲学界被誉为"中国人中罕见的典例"。笔者对李贽的感悟，总觉得他的人格特征更接近于淮河流域魏晋南北朝时期的那些性格鲜明的思想家、文学家、诗人。但是，16世纪的淮河流域没能出现李贽，他诞生在遥远的东南沿海，并且在那里度过了人生中十分重要的少年阶段，中年他在淮河流域滞留过，可能更多的是与已经消沉的淮河文化做旷世的对话，吸纳先贤的精髓。

李贽批判重农抑商，扬商贾功绩，倡导功利价值，符合明中后期社会发展需要的社会价值观。明朝帝王没有给李贽以及他自觉代言的社会新型阶层空间，成了旷世的悲哀。

李贽三十六岁时，嘉靖四十一年（1562），徐光启出生在南直隶松江府上海县法华汇（今上海徐家汇），从他日后对科学、思想、政治、军事的贡献，可以看到中西文化碰撞后迸发的光芒。万历二十二年（1594），徐光启在广东韶州（今韶关）结识耶稣会士郭居敬，第一次见到世界地图，知道在中国之外的世界；第一次听说地球是圆的，西洋人麦哲伦在八十年前率领船队绕地球环行了一周；第一次听说意大利科学家伽利略制造了天文望远镜，能清楚地观测天上星体的运行。这些，对他而言，都是闻所未闻。这年之后的四十年里，徐光启接触的西方传教士达二十多人，与利玛窦的交情尤深。

万历二十八年（1600），徐光启到南京拜访恩师焦竑，与利玛窦初次晤面。以后两人又长期住在北京，经常来往。万历三十四年（1606），他和利玛窦两人合作译欧几里得《几何原本》，次年译完前六卷（平面几何部分）并刊刻传播。之后，由利玛窦口述，徐光启又翻译了《测量法义》一书。《几何原本》后九卷的合译因故没有延续，直到晚清时期，其翻译才由李善兰（1811—1882）完成。

徐光启在与西方传教士交往中，逐渐接受了天主教的教义。万历三十一年（1603），他在南京由耶稣会士罗如望施洗，入天主教会，教名保禄（Paulus）。

"徐光启的特质和机遇，只能产生于大江入海口的地方，淮河边尤其在其中上游无法形成。"

"这么绝对？"

"不是绝对的问题，而是有着历史和现实的社会发展规律性的契合，才能决定的。"我回答。

这一次的西学东渐，不是从北方的丝绸之路传入，而是由海上而来，澳门成了桥头堡。背景是 1534 年，耶稣会由西班牙贵族伊纳爵·罗耀拉在巴黎创立，1540 年得到保禄三世批准，之后不久便向世界各地派出传教士，在传教布道的同时，传播文艺复兴以来的欧洲文化，使得中国能够了解世界。但是，传教士为敲开大明帝国这扇封闭已久的大门，付出了艰辛甚至生命。被誉为"历史上最伟大的传教士"方济各·沙勿略神父，因为海禁无法上岸，遭受饥饿和病魔折磨，困死在广东沿海上川岛上。后来，传教士的基本轨迹是由南方沿海地区向长江中下延伸，一直到达北京，忽略了在淮河边的停留，与淮河尤其它的中部失之交臂……

后来，淮河流域的文化出现一次小波澜，已经是清朝的后期或者称为晚清的时候。这次西方列强以旷古未有的残酷打开了大清帝国的大门，它的血腥程度令人发指，伤害的不是入侵者，而是华夏民族。同时，西方的政治、文化、伦理道德以及科学技术输入封闭久远的中国，对中国社会现代化进程起到加速作用。淮河流域出现了李鸿章的淮系，以及袁世凯；文化上出现了《老残游记》的作者刘鹗，他不仅是小说家，而且是实业家、考古、水利学家。他们与外来文化相结合，在不同方面开启了近代文明之风。但是，他们大都没有迈出旧式框架，故事没有发生在淮河边，只不过他们出生在淮河流域而已。

友人叹息："历史上失去出海口的淮河，能有多少作为呢？"

我不语。

（作于 2020 年 3 月　沪上振源大厦）

湖畔对话以及帝王的诞生

元顺帝至元二年（1336）初秋的一个傍晚，日落的余辉洒在湖面上，一片血色。岸边站立着一老一少，凝望着湖水，老者头戴箬笠，银白的须眉随风飘动，一派仙风道骨的模样，箬笠下一双浑黄的眼中噙满泪水。他手牵一男孩，长相奇特，天庭丰盈、翘眉细眼、颔颏突出，在常人眼中奇丑无比。老者凭借多年替人看相算命的经验，似乎猜透男孩的命运，仰天自语："奇人奇相。历练后必成大器。陈涉云，王侯将相宁有种乎？尔持大志，必成大业。天助也。"

男孩懵懂，"何为大业？"

老者俯身言低语："成就一代霸业。"

男孩一脸茫然，望着老者。老者仰天大笑，笑得酣畅淋漓，声浪在湖面上久未散却。

老者陈姓，佚其名，故称陈公。他年轻时曾是南宋士兵，跟随张世杰的军队一路保驾尚在髫龄的少帝赵昺逃至厓山（今广东新会南），亲历了南宋亡国前最后一次大规模的海战，战事激烈，凄风苦雨，人喊马嘶，宋军惨败。

祥兴二年（1279）二月六日，海上既风且雨，迷雾重重，咫尺不能相辨。张世杰派出小船靠近赵昺的大船，想接赵昺到他的战船上，伺机突围。

而陆秀夫担心小船不可靠，不肯带少帝上船。顷刻间，崖山被破，陆秀夫自知难以逃脱，将妻儿赶下海去，背着赵昺纵身入海。一些臣工军民见状，纷纷追随其后，竞相跳海，场面颇为悲壮。据《宋史·本纪第四十七》记载："七日，浮尸出于海十余万人。"

目睹此情景，太后绝望地投海自尽。张世杰无奈，眼睁睁看着她死去，将遗体掩埋在海边。将士们见张世杰重回战船，大声劝他弃船登岸，张世杰说了声："不必了。"随后登上舵楼，焚香哭祷："我为赵氏，能做的事都做尽了，一君亡，又立一君，却又亡。现在到了这个地步，岂非天意？"此时，狂风暴雨大作，战船倾覆，张世杰坠海溺水而逝。

据《明史·外戚》记载，彼时士卒多溺死，陈公侥幸脱死逃回岸上，"累石支破釜，煮遗粮以疗饥。已而绝粮，同行者闻山有死马，将其烹食之。"陈极度疲惫，不知不觉睡着了，梦中见一白衣人说："汝慎勿食马肉，今夜有舟来共载也。"他并没有相信，又睡了过去。到了半夜，仿佛听到划橹声，一个穿紫衣的人用藤触碰了一下他的大腿说"舟至矣"。他猛然惊醒后，发现自己躺在蒙军的战船上，见到他昔日的统领官。元将时不时命令手下将宋卒掷弃海中，已降元的统领悄悄地把他藏匿在舺板下，每天从板隙间给他干粮和水。"居数日，事泄，彷徨不自安。飓风吹舟，盘旋如转轮，久不能进，元将大恐。"统领知道陈公善于巫术，就请他出来。他"仰天叩齿，若指麾鬼神状，风涛顿息"。元将大喜，供给陈公食物和水，船到通州（今江苏南通），送他上了岸。

依照上述表述，如果是真实的，陈公一定具有魔力，可惜的是这种魔力往往荒诞无稽。陈公到底是怎样远离战场回到故里，成为一个谜。史书的记载，要么是他撒下弥天大谎，要么是人为的编造，要么是一种巧合——巧的概率几乎为零，而且没有必然的联系。但是，有一点可以肯定，陈公经历了一个政权分崩离析时的惨烈和血腥，以及个人的屈辱和刻骨铭心的恐惧，令他终身难忘。然而，真实的遭遇似乎难以启齿。

陈公回到故乡扬州，又遇上元蒙征兵，他不愿再入军伍，避入盱眙津里镇（今安徽明光津里）定居，以行巫术为生计。他寿命极长，活到九十九，已近人瑞，自然颇受当地人的尊敬。

陈公育有二女，次女嫁朱世珍（小名五四），手牵男孩系次女所生，后来成了洪武大帝——朱元璋。御用文人宋濂颂道："君子之制行，能感于人固难，而能通于神明为尤难。今当患难危急之时，神假梦寐，挟以升舟，非精诚上通于天，何以致神人之佑至于斯也。举此推之，则积德之深厚，断可信矣。是宜庆钟圣女，诞育皇上，以启亿万年无疆之基，于乎盛哉。"

一代文宗的宋濂没有读到过亿万年政权的故事，却断言老者由此而为外孙的江山奠定了"亿万年无疆之基"，这一马屁拍得朱元璋心花怒放。但是，陈公或许是当年逃兵，夺路逃回老家；或许被俘虏含辱遣送原籍，这样的真实在文人的笔端化为了神奇。

湖畔老者的期许，出自笔者某个傍晚的虚构。那日，到达津里，车子沿着一条笔直的大路行驶，几乎看不到行人和过往的车辆，传说中曾经的繁华已经褪尽。车子经过的街旁立有一大石碾，老妪正在上面拾掇腌菜。友人对石碾产生兴趣，下车分辨，也就是上世纪六七十年代的产物，依照形制判断，大都为修路建场所用。他的判断得到老妪证实，扫兴上车，继续前行，不一会到了路的尽头，便是连着洪泽湖的七里湖，波光粼粼地横在面前。

在湖边，想到了六百八十多年前，陈公与外孙之间可能发生的故事。厓山海战发生在1279年，陈公的年纪约二十岁，据《明史·外戚》推测他到了津里镇后才成婚生育；朱元璋出生于1328年10月，那时老者年纪约在七十岁；故事发生在1336年，不足十岁的朱元璋与年近八旬的外祖父一同在洪泽湖观赏落日，极具可能。

这个虚拟的故事，就一定程度而言，要比朱元璋出生的神奇传说具有可靠性。现代儿童心理学家告诉人们，暗示可以使受暗示的人在心境、情绪、兴趣、意志方面发生变化，不知不觉中影响他的心灵，就像施了魔法一样。往往年龄越小的孩子就越容易受心理暗示的影响。可以说，外祖父的暗示在朱元璋心里播下了种子，激发他一生的追逐，影响他的一辈子。

不靠谱的是宋濂的妄言和朱元璋出生的魔幻，《明史·本纪第一·太祖一》记载：（朱元璋）"父世珍，使徒濠州之钟离。生四子，太祖其季也。母陈氏，方娠，梦神授药一丸，置掌中有光，吞之，寤，口余香气。及产，红光满室。自是夜数有光起，邻里望见，惊以为火，辄奔救。至则无有。比长，姿貌雄杰，奇骨贯顶。志意廓然，人莫能测。"《明实录·太祖实录卷之一》也有类似的记载，强调的是朱元璋母亲陈氏怀孕后，梦中得到神授白色药丸，在这位黄冠仙人的诱导下吞食，朱元璋出生时红光满室。

友人说，这一记载最早出现在明成祖朱棣撰写的《大明孝陵神功圣德碑》上："初，皇祖妣淳皇后，梦神馈药如丸，烨烨有光，吞之，既觉异香袭体，遂娠皇考。及诞之夕，有光烛天。"后来，传得越来越广，情节也越发离奇。

"这是儿子神化老子，编造出来的东西。不过，编《明史》《明实录》的文人们还算食人间烟火，陈氏有孕在先，服了神丸，产生奇光异彩，惊动四邻。"我说。

演绎得神乎其神，终究经不起推敲。不过，撇开演绎、野史、民间传说，从官家修的所谓正史看朱元璋的出生，明显有了合乎生育逻辑的成分，比司马迁在《史记·高祖本纪第八》记录刘邦的出生要靠谱一些。司马迁写道："父曰太公，母曰刘媪。其先刘媪尝息大泽之陂，梦与神遇。是时雷电晦冥，太公往视，则见蛟龙于其上。已而有身，遂产高祖。"这些文字告诉人们刘邦是他母亲与蛟龙在梦中交合的产物，人神各半。根据常识蛟龙并不存在，可能是大蛇，大蛇与其他生物不能在自然状态下交配产子，那么使刘邦母亲怀孕的又是什么呢？一定是个男人——一个在天色昏暗雷鸣电闪时分，敢于在野外与异性做爱的猛男，此人非刘邦父亲太公，而是"蛟龙"。那时，男女的性爱比今天的人们开放了许多。但是，如果把一个开国大帝的生命，归结为野合的产物，未免太不合乎伦理。于是，有了梦的绚丽，蛟龙的神秘。

从叙述刘邦出生到记录朱元璋降临的文字形成，经历了十五个世纪，呈现出符合人类生育规律的迹象，朱元璋母亲陈氏是与丈夫朱五四发生性行为之后受孕，得到神授的药丸，服后出现异象，药丸使朱元璋超凡脱俗，成为大帝。当然神奇的光环依然渗透在文字里，比如：梦、神、药丸。五百多年后，现代史家在记录爱新觉罗氏诞生时，寥寥数语，"始祖布库里雍顺，母曰佛库伦，相传感朱果而孕"，去掉了神秘光环，且用了相传两字。这一漫长的变化得益于近代科学发展和传播，让人的认识有了质的飞越，不再迷信皇权源自神灵，以及皇权天授的玄奇故事。

其实，在神授药丸给陈氏的记载产生之前，《明实录·太祖实录卷之一》（下简称《明太祖实录》）上还有一段《明史》上没有采用的文字："其先帝颛顼之后，周武王封其苗裔于邾。春秋时，子孙去邑为朱氏，世居沛国相县。其后有徙居句容者，世为大族，人号其里为朱家巷。高祖德祖、曾祖懿祖、祖熙祖，累世积善，隐约田里。宋季时，熙祖始徙家渡淮居泗州。父仁祖，讳世珍，元世又徙居钟离之东乡，勤俭忠厚，人称长者。"这说的是朱元璋是远古时代的帝王颛顼、周武王之后，可谓是根正苗红，"累世积善""勤俭忠厚"，合乎道德的要求，才有神授丸的故事。在给朱元璋披上神秘光环的同时，似乎更多了一些符合古代社会道德要求的合理性。

一边编造出生的神话，一边修坟建冢，形成天地感应的架构，迫使无知的人们产生真实的幻觉，继而形成敬畏。这种套路，一袭数千年，朱元璋谙于此道，大肆追封自己的高祖、曾祖、祖父、父母，外祖父——陈姓老者自然也在其列，被追封为扬王，修建陵墓。

陪同的当地学者许先生说："扬王墓离我们不远，可以去看看。乾隆《盱眙县志》上有过记载，墓西是七里湖，西北靠牧羊山，东北有木场河与淮河相通。遗迹还有。"

车子离开镇子，不一会拐入山路，两旁建有不少的坟茔，散落着祭奠亡灵的遗物，一片凌乱。下车沿山径而行，至终端，眼前豁然开朗，脚下一片开阔的农田。友人说："古人真会找地方建阴宅。"

曾经的扬王墓，坟冢封土呈圆丘状，高约 30 米，占地约 700 平方米，墓前神道、碑刻、石雕等一应俱全。如今眼前一片荒芜，也不知谁家在墓冢上种了油菜，又疏于料理，其间杂草丛生。

友人拿出手机，设置到指南针，对大伙儿说："我们来的山道，不是神道，神道应该在下面的农田中，南北向，隐约还能辨认出，蛮宽敞。可见当年修得颇具规模。"

大伙儿细辨，果然在农田中有一条笔直的田埂路。

"这么说，我们站在了坟顶上。失敬，失敬了。"友人嬉笑着说。许先生介绍，墓在"文革"期间遭到破坏，石刻残件埋在地里。"现在政府想着修复，可是财政上还没有顾到。"

"挂个牌子，说是朱元璋外公的墓。"身后有人提议。

"先挂个牌子也行。"许先生认真地回答。

明光还遗留下关于朱元璋的其他传说，许先生建议去看看赵府附近的跃龙岗，他认为那里是朱元璋的出生地。后来，我读到了他主编的《明光出了个朱元璋》，收录的文章详细讲述了朱元璋出生地在明光的观点，他

086

和他的同伴们认为史籍中所说的钟离东乡，就是盱眙灵迹乡或太平乡。明中期，泗州盱眙的地方官勒石立碑，确定为朱元璋出生地。民国时期，盱眙县的灵迹等乡划归安徽嘉山管辖。1994 年，嘉山撤县，设立明光市。

高个的许先生肯定地说："朱元璋出生地就在今天的明光街道赵府村。除了学术性的研究认证，明光还有不少关于朱元璋出生的传说，其他地方没。"

此时，天色阴沉，车子进入赵府村，远远看见黄瓦红墙的仿古建筑立在前面，正门的上方有跃龙岗三个字，扒着门缝朝里张望，空空荡荡。

"原来只是一道围墙。"

"大概是财政上的问题，加上对朱元璋出生地一直有争议，只能弄成现在的样子。"有人解释。

友人提议在门前留个影，也算是到此一游。

在这里，还有其他与朱元璋出生有关的传说，许先生建议不妨去走走看看："不枉这一趟。"

天马上要落雨，友人打起退堂鼓。

"不碍事。坐在车里，走马观花。"许先生执着。

不过，一行人还是在一个叫做尿布滩的地方下了车，说是去找一种当地特有的植物，它的刺是倒着往下长的，相传是为了不刺破朱元璋的母亲陈氏晾晒尿布的手。同去的人果然在杂草间找到一株，由于尚幼，刺的朝向分辨起来有些吃力。

这时，下起了大雨，一行人淋成了落汤鸡……

（原载《湮没的帝都——淮河访古行纪》 中西书局，2020 年 10 月版）

话说东西两条龙——朱元璋与查理四世

这年除夕，天空极为阴沉，起先飘下的不是雪而是细雨。室内温暖如春，呷酒与友人闲聊，手机震动了几下，一位年轻的朋友发来一组在布拉格游玩时拍摄的照片，有一幅为查理大桥，一座典型的哥特式建桥艺术与巴洛克雕塑艺术完美结合的桥梁。隐约记得这座桥是德意志国王、神圣罗马帝国皇帝查理四世下令修建，横跨伏尔塔瓦河，连接布拉格老城与城堡的交通要津，始建于 1357 年，三年后竣工，目前仍为欧洲大陆上最古老且最长的桥梁，成了布拉格著名的景点，吸引世界各地的观光客。

"1357 年？这个欧洲中世纪后期的查理四世，恐怕与朱元璋是同时期人。"友人说。

我起了兴趣，"这有点意思。过去，我们只知道中世纪黑暗得不得了。是不是可以找来与朱元璋做个比较？看看两个不同地域产生的皇帝，有什么样的差异，和对历史的作用。"

"有意义吗？"友人反诘。

有没有意义，我一时半会说不清楚："权当作好玩，反正闲着。"望着窗外密集的冬雨，细小的水流在玻璃上游动。

于是，两人分别动手查资料、翻书和搜索网络，有趣地发现了朱元璋与查理四世竟然仅仅相差十二岁，属于同时期人大概无可非议。而且两人同为东西两个大国的领袖。

"依照老祖宗天干地支的说法，1328年为戊辰，土龙，朱元璋属龙。那么，上推十二年的1316年为丙辰年，查理四世也属龙。天干五行为火，火龙。"友人有些兴奋。"土龙与火龙，异同在何处？有戏。"

我笑了："查理四世脑子里没有这根筋。"

朱元璋出生后的第五个年头，长期在巴黎学习和生活的查理四世已经十七岁，是法国国王腓力六世的妹婿，被父亲波希米亚（捷克）王召回，担任军队总司令，开始了随父征战巡游列国的历程。父亲双目失明后，他与父亲一起共治国家，为日后独立治国理政奠定了基础。这时，朱元璋还是淮河边一个放牛娃，无意间成了小伙伴的领头人，带领他们挣扎在贫困线上。

"一个出生时嘴里含着金钥匙，一个十足的草根。"

"出身不分贵贱，结局都登上了大位。应合了陈胜的那句话，无关乎种不种的问题。"我说。

据史书记载，1346年查理四世三十岁，父亲在战争中阵亡，他正式继承了波希米亚王位。次年，欧罗巴上空盘旋着令人恐惧的黑死病，久久不愿离去。黑死病是人类历史上极度凶险的瘟疫之一——鼠疫，黑死病是当时欧洲人的称呼。查理四世由波希米亚王顺利成为德意志国王的原因似乎与这场瘟疫有关。此前，在教皇克雷芒六世的支持下，他通过收买德意志五大选帝侯，成为德意志国王。不想，另一位从罗马贵族手中接受神圣罗马帝国皇冠的路易四世并不承认，宣誓发兵讨伐查理四世和拥护他的诸侯。然而，还没等到开战，路易四世便在慕尼黑染疫而亡。这样，查理四世毫无争议地成了德意志国王。

友人捧着书本说："黑死病不仅在政治上帮助了查理四世，而且在经济上也有所获益。当时，许多欧洲人把瘟疫归罪于犹太人，迫害犹太人的浪潮席卷了欧洲，十多万犹太人死于非命。查理四世对这种暴行不闻不问，反而从没收犹太人的财产中得到许多好处，增加了国力。黑死病帮了他个大忙。这一年，朱元璋在干吗？"

"正在淮西漫无目地游走。"我回答。已经是二十岁大小伙子的朱元璋，饿了讨一口吃的，渴了要一口水喝，耳畔充斥着蜂拥盗起、肆掠无忌、官府无奈的消息。贫穷并没有使他变得孱弱，体内的基因使他苗壮成长，虎背熊腰，特殊的长相使他老成了许多，与实际年龄不相符合，显示出一种沉稳和魄力。

在欧洲游荡了六年的黑死病，于1353年来到了俄罗斯，结束了令人发指的暴虐。六年中，它夺走了2500万人的性命，约占当时欧洲人口的三分之一。朱元璋无须理会欧罗巴上空游荡的鼠疫，也无须理会欧洲大陆的查理四世，一切对他而言十分遥远。这年，身材魁梧的朱元璋已经二十六岁，不再是红巾军中的普通亲兵，他成了义军首领郭子兴的干女婿，且得到镇抚一职，能带兵打仗。

1354年，查理仿效历代罗马皇帝进军意大利，于次年在米兰接受铁王冠，在罗马正式加冕为神圣罗马帝国皇帝，史称查理四世。

窗外，冬雨渐渐转换成了飞雪。友人不以为然地说，这个帝国的皇帝其实没有多少实权，三百多个大小领主控制着实际权利，领主完全自治，拥有自己的军队、朝廷，甚至有收税的权力；又由于帝国借助教会来宣扬自己存在的神圣性，教会的重要性凸显，权力很大，干涉世俗社会，甚至凌驾皇帝之上，也有个别皇帝凭借自身能力与魅力迫使教会就范，但也是表面与暂时的行为。法国启蒙思想哲学家伏尔泰曾有评价："神圣罗马帝国既非神圣，也非罗马，更非帝国。"

"这是一个以分封为主体的松散型结合体，皇帝是邦联名义上的领袖，类似于中国的周朝的政治体制。"我解释说。

友人认同："查理四世成了皇帝时，朱元璋率领着他的士兵占领了安徽和县，成为镇守一方的总兵官，完成了由士兵到将军的过程。将军，是他逆袭成为皇帝的重要一环。可能当时他没有意识到。"

查理四世不甘心充当有名无实的皇帝，试图通过立宪集中权力，牢固统治帝国。当时他有两种选择，可以与小诸侯、自治城市、教会联合起来打击大诸侯，建立自己的独裁统治；也可以同大诸侯联合起来共同宰割整个帝国。作风谨慎的查理四世选择了后一种方法，风险较小，操作性强。

"看来他办事讲究实际效果。"友人说。

"应该如此。"

查理四世分别于 1355 年和 1356 年，在纽伦堡和梅斯举行两次盛大的帝国议会，邀请各路封建主和众多法学专家参加，讨论制订帝国的宪法。议会明确皇帝由七大选帝侯选举产生，即科隆大主教、美因兹大主教、特里尔大主教，以及萨克森选帝侯、法尔茨选帝侯、勃兰登堡选帝侯和波希米亚选帝侯，皇位空缺时由萨克森公爵和莱茵宫廷伯爵摄政；各选帝侯拥有自己领地内的关税和铸币权、矿山开采和贩卖食盐权等（在此之前，这些权限在皇帝和选帝侯间十分模糊），禁止结盟反对选举产生的皇帝，禁止城市结盟、反对冒犯选帝侯，否则被视为叛逆罪。查理四世亲自颁布了《黄金诏书》。

史学界认为《黄金诏书》进一步巩固了德意志帝国在政治形式上的统一及联合，结束了长期以来皇帝都企图世袭统治德国而引发的纷争。从此，皇权由权势最大，且受到其他选帝侯拥戴的家族来分享。诏书回避了教皇和教廷在皇帝选举时的作用问题，实际上剥夺了教皇的权力。

不过，《黄金诏书》亦使德意志走向了封建割据的道路，选帝侯实际上在松散的邦联框架之下，拥有了自己领地内的君主权力，承认诸侯在各自邦国内拥有行政、司法、关税和铸币权，规定各邦国内的市民、自由农民均属于该邦国的君主，这实际上承认了各邦国独立自主的地位。

查理四世的《黄金诏书》确立了德意志以大诸侯为政治实体的格局，这个格局一直持续到 19 世纪初神圣罗马帝国解体之前都没有质的变化，这是他对历史深远的影响。

在查理四世颁发《黄金诏书》的 1356 年，身处遥远东方的朱元璋二十九岁，大败元朝水军，被任命为行中书省平章，成了独当一面的地方长官，指挥十万大军的统帅。三年后，升任为仪同三司江南等处行中书省左丞相，1364 年已经灭掉陈友谅的朱元璋踌躇满志地在应天府（南京）自立为吴王，设立百官，架构起他的帝王梦。再经过四年的奋斗——1368 年初，朱元璋称帝。十年后的 1378 年，查理四世因中风在布拉格去世。

查理四世通过《黄金诏书》确立了皇帝的权力，只不过相对于过去皇权得到一些实质性保障。但是，他不可能像朱元璋一样实行极权式的专制统治，权力受到选帝侯的制约，如果没有其他人的合作，查理四世不可能进行有效的统治。

确实，他俩不同的地方很多。一个自小经历了贫困和死亡，一个是波希米亚（捷克）公主和卢森堡家族约翰的长子。查理四世的父亲约翰通过联姻取得波希米亚（捷克）王位，以德意志最强大的诸侯身份，成为神圣罗马帝国皇帝的有力竞争者。查理四世七岁时与法国国王腓力六世的妹妹布朗歇结婚，18 岁时开始同居，他的大舅哥是法国国王。朱元璋由赤贫而来，如果没有郭子兴这个农民军领袖当伯乐，把养女嫁与他，恐怕日后难成气候。

查理四世经历过战争，指挥过战斗，四处征战。但是，他一定没有像朱元璋那样有过兵士的经历，见过那么多伤残的官兵和血肉模糊的尸体。查理四世也见惯了权力江湖的险恶，在他初出茅庐之时，差点被政敌毒死。他还是王储时策动自己在巴黎的老师、后来当选为教皇的克雷芒六世，建立布拉格大主教区，提升波希米亚教会的地位，为他日后成为德意志国王打下基础。朱元璋由要饭和尚逆袭成为皇帝，经历的险恶、拥有的智谋一定不会亚于查理四世。

查理四世具有学者特质，自幼受到良好的教育，保持写日记的习惯一直到三十岁，嗜好读西塞罗、但丁的著作，翻译过奥古斯丁的作品，喜欢与大学者交往。他与意大利著名诗人、文艺复兴运动的先驱之一彼得拉克保持了长期的密切的友谊，庇护、资助过意大利法学家巴尔托鲁、《论国王与皇帝的权力》的作者卢波尔德等人。朱元璋念过几天私塾，依靠自学和后来的谋士们传授学问，获取书本上的知识，更多的是在苦难磨炼中获得书本上不曾有过的知识，尤其是对底层黎民百姓的了解。

"他俩家庭背景、成长过程、学习经历不同，直接导致他们的个性、处世方法的不同。还有，就是他俩所处的社会发展阶段不同，执政历史背景和社会人文基础不同，采取的治世模式自然会不同。"我说。

"更主要的是受到政治、经济、文化的条件制约。"友人补充。

查理四世执政时，欧洲已经进入中世纪末期，黑暗开始消散，文艺复兴的曙光已经显露。中世纪分为前、中、后期三个阶段，"黑暗时代"一般指中世纪早中期，欧洲国家呈现为一种松散的领土集合体，封建割据带来频繁的战争，造成科技和生产力发展停滞，人民生活在毫无希望的痛苦中，所以中世纪被称作"黑暗时代"，传统上认为这是欧洲文明史上发展比较缓慢的时期。1453 年君士坦丁堡陷落，拜占庭帝国在历史的视野中消失，最终融入文艺复兴运动和大航海时代中，欧洲终结了中世纪。

"中世纪末期，欧洲的社会开始了新的变化，封建制度开始衰退，骑士阶层文化由繁荣逐渐走向低谷，神圣不可侵犯的罗马帝国和教皇的统治开始动摇起来。"我说。

出现这些状况的主要原因，是城市中的中层阶级开始发展，从物质生活到精神生活，都有了飞跃，尤其是在精神方面，经院哲学所宣扬的基督教神学遭到蔑视，人们的视线从神转到了人的身上，开始发现自我和自我价值。于是，一种新的价值观和世界观给予了人类文明一段新的历史，就是文艺复兴时期，大致的历史时段为 14 至 16 世纪。

14 世纪中叶爆发的瘟疫使欧洲笼罩在死亡的阴影下。但是，人们没有束手待毙，本能地抗击瘟疫，人性唤醒为文艺复兴运动的到来打下基础。新航路的开辟，1487 年由葡萄牙的迪亚士开始到 1522 年麦哲伦的环球航行结束；16 至 17 世纪在欧洲掀起的一场以基督教的改革为中心的宗教改革，实质上是披着宗教外衣的资产阶级性质的改革。在英国，从 1343 年起，国会分成了由贵族组成的上院和代表骑士、市民的下院，确立了议会君主制。与此同时，西法兰克王国演变成了法兰西王国，加强了王权；罗马教廷被迫迁往法国南部的阿维尼翁，自上而下召开三级会议（一级为高级教士，二级为贵族，三级为富裕的市民），形成了议会君主制。

在意大利，商人对西欧商业组织的发展产生重大贡献。起初，他们搞合伙制，一般由两方组成，一方是坐商，提供资本；一方是行商，押运货物，回来分配利润后即散伙。13 世纪以后，意大利出现运输业，行商逐渐变成坐商。商人组织由合伙制转变为商行、公司，主体为一个家族的成员，并以该家族命名。14 至 15 世纪意大利有两百余家公司或商行，在主要城市设立分号，远至巴黎、伦敦、布鲁日，这是近代资本主义公司的前身。

随着国际贸易的发展，货币汇兑和信贷业务也发展起来，从而促进了银行业的出现，这也是意大利商人的贡献。他们发明了借贷记账法、结算办法等。1346 年热那亚成立了全欧第一家银行，最初贷款利息很高，从百分之六十到百分之百不等。佛罗伦萨的银行家曾一度代教廷征收西欧一些国家的什一税，势力之大可以想象。

在这样的背景下，查理四世的作为是什么呢？他于 1348 年 4 月 7 日在布拉格建立了阿尔卑斯山以北和巴黎以东的第一所大学，今天称为布拉格查理大学。初期它设立神学院、文学院、法学院和医学院，以重金聘请著名学者到学校任教，吸引了欧洲各地的学生蜂拥而至。查理大学不仅是中欧最古老的大学，也是中世纪欧洲最大的大学，在当时规模超过英国的剑桥大学与牛津大学。它不但是一种新的教育机构，而且还代表了一种新的思想，查理四世对文艺的赞助使文艺复兴运动的激情开始在德意志大地上燃烧。后来，胡斯运动和马丁·路德的宗教改革都发生在德意志，与此有着一定关系。据有的学者统计，13 至 14 世纪间，意大利设立大学 18 所，法国 16 所，西班牙和葡萄牙共 15 所。至 15 世纪，几乎欧洲所有的重要城市都办起了城市学校。城市学校的兴起和发展，对处于萌芽阶段的资本主义生产方式的成长起了促进作用，构成了文艺复兴初现的基础。

在六百多年的办校过程中，查理大学培养出许多杰出的校友，数学家爱德华·切赫、物理学家恩斯特·马赫、无线电之父尼古拉·特斯拉，文学巨匠弗兰兹·卡夫卡以及米兰·昆德拉，奥匈帝国皇帝卡尔一世、捷克斯洛伐克国父托马斯·马萨里克、三次就任捷克斯洛伐克总统的爱德华·贝奈斯。至今，这所大学依然属于世界顶级大学，根据上海交通大学的世界大学学术排名，它名列世界 204 名和欧洲 100 强之列。查理四世由于其一系列开风气之先的历史功绩，在 2005 年捷克票选"最伟大的捷克人"中荣登榜首。

在东方，朱元璋剿灭义军，挥师驱逐胡虏至漠北，统一中原后，以巩固自己的统治为目的地释放底层社会的生产力，让底层百姓过上耕有田、食果腹的温饱日子，换得相对稳定，欲实现江山万代传承的梦想。他采取极权的统治方法，废除了宰相制，亲自捉刀，摧毁了皇权的制约机制，改变了自秦始皇起建立的中央集权的统治制度，以及明朝之前皇家与士大夫共存共制的局面。同时，他积极打击官僚、知识分子阶层，大兴文字狱、大搞特务制、恢复殉葬；对内重农抑商，限制经济发达地区的发展，对外实行严格的海禁。这些，无疑扼杀了大明帝国疆域内创新的出现，普天之下只剩得他无远弗届的极权。于是，中国与欧洲越走越远，出现了之后五百多年迟滞发展的局面，与欧洲差距逐渐拉大。即使中间有过碰撞，产生新的社会力量萌芽，但朱元璋和他的子孙以及后来的爱新觉罗家族，都把它们视为实现核心利益的障碍，扼杀了它们，使华夏民族落入孤立无援的境遇，且无可救药，只能等待涅槃。

"我想说说朱元璋办的教育。在查理四世办大学时，欧洲诞生了多所大学。大明帝国只有一所'大学'——国子监。沿袭隋唐旧制，但更糟糕。学生必须参加科举，'八股'取士，成为读书人的晋升之阶。"

"朱元璋说过治国之要，教化为先，教化之道，学校为本。可见他对教育的重视。"友人补充道。

"如果，学校的根本只是一味强调它的教化作用。那么，它只能沦落为那个时代的统治工具。"

朱元璋统治的时期，全国的教育机构分为三级，村、里级的启蒙组织社学，起先为官办后改为民间自办；到了府、州、县学，皆为官办；中央一级便是国子学这一所"大学"。

朱元璋执政时，国子学改为国子监。吏部任免国子监的祭酒、掌馔等人员，祭酒是主要负责人，总揽一切事务，要整饬威仪，严立规矩，表率属义官，模范后进，相当于校长。属官赴堂禀议事务，质问经史，皆须拱立听受，不得坐列，正官亦不得要求虚誉，辄自起身，有紊礼制。祭酒和其他同僚，是长官和属僚的关系，但是，没有聘任教员的权力，教员由吏部派任。品位不高的监丞，参领监事，凡教员怠于师训，学生有乖规则，课业不精，廪膳不洁，并从纠举。务要夙夜尽公，严行约束，毋得徇情，以致废弛。他们不但管学生规矩、学业，还兼管教员教课能力，办公的地方叫绳愆厅，不仅有办公桌椅，还设有行扑红凳二条，配备二名皂隶，刑具是竹篦，皂隶为行刑人，红凳系让学生伏着挨打用的。祭酒同时也是教员，和博士、助教、学正、学录等官，职专教诲，务在严立课程，用心讲解，以臻成效。如或怠惰，不能自立，以致学生有逾规矩者，举觉到官，各有责罚。换一句话说，教员如不能使学生循规蹈矩，遭遇到的不是解聘，而是严重的刑事处分。

学校的教职员全是官吏。学生呢？来源有两类，一类是官生，一类是民生。官生又分两等，一等是品官子弟，一等是土司子弟和海外学生（留学生）。官生由皇帝指派分配，出自特恩；民生由各地地方官保送。官生入学的目的，为了"皇子将有天下国家之贵，功臣子弟将有职任之寄"。皇子在内府大本堂，功臣子弟入国子监。教之道，以正心为本，学的是如何统治的"实学"，不必像文士那样记诵辞章。洪武十六年（1383）文渊阁大学士宋讷任国子监祭酒，朱元璋特派太师韩国公李善长、礼部尚书任昂和谏院、翰林院等官员到国子监，举行特别考试，考定教师学生高下，分别班次。又以公侯子弟在学读书时不服教员训诲，特派重臣曹国公李文忠兼任国子监监事，处罚违教的官生，整顿学风。

朱元璋建立国子监的目的之一，是教育贵族官僚子弟，辅佐自己的后代执政。但是，到了后来，官生数量一年比一年少，和民生的比例从二比一到一比二千零三十，主体变为附庸，完全失去办学时的初衷。原因是公侯子弟成年的袭爵任官，不必入学，未成年的入学需经圣旨特派，纨绔少年，束发受经，不过虚应故事，爵位官职原来不靠书本辞章。那么，除非皇帝特命，又何必入学。又由于胡惟庸党案发生后，功臣宿将，连年被杀，到朱元璋统治后期，除汤和、耿炳文、李景隆、徐辉祖几家以外，其余的差不多杀净了。功臣本人被杀，子弟自然不能入学。朱元璋统治初期，官僚子弟的入学仅限一百名，以后实施极为严格，非奉特旨，不能入学，人数自然不可能太多。而且，大官子弟自有荫官一途，用不着走国子监这条路。这样，国子监就自然而然演变为专门训练民生做官的衙门了。

洪武二十六年（1393）监生人数突增，原因有新的政治任务，人手不够，特别扩大保送生。民生的来源，分贡监、举监两类。国子监的学生通称监生。贡监出于岁贡，依照惯例，地方官有贡"士"于朝廷的义务。学生入监，主持选送的是府州县官、按察司官、本学教官；入学考试由翰林院官员主持。

国子监坐堂监生最多的时期近万人，校舍规模庞大，校址左有龙舟山，右有鸡鸣山，北有玄武湖，南有珍珠河。监生穿的校服，由朱元璋钦定，用玉色绢布，宽袖皂缘，皂绦软巾，叫作襕衫。

朱元璋把培养官僚的责任寄托于国子监，授权教官用刑法清除所有不服从不听调度的学生。比如，毁辱师长的含义非常广泛，语言、行动、思想、文学上的不同意，以至批评，都可任意解释。被指控的学生不能进行辩解。至于生事告讦，更可随便运用，凡是不遵从学规的，不满意现状的，要求改进某方面教学或生活的学生，都可以用生事告讦的罪名判决、执行。学校办到了严酷的程度，监生走投无路，经常有人被强制饿死，或者自杀而死。死后连死尸也不肯放过，一定要当面验明，才准入殓。"诚诸生守讷学规，违者罪至死"（《明史·宋讷传》）成了办学的方针。有人反对这样的行径，向朱元璋提出控诉。朱元璋不理会，反而杀了这些控诉者，还把所谓的罪状张贴在国子监门前，写在《大诰》里头。从此，再也没有人敢替饿死、缢死的学生说话。

洪武二十七年（1394），监生赵麟受不了虐待，出壁报提出抗议，学校以毁辱师长的罪名，依照学规杖一百充军。为了杀一儆百，朱元璋下令法外用刑，把赵麟杀了，并且在国子监前立一长竿，枭首示众。之后，又颁发《赵麟诽谤册》和《警愚辅教》给众生阅读。洪武三十年（1397）七月，召集祭酒、教官、学生二千余人，在奉天门当面训话。

"把学校办成了监狱，滑天下之稽，可悲可叹。"

"是呀，要知道这些学生是经过选拔的人才。人才经这般驯化，其创造力所剩几何？个性都被抹杀了。"我说。

明代地方学校的建立，始于朱元璋执政的第二年。朱元璋认为元代学校名存实亡，战争以来，人习于战斗，唯知干戈，莫识俎豆。他常说治国之要，教化为先，教化之道，学校为本。如今京师已有国子监，而地方学校尚未兴办，面谕中书省臣，诏令府州县设立学校，礼延师儒，教授生徒，讲论圣道。于是各地大设学校，府设教授，州设学正，县设教谕各一，生员府学四十人，州三十人，县二十人。师生月廪米人六斗，地方官府供给鱼肉。此外，入学生员均免差徭二丁。在学专治一经，以礼乐射御书数，设科分教。

管理地方学校情形，完全和国子监一致。朱元璋执政的第十五年，颁发禁例十二条于全国学校，镌立卧碑，置于明伦堂之左，不遵者，以违制论。

除地方学校之外，朱元璋执政的第八年，下令地方设立乡村小学——社学，延师儒以教民间子弟。府州县学和社学都以《御制大诰》和《律令》作为主要必修科。据说，村、里级的启蒙组织社学，人数超过之前的任何一个王朝。

从国子监到社学，必读的书，必考的书，朱元璋亲自撰写或审定的教材，以帝王之威，用减刑充军，利诱威胁，命令老百姓读他的"宝书"，学生熟读讲解他的"宝书"，以达统一天下的思想。

教育成了朱元璋实现自己的政治理想和核心利益的重要手段，这个没有受过多少教育的大帝，比受过教育的罗马帝国皇帝查理四世，更懂得教育与江山的关系。江山永在，必须通过教育灌输自己的思想、理念、法律和道德要求。

"这样学校，培养不出人才，只能养成奴才和顺民。"友人愤愤不平。

"这符合朱元璋以及他的继承者的逻辑。却摧残几代甚至几十代中国人，使我们民族失去了创新能力。"

友人说："个个都成他家坟墓前的文臣。"

"我隐隐约约觉得，历史上出现朱元璋是民族所幸，更是民族的大不幸。从长远来看应该是大不幸。"

"话题太沉重了。"友人表示。

后来，我们又聊起两位皇帝的故乡建设，布拉格与凤阳。友人照本宣科，有点现炒现卖的味道："查理从小就下决心把布拉格建成大都会，周游列国后更丰富了自己的构想。他登上王位后，下令在布拉格建造新城，亲自参与布拉格的城市规划，修建塔楼、城墙等，来自意大利和法国的建筑师及工匠们如潮水般涌入布拉格。"

查理四世建造各式各样华丽、优美的建筑，修建伏尔塔瓦河上著名的查理大桥；显赫的圣维特主教堂，它在中欧首先采用了宏伟的哥特式，室内装饰采用了独立的艺术风格，称为波希米亚学派。还在布拉格附近兴建了卡尔斯腾堡。

不仅注重城市建设，查理四世还鼓励生产和贸易，使波希米亚走向富裕。布拉格迅速崛起，一跃成为帝国的政治、经济和文化中心，繁荣的欧洲中心城市。直到后来改朝换代，哈布斯堡朝复辟后的 1500 年，布拉格仍是帝国最大城市之一，人口达七万之众，而哈布斯堡朝的帝国首都维也纳，仅在帝国各城市中排第十六位，人口两万多。

查理四世的做法实际上含有政治目的，他希望布拉格成为帝国境内最为辉煌的城市，与帝国首都的地位相匹配，成为神圣罗马帝国的核心，国际大都市，使波希米亚的利益在帝国的各项政策中占据领导地位。

我想到朱元璋对凤阳地区大量的移民，人数是七万之众的数倍，过程且充满血腥；还有巨数的劳工努力在凤阳中都建设的工地上，有的毙命于此。他以六年的国税，举国之力用于建设中都。可惜，一切付之东流。他亲自下令拆移中都的建筑，一座行将完工的都城，被无端罢建。由此，中都逐渐走向衰败。于是，对友人说了这层意思，友人没有表示。

沉默了许久，窗外大雪漫天飘舞。冬天之后是春天，但是人们毕竟要经受冬天严寒的折磨……

近年来，中国赴捷克旅游人数持续增长，大批游客来到布拉格。据说，明中都已经列入国家遗址公园项目，凤阳也在打造旅游城市，需要注入巨额的资金。

记得这几年数度赴中都城考察采访，这座庞大的帝都以豪华侈丽留存在史迹上。而眼前是残存的城垣、田野里的瓦砾石和精美的石不出，一切成了废墟。

友人说："他罢建凤阳明中都城，并非无端，也是为了朱明王朝能一统万年。"

（原载《湮没的帝都——淮河访古行纪》 中西书局，2020 年 10 月版）

是谁谋死了刘伯温

动身来到紧贴瓯江的鹤城，城市不大，市面颇见繁华，建筑间透射出几分洋气。拐到老城区，在陈旧的县委大院里，找到了高个子、衣着讲究的老赵。起先，他以为我与友人是来推销图书、影碟或者拉个赞助什么的，待问明白后，便与我、友人聊了起来，直到傍晚，余兴未减，邀请共进晚餐。

席间用的是红酒，他说这里兴喝这个，有益健康。看他倒酒、执杯、晃杯的一招一式，便知道他懂经。

有酒说话自然放松了许多，说到刘基是青田人，出生地和墓地在邻近的文成县，"文成不是刘基的谥号吗？"我说。

"没错，可是青田人刘基写入史书。有一些重要的工具书，把他说成文成人，不合历史。文成县在1946年从瑞安、青田、泰顺三县边区析置而成，刘基时根本没有这个县。"

"那么，文成人会不会有意见？"友人问。

"我们是这样子处理的，刘基青田人，括弧现为文成。既尊重历史，又符合实际。"坐在老赵一旁的当地文史研究者沈先生少言寡语，这时发了话。

"这个方法好。不像有的地方为一个名人出生地弄得死去活来，不相往来。"友人说。

"青田留下了的刘基足迹，你们可以去看看，比如石门洞。更多的东西要跑到文成境内的南田去看。"老赵说。

我记得史书上记载，刘基是青田县武阳村人，老赵说的南田大概系乡镇一级的单位。沈先生告诉我，的确如此。南田有墓地、庙宇、纪念馆，故居、书院则在武阳村。

次日，一早办完公事，老赵驾车去地处鹤城中心的刘府祠转了转。同去的沈先生对刘伯温素有研究，曾参与了该祠的修复，驾轻就熟地介绍刘府祠的来龙去脉和修复中的轶事。原来，这祠在刘伯温死了一百五十多年后修建起来，后损坏严重，十年前按原建筑风格复建。说着，他领头跑到一块石碑前，问有什么不同。

凑近细看，友人说："四周有石槽。没见过这样的。"

"当年这块石碑成了豆制品厂的案板，石槽是为了做豆腐另凿的，有了石槽，水还要流出去，所以石碑顶上开了漏水槽。"

"上面刻的字，一定是磨去了许多。"

"多少年下来，依稀有个印子。现在，重描了。"

不久，一行人离开了刘府祠，去了去石门洞，那里是刘基早年的读书处。大概是刚泛滥过山洪，整个景区显得凌乱，不少地方留有洪水退去的痕迹，却无法掩盖扑面而来的灵秀之气。

说起刘基，在民间知名度不一定高，而说到刘伯温就不一样了。其实，前者为名，后者为字。他是一位神人，先知先觉者，料事如神的预言家，有"前知五百年、后知五百年"之说。神人似乎与灵秀有着某种关联，就像道家笔下的高人出没于水一样，一方水土养一方人。友人嗤之以鼻，面露嘲讽之色。我也不好再继续发挥。

在通往刘文成公祠的山道上，一块巨大的黑山石突兀而出，有点拦路的意思。走近细瞧，上刻有说明"据传当年刘基在石门洞读书时，白猿仙姑赠其无字天书，刘基得天书后终成大器，后为避奸相胡惟庸陷害，回乡将天书藏于此石之中……"

友人说："又在造神了。"我说："刘伯温的智商极高，又勤学不辍，从这些方面肯定他就可以了，何必弄成白猿仙姑、无字天书之类。其实，他的情商也不低，故而成就了他一生。他的死与朱元璋有直接的关系。即使这样，他毕竟没受牢狱和流放之苦，不像李善长、宋濂那么悲惨。"

沈先生介绍，刘基十七岁跟着老师郑复初从处州到山脚下的石门书院修学读书。五年后出山中举，次年中了进士。

刘文成公祠由二十世纪初海上闻人虞洽卿与友人出资修建。我问："虞洽卿应该是浙江慈溪人，为什么出资修刘伯温的祠堂？"

"可能是被料事如神的刘伯温吸引到了。"友人笑眯眯地回答。

公祠比先前到过的刘府祠，显得简朴得多，正堂供奉着刘基的塑像，面对着一个不大的庭院，植有古树，立有香炉，炉有香燃，袅袅青烟升起渐散。

跨出门槛，我说："这个祠堂还是蛮符合刘伯温为人处世的风格，内敛低调……"

沿着山谷底的小径继续前行，世外桃源的味道越来越浓，众多树木掩映着亭台水榭，百米悬崖挂下瀑布，时有云彩飘过。遗憾的是由于不在季节，瀑布的水流极细，真有一些枯竭的味道。瀑布泻下处，有被古人称之为"天泉""圣水"的积水潭，存水也少得可怜。左侧的石洞，早在唐代就是道教三十六洞天中的十二洞天，李白、王安石、沈括、陆游、汤显祖等名人都留下诗篇。现在，许多游人挤进石洞是为了摸一摸相传当年刘基躺着读书的石床，据说这样做可以求得前程似锦。石床表面光滑，呈弧形，似有些床的模样，想象躺着看书的刘基，抬头能看到洞外的天空，也不怕飞瀑溅到身上。

"刘伯温晚年，一定是老年风湿病患者。"我说笑。

"何以见得？"友人问。

"这里终日阴冷潮湿。"

沈先生认真地告诉我们几个，刘基六十岁时，须发已经大半霜白，牙齿掉了十三四颗，左手麻痹不能动弹，耳朵听不见，脚也跛了。可能与此相关。众人沉默不语。

汽车沿着浙南陡峭的山路，驶去文成的南田，路不算长，开起来不易，急转弯一个连着一个，开车的老赵鼻子上渗出了一层细汗。这时，起了雾，对面的群山成了一幅无边无际的水墨画，笔触恰到好处、墨色酣畅淋漓、画面气韵生动，看得人瞠目结舌。突然，前面的盘山公路被一阵浓雾深锁，老赵只能放慢车速，开了大光灯，时不时按响喇叭，防备交会的车辆。

友人说："几乎入仙境了。"

沈先生颇有些自豪："我们青田，山上出现这样的景象，实属稀松平常。"

"就是几分钟，等飘雾走就好了。"老赵介绍。

"少年刘伯温外出求学也不易。"我说。老赵表示，那时的人主要靠船走水路，随后改为走旱路，去青田鹤城，也就是县城。

聊了一会天，雾散了，老赵加快车速，到达南田已近晌午。友人提议吃了饭再去参观。车在冷冷清清的镇上兜了几圈，找了一家还算像样的菜馆，进入店堂，仅有一桌人在那里吃喝。见我们入店，老板不冷不热地问了一句，吃什么？老板是个肤色黑黝黝的壮汉，模样有点东北味道。我问了他，他否认，说是土生土长的。我说弄一些土菜，他报了泥鳅浓汤、香辣溪鱼干、白落地煨蛋、老法烧狗肉等四五样。我说狗肉不要，吃狗肉非本地风俗，多半从淮河流域流传过来。老板说原先附近的县镇盛行吃狗肉，每年都办狗肉节，只是近年衰消。我问，这习俗是否是明初开始的？如果是，一定是朱元璋的官兵，从淮河边带过来的。老板摇摇头表示不知道。

又问白落地是什么，老赵他们也说不清楚。老板说野菜，文成的乡野田间随处可见，可入茶入汤，清凉解毒养颜。果然，服务员端上的玻璃壶里就有一簇小叶子的绿色植物。喝着泡的水，也没有什么特别的味道。

老赵从包里拿出一瓶威士忌，说喝这个："这酒度数比红酒高，更适合你们。"

友人拿过去仔细看了看，放下酒瓶，打趣地说："在浙南的小镇上，吃着农家土菜，喝着苏格兰十年前产的威士忌，聊着刘伯温、朱元璋，是不是很特别？"

老赵打开酒，让大家尝尝。看着色泽棕黄略红、清澈透亮的酒液，闻到焦香中略带一丝烟的气味，抿一口别有一番滋味。

老板端着一盆白落地煴蛋上桌。我告诉老板，煴蛋的煴，不应该是菜谱上写的三点水的温，而是火字旁。煴，是微火，通俗地讲就是白落地小火烧蛋。饭店老板说不懂："反正这菜好吃不好吃，你自己品。"

友人说我有点像孔乙己。

蛋滑爽极嫩，白落地如荠菜一般鲜美可口，留有清香。我向老板竖起了大拇指，老板脸上露出笑容。他告诉我，早年去了东北揽工程，赚了一些钱，现在回老家开饭店，图个方便，好与家人团聚。但是，"没有想到，老家的生意这么淡。南田还是个旅游大镇，整个没有几个游客。"老板叹了一口气。

酒足饭饱，大家上路去了刘基庙。友人说，刘基庙是刘基死后八十多年才盖起来的，与他没有什么瓜葛。何况，老物件在"文革"时都折腾得差不多了，应该去看他的墓地。问了旅游接待中心的人员，回答是墓区正在修缮，没有办法参观。

沈先生表示："不如直接去武阳吧，那里有故居、书院。"

"既然来了，去庙里走一趟。"我说。

一圈跑下来，几个人一边议论正殿内悬挂的匾额楹联，一边急切地坐上老赵开的车去武阳。沈先生介绍，那里海拔大约在八百米。据说，南宋末年，蒙古大军南下，刘基五世祖刘集为求得安居，到丽阳山神庙祈祷，晚上做了一个梦，绿油油的旷野里，一位道骨仙风的老者悠然地舞动羊头手杖牧着一群白羊，场面如诗如画。于是，他寻梦来到南田山，看见有一群山羊在田野里玩耍，宛如梦境。问当地人是什么地方，得到的回答为武阳。刘集一听，原来武阳与舞羊谐音，梦中的"舞羊"就是前面的武阳，"舞羊之梦"系上苍恩赐风水宝地的祥兆。于是，刘集举家从丽水的竹洲迁至武阳，繁衍生息。

我说："这似乎与朱元璋祖父朱初一携带一家老小，逃到江苏盱眙，在孙家岗与道士相遇，有相似之处，都与道士相关。不过，朱元璋祖上是被动地为了逃避官府的苦役，由富裕地区向贫困地区迁移；刘基祖上是主动地避开战争，迁移到风水宝地，完全不是同一回事。而且，俩祖上梦见的东西也不同。一个是后代可为天子，一个是安居乐业。"

友人说："都是后人编的。"

"也有真实的成分，迁移的原因和定居点。"

"也可以肯定，这一片土地上有着浓浓的道教文化的气息。"友人表示。

沈先生说："南田是道教福地，民风简朴，有唐朝的遗风。恐怕也是刘基祖辈选择定居此地的重要人文因素。"

大约十来分钟，车停在刘基故居门前的空旷地上，车头正对着一个大池塘，种的全是荷花，此时一派枯败。在一旁的沈先生说："田垟后面有七个小山头，犹如天上七星排列有序，故名七星落垟，是这里的一景。"

转过身子，五指峰下有一道翘檐灰砖的围墙，中间的院门大敞，上方的门楣上悬挂着刘基故居的匾额。

　　沈先生告诉我，故居坐落的平台海拔650米，四面环山。冬无严寒，夏无酷暑，六月天要盖棉被。空气新鲜，阳光充沛，植被丰富，生态完美，天然氧吧。按照古代堪舆学说，这一居所风水极佳。

　　走过荷花仙鹤图案的照壁，一栋品字形的木结构单层建筑展现在眼前，样子古朴。室内有刘基的生平介绍和他以及上几代人的事迹故事，说他的家族五代人生活在这里，刘基生于此殁于此，他的曾祖父刘濠曾任南宋的翰林掌书，由此"武将世家"的刘家，转为"书香世家"。

　　元大至四年（1311）五月刘基出生，从小好学深思，聪颖过人。在家庭的熏陶下，喜欢读书，儒家经典、诸子百家熟读于心，还潜心研究天文、地理、兵法、术数，颇具心得。他的记忆力超群，一目十行，过目成诵。而且文笔精彩，超凡脱俗。十四岁时他入处州官学读《春秋》，十七岁到石门书院学习宋明理学，积极准备科举考试。天生的禀赋和后天的努力，使年轻的刘基很快在当地脱颖而出，成为江浙一带有名的才子。他的老师郑复初曾对刘基的父亲刘爚说："君祖德厚，此子必大君之门矣。"（《明史·刘基传》）

　　元统元年（1333）刘基考取进士，进入仕途，出任江西高安县丞，后又任元帅府都事。但是他的许多建议朝廷往往不予采纳，使刘基失落，先后三次辞官，回故乡南田隐居，潜心著述，写成了脍炙人口的寓言体政论散文集——《郁离子》。这书不仅表达了他对蒙元王朝统治的失望，提出了自己治国安民的主张，也反映了他的人才观、哲学思想、经济思想、文学成就、道德为人以及渊博学识。一般认为《郁离子》是刘基为天下后世立言的不朽名著，洪武十九年（1386），翰林国史院编修官吴从善为《郁离子》刊本作《序》曰："夫郁郁，文也；明两，离也；郁离者文明之谓也。非所以自号，其意谓天下后世若用斯言，必可底文明之治耳！"

　　《郁离子》写作年代，蒙元王朝已摇摇欲坠，国内各地反元起义风起云涌，却互相纷争、各不相让。刘基静观天下，经过一番分析，认为朱元璋领导的义军才能推翻元朝，建立新政权。1360年，朱元璋两次向隐居南田的刘基发出邀请。经过深思熟虑之后，刘基终于决定出山辅助朱元璋，希望通过助朱氏打江山来实现自己的理想。《明史·刘基传》这样记载刘基与朱元璋的关系：

及太祖下金华，定括苍，闻基及宋濂等名，以币聘，基未应。总制孙炎再致书固邀之，基始出。既至，陈时务十八策。太祖大喜，筑礼贤馆以处基等，宠礼甚至。会陈友谅陷太平，谋东下，势张甚，诸将或议降，或议奔据钟山，基张目不言。太祖曰："先生计安出？"基曰："贼骄矣，待其深入，伏兵邀取之，易耳。天道后举者胜，取威制敌以成王业，在此举矣。"太祖用其策，诱友谅至，大破之，以克敌赏基，基辞。

……大旱，请决滞狱，即命基平反，雨随注。因请立法定制，以止滥杀。太祖方欲刑人，基请其故，太祖语之以梦。基曰："此得土得众之象，宜停刑以待。"后三日，海宁降。太祖喜，悉以囚付基纵之。寻拜御史中丞兼太史令。

初，太祖以事责丞相李善长，基言："善长勋旧，能调和诸将。"太祖曰："是数欲害君，君乃为之地耶？吾行相君矣。"基顿首曰："是如易柱，须得大木。若束小木为之，且立覆。"及善长罢，帝欲相杨宪。宪素善基，基力言不可，曰："宪有相才无相器。夫宰相者，持心如水，以义理为权衡，而己无与者也，宪则不然。"帝问汪广洋，曰："此褊浅殆甚于宪。"又问胡惟庸，曰："譬之驾，惧其偾辕也。"后宪、广洋、惟庸皆败。

洪武三年授弘文馆学士。十一月大封功臣，授基开国翊远守正文臣资善大夫、上护军，封诚意伯，禄二百四十石。明年赐归老于乡。基佐定天下，料事如神，性刚嫉恶，与物多忤。至是还隐山中，惟饮酒弈棋，口不言功。八年，疾笃居一月而卒，年六十五。

刘基晚年急于辞官的原因之一，是淮西那班皇亲国戚开国勋臣日益骄纵，朱元璋虽严加管束，却又不敢他们人多势众，只能姑息。然而，江南文人集团长期处在劣势，他们跟随朱元璋时羽翼已丰，颇具规模和影响力，况且，他们既与朱元璋无乡谊，又无血缘或姻亲关系，因而相对疏远。刘基作为江南文人集团的代表人物，时刻受到以李善长为代表的淮西集团的钳制打压，凤阳中都城的建与不建，使得两派矛盾加剧，朱元璋最后还是接受了淮西的建议，大兴土木建设。洪武四年（1371）正月，朱元璋同意花甲之年的刘基告老还乡。他回到故里，饮酒下棋，从不提自己的功勋。地方官求见不得，装扮成野村樵夫才能相见。

"除了与淮西集团的矛盾，刘基是不是看穿了朱元璋心思，预料到后事，辞官还乡，告别伴君如伴虎的日子。"老赵说。

"像刘伯温这样饱读史书、聪明过人、且有自制力的人，一定有所觉察。只是不说而已。"

"后来，他好像又回到了南京。"友人问。

沈先生答道："是的。南田附近有个叫谈洋的地方，盗贼出没为患，刘让儿子上书，请朝廷设立巡检司以安民。胡惟庸报告朱元璋说，那个地方有王气，刘伯温要在那里给自己建墓地，有图谋。朱元璋半信半疑，于是剥夺了他的俸禄。"

为了消除朱元璋的疑虑，保全自己和家人的性命，刘基立即动身一路颠簸到南京，向朱元璋磕头请罪，不作任何辩解，"惟引咎自责而已"。之后，朱元璋没有发话让他回乡，他只能继续待在南京，随时准备接受朱元璋的处置。这样一待就是三年。大概朱元璋也没有想好如何办，便使出羞辱的招数，彻底击垮刘基所剩无几的尊严。一次，朱元璋以刘基不参加祭祀活动反而分享祭祀用的肉为由，点名批判刘基，说他"学圣人之道"，却如此不检点，哪有半点合乎"礼"。

洪武八年（1375）岁首，刘基拖着病躯上朝，给朱元璋拜年，呈上七言律诗，歌颂王朝欣欣向荣、万国来宾。末了一句，发出"从臣才俊俱扬马，白首无能愧老身"的自悯。正月，他感染风寒，朱元璋知道后，派胡惟庸带领御医去探视。御医开了药方，刘基服后腹内绞痛不止，抱病求见朱元璋，禀告原委，以及服食御医的药后身体越发不适的情形。朱元璋听后，轻描淡写地说了一些宽慰的话。三月，已是人命危浅的刘基，终于获得朱元璋的恩准返乡，在《御赐归老青田诏书》中，称：刘基早年归附，帮助建功立业，我没亏待他，加官进爵、荣耀等身。但是，刘基犯下的罪行（即所谓给自己找有王气的墓地），走法律程序，那绝对不可饶恕；讲功劳人情，则有八议的条款可以减刑，所以剥夺刘基俸禄，没摘掉他诚意伯的爵位。朱元璋继而表示："然若愚蠢之徒，必不克己，将谓己是而国非。卿善为忠者，所以不辨而趋朝，一则释他人之余论，况亲君之心甚切，此可谓不洁其名者欤，恶言不出者欤！卿今年迈，居京数载，近闻老病日侵，不以筋力自强，朕甚悯之。於戏！禽鸟生于丛木，翎翅干而飏去，恋巢之情，时时而复顾。禽鸟如是，况人者乎！若商不亡于道，官终老于家，世人之万幸也。今也老病未笃，可速往栝苍，共语儿孙，以尽考终之道，岂不君臣两尽者欤？"意思是说，刘基如果是个愚蠢之徒，必然要来找我来申辩，强调自己无辜，进而凸显是我错了。不过，刘基是一个善于为忠的人，不作任何辩解就主动跑来南京认错。他是一个不向我要好名声的人，是一个不向我口出恶言的人。所以，如今刘基老迈多病，我放他回乡，与儿孙好好团聚，好好死在家中。

已经无法行动的刘基由家人陪伴，在朱元璋的特遣人员的监护下，自南京动身返回南田。回家后，拒绝一切药物治疗，只是维持日常的饮食，以度残日。

自知来日无多的刘基对身边的两个儿子交代后事。交代完毕，让大儿子从书房拿来"天文书"，说："我死后，你要立刻将这本书呈给皇上，一点都不耽误。从此以后，不要让我们刘家的子孙学这门学问。"接着又对次子说："为政的要领在于宽柔与刚猛循环相济。如今朝廷必须做的是在位者尽量修养道德，法律则应该尽量简要。平日在位者若能以身作则，以道德感化百姓，效果一定比刑罚处置要好，影响也比较深远。一旦部属或百姓犯错，也应当以仁厚的胸怀为对方设身处地地着想，所裁定的刑罚必定达到公平服人，达到改过自新的目的。而法律若能尽量简要，让百姓容易懂也容易遵守，便可以避免百姓动辄得咎无所适从，又可以建立朝廷的公信力和仁德的形象。如此一来，上天便会更加佑我朝永命万年。"他又断断续续地说道："本来我想写一篇详细的遗表，向皇上贡献我最后的心意与所学，但胡惟庸还在，写了也是枉然。不过，等胡惟庸败了，皇上必定会想起我，会向你们询问我临终的遗言，那时你们再将我这番话密奏给皇上。"

四月十六日，刘基卒于故里。这时，朱元璋正在视察中都工地。不日，便宣布终止中都建设。

这是一个忠臣与病态帝王之间的故事。刘伯温辅佐朱元璋平天下，论天下安危，义形于色，遇急难，勇气奋发，计划立定，人莫能测。朱元璋多次称其为"吾之子房也"，曾赠诗赞曰："妙策良才建朕都，亡吴灭汉显英谟。不居凤阁调金鼎，却入云山炼玉炉。事业堪同商四老，功劳卑贱管夷吾。先生叱去归何处，朝入青山暮泛湖。"但是，时过境迁，该是卸磨杀驴时，朱元璋丝毫不心慈手软，以莫须有的罪名，加以了断。连这样内敛、廉洁，知进退、明事理，才华横溢的忠臣都不能放过，可见朱元璋的心理阴暗程度。

"也有学者认为，刘伯温的死与朱元璋无关，是胡惟庸擅作主张。"

"这好像说不过去。"

"朱元璋本来对服务过蒙元王朝的官员就有看法，他们在为他夺取政权和治理天下时，立下汗马功劳，比如刘伯温。但是，朱元璋仅封他为诚意伯，岁禄仅二百四十石，爵禄明显低淮西集团的主要成员。"

"搞掉刘伯温，合乎朱元璋的本意。刘伯温清楚朱元璋由布衣成为皇帝的过程，尤其是令其成功的手段，包括阴谋在内。这些手段有的不排除是刘伯温的谋略和策划。这对朱元璋而言，恐怕是太危险了，会危及他的江山。"

他对胡惟庸不构成威胁，已辞官回家隐居。所谓于王气之地修建墓寝，无非是别有用心人的设计，借故铲除刘伯温。而以治病为名，带着御医给他治疗，越治越重，恐怕也是一种设计。这设计的背后一定有着朱元璋的巨大阴影。这些设计不会有任何的文字记录存档，而是一种传达或口谕。现在，来梳理一下刘伯温人生最后几年的活动。他辞官隐居，被告修建墓地之事；返回南京，向朱元璋请罪；身染恙疾，御医治疗，病情加重。朱元璋仁厚地放他还乡，到达武阳不久病故。整个谋杀过程步步惊心，刘伯温落入圈套，已无法摆脱。而朱元璋从容不迫，尽量表现仁爱和宽厚，刘伯温死得合乎情理，没有谋死的迹象，可谓是天衣无缝。

"独裁者取人性命，手法玩到了炉火纯青的地步，令人发指。"

"朱元璋杀人的目的，夺江山保江山，且要万年。杀人对他而言是一桩小事。只不过要装装门槛，给自己留些好名声。"我说。

"说白了就是胡惟庸也不过是他的棋子，最后也被他找理由杀了。"

离开刘基故居，沿径而上，不一会到了武阳书院，步入山门，便见轩、堂、馆、斋等九栋建筑依山而建，错落有致，若在夏季，山泉潺潺，荷香幽幽，书声郎朗，文风郁郁。此时，却有些萧瑟。这一刘基早年读书的地方，现在成了当地人追根溯源，探古寻幽的国学场所。友人说："学校比官邸修得好，一定出人才。"

众人笑了。

其实，民间颇为刘基的遭遇鸣不平，于是开始造神，说刘基本是玉帝身前一位天神。元末明初，天下大乱，战火不断，饥荒遍地，玉皇大帝令刘基转世辅佐朱元璋，以定天下，造福苍生，并赐斩仙剑，号令四海龙王，但龙王年迈体弱，事务繁多，因此派出了自己的九个儿子。龙九子个个法力无边，神通广大。他们跟随刘基征战多年，为朱元璋打下了大明江山。这个传说流传至今。

"光怪陆离。民间，尤其在浙南的地方，与道家的文化紧密相连，搞得神秘兮兮。"

友人说："好事。把刘伯温造成神了，无疑是对朱元璋的否定。"

（原载《湮没的帝都——淮河访古行纪》 中西书局，2020 年 10 月版）

昆明，明朝的那些故事

与友人商量着去看鸟。这季节，大概只有昆明有趣。滇池边聚集着成千上万的短尾鸟，或嬉戏，或游弋，或飞舞。让人想到淮河边曾经有过的画面，它们通体华羽如缎似锦，远比眼前的鸟儿绚丽。

"它们的老祖宗生活在淮水边，现在恐怕退化了。"

友人说："你还是放不下淮河，长久会闹出精神问题。"

"没有这么夸张。我爱孔子，也爱庄子。庄子的哲学中充满豁达和释放。"

这时，巨多的鸟儿盘旋在我的头顶上，无拘无束。在它们面前自己似乎有些怯懦，变得渺小起来。看着自由翻飞的鸟儿，判定它们的祖先就栖息在淮河边，那里的变迁和人事已不适合它们安营扎寨，便往更远处飞翔，劳其筋骨地停留在数千里之外。兴许不久之后，它们会飞到更远的地方栖息。

从滇池出来，去北门寻访一位先贤的殉难处。友人让司机绕了一下，经过城中的翠湖，去看那里的景色。地处城市中心的这个不大的湖，游人如织，水鸟游弋，人鸟两厢友好地相处一块。就是感觉空间窄小了些，人和鸟稠密，显得拥挤。友人说："就在这里歇息，吃个饭再走。"

在湖边选了一家本地餐馆，坐定后能看到湖里的鸟儿在嬉戏，颇有些开怀，淮河边酿出的不爽也就散去了许多。

友人素爱美食，且小有研究，告诉我："滇菜不在八大菜系之列，菜品多达三四千，系列繁复。食材丰富，口味酸甜苦辣咸俱全，总体来说，既不偏甜，亦不偏麻，稍稍偏辣，魅力独特。"

"民族多，菜品多，特色浓。菌菇、火腿、牛肉……"

"今天我来点菜，所点必与明朝有关。"友人有些得意。唤来身着傣家筒裙的女服务员，点了三四样菜蔬，依然要了酒，问我喝不喝，我说要的。

"看着飞来飞去的鸟儿，来些美食美酒，人生快乐，不过如此。"友人嘻笑着说道。喝着，话题转回到朱元璋身上。

"这块应该是蓝玉、沐英率兵打下的。蓝玉定远人，他的结局不怎么样，被朱元璋以谋反罪杀了，剥皮揎草，传示各地。究其党羽，牵连致死者达一万五千余人，史称蓝玉案。"

我叹息："跟着朱元璋打天下的没有几个有好下场，他要保朱姓江山万年，必须铲除障碍，照例率先要把那班一同起事的老兄弟弄掉，这是极权专制千年一袭的老法子。"

"蓝玉也有问题，军功卓著，却自负骄横，目中无人。"友人追加了一句。

"罪不至死，何况连累那么多人，残酷、血腥。"

"书生之见。对一个帝王极权的国家来说，开动国家机器弄死些人易如反掌，锦衣卫、东厂、西厂。"

"是不是可以这样理解，帝王的核心利益是皇权传承，由此延伸为国家利益。所以国家机器成为捍卫核心利益的工具，一切的努力以核心利益而展开，如果谁触犯核心利益或疑似触犯，绞杀成了必然。"

"就是这般。"友人说，"沐英的情况与蓝玉不同，朱元璋的义子，其实是家奴，忠诚度极高，又能干，朱元璋自然喜欢。沐英因义母马皇后病逝，悲伤过度引起咳血；又因太子朱标去世，遭打击获病，两个月后死在云南任上，年仅四十八岁。朱元璋痛惜，命归葬南京，追封黔宁王。"

"如果他寿命长一点，会不会让朱元璋看不顺眼，而遭蓝玉同样结局？"我问。

"这不好说。"

"读史你可以发现一个有趣的现象，某些人适时适地的死去，也不失为善始善终。"友人白了我一眼，喻示这话有点损。

这时，服务员捧着一盘色泽金红的烧鸭上桌，皮脆肉嫩，香气四溢。友人说："这道烧鸭，在这里已有六百多年历史。据说，1381 年朱元璋派颍川侯傅友德率领蓝玉、沐英征伐云南，他喜欢吃烧鸭，随军带上了自己的厨子烧鸭伺候。云贵平定后，傅友德在朱元璋逼迫下自刎而死。厨子闻讯后不敢回南京，隐姓埋名在云南经营烧鸭生意，一直传到今天。"

"噢，真还能吃出淮河边烧鸭的味道。不过，能够一代一代传到今天，需要有相应的消费者，他们从哪里来？"我问。

"当然有。你有所不知，在这里居住的汉人，问他老祖宗从哪里来的？不少人会说先辈是明朝洪武年间从南京搬来的。"

"啊？"

"朱元璋派三十万大兵征伐云南，这些军卒由于建立屯卫制的需要，大多被留下来定居，子孙成为当地居民。此后并未间断过，正统、嘉靖、万历，都曾出现过移民高潮，甚至崇祯至南明其间，也有大量人口移入。最先的，自然是随征的军卒，其次是官吏罪犯被谪戍迁徙而来，其中不少人子孙流寓此境。再就是民屯、商屯及大量的勋庄职田，招致了不少外地人口入居云南。而大量的采冶矿产，也吸引了不少外地来的人迁入。"

"这个没有想到。"我说，继而用筷子指着他面前另一道用褐色菌子与鸡丝炒成的菜肴问："有什么说辞？与大明帝国。"

友人仔细看了看："虎掌菌炒鸡丝，云南十大名菜之一。虎掌菌为菌中珍品，进贡朝廷。"

朱棣把侄子朱允炆赶下皇位后，下落成了历史之谜。民间有一种传说，朱允炆逃到云南削发为僧，朱棣派刺客潜来行刺。一天，朱允炆在一家寺院传经，被刺客认出。适逢寺院住持设宴为朱允炆接风洗尘，刺客潜入厨房，在巴掌菌里投放毒药，试图毒死朱允炆。巴掌菌上桌后，朱允炆拿起筷子就吃了起来，不一会儿便把盘中的巴掌菌吃得尽光，顿时感觉天旋地转，昏睡过去。不想，第二天他没死，照样去讲经。原来，神仙下凡，到了寺院外的山林中，把自己走过的脚印变成了巴掌菌。这种菌子能解百毒，小和尚采回后，炒成了菜，刺客投放的毒已被消解。朱允炆吃了，自然死不了。后来，老百姓把巴掌菌改称为虎掌菌，配上鸡丝，做出这道名贵佳肴。

"编得怪有味道。"

"民间传说，听来好玩便是了。"

酒菜吃得差不多了，肚子还有一些没饱的感觉。友人要了一份叫做烧饵块的当地小吃。小吃用煮熟的大米饭弄成圆形薄饼状，在炭火上面烤至金黄，涂上酱料而食，别具风味。问出处，友人笑而不答。问上菜的女服务员，她唤来经理。

经理年纪稍长，细声细气地介绍烧饵块又叫大救驾。南明皇帝朱由榔，被清军追打得逃到云南，清军占领云南，朱由榔继续往缅甸跑，因为后有追兵，一路都吃不上饭。好不容易到了一个边陲小镇，让手下向老百姓讨吃食，而且催得急。老百姓就做了一盘炒饵块，几天没有吃饱的朱由榔狼吞虎咽。吃完了，仰天长叹，这可救了驾了。这就是大救驾的由来。

我笑着说："没读过这一段。"

经理回答："民间传说，你当然读不到。在我们这里不是什么秘密。"

"传说传说，传传说说。也不排斥它的真实性。"友人表示。

"本来，来昆明是为了散散心，摆脱朱元璋。没有想到南疆也充斥着他和他后代的故事，走不出他的阴影，令人啼笑皆非。"

从翠湖到北门不远，步行了去，自然找到了北门书屋的故址，以及那个被暗杀的国民君子的殉难处。殉难处在一桥堍旁，不怎么显眼，没有什么人驻足瞻仰，也许行人已经熟视无睹。可是，1947年7月11日夜晚发生的一幕，依然惊心动魄。李公朴和妻子行走到这里，随着一声轮胎爆裂般的声响，他的身子一歪，栽倒在泥泞的小路上，痛苦地呻吟了一句"我中枪了"。妻子俯身借着昏暗的路灯，看见丈夫腰际殷红一片，血不住向外涌。"捉人啊！有人开枪杀人啦！"惊惧的叫声在黑夜中回荡。顿时，街面上喧闹起来，叫嚷、奔跑、警笛声响成一片。

"如果一个政权到了滥杀无辜的时候，那么好景必然不长了。"说完，与友人无语而去。

这时，街上行人稀少，冷冷清清，加上斜阳西来，有几分孤寂的感觉。沿着圆通路向西走，行至华山西路，无意间发现路边的绿化丛中立有一碑，上书"南明永历帝殉国处"。友人说："原来，这里是逼死坡呀。"

逼死坡，原名篦子坡，吴三桂杀死永历帝朱由榔后改的名。朱由榔为什么会死在这儿呢？

李自成的农民军占北京城，吴三桂开关降清，农民军不敌清军败撤，清军入主中原，朱元璋的一部分子孙及文武大臣逃亡南方，在南京拥立朱由崧为皇帝，建立南明，改元弘光，试图凭借淮河以南的半壁江山抗击清兵，清军快速南下，围攻扬州，扬州城池破，清军屠城，史称"扬州十日"。不久，南京沦陷，朱由崧被俘。清顺治二年，南明隆武元年（1645）闰六月，唐王朱聿键在郑芝龙等人的拥立下，于福州称帝，改元隆武。朱聿键主持发动了短暂的北伐，同时采取联合农民军残部抗清。随着郑芝龙降清，局势恶化，朱聿键被俘后绝食而亡，清军迅速占领东南大部。局势危急之际，大西军余部和明朝官僚联合起来，在广东肇庆拥朱由榔做了皇帝。与此同时，郑成功在东南沿海也乘势崛起，东西两面打击清军，抗清局面出现了高潮。然而，好景不长，清军占领广东。顺治十三年、永历十年（1656）朱由榔入滇，清军仍紧追不舍。在已降清的明将吴三桂等人的追击下，双方于顺治十六年、永历十三年（1659）大战磨盘山。明军给清军不小打击，损失亦大。战后，朱由榔仓皇逃至缅甸首都曼德勒，被缅甸王莽达收留。没多久，缅甸发生政变，莽达的弟弟莽白发动咒水之难，屠杀了朱由榔大部分的随从。不久，吴三桂率军入缅，缅方于翌年交出朱由榔。朱由榔一行被带回昆明关押在圆通寺内。朱由榔给吴三桂写了一封绝笔信，企图"转祸为福，反危就安"，祈求吴三桂给予生路，吴三桂并不答应。1662 年 6 月 1 日，朱由榔父子及眷属 25 人在篦子坡遭弓弦勒死，永历政权灭亡。

辛亥革命时，蔡锷等人在当地勒石，既是纪念这位反清故人，恐怕也有树立自身反清的决心。

"从凤阳到南疆，没想到大明王朝的末代皇帝，殉难于逼死坡旁的圆通寺。"我不由感慨："兴于寺，败于寺。历史总是让人唏嘘。"想到了凤阳境内的那个小寺的遗址，朱元璋发端于家乡小寺，驱胡虏于大漠，他绝不会想到自己的后代会被投降于胡虏的旧臣绞杀于小寺庙旁。

据传说，朱由榔在广东沿海地区活动时，曾动用澳门的天主教徒以火枪抗清，小胜不断。后派使者往罗马，向教皇讨救兵。教皇允，援未抵，永历亡。若朱元璋以及子孙不闭关锁国，早日西学，结束冷兵器时代，何以需要朱由榔临死抱佛脚？

"其实，这样的悲剧，在之前已经发生了。你知不知道徐光启有个学生叫孙元化的人吗？"友人问。

"不知道。"

"假如孙元化不死，明朝不会灭亡得那么快。"友人信心十足。

"什么样的人有如此法道？"我好奇。

"松江府嘉定人，徐光启的学生，潜心研究西洋火炮，写出了专著《西洋神机》，是明末绝无仅有的火炮制造和弹道学的专家。孙元化曾组建了一支由27名葡萄牙人担任炮手的部队，给予后金即后来的清军沉重打击。"友人神秘兮兮地告诉我。

明朝文臣武将起先抗拒西洋火炮，等到努尔哈赤崛起所向披靡时，他们终于发现了孙元化的热兵器的厉害。他协同袁崇焕驻守宁远，主张筑城制炮，在宁远城头装上了十一门西洋大炮，后金勇士再凶悍，亦顶不住当时世界上先进的热兵器。这一仗努尔哈赤受了伤，八个月后，在郁闷中死去。而明朝文武百官则为这场重大的胜利欣喜若狂，一门主力大炮，还被朱由检封为"安国全军平辽靖虏大将军"。

孙元化受得重用，破格提拔为登莱巡抚，造炮练兵，登州成为当时中国引进西洋火器技术的中心。他雄心勃勃，想练就一支掌握火炮、战术先进的劲旅，收复辽东。

一场兵变改变了他的命运，他麾下辽籍军人发起"吴桥兵变"，连陷四城，兵临登州。孙元化一心想招抚，却因种种掣肘，错过机会，结果城外的叛军串通城内的明军，杀入城来，孙元化被叛军围困，自刎未果。他不听从叛军拥他为王的计划，离开登州进京，被逮捕下狱，最终遭到冤杀。

"大敌当前，为什么要杀他呢？而且是冤杀。"我问。

"连袁崇焕都被朱由检杀了，何况一个孙元化？明末，大臣忙于党争，皇帝惯于猜忌，朝廷戾气弥漫，圈子文化、山头主义盛行，彼此毫无政治信任可言。如此政治生态下，孙元化不得不死；袁崇焕不得不死。"

"朱由检脑子进水了，把有用的将领都搞死了，谁来保卫他的江山？"

一个奸臣摸准了朱由检痛恨大臣结党营私的特点，成功地让他认为孙元化在朝廷有一个小圈子。崇祯五年七月二十三日（1632年9月7日），孙元化在北京西市被斩首，时年五十二岁。等着招安的辽籍叛军，盼来的是死讯，彻底失望，决心与大明为敌，渡海投奔后金，带走了一万三千多人，数百艘船，关键的还有大量西洋火炮与娴熟的火器手。这支精锐火器部队的叛逃，使明、后金军事力量对比发生了重大的变化。

如获至宝的皇太极亲率贝勒出盛京十里迎接，用女真人最隆重的抱见礼相待。这一刻，他有了入主中原的本钱。孙元化之死，成为明朝的巨大损失。此后，后金改为大清国号。大清的骁勇骑兵，用缴获与仿制的火炮，攻城略地，势如破竹。入关后，与李自成的农民军交锋，火炮大显神威，农民军避之不及。当年孙元化一心想招抚而本人也希望被招抚的叛军首领孔有德，成了大明王朝可怕的掘墓人之一，为清朝而死节。顺治九年、永历六年（1652），南明将领李定国攻陷桂林，驻守于此的定南王孔有德全家百余口阖府自焚，仅有女儿孔四贞逃了出来，后被孝庄太后收为养女，封为和硕格格，成了清代唯一的汉人公主。孔有德与同样曾在孙元化麾下的耿仲明、尚可喜，均以汉人身份被满清封王。

"朱元璋和他子孙维系的明朝，二百七十多年的认知一直停留在冷兵器时代，看重建城筑墙，设阵布局的操练，他们的套路，无法战胜来自草原的快马利刀。清军在速度、力量上都处在冷兵器时代的顶端，军事体制也超过明朝。火器的使用一直没有引起明朝的足够重视，我曾看到过朱由检下的旨，让徐光启带人马在宫内举办放炮观礼活动，纯粹当是皇家的玩物。"

"墨守成规，必无可救药。"

其实，明朝到了中后期，对西方的火炮技术并不陌生，嘉靖二年（1523），葡萄牙船队来到东南沿海，在广东新会县西草湾与明军发生战斗，明军缴获了葡萄牙大炮——佛朗机，照此对自有的火器进行了一番改良。到明末，明朝从荷兰人手中得了新型大炮，称之为红夷炮，在对清军的作战中发挥了作用。没想到，这支火器部队悉数降了清。可见，朱由检的愚蠢和刚愎。

"即使有了先进的火器，还要看谁在使用。帝王极权的体制出了毛病，再先进的武器也救不了他和他的政权。"

那天，回到宾馆时，看着窗外飞翔的鸟儿，意犹未尽的我们继续着先前的话题。"多行不义必自毙。历史反反复复告诉人们，可是人们还是重蹈覆辙。"我喃喃地嘀咕。

友人说，掩映在兵器背后的是社会形态和生产方式的变革，冷兵器时代一直延续到工业革命来临之后才结束，出现了热兵器时代。工业革命是战争史上一个重要的标志，区分着冷、热兵器时代。但是，当明朝后期拒绝了社会形态和生产方式的变革，一定程度上也就拒绝了以后的工业革命的出现。朱由检在煤山自缢、朱由榔被勒死，实属历史必然。

大约在 16 世纪中期，历史给了中国机会。明朝后期经济发达地区，粮食生产能力提高到在自给自足基础上的交换，农业经济作物的广泛种植，农业的商品性显现出来，农业生产关系发生变化；民营手工业的蓬勃发展，商人势力的壮大，新型生产关系的出现，城镇化进程的起步，社会结构出现微妙的变化。这些变化，在曾经被朱元璋严重摧残过的江南沿海地区，表现得尤为突出。

与之相适应的是思想家李贽、黄宗羲、顾炎武、王夫之的出现，典型的是李贽，他批判重农抑商，扬商贾功绩，倡导功利价值，符合明中后期社会发展需要的社会价值观。李贽具有阿拉伯血统，又出生在当时中西文化交融密切的城市泉州，他主张个性解放、思想自由，人与人之间的平等，反对封建礼教、理学空谈，针对大明王朝的腐败政治，提出了"至道无为、至治无声、至教无言"的政治理想。他认为人类社会之所以常常发生动乱，是统治者对社会生活干涉的结果。他理想的"至人之治"则是"因乎人者也"，顺乎自然，顺乎世俗民情，即"因其政不易其俗，顺其性不拂其能"，对人的社会生活不干涉或少干涉。但是，明朝帝王没有给李贽以及他自觉代言的社会新型阶层空间。之后，治世方法落后于中原地区王朝的满清依照前朝的治世方法，结合惯用的军事化管理体系，进行比前朝更残酷的统治。

政权拥有者没有给李贽他们一丝机会，运用他的思想成果。黄仁宇在《万历十五年》的第七章（最后一章）专论李贽说："李贽的悲观不仅属于个人，也属于他所生活的时代。传统的政治已经凝固，类似宗教改革或者文艺复兴的新生命无法在这样的环境中孕育。社会环境把个人理智上的自由压缩在极小的限度之内，人的廉洁和诚信，也只能长为灌木，不能形成丛林。"

导致问题的关键不是满清的入关，而是明朝自朱元璋起已经在酿造悲惨，要求子孙永远遵守《皇明祖训》，顽固地坚守重农轻商政策，"使农不废耕，女不废织，厚本抑末"，阻滞了商品货币经济的发展。他推行残酷的文化专制，抑制人们研究"奇技淫巧"，又极大地束缚思想文化的发展，阻碍科学技术的进步和应用。他的这些错误决策，使洪武年间的社会经济和文化建设受到相当程度的限制，未能获得创新的成就，从而严重地制约着后来各方面的发展，束缚了生产力和新的生产关系的滋长，李贽以及他自觉代言的社会新型阶层命运已经注定；明朝乃至中国以后的悲剧已经注定。清朝治世模式又仿佛是朱元璋时代，甚至比朱元璋时代更甚。

除上述的几个方面，在思想上朱元璋尚未完成大统，到了他儿子朱棣手里具有象征意义的《永乐大典》完成，这部在人类出版史上堪称一绝的大典，却躺在宫廷深处秘藏，或成了某个皇帝的专宠，沦为殉葬品，对中华文明的赓续发展意义全无。到了清朝，这种状况依然继续，出现了《四库全书》，当今天的人们为这一出版物的出现表现出兴高采烈时，为它的庞大雀跃时，仔细想想，它牺牲了中华民族多少优秀的传世之作，而只剩下依照帝王意志编纂的那些书籍。

历史上,中原王朝几度被落后、野蛮打败,政权拥有者负有极大的责任。

......

后来,在飞机上,友人问我对朱元璋的评价。我望着舷窗外无垠的云涛,大致表示了这样的意思:朱元璋出现在中国某一特定的历史时期,如异族统治、内部战争频发、民不聊生时,对民族的生存具有积极的作用,符合历史的必然。但他形成的制度、治世方法,以呈现的现实和结局考量,对民族长期发展有害无益,他设置且全力推行的暴政,直接导致了明朝二百七十多年的迟滞发展,甚至倒退。由他开创的高度极权的统治模式,给民族带来深重的灾难。

由此,我们也可以理解为朱明王朝在初期的建立过程中,一定程度上顺应了民意,代表着那时民众的一部分利益,从而获得了执政的合理性,而在漫长的统治过程中,它高度注重执政的长久性和满足利益集团的获得感的核心利益,用国家制度和掌握的国家机器摧残、限制、阻碍社会的发展和创新,逐渐丧失了执政的合理性,最后遭到出局,置民族于更大的灾难中。

历史的局限性和病态的个性,决定了朱元璋在某一个特定时期的偏执。历史的局限性,从某种意义上来说是不可逾越的;个性的缺陷是可以避免的,即权力的制衡。

"1375 年,随着朱元璋下令罢建明中都时,他的极权治世模式就该终结了。"

友人笑着说:"可能吗?"

(原载《湮没的帝都——淮河访古行纪》 中西书局,2020 年 10 月版)

章乃器与汉字简化运动

在二十世纪三十年代的上海，章乃器是一位颇具影响的银行家和金融学家，并被聘为光华、沪江等大学的教授。他在五四运动之前，便喜欢用白话文进行写作，一直关注着汉字改革和简体字的应用。1935 年 2 月，他与蔡元培、邵力子、叶圣陶、巴金、老舍、李公朴、郑振铎、朱自清、叶籁士等 200 位文化教育界知名人士发起提倡手头字（简体字）运动。二十世纪二十年代，许多知识分子主张革除汉字繁琐、难学、手写体与印刷品不一样的弊端，使其符合现代社会和未来发展的需要。当时的著名学者钱玄同提出了一套具体的简化方案，第一次系统提出汉字简化方法，一批关于文字改革的著作《简易字说》《宋元以来俗字谱》《章草考》《简字论集》《常用简字研究》等出版。但是，有效地将手头字迅速落到实处困难重重，导致手头字没有什么影响。

1935 年 2 月 24 日，申报刊载《手头字之提倡》的报道，同时，发表了《推行手头字缘起》《第一期手头字三百字》两篇文章。章乃器认同手头字运动发起的观点："中国文字，具有许多优点，然而笔画过于繁多，手写体与印刷品不一样，认一个字须得认两种以上的形状，成了民众教育的阻力"。他认为手头字缘起日常生活中有许多使用便当的字，手头上大家都这样写，可是书本上并不这么印，识一个字须得认两种以上的形体，十分不便，现在主张把手头字用到印刷上去，省掉读书人记忆几种字体的麻烦，使文字比较容易识、容易写，更能够普及到大众……

务实的章乃器和他的朋友们，决定把手头字铸成铜模浇出铅字来，用来排印书本，先选出手头常用的三百个字来为第一期推行的字汇，以后再逐渐加添，直到手头字跟印刷体一样为止。

除去章乃器等知名人士外，还有《太白》《文学》《译文》《小朋友》《中学生》《新中华》《读书生活》《世界知识》等15家影响比较大的杂志。他提倡的手头字第一期字汇表所收的300字，大部分被民国政府教育部颁布的《第一批简体字表》所采用。

时光如梭，二十七年后，章乃器再一次对汉字简化发表了自己的观点。这时，已是共和国建立第十三个年头，文字改革正紧锣密鼓地进行。1954年12月，国家文字改革研究委员会改组成为中国文字改革委员会。不久，发表《汉字简化方案（草案）》。这时，章乃器先后担任中央人民政府政务院委员、财经委员会委员、粮食部部长，政协第一、二届全国委员会常务委员。他的日常工作与文字改革离的很远，依然关注着这项改革。

1955年7月，国务院成立汉字简化方案审订委员会。不久，文字改革委员会提出简化汉字修正草案，经国务院汉字简化方案审订委员会审订，1956年1月，《汉字简化方案》由国务院全体会议第23次会议通过，陆续在全国报纸、刊物、课本和一般书籍上使用。但原方案有一部分简化字采用了同音代替的办法，在日常使用中没有困难，而在某些特殊用途中，尤其是文言文中，可能引起混淆。还有个别简化字采用的偏旁不尽适当，某些笔画不便书写。

这期间，章乃器处境艰难。1957年5月8日，中央统战部召开的整风座谈会上，章乃器坚持认为工商业实行社会主义改造之后，民族资产阶级作为阶级的形态已不复存在，原工商业主与工人之间不再构成两大对抗性的阶级，他们同属社会主义中国的公民，经过一段时间的改造，完全可以得到信任。同时，他还强调官僚主义比消亡的资产阶级更为威胁社会主义建设，他的这些观点遭到批判。翌年伊始，他写出了万余言的《根据事实，全面检查》，表示自己对党披肝沥胆，希望党对他推心置腹。同月，他被撤销粮食部长，保留了政协第二届全国委员常委（任期1954年12月至1959年4月）。1959年4月11日，政协第三届全国委员产生，章乃器仍为委员，任期自1959年4月至1965年1月。1962年3、4月间，章乃器向政协全国委员会第三次会议提案，就被错划为右派问题提出申诉，被人认为翻案，妻子与他离婚。

1962年9月，文字改革委员会通过政协文化教育组扩大座谈会，和一部分北京市中小学语文教师、业余学校教师等座谈会，听取对《方案》的修改和补充的意见。这期间，许多专家提出不少书面意见。文字改革委员会根据各方意见，进行了初步研究，提出《对汉字简化方案的修改意见》，请各方人士和专家加以复核，制定修改方案提请国务院审批。11月初，章乃器收到了文字改革委员会颁发的这份《意见》书。他并不是政协文化教育界别的成员，《意见》应该是向全体委员发送的。比如，不在政协文化教育界别的史良同样收到了这份文件。

章乃器在《意见》书右侧的书眉上，字迹清晰地批阅道："可以尽量兼顾文言文，翻印古书等较少的特殊用途，但不能因此减少简化字在语体文中的作用。特殊用途宁可任其用繁体字，作为例外"。这段批阅的文字，第一层意思是在文言文、古书翻印等特殊用途中"宁可任其用繁体字"，不必用简化字替代，保持文言文、古书翻印的本来面貌；第二层意思是以现代汉语口语为基础，经过加工的书面语——语体文，不能减少简化字的使用，以体现简化字在语体文即白话文中的作用。这样，就解决了文字改革委员会在《意见》概述中所表示的"原方案有一部分简化字采用了同音代替的办法，在日常使用中没有困难，而在某些特殊用途中，尤其是文言文中，可能引起混淆"的难题，也明确了繁体字和简化字的不同功用。他提出的这些建议，包含科学性、可操作性，客观上起到了保护繁体字存在的作用，有利于传统文化的传承；又能有效地让更多的人方便地学习、阅读、书写汉字。

他还对该《意见》第一部分《恢复繁体和另行简化》作了批阅。《意见》认为关于原方案中的复代復、複、覆，修改意见认为有时可能混淆。章乃器并不完全认同，提出"在语体文中，混淆可能性很小"。 以借代藉，《意见》认为"在一些词语中容易混淆，因此建议不代。" 章乃器的观点，认为在语体文中可以替代。现在，我们用的是"借口" 而非"藉口"，"凭借" 而非"凭藉"等，都是替代的结果。

章乃器认真批阅，忠实地履行政协委员的职责。同时，坚持自己对汉字改革的一贯主张，实事求是提出了"尽量兼顾文言文，翻印古书等较少的特殊用途""特殊用途宁可任其用繁体字"的观点。这些建议三十八年后，被国家颁布的《中华人民共和国国家通用语言文字法》"对方言、繁体字和异体字作为文化遗产加以保护，并允许在一定领域和特定地区内长期存在"认定，而在当时提出需要胆识和智慧。坚持简化字在语体文中的作用，又是他自二十世纪三十年代主张的手头字——简化字的一贯主张。

根据史料分析判断，可以认定这是章乃器在政协第三届全国委员任期内批阅的最后一份由国家部委颁发的意见书，批阅日期为 1962 年 11 月 28 日。次年 1 月 19 日他被民建开除会籍，3 月 7 日，全国政协常委会撤销他政协委员的资格，相应失去了批阅国家部委文件的机会和权力。

（原载《档案春秋》2020 年 6 月）

鲁迅最后一次接受媒体采访说了些什么？

1. 1936 年伊始，56 岁的鲁迅身体状况越来越差，他在日记中写道："病情已经很深重，肩与胸一直在剧痛。"到了 5 月 15 日，"病又作，从那以后，一直热度不退。"他在家接受治疗，未出家门。到了第三天，沪上细雨霏霏，一袭长衫的鲁迅来到北四川路底（今四川北路 2050 号）的内山书店，等待一位素不相识的年轻记者，接受他的采访。他与店员作了简单的招呼后，安静地坐那里。一刻多钟后，一个手持《申报》的青年男子，匆匆走了进来，他看到对方手上的报纸与约定的相同，便知道要等的人到了。

前来采访的记者叫陆诒，时年 25 岁，公开身份《新闻报》记者，实际上他还是上海各界救国联合会机关报——《救亡情报》的编委兼记者。一见面，陆诒不安地说明因等电车而迟到，为此表示歉意。鲁迅清癯的脸上浮现出微笑，对陆诒说："这是不要紧的。不过这几天来，我的确病得很厉害，气管发炎，胃部作痛，已经好久未出门。今天因为和你是预先约定好的，所以不能不勉强出来履约。"听了他的这些话，陆诒内心深处十分感动。

采访从鲁迅对 1935 年"一二九"以来全国学生救亡运动的感想而起，然后谈了救国团体提出的"联合战线"问题，鲁迅表示在民族危机日益深重之际，联合战线口号的提出，当然必要。接着，他谈到文学问题，主张以文学来帮助革命。最后，话题集中到汉字改革上来，鲁迅认为新文字运动应当和当前的民族解放运动，结合起来同时进行，是每一个进步文化人应当肩负起来的任务。

整个采访历时半个多小时。在陆诒看来，采访过程中鲁迅情绪热烈、态度兴奋，绝对不像一个病人。

之后，鲁迅便卧床不起，查不出低烧不退的原因。期间，鲁迅亲自校阅了这篇访问记。在他5月20日的日记中，就有"得徐芬信"的记载。1936年5月30日出版的《救亡情报》发表了署名为芬君的《前进思想家——鲁迅访问记》。同月29日，病重的鲁迅使用了强心剂。两天后，史沫特莱请美国D医生来诊断，病已危急。冯雪峰生前回忆，重病中的鲁迅读过这篇已经发表的访问记。

从这次采访，到10月19日病逝的五个月中，鲁迅病情也有缓和的时候，他坚持写作，有时外出活动。但是，从《鲁迅日记》中找不到关于这次接受媒体采访且发表的记载；除鲁迅博物馆、鲁迅研究室编的《鲁迅年谱》外，其他多种版本的年谱也没有记载。而且，在《鲁迅日记》《鲁迅年谱》中，找不到1936年5月18日之后，鲁迅接受其他媒体采访的记录。

笔者曾经在二十世纪八十年代末，一次会议中偶遇陆诒，陆诒告诉我，他是鲁迅生前最后一个以记者身份采访鲁迅的人。陆诒为著名老报人，时任全国政协委员，后兼复旦大学新闻学院教授。

当时，我并没有就此进行追踪，更多是对这篇访谈的内容给予关注，在自己的著作《七君子之死》中，引用了这篇访问记中鲁迅关于"联合战线"的论述。影印的全部《救亡情报》，也就束之高阁，直到近期，由于策划、筹备七君子事迹展览的需要，才翻出《救亡情报》，对这篇访问记进行了研究。

2. 鲁迅为什么在病重期间，冒着细雨来到内山书店，接受《救亡情报》派出的一位年轻记者的采访，《救亡情报》又是一张怎样的报纸？

1935 年 12 月 12 日，上海文化、教育、艺术界 283 位知名人士，发表救国运动宣言，提出坚持领土和主权的完整，否认一切有损领土主权的条约和协定等八项主张。之后，上海相继出现了妇女界、文化界、电影界、大学教授救国会等组织。1936 年 1 月 28 日，上海各界救国联合会成立，推选沈钧儒、章乃器、邹韬奋、李公朴、王造时以及其他一些人士为执行委员，领导民众抗日救亡运动。

《救亡情报》是该会的机关报，5 月 6 日出版创刊号，每星期出版一张（四版），在它的发刊词中指出："各社会层分子的利益，只有在整个民族能够赓续存在的时候，才能谈到。在这大难当头，民族的生命已危在旦夕的时候，我们必须联合一致，与敌人以及敌人走狗——汉奸斗争。"

在救国运动宣言签名、救国会各类活动中，找不到鲁迅的名字，也没有他公开站出来支持的记载。有一次，救国会主要领导者章乃器在冯雪峰的安排下，与鲁迅见面，章乃器介绍了救国会的性质、组织机构。鲁迅看着这位浙江实业银行副经理、中国征信所董事长，没有表示什么意见。

那么，《救亡情报》问世仅仅十多天后，鲁迅为何接受了它的采访呢？据陆诒回忆，这次采访是上海各界救国联合会实际负责宣传工作的中共地下党员、新知书店负责人徐雪寒安排的，并交代了采访目的，"主要是征询他（鲁迅）对当前抗日救亡运动的看法和组织文化界联合战线的意见。"陆诒根据徐雪寒提供的地址、接头暗号，顺利地进行了采访，当天写完稿子后，交给了编辑刘群。"这篇稿子是经过何人送请鲁迅先生审定的，我从来未打听过。"陆诒曾经这样说。

陆诒回忆的采访经过，主要是他自身的亲历部分，背后牵涉到谁预约鲁迅做这次采访，又是谁把采访稿送达鲁迅审阅的疑问，目前尚无史料可供破解。但是，可以肯定的是这与徐雪寒、冯雪峰等人有关。

　　救国会成立时，中共地下党人钱亦石、钱俊瑞、徐雪寒等参加了救国会工作，他们相互不暴露身份、不发生组织关系。4月，冯雪峰受中央委托，秘密潜回上海，与救国会的领导人正式取得联系，转达毛泽东和中共中央的抗日民族统一战线政策。他是第一个公开身份与救国会领导人接触的中共党员，并代表着中共中央。而且，这一时期冯雪峰与鲁迅交往甚密。可以判定是中共地下党人策划了这次采访，才有鲁迅带病冒雨前去接受采访的事情。

　　3. 原先，陆诒在《救亡情报》上发表文章，署的是静芬的笔名。可是，这一次刘群要求他另起笔名，他在文稿的末端，签下了芬君两个字。

　　这篇访问记发表后，邹韬奋在香港主编的《生活日报》（1936年6月13日），《新东方》杂志（第一卷第五期）进行了转载，《夜莺》杂志（第一卷第四期）作了摘要，产生了一定的社会影响。鲁迅病逝后，出版的《鲁迅先生纪念集》《鲁迅访问记》《鲁迅全集补遗》都收录了这篇访问记。新中国成立后，这篇访问记便消失在《鲁迅全集》等相关的著作中，没有全部公开过。对于这篇访问记，曾经出现过真伪难辨的说法，由于那时难以确认作者、文风又与鲁迅不同，于是，有人认为这篇访问记是伪作。1980年第1卷《新文学史料》上发表了严家炎的《鲁迅对〈救亡情报〉记者谈话考释》，通过对鲁迅关于联合战线的阐述的比对，确认它的可信。但是，他没有查证出作者是谁。紧接着，在该刊第3卷上发表了陆诒的《为〈救亡情报〉写〈鲁迅先生访问记〉的经过》，澄清了事情的事实。但是，严文与陆文都没有完整地公开这篇访问记。那么，鲁迅在这篇访问记中到底说了些什么呢？下面摘要《前进思想家——鲁迅访问记》一文，该文付印前经鲁迅亲自校阅。

　　谈话一开始,陆诒问及他对于"一二九"以来全国学生救亡运动的感想。他鼓起浓密的眉毛,低头沉思了一下,便说:"从学生自发的救亡运动,在全国各处掀起澎湃的浪潮这一个现实中, 的确可以看出, 随着帝国主义者加紧的进攻, 汉奸政权加速的出卖民族, 出卖国土, 民族危机的深重,中华民族中大多数不愿做奴隶的人们, 已经觉醒的奋起, 挥舞着万众的拳,来摧毁敌人所给予我们这半殖民地的枷锁了!"鲁迅认为, 学生特别是半殖民地民族解放战争中感觉最敏锐的前哨战士, 因此他们所自发的救亡运动, 不难影响到全国, 甚至影响到目前正徘徊于黑暗和光明交叉点的全世界。再从这次各处学生运动所表达的各种事实来看, 他们已经能够很清楚地认识在民族解放战争前程中一切明明暗暗的敌人,他们也知道深入下层,体验他们所需要体验的生活, 农民工人加紧推动这些民族解放战争的主力军。在行动方面, 譬如组织的严密, 遵守集团的纪律, 优越战术的运用,也能够在冰天雪地中, 自己动手铺设起被汉奸拆掉的铁轨, 自动驾驶火车前进, 这一切, 都证明这次学生运动, 比较以前进步得多, 这是一个可喜的现象! 但缺憾和错误, 自然还是有的。希望他们在今后血的斗争过程中,艰苦地克服下去。同时, 要保障过去的胜利, 也只有再进一步的斗争下去;在斗争的过程中, 才可以充实自己的力量, 学习一切有效的战术。

　　接着陆诒问到全国救国团体所提出的"联合战线"问题。鲁迅郑重地说:"民族危机到了现在这样的地步, 联合战线这口号的提出, 当然也是必要的, 但我始终认为在民族解放斗争这条联合战线上, 对于那些狭义的不正确的国民主义者, 尤其是翻来覆去的投机主义者, 期望他们能够改正他们的心思。因为所谓民族解放斗争, 在战略的运用上讲, 有岳飞文天祥式的, 也有最正确的, 最现代的, 我们现在所应当采取的, 究竟是前者,还是后者呢! 这种地方, 我们不能不特别重视。在战斗过程中, 决不能在战略上或任何方面, 有一点忽略, 因为就是小小的忽略, 毫厘的错误, 都是整个战斗失败的源泉啊！"

采访到最后，鲁迅谈到文学问题。他主张以文学来帮助革命，不主张徒唱空闻高论，拿"革命"这两个辉煌的名词，来抬高自己的文学作品。他认为现在中国最需要反映民族危机，鼓励战斗的文学作品，像《八月的乡村》《生死场》等，"我总还嫌太少。在目前，全中国到处可听到大众不平的吼声，社会上任何角落里，可以看到大众为争取民族解放而□流的斗争鲜血，这一切都是大好题材。可是前进的我们所需要的文学作品的产量还是那么贫乏。究其原因，固然很多，如中国青年对文学修养太缺少，也是一端；但最大的因素，还是在汉字太艰深，一般大众虽亲历许多斗争的体验，但结果还是写不出来。"

话题一转到汉字上来，鲁迅的态度显得分外的愤慨和兴奋，他以坚决的语调告诉陆诒："汉字不灭，中国必亡""因为汉字的艰深，使全中国大多数的人民，永远和前进的文化隔离，中国的人民决不会聪明起来，理解自身所遭受的压榨，整个民族的危机。我是自身受汉字苦痛很深的一个人，因此我坚决主张以新文字来替代这种障碍大众进步的汉字，譬如说，一个小孩子要写一个生僻的'□'字，或一个'□'字，到方格子里面去，也得要花一年功夫，你想汉字麻烦不麻烦？目前，新文字运动的推行，在我国已很有成绩。虽然我们的政治当局，已经也在严厉禁止新文字的推行，他们恐怕中国人民会聪明起来，会获得这个有效的求知新武器，但这终然是不中用的！我想，新文字运动应当和当前的民族解放运动，配合起来同时进行，而进行新文字，也该是每一个前进文化人应当肩负起来的任务。"

以上文中的"□"，为本文作者无法辨认的文字。

（原载《文汇读书周报》2019 年 7 月 29 日，新华网、中国作家网转发）

壮阔人生如大潮

初到上海　终身难忘

1891 年春节刚过完，苏州盘门城内的沈宅走出一行人，他们在作揖道别。江苏候补知县沈翰派差到吴淞、宝山等地出任盐税官，他把家里的"阿尼头"——二儿子沈钧儒特意带在身边，一同走马上任。

这年，沈钧儒刚满 16 岁，已是位少年秀才。他 3 岁由母亲教习识字，学习诗文，自幼聪颖，指物能吟，出口成章，五岁能诗，不喜欢八股文。据沈钧儒自述："对八股文，我仍不会做，也不喜欢做。幼时，先生叫我读什么书，但我总还偷看其他书籍，自幼深受宋代儒学和当时流行的其他思想流派的熏染。喜读朱子《小学》，《礼记》中的《曲礼》《学记》《儒行》和《陈宏谋遗规》《曾文正家书》《求阙斋日记》等。读时多有手录节要。"

父亲希望他伴随同行，对社会现实多些了解，与当地名士交结、游学。很快，他们在吴淞安了家，父亲聘请了当地有名望的先生，为他教授学业。沈钧儒一边读书、游学，一边游历吴淞、宝山的风光和人文遗迹。

这是沈钧儒第一次踏上宝山这片土地，目睹了黄浦江与长江交汇处的磅礴气势，为之震撼。吴淞，清朝初年是长江口的一个村落，渔民聚集。

后来，驻扎在浦东的吴淞营移师吴淞，定名为吴淞镇，逐渐成为上海的重要门户、外贸港口和军事要地。他远眺吴淞炮台，这座始建于1832年的军事建筑雄伟壮观。十年后的1842年，英军舰队进入吴淞口，陈化成在吴淞炮台上率部阻击，重创敌舰多艘，终因寡不敌众，壮烈牺牲。陈化成的英雄事迹在沈钧儒心里产生激荡。

他也来到吴淞铁路被拆毁的遗址，看到这条中国最早建成的铁路已经废弃，内心十分痛心。铁路通车时曾经引起轰动，不久，因碾死一名士兵，沿途居民阻止列车继续运行。无奈的清政府出巨资从投资商英国怡和洋行手里买下铁路，予以拆毁。中国还需要走过多少路，民众才能摆脱愚昧？

清末，盐税是当时清政府的重要收入，实行的是盐商与官吏之间的垄断经营体制，腐败日益严重，办盐税事务是一桩肥差。担任盐税官的沈翰没有随波逐流，除去公务，他闭门谢客，在家写字作画、刻章，有时拿出收藏的石头把玩。沈钧儒在一旁仔细揣摩，对书法、收藏石头产生浓厚兴趣。

沈钧儒从小受到了父亲严格的家庭教育。他回忆："幼年时代，父亲所给予我的家庭教育，影响也异常之大，综计父亲所教育我们的：第一是和平；其次是清洁整齐的习惯；此外，父亲更教育我们要爱惜物力，父亲特别反对吸烟，更反对赌博，和平、整洁、勤俭，以及爱惜物力这数点，可以说我从父亲那里得到了最好的家庭教育。我从小受了这种训练后，嗣后一直在日常生活中实行""父亲所给予我的教育，至今仍切实履行，数十年如一日"。

在宝山居住时发生的一件事，使沈钧儒终生难忘。那年5月24日适逢英国维多利亚女王72岁生日，上海英租界将放焰火以示庆贺。沈翰预备带沈钧儒和其他孩子一起去观看，孩子们得悉后十分高兴。

那天，沈钧儒与父亲、弟弟、家庭教师一行从宝山赶赴四十多里路之外的英租界。租界里人山人海，摩肩接踵。沈钧儒帮着父亲、家庭教师一起照看弟弟，生怕走散。这时，父亲发现有一个孩子一边哭着一边在人群里乱跑，好像在寻找自己的家人。父亲上前抱起孩子，询问之下孩子告诉他，家住南翔，来看焰火，与家人走散。父亲亲切地对孩子说：不哭，帮你找到家人。

说起来容易，找起来难。无奈之际，父亲放弃了寻找的念头。这时，已值晚上，焰火表演即将开始，父亲决定放弃看焰火，护送孩子回家。他对沈钧儒说，你和老师照看好弟弟，我把孩子送回家去。说罢，雇车走了。沈钧儒回忆，"待到达，天已破晓"。

父亲乐于助人的善举，给少年沈钧儒留下深刻印象，即使到晚年，每每忆及仍颇为感慨。父亲的所作所为奠定了沈钧儒人生观和一生操守的基础，掀开了他波澜壮阔的人生。

主张宪政　追求变革

沈钧儒参加了乡试，中举。在试卷中，他一面表现出对列强入侵的憎恨，一面主张清朝政府采取重商政策，促进社会生产，达到增强国力的目的。他倾向效仿日本的国家体制——君主立宪制度。1904年，他赴京参加殿试，中第二甲第75名，获赐进士出身衔。他在试卷中系统地提出"整吏治、重兵制、修明政、育贤才"四项强国观，认为协调好这四项关系，可以改变中国社会落后、愚昧、黑暗的局面。

第二年，清朝政府废除科举考试，沈钧儒成了沿袭千余年科举取士的最后一批进士之一。

也就在这一年，沈钧儒毅然辞官东渡，赴东京日本私立法政大学速成科学习。他目睹了日本社会经济、文化的发展，进一步巩固了他走改良路线的决心。他参加杨度、熊范舆创立的宪政讲习会活动，与主张君主立宪的杨度等人结成很好的朋友。同时，与章炳麟、蔡元培、陶成章等革命党人交往密切。

回国后，沈钧儒投身立宪运动，主张立宪制度本质为君王民众相结合，君王应该鼓励民众参政，民众以爱国为本心，君王、民众之间互相督勉，促使国家进步。

尔后，担任法部主事的沈钧儒，受浙江巡抚增韫之邀回到浙江，与张元济等人筹备组建浙江咨议局，出任副议长。直到他认清要清朝政府来实行民治只能是与虎谋皮后，他放弃了君主立宪制式的改良主张，与孙中山领导的民主革命结合在一起，参加了起义，亲手降下悬挂在咨议局门前的龙旗，通电全国，宣告浙江独立。之后，他加入了同盟会，反对袁世凯复辟，反对军阀摧残议会制度。

新文化运动荡涤着这位前清进士的心，他抛弃运用了数十年的文言，面对新的社会潮流，表现出求真务实的精神。他认为中国之所以步履维艰，一方面是统治者以家长式的专制亵渎法律，践踏民主；一方面是民众的民主意识、国家观念过于淡薄，并表现出极强的家族观念，这两者构成了阻碍社会进步的重要原因。1932年商务印书馆出版了他的《家庭新论》一书。书中他把儿童看成建设中国未来民主社会强有力的童子军，认为儿童不仅是夫妻双方之爱的维系物、家庭的主体，更是社会一分子，儿童不过是家庭的一个过客。所以，不仅要使儿童自由地得到发展，摒去一切上辈人的恶习，而且应该让更多的"儿童脱离家庭范围，进入于至社会同等教育之中，间接弥除家庭不平等的惨遇，直接以造成儿童平等的机缘"。

沈钧儒是自己主张的忠实执行者，他的家素有"模范家庭"之称，融爱、教育、民主为一体。他与妻子张孟禅感情笃深，直到妻子过世后数十年，还一直思念不已，至死不续。他养育了四男一女，让他们成为社会的有用之才。沈钧儒的儿子沈谅在回忆自己的父亲时说，他经常工作到深夜，但他从不晚起。家中陈设简单朴素，墙上只挂些字画之类，没有令人感觉铺张奢华的东西。房里扫地、揩拭桌椅之类杂务，他总爱亲自动手，不指使仆人。这种以身作则的示范，对子女具有深刻的教育意义。

聚焦御侮　主张人权

济南惨案发生，全国掀起反日及抵制日货热潮。此时，担任上海法科大学教务长的沈钧儒积极支持学生投入反日运动，亲自率领学生上街检查日货，宣传反对日本帝国主义暴行。一次，他见汇拢过来的群众多了，就向沿街店铺借来板凳，站在凳子上讲演，激昂慷慨，令闻者动容。

这一年秋天，沈钧儒获得上海律师公会颁发的会员证书，执行律师职务。他办案有所选择，对冤狱，反复阅卷，精密观察，认真研究，提出反证，进行辩论，务求雪冤；对无力负担诉讼公费者，经常担任义务律师，资助有困难的被告。他还参加了中国共产党在上海领导的中国济难会，反对白色恐怖，以慈善事业为名募捐支援罢工斗争中伤亡或遇难者，营救被捕者，慰问家属。

1931年九一八事变发生，沈钧儒心怀切肤之痛。他说："我国国家的人格可以说是完全扫地以尽。无论从哪一方面讲，其痛等于亡国。"他与王造时、张耀曾等著名教授、社会知名人士两百余人，联名致书宁粤和平统一会议全体代表，陈述对时局的主张。全国各地大学生为雪耻举行大规模的示威游行，赴南京向国民党中央请愿，遭到镇压。沈钧儒以法律为武器，力争青年学生不受摧残，致电南京政府，指出：东北不战丧失数千里国土，未闻政府惩处一个误国的官员；学生为求抗日，却遭政府镇压，死伤拘捕，学生有什么过错？"军警不抵抗外侮，乃推其刃以向青年，政府事前不阻止，临事不哀矜，事后又不能筹善后之策，堂堂天日之下，觍此现象，真有人间何世之感，不唯可为痛心者也。"

紧接着他与褚辅成等发起 "与全国人民勠力周旋，共赴国难"的浙江省国难救济会。次年 1 月 28 日，日本发动对中国经济中心——上海的进攻。上海军民群情激愤，进行殊死的抵抗。沈钧儒组织学生义勇军，来到宝山前线救护伤员，把募集的资金物品送往前线。他与王造时、史量才等抵制在洛阳召开的国难会议，重申抗日救亡主张：对日本帝国主义的侵略进行武装抵抗，不惜一切牺牲，直到侵略者退出中国，保持中国领土完整和主权独立；改变国民党一党专制、阻碍民众参与政治的局面。实现宪政，让人民有充分的言论、出版、集会、结社自由，让人民有参与地方政治之机会；而且政府的一切对外条约和协定，应该经过民选参政机关和宪法上规定的权力机关批准才能生效。

1932 年末，宋庆龄、蔡元培、杨杏佛等人发起中国民权保障同盟。沈钧儒参加后，奔波在反独裁、争民主、保障人权的第一线，营救了陈赓、罗登贤、牛兰夫妇等大批爱国人士和共产党人。

日军进犯山海关，两军暂时处于对峙中时，沈钧儒独自从上海来到山海关，爬上山海关城楼观视战场。在一股蓄积已久的爱国热情驱使下，沈钧儒投身抗日救亡运动，坚持自己的一贯政治主张，执着追求民主和宪法政治，把抗战和宪政主张紧密地联系在一起。他认为两者相辅相成，是有着同等效力的救国之道。随着时局的恶化，他的抗战思想不断发展，逐步抛弃了对南京政府的幻想，转向依靠人民的力量抵御外来入侵。

救国老人　呼吁抗日

早年的家庭熏陶和父亲的榜样作用，奠定沈钧儒的人格基础。他的思想、道德、修养、文化艺术的造诣总能赢得一批年轻精英的尊重和爱戴，这批精英中有章乃器、邹韬奋、李公朴、陶行知、王造时、史良、沙千里……

沈钧儒联合上海文化、教育、艺术界二百八十多位知名人士，于1935年12月发表《上海文化界救国运动宣言》，提出坚持领土和主权的完整，否认一切有损领土主权的条约和协定；坚决反对在中国领土内以任何名义成立的由外力策动的特殊行政组织；要求即日出兵讨伐冀东及东北伪组织等主张。宣言是为紧接着成立的上海文化界救国会鸣锣开道。沈钧儒等二十七人被选举为该会的执行委员。

中日关系发展到了剑拔弩张的程度，国民党、南京政府一边备战即将到来的全面抗战，同中共和平谈判；一边对日作"和平之最大努力"，继续调集军队"围剿"红军，呈现矛盾状态。沈钧儒和他的战友认为，中华民族已经到了最危险的时刻，必须团结一致抵抗侵略。沈钧儒和他的战友们发起成立全国各界救国联合会，来自二十余个省市、六十余个救亡团体的七十余位代表参加成立大会，会上通过了《全国各界救国联合会宣言》和《抗日救国初步政治纲领》，建议各党各派立刻停止军事冲突，释放政治犯，派遣正式代表进行谈判，制定共同抗敌纲领，建立一个统一的抗敌政权。会上选出沈钧儒等十五人为常务委员。

救国会多次发动声势浩大的游行、示威活动，促进全国团结一致御侮的局面形成，激发了上海乃至全国老百姓的抗日热情。个子矮小、银髯飘动的沈钧儒自始至终走在游行队伍前列，得到了市民群众的爱戴。

救国会组织一系列活动，刺激了身处南京的蒋介石，传出话来要见救国会领袖。沈钧儒和章乃器、李公朴前往见面，明确告诉蒋介石，救国会坚持自己的主张，促进各党各派联合抗战，不会服从任何党派。会谈陷入僵局。

在与蒋介石见面之前，中共中央派冯雪峰与救国会联系。之后，潘汉年等说服邹韬奋、陶行知用接近《八一宣言》的基本观点，起草告全国同胞书——《团结御侮的几个基本条件与最低要求》。由邹韬奋从香港回上海征求沈钧儒、章乃器签名。经过沈钧儒、章乃器修改，四人共同署名，在《生活日报》《生活知识》等报刊上发表并出版单行本。潘汉年离开陕北重返上海，携有毛泽东给沈钧儒、章乃器、陶行知、邹韬奋的信函。毛泽东代表中共中央，对沈钧儒等人所写的"最低要求"一文，作了肯定的答复，并在信中说："我委托潘汉年同志与诸位先生经常交换意见和转达我们对诸位先生的热烈希望。"

救国会机关报《救亡情报》发表了沈钧儒撰写的《怎样纪九一八》。救国会举行九一八纪念会，沈钧儒与章乃器、李公朴、王造时、史良率领群众突破警戒线，军警用刺刀和棍棒殴打示威者，血案终于发生，史良手臂、背部多处被军警殴伤。南京政府的暴行引起了社会各界的公愤，宋庆龄、何香凝发表声明：严办负责官吏，抚慰受伤人民，释放被捕诸人，以安人心。

鲁迅病逝，救国会出面举办鲁迅葬礼，沈钧儒亲自为鲁迅购买墓地，书写"民族魂"的大旗，覆盖在鲁迅先生的灵枢上。他与他的战友把鲁迅葬礼办成一场宣传抗日救亡的群众性运动。

不久，上海出现大规模的日商纱厂工人罢工，罢工得到救国会沈钧儒等领导人的支持。日本驻上海领事寺崎英成赴上海市政府，与秘书长俞鸿钧协商解决罢工的办法。日方提出立即逮捕罢工的支持者沈钧儒、章乃器、李公朴及其他五人等要求。俞鸿钧表示，这些人已在监视之中，需要有确凿证据时才能逮捕。寺崎说："要等确凿证据，那是遥遥无期，必须立即动手。"他以出动日本海军陆战队相威胁。在日本帝国主义的要挟下，南京政府正准备着一场大逮捕。

突遭被捕　震惊中外

初冬入夜，北风透心。1936 年 11 月 23 日凌晨，上海市公安局联合公共租界当局在愚园路桃园坊逮捕沈钧儒。沈钧儒捋着长髯，轻松地对赶来的儿子交代了一句："去去就来，那便是我昨天晚上对你们说过的事。"显然，他已经知道自己会被捕，与家人打了招呼，足见他的从容和凛然。同时被捕的还有章乃器、邹韬奋、李公朴、王造时、史良、沙千里等人，史称"七君子事件"。

当日出版的《立报》率先刊登七君子被捕的消息。次日，上海各大主要报纸登载了全国救国会发表的《为沈钧儒等领袖无辜被捕紧急宣言》。北平学生救国联合会宣布，罢课两天，派代表赴南京请愿，北平文化界109 位著名人士致电国民政府，要求释放七君子。

宋庆龄在上海为沈钧儒等人被捕发表声明。李宗仁、白崇禧等人向南京政府军事委员会副委员长冯玉祥以及孙科、居正等人发出特电，指出："沈钧儒等七人平时或主教育或主言论，其为爱国志士，久为世人所公认，如政府加以迫害是使全国志士寒心。"冯玉祥致电蒋介石，认为七人热心国事，把他们羁押起来，会引起社会的公愤，请求蒋介石释放他们。于右任、孙科、李烈钧等二十余位国民党中央委员发电报给蒋介石，请求慎重处理此案。

创刊于江西瑞金的中华苏维埃共和国临时中央政府机关报《红色中华》，刊登《反对南京政府实施高压政策》。同日，中国共产党在法国主编的华文报纸《救国时报》刊登了《抗日救国运动领袖——章乃器等七人突被捕》的消息，并发表社论，号召国内外同胞团结起来，争取七人的自由，达到全国万众一心抗日救国的目的。

"七君子事件"促进西安事变的发生。九一八事变后，张学良与沈钧儒相识，为他们宣传、支持抗日的精神而感动。之后，张学良的密友、实业家杜重远来到上海，与邹韬奋、胡愈之结成好友，并受到他们的影响，表示愿意积极做张学良和东北军的工作，促使东北军转向抗日。1935年5月杜重远因他主办的《新生》周刊刊登了《闲话皇帝》一文，被关押在上海漕河泾模范监狱。胡愈之每周日前往探望，借机做一些同去探视杜重远的东北军高层人士的工作，其中包括张学良的秘书高崇民。后来，张学良到上海，告诉杜重远，已与陕北红军商谈合作抗日，取得了协议，共产党已派重要人员秘密进入东北军司令部。

西北各界救国联合会与张学良、杨虎城建立了密切的联系，得到他们的同情和支持。西北各界救国联合会与设立在上海的全国各界救国联合会一直保持着联系，对全国救国会通过的各项文件都一致同意，并在西北地区传达了会议的文件和精神。1936年夏，日本政府和伪蒙军制造"绥远事件"，救国会致电张学良，希望他不忘丢失东三省之痛，支持绥远抗战，阻止南京政府与日本进行和谈。

七君子被捕的消息传到西安，张学良飞抵洛阳见蒋介石，当面请求释放七君子，建议停止"剿共"，和中国共产党合作抗日。遭到蒋介石拒绝。张学良与杨虎城发动西安事变，扣押了蒋介石。他们向蒋介石提出的第三个条件就是立即释放在上海被捕的爱国人士。

周恩来率领中共代表团到达西安，与张学良、杨虎城、宋子文谈判，提出释放政治犯，保障民主权利，主张先释放在苏州关押的七君子，然后再放蒋介石。南京政府代表宋子文则主张到京后再释放沈钧儒等人。

中国共产党在法国巴黎出版的中文报纸《救国时报》于1936年12月12日发表《全欧侨胞群起援助救联会领袖响应冯玉祥十万人签名运动》《三百多名旅美华侨为营救七君子，联合发表〈旅美华侨为营救七先生告海外同胞〉》，以示声援。

　　爱因斯坦、杜威、保罗·孟禄等世界著名人士，向蒋介石、孔祥熙等南京政府要员发出电报，对七人的被捕表示深切关切。英国哲学家罗素等名流为营救七君子，也发表声明。

　　刚进入延安不久的中共中央作出决议，要求国民党政府释放七君子和全体爱国政治犯，彻底修改《危害民国紧急治罪法》，给予民众宣传抗战的民主权利。《解放》周刊发表了《中国共产党中央委员会对沈、章诸氏被起诉宣言》。

　　1937年4月，上海的几家大报纸纷纷发表文章，指责南京政府破坏团结，影响国内民众的国防心理的形成。全国一些主要城市的报纸，如南京《新民报》、天津《益世报》、北平《民报》都撰文公开自己的立场。一时，全国又形成了声援爱国七君子、要求国内联合统一抗日的群众性运动。北平数千学生上街示威，反对法院起诉七君子。北方各界救国联合会推出代表，赴苏州监审。北平的著名律师们也组织南下辩护团，为七人辩护，民众纷纷发起为七人募集讼费的活动。广州七千余学生签名要求政府宣判无罪。6月13日，上海五千市民举行抗议大会。大会当场通过要求：宣判七领袖无罪，取消《危害民国紧急治罪法》；肃清亲日派，打倒日帝及汉奸；拥护政府救国。同时，发起释放七人的签名运动，有上万名群众签了名。

　　6月25日，上海文化界谢六逸、胡愈之、夏丏尊、欧阳予倩等百余人，联名呈请南京政府恢复沈钧儒等自由，并请求撤销对陶行知等人的通缉令。同日，发起"救国入狱运动"的宋庆龄、何香凝、胡愈之、胡子婴、彭文应、潘大逵等十六人向上海新闻界发表书面谈话，声明救国与爱国无罪。同时，还发布了《救国入狱运动宣言》与《救国入狱运动规则》，表示"沈先生等一天不释放，我们受良心驱使，愿意永远陪沈先生等坐牢"。7月5日，宋庆龄、胡愈之、胡子婴、彭文应等人来到苏州江苏省高等法院，为救国而要求入狱。宋庆龄一行去囚室探望了七君子，继而乘火车回沪。次日，宋氏出面电告南京政府，申诉江苏省高等法院的无理和傲慢，表达自己入狱的决心。

与此同时，作家何家槐、新波、梅雨等十三人向江苏高等法院投案，愿为救国而与七君子负连带责任。导演、演员应云卫、袁牧之、赵丹、郑君里、瞿白音、金山、王莹等十三人，向法院提出同样的要求；同日，上海一部分公司职员提出入狱。部分洋行职员和光华、暨南、复旦大学学生申请入狱。工商界十一位爱国者要求法院释放七人，若继续拘押将一同坐牢。又有职员四十二人，声援狱中的七君子。教授华丁夷、戏剧理论家唐纳、音乐家周巍峙以及大学生二十人要求入狱，声援狱中的七人……

君子家长　拒绝反省

1936 年 11 月 23 日七君子第一次被捕后，曾分别被保释。但沈钧儒、王造时、沙千里又遭遇了第二次被捕。之后，沈钧儒等六人被移送苏州江苏省高等法院，关押在看守所内，开始长达 239 天的监狱生活。12 月 30 日史良主动投案。

沙千里在狱中生动地记录下了他们在狱中的情况："第二天，我们便组织起来。六人里面，沈老先生年龄最高，经验最丰富，在救国运动中，是最热心的领袖，而且爱护我们，有如赤子。所以我们便一致请他老先生做我们的家长……他老先生陡然增了五个小辈，而且牵牵拉拉的还有许多小孩子，再加上各人的夫人，假使真是家长的话，恐怕也有难乎其为家长之概了。"

身为"家长"的沈钧儒以身作则，一丝不苟履行职责。每日上下午、晚上各有两个多小时的工作时间，他大都在写毛笔字，为上海法学院扩建募集款项。

不知为何，面对高墙外的一片天空，沈钧儒诗兴大发，觉得到处充满诗的元素："有时正在盥洗，赶紧放了手巾，找纸头来写，有时从被窝里起来开了电灯来写，想到就写，抓住就写，写出就算，有的竟不像了诗，亦不管他。"他吟道："天地一桎梏，万物皆戈矛。俯仰虽苟安，藐焉非所求。吾欲乘风驾螭蹋九州，吾欲披发请缨复大仇，不饮黄龙誓不休。"

侦查一拖再拖，直到1937年4月初，第二次延期羁押侦查的最后一天，检察官送来一份长达近万言的起诉书。沈钧儒十分平静，且有些欣慰，开庭的日子终于快来了，履行了法律程序，也许就能释放。但是，他还不知道南京政府的另一个阴谋。

杜月笙、钱新之通过沈钧儒儿子沈谦带来了叶楚伧的亲笔信，"沈事宣判之日，自当同时谕交反省院，以便一气呵成"。沈钧儒他们极气愤，坚决反对进反省院。他执笔回信表示，就政治救治方面言，判罪后尚可特赦，似亦不必坚持进反省院。

沈钧儒等人的反对几乎是给了杜、钱当头一棒，无奈之下，只能亲自跑一趟苏州，表示政府让你们去南京反省院是为了谈话方便，便于倾献你们的抗日主张。沈钧儒等人针锋相对，认为何必多此一举。

法院决定在江苏高等法院刑事第一法庭进行审理。这天，天气阴沉、闷人，不见一丝阳光。

审判长宣布开庭，第一被告沈钧儒首先被传唤出庭，追问颇紧，提问如连珠炮不断。沈钧儒反应灵敏，有问必答，十分巧妙且切中要害。审判长问："你赞成共产主义吗？"

沈钧儒看清了审判官脸上掠过的一丝得意之笑，轻蔑地说："赞成不赞成共产主义，这是很滑稽的。我们从不谈所谓主义。起诉书竟指被告等宣传与三民主义不相容的主义，不知检察官何所依据？如果一定要说被告宣传什么主义的话，那么，我们的主义就是抗日主义，就是救国主义。"

审判长自以为沈钧儒已上他的套路，再追问一句就可以让沈钧儒中圈套，承认救国会是中共领导下的一个反政府组织，便又问："抗日救国不是共产党的口号吗？"沈钧儒悠然回答："共产党吃饭，我们也吃饭；难道共产党抗日，我们就不能抗日吗？审判长的话，被告不能明白。"

旁听席上有人发出笑声，有人轻声发出赞叹："都是中国人嘛，抗日是头等大事。"审判席上，法官出汗了，抹着额头，不好继续追问这一问题。

等到审完其他人后，审判长宣布退庭。有消息说一待审结，送他们进反省院。

"法律上有一条，如果审判官不公道，当事人可以申请回避。这一次审讯，被告和律师一再要求对起诉书列举的事实和有关人员进行调查和对证，但是审判长不予考虑，立即驳回。我们就可以拿这作理由，申请回避，拖延时间，徐谋对策。"律师话音刚落，大家表示最好明天开庭前提出，给法庭一个迅雷不及掩耳。让他们连调换审判人员都来不及。

第二天，法庭上冷冷清清，没有一个律师露面，家属也少了许多，也没有法官来审理提问。法院束手无策，只能宣布改期审理。

钱新之又拉上黄炎培、张季鸾来到苏州，去横街看守所探望沈钧儒等人。钱新之说明来意："蒋先生十分关心你们，想让你们去庐山共商国是。"

六人不置可否，只是和来人说些客气话。来人见沈钧儒等人不入正题，有些着急。钱新之说："说实话，此次行程，我等受国府和蒋先生委托，六位不能让我等空手而归，否则无法交代呀？""新之先生所云极是，望六位三思而行。"张季鸾说。沈钧儒对老朋友张季鸾说："我想，我等六人也并非不讲情面者，既然诸先生来访一片诚心，我等总该有些表示，好让诸先生回复蒋先生。写封函去，请钱先生带到南京，转给蒋先生。"

信函很快拟好，六人具了名。函件中只字未提反省院之事，钱新之皱眉不满，可见其他人没有提出异议，也就不作声了。

钱新之等人离开苏州不久，便又接到六人发出的信函，信中明确表示："对于经过反省院一点，钧儒等认为于国家前途无益，于个人人格有损，万难接受，不得不誓死力争，唯有尽其在我，依法应诉而已。"

法院决定第二次开庭。沈钧儒他们根据形势的发展，撰写了第二次答辩状补陈政治意见，表示："被告等认为在此种情形之下，只须政府加以适宜之指示，救国会自可进一步成为赞助政府，巩固民主统一，推进国民经济建设，完成抗日准备之民间力量。目下华北危机，依然迫急，敌伪伺隙思逞，不减前年；被告等身处囹圄，忧惶万状，为国自效，固尝寤寐以求之。"在开庭前的三天，转交给法院。

6月25日上午，天昏地暗，大雨滂沱。开庭审讯仍在上次的老地方第一庭进行。由于天气关系，法庭内开了电灯，四只特大灯泡把法庭照得雪亮，弄得室内更加闷热。审判官出场，被告沈钧儒、史良、邹韬奋、王造时、章乃器、沙千里、李公朴等人一字排成一行，表情严肃、庄重……

第二次开庭后不久，卢沟桥事变发生，中国人民全面抗战的大幕拉开了。蒋介石面对全国人民抗日高潮的到来，终于向全国人民发出号召："如果战端一开，那就地无分南北，人无分老幼，无论何人，皆有守土抗战之责任，皆应抱定牺牲一切之决心。"江苏省高等法院裁定，"沈钧儒等各被告因危害民国一案，羁押时逾半载，精神痛苦，家属失其赡养等，声请停止羁押，本院查核尚无不合，应予照准"，同时交保开释。此案并未了结。直到第三年，即1939年1月26日，才由四川省高等法院一分院宣布撤回起诉。至此，在司法上做了了结。

抗战民主　大旗高举

七七卢沟桥事变后，中国进入了全面抗战的时期。沈钧儒投身到如火如荼的抗日运动中。他被聘为国防最高会议国防参议会参议员，赴南京参加第一次会议，在会议上提出《如何进行战时乡村民众训练》等提案。后来，与李公朴等一起创办了《全民》周刊，沈钧儒在发刊词中提出，周刊的基本任务：加强全民族的统一战线，把抗战以来视抗战为单纯的政府与军队的抗战改变为全面的民族抗战。

抗日战争时期，国民政府成立国民参政会，系包括国民党、共产党及其他抗日党派和无党派人士代表在内的全国最高咨询机关。1938 年 7 月 6 口，第一届第一次国民参政会议在汉口两仪街上海大戏院（今汉口洞庭街中原电影院）举行开幕典礼，沈钧儒担任国民参政员，当选为驻会委员。会议期间，沈钧儒等人提出议案，如《切实保障人民权利案》《调整民众团体以发挥民力案》《具体规定检查书报标准并统一执行案》《设立省以下各级民意机关案》等。

这时，中国军民正在进行保卫武汉的战斗，沈钧儒不顾年事已高依然冒着烈日到前方慰问抗战将士。

沈钧儒与张澜、黄炎培等人发起"集合各方热心国事上层人士，共就事实，探讨国是政策，以求意见之一致，促成行动之团结"的统一建国同志会。之后，他创议改组统一建国同志会为中国民主政团同盟，为中国民主同盟的诞生作了思想和组织上的准备。1941 年 3 月中国民主政团同盟在重庆上清寺特园秘密成立，由于种种原因，沈钧儒和他领导的全国各界救国联合会一年后才正式加入该同盟，使该同盟逐渐成为集合"三党三派"，主张"贯彻抗日主张、实践民主精神、加强国内团结"的政治党派。

为了实现民主宪政，挽回严重的军事、政治和经济危机，沈钧儒赞同中国共产党人提出的召开紧急国事会议，废止国民党一党专政，成立联合政府的主张。1944 年 9 月 19 日，民主政团同盟在重庆上清寺特园召开全国代表大会，改名为中国民主同盟，沈钧儒当选为中央常务委员。

1945 年 8 月 14 日，日本天皇裕仁颁布停战诏书。不久，毛泽东飞抵重庆，与国民党进行谈判，国共两党签订《政府与中共代表会谈纪要》，即"双十协定"。

10 月，民盟召开临时全国代表大会（即第一次全国代表大会）。会议产生了第一届中央委员会，推选沈钧儒为中央委员会常委、青年运动委员会主任。这年 12 月，沈钧儒领导主持救国会会员代表大会，将救国会改名为中国人民救国会，宗旨为团结国人建立独立自由幸福的民主的新中国。沈钧儒当选为主席。

抗战胜利后，中国社会出现了空前的民主繁荣景象，中国国民党、中国共产党以及民盟、青年党等民主党派组成的政治协商会议，在重庆国民政府大楼开幕。沈钧儒作为民盟代表参加，会议签订了《关于政府组织问题的协议》《和平建国纲领》《关于国民大会的协议》等五项协议，这是沈钧儒喜欢看到的景象。

可是，不久发生的较场口惨案，使沈钧儒极为悲痛，他目睹自己的战友李公朴遭到国民党特务毒打，伤势严重，这是特务们对民主的肆意践踏和对人权的侵犯。沈钧儒联合十一名政协代表致函蒋介石，提出抗议，他预感到实现民主的道路曲折而漫长。

不惧独裁　出走香港

较场口惨案发生的第二天，沈钧儒离开了重庆，回到阔别已久的上海。两天后，他举办上海新闻界招待会，详细介绍了校场口惨案的经过和参加政治协商会议的情景，推动组织人权保障委员会上海分会的成立，继续从事民主运动。

随着国共和谈的破裂，国民党内战的真面貌越来越清晰，他认识到民主人士所长期主张走的中间路线不可能持续，中间派不可能是凝固不动地站在中间的立场上，不偏不倚。显然，沈钧儒的思想在逐步向中共靠拢，渐渐摆脱走中间道路的想法。

11月间国民党单方面决定召开国民大会，沈钧儒坚决主张民盟发表声明，拒绝参加国大，将盟内民社党成员参加国大者一律开除盟籍。

不久，上海三区百货业职工会发起"爱用国货，抵制美货"运动，在南京路劝工大楼举行讲演会，特务打死打伤十余人。沈钧儒、史良、沙千里等九名律师，发出启事，支持该运动，声援被害者，并以法律维护他们的权利。

这时已是 1947 年 5 月，沈钧儒等组织召开了中国人民救国会一届二中全会，全会通过《中国人民救国会第一届第二次中央全会宣言》，反对外国继续驻军中国境内，要求停止内战、实现永久的和平，恢复政协路线，重新召开党派会议解决争端，实现真正民主。由于国民党实行白色恐怖，此会没能公开举行，宣言也未能公开发表。但是，从会议形成的宣言来看，救国会的主张符合中共的政治立场。

国民党政府悍然公布《戡平共匪叛乱总动员令》，直接出动宪兵、警察、军队，配备机动部队，镇压民主运动。民主党派活动受到限制，领导人生命处在危险中。国民党政府内政部宣布民盟为非法团体。继而中央社发表《政府宣布民盟非法》的声明，称民盟勾结中共，参加叛乱，煽动 5 月学潮及上海工潮，作叛乱宣传，掩护中共的间谍活动，企图颠覆政府。根据《妨害国家总动员惩罚暂行条例》及《后方共产党处置方法》，"严加取缔，以遏乱萌"。国民党非法劫持了民盟一部分领导人，强迫他们宣布解散民主同盟，张澜遭到国民党特务的严密监视。沈钧儒闻讯后，不顾自己的安危，拒绝朋友的阻拦，让家人带着铺盖，来到集益里 8 号张澜寓所，与他同住。张澜见他一副视死如归的劲头，大为赞叹。两位老翁美髯微飘，相对而坐，品茗论古，谈笑风生。窗外三五成群的特务，有的化装成修鞋人、扫地者，监视着楼上的两位老人，可奈何不了他俩。

沈钧儒认为内地不能公开搞民盟，只能去香港。他表示："民盟一定要搞下去！"于是，他筹办出走。国民党特务严密监视，要离开上海十分困难，尤其是留蓄多年的美髯，造成隐蔽的困难。朋友们劝他剃掉胡子，化装脱离虎口。要剃胡子，沈钧儒不舍得，如果胡子剃掉还是不能跑出去，岂不是弄巧成拙，造成割须弃袍之类的笑话？他灵机一动，让儿子找到一只大口罩，把胡子掩盖起来，剩下的部分塞入大衣领里，长髯不露。

11月底，一个寒风刺骨的晚上，七十二岁的沈钧儒登上美国总统轮船公司戈登将军号客轮，驶离黄浦江。江边的吴淞炮台遗址依稀还在诉说着一个民族的苦难……

响应召唤　共创共和

四天后，沈钧儒抵达香港。他与章伯钧、周新民、柳亚子等人一起商讨民盟的前途，认为不能接受国民党政府宣布民盟为非法团体的命令，支持盟员恢复组织活动的愿望和要求，决定以在港中央（执行）委员会的名义开展组织活动，临时推选沈钧儒、章伯钧为召集人。1948年1月，中国民主同盟第一届中央委员会第三次全体会议召开，沈钧儒在会上致开幕词宣布："三中全会的使命，是要恢复本盟总部，继续进行艰巨的政治斗争。"这是民盟历史上具有划时代意义的大会，标志民盟彻底抛弃了中间路线，站在人民的立场与共产党人携手合作，摧毁南京政府，实现民主、和平、独立、统一的共和国。

这年4月末，中共中央公布了纪念五一劳动节的口号，号召"各民主党派，各人民团体及社会贤达，迅速召开政治协商会议，讨论并实现召集人民代表大会，成立民主联合政府"。毛泽东致信沈钧儒、李济深指出：

"在目前形势下，召集人民代表大会，成立民主联合政府，加强各民主党派，各人民团体的相互合作，并拟订民主联合政府的施政纲领，业已成为必要，时机亦已成熟。"毛泽东谦逊地自称为弟，征询两位兄长的意见，提出召开一个由各民主党派、各人民团体代表会议的建议，"似宜定名为政治协商会议"，并继续用商量的口吻说，"由中国国民党革命委员会、中国民主同盟执行委员会、中国共产党中央委员会于本月内发表三党联合声明"，"内容文字是否适当，拟或不限于三党，加入其他民主党派及重要人民团体联署发表，究以何者适宜，统祈赐示"。召开新政协、建立民主联合政府是中国政治走向民主的必由之路，自当响应。沈钧儒与李济深、何香凝、马叙伦、郭沫若联名通电拥护中共中央号召："南京独裁政府窃权卖国，史无先例。顷复与美国互相勾结，欲以伪装民主，欺蒙世界。人民绝不受欺，名器不容久假，当此解放军队所至，浆食传于道途，武装人民纷起，胜利已可期待。国族重光，大计亟宜早定。同人等盱衡中外，正欲主张；乃读贵党'五一'劳动节号召第五项，'各民主党派，各人民团体及社会贤达，迅速召开政治协商会议，讨论并实现召集人民代表大会，成立民主联合政府'，密合人民时势之要求，尤符同人等之本旨，何胜钦企，除通电国内各界暨海外侨胞共同策进，完成大业外，特行奉达，即希朗洽。"

5月8日，沈钧儒以个人名义再次表示召开新政协是一个民主的和平的具有建设性的号召。共产党人除了以人民武装的斗争以达成中国新民主主义的革命以外，同时还在政治上铺下了一条达成民主革命的道路。他又和一百二十五位在港的民主党派负责人以及社会贤达联合发表声明，重申拥护共产党人的主张。毛泽东复信各民主党派与民主人士，称赞他们热情响应号召的行为，表示极为钦佩。

9月13日，香港依然闷热的天气不透一丝凉意。沈钧儒一身夏装，长髯拂动，健步登上苏联货轮波尔塔瓦号。他满脸喜气，一个真正为人民服务的新政权即将取代腐败的旧政权，强大的中国要不了多久就会屹立于世界民族之林。

波尔塔瓦号迎风破浪、驶向北方。一天，沈钧儒站在船舷边，眺望西边隐隐约约的海岸，问身边的随行人员到哪了？有人告诉他快到长江口了。沈钧儒若有所思地说："上海、宝山吴淞。五十多年前我在那里住过，16岁，还是拖着辫子的小秀才。"

随同人员问："给你的印象？"

沈钧儒意味深长地说："陈化成的事迹，还有父亲的助人为乐，影响了我一辈子，让我知道怎样做人，做一个怎样的人。"

十六天后，沈钧儒到达哈尔滨，受到中共代表李富春的接待。他一踏上岸，不顾劳顿，致电毛泽东、周恩来、朱德："愿竭所能，借效绵薄；今后一切，伫待明教。"沈钧儒投入了新政协的筹备活动中，与中共代表高岗、李富春等人讨论新政协召开的具体事宜。

北平宣告和平解放，新政协会议即将在北平举行，沈钧儒留在北平为新政协会议的召开操劳，与其他民主党派人士去西苑机场迎接毛泽东、朱德等中共领导人进京。他电告在上海的张澜、罗隆基、史良联袂北上，主持民盟四中全会。在新政协筹备会上，沈钧儒为筹备会常务委员会副主任。

1949年9月21日，中国人民政治协商会议第一届全体会议召开，选举产生第一届全国委员会和中央人民政府主席、副主席及全体委员。沈钧儒被任命为最高人民法院院长、政协第一届全国委员会副主席。

自上海文化界救国会成立十四年之后的又一个十二月，沈钧儒与史良、王造时、沙千里等同意解散中国人民救国会，认为该会所号召的政治主张已经实现，作为政治性的组织已经没有必要存在。

（原载《岁月印痕》 上海人民出版社、学林出版社 2019 年 7 月版）

晚霞里闪光的名字——关于费孝通的一些人与事

沪上西北角一条并不开阔的马路旁，一栋不大的楼房慢慢地盖了起来，灰粉色的墙面和银灰色的窗户，再也普通不过了。不久，墙体上安上了"乐乎新楼"几个字，题写者为费孝通。猜想多半是物业主人附庸风雅而已，也就没有太多的在意。

一个金秋的早晨，小车驶过小楼，那楼墙上的金属字在阳光的折射下有些别样。继而，小车驶上城市快速路，转入沪渝高速，不消多大时辰，看到了路旁的标志，告诉行车人不远处便是费孝通江村纪念馆。顺着指示牌，来到一个村子，村子蛮大，道两旁杂乱地停放着许多车辆，大概是假期，行人稀少。

纪念馆是庭院式的，但不是楼台亭榭的那种，建筑风格简约、线条流畅，整体不高，更显得院落开阔。院子中央是个大池子，种的是荷花，虽过了繁盛期，叶缘已枯黄，总体上还是绿绿的样子，浮在水面上，随风小摆。池边有一尊半躺式的费孝通坐像，临池而笑，神情怡然自得，十分惬意。

江南秋天的小风，也醉人。可惜，身后的展馆没有开放，依照门前挂出的告示，与馆方联系，电话没有人接听。由此，反而引发出探知的渴望。

1. 江南多名士，此君列其中。吴江与上海一衣带水，物产丰饶，人文荟萃，南宋诗人杨万里有诗云："望中不着一山遮，四顾平田接水涯，柳树行中分港汊，竹林多处聚人家……"

春秋以后，吴江涌现出一大批历史人物，他们或出生于此，或长年盘桓、居住于此，如春秋时期的范蠡，西汉词赋家严忌、严助父子，西晋文学家张翰，南朝文字训诂学家、画家顾野王，唐代文学家陆龟蒙，宋代进士谢景初、谢涛，明代诗文家史鉴、沈颢，清代天文学家王锡阐、文学家吴兆骞、词曲家徐曦，辛亥革命风云人物陈去病，诗人柳亚子……

1910年11月2日，费孝通出生于吴江一个知识分子的家庭里。父亲在张謇手下任事，是江苏省的"视学"——教育督导员。那个年月正是清亡民兴、西学渐盛的时代，作为积极推动新式教育的父母，自然不会把他送入旧学堂发蒙，而是让他在母亲创办的蒙养院（幼儿园）接受教育。费孝通六岁入吴江县城的第一小学，后转入振华女校、东吴大学附属一中就读。他是一个聪颖的少年，家乡深厚的文化积淀影响着他，现代教育熏陶着他，十四岁他便开始发表文章。

1928年，费孝通升入东吴大学，攻医预科，想成为一名悬壶济世、救死扶伤的医生，受进步思想影响，转入燕京大学社会学系学习。不久，考入清华大学社会学及人类学系读研，师从俄国人类学家史禄国，成为我国最早在本土获得社会人类学硕士的青年学者。毕业后，费孝通负笈英国，攻读社会学博士学位，以"江村经济"研究一鸣惊人，享誉海内外。

学成归来后，费孝通出任云南大学社会学系教授，主持云南大学和燕京大学合办的社会学研究室。后历任西南联大教授，清华大学教授、副教务长。

20世纪40年代中期，费孝通参加中国民主同盟，投身爱国民主运动。1945年11月25日晚，费孝通在西南联大演讲，面对着国民党特务的破坏、断电，甚至开枪，他站在会场的最高处呼喊："不但在黑暗中我们呼吁和平，在枪声中我们还要呼吁和平。"不久，他与其他教授、学者联名致函正在重庆召开的政治协商会议，呼吁停止内战，建立联合政府，保障民主权利。李公朴、闻一多被暗杀后，费孝通在《这是什么世界》一文中写道："一个国家怎能使人人都觉得自己随时可以被杀！人类全部历史里从来就没有过这种事。我们如今活在什么样的世界里！"

中华人民共和国成立，他参加中国人民政治协商会议第一届全体会议，被任命为中央民族学院副院长、中国科学院哲学社会科学学部委员。1955年他到贵州进行民族识别，参加少数民族社会历史调查。两年后，因直言被错划成右派。摘帽后，配合参与当时的中印、中阿、中巴划界工作。十年动乱期间，他住牛棚、下干校，曾回到中央民族学院，与吴文藻、冰心、潘光旦等一起翻译《世界史》和《世界史纲》。

改革开放的春风吹来，中国迎来了拥抱世界、全面发展的崭新时代。学贯中西的费孝通，响应这一历史的伟大契机，以自己饱满的热情和精力，用自己的所学所能报效国家和社会。他出任中国社会学会会长，联络各方面的科研、教学力量，亲自牵头，组织编写大学社会学教材，推动高校恢复社会学学科，创建社会学教学体系。他坚持自己年轻时形成的治学方向，关注现实社会，关注基层民众、民生，从中探寻发展之路。他数度重回江村，又跑遍苏南各地，在改革开放初期，就提出了发展乡镇工业的"苏南模式"。由于乡镇工业的兴起，他又看到了过去长期衰落的农村乡镇重新繁荣兴旺起来。以此他写出了著名的论文《小城镇，大问题》，引起中央领导同志的高度重视，文中提出的发展思路和政策建议，极大地推动了我国的小城镇建设，对后来形成中国特色的城镇化发展道路，起到历史性的推动作用。继苏南调研之后，他又扩大研究视野，总结出著名的"温州模式"，为民营经济的崛起鼓与呼。他的调研足迹遍及沿海和中、西部地区、边远少数民族地区，探索不同区域的发展路径。在此基础上，他又着眼全国宏观布局，较早建议上海应当成为长江流域的贸易、金融、信息、科技和运输中心；提出以上海为龙头，江浙为两翼，长江为脊梁，以南方丝绸之路和西出阳关的欧亚大陆桥为尾闾的宏观设想。费孝通基于中国现实的社会学人类学研究，得到国际同行的认可。1980 年，他在美国丹佛获国际应用人类学会马林诺夫斯基名誉奖，并被列为该会会员。1988 年，费孝通获《大英百科全书》奖。

在 20 世纪 80 年代初的一次座谈会上，年逾七十的费孝通曾经说过："我袋里只有 10 块钱了，不该随意零零星星地买些花生米吃，而应当集中起来买一件我心爱的东西才是。"意思是自己所剩时间不多，这段生命不能再白白浪费。所以他当众下了决心，要用十年时间来夺回失去的二十年。转瞬间到了 1990 年，在一次朋友们为他祝寿的宴会上，友人突然问他："你能否总结一下，一生想做到的是哪件事？"费孝通未假思索，脱口而出"志在富民"四个字，这就是他在获得"第二次生命"后想得到的那件心爱的东西。费孝通以自己杰出的学术和社会活动，践行了自己的诺言，受惠的不仅是他众多的学生，更是亿万普普通通的民众。

费孝通是江南这片沃土上孕育出的现代名士。他明确表示，自己的社会属性是士绅阶级，文化属性是新学熏陶出来的知识分子。中西优秀文化的交融，养育了费孝通真诚坦荡的大家风范，他志在追求富民，提出"美美与共，天下大同"的设想和愿景，令人钦佩；他著作等身，这些文字已成为宝贵的思想财富。他用自己的实际行动，生动演绎了现代中国知识分子的崇高理想追求和强烈的社会责任感。

2. 江村实为开弦弓村。费孝通江村纪念馆坐落在江苏省苏州市吴江区七都镇开弦弓村，这个别致的村名，据说源自流经村子的小河犹如一张拉满的弓弦。这里是典型的江南水乡，唐朝诗人陆龟蒙的"处处倚蚕箔，家家下渔筌"是对该村的真实写照。

在漫长的历史过程中，开弦弓村形成了男耕女织的经济模式以及与之相适应的社会习俗。然而，近代工业文明的渗透，逐渐瓦解了原有的经济形态，家庭手工业产品卖不出价钱、土地收益降低不能自给自足。村民急需改变原来的生产经营方式，另谋生路。

费孝通的姐姐费达生，1924 年从日本东京高等蚕丝学校毕业回国，来到开弦弓村，推广蚕桑改良和科学养蚕技术，并在开弦弓村成立了中国农村第一家生丝精制运销合作社——农村工业合作股份制企业。合作社使女性收入提高，甚至超过男性，男性的家庭地位受到挑战，出现女工因为下雨，丈夫没来及时送伞，引发破口大骂的事情。这种情况在以前女性地位低下的时候不可能发生。开弦弓村的传统观念以及人际关系正在发生微妙的变化。但是，合作社在大工业生产面前显露出它的致命弱点，产品的质量、价格不占优势，缺乏市场竞争力。

费孝通来到开弦弓村，与他姐姐在这里的实践有着密切的关联。当然，还有他的主观意愿。进了燕京大学社会学系后，他对老师课堂上讲的东西很不满意，一些老师搞了社会调查，很多是枯燥的数字，并没有说明这些数字有什么意义。于是，费孝通决定自己深入到社会里去做调查。

1935 年 12 月，费孝通在广西瑶山的调查中，误入"虎阱"，被木石压住受了伤，新婚 108 天的妻子王同惠为寻求援助，在途中不幸溺亡。处于丧妻之痛的费孝通，接受了姐姐的安排，来到开弦弓村养伤。当时他寄宿在合作社，对合作社的深刻印象，使他萌生出为这"工业下乡"的苗子留下记录的想法。于是他一边养伤一边做社会调查，深入到农民家里了解生活情况，写下了访问笔记，拍摄了照片。他当时并没有意识到，这些第一手的材料，将奠定他在社会学领域中的国际地位。

1938 年，费孝通在伦敦经济政治学院完成了他的博士论文《江村经济》，英文名叫《中国农民的生活》。导师布·马林诺夫斯基教授在序言中评价：我敢预言，费孝通博士的这本书将是人类学实地调查和理论发展上的一个里程碑。它让我们注意的并不是一个小小的微不足道的部落，而是世界上一个最伟大的国家。《江村经济》成为国际人类学界的经典之作。

从此，开弦弓村有了学名——"江村"，被誉为"中国农村的首选标本"而名扬海外。

费孝通的导师布·马林诺夫斯基，在 20 世纪初期提出了实地考察的实证主义观点，他通过在西太平洋 Trobriand 岛上参与和观察当地土人的生活，从而总结出一套行之有效的研究方法，构建了人类学功能学派的理论基础。在这之前，许多人类学研究者主要依靠查阅游记、笔记、文献等间接资料进行研究，这种大量利用间接观察、记录、多手转达的方法，很容易因为观察者视角不一致、信息不连续和不完整，使研究者作出错误的解释和结论。实地调查能够促使研究者深入到社会生活中去参与观察，使人类学走出书斋，取得超越前人的成绩。费孝通的《江村经济》，恰好验证了导师的学术观点和理论。

费孝通对导师的这一理论贡献，具有更深刻的认识，指出这一理论与其说是学术上的，不如说是人文价值上的。因为长期以来，西方学术界流行的是以西方为中心的社会进化论思潮，把殖民地上的人民看成是和白人性质上不同的、"未开化"的"野蛮人"。他的导师却号召人类学者到那些被认为是非我族类、不够为"人"的原始社会里去参与、观察和体验那里人的生活，使这些"化外之民"恢复了做人的地位和尊严。

费孝通是自己导师建立的理论的忠实践行者，《江村经济》被看成是人类学中国学派的代表作，是人类学研究对象从"异域"转向"本土"，从"原始文化"转向"经济生活"的崭新尝试。他对江村调查是跨世纪的，历经了六十六年，共计二十六次。不仅如此，他的足迹还遍布全国，即使七十岁后仍然每年用三分之一以上的时间到各地做实地考察，坚持走实地调查这条道路。他曾经这样表示，"至于我所有的'学术'属于通常所标明的哪一门，哪一科，我觉得无关宏旨；称之为社会学也好，称之为人类学也好，反正我只学会这一套。这一套是否够格称学术，我想还得看它是否抵用、能不能富民为断。"

3. 亦师亦友潘光旦。宝山之子潘光旦生命的最后一刻，是倒在费孝通怀里度过的。1967 年 6 月初的一个晚上，生命垂危的潘光旦请家里的老保姆来到隔壁费孝通的家，索要止痛片和安眠药。但费家一样也没有，他在保姆的带领下，来到潘光旦身边，把他拥入怀中，悲伤且无奈地看着他逐渐停止了呼吸。费孝通发出这样的哀叹："日夕旁伺，无力拯援，凄风惨雨，徒呼奈何。"

年轻时费孝通在清华研究院读研，没有上过潘光旦的课，但深受潘光旦的影响。后来，费孝通在昆明，与潘光旦交往密切，开始了长达三十多年的友谊。他俩一同参加民盟的民主运动，政治上长期风雨同舟；私人关系很深，为通家之好；学术交往更是频繁。

作为晚辈，费孝通一直以师生关系来对待自己与潘光旦的关系，据当年跟随他俩考察的摄影家张祖道回忆："费孝通说潘先生（指潘光旦）博学得如同百科全书，不知道的事不用去翻资料，问他就好了。"在费孝通眼里，学识渊博的潘光旦是"活字典"，这样养成了费孝通的依赖性，在潘光旦去世后，费孝通说："我竟时时感到丢了拐杖似的寸步难行。"

但是，他们又是两代不同的学者，费孝通是中国第二代社会学家，登上学术舞台的时间大约在抗战爆发前后至 1949 年间，而他的上一代社会学家，大约在新文化运动至抗战时期活跃在学界。这一代人中包括潘光旦、吴泽霖、吴文藻、吴景超等。费孝通这样评价他的前辈："五四运动时代的青年中，确有许多后来长成为这个世纪我国学术事业的奠基人。他们具有的共同特点就是有较广阔的学术底子，凭一己的天赋，在各自的专业里，执著坚持，发愤力行，抵得住疾风严霜，在苛刻的条件下，不求名、不求利，几十年如一日地为我国学术的基础，打下一个个结实的桩子。"费孝通也意识到两代学人的差异，他说："我这一代人还是要这个面子，所以很在意别人怎么看待自己。潘先生比我们深一层，就是把心思用在自己怎么看待自己上。"

20世纪40年代中期，费孝通完成了重要的理论著作——《生育制度》，曾有意将书稿搁置，经潘光旦劝告，才决定先付梓，后补正。书里不仅借用了潘光旦早期著作《冯小青》的结论，来分析中国传统社会女性的感情生活，认为潘光旦所揭示的冯小青式的心理变态可能是一个相当普遍的现象。同时，他还请潘光旦写序。潘光旦一口气，写了3万多字的《派与汇——作为费孝通〈生育制度〉一书的序》，他直言不讳地说，费孝通的书只是一家之言，太局限在功能学派的立场上，格局比较狭窄，并不是全面的分析。费孝通并没有因此不用该序。他俩还商定合作研究"中国士大夫"问题，由费孝通起草初稿，潘光旦修正、补充、润色。1947年10月，署名潘光旦、费孝通合作的论文《科举与社会流动》在清华大学的《社会科学》第4卷第1期发表。

1952年院系调整后，他俩成了中央民族学院的同事，比邻而居近二十年。这时，他们的研究课题性质更为接近，被称为民族史研究。费孝通曾一度开设中华民族史课程，得到潘光旦不少帮助。在谈民族研究工作时，费孝通赞同潘光旦的观点，"正如潘光旦所说的，我们祖国的历史是一部许多具有不同民族特点的人们接触、交流、融合的过程。这个过程从没有间断过，而且还在发展着。从这一点认识出发，我们今后的研究工作就可以从宏观和微观两个方面发展。"

从宏观方面发展就是拾起中华民族形成过程这个课题进行研究。研究各民族的形成过程就是向微观方面发展的研究工作"。有学者认为，1988年8月，费孝通在民族研究方面完成的著名论文《中华民族的多元一体格局》，基本思路源于20世纪50年代的探索，与潘光旦的学术交往也有一定关系。

获得第二次学术生命后，费孝通初步完成了江苏省小城镇调查，决定把研究的重点转移到边区和少数民族地区，先后主持了"边区与民族地区发展研究"和"中华民族凝聚力的形成和发展"等国家重大课题。1991年9月27日，他从湘西凤凰、吉首，进川东的秀山、酉阳、黔江，入鄂西的咸丰、恩施、来凤，又到湘西的龙山、永顺，然后从大庸出山。除大庸之外，费孝通此行是沿着潘光旦当年实地调查的足迹走的，一共走了21天。据当时一同参加考察的潘光旦之女潘乃谷回忆："在出行的火车上，费教授给我们讲述了这次考察研究的思路。他指出这次与父亲当年调研的不同之处'在于不是要搞一个历史研究，而是要把民族研究深化一下，更加深入地考察民族的分合变化'。"

在出席湘鄂川黔毗邻地区民委协作会第四次年会时，费孝通在会上深情地说："我的老师、同事和邻居潘光旦先生，1956年前就花了很多时间对这个地区从历史变迁和地理分布做了大量的研究，并且亲自来进行过实地考察。我总想来看看，但一直没有机会，35年来一直感到欠债不安。我一定要还这个心理上的债。……我希望大家一起继续潘光旦先生的事业，不但搞清土家族的源流历史，接下来看土家族和这个地区如何发展。"

4. 美美与共，天下大同。费孝通视野开阔、充满睿智、富有良知和大爱，晚年提出了"各美其美，美人之美，美美与共，天下大同"的设想和愿景。如果系统地加以分析，他的"志在富民"不过是一种手段，目的还在于"美美与共，天下大同"的理想实现。

费孝通80岁生日那天，在东京和老朋友欢叙会上，瞻望人类学前景时，激动地说出了自己心里的"美"。之后，在他临终前八月，抱病出席北京论坛，会前精心准备了书面发言稿，全面、系统地阐述了自己的观点，他肯定人类历史朝着天下大同的目标发展，认为"西方文明在过去大约三个世纪里凭借科技的发达，打下了今后前进的物质条件，现在正是我们要进一步考虑怎样利用这巨大的物质力量来为全世界人类实现丰衣足食、安居乐业的大同世界（服务）"。

他认为20世纪的缺点是没有建立起一个人们可以和平共处的社会秩序，而东方文明呈现重视人与人道德秩序的特点，可以改变这种状况。他坚信加强东西文明的互补，增强价值观点的共识，一定能解决20世纪遗留下的问题，人类一定要在21世纪里，至少要在今后新的1000年中，能够促使中国人梦寐以求的大同天下的实现。

人类在实现天下大同前，先要学会的是"各美其美、美人之美"，也就是各种文明教化的人，不仅欣赏本民族的文化，还要发自内心地欣赏其他民族的文化，做到不以本民族文化的标准，去评判其他民族文化的"优劣"，断定什么是"糟粕"，什么是"精华"。同时，每个文明中的人都要对自己的文明进行反省，做到有"自知之明"。

如果人们真的做到"美美与共"，也就是在欣赏本民族文明的同时，也能欣赏、尊重其他民族的文明，那么，地球上不同文化、不同民族、不同国家之间就达到了一种和谐，就会出现持久而稳定的"和而不同"，从而摆脱各种无意义的冲动和盲目的举动。这便是文化自觉。

要做到这些，人类还要走很长的路，甚至要付出沉重的代价。费孝通认为，为了人类能够生活在一个"和而不同"的世界上，从现在起就必须提倡在审美、人文的层面上，在人们的社会活动中树立起一个"美美与共"

的文化心态，这是人们思想观念上的一场深刻的大变革，它可能与当今世界上很多人习惯的思维模式和行为方式相抵触。在这场变革中，一定会因为不理解而引起一些人的非议甚至抵制，特别是当触动到某些集团的利益的时候，可能还会受到猛烈的攻击。但是，当人类前进的步伐已经迈上了全球化、信息化的道路；已经到了一个必须尽快解决全球化和人类不同文明如何相得益彰、共同繁荣的紧要关头，这些抵制和攻击又算得了什么。

他告诫人们：今日之世界文明，已非昔日历史文献、经典书籍中所描绘的那种"纯粹"的传统文明了。因此，必须改变过去概念化的、抽象的、刻板的思维方式，以一种动态的、综合的、多层面的眼光，来看待当今世界上不同文化和文明之间的关系。

在北京论坛上的书面发言中，他还指出："人类每逢重大历史转折时期，就会出现各种各样的所谓'圣贤'，其实，这些'圣贤'就是那个时代所需要的，具有博大、深邃、广阔的新思路和新人文理念的代表人物。我曾经把当今的世界局势比作一个新的战国时代，这个时代又在呼唤具有孔子那样思想境界的人物。我确实已经'听'到了这种时代的呼唤。当然，今天的'圣贤'，不大可能是由某一种文明或某一个人物来担当，他应该，而且必然是各种文明交流融合的结晶，是全体人类'合力'的体现。"

中华文明经历了几千年，积聚了无数先人的聪明智慧和宝贵经验，他认为今天的人们尤其需要下大力气学习、研究和总结。面对今天这种"信息爆炸"、形形色色"异文化"纷至沓来的局面，需要人们认真思考怎么办？全盘接受、盲目排斥都不是好的办法，应该用一种理智的、稳健的，不是轻率的、情绪化的心态来"欣赏"它。要知道，不论哪种文明，都不是完美无缺的，都有精华和糟粕，所以对涌进来的异文化既要"理解"，又要有所"选择"。这就是费孝通表述的"各美其美、美人之美、美美与共"的内涵。

在他眼中，当今的人类，比古代人具有更广阔的胸怀、更远大的目光，对于不同文化有更高的鉴赏力，拥有一个与不同文明和睦相处的良好心态。作为人类学社会学工作者，应该以严肃、认真的态度，不带任何偏见地深入研究本民族的历史文化，同时也应该下功夫研究其他国家、民族的历史文化，以扩展视野，增强想象力和创新能力，为当今世界经济迅速"全球化"的同时，建设一个"和而不同"的美好社会贡献力量。

费孝通与中国历史上的"士"一样思考的是天下。但是他绝非传统意义上的士大夫，而是站在人类发展的高度，以世界的目光，发现不同文明存在的价值，融合了中西文明，为人类寻找实现大同的道路。

5. 费孝通与上大。费孝通与上海大学结缘，始于1984年受聘上海大学名誉教授，更在于挚友钱伟长出任上海大学校长后。钱伟长敬佩费孝通在社会学领域的成就，邀请费孝通担任上海大学上海社会发展研究中心的主任。当时，费孝通无论身份名望都比钱伟长高，如果费孝通当主任，意味着要在校长领导之下，没想到费孝通一口允诺。为此，钱伟长过意不去，费孝通豁达地说："你请我当主任，请的不是我的身份地位，而是我的学术。我来当主任，是支持学术，也是支持老友，难道支持老友还要讲什么条件吗？"

那天，费孝通从钱伟长手里接过聘书，这就有了两位密友间孩童般的趣话："我钱伟长可以领导你费孝通啦！"

此后，不管多忙，费孝通都会经常来上海大学授课，使上大社会学系研究水平不断提高，跻身一流。这让钱伟长十分感动。钱伟长曾说："孝通兄学识渊博，心胸开阔，与我交往几十年，始终'莫逆于心'。"每逢费孝通在上海大学作报告时，钱伟长都要亲临现场。讲坛上两位老友一唱一和，妙语连珠，赢得台下一阵又一阵热烈的掌声。

他们一个是苏州人，一个是无锡人，可以说是故乡相邻、风俗相近；费孝通长钱伟长两岁，家庭背景也差不多，父辈都是从事教育工作。两人的经历也相似，曾在清华大学研究院求学，同是庚子赔款留学生，同样在抗日战争胜利后回国，又都回到清华任教。他们也有着同样的情怀，年轻时，一个说："人们最痛苦的不只是身体上的疾病，而是来自社会所造成的贫穷。"于是弃医从文，改学社会学；一个说："文科不能造枪支大炮，要科学救国。"于是弃文从理，改学物理学。中年时，虽然同遭不公正待遇，但依然为国为民奔波操劳。老年时，同登国家领导岗位，鞠躬尽瘁，共图兴国大业。他们有着太多相似的经历和同样深沉的爱国情操，所以他们能够"腹心相照""声气相合"。

费孝通多次来学校以教授的身份为学生和青年教师讲课，用他充满睿智的语言引领众多学子走进神奇的社会学世界，而且还直接为上大培养出了社会学学科带头人，使他们成长为国内有影响的新一代学术传承人。

上大人至今还清晰地记得，有一次，费孝通风尘仆仆地来到上大宝山新校区，以"关于社会科学研究的几个问题"为主题，与年轻学子们展开座谈的热烈场面。在短短的一个半小时中，学生们频频向他提问，问题涉及社会现象、理论问题、个人困惑以及对未来的展望。

费孝通热情地回答了同学们的提问，高屋建瓴地指出，现在的社会正处于巨大的变革中，工业化尚未完成，信息化已经来临，并揭示了工业化与信息化的双重作用引起的人际关系的深刻变化，中间蕴含的问题极为复杂。这就是生活的实际状况，也是研究者所面临的困惑。理论恰恰是来自生活，是对实践的总结。社会学理论就是对过去的总结，对于未来作出预测。

费孝通敏锐地把目光投向城市社区，他与同学们探讨了从单位人向社区人转变过程中产生的问题，谈了他自己关于"社区自理"的想法，为同学们拓展了新的研究领域。

座谈会气氛活跃，费孝通的讲话以发现问题、总结实践、解决问题为主线索，在解答提问的同时，也要求同学们能保持清醒的头脑去了解过去，从实际生活出发来展望未来。

这是费孝通与上大师生许多次座谈中的一次。

费孝通晚年住院之前，他的学生，上海大学校领导之一的李友梅博导去看望他。费孝通的身体状况已经非常差，但还在坚持读书，思考中华民族的文化自觉问题。最后一次李友梅见到费孝通是在医院里，他喉管已经切开，不能说话了，手写了一张纸条，希望李友梅拿个照相机来和他拍张照。"我知道，他是激励我把很多问题继续研究下去，继续做下去。"李友梅回忆到这里有些哽咽，令听者眼眶湿润。"除了费老的学术思想、人格魅力，我们更要记住他的使命责任，想想我们这代人做了什么？还能做些什么？"

2005 年 4 月 24 日深夜，94 岁的费孝通在北京病逝。钱伟长是在因公出差从临安回杭州途中，获悉此噩耗，他撰文写道："不胜扼腕痛惜，怆然泪下。泪眼中，我仿佛又见孝通兄往日风采。近些时间，我因常住上海，很久未能与老友孝通兄谋面了，只是知道他一直病重住院，牵挂和担心一直萦绕于胸。"

他深情地回顾了与费孝通的交往："孝通兄和我曾长期在清华共事，后又同在民盟积极参政议政，共求国是，谋报效祖国之路。我调上海大学后，孝通兄更是鼎力相助，使上海大学社会学系研究水平不断提升，跻身一流。孝通兄与我既是吴地同乡，又是同事，交往几十年，私交甚笃。我们曾无数次执手相聚，纵论天下，畅游学海。"

钱伟长称赞费孝通提出过许多有益于国家和地区社会、经济发展的良策，尤其是苏南乡镇经济模式的研究为世人敬仰；称赞费孝通辛勤耕耘一甲子，著作等身，奖掖后学，终于成社会学教育和研究的一代宗师。费孝通一生，体现出一位社会学家、人类学家、教育家和社会活动家满腔报国情怀。

6. 那栋不起眼的小楼，坐落在上海大学宝山校区紧邻马路的围墙里，"乐乎新楼"连同题写者费孝通的名字，晚霞里依然闪着光，对于物业主人附庸风雅的猜想，已化为了乌有。

漫步在上大校园里，依然能够寻找到这位老人的印迹。上大人清楚费孝通对上大的贡献，不只是引领社会学在学术方面所取得的进步，更重要的是他那"志在富民"、天下大同的理想和"行行重行行"的治学风范，为上大人指明了做事做人的方向与准则。

费孝通的思想和人生践行的经验，何止囿于一所大学？它是我们民族思想宝库中的瑰宝，也具有世界意义。

（原载《岁月印痕》 上海人民出版社、学林出版社 2019 年 7 月版）

钱伟长：凝固在这片土地上的深情

斯人已逝　精神长存

2010年7月30日，一个炎热的早晨，一位享年98岁的科学家在上海与世长辞。他一生担任过许多重要职务：中国人民政治协商会议第六至第九届全国委员会副主席，中国民主同盟第五至第七届中央委员会副主席。此时，他的职务是上海大学校长。自1983他被任命为上海大学前身上海工业大学校长一职起，已经27个年头，为这座大学的发展倾注了人生最后的一份心血。他的名字叫钱伟长。

钱伟长辞世的消息传到学校，青年学子失声痛哭。"我觉得很吃惊，太令人难以置信了。"一位没有与钱校长见过面的青年学子表示："事情来得太突然了。由于钱校长近年来身体情况欠佳，我来学校几年也没能见到他一面，很遗憾。钱校长的去世对社会和学校都是重大损失。"

上海大学在宝山、延长两个校区设立悼念场所。翌晨，宝山校区的"伟长楼"国际会议中心门前，已经有许多师生赶来悼念。据东方网记者现场报道，大礼堂正中摆放的是钱伟长的巨幅照片，两边则放满了花圈。8时30分，悼念活动开始，师生们有序地排队进场。尽管天气炎热，但仍不断有悼念者陆续前来，有的是学校新生，有的是已离校的毕业生，他们中既有年轻人，也不乏中年人，更有华发老者在子孙的搀扶下前来献花。

不少师生眼中噙满泪水，向钱伟长遗像三鞠躬，每人都领取一张系有一根黄丝带的卡片，他们在卡片上写下对钱老祝愿的话，以表达自己的思念："钱校长一路走好""我们永远记得您的教导——自强不息"。

校园里，学生们还自发挂起了写有"钱爷爷，您走好，您永远活在我们心中""钱校长，一路走好"等字样的横幅。骄阳下，一阵微风吹动横幅呼呼轻响，仿佛哀鸣，更像低声倾诉，诉说着一位老人与一所大学的无限深情。

上海大学官方网站页面变成黑白色调，连续刊发忆述文章纪念钱伟长，校内论坛《乐乎社区》里，师生追思钱伟长的帖子比比皆是。一位教授在论坛上写道：原本以为，钱先生能活过百岁，甚至开始策划 2012 年他的百岁华诞庆祝活动，如今，这一切成了泡影。他回忆说，自己的导师是钱伟长的师兄，所以严格说起来，自己应该称呼钱伟长先生为"师叔"。但钱伟长非常平易近人，不摆架子，生活上大大咧咧，是他认识的大学者中最平民化的一位。

一位网友写道："先天下之忧而忧、后天下之乐而乐，自强不息是他为我们亲笔题写的校训。如今，钱老已离我们远去，但是他胸怀天下的气魄永存我们心间。"

感人的一幕发生在那天晚上 8 时许。在宝山校区的下沉式广场上，学生们自发拉起了横幅，上面写着"斯人已逝，精神永存，沉痛哀悼钱伟长校长"。地上，数千支蜡烛摆出了"钱校长，走好"的字样。数百名学生手举蜡烛或者鲜花，悄然站立。当"默哀三分钟"的声音响起，很多学生泣不成声……

诗书之家　改志救国

1912 年 10 月 9 日，钱伟长出生于江苏省无锡县洪声里七房桥一个诗书之家。16 岁那年，曾经担任无锡县中教务主任的父亲钱挚病逝，少年失怙的钱伟长跟随在苏州中学任教的叔父钱穆读书，并生活在一起，叔侄感情笃实。国学大师钱穆，对侄子一生影响颇大。钱伟长习字画画、喜欢文史，似乎都受到叔父的耳濡目染。钱伟长 78 岁时，叔父在台北去世，他无法入境台湾悼念，书写了一副长长的挽联，表达对叔父的怀念和敬爱："生我者父母，幼吾者贤叔，旧事数从头，感念深恩宁有尽；于公为老师，在家为尊长，今朝俱往矣，缅怀遗范不胜悲。"

浓郁的家庭国学氛围熏陶着钱伟长，读中学时他出现了严重的"偏科"，酷爱语文和历史。18 岁他考清华大学时，语文和历史双百分，物理、数学、化学成绩极差，英文因没学过得了 0 分。当时的社会似乎并不在乎这样的"偏科"，他获得了"味精大王"吴蕴初设立的"清寒奖学金"，进入了清华大学历史系学习。

在他入学的第三天，日本发动了震惊中外的九一八事变，占领东北三省的大片土地。钱伟长得悉这一消息后，拍案而起，决定转学物理，实现"科学救国"。

起初，物理系主任吴有训不愿意收留他，因为他的物理、数学基础差，怕他跟不上。经钱伟长软磨硬泡吴有训才勉强同意，试学一段时间。怀抱着救亡热情的钱伟长为了能尽早赶上课程，起早贪黑，废寝忘食，来往于宿舍、教室和图书馆之间，一心苦读。到期末考试，他的物理和高等数学的成绩均在 70 分以上，得到吴有训的肯定，继续留在物理系学习。到毕业时，他已经成为物理系中成绩最好的学生之一，考取清华大学研究院。同时获得著名出版家高梦旦奖学金，继续师从吴有训。

吴有训是著名物理学家，20 世纪 20 年代在美国著名物理学家康普顿教授的指导下，联名发表题为《经轻元素散射后的钼 Kα 射线的波长》一文，论文刊登于《美国科学院通报》。康普顿为此获得 1927 年诺贝尔物理学奖。

钱伟长钦慕吴有训这位年轻的科学家，从他身上学到扎实的专业知识，和开阔的视野，同时也学到了为人作风、办事风格。除了吴有训，还有叶企孙、萨本栋、赵忠尧等知名教授影响着钱伟长的成长。他在晚年撰写的《八十自述》中，回顾了六年的清华园求学经历，深情地写道："不仅大大提高了我对科学学术的认识，如饥似渴地追求着科学发展的国际轨迹，培养了阅读国际科技杂志的爱好，对于数学、物理、化学各方面的新发展都精神奋发地去理解，去探索……可惜一辈子中只有六年，这是最不能忘怀的六年。"

钱伟长不仅是学业有成的好学生，还积极投身抗日救亡运动中。在入本科学习的三个月后，他便参加了"一二·九"和"一二·一六"两次北京抗日救亡大游行，又两次参加清华大学南下自行车宣传队，宣传抗日。以后，他多次参加游行示威活动，加入抗日救国组织中华民族解放先锋队。直到七七事变发生后，北京沦陷。1939 年，他赴昆明在西南联合大学讲授热力学。

出国留洋　成绩斐然

1940 年 1 月，钱伟长考取中英庚款会的公费留学生，因第二次世界大战突发，改派加拿大留学。几经周折钱伟长终于赶到多伦多大学，主攻弹性力学，跟随导师辛吉研究板壳理论，不久他就和老师联合发表了《弹性板壳的内禀理论》的论文，与爱因斯坦等著名学者的文章一同刊登在世界导弹之父冯·卡门 60 岁祝寿文集里。爱因斯坦看后，感叹这位中国青年解决了困扰自己多年的问题。此文奠定了钱伟长在美国科学界的地位。那时，钱伟长到加拿大学习才刚刚一年。

钱伟长在提出"板壳内禀理论"的同时，重点研究雷达波导管内的电抗，1942年获多伦多大学应用数学系博士学位。

在以后的四年里，他任美国加州理工学院喷射推进研究所研究总工程师，与钱学森、林家翘、郭永怀一起师从世界导弹之父冯·卡门，从事博士后科学研究。他主要研究火箭弹道、火箭的空气动力学设计、气象火箭、人造卫星轨道、气阻损失、降落伞运动、火箭飞行的稳定性、变扭率的扭转、超音速对称锥流等问题，并发表了世界上第一篇关于奇异摄动的理论，被国际上公认该领域的奠基人。

与此同时，研究所内弥漫的民主氛围和创造性的学术讨论会，以及冯·卡门家里举办的自由聚会，深深感染了钱伟长，影响了他的一生，这就是敢想敢说，勇于探索和创新。

二战期间，伦敦遭受德国V1、V2导弹的威胁，丘吉尔向美国请求援助。于是，这件事被转到了冯·卡门教授主持的喷气推进研究所。当时，钱伟长正在从事火箭、导弹的设计试制工作。他仔细研究德国导弹的射程和射点后，发现德国的火箭多发自欧洲的西海岸，而落点则在英国伦敦的东区，说明德军导弹的最大射程仅如此而已。

据此，钱伟长提出只要在伦敦的市中心地面造成多次被击中的假象，以此蒙蔽德军，使之仍按原射程组织攻击，伦敦城内就可避免遭受导弹的伤害，英国接受了这一建议。这一招很灵，几年后，丘吉尔在他的回忆录中谈及此事时，不胜感激地赞赏道："美国青年真厉害。"可他不知道，令他成功骗过德军的人并不是美国青年，而是中国青年钱伟长。

抗战胜利不久，钱伟长取得返国权利，被聘为清华大学机械工程系教授，兼北大、燕京大学的教授。他一边从教，一边继续从事圆薄板大挠度摄动解和奇异摄动解、压延加工等问题的理论研究。1947 年，他的"在正则摄动理论方面创建的以中心挠度 wm 为摄动参数作渐近展开的摄动解法"，在国际力学界被称为"钱伟长方法"。次年，钱伟长在奇异摄动理论方面独创性地写出了"有关固定圆板的大挠度问题的渐近解法"，被称为"钱伟长方程"。

其间，钱伟长生活窘迫，一个月的工资是 15 万金圆券，只够买两个暖瓶。钱学森由美返国探亲，建议他重回美国，钱伟长接受了这个建议。但当他到美国大使馆申请注册时，表格有一个问题："中国和美国打仗的时候，您是忠于中国还是忠于美国？"钱伟长填了一个 NO，因为他忠于祖国。由此，他的美国之行就泡汤了。

在繁重的教学科研的同时，钱伟长积极参加了反美扶日、反内战、反饥饿、反清华南迁等政治活动，迎接共和国的诞生。

倾献热情　服务祖国

1949 年中华人民共和国成立后，年富力强的钱伟长和绝大多数从国外回来的高级知识分子一样，怀着报国之心，急切地希望把他们所掌握的世界科技发展动向、新的知识、先进的学术思想和教育理念奉献给自己的祖国。

钱伟长热情地投身到教学、科研和社会活动中，先后出任清华大学副教务长、教务长、副校长；与钱学森等创办中国科学院力学研究所，同时担任该所副所长；创办中国科学院自动化研究所，成为该所所长。

而且，钱伟长还成为中国科学院首批学部委员之一，担任了中华全国自然科学专门学会联合会常委、组织部部长。1951 年，他任中华全国青年联合会常委、副秘书长，并担任中国科学院数学研究所力学研究室主任。

1952年，钱伟长加入中国民主同盟，担任中央常务委员。同年参加中国文化代表团，出访缅甸、印度。20世纪50年代初，他提出了"圆薄板大挠度理论"，两年后获国家科学奖二等奖。他参与制定了中国第一次十二年科学规划，担任中国科学院学术秘书、国务院科学规划委员会委员，还当选为波兰科学院院士。

1956年，钱伟长出版了我国第一本《弹性力学》专著，创办了"力学研究班"。该班学员后来大多成为我国从事力学研究和教学的领军人物。次年，中国力学学会成立，钱伟长任副理事长。

在以后的近十年间，身处逆境的钱伟长依然一边讲学、编写教材，一边从事飞机颤振、潜艇龙骨设计、化工管板设计等理论研究。虽然，他的研究成果写成论文后无处发表，但是，他义无反顾，依然坚持。

20世纪60年代后期，年近花甲的钱伟长被迫下放到首都特殊钢厂劳动，与二十来岁的壮小伙子一起三班倒，当起了炉前工。他不萎靡，反而发挥自己的科学专长，与工人师傅合作搞起了技术革新，设计制造了一台800吨水压机和2000平方米的大型热处理车间及配套设备，满足了日益扩大的生产需要。令他欣慰的是，这些设备直到20世纪80年代后期依然在使用。

在周恩来的关怀下，他回到清华校园，接待外国友人斯诺、伊文斯等。1972年，钱伟长由周恩来亲自点名，参加科学家代表团访问英国、瑞典、加拿大和美国。

1977年以后的十余时间里，钱伟长始终在从事环壳理论、广义变分原理、有限元、中文信息处理、断裂力学、加筋壳、穿甲力学、三角级数求和等方面的研究。

呼吁改革　热心办学

春风吹开了冰雪深锁的严冬。1978 年 3 月全国科学大会胜利召开，科学春天即将到来。这年底，中共中央召开了十一届三中全会，实现了新中国成立以来党的历史性的伟大转折，向全党、全国人民发出了"改革开放"和"实现四个现代化"的号召。

此时，钱伟长奋起之情油然而生，他以空前高涨的热情拥护改革开放，投身到"四个现代化"建设中，沉寂谷底 20 年的科研成果与心得也像喷泉般喷发而出。那时，他已年近七旬，在内地各省、市、自治区（除了青海和西藏以外）累计 180 座城市作了"关于实现四个现代化问题"的报告，听讲人数逾 30 万之众。2007 年，时任中共上海市委书记的习近平到学校看望钱伟长，说起当年他还是河北省的一个县委书记时，就曾聆听过钱伟长的报告，给他留下非常深刻的印象。他亲切地对钱伟长说："您老也是我国要实现四个现代化的创导者呵。"

后来，有一家电视台采访他，面对镜头钱伟长激动地说："我们中国不搞现代化不行，我说（中国）能搞现代化，所以我支持他（邓小平）。我支持他的办法，（是去）全国宣传搞四个现代化。那时候邓小平点了我的名，要（我）到党校去讲。（我）讲了很多次，讲了五百多次。"他为自己能为"四个现代化"建设出力而感到无比幸福。

1980 年，中国科学院恢复了钱伟长学部委员的身份。他的社会政治活动日益增多。中国民主同盟中央也恢复他为中央常委并担任教育科技委员会主任。1983 年 12 月在民盟第五届全国代表大会上他被选为副主席。在这期间，他参加了民盟对我国教育改革的调查研究和座谈会，并在青岛参加起草了民盟向中共中央提出的对教育改革的建议书。之后，钱伟长历任第六届、七届、八届、九届全国政协副主席，民盟第六届、七届中央委员会副主席，第七届、八届、九届名誉主席。

他的"广义变分原理的研究"（1979年完成）获国家自然科学奖二等奖。1984年，钱伟长提出"汉字宏观字形编码"，简称"钱码"，两年后，在国家标准局组织的全国第一届汉字输入方案评测会上，"钱码"被评为A类方案，获得1985年度上海市科技进步二等奖，在之后召开的全国科学大会上获银牌奖。

1988年，他还担任了澳门特别行政区基本法起草委员会副主任委员、中国和平统一促进会会长、中国陶行知研究会会长。

改革开放需要大量人才，人才的培养成为当务之急。长期怀有办学情怀的钱伟长，自从传开了要离开清华大学的说法以后，国内就有好几所著名的大学想请他担任校长。被上海人称为"四等学校"的上海工业大学，已经两年没有校长了，也向他发出任校长的邀请。钱伟长找到好朋友费孝通商量，费孝通告诉他上海必将发展成为我国重要的区域经济中心，需要好好地办所大学，他赞同钱伟长的教育理念和办学思想，支持钱伟长到上海实现办学理想。

钱伟长接到调令，被任命为上海工业大学校长。调令是邓小平亲自签发的，钱伟长回忆，"（调令）上面写：中央组织部调钱伟长为上海工业大学校长。下面又加了一句，这个人任命不受年龄限制。（因为）教育部有规定，60岁以后都退休了，不能再当校长"。

1983年1月16日，钱伟长抵达上海工大履新，得到上海市委、市府的高度重视。《解放日报》《文汇报》和上海电视台对钱伟长就任上海工大校长进行了报道，《人民日报》对此也进行了报道。

40多年前，钱伟长从上海出发，负笈北美，奋斗数年，终成其科学研究之辉煌。如今，他又从上海开始，潜心办学，欲再铸科学与教育事业之新的辉煌。

　　已是老人的钱伟长，思想总是那么富有锐气，上任后提出了"拆掉四堵墙"的改革思路：那就是开放办学，拆除学校和社会之间的墙，以适应经济建设和科学技术高速发展变化的需要，从而密切联系社会和工厂企业并为之服务。同时，他还要求学校内部各系科各专业各部门之间的墙也要拆。他认为："现代科学技术的生长点都是跨学科的，或具有交叉学科的特点。为此必须逐步努力打通这些学科之间的人为界限，拓宽专业，以适应现代科学技术综合发展的趋势。"

　　钱伟长是教育与科研一肩挑的大专家，他一针见血地指出，教育与科研之间的墙也要拆，高校既是教学中心也是科研中心，应该推行一套班子两个中心管理模式，倡导教师进行科研，以提高教学水平，反对照本宣科的教书匠式的教学。他提倡教师不断吸收科学技术发展中的最新成就作为教学内容，引导学生不断地创新开拓的进取性和创新追求的积极性。他认为：教师在教学工作的同时进行科研工作也是知识分子对祖国科技发展分担责任的一个重要方面。当今世界科学技术和文化学术飞速发展，人们原有的知识很快变得老化过时，那种认为学生只有通过老师"教"才能"学"的传统教育思想，已不能满足当前高等教育的需要，从而应该逐步加以废除。学生只有通过主动的学习，才能把所学的知识变为自己的知识。所以他认为"教"与"学"之间的墙应该拆除。他指出："高等学校应该把学生培养成有自学能力的人，在工作中能不断自己学习新知识，面对新条件能解决新问题的人。"他在这一时期的许多场合中，做了很多次关于"怎样学""怎样教""教与学""教学与科研"报告，都反映出他的教育思想。

　　钱伟长是这样想的，也是这样落实的，对上海工业大学进行了大刀阔斧的改革。为了加强基础知识和基础技能的学习和训练，上海工业大学各系学生入学后，前两年不分专业，一般只学基础课，第三年才分专业，打好基础才能提高学生的自学能力和应变能力。

教师是办好学校的主要力量，为提高教师队伍的总体水平，从外校各地延聘了大量学有专长的学者、教授来校任职或兼课，做学科带头人，以充实师资力量。

在学制上，实行把每一学年划分为三个短学期和一个暑期。每一短学期为 10 周讲课，2 周考试，半周休息，暑期为 13 周，称为"短学期制"，在全国也是首创。学期短，可以督促教师精简教材内容，提高教学质量；而延长暑期，可以给教师充分的时间备课和进行科学研究。对学生而言，短学期制的考试很像老学制的期中考试，学生易于准备，成绩易于提高。

据熟悉钱伟长的工作人员回忆，"钱校长有很多时间在全国到处视察，又能常常参加中央层面的各种会议，凭着他的丰富阅历与判断力，总能抓住现实中所存在的要害问题以及事物发展的大趋势，因此，他在学校对我们讲的话，要叫我们做的事，都传递着上面最新的也是最重要的信息，我们照着他说的话去做，往往就能在高等学校之间激烈的竞争中占得先机"。

钱伟长是一名义务校长，既不拿学校房子，又不拿学校工资，他笑呵呵地说："我姓钱，但我没有钱。"他一心一意就是想把学校工作搞上去，办一所出色的大学。

在上海，历任市领导都很支持他的工作，关心他的衣食住行，惦念他的健康，当时市政府曾考虑在市区内为钱伟长夫妇安排所房子，后来还是同意学校的申请，在校内建了一个招待所，主要用于接待来访专家和国际友人，也方便钱伟长夫妇的饮食起居。招待所是一幢四层的简朴小楼，钱伟长为它题名并书赠"乐乎楼"，寓意为 "有朋自远方来，不亦乐乎"。在二楼，有几个房间作为钱伟长夫妇的卧房、起居室（兼会客室）、书房兼办公室。

呕心沥血　创办新校

上海工业大学和上海科技大学、上海大学和上海科技高等专科学校合并组建了新的上海大学，在1994年5月27日上海解放日隆重挂牌。钱伟长被任命为校长。他这样定位上海大学的办学方向："我们这个学校，始终是为了上海经济建设和社会发展服务的，所以我们的学科专业全部是根据上海的需要设置的。"主动融入上海21世纪发展战略，进入了更加快速发展的轨道。

1994年以后，上海大学拓展了合并前原来几所学校与上海工业界、经济界、科技界、文化界、商界建立的联系。培养人才方面，在上海文广集团的支持下，创办全国第一所集艺术与技术为一体的影视艺术技术学院；在中科院上海生理、细胞生物、植物生理研究所的联合扶持下，成立生命科学学院；与上海市司法局联合，重新组建法学院；与上海巴士汽车（集团）公司联合，成立巴士汽车学院；与上海市房地局联合，成立房地产学院等。科技合作方面，材料科学与工程学院与上海汽车工业（集团）公司、宝山钢铁（集团）公司分别签订了合约。国际合作方面，上海大学与澳大利亚悉尼大学建立了合作。

后来，钱伟长在上海大学中层干部会议上重申："学校要有总的规划，使我们的教师在上海生产与社会经济活动里起一个咨询、顾问的作用。我们不能躲在学校里，不然就没办法。"

上海大学新校区未建成前有10个校区，钱伟长提出学科融合与改造分成两步走的思路，合并原四校的相同专业，规定一个专业只能在一个校区办学；在成立学院之前，新生先按学科招生。这样，有效地实现了学校一体化管理。

"以改革为动力，从学科切入"成为上海大学成功并校的经验，被时任中共中央政治局常委、国务院副总理李岚清称为"合并办学的好典型"。并校之后，钱伟长更加关注学科建设，加强学科专业间的融合与改造，整体提高学校的学科水平；紧紧抓住国家实施"211 工程"的契机，"有所为，有所不为"，建设好一批重点学科、专业。

上海大学成立之初，有 10 个校区分布在上海市 8 个区县。对此，钱伟长心里非常着急，他又是写信、又是面谈，一再催促上海市有关领导尽早决策，解决上海大学"集中办学"的问题。他与他的同事们，日以继夜制定了三种方案：征地 3000 亩，集中所有校区，建一个全新的上海大学校园；新征土地超过 1000 亩，建一个新校区，原上海工大和上海科技大学两个校区（即上海大学延长校区和嘉定校区）不动，其他校区进行置换，重新规划校区布局；在延长、嘉定两个校区周边各扩增几十亩土地，扩建和改造这两个校区，把其他校区整合进来。为论证前两种方案的可行性，已是八十四岁高龄的钱伟长不辞辛苦，亲自带队到宝山、浦东新区、松江、嘉定、闵行等区县视察地块，一一作出比较性结论。可是，上海大学新校区方案久拖未能确定。

1997 年 5 月，钱伟长直接写信给中共上海市委书记黄菊，恳切地再次提出"向书记汇报学校工作"的要求。初夏，黄菊在市委副书记陈至立的陪同下来到上海大学延长校区乐乎楼，会晤钱伟长，明确上海大学新校区工程立项，进入启动阶段。很快，有关方面将立项的批文送达学校，批文确定的建设方案基本上就是钱伟长建议的第二个方案——建设上海大学宝山本部校区。原立项建设占地 1500 亩，后来又扩增了 500 亩。宝山校区工程立项后，被上海市政府确定为上海市文化、教育建设的"标志性工程"之一和"重大工程"之一。同期列为标志性工程和重大工程的文化、教育建设项目还有上海图书馆、上海大剧院等。

钱伟长站在上海西北角的这片农田间，眼前似乎已经展现出一幅教学楼林立、莘莘学子信步绿树成荫的校园的画卷。这里即将矗立起一座崭新的高等学府，服务于未来世纪，这是他一生的渴望，在他耄耋之年得到实现。

1999 年初秋，上海大学新校区工程第一期完成，7000 多名新生步入校园，开始了人生新篇章。不久，李岚清在教育部部长陈至立的陪同下视察了还在建设中的新校区，他一进入校园，为校园的恢宏气势感慨不已。

宝山明珠　熠熠发光

今天，许多来到上大宝山校区的人都会被眼前校园所吸引，大气的布局，宏伟的建筑、小桥流水、天鹅游弋、竹梅映趣。但是，又有多少人知道，钱伟长在校园规划时的良苦用心呢？他曾经说过，解放后新造的大学，校园设计格局都差不多，我们一定要有自己的特色。宝山校区的规划建设，充分体现出钱伟长促进学科交叉、真正实现"理工结合、文理渗透"的初衷。为此，他费尽了心思。

办学校，特色不仅仅体现在学校的校舍上，更在于办学的本身。

有一年，上海大学在全校干部、教师中开展了"办学特色"讨论。经过几个月的讨论，最后归结为"在党的领导下，发扬'自强不息'精神，形成'破除四堵墙''培养全面发展、具有创新精神的人'的独特的教育理念"。上海大学独特的教育理念形成始于 20 世纪 80 年代，是钱伟长在任上海工业大学校长时开始提出的："以提高教育质量为目标，坚持以'三制'（学分制、选课制、短学期制）为核心的教育教学改革，形成特色鲜明的人才培养模式"，这里所说的"三制"也是由钱伟长在上海工大时提出的。

构建一个全新的、综合性大学的课程体系，是上海大学成立之后教学工作最重要的基本建设之一，是实现钱伟长提出的培养"全面发展的人"

的重要前提条件。上海大学学科门类齐全，拥有一大批专业造诣深、学术背景宽的师资队伍，这就为构建科目齐全、内容丰富的课程体系提供了条件，也为课程体系向拓宽专业、学科交叉的方向发展提供了学术基础。

上海大学的课程体系改革，主要体现在全校课程体系的整体结构横向分为理工、经济管理和人文社会科学三大模块，纵向分为公共基础课、学科基础课、专业选修课三大层次。全校共设置了 15 个学科基础课平台，支持全校全部 53 个本科专业。经过这个阶段的整合，课程体系初显有机合成的形态，课程的共享程度提高，课程体系进一步简化，突出重点，加强基础，扩大学科渗透力度的两个阶段。具体是将课程框架简化为必修课、选修课、实践环节课，大幅度削减必修课的学分，增加选修课的学分；允许增加若干学科基础课程和专业主干课程的学分；在增加选修课总学分的同时，约束专业选修课总学分，对学生选修跨专业、跨学科的选修课的学分不做限制。现在，上海大学本科生学制内总学分为 310 分（总学时约 2500—2700），其中必修课 150 分、选修课 100 分、实践环节 60 分。至此，一个全新的综合性大学的课程体系建立起来，不仅是把合并前四所大学自成体系的教学资源进行了全面整合，提高了办学效益，更重要的是为学生的全面成才搭建了一个更完善的平台。

2007 年 3 月，上海大学首次提出了"钱伟长教育思想"，认为上海大学合并组建以来取得的成绩，离不开钱伟长教育思想在学校的实践和发展。钱伟长把自己对党的教育方针的深刻理解和对社会、科技、教育发展趋势及其规律的把握，借鉴古今中外优秀教育思想和理论成果，经过上海大学全体师生长期的实践，逐渐形成了钱伟长教育思想。

钱伟长教育思想是一份宝贵的精神财富，是他为学校带来一股改革新风，也为广大师生带来从未有过的自信力。其间，学校有组织地整理、出版钱伟长有关教育和教学问题的论著。同时，在钱伟长的领导下，紧紧抓

186

住四校合并、新校区建设、"211工程"建设、教育部本科教学工作水平评估等重大发展机遇，深化改革，加快发展，并确定了学校长远建设目标及"三步走"发展战略。这一阶段，对钱伟长教育思想的深入研究做了充分的理论准备。2007年学校掀起一个学习、宣传、研究和实践钱伟长教育思想的高潮。

钱伟长的努力，结出了丰硕的成果。据2009年6月统计，学校拥有专任教师约2650人，具有博士学位的教师已占42.6%，是1994年的30多倍，45岁以下的教师占70%，比1994年增长了约20%，正、副高级专业技术职务的教师分别占16.5%，和28.4%。以上海大学1994年与2008年的有关数据作前后比较，一级学科博士学位授权点是从零增至5个，二级学科博士学位授权点是从9个增至35个，加上自增列专业点已达到54个，硕士学位授权点是从33个增至131个，研究生在校生人数从400人左右增至8000人左右，增长了20倍。还体现在国家级重点学科、重点实验室、工程研究中心和研究基地等方面的成长。多年来，地方大学既有水平的原因也有体制的原因，在这方面的建设难有建树，自2002年以后，上海大学开始有所突破，截至2008年，学校已建有4个教育部重点学科、1个教育部重点实验室、1个教育部与上海市共育重点实验室、1个教育部工程研究中心、1个科技部与上海市共育重点实验室、1个国家体育总局体育社会学重点研究基地。2009年3月，上海大学成了首批具有自主招生权的地方高校。

这些成果，钱伟长生前看到了，那时他已经是97岁高龄的老人。他是不服老的，在80岁时他曾经写下了这样一段文字："繁重的教学行政工作，丰富的政治社会活动，广阔的学术天地，使我的生活无限充沛而有意义．虽然岁月催人老．但是欣逢盛世，在党中央的号召下，愿夜以继日地奋发工作，以补偿20年来失去的珍贵年华；愿以自己的点滴汗水，汇入祖国建设社会主义波澜壮阔的奔腾洪流中去！"

　　他做到了。

　　（原载《岁月印痕》　上海人民出版社、学林出版社 2019 年 7 月版）

"七君子"羁押受审纪

囚禁看守所

"上有天堂，下有苏杭"，人们把移步即景、美不胜收的苏杭喻为心中的天堂。

苏州，东方灿烂文化的结晶，古老的塔楼，玲珑的园林，质朴的民居，一阵桨拍河水的空灵，一声茉莉花的羞怯，一串钟槌相击的深邃，令人梦萦魂绕，不愿离去。苏州，充满东方情调的江南水乡，不想曾几何时，被人挂上了"东方威尼斯"的雅号。细想，一旦用东方威尼斯来诠释苏州，苏州就失去了独立存在的价值，至少贬低了她在人们心中的位置。

苏州的一草一木沈钧儒稔熟，他在这里出生，留下了他第一声哭声和少时的欢笑。然而，他不会想到六十二年后重返故地时，却身陷囚车，失去了自由。坐在他身边的邹韬奋，心里别有一番滋味，可以说苏州是他心中的一块圣洁地。在这里他与妻子相恋，铭刻着他们的山盟海誓，在他的相册里，依然保存着一张在苏州拍摄的订婚照。那时，他总是怀着一种激动和兴奋，匆匆赶上由上海去苏州的列车，与自己的心上人相聚。十年后重走这条路，却是一辆囚车把他和战友送到这座秀丽的城市。

1936 年 12 月 4 日 16 时，押解"七君子"的大汽车来到苏州。它好像并不愿意接纳一群坐着囚车而来的故友新朋，囚车无法驶入城门。于是，六人只能下车，换乘上黄包车。其他押送的警员和负责审讯的职员，纷纷爬上了黄包车。一时苏州城里出现了一支由三四十部黄包车组成的车队，大有气魄地在街上游过。市民驻足观望这阵势，不知发生了什么事情，目光中流露出疑惑，也有几分好奇。夜已降临，六人进了江苏省高等法院，等待审讯。法警们殷勤地斟茶倒水，接待六人。沈钧儒谈笑风生，不时与法警说上两句打趣话。他是大律师，又担任上海法学院的教务长，与他们颇相熟。

不一会法庭开审，所审的问题与在上海时公安局里侦讯的问题无大区别。两小时后，六人被移送进高等法院看守分所。

吴县横街，一幢新落成的平房（据说是看守所用来作病室用的），一排六间，门前一条水门汀走廊，直通一个规模不小的泥地操场。

六间房：沈（钧儒）、王（造时）住三号，李（公朴）、沙（千里）住四号，章（乃器）、邹（韬奋）住五号，二号为餐室和看书写字的地方，顶头一、六两间为看守和工役所住。六人分别进入了各自的牢房，爬上小铁床，度过一个彻夜难眠的长夜。他们不知道何时开审，什么时候判决，更不知道什么时候能跨出这座沉闷的囚笼，回到亲人身边，继续为民族的解放事业奔波。

组织起来，组织起来就是力量。于是，关押在横街看守所的六个战友商量开了组织法。

沙千里在狱中生动地记录下了他们的狱中组织的情况："第二天，我们便组织起来。六人的里面，沈老先生年龄最高，经验最丰富，在救国运动中，是最热心的领袖，而且爱护我们，有如赤子。所以我们便一致请他老先生做我们的家长，本来我们曾经拟议叫做主席，但是一想到我们被指定的罪名中有一个是'颠覆政府'，这样一称主席，那么'图谋不轨'，便成'查有实据'了。并且在事实上，我们只有六个人，也仅像一个家庭，称他'家长'，是非常确当。所以便这样决定了。但是他老先生陡然增了五个小辈，而且牵牵拉拉的还有许多小孩子，再加上各人的夫人，假使真是家长的话，恐怕也有难乎其为家长之慨了。"

出现在狱中的这个临时家庭，绝对是高层次的，银行家章乃器管开支记账，留洋博士王造时担任文书，校长李公朴任理事，一向严肃正经的主编邹韬奋成了监察，沙千里分管卫生。沙千里幽默地说："我被派做卫生一职，用非所学，不免觉得手足无措，有亏职守。幸亏没有干薪可领，得免监察委员提出弹劾。"而监察邹韬奋觉得既没有"老虎"可打，也没有"苍蝇"可欺，无大事可干，心里不安，自告奋勇去打杂。

临时家庭的规矩很大，规定作息时间8时起身、9时早餐、10时至12时工作、12时午膳、14时至17时工作、18时半晚饭、19时半至22时工作、23时前就寝。值日也做规定周一为沈钧儒，周二为邹韬奋，周三为章乃器，周四为李公朴，周五为沙千里，周六为王造时，一人一天，谁也不落下。规定被制成图表，贴在了餐室兼工作室的墙上。

每天起床后，六人围着门前的泥地操场跑步，跑上两圈后，六旬老人沈钧儒便与一班后生告别，独自在花坛旁打他的太极拳。李公朴美髯拂动，步履矫健，一派军人的气度，他可围着操场跑五十圈，不喘大气。深得几位战友的夸奖，尤其是沙千里，病病弱弱，跑上九圈就觉得疲惫。 李公朴捋着胡子说："全是练出来的，身体这东西越练越结实。""也不能乱来，要讲究个科学。"章乃器在一旁说了话："照千里兄的样子，还是跟着我一起打形意拳吧。我进过武术会。以前我的身子骨可弱了啦，神经衰弱、胃病厉害得不得了。"邹韬奋在一旁怂恿沙千里："我在五六年前，还读过乃器兄的大作《内功拳的科学的基础》。拜师学吧，犹豫什么？"

"不会是太玄的东西，容易学的。"章乃器似乎有意招沙千里为弟子，

"我说的是科学内功，以科学解释内功拳，破的就是迷信。"沙千里下了决心。

李公朴跑完了五十圈，边揩着汗，边说："可是要行拜师礼。""免了，"章乃器说，"他过去也练过拳的，只是丢了，不难再捡回来，不算学徒。"

邹韬奋、王造时两位在洋学堂里就十分注意体育运动，跑完二十五六圈之后，就来一套柔软体操，虽说不标准优美，但也足够活络筋骨了。

每日上下午、晚上各有两个多小时的工作时间，沈钧儒主持教务的上海法学院要扩建，经费紧张，他每日写字募款。不知为何，面对高墙外的一片天空，沈钧儒诗兴大发，觉得到处充满诗的元素："有时正在盥洗，赶紧放了手巾，找纸头来写，有时从被窝里起来开了电灯来写，想到就写，抓住就写，写出就算，有的竟不像了诗，亦不管他。"

沈钧儒心中坦然，爱国不构成犯罪。然而他的情感异常悲愤、激烈，他吟道："天地一桎梏，万物皆戈矛。俯仰虽苟安，觍焉非所求。吾欲乘风驾螭蹋九州，吾欲披发请缨复大仇，不饮黄龙誓不休。"如陆放翁之悲壮、放达，似辛稼轩之深沉、凝重。他的吟唱越出高墙，飘向远方。五个少他二十余岁的战友孜孜不倦写作、译书，面对灯光下夜读的五人背影，沈钧儒不禁联想到自己少时在苏州，为功名而挑灯发奋读书的情景，心中涌起一股念旧的情绪。

王造时埋头翻译拉斯基的《国家论》。他没有想到狱中的日子竟成了回国七年以来，从来没有过的舒适生活："精神方面，对于案事本身，因为我自信没有犯罪，俯仰无愧，所以没有什么忧虑。"翻译之后，他走在户外，在操场上散步。不错，他对中国的前途过去有过深沉的思考，提出了一些自己的主张。然而，国事剧变，原先的主张不够精密，需要进一步思考。他脑子里不断跳出对国事的思考，感谢"这次事件所给我的冷静深思"。

邹韬奋以他记者的目光注视着身边的人们，用他的一支通俗、幽默的笔写他的名著《经历》。章乃器孜孜不倦写杂文之类的小块头文章。室内安静，安静得听得出自来水笔尖在稿纸上的摩擦声。这份安静，李公朴似乎忍耐不住。他并不想像他的战友一样写些文章，而是弄来纸墨，和"家长"一样习起字来。他的字不像沈钧儒透出一股书卷气、温文尔雅，而是钢筋铁骨、构字凝重，融汉魏颜柳为一炉，也不知他何时练就这一手好字。边练字，他会边说一两句笑话，赶走室内的静谧，引得大家伙哄堂大笑，他笑得更起劲，下巴上一把大胡子翘得老高。

有时，李公朴也写一些白话诗："……羁押生活不自由，不自由也有好处；若非如此，好友怎能长欢叙。在羁押生活中，并无彷徨的烦恼；因为过去的一切，没有什么做错了……羁押生活单调，大家不妨'胡闹'！引吭乱叫，轰然大笑，所为何事莫名其妙！"

李公朴天性中有一股顽童的烂漫、天真，童趣在他身上赶不走，抹不掉。比李公朴长一岁的沙千里，显得格外地文静，埋头读柏克曼的《狱中记》，书中主人翁悲苦惨绝的遭遇，卓越伟大的人格，美丽感人的文辞，深深打动了他的心，他几乎脱口而出："能写成这样的书，够得上伟大了！""你也可以这样伟大呀！"富于鼓动性的李公朴说，"你也写一本。"

在李公朴的鼓动下，沙千里开始执笔《七人之狱》，他对李公朴的鼓动，记忆犹新："本书如没有李公朴先生的鼓励，也许到今天也不会与读者见面，这是我深深感谢的。"

其实，比较各自的工作，六人还盼望着探视的日子，妻子儿女、朋友纷纷从上海赶来，与自己小聚。六人兴奋地围在一起听外面发生的故事。这样的探视经常打扰了他们的工作，但大家都希望有人来"打扰"，尤其是来探视的稍大一些的孩子，身上藏一二份极有价值的情报，或可以让他们喜欢万千，或让他们愤慨发指。

禁止探视

进入苏州看守所后，六人的羁押生活平静，也没有什么变动，工作、学习、运动、吃、喝、睡，一切按部就班，颇具规律。其间，看守所长朱材因执意邀请邹韬奋担任自己儿子的老师，特意在院子里摆台面，设拜师宴，气氛相当融洽。即使十天半个月的一次侦讯，大家也不在乎，反正是翻来覆去的老一套，沙千里形象地把这种侦讯比喻为"一会把水倒在这桶里，又一会把这一桶的水倒那一桶去，倒去倒来，倒来倒去，依然还是这一桶水"。

六人对这种侦讯根本没当作一回事，救国有什么罪呢？然而，12月14日，平静被打破了，法院突然宣布不许六人接见任何人，包括家属。从这天起，相当长的时间，气氛十分紧张。看守所甬道里增加了三四个看守，荷枪来回巡逻。本来看守所已有法警看守，又从苏州派来保安队。而且宪兵司令部也派来人马，每班三人轮流换班监视。六人估计可能遭毒手。于是，一致商定：在押赴刑场时，齐声高唱《义勇军进行曲》，临刑一致高呼："打倒日本帝国主义！民族解放万岁！"

六人与外界几乎完全隔绝，连报纸也无法读到，精神上受到折磨，痛苦万分。他们不知道外面发生了什么事情，也不知道自己的命运将如何。

原来，就在大家吃拜师宴的那一天，与他们心心相印的张学良与杨虎城在西安发动了兵谏，成功地扣押了蒋介石。

张、杨向全国发出了关于"改组南京政府，容纳各党各派，共同负责救国；停止一切内战；立即释放上海被捕的爱国领袖；释放全国一切政治犯；开放民众爱国运动；保障人民集会、结社等一切政治自由；确实遵行孙总理遗嘱；立即召开救国会议"八项主张的通电。

南京政府慌了手脚，一下子拿不出一个办法解决这场兵变。 军政部长何应钦力主武力讨伐张、杨；宋子文、宋美龄等主张和平解决西安事变，营救蒋介石。陈果夫、陈立夫主张杀鸡儆猴，企图杀害七君子，给张、杨一些颜色看，他们的建议刚提出，即遭到冯玉祥的反对，冯玉祥认为西安方面张、杨提出的八项建议中的第三项就是立即释放被捕爱国领袖，杀了七人断送和西安方面的回旋余地，把路堵死了，可能引起过激行动。提出禁止他们会客，让他们无法对外发表谈话，就可以了。因此，苏州江苏省高等法院看守所分所外，如临大敌。狱中的人们一次一次抗议、请求，均无济于事。直到年底，章乃器等人向看守所要求，因念子女心切，要求允许幼年子女到监狱里探望，以解想念之苦，得到朱所长的同情。每天有一家将幼年子女白天送进监狱，傍晚接出。孩子成了秘密通讯员，携带信件、通讯。章、邹、李三家子女均在十岁上下，遂当此任务。此事一直延续数月。接见亲友依然未获准，由看守传递纸条，与来访亲友笔谈，并要求来信勿提时事。

到了第二年的1月20日，上海各界救国联合会请愿慰问代表团21人公开具名，备了呈文，到苏州高等法院请愿，要求尽快无条件释放章乃器等人。并要求入狱探视，未获批准。仅留下呈文、慰问信及慰问品送入。在打开慰问品时，诸人发现食品盒的底面和包扎的"招牌纸"的反面都写上了简单热情的词句，如"希望你们早日恢复自由""救国会的组织越加健全，工作依然不懈！"等语。

1月28日是一·二八抗战五周年纪念日。六人在看守所会客室举行简单而庄严的仪式，十时整，他们肃立于会场，李公朴领唱《义勇军进行曲》，继而六人又合唱一遍。随后肃立五分钟，为一·二八遇难将士、民众及历年因抗日救国而牺牲的同胞默哀。默哀毕，沈钧儒以沉重的语调说道："一定把日本帝国主义打倒，对于救国运动决不退缩！"以表示共同的誓言。纪念会在肃穆的气氛中结束。史良在女牢也进行了纪念活动。

这年春节，当局方面才同意家属可入内探视。

女牢中的史良大律师

11 月 23 日史良与其他六人同时被捕，交保释放后，她隐匿了起来。她反对非法逮捕，甘愿做个亡命者，暗中继续从事救亡工作。后来，她看到救亡运动并没因为救国会领导人的被捕而停止，反而在全国人民中引起了强烈的爱国救亡大波。于是她毅然放弃初衷，于 1936 年 12 月 30 日上午 11 时，自动赶到苏州道前街，向江苏省高等法院投案。法院检察处对她作了侦讯，当即转入司前街看守所十三号一室牢房收押。

她狱中的生活像横街看守所中的六名男性战友一样，有着许多一般犯人不具备的"特权"，配有杂役，牢房门开着任她出入。

不过，司前街看守所的情景，没有横街的清静，羁押的近六十个女囚，杀人、放火、绑票、通奸犯，扒手、骗子，各色各样的罪犯都有。史良并没有歧视，认为她们虽然违了法，但多因社会不公和生活所迫。

史良很快与她们相熟，宣传抗日救国、教她们唱《义勇军进行曲》。女囚知道史良是一位律师后，时常找她讲述自己的案情，有的要史良重拟状子上诉。史良此刻虽也是一个犯人，却十分热情地为女囚充当起义务律师。

看守所的女看守和狱卒一点也弄不清楚，这年纪轻轻的矮胖女犯，身上怎会有如此的魅力，把囚犯紧紧团结在一起。她们中间遇到什么困难的事情，总要请史良做顾问，发生争吵也由她出面判断或解劝。

女囚也十分关心史良，在她看书时，从不打扰她。史良在狱中专心研究着各国犯罪学，各国警察、社会学……

史良是中国现代史上著名的妇女活动家，五四运动大潮冲击下造就的一代新女性。她深刻地认识到中国长期的封建社会对妇女的摧残，主张妇女应加倍求得自身的能力的充实。而一个妇女活动家，"不能自己跳上政治舞台，只求自己的虚荣禄位，朝夕和所谓'大人物'瞎混着，却把大众妇女的痛苦置诸脑后"。她反对把女子嫁给男子，"嫁"字含重男轻女的意思，女子成了男子的附庸。正是她对同性的理解、同情，也正是她对中国社会黑暗的深刻认识，史良对她生活周围的女囚，倾注爱和同情，博得了她们的尊重，"我和她们处得和家里人一样，无形中又给她们推做头脑了"。

当她的同伴得知她将要出狱，有的姐妹替她高兴，有的姐妹暗自流泪，送来绣品、好吃的小菜，有的留恋不舍地向史良要照片、住址。

拒绝反省

1937年2月4日，江苏高等法院第二分院在上海扣押救国会成员顾留馨和任崇高。与此同时，南京逮捕救国会成员孙晓村等人；镇江逮捕罗青；无锡先后被捕张仲勉、陈道弘、陈卓。在美国讲学的陶行知被法院通缉。这样，受到七人之案的影响，遭逮捕、通缉的人数扩至14人。

六人在看守所会客室内，继续受检察官偕同书记官的讯问。江苏高等法院裁定，延长七人的羁押期至两个月，自民国二十六年二月四日起延长二月。

一切正悄悄地开始发生变化，而这变化是狱中的七人无法知道的。这年2月始，国共两党终于坐在判谈桌前，进行第二次合作的正式谈判。谈判开展得十分艰难，先后举行了五次，历时近半年。中共方面先后派出周恩来、博古、林伯渠、叶剑英参加谈判，国民党以顾祝同、张冲等人为主参加。2月9日至3月中旬，两党代表在西安就军队改编问题，进行艰苦的谈判。谈判之际，适逢国民党五届三中全会召开，中共中央向大会致电，公开提出实现国共合作抗日的五项要求和四项保证，即：停止内战、集国力对付外来入侵者；保障言论、集会、结社之自由，释放一切政治犯；召开各界代表会议，集国家人才，共同救国；迅速完成对日抗战之一切准备工作；改善人民生活。中共保证停止推翻国民政府的武装暴动；工农政府改名为中华民国特区政府，军队改为国民革命军，直接受南京中央政府与军事委员会之指导；特区内实行普选的彻底民主制度；停止没收地主土地之政策，坚决执行抗日民族统一战线之共同纲领。为了民族的利益，中国共产党人做了正确和必要的让步，赢得全国各界群众的拥护，国民党中上层中除亲日派之外的许多人士也欢迎中共的主张和保证。国民党五届三中全会提出了抗战的方针，国民党实际上接受了中共中央电文中的条件，标志着第二次国共合作的初步形成。

紧接着中共与国民党代表又在杭州就具体事项进行第二次谈判。这一次，蒋介石亲自出场，承认中共有民族意识、革命精神，是新生力量。要求共产党拿出一个与他永远合作的办法，并示意可以把共产党合并于国民党。周恩来强调中国共产党对国共合作的立场，是站在民族解放、民主自由、民生改善的共同奋斗的纲领上的，决不能忍受投降和改编的诬蔑。国共合作到底的最好办法是制定一个共同纲领，作为双方行动的准则。蒋介石让周恩来起草大纲领。周恩来携带同蒋介石联系所用的密码飞抵西安，4月初返回延安。

时局的发展越来越有利于七君子，释放他们是大势所趋。然而，南京政府在如何释放七人的问题上，出现了明显的分歧。蒋介石为了笼络人心，做出一副广开言路、听取各方对抗日的意见的样子，准备召开国民大会国防会议，商讨抗战的策略，借以改善自己的面目，赢得人心，他希望尽早结束七人的案子。陈果夫、陈立夫兄弟俩和国民党中央秘书长叶楚伧认为七人必须宣判后经过反省院才能释放，这样可以维护政府的尊严和威信。他们一边制造释放的舆论，表示侦察期满，不会提起公诉。但七人恢复自由后，无论自动、被动，均需至南京与当局开诚谈话，逐渐消除隔阂。一边派浙江省政府委员罗霞天到狱中探访，单独会见沈钧儒，说：只要发表一个声明，再到反省院办个手续，就可以得到自由。沈钧儒将此情况告诉其他人，一致认为，此举无异于写悔过书，向南京政府表示投降，坚决不能干，遂当即回绝。

开庭审判

南京政府对七人的法定羁押、侦查又过去了两个月，无可奈何的江苏高等法院以"危害民国紧急治罪法第六条嫌疑"对沈钧儒等人正式提起公诉。4月4日晚上8时，第二次延期羁押侦查的最后一天，检察官翁赞年来到看守所，送来一份长达近万言的起诉书。检察官脸堆笑容，歉意地解释："案情复杂，院检察处昨日刚侦查完毕。请诸位包涵。"

男监中的六人各自放下手中的工作，聚在一起，仔细浏览起诉书。六人脸上没有什么特别的表情，平静中反倒有些欣慰，开庭的日子终于快来了，履行了法律程序，也许就能释放，继续投身到抗日救亡运动中。身在女监中的史良也有这样的同感。

起诉书措辞严厉，列举了十大罪状，基本上还是老一套，组织团体、危害民国并宣传与三民主义不相容之主义。根据刑法第十一条、第二十八条，系共犯危害民国紧急治罪法第六条之罪。

七人与二十一位律师紧急研究起草了长篇答辩状，针锋相对逐条对起诉书作了批驳。认为起诉书把七人的爱国行为诬蔑为害国，将救亡之呼吁指斥成宣传反三民主义之主义，"实属颠倒是非，混淆黑白，摧残法律之尊严，妄断历史之功罪"，希望法庭秉公审理，依法判决，以雪冤狱，伸张正义，"停止羁押，俾得在外候审"。

七君子万没有想到，南京政府不败不休地使出让他们进反省院的招数。

5月4日，沈钧儒的老朋友褚辅成来到看守所探望，谈及叶楚伧"应顾到党部威信"说法。李公朴在日记中记录了他们的想法：党部威信的受打击，一由于日本帝国主义之压迫，一由于党部自身之不健全。本案无论怎样办法，挽回党部威信的地方有限得很。政府抗日事实上仍实行得不够，应继续促政府反省。不久，杜月笙、钱新之通过沈钧儒儿子沈谦带来了叶楚伧的亲笔信，"沈事宣判之日，自当同时谕交反省院，以便一气呵成"。信函转到沈钧儒和其他五人手里，六人气愤，坚决反对进反省院，这简直是逼他们投降，试图以进反省院的事实向社会表示他们的主张错了，真是用心险恶。他们回信表示："就法律方面言，目前尚可撤回公诉，或宣判无罪，此不但无损于政府之威信，反可表示政府之德意，似不必坚持判罪。就政治救治方面言，判罪后尚可特赦，似亦不必坚持进反省院。衡以扫除隔阂之原则，似不宜再令案情表现过于严重；而进南京反省院一层，尤难索解。"

七人的反对几乎是给了杜、钱当头一棒，他俩以为只要放了七人，七人会同意进反省院。没想到，他们竟如此硬气。杜、钱无奈，只能亲自去一趟苏州，否则无法完成叶楚伧的交派。5月底，杜月笙和钱新之来到看守所，表示政府让你们去南京反省院是为了谈话方便，便于倾献你们的抗日主张。进反省院仅为便于交保之一种手续，并不实际羁留，亦不须签署任何书状。七人针锋相对，认为倘仅为谈话方便起见，则不论撤回公诉，或判决无罪，或在苏州保释，均可即日赴京而谈，何必多此一举。

七人已经做好充分的准备，采取不吃、不说、不写"三不"的办法来抵制国民党的阴谋。审判已经违背了全国人民抗日的意志，当以无罪释放。现在却想把人弄进反省院，岂不是痴心妄想？

蒋介石见抗日已日益逼近，与中共也在紧锣密鼓地进行第三次谈判，不释放七人是一桩授人话柄的事情。有一天，他突然询问叶楚伧七人一案为什么还拖着。叶楚伧说："我们早已安排妥当了，先在苏州审一下，然后押解到南京反省院，具结悔过，再由杜月笙出面把他们保释出来，送到庐山参加国防会议。"蒋介石听了，皱眉头，连共产党都将参加抗日政府，还将七人弄进反省院做什么，难道让共产党都进反省院后再进行合作，做得到吗？他脱口而出："不要这样麻烦吧。"可是，叶楚伧不肯罢休，执意要把七人送进反省院，蒙骗蒋介石说："钧座放心，他们已经同意这样安排。不会有什么问题。"蒋介石点点头说："那也好，不过到时候一定要把他们送来！"

南京政府之间对于七人处置意见不一的消息，通过蒋介石的智囊、《大公报》社长张季鸾无意透了出来，传到在苏州的七人耳朵里。沈钧儒认为可以利用国民党内部矛盾，粉碎叶楚伧等人的阴谋。沈钧儒当即给老朋友张季鸾写信，请他再上一次庐山，向蒋介石面陈七人抵制进反省院的决心。信通过章乃器妻子胡子婴转到张季鸾的手里，经胡子婴说服，张季鸾同意："庐山我是不再去了。 既然沈先生托我，我就给蒋公写封信吧，试试看有没有转圜的余地。"

据胡子婴回忆，信的内容大意是这样的："钧座毅然决然地要实行抗战，这就要动员全国民众，共同对敌。但是现在主张抗战的最大群众组织救国会的七位领导人，却还关在监牢里，这是与人民对立，对抗战不利。据我所知，他们七人坚决反对进反省院，甚至准备采取绝食的手段。如果万一发生不幸，则各方的反应将对国家、对钧座个人威信均有不良影响，请钧座三思……"信发出去，但回复迟迟没来。

从侦查结束到开庭审判，经过风风雨雨的两个多月时间，终于等来了6月11日，法院决定在江苏高等法院刑事第一法庭进行审理。

这天，阴沉、闷人，不见一丝阳光。苏州城里谣言四起，有的说有几千人要来冲击法庭，也有的说是来劫走七人的。南京政府做了严密的防范，全城戒备森严，五步一岗、十步一哨，不时有巡警宪兵持枪盘问过往的行人。

上午，苏州街上猛增了许多陌生人，有穿长衫马褂的斯文男子和穿中山装的壮年汉子，也有穿旗袍的女人，他们都刚下火车，行色匆匆，涌向法院和看守所。

看守所里，六人正在接待他们家属和来访者，李公朴前前后后招呼一阵，最后与妻子张曼筠在一旁说着悄悄话。章乃器搓着手高声说："今天这里像做喜事，太热闹了。"有一个记者不禁脱口而出："做喜事？坐牢监还说喜事？""怎么不是喜事，"有人出来说话，"经过这次审问，马上就可把他们释放了。这正是章先生所说的喜事呢！"

喜事？每个人都希望这次审判带来的是释放七人的喜事。

法警在门外催促着，让六人赶紧动身去法庭。沙千里的老母抱着儿子的双肩："不知法院会做出什么判决。"沙千里含笑地宽慰母亲："姆妈，不用担心，我们没有罪，法庭不会拿我们怎样的，放心吧！""放不下心啊，我总觉得会出事，天晓得你会吃什么苦头。"老人说着说着掉起泪来。"妈，等我回家了，一定尽孝，儿子会回去的。"

人们涌向刑事第一法庭，史良也从女牢出来，与六人会合，一起进入法庭。

法庭外大批的家属、记者和关心七君子案的人们，被军警横枪拦住，说是"为防止有人破坏法庭秩序，任何闲人不得入内"，门口贴上了布告。

顿时，人群开了锅："谁是闲人？我们有权旁听！"有人手里拿着旁听券："爱国有罪，还不让旁听，简直是做贼心虚。"胡子婴迅速与其他家属联合，提出不相信法院的审判，非旁听不可的抗议。

不知何时，天公落起雨来，洋洋洒洒向法庭外的人们飘来。人群中几个须发斑白、手拄拐杖的老人，十分引人注目，不顾雨滴打湿衣襟，一个劲地大声抗议。他们中有原国府秘书长张一麐，以及极有声望的绅士沈卫、陶家瑶、李根源。"我活了七十多岁，从来没有见过这种案子，爱国竟要坐牢，吃官司！一切都越弄越不成样子了！""我这把老骨头，不想回去，非进去不可！"

大门外，人们抗议着、咒骂着，发出冲进去的呼声。张一麐一撩湿漉漉的长袍："诸位，冲法庭是不行的，还是我去向法院交涉。"说罢，老头一颠一颠地跑去找法官。

进入法庭的七人，对审判官一致发表抗议，若不让群众旁听，就不发言，拒绝回答。二十一名辩护律师也纷纷表示罢席，不作辩护，让法院无法审理此案。法院没了主张，松了口，允许被告家属和记者入内，几个著名老绅士也颇有面子地一同去旁听。门外，还有许多人不愿散去，聚集着想尽早听到审判结果。

下午2时正式开庭，不知怎的法庭里的钟却莫名其妙地敲了五下，引来旁听席上一阵哄笑："乱敲三千""法院的钟不守法"。

审判长脸带尴尬，宣布开庭，第一被告沈钧儒首先被传唤出庭。审判长面对沈钧儒这样一位长者和法律界的知名人士，颇客气地问："你怕吃力吗？要不要拿张椅子？"不想面前的被告竟不领他的情，回答十分干脆："用不着的！"审判长开始问沈钧儒的职业，在救国会中担任的职务。审判长追问颇紧，提问如连珠炮不断。沈钧儒反应灵敏，有问必答，十分巧妙且切中要害。审判长问："你赞成共产主义吗？"沈钧儒看清了审判官脸上掠过的一丝得意之笑，轻蔑地说："赞成不赞成共产主义，这是很滑稽的。我们从不谈所谓主义。起诉书竟指被告等宣传与三民主义不相容的主义，不知检察官何所依据？如果一定要说被告宣传什么主义的话，那么，我们的主义就是抗日主义，就是救国主义。"审判长自以为沈钧儒已上他的套路，再追问一句就可以让沈钧儒中圈套，承认救国会是中共领导下的一个反政府组织，便又问"抗日救国不是共产党的口号吗？"沈钧儒悠然回答，"共产党吃饭，我们也吃饭；难道共产党抗日，我们就不能抗日吗？审判长的话，被告不能明白。"

旁听席上有人发出笑声，有人轻声发出赞叹："都是中国人嘛，抗日是头等大事。"审判席上，法官出汗了，抹着额头，不好继续追问这一问题。不知不觉审问已进行了一个多小时，沈钧儒觉得口燥，请审判长赐茶一杯。审判长见沈钧儒已陈词多时，动了恻隐，同意上茶。沈钧儒的辩护律师李肇甫，提请法庭，让沈钧儒坐下回答问题。沈钧儒呷着茶，摆手连说："不要！不要。"

于是，审问转入一些零星问题上。最后，沈钧儒声明："我觉得把西安事变的责任加在我们身上，实在奇怪，请审判长向张学良调查。"审判长装聋作哑起来，好像根本没听见。

对第一被告人的审讯进行了一个半小时，审判长下令传第二被告人章乃器。

章乃器走上被告席，说话抑扬顿挫，说到诸如"国亡以后，要爱国也无从爱起，我们主张立即以抗日来爱国""对外求抗日，对内求统一""联合民族一切力量抵抗外来侵略"等词句时，声音特别得响亮有力，审判长时不时提醒他注意情绪。

最有意思的是王造时的受审。他就像站在课堂上，面对一班学生，侃侃而谈，旁征博引，大讲起政治学原理，弄得审判长听也听不懂，赶忙拍"惊堂木"责令打住。王造时兴犹未尽，时常再在"打住"以后继续几句。

律师不得不在审问结束时，提醒审判长，不要听不懂就不把被告的话记录在案，声明："因为被告是专门研究政治学的，所说的话很值得注意，请书记官宣读笔录，或将笔录交被告校对。"

在沈钧儒等案第一次审理记录中完整地保留着第三被告王造时的供词。当审判长发出"你们大会宣言有句话说'各党各派代表进行谈判，建立一个统一的抗敌政权'，是不是不要现政府呢"的问话时，引来王造时的长篇发言，他足足讲了十分钟："……据我所知，政府是一个国家的机构，政权为政府行使他的职能的力量；政府是具体的，政权是抽象的。政府目前最迫切，最重要，最神圣的任务是抗日……"

接着分别被传唤的是李公朴、邹韬奋、沙千里、史良，大概是审判官一班人马已疲惫，不由开起快车来，大有让李公朴等被告过过场的意思。但是被告们依然针尖对麦芒，丝毫不放松。李公朴就律师陈志皋提出请法庭重新调查日纱厂华工罢工原因遭审判长驳回后，当即反驳审判长的观点，认为调查十分重要："不必调查，似乎是不对的。"审判长摇着手，无以相对。邹韬奋回答提问简洁、有力，就像他的文章，让人觉得平易而又切中要害。律师沙千里、史良，就像往日站在法庭上执行律师职务时代表被告辩护一样条理清晰、说理透彻，引得旁听席一片掌声。

同时受审的还有同案起诉的顾留馨、伍颂高、罗青。

法庭正在紧锣密鼓地审问七人时，胡子婴在旁听席上，全神贯注地注视被告席上的战友。突然，一个陌生的男子悄悄凑近她，碰了一下她的胳膊，胡子婴转过脸。"你还认识我吗？"陌生的男子提起一个已相当生疏的名字，好像是过去的一个同学。"你曾救过她。她感激你。"胡子婴记起了自己过去的同学，后来她叛变投敌。胡子婴马上警觉起来，面前的男子既不是被告家属，又不是新闻记者，怎么能够进到法院来？胡子婴脸露笑容："今天你也来了？"他凑近胡子婴的耳朵，"你不知道吗？ 一待审结，上峰指示接他们进反省院。"胡子婴心里咯噔一下，紧张起来。审问结束，审判长"惊堂木"一拍，宣布退庭，胡子婴匆匆赶到看守所。不一会儿，六人和律师也到了。胡子婴赶忙把得到的消息，跟大家说了。这一下，大家犯了难，明天将继续审理，时机紧迫，如何对付是好？"有办法"，一个律师拍着脑袋，叫了起来："法律上有一条，如果审判官不公道，当事人可以申请回避。这一次审讯，被告和律师一再要求对起诉书列举的事实和有关人员进行调查和对证，但是审判长不予考虑，立即驳回。我们就可以拿这作理由，申请回避，拖延时间，徐谋对策。"律师话音刚落，沙千里大声叫好："最好明天开庭以前提出，给法庭一个迅雷不及掩耳。让他们连调换审判人员都来不及。"王造时有点担心："这样做会不会激怒当局，增加释放难度？"章乃器在一旁忍不住说："如果老蒋抗日，即使我们不妥协，也会释放我们。反之，即使我们妥协后被放出去，只要我们不放弃抗日救国的主张，还会被逮进来。""说的也是，看来只能这样做了。"王造时说。

第二天，七人依然被押到法庭，法庭上冷冷清清，没有一个律师露面，家属少了许多，法官没有来审理。七人已向法院递交了《声请回避状》，状子云，各被告及辩护律师先后就起诉书所列举之事实，提出有利于被告之证据方法，声请法院调查，共有二十余点之多；方审判长均不假思索，向陪审之汪郑两推事左右回顾默示，立即谕知驳回声请之裁定。甚至仅以摇手示意，不加置答，根据刑事诉讼法，申请主审和推事回避。法院束手无策，只能宣布改期陆续审理，七人和他们的亲友们一起战胜了南京政府的一场阴谋。

正在与共产党人周恩来进行第三次秘密谈判的蒋介石，尚不知苏州审判的进展，就在七人申请回避的当天，他给秘书陈布雷去电话，讯问了结七人案件有什么问题没有，"把他们一起送到庐山上来，我还是要会会他们的"。陈布雷信心十足地回答："七人一进反省院，办完手续，立刻就可送庐山。"陈布雷刚放下电话，电话铃又响了起来，是苏州江苏省高等法院打来的，告诉陈布雷七人申请回避，案子无法继续审理，不可能审结送反省院。这时，蒋介石已经接到张季鸾转来的信，得悉七人反对进反省院的消息，又给陈布雷打电话，让他迅速释放七人。 陈布雷急了，亲自跑到上海闻人钱新之在南京的寓所，恳请他再次出面约请杜月笙、张季鸾等人去苏州，游说七人。

13日，杜月笙、黄炎培、张季鸾由杜月笙的律师陪同，联袂到了苏州。同时，钱新之也从南京赶来。下午，便凑齐了去横街看守所探望沈钧儒等六人。

六人对于来客不陌生，相互客气一番之后，话入正题。钱新之说了来意："蒋先生十分关心你们，想让你们去庐山共商国是。"杜月笙拿腔拿调地说："诸位不要性急，蒋先生是要抗日的，你们之间没有根本的分歧，完全可以合作……"

六人不置可否，只是和来人说些客气话。他们见沈钧儒等人不入正题，有些着急。钱新之说："说实话，此次行程，我等受国府和蒋先生委托，六位不能让我等空手而归，否则无法交代，对六位也不利呀？"

"新之先生所云极是，望六位三思而行。"张季鸾说，他对七人的事蛮是关心。七人拒绝进反省院的口信，正是他传给了蒋介石的。

六人相视而顾，沈钧儒见老朋友张季鸾说得动情便说："我想，我等六人也并非不讲情面者，既然诸先生来访一片诚心，我等总该有些表示，好让诸先生回复蒋先生。""写封函去，请钱先生带到南京，转给蒋先生。"来人纷纷点头称是。信函很快拟好，六人具了名。

钱新之等人接过信函，读了起来，信上写道："钧儒等前年在华北垂危之际，发起救亡运动，为全国团结御侮之呼吁，其动机纯在发动人民之力量，为中央制止分离运动之后盾，使国家增强统一抗敌之基础，其决无反对政府之用心，可质天日，所发表文件，足资证明。……三中全会对于和平统一，抗敌御侮，以及开放言论，改善民生之意旨，均有剀切之宣示，尤为全国所共鉴，此皆钧座精诚之感召有以致之，而为钧儒等之所深切体会者也……"

函中只字未提反省院之事，杜月笙皱眉不满，可见其他人没有提出异议，也就不作声了。

来人与六人在看守所门口留了影，各自散去。杜月笙、钱新之等人离开苏州不久，便又接到六人发出的信函，信中明确表示："对于经过反省院一点，钧儒等认为于国家前途无益，于个人人格有损，万难接受，不得不誓死力争，唯有尽其在我，依法应诉而已。先生等鼎力惠助至今，尚望将弟等坦白挚诚之意，向蒋委员长及各方详为解释，继续从中转圜为荷。"

反对公诉与判罪

七人被起诉，引起中共的高度关注。

根据《毛泽东年谱（1893—1949）》记载：4月11日，毛泽东获悉法院对沈钧儒等的起诉，电函潘汉年："闻法院对沈钧儒等起诉将判罪，南京又有通缉陶行知事，爱国刊物时遭封禁，我方从上海所购之书被西安政训处扣留，南京令华北特务机关密捕我党党员。以上各事完全违反民意，违反两党团结对外主旨，望即入京向陈（立夫）、张（冲）诸君提出严正抗议，并要求迅即具体解决。"同日，周恩来得知七人被公诉后，致电张冲，指出国民党此种做法"大失国人之望"，希望张"进言当局，断然改变此对内苛求政策"。数日后，他致电蒋介石，指出沈钧儒等七人"其心纯在救国""锒铛入狱已极冤"，苏州法院的做法"不特群情难平，抑大有碍于政府开放民主之旨"，要求释放、并取消对陶行知等五人的通缉。4 月 12 日，中共中央发表《中国共产党中央委员会对沈、章诸事起诉宣言》，指出："日本帝国主义的疯狂侵略、国民党的不抵抗政策，造成了数年来沉重的国难，大好版图，沦亡异域，民族生命，危若累卵。""稍有热血之人，莫不奔走呼号，以解除国难、解放民族为己任。沈、邹、章、李、王、沙诸先生，则为此种救国运动之民众爱戴之领袖。诸先生以坦白之襟怀、热烈之情感、光明磊落之态度，提倡全国团结，共赴国难，停止内战，一致抗日，此实为我中华男女之应尽责任与光荣模范，而为中国及全世界人民所敬仰。""吾人对此爱国有罪之冤狱，不能不与全国人民一起反对，并期望国民党中有识领袖之切实反省。""吾人为中华民族之解放与进步计，自当要求国民党之彻底放弃其过去之错误政策，而此种彻底转变之表示，应由立即释放沈、章、邹、李、王、沙、史诸爱国领袖及全体政治犯，并彻底修改《危害民国紧急治罪法》开始。"同日，周恩来电告叶剑英，毛泽东已电潘汉年赴南京谈判，并准备发动援救沈钧儒、陶行知等人的运动。要他通知中共西安地下党组织准备响应。4 月 15 日，周恩来再从致函蒋介石，要求释放沈钧儒等爱国领袖。民众的愤慨。

自 4 月起诉书一公开，上海的几家大报纸纷纷发表文章，指责南京政府破坏团结，影响国内民众的国防心理的形成。到开庭前后几天。全国一些主要城市报纸，如南京《新民报》、天津《益世报》、北平《民报》都撰文公开自己的立场。一时，全国又形成了声援爱国七君子、要求国内联合统一抗日的群众性运动。

北平数千学生上街示威，反对法院起诉七君子。北方各界救国联合会推出代表，赴苏州监审。沿途受到数千人欢迎，要求转达他们恢复七人自由的要求。北平著名律师们也组织南下辩护团，为七人辩护，民众纷纷发起为七人募集讼费的活动。

广州七千余学生签名要求政府宣判无罪。西北、西南也发出宣言。

6月13日开审后的第三天，上海五千市民举行抗议大会。大会当场通过要求：宣判七领袖无罪，取消《危害民国紧急治罪法》；肃清亲日派，打倒日帝及汉奸；拥护政府救国。同时，发起释放七人的签名运动，有上万名群众签了名。

爱国入狱运动

法院决定于6月25日上午在苏高等法院第二次开庭审问。由于七人申请审判长和推事回避，改由刑事二庭继续审理。主审、推事、书记官全换了人马，检察官依旧。七人根据形势的发展，撰写了第二次答辩状补陈政治意见，表示"被告等认为在此种情形之下，只须政府加以适宜之指示，救国会自可进一步成为赞助政府，巩固民主统一，推进国民经济建设，完成抗日准备之民间力量。目下华北危机，依然迫急，敌伪伺隙思逞，不减前年；被告等身处囹圄，忧惶万状，为国自效，固尝寤寐以求之。为此理合补具意见，请钧院衡盱时局，宣告被告等无罪，为政府国策作进一步之阐明，为民族增一重之团结，国家前途，实利赖之。"在开庭前的三天，转交给法院。次日，七人又向蒋介石致函表示愿在蒋及南京政府的领导之下，为抗日救国前途尽瘁。

25日，天昏地暗，大雨滂沱。审讯仍在上次的老地方第一庭进行。由于天气关系，法庭内开了电灯，四只特大灯泡把法庭照得雪亮，弄得室内更加闷热。

9时20分，审判官出场，第二次审判开始。被告沈钧儒、史良、邹韬奋、王造时、章乃器、沙千里、李公朴、罗青等十人一字排成一行，表情严肃、庄重。

　　法庭首先对沈钧儒进行审查，继而是章乃器、王造时、李公朴三人，四人纷纷要求法庭调查人证张学良、马相伯。

　　将近中午，法庭下令审问邹韬奋。上次开审，惯于打笔仗、写文章的邹韬奋，声音较低，战友们回到看守所后纷纷提出这一点。有的说抓紧练练，放声大叫大唱；有的说吃点胖大海润嗓子、壮喉咙。邹韬奋笑着说："不用了，我会注意的。放开声音。"

　　审判长问："开全国各界救国会成立大会时，你参加否？"邹韬奋竭力提高声音回答："我在香港办《生活日报》，没有参加。8月里在上海接到通知，才知被选为执行委员。"全场听得清晰。在一旁的战友，纷纷点头。"一个文弱书生，嗓子还不小。"这时审判长又问："大会宣言和政治纲领你赞成吗？"话音才落，邹韬奋干净利落地回答："我完全赞成。"

　　审判官阴险地反问："救国会不曾登记，是秘密的吗？"他试图让邹韬奋落圈套。欲擒故纵，邹韬奋心想应该侧面回答："据我所知道，大会后沈钧儒带宣传纲领去见地方当局，且曾用救国会名义推代表向中央政府请愿，亦承接见。我到上海后，亦曾于一次宴会中，与当地某某诸先生谈过本会宗旨。为了避免外交困难，所以不曾登记。"

　　审判官见邹韬奋反应灵敏，即刻又提出一个简单的问题"全救会是什么宗旨"，想放下诱饵钓大鱼。"宣言上有一句话：我们唯一的目的，在集中全力对日！"审判长又问："什么主张联合各党各派是指容共吗？"他高声回答："容共与否，先说明全国应团结，各党各派云云，廿一年国难会议宣言中亦有不分党派，精诚团结，共图救国方策的话；三中全会亦有各党各派合作之语；蒋介石先生谈话中没有歧视排斥之意。各党各派如共党、青年党，国家主义派、国民党都听见过，各党各派不一定指哪党哪派。"

　　在场旁听者纷纷鼓掌。这时，法庭内的钟敲了十二下，到了吃饭时间。七人被分成未审问与审问的两组隔开吃饭。史良大为不满，站在凳子上叫着："吃饭为什么要分开，怕说话派一个人监视好了，阿要交涉？"沙千里摆好筷子，坐下来端起饭碗："吃饭根本不能讲话，马马虎虎吧。"史良见无人响应，跳下凳子，闷头扒拉起饭菜。

下午2时半，继续审问邹韬奋："《生活日报》上说人民阵线与人民救国阵线一样的，是不是？"邹韬奋义正词严地回答："《生活日报》中关于人民阵线一文，是读者写来问，我回答他错用了'人民阵线'一名辞。原意是指正错用了'人民阵线'一字，而起诉书反认为拥护人民阵线，岂非断章取义，故意罗织，入人以罪？如中央宣言谓反对阶级斗争，哪里能说中央拥护阶级斗争？"

检察官忽然站起："被告说'故意罗织，入人以罪'这是不对的。你们给张学良的电报，叫他出兵抗日，他未得到中央的命令，怎能抗日？"邹韬奋笑了："刚才也没有问西安事变，检察官不知什么意思？""我是发表起诉意见。"邹韬奋反唇相讥："这意见牛头不对马嘴，我完全莫名其妙。"检察官要求禁止被告发表另外意见，邹韬奋被激怒了："我不能侵害检察官发表起诉意见的权利，但是检察官也没有无理禁止我发表意见的权利。"

审判官生怕矛盾闹大了无法收场，巧妙地接过检察官的话头，把话题转到了西安事变上："根据电报内容，请张学良出兵抗日，并非叫他举行兵谏；且全救会时有同样电文给国民政府及傅作义、韩复榘、宋哲元，检察官何以不仔细看看？为什么不说勾结国民政府？请检察官证明电报与西安事变究竟有什么因果关系？"

检察官强词夺理，"因为你们给张学良的电报引起西安事变，而给国民政府及宋、韩、傅的电报并未引起事变。"不想，在一旁的史良开了腔："比方一爿刀店，买了刀的人也许去切菜，也许去杀人，检察官的意思，难道说杀了人应该刀店负责吗？"检察官顿时目瞪口呆，哑口无言。紧接着审判长宣布审讯沙千里和史良以及其他两人。但是由于检察官拿不出证明，又反对向张学良、马俊超、马相伯等人调查，遭到全体律师的抗议。案子无法再审，审判长只能宣告暂时退庭评议。评议结果，决定向军事委员会调查审问张学良的案卷，定期开审。

第二次开庭审判与第一次一样，引起社会各界的强烈反响。上海文化界谢六逸、胡愈之、夏丏尊、欧阳予倩等百余人，联名呈请南京政府恢复沈钧儒等自由，并请求撤销陶行知等通缉令。

就在第二次开庭的同日，宋庆龄、何香凝等十六人在上海发起了抗日入狱运动。宋庆龄等在呈苏州高等法院的文件中措词严厉地指出："沈钧儒等从事救国工作，并无不法可言，羁押囹圄已逾半载，倘竟一旦判罪，全国人民均将为之惶惑失措。具状人等或为救国会会员，或为救国会理事，或虽未加入救国会而在过去与沈钧儒等共同从事救国工作，爱国如竟有罪，则具状人等皆在应与沈钧儒等受制裁之列。具状人等不忍独听沈钧儒等领罪而愿与沈钧儒等同负因奔走救国而发生之责任，为特联名具状束身待质……"

翌日，发起救国入狱运动的宋庆龄、何香凝、胡愈之、胡子婴、彭文应、潘大逵等十六人又向上海新闻界发表书面谈话，申明救国与爱国无罪，说明他们发动救国入狱运动的动机、经过及今后的态度，同时，他们还发布了《救国入狱运动宣言》与《救国入狱运动规则》，表示"我们准备好去进监狱了！我们自愿为救国而入狱，我们相信这是我们的光荣，也是我们的责任！……救国如有罪，不知谁才没有罪？……沈先生等一天不释放，我们受良心驱使，愿意永远陪沈先生等坐牢"。

一石激起千层浪。宋庆龄等人的呼吁引来全国各界救国入狱运动的兴起。7月2日，作家何家槐、新波、梅雨等十三人向江苏高等法院投案，愿为救国而与七君子负连带责任；7月3日，著名导演、演员应云卫、袁牧之、赵丹、郑君里、瞿白音、金山、王莹等十三人，向法院提出同样的要求；同日，上海一部分公司职员提出入狱；7月4日，洋行职员和光华、暨南、复旦大学学生申请入狱；5日，工商界也有爱国者要求法院释放七人，若继续拘押将一同坐牢；以后，又有一些大学教授、作家、音乐家、学生要求入狱，声援狱中的七人。

7月5日，宋庆龄一脸病容，提着箱子出了门，直奔火车站，赶由上海发往苏州的快车。这几天她胃病发作，已经有好几天没好好吃饭。可是想到狱中的战友，她不能不去苏州，且做好了一去不复返的准备，小箱子里有她的换洗衣服、盥洗用具、扇子、蚊香。上午9时40分，列车停靠苏州站，宋庆龄与彭文应、胡愈之、胡子婴等人聚集车站，租了十二辆黄包车，向法院进发。温文尔雅的宋庆龄面对法官、检察官们从容不迫，娓娓而道："如果他们七人有罪，我们自然也当罪，请法官判吧！"

法官、检察官们见素有"国母"之称的宋庆龄来到，心里不免惊慌，支吾含糊，一会说坐牢是要有证据的，一会说没起诉不能坐牢。

宋庆龄等人干脆坐在法院会客室里不走，泡起蘑菇来。直到傍晚近6时，法院又派另一名检察官出面与宋庆龄等继续会谈。约经一小时争论，检察官答应可以对宋庆龄等十二人侦查。宋庆龄和胡愈之、彭文应研究后认为表明态度的目的已达到，决定回沪补递证据后再来苏州，继续给南京政府造成政治压力。

宋庆龄一行特去囚室探望了七人，继而乘火车回沪。次日，宋氏出面电告南京政府，申诉江苏省高等法院的无理和傲慢，表示自己入狱的决心。

七人联名致函宋庆龄表示感谢，"闻昨日扶病率诸友莅苏投案，正义热情，使钧儒等衷心感动，无可言状。但一念及先生之健康，关系民族解放之前途至深至大，则又为忧惶不已。钧儒等深信先生之伟大号召，必能使全国人心为之振奋，司法积弊，逐渐澄清，民主权利，奠定基础。其在历史上意义之重大，实不可思议也。惟劳顿之后，务请善自珍摄，以慰千百人喁喁之望。谨布微忱，专送钧安。"

7月7日，江苏高等法院依然达出裁定书："刑事裁定，二十六年度高示一五号，右（指七君子）被告等因危害民国一案，经本院于民国二十六年四月五日羁押，业已届满三月，证据尚未调查完备，尚有继续羁押之必要，合依刑事诉讼法第一〇八条第二项之规定，将该被告等羁押期间，自本年七月五日起，延长二月，特为裁定如右。"法院的这一决定显得有些不识时务，瞬间变化的时事几乎扇了它的一记耳光。

在炮声中迈出牢房

1937年6月30日，日本贵族院议长近卫文麿公爵出任首相，组阁后三日，关东军参谋长东条英机便向内阁建议，从准备对苏作战来考虑，在中国目前抗日民族统一战线尚未形成的情势下，必须立即给南京政府以打击。

7月7日，日本侵略军为了实现占领中国的目的，在北平的重要门户宛平县卢沟桥进行挑衅性军事演习，诡称一名士兵失踪，要求进入宛平城搜索，遭到中国驻军的拒绝。日寇竟然发动进攻，炮轰卢沟桥，并从东西两侧夹攻宛平城。中国驻军第二十九军二一九团立即奋起阻击，团长吉文星等亲率士兵，英勇反击，给日本侵略者以沉重打击。从此，中国人民长达八年的全面抗日拉开了序幕。

次日，蒋介石接到卢沟桥事变的报告后，给二十九军军长宋哲元回电"宛平应固守勿退，并须全体动员，以备事态扩大"。同一天，中国共产党向全国发表《中共中央为日军进攻卢沟桥通电》："中华民族危急！只有全民族实行抗战，才是我们的出路。"毛泽东、朱德、周恩来等九人联名打电报给蒋介石表示红军将士愿在他领导之下为国家效命，与敌周旋，以达到保地卫国的目的。7月9日，彭德怀、贺龙、刘伯承、林彪等红军高级将领率全体红军，致电蒋介石表示愿改名为国民革命军，授名抗日前锋，与日寇决一死战。

7月11日，日本内阁会议，一致通过参谋本部的要求，决定立刻从日本本土向华北派兵，命令本州近畿以西的全部陆军待命出发，并发表派兵声明。不久，日本增调十万陆军来华，动员四十万日军参加对华战争。

7月17日，第四次中共谈判代表周恩来、秦邦宪、林伯渠已回到庐山，继续与南京政府举行会谈。蒋介石面对全国人民抗日高潮的到来，在中共、以七君子为代表的社会人士和国民党爱国人士敦促下，终于强硬地向全国人民发出号召："如果战端一开，那就地无分南北，人无分老幼，无论何人皆有守土抗战之责任，皆应抱定牺牲一切之决心。"

狱中的七人，听到卢沟桥事变的消息，"心情万分激动和愤怒，急切盼望早日出狱，投身到抗战的烽火中去"。同日，蒋介石的讲话传到苏州看守所，七人看到全面抗战即将开始，中国出现了一致抗战的局面。他们向蒋介石发出电报："钧座昭告国人，以最后牺牲之决心，为渴求和平之后佑，而以卢沟桥事件，能否结束，为牺牲最后关头之境界，其解决之条件，亦须一本领土主权不受侵害之原则，否则唯有以牺牲到底之决心，为民族生存之保障，义正辞严，不胜感奋。……在此伟大号召之下，必能使全国人心团结愈固，朝野步骤，齐一无间，同在钧座领导下，以趋赴空前之困难。"

7月30日，江苏省高等法院裁定称，"沈钧儒等各被告因危害民国一案，羁押时逾半载，精神痛苦，家属失其赡养等，声请停止羁押，本院查核尚无不合，应予照准"。法院同时提出，"由殷实之人，或商铺二百元之保证书，以便交保开释"。沈钧儒由张一麐作保，章乃器、邹韬奋、李公朴、王造时、史良、沙千里分别由李根源、张一鹏、陆翰双、陶家瑶、潘经报、钱梓楚等人具保，同案罗青、顾留馨也同时具保释放。

第二天傍晚，手续办妥，六人走出看守所大门。这时，门外已聚集着两百多人，欢迎他们出狱。一时间军乐齐鸣、爆竹齐放，口号声不绝。六人被感动得热泪盈眶。史良披着一身夕阳走出司前街看守所，赶往横街看守所，与她的战友们会合。他们彼此祝贺，相互用蒲扇拍打，笑着，不由又想起了押往苏州途中唱的《义勇军进行曲》。李公朴站在人群中挥动双臂，指挥大家引吭高唱。有人用当时十分珍贵的摄影机，拍下了一组珍贵的镜头。沈钧儒代表其他六人，对前来采访的各报记者说："钧儒等今天步出狱门，见抗敌之呼声，已普遍全国，衷心万分愉快，当不变初旨，誓为国家民族求解放而奋斗。"

之后，由各方派代表及学生等数十人，各持旗帜列队前导，沈钧儒等人初坐人力车，继即全体步行后随。一路由欢迎人等高呼口号出金门，经大马路而至花园饭店。吴县（今苏州）各界抗敌后援会歌咏团要求沈钧儒等表示意见，沈钧儒等因方出狱，无何意见，唯为表示精神起见，与该团合唱《义勇军进行曲》一遍，唱毕由史良领导，共喊"中华民国万岁，万万岁"口号，旋沈钧儒等向该团一鞠躬而散。

十九时许，李根源、张一麐等多人在国货公司三楼大菜部屋顶花园设公宴，宴请七人。

七人出狱，在当时只是所谓停止羁押，属于具保释放性质，整个案子并没有了结。直到第三年，即1939年1月26日，才由四川省高等法院一分院宣布撤回起诉。至此，在司法上作了了结。

次日，一列火车鸣笛长啸，冲破黑色的幕帷，向上海风驰电掣般地驶去。七人回到了上海，回到温馨的家，回到了民族解放运动的大潮中，迎着风暴继续搏击……

（原载《长河秋歌七君子》 中西书局 2016 年 8 月版）

史良最后的历程

1. 岁月如梭，一晃便已是 1985 年 9 月 6 日。初秋的北京天高气爽，凉意渐起，共和国的女副委员长史良躺在洁白的病榻上，双目紧闭，死神威胁着她的生命。医生护理人员全神贯注地盯着监视器，分析着她的心搏。不一会，监视器显示屏上出现了一条直线，心脏起搏器和人工呼吸都没有见效，瞳孔已经放大，眼神散尽，医生宣告抢救无效。静候在病房外的史良身边的工作人员，纷纷流下了泪。

史良病逝，意味着七君子全部离开了人间，他们有的死在黑暗的枪口下，血染华夏大地；有的在长期的颠沛流离中病故；有的在左倾思潮和"文化大革命"的逆流中含冤离开人间。他们的故事在九百六十多万平方公里的大地上流传，铭刻在历史的丰碑上。

9 月 11 日下午，党和国家领导人及首都各界人士六百多人向史良做最后的告别。八宝山革命公墓礼堂显得庄严、肃穆，史良的遗体安放在鲜花和翠柏丛中，她脸呈安详、宁静，就像她晚年的性情一样平和。人生暮年，不可能再有年轻时代的冲动、要强，也不可能有往昔的女权运动者的风采，更失去了作为大律师缜密的逻辑思辨和攻势凌厉的口舌。她与所有的普通人一样步入垂暮之年，喜欢安静、喜欢回忆往事。书房是静谧的，恰好让思绪远去，追寻早于她离开人间的故友，李公朴、邹韬奋、沈钧儒、沙千里……

人生有多少坎坷和恩怨，然而在垂暮之年，死神光临的时刻，都成泡沫，随流而去。每个人都会倍感生命的渺小，恰如历史洪流中的一颗小水珠。 然而只要与大海同在，生命的意义将是永恒的，史良自信这一点。于是她写道："历史是洪流，个人只是小小的涓滴，是与那伟大历史洪流相交融的。个人诚极渺小，但涓滴终须归海，那无际的波涛却在永远奔腾，永远澎湃，永远咆哮。"

2. 共和国诞生后，史良成了第一任司法部部长。一个女性担任政府部长职位，从共和国设置部长职位至今的六十多年间，实属凤毛麟角。这位女部长上任后，主持制定的是共和国第一部大法《婚姻法》。曾被誉为女权运动领袖的史良，亲眼看见旧时妇女悲惨的命运，也看到解放以后妇女虽翻身，但妇女的权利没能通过立法的形式加以保证，妇女的社会地位没有得到充分的肯定，旧的习惯势力阻碍了妇女的觉醒和翻身。史良在主持《婚姻法》草案时，力主《婚姻法》要促进妇女独立人格的形成，给予妇女离婚和男女同工同酬的权利，在经济、文化、婚姻上保证妇女的独立。1950 年 5 月 30 日《婚姻法》正式实行，史良深感这部大法的颁布是姐妹们摆脱封建残余束缚的强有力的保障，在它的保护下妇女与男子一样享有各种权利，促进社会进步和国家富强。

可以说共和国的法律工作在粉碎旧的国家体制之后，从一片空白中发展而来。史良在中共的领导下，任劳任怨、兢兢业业与许多法律工作者一起，为共和国的民主法治建设立下了汗马功劳。1954 年第一届全国人民代表大会第一次会议通过的《中华人民共和国宪法》，共和国司法制度初具规范，渗透史良的心血。

当《中华人民共和国宪法》颁布后，史良激动地写道："这个宪法草案一公布立即受到全国人民的衷心拥护，是因为它忠实反映了中华人民共和国成立以来的伟大社会变革的实际情况，总结了我国人民的主要斗争经验和组织经验，把我国人民革命的成果肯定下来。同时，又参证了苏联和人民民主国家的宪法精神和国际的经验。"

她认识到这部宪法的特点，"反映了我们国家过渡时期的特点，国家在过渡时期的根本要求和广大人民建设社会主义社会的共同愿望"。同时，它也显示出原则性和灵活性的高度统一，它肯定了国家现有的四种生产资料所有制形式，保护各种非社会主义经济包括资本家所有制在内的私人所有权，同时规定逐步改变这种非社会主义所有制为社会主义所有制的具体步骤。

3. 新中国成立初期，法律制度、司法机构不健全、不完善，司法队伍面临着人员严重缺乏，从业者素质差的局面，阻碍了法律、司法工作的顺利展开。当时，法院、检察、司法方面的人员主要来自解放区和部队转业军人以及少量的法律学校的学生，他们思想红，根子正，但是缺乏经验和法学方面的素养。根据这一事实，史良主张吸收一部分学有专长、司法工作业务娴熟，并自愿接受中共的领导，进行思想改造的原司法人员参加共和国的法治建设。她表示，旧时代的法律工作者并非完全是坏的，他们有正义感，在旧时代曾为人民办过好事，他们有较丰富的工作经验和文化素养，经过改造后可以具体使用，而且进行一段时期的社会主义改造后完全可以得到信任。她进一步说："完全可以让他们成为律师，甚至可以允许他们自由开业"。对一些法学家更应该发挥他们的积极性，不能因为个别中共党员的官僚主义和宗派情绪，影响他们继续为社会主义法学做贡献。史良的这些意见和建议，有益于当时的法治建设。但在那般环境中她的观点没有被采纳。一方面是社会主义法治建设大量缺乏有用之人才，另一方面是把大量旧时代的法律工作者丢置一边，甚至遭到打击，她心里非常痛苦。

史良强调在司法审判中要做到百分之百的公正，坚持有错必纠、有错必改的工作原则，她对那种"我们错判案只有百分之几"的自满言论进行了批驳，"错案在整个判案中只有百分之几，甚至百分之一，但对于被错判的人来说，则是百分之百地遭受了不幸"。

她批评司法机关在执行"有反必肃、有错必纠"这一原则时打了折扣。案判错了，经过当事人申请，或经有关方面和上级司法机关的指出，审判人员应承认错误，宣告无罪释放。然而，一些审判人员不肯承认错误，还要硬找人家的一点小辫子，判为"教育转改"，其实应该教育的不是无辜被错判者，而是犯了主观主义的审判人员。

在那个时代，按客观规律办事，带着一定的危险性。新生的政权诞生后，时常出现这样那样的风浪。不以阶级来划分人，而是根据实际需要出发，实事求是地办事，不免会被认为是一种右倾。坚持实事求是，一切从实际出发需要勇气和执著，甚至要有不惜头上的乌纱帽、不惜个人的利益以维护真理的精神。

4. 反右斗争之后，司法部被撤销，史良无法继续担任部长职务，几乎同时第二届全国人民代表大会召开，她当选为人大常委会委员，工作是处理人民来信。她把这项工作看得十分重要，认为它能直接听到群众的呼声，不论是陈述与建议、申诉和反映问题，都应该认真妥善处理。她干得不亦乐乎，仔细、认真，并没有因为不再担任部长职务而心存芥蒂。

"左"的思潮发展演绎成"文化大革命"，史良遭到了冲击，抄家、检查、劳动。1967年国庆节，出乎意料地接到国庆观礼的通知，她不顾造反派的阻挠，健步登上了天安门。安排她上天安门的是周恩来，他知道史良的处境艰难，有意借此保护她。正因为周恩来的这一措施，史良此后没有再遭冲击。后来，她在自己的自述中说，在浩劫中，她已确信这场践踏民主、摧残社会主义法治，迫害一大批知识分子和革命老干部的"革命"不会太长久，乌云遮不住太阳。

乌云下的史良心情极为压抑，她很少出门会朋友、很少在众人面前议论政治，只是在三两知己朋友中道出心中的苦闷。当周恩来逝世的消息传来，她和丈夫陆殿东悲恸欲绝，雪上加霜的是丈夫因悲恸过度脑溢血突然离开人世。这一切，对史良的打击太大，政治上她失去了依靠和一位指路者，几十年的共同战斗使他们结下了深厚的友谊，这份友谊比金子还贵重；生活上她失去了伴侣，几十年的恩恩爱爱，一下子失去了，这份打击令她难以承受。她病倒了，健康状况每况愈下，病魔缠身，迫使她躺在病榻上。

然而，当共和国上空重现缤纷时，她的心情好多了，病魔退却了几分，她积极参加中共和国家的一系列重要会议，先后担任了中国民主同盟中央主席、全国政协副主席、人大常委会副委员长。她渴望着青春重度，继续为社会主义祖国的繁荣、发展做出自己的贡献。然而，愿望无法征服衰老和病魔。

5. 史良的遗体安卧在鲜花翠柏中，胸佩白花臂戴黑纱的悼念者络绎不绝，胡耀邦、彭真、万里等一批中共和国家领导人缓缓走过她的遗体，投以深情的目光。

人群中，也有她不少的老朋友，如救国会时期的朋友胡愈之。他与夫人沈兹九，情感深沉地写道："我们和史良同志相识整整半个多世纪了。在这漫长坎坷的道路上，我们的目标是一致的。我们在斗争中建立了深厚的革命友谊，互相也受到教育和帮助。……在旧社会，她有一颗热爱祖国的火热而赤诚的心；新中国成立以后，她的这颗心更火热而赤诚地爱着中国共产党。她最听党的话，对党知无不言，言无不尽。和党肝胆相照，荣辱与共。"

的确，她与中共长期患难与共，并肩战斗，支持中共的事业、理解中共的工作，即使十年浩劫她遭到诬陷和冲击，她在自己的自传中也提得很少。她在自传《我的生活道路》一文中写道："'文化大革命'是一场大的动乱和灾难。在这场动乱中，民主党派工作全部停顿了。成千上万的知识分子和革命干部一道受到残酷迫害，其中有好多人冤死。我也是受到冲击的一个。党和人民纠正了这个时代的荒谬。"可见，她对自己在"文革"中的遭遇只是一笔带过，没有更多的表述。

党的十一届三中全会后，史良不顾自己患有严重的心脏病和高血压，在不同场合赞颂全会的路线方针。全会以后，批判了"左"的错误，实行了以联产计酬为主的多种形式的生产责任制，农业生产力获得了前所未有的大解放。与这一变革可以相提并论的是中共的知识分子政策的落实，其结果是另一种伟大的生产力——知识力获得了前所未有的大解放。她表示，实践证明，党的十一届三中全会以来的路线、方针、政策完全正确。在各条战线上兴起的全面、系统的改革，正是三中全会路线获得坚决贯彻的结果。这是一股强劲的风，它把大地吹绿，把山花吹红，一切阻碍历史前进的东西，都将在摧枯拉朽的大风浪前被涤荡干净。

瞻仰史良的遗体的人流渐渐稀疏起来，她的遗体将被火化。走在为她送灵的人流中，没有她亲生的子女，她在这世间没有留下血脉，与丈夫一直没有生育，过继了弟弟的一双儿女做自己的养子女。正像她没有留下亲生儿女一样，她没有什么遗产。解放前，她作为著名的大律师，有丰裕的个人财产，在承办上海地皮大王周纯卿遗产案时，根据律师公会章程，她得到了南海花园饭店一栋三层楼的六十余间房屋和七浦路弄堂房屋十余幢。新中国成立后，她除把三层楼洋房拨给民盟上海市委作办公用外，其余全部献给了国家。

　　灵车在秋日的长安街上无声地驶过，载着史良的遗体，载着那颗为祖国的独立、繁荣、民主而无私奉献的心，驶向八宝山。她将化为一缕青烟，去追寻与她相别久远的战友。

　　　　　　　　（原载《长河秋歌七君子》　中西书局 2016 年 8 月版）

"沙僧"之死

　　"十年浩劫"中，沙千里的生活是平静的。也许因为他是一名特殊的"民主人士"，能够安然地度过共和国历史上最无情的岁月。但据他的老战友罗淑章生前回忆，他一直都想退下来，不愿担任领导工作。

　　沙千里默默地生活、工作着，对待工作兢兢业业，对待生活淡泊、俭朴。新中国成立以后，他历任副部长、部长、全国政协副主席，在生活上坚持每餐一荤一素加一汤，衣服破了，缝补好再穿。他长年使用一台九英寸的黑白电视，一直用到他去世。他在香港的朋友很多，有朋友提出要送他一台彩电，他婉言谢绝。到过他家的人，对他家的第一个印象是不像部长家，陈设简单、朴素，沙千里笑眯眯地回答："如果不是解放，我还是穷律师，现在这样的生活够好了。我就喜欢这个样子。"

　　他对于自己的儿女要求严格，不让他们滋生优越感享有特权。我在采访沙千里的儿子——沙人文时，他回忆说："父亲对我们孩子十分严格，解放不久就把我送到住宿学校生活学习，不许我们依赖家庭，鼓励我们上进，学好本领为社会服务。他从不让我们有什么特殊，每周回家他从不动用汽车到学校里接我，同样去学校也不让用车送。在学校里他要我与同学们一样吃食堂，不许从家里带吃的东西。"

　　沙千里对待母亲，尽了一个儿子的职责，对妻子黄国林感情甚笃，相敬相爱。对待工作人员尽力关心、帮助，在他身边工作的一位工作人员，在沙千里去世后，依然主动留下来照顾其卧床不起的妻子。

沙千里的晚年，身患重疾，但是他还着手写了不少关于救国会的文章，深情地回忆那一段令他难以忘怀的经历和故去的战友。他认为写下这些回忆录，是一件很有意义的事，是自己的义务和责任。他一边查阅当年的资料，一边着手写作。当回忆录在朋友们的帮助下完成初稿后，他让人打印成油印稿，分送给健在的救国会时代的战友，征求他们的意见。直到书籍出版后，他还谦逊地写道："由于时间已过很久了，老年人记性也不好了，许多事情都记不清楚甚至忘却了，很多材料未能收集到，身体多病也不能多拜访救国会的老同志，因此本文一定有不周全和不准确之处，殷切希望救国会的同志和对救国会研究有素的同志予以补充和订正。"

一天，沙千里忽然记起自己的恩师沈钧儒去世后，他的女儿把一只老人生前十分喜欢的景泰蓝花瓶赠给了他，以资永久的纪念。此时，沙千里想到，应该把花瓶送回沈老的亲属。他不顾秘书的劝阻，亲自抱着花瓶赶到沈家，把花瓶还给了沈钧儒的女儿沈谱。"我是带不走的，身后也不知孩子喜欢不喜欢，如果他们不喜欢，放在我那里兴许会弄丢了，不如你们子女保管来得妥帖。我也是了却了一桩心事。否则，一直睡不安稳。"

"沙叔，你就留着吧。何必亲自送来。"

"一定要亲自送来的，一来看看你们，二来做完了这桩事。"

终于，沈钧儒亲属同意收下花瓶，沙千里放了心，在秘书的搀扶下，离开了沈家。走出门，沙千里叮嘱道："你们一定要好好保管，这是沈老生前十分喜欢的器物，是件文物。"

沙千里的许多时间，都在回忆过去，回忆自己昔日的战友、朋友，他为过去的努力、奋斗而激动。

但是，他并没有完全沉湎在回忆中，他关心拨乱反正后的经济建设。

作为上海选出的人大代表，他关心上海的工农业生产、市场供应、对外贸易。一次，上海来了一个老熟人探望他，他一定要来人介绍上海的情况："我是上海人民选出的人大代表，凡是关于上海的事，都要告诉我。"来人见他吸着氧气，眼睛看不清楚，听话很吃力，实在不忍心打扰他。可他执意要来人讲，来人只好从命。他一边听着，一边不断地插话、询问。两个小时过去了，医生护士几次过来说："沙老，你要注意身体。"他摆摆手，让来人继续说下去。直到医生再次检查他的脉搏，警告来人，"沙老太兴奋，不能再讲了"，沙千里才让来人作罢。

1982年4月中旬，沙千里的病情有些好转，精神自感好多了，他得悉全国政协要召开副主席工作例会，便要了车，赶往会场。会上沙千里一直专心地听着其他人的讲话，但自己再也不能作条理清楚、内容丰富的发言了。

回家的途中，沙千里受了风寒，病情急剧恶化。他的病情惊动了中共和国家领导人，胡耀邦、陈云、姚依林等人前往北京医院探望。

史良在秘书的搀扶下赶到医院，她自己的身体状况已十分不佳，经常因心血管病而卧床，行动也极不方便，脚已经迈不开步。身边的工作人员劝她别去了，史良不同意，固执地说："我不能不去医院探望，他是我近半个世纪的老朋友，当年同案遭禁的战友，只剩他一个。"

史良颤巍巍地抓住老战友的手，老战友已经不能动弹，无法作交谈。史良的眼眶湿润了，她意识到老战友即将与自己长辞，谁也无法挽回。

1982年4月26日，沙千里静静地走了，离开了人间。5月初，《人民日报》向社会各界公布了他逝世的消息，中共和国家领导人及首都各界三百多人，前往北京医院向沙千里遗体告别。

几天后，追悼会在人民大会堂西大厅举行，胡耀邦、彭真等出席了大会，史良参加了悼念大会，脖子上特地扎上了一条素色的丝巾，以示哀悼。

她在工作人员的搀扶下坚持站着参加完了追悼会。

中共中央对沙千里的一生作了高度的评价，称他为中共优秀党员、人民政治活动家、无产阶级的忠诚战士，他的逝世是"我们党和国家的一大损失"。毛泽东生前，曾给予他很高评价，比喻他为《西游记》中的沙僧，任劳任怨，战斗在党的统一战线上。

史良离开追悼会场后心情十分沉重，几十年风风雨雨，沙千里一直为中共的事业做出无私的奉献，为民族的解放、独立、昌盛努力，值得人们敬佩。不久，她在为沙千里遗著《漫话救国会》作序时写道，这是"沙千里同志在四十年后写的一本回忆录。可惜成书之日，也正是他辞世之时，此书是千里最后的著作。书中所提到的同时的战友和同志，有的在继续为社会主义事业而奋斗。翻阅手稿，如见故人，这是一种欣幸，但也令人伤痛"。

（原载《长河秋歌七君子》 中西书局 2016 年 8 月版）

1936：腥风血雨的中国

　　1936 年对于国人来说，是一个怎样的年份呢？在上海现存最早的近代图书馆——徐家汇藏书楼里，那些尘封已久的书刊报纸，记录着当时的人们写下的文字，可以帮助我们了解当时人们的感知。

　　1933 年 12 月 12 日，《北京晨报》教育版头条刊登了《北大 1936 年研究会大纲》，《大纲》表示：1936 年的中国有着划时代的意义，决定着中国存亡。中国青年要及时做好知识和技术上的准备，迎接这一年的到来。草拟这份《大纲》的是北大的一名穷学生，他不能安心神游在柏拉图、苏格拉底古典哲学流派中，认为国难当头，读书、文化救国如同蓝天上的云彩，好看却过于缥缈，应该行动起来，共赴国难。后来，这个学生成了现代著名的新闻记者，他的名字叫范长江。

　　一位未来学家在自己的著作《一九三六年》的后记中，忧心忡忡地写道："现在是一九三四年的秋天；中国的江南还刚刚是桂子飘香的好时候，然而我们一想到将要来临的一九三五年、一九三六年，不禁栗栗危汗！我们相信这一次人类空前的巨劫，这一次人类的大残杀确乎是不可避免的了！"

　　人们在诚惶诚恐中迎来了 1936 年的元旦钟声，未来的三百六十五个日夜里，不知哪一天醒来自己或许就成了亡国奴。这一年 11 月，近代军事强人段祺瑞客死上海法租界，谁也不会想到这个曾把部分主权出卖给日本以巩固自己地位的段执政，临终的遗言是"国事如此，全国上下逐应一心一德，团结救亡御侮"。国家危在旦夕，稍有良知的中国人岂能置故土而不顾，无动于衷？

腥风血雨的 1936 年，是中华民族重要的一年。一位深知内幕的亲历者写道：它是中国现代社会具有转折性意义的一年。同样，对彼岸的岛国——日本也是一个重要的年份。

1936 年的中日两国

1935 年 7 月 25 日，似乎不在 1936 年范围内，可是它决定了 1936 年的走向。在遥远的莫斯科，正在举行共产国际第七次代表大会，王明、康生、吴玉章、张浩（林育英）等组成的中共代表团和其他国家的六十四个共产党组织派出的五百一十名代表出席。会上，共产国际执委会总书记、出生在奥斯曼帝国拉多米尔其的保加利亚人格奥尔基·季米特洛夫，作了题为《法西斯主义的进攻与共产国际为工人阶级的反法西斯主义的统一而斗争的任务》的报告，向全世界共产主义运动提出反法西斯统一战线的问题。8 月 1 日，中共驻共产国际代表团以中国苏维埃中央政府和中共中央的名义，起草了《为抗日救国告全国同胞书》（即通常被称为的"八一宣言"），分别送交斯大林和季米特洛夫审阅，经同意后，公开发表。但是，由于条件限制，共产国际无法向国内的中共中央传达，直到 11 月张浩回国后，中共才与共产国际联络上。

这时，衣衫褴褛、装备简陋、人马疲惫的中国工农红军，在来自韶山冲的毛泽东率领下，完成长征，进入仅存的苏维埃边区——陕北。1935 年 12 月 17—25 日中共在瓦窑堡召开了政治局扩大会议，分析华北事变后国内阶级关系的新变化，讨论抗日民族统一战线、国防政府和抗日联军等问题，批判中共长期存在的"左"倾关门主义，制定抗日民族统一战线的策略方针，会议形成《中央关于目前政治形势与党的任务的决议》，《决议》指出："政治形势已经起了一个基本上的变化""党的策略路线，是在发动、团结与组织全中国全民族一切革命力量去反对当前主要的敌人——日本帝国主义与卖国贼头子蒋介石"。并指出："关门主义是党内的主要危险。"会议结束后，红军以"中国人民红军抗日先锋军"的名义，东渡黄河，进入山西。同时，秘密派出使者与国民党进行高层谈判，试图叩开国共合作大门。毛泽东以他敏锐的洞察力认识到，国民党南京政府是民族运动中的一支重要力量，中共的方针过去是愿意谈判，现在仍继续这个方针。秘密特使重回上海，与陈立夫会谈。国共两党高层会谈在继续。与此同时，中共积极与国民党军事实力派接触，争取阎锡山、傅作义、宋哲元、刘湘、张学良、杨虎城等支持中共的抗日主张。经过努力终于实现了西北大联合。张学良的东北军、杨虎城的西北军和红军达成默契；西北由两军对峙，转为两军停止敌对，形成抗日民族统一战线的局面。

历史机遇与挑战同在，西安事变和平解决，成了国内战争走向抗日民族战争的转折点、时局转换的枢纽。从此，国共两党重新合作有了基础，挽救民族危亡不再是一种虚幻。

蒋介石对于西安事变始料不及，他不会想到自己拜把子、换帖儿的小兄弟——少帅张学良，会使出兵谏一招，使他无可奈何地结束国内战争。

对于联合红军抗战，蒋介石不是没有想过。在中共瓦窑堡会议召开前的一个月，国民党第五次全国代表大会根据蒋介石建议通过一个议案，表示："和平未到完全绝望时期，决不放弃和平，牺牲未到最后关头，亦决不轻言牺牲。"1935年底，蒋介石派出心腹陈立夫秘密赴苏联试探，要求苏联的援助，并设法打通与中共的关系，蒋介石在《苏俄在中国——中国与俄共三十年经历纪要》中写道："中日战争既已无法避免，国民政府乃一面着手对苏交涉，一面亦着手中共问题的解决。"1936 年 1 月 22 日国民党南京政府向苏联驻华大使表示："同共产党达成协议是可能的：红军承认中央政府及司令部的权威，同时保持自己目前的编制，参加抗日战争。"

蒋介石一面伸出触角进行政治试探，一面仍调集大军继续围剿红军。爱穿黑色大氅的国民党军事委员长从骨子里惧怕陕北的那群"赤匪"，卧榻之侧岂容他人鼾睡？他试图一举消灭红军，以解决心腹大患。他下洛阳飞西安，亲临前线督战。西安兵谏，迫使他联共抗日、释放政治犯、担保内战不再发生，蒋委员长认为签字画押有损体面，发誓以人格担保。

1936 年末的兵谏事件，不仅对 1936 年有着决定性的作用，使这一年变得重要起来，而且影响中国社会的未来走向。

1936 年对于当时中华民族的敌人，海波涌动中的岛国——日本，也同样重要。

昭和 11 年（1936 年）2 月 26 日，一群少壮派将校率领一千五百名官兵袭击了内阁，成功地杀死了内阁大臣、大藏大臣等人，瓦解了一个主张缓步吞食中国的温和政府，加速岛国的法西斯化进程。臭名昭著的国家主义者广田弘毅被召回国，组织内阁。内阁成员的人选需经军部画圈，军人出任军部大臣，强化军部对政治的支配，严格控制内阁。广田内阁的政策根据军部要求的所谓"庶政一新""广义国防"来制定，完成了军政合一体制的建立。8 月，首、外、藏、陆、海五相会议，决定"国策大纲"，以"稳步地向海外扩张，谋皇道精神的实现""确保帝国在东亚大陆的地位，同时向南方海洋发展"为根本国策。11 月日本与德国、德国与意大利结成联盟，分别展开对邻国的侵略。1936 年的日本大体上完成了下一年对中国实行全面侵略的战略准备。

　　1936 年中日关系到了剑拔弩张的紧张程度。华北出现了由日本帝国主义扶植的大小汉奸组成的"自治政府""政务委员会"，日本试图通过"自治"，变华北为伪满洲国之类的殖民地；内蒙古一些王公在他们的指使下，点燃绥远战火，中华儿女为了保持祖国领土的完整，不惜血洒百灵庙。1936 年中日冲突，是一场没有防线的战斗，日本散布在中国土地上的租界，成了弹药库，到处出现了日人挑起的事端。据史书记载，日本军警、侨民在北平、上海、天津、汉口、太原、汕头制造了十四起有影响的事件。

　　1936 年九州大地上弥漫着火药味，南京政府一边备战，一边试图通过外交手段驱散呛人的味道，平息中日之间的争端，仍然在做"和平之最大努力"。对和平的追求，成了南京政府 1936 年对日的主要口径。但是，军事上的准备正紧锣密鼓地开展。据张治中将军晚年回忆："1936 年 2 月，南京国民党政府为了准备对日作战，划全国为几个国防区，我奉命兼任京沪区的负责长官。这是一个极机密的准备工作，不能公开进行。"张治中在中央军校里设立了一个高级教官室，以貌似高级教官的休息室来掩人耳目。后来干脆搬到苏州留园办公，对外名义上为"中央军校野营办事处"。这个秘密机构主要从事国防工程和对民众组织备训，对南京、上海地区进行实地侦查、测量，绘制地图，继而制定作战方案，构筑据点工事，作战争具体的安排。张治中自豪地说："这个小小的地方，竟是孕育伟大的揭开全面的抗日战争序幕的司令台。"张治中的表述，证明 1936 年的南京政府已经进入了战争准备阶段。上年末，曾留学日本的张群出任外交部长，第二天匆匆忙忙接见中外记者，宣称，"中国政府对于任何外国——尤其对于关系最深切之国家——仍当竭诚相处，谋国际关系之调整与国际局面之更新"。

　　南京政府试图调整对日的关系，最大限度地满足日方对中国的领土、主权的要求，拖延战争爆发的时间。可是，日方于 1936 年 1 月 21 日抛出中国放弃以夷制夷政策、尊重伪满洲国的存在、中日共同解决北方防赤化问题的"对华三原则"，谎称南京政府已经赞同。南京政府乱了方寸，赶忙出面否定，一下子使调整关系的预想成了泡影。日方撤回素来主张侵华政策应缓进的有吉大使，南京政府慌了神，马上表白中方已原则接受了日本的"对华三原则"。

日本新任驻华大使有田八郎2月26日抵达上海，随后北上南京，与张群会谈。有田的职责是使"对华三原则"具体化。有田擅长辞令，攻势凌厉，让张群招架不住。张群使出拖延术，推三挡四、含糊其辞，既害怕拒绝了日本要求引发事端，又害怕满足日本条件国人为此愤慨，出现动乱局面。会谈毫无具体结果，耗了张群不少唾沫和心思。

日方无意留恋谈判桌，大量增兵华北，扩大天津屯军的范围。南京政府无力制止，听任日军在华北横行。日本军事上不费一兵一卒进行扩张，经济上利用日朝浪人在华北大肆进行走私，直接影响南京政府的财政收入，一个月损失关税八百万元之巨。中方照例提出抗议，抗议声在日方的冷处理中没见一丝效果。

南京政府再次向日方表示"诚意"，张群公开说："中国之于邻国，愿以最大之努力，辑睦邦交，乃势所必然。而中日两国间以同种族同文化之关系，亟应互助提携，共谋发展，更不待言。"拉亲近、攀关系，企图缓和中日关系，拖延日本侵华的步伐。

日本"二二六"政变后，有田大使奉命出任外相一职，擢升天津总领事川越茂为驻华大使。川越把自己打扮成一个中日经济提携的友好使者，正式上任前屡次向新闻界表白。不足一月，他顾不上经济提携的幌子，迫不及待地视察华北，与日驻屯军首脑密谋如何落实在东京召开的"五相"会议精神。

谈判假惺惺地继续进行着，一来可以造成假象欺骗国际舆论，二来给南京政府一线希望。同时，用战争、挑事端的手法，逼迫南京政府就范。南京政府明知这是日人的诡计，但迫于国内舆论，只好硬着头皮同日方进行毫无价值的对话，以至争端四起、关系极度恶化时，还低三下四地缓和气氛，满足日方要求。日人常以谈判"只有破裂""增派军队"相要挟，弄得张群胆战心惊，坐卧不安。张群九十二岁安居台湾时，还不能忘记这时期与日本大使的谈判："川越茂任大使时，经历八次会谈，对方紧锣密鼓，凌逼万端，在漫长的时日与不断的谈判中，我既不能接受对方的要求，同样也不能让谈判破裂，目的在争取我们备战的时间。在这一阶段中，可说是千辛万苦，心力交瘁。"

南京政府的拖延术，助长了日本帝国主义的气焰，客观上加速了日本帝国主义对华侵略的意图的实现。

内忧外患，国家处在岌岌可危的状态中，民族处在随时遭外敌蹂躏的境地。家破国亡，朝夕之间将变成现实。

人民期待内部的团结、一致抗日御侮的一天到来。风起云涌的民间救国运动此起彼伏，在上海及全国各主要城市蓬勃发展。他们徒手向南京政府发出呐喊。

1936 年，中华民族危机与希望同在，和衷共济，并肩作战，敌人必然灭亡，自己将会在战火中创造历史新的篇章，开辟一条民族的希望之途。否则，古国弱不堪击，沦为殖民地已不是什么恐吓或警钟，而是一种归宿。今天的人们，不该忘却 1936 年，以及灾难深重的民族史册的一页。历史用它如椽的大笔写道，忘却苦难过去的民族不会成熟，未来的辉煌不可能属于他们。

七人与救国会的成立

蒋介石与他的南京政府，处在历史的重要关头，表现出犹豫和矛盾，它一面与中国共产党人秘密接触，试图找到解决两党争端的途径，一面调兵遣将对红军进行军事围剿；在备战的同时，又与民族的敌人聚在谈判桌边作无休止的交涉，发表空洞的外交声明和抗议。南京政府的犹豫不决，祖国、民族何去何从？有良心的中国人忧心如焚。

人民显示出巨大的力量，认识到中国的危机并非"国难严重"四个字所能够概括，已经到了亡国的边沿，不愿意做亡国奴的同胞，必须团结起来，促进国内各党各派实力分子，停止内战，一致联合抗日救亡。他们充分认识到自己的力量，"人民自己假使不先联合起来，便无法促进各党各派的合作"。

1936年5月29日，上海博物院路中华基督教青年会一间不大的会议室里，挤满了人，谈论的不是宗教问题而是救国。七十余位代表来自二十余个省市、六十余个救亡团体，举行全国各界救国联合会成立大会。上海各界救国联合会领导人沈钧儒、章乃器、李公朴、王造时、沙千里、史良等人参加了会议。

会议在秘密状态下进行，人们的激情不时打破会议的规定，声浪冲出屋子。会上通过了《宣言》和《抗日救国初步政治纲领》两个重要文件，建议各党各派立刻停止军事冲突，释放政治犯，派遣正式代表进行谈判，制定共同抗敌纲领，建立一个统一的抗敌政权。全救会愿以全部力量保证各党各派对于共同抗敌纲领的忠实履行，制裁任何党派违背共同抗敌纲领的行为。

大会声明全救会现阶段的主要任务，就是促成全国各实力派合作抗敌，没有任何的政治野心，没有争夺政权的企图，组织全国救亡只不过是尽一份人民的天职，站在人民的立场上，不帮助任何党派去攻击其他党派，保持高度的超然性和独立性，维护民族的共同利益。会议举行了两天，会上选出沈钧儒、章乃器、李公朴、王造时、史良、沙千里等十五人为常务委员，邹韬奋在未出席的情况下，当选为执行委员。

会后，全救会在各报上发表了措辞激烈的《全国各界救国联合会对时局紧急通电》。

四年九个月以来，日本既夺我吉黑，复攫我热河，又进窥我冀察，近更增兵华北，保护走私。按其野心，势非灭亡我中华民国，臣服我中华民族不止。我当局虽忍辱负重，委曲求全，但我退一寸，敌进一尺，我之土地有限，而敌之贪欲无穷，以仅仅四年余之时间，不战而丧失一百六十余万方里之土地，五千余万人民，中外古今，实所仅见。若不翻然变计，不分党派，不分阶层，举全国之力，以与敌人一战，则敌势蔓延，病入膏肓，国亡无日矣！今有报载西南将领，已揭起抗日之旗帜，实行出兵北上。时机迫切，间不容发。我中央当局，亟宜立示决心，领导于上；全国民众，自应群起响应，督促于下。务使全国兵力，一致向外，抗日战争，立即展开，恢复我已失之河山，拯救我被压迫之同胞……

全救会的成立得到社会著名人士宋庆龄、马相伯、何香凝的支持，他们被推选为全救会执行委员。

全国民间抗日组织在 1936 年中期出现，绝非偶然，它是民族矛盾不断尖锐，祖国危在旦夕的必然产物。此前，民间抗日团体如雨后春笋般不断涌现，解放先锋队、救国协进会、抗日救国会等难以计数，但均处于各自为战的局面，缺乏统一的行动纲领和共同的步骤，因此成立全国性的救亡团体，具有十分重要的意义，也是势在必行。

全救会在上海诞生，也非偶然。上海虽不处于当时抗日前线，但由于它是中国的经济、文化中心，集聚着大量的优秀知识分子，他们在民族危亡的时刻勇于担负历史的重任，自觉地投身到抵抗外来侵略的洪流中，便自然而然地成为民众公认的领袖。同时，在上海他们拥有广泛的群众基础，上海人民亲历过一·二八淞沪战争，对日寇的暴行有着切肤的感受；上海日商企业众多，许多华工身心遭到蹂躏。一旦抗日救亡领袖与群众相结合，必然形成一股强大的抗日力量。

1935年末，上海先后出现了文化界救国会、妇女界救国会，1936年初，又出现了各大学教授救国会等抗日救亡团体。在这基础上，于纪念一·二八淞沪抗战四周年之际，各方面救亡团体代表和爱国人士在上海总商会礼堂宣布成立上海各界救国联合会，推选沈钧儒为联合会主席，章乃器、邹韬奋、李公朴、史良、王造时、沙千里及其他一些人为执行委员，统一领导上海的抗日救亡运动。5月6日，由上海文化、妇女、职业界、大学教授救国会和国难教育社联合编辑的救国会机关报《救亡情报》正式发行，发刊词申明："我们明白各社会分子的利益，只有在整个民族能够赓续存在的时候，才能谈到。在这大难当头，民族的生命，已危在旦夕的时候，我们必须联合一致与敌人及敌人的走狗——汉奸斗争。……我们深望各地方各界的读者，一切不甘做顺民的人们，能炼成钢铁一般的阵线！"这份由九七老人马相伯题写报名的小报，头版还发表了王造时的《认识敌人的目的》和史良的《对准我们的敌阵前进》两篇文章。救国会机关报的出版，在社会上产生了广泛的影响。上海民众自发组织的抗日救亡运动的蓬勃发展，成了全救会在上海诞生的重要原因之一。

救国会的发展，经历了由小到大的过程。它的雏形由十一二个观点一致、以天下为己任的中产阶级知识分子举办的叙餐会形式呈现。救国会创始人之一章乃器在三十一年后的隆冬时节里回忆道："救国会是从一个十人小组开始的，现在记得起姓名的大概是沈钧儒、邹韬奋、陶行知、李公朴、周新民和我。小组的推动者大概是周新民，而公开召集的是沈老（沈钧儒）。当时所用的是叙餐会形式，每一二星期叙会一次，上次决定下次会的日期和地点。"

叙餐会——谈和吃的结合，一群爱国文化人相聚，共同的话题自然是国内外形势，日本的霸道、野蛮，祖国的处境，人民的疾苦，统治者的无能。边吃边聊，吃完聊完各自掏腰包付账，绝无吃公款现象。

吃与聊总不免流之空泛，国难当头清谈无济于事，没有固定组织把大家联系起来，形成不了社会力量。组织起来成了叙餐人士的一大心愿。1935年11月16日，邹韬奋在他主编的《大众生活》上，公开了这一心愿，"我们当前最严重的问题，是全民族争生存的问题""动员全民族大众的集体斗争的力量，共同起来为着整个民族的存亡作殊死战"。

邹韬奋主办的《大众生活》每期销数达二十万份，打破了中国杂志界的发行纪录，风行全国，拥有广泛的读者；李公朴创办的《申报》补习学校（后改为量才补习学校）拥有五千青年学生；陶行知的平民教育在社会上也有广泛的影响。他们的社会地位、知名度、号召力，使他们很快把自己的心愿变为现实。1935年12月12日，沈钧儒、章乃器、邹韬奋、陶行知、李公朴、王造时联合上海文化教育艺术界三百余位知名人士，发表上海文化界救国运动宣言，提出八项主张：坚持领土和主权的完整，否认一切有损领土主权的条约和协定；坚决反对在中国领土内以任何名义成立由外力策动的特殊行政组织；坚决否认以地方事件解决东北问题和华北问题——这是整个的中国领土主权问题；要求即日出兵讨伐冀东及东北伪组织……

经过十五天的紧张准备，上海文化界救国会在宁波同乡会举行成立大会，选举沈钧儒、章乃器、邹韬奋、李公朴、史良、王造时等二十七人为执行委员，提出更为具体的政治主张。

在文化界救国运动宣言发表的第九天，妇女界由史良、胡子婴、罗琼、沈兹九等人牵头，组成妇女界救国联合会。

1936年1月9日上海各大学教授救国会在沈钧儒、王造时、章乃器等人的推动下宣告成立。十余日后，上海成立了统一的救国会组织。与此同时，以行业为主体的救国会组织也在发展，潘仰尧、沙千里等人组织发起由公司、字号、海关、银行诸业中下层职员参加的职业界救国会；袁牧之、陈波儿组织了以电影界编导、演职人员为主体的电影界救国会；陶行知等组织了教育界救国组织——国难教育社；产业工人也组织了工人救国会，其他还有各种抗日救亡协会、社团组织在上海出现。

声势浩大的救国运动在上海开展，发动了一次次反对内战、反对妥协、反对投降的群众性示威活动，如一·二八纪念活动、三八妇女节举行的反日大示威的活动、市民请命活动等，影响极大。

在上海救国运动的影响下，北平文化界成立了救国会，南京、天津、保定、济南、安徽、厦门、广州、广西、武汉相继出现了救国组织。以上海为中心的抗日救亡运动，遍及全国，显示出人民抗日救亡的决心和强大的生命力。

在此基础上形成了全国各界救国会，表明它有着深厚的群众基础，代表着广大民众的共同心愿，顺应了历史发展的需要，显示出人民强大的力量。

来自南京的压制

自上海文化界救国会成立始，南京政府派出密探潜入救国会，密切监视这一团体的活动，掌握救国会主要领导人的动向。年初，国民党中央执行委员会民众训练部特种社团科负责人胡星伯专程到上海，调查文化界救国活动情况。他会同国民党上海市党部，研究取缔文化界救国会的办法，提议查封邹韬奋主编的《大众生活》和生活书店；停止与沈钧儒、王造时等救国会领袖有密切关系的上海法学院的招生；立即查封量才补习学校及量才图书馆，逮捕主持人李公朴，逮捕王造时。同时密令各社会团体，禁止参加救国会，不许假座开会、对上封锁消息，取缔一切宣传抗日救亡的报道。国民党上海市党部马上执行，密令社会团体不准参加救国会活动，严格检查新闻，其他取缔办法等国民党中央决策后执行。

国民党中央宣传部发表了告国人书："吾同胞之行动不可不慎；吾人丹心耿耿，一片赤诚，须知万恶之共党，即利用此种救国之呼声，以作其祸国的烟幕。前闻共党密议，欲利用文化团体及知识分子，在救国的口号掩护之下，作卷土重来计，果然不久，上海即有电影救国会之出现，不久又有文化救国会之产生。……洞烛其阴谋，而不受其利用，此不得不郑重为国人告一……"

国民党告国人书一发表，就遭到上海文化界救国会的"辩正"："我们主张各党各派的合作，主张停止一切的内战，全力对外""我们倘使是中宣部一纸诬蔑文告所能恫吓得倒的，我们早就不敢在'救国有罪'的环境之下，公然以救国相号召……"

南京政府十分恼怒，发出秘密公函，称："上海近有反动分子，以文化救国为名，集合所谓文化救国会者，阴谋捣乱，并发行《大众生活》《国强》等反动刊物……对该项反动团体活动，严密防范，毋令流毒为荷。"他们继续命令各地党部严密防止救国会发动民众，指派特务监视、破坏救国会活动；同时以"鼓动学潮、毁谤政府"的罪名，强令《大众生活》停刊，以致主编邹韬奋流亡香港。

2月20日，国民党南京政府颁布《维持治安紧急法令》，对群众性示威活动进行"武力或其他有效方法制止"，试图用恐吓手段来遏制民众的救国运动。民众和救国领袖们并没有因此被吓倒，3 月初举行了反对《维持治安紧急法令》的示威活动。

南京政府看到群众性的抗日运动不可扼制，生命力强大，便以软硬兼施的办法，试图迫使全救会领袖们归顺于南京政府。

全救会成立后不久，沈钧儒和章乃器亲自把全救会成立大会的宣言和纲领送给上海市长吴铁城，希望当局认可，争取合法地位。吴铁城对两人递交的文件毫不在意，口口声声地要求他们取消一切救亡团体活动。沈、章大义凛然地重申：自己并无野心，纯粹是爱国心驱使，从而出面领导运动。在救国会全部的文件中，均没有推翻政府之词，只是想鼓动一致抗日。

吴铁城拒绝了两人递交的文件。第三天，他在大中学校长茶话会上说："现在有少数野心家，组织了一个什么全国各界救国联合会，这里面不过是二三十个人在那里包办，说得上什么全国联合会呢？这个团体简直是一个反动的东西。"

6 月初，两广军人以"北上抗日"为口号，发表通电，出兵湖南。南京政府乱了方寸，加紧了对救国会的监视和破坏。

一天，几个特务冲进王造时的寓所搜查，说是他与两广事变有牵连。王造时毫不害怕，从容应对。特务怏怏而去。

月余，在南京的蒋介石传出话来要见救国会领袖。蒋介石此刻的心情蛮好，他刚平息"两广事变"，迫使桂系陈济棠下台，李宗仁、白崇禧已经妥协。他想调头来解决救国会"捣乱"的问题，会会救国会领袖。蒋介石的邀请，令人难以预料凶吉，许多朋友纷纷劝阻："蒋介石虽为邀请，可他素以出尔反尔著称，万一把你们抓起来，岂不是自投罗网？"但是拒绝蒋介石邀约，一予蒋介石以话柄，好像胸怀什么鬼胎；二蒋介石要抓你，你也无法逃脱。权衡之下，沈钧儒、章乃器、李公朴准备前往，以示磊落，并做好不把救国会出卖给任何党派，被党派所利用的准备。

　　三个人打点行装，从容上路，动身去南京会一会蒋委员长。蒋介石派戴笠到火车站迎接，并安排他们入住豪华的中央饭店。

　　这天，蒋介石换下戎装，身穿长衫，脸带笑容地在官邸接见了沈钧儒一行三人。他拉着沈钧儒的手，寒暄起来："沈先生长期为宪法政治奔波，功勋卓著。"沈钧儒平和含笑，也不搭腔。蒋介石见无下文，转向章乃器："你在银行里工作得很好嘛，肯研究问题，有事业心。我国金融界难得人才，前途广阔。"他又抓住李公朴的手："参加过北伐，曾是我党一分子啵？"

　　三人找不出什么话回复蒋介石，只让他自拉自唱。一阵沉默之后，言归正传。"我等赴京，十分关切对日准备情况，还想当面聆听你的指示。"蒋介石正襟危坐，腰板笔挺，略微沉吟："日人要我国不战而屈，试图逼我们屈服。我屡次重申未到牺牲之最后一步，决不轻言抗日。对于抗日我有十分把握，可以战而不屈！""委员长，那么我们可以立即反攻了，何以华北还要退让呢？"蒋介石脸无愠色，照旧含笑，重弹老调："诸位，一定知道共产党在陕北，不时捣乱。后方不稳固，何以打胜仗？共产党不要国家，你们可别轻信他们哟。国家需要你们这样的人才，应该给国家办事。救国会可以存在，一定要在吾党领导下进行工作。"沈钧儒他们明确告诉蒋介石，救国会坚持自己的主张，促进各党各派联合抗战，不会服从任何党派。会谈陷入僵局。蒋介石见再谈也解决不了什么实质性问题，便引他们到餐厅，让贴身秘书陈布雷作陪，吃顿西餐。

　　蒋介石迫于形势，害怕拘押沈钧儒等三人，会出现更大的纰漏，决定放三人回沪。三人回到上海不久，上海市长吴铁城通过李公朴的朋友、市府秘书李大超，邀请李公朴、章乃器、沈钧儒和不久前才从香港回到上海的邹韬奋，到市府作客。用餐完毕，吴铁城露出了真面目："你们有了全国性的组织，又有独立的主张，那就是对抗国民政府。""请吴市长冷静，不要听信特工人员的情报，无事生非！"李公朴捋着胡子说。"冷静？

我是非常冷静的。你们是想另组政府。我现在宣告你们的全国各界救国联合会是非法组织。命令你们：立刻写好通告解散全救会；把所有印刷品送到市政府，全部销毁。否则，今天你们就进得来出不去了。"吴铁城银丝边眼镜片后的一双小眼睛，直露凶光，平日的学者风度一扫而光。接着，他用嘲笑的口吻对在座的全救会领袖们说："嘻，你们要做民族英雄吗？那就让你们尝尝民族英雄的滋味吧。"

沈钧儒镇定回答："全救会和它的名称一样，是全国各地的救国会的代表联合组成的，我们没有权力解散它；印刷品已经统统发出去了，没有留存的了。市长要逮捕我们吗？那应当依法由法院出拘票来拘捕。"

"市长邀请我们吃饭，把我们扣起来，这绝不是市长应该做的，传出去要闹笑话的。"章乃器耸肩推手，做出一副嘲讽样。

邹韬奋笑着说："市长先生，在今日国难当头之际，不嘲笑汉奸卖国贼，而嘲笑起民族英雄，这使我们感到吃惊。"章乃器紧跟着说："市长是怕民族英雄太多了，民族英雄有什么罪过？"四人不约而同集中火力攻击吴铁城对待民族英雄的态度。

吴铁城颇为尴尬，不断拭着镜片，连说"失言"。这时，李公朴去同朋友李大超办私人交涉，责备他不该扣人。"救国会的朋友一定会说我出卖沈老他们，我无法交代的。"李大超掩脸大声哭了起来。

吴铁城看着一副哭哭啼啼的场面，自知无法收场，赶忙改口。"只要你们保证做到解散'全救'，我就放了你们。""这个，我们无法保证。我们只能保证自己一不躲避，二不逃跑，恭候你的发落。"四人不约而同地回答。

吴铁城无可奈何地挥挥手："走吧！你们走吧。"吴铁城一计不成，又生一计，找到浙江实业银行总经理李铭说："你们的银行不应该容留章乃器这样的人，不去掉章乃器，对你们的银行十分不利。"

李铭无奈，向章乃器转告了吴铁城的警告，好意地说："看来救国会今后也不大可能再有什么活动了，因为政府已经决定取缔。你还是出国吧，银行出钱送你到英国去留学，这里的薪水照发给你家用。你到英国去学习三五年回来，那时不但银行需要你，国家也需要你。你好好地去同救国会的朋友们商量商量吧。"

章乃器凝望着一直关心自己的上司，心中一股感激之情在涌动。救国会需要自己，自己无法脱身，但是又不能连累了银行，自己由一个练习生成为今天的副经理，一切都是银行同仁的关照、提携，因自己拖垮了银行，简直太无情义了。沉思之后，章乃器爽快回答："那还是让我辞职吧。我不能让银行受累，也离不开救国会，那是关系国家存亡的大事。"

"太可惜，你是我们银行一手培养起来的金融人才啊！"李铭惋惜地说。章乃器花了一个多小时办好辞职手续，头也不回地走出银行大门，离开了努力奋斗二十余年才获得的银行高级职位，继而辞去了与银行有连带关系的中国征信所的董事长一职。

吴铁城试图让章乃器丢掉金饭碗，迫使章乃器有所收敛，没想到章乃器竟辞职不干，换得一身轻，专心投身救国会活动中。章乃器的辞职引起了一场小小的波澜，社会上许多职员、工人声援章乃器，反对吴铁城的迫害。

机关算尽一场空，南京政府奈何不了救国会领袖们。随着事态的发展和救国会领导的抗日救亡运动进入高潮，南京政府在日本侵略者的要挟下，逮捕了七人。这是后话。

瓦窑堡的特使

救国会尚处在叙餐会阶段，共产党人周新民等人就参加了活动，上海文化界救国会成立时，不少中共党员，如钱亦石、钱俊瑞、徐雪寒等参加了救国会工作，妇女界救国会发起时，秘密党员杜君慧就是十二个发起人之一。这些中共党员，都以秘密身份参加救国会。

当时上海的地下党组织，在国民党的破坏和王明左倾机会主义的错误政策下，遭到极大的损失，许多党员处在各自为战的环境中。救国会成立后，不少中共党员参加了救国会的工作，自觉执行中共的政策，借助救国会的影响开展工作。他们中的一些人在社会上有一定的影响力，与救国会领导人有过交往，所以很快就接触到救国会的领导层，出谋划策，影响救国会的方针政策，使之朝着中共要求的方向发展。

在救国会内中共的秘密活动，分为以个人身份活动或代表中共组织参与救国会活动的两种情况。钱俊瑞不仅参与救国会的领导工作，同时也是中共在救国会中的负责人之一，直接与一部分中共党员联系或领导他们开展工作，如胡乔木、曹亮、钱亦石、王纪华、徐雪寒、石不烂等人都与他联系。在一些基层救国会组织中，也有中共的组织在活动，职救会中就有顾准、雍文涛、林枫组成的中共党小组，联系党员配合职救会的活动。但中共党组织形式十分简单，没有明确分工和具体的工作要求。

也有中共党员相互不暴露身份、不发生组织关系，以个人的身份参加救国会，实质上是代表中共在其中活动的，如胡愈之，他是重建上海中共党组织后中共中央指定分管救国会工作的人，与存在于救国会内部的中共组织不发生任何关系，以世界语学者的身份与救国会主要领导人交朋友，影响他们的思想。由于中央、地方，有不同条线的区分，参加救国会活动的中共党员，很难形成一个统一、健全的组织机构。中共党员凭着党性和默契有效地开展工作。

救国会成立初期，主要是上海地方和中央文委系统保存下来的中共党团组织介入救国会的活动，与中共中央发生正式、直接关系，是在冯雪峰受中央委托，秘密潜回上海之后。

　　4月，中共中央派冯雪峰回上海，重建被国民党破坏的上海地下党组织，同时他还肩负着另一项重要任务，与救国会的领袖们取得联系，转达毛泽东和中共中央的抗日民族统一战线政策。他是第一个公开中共身份与救国会领导人接触的，并代表着中共中央。

　　不久，冯雪峰去了香港，与刚从苏联回国途经香港的潘汉年接上头，明确由胡愈之分管救国会的工作。胡愈之直接与在香港的救国会领导人邹韬奋、陶行知接触，说服他们站在中间立场上，用接近《八一宣言》的基本观点，起草告全国同胞书。邹韬奋、陶行知签字后，由邹韬奋带回上海征求沈钧儒、章乃器签名。经过章乃器反复修改、斟酌，由四人共同署名，在《生活日报》《生活知识》等报刊上发表了《团结御侮的几个基本条件与最低要求》，并出版单行本，造成了一定程度的社会影响。

　　文章回顾了自1935年12月9日学生救亡运动以来的七个月国内一般政治形势，认为"显然有重大的进步和转变"。同时，也看到问题"我们却不能隐讳目前的一个十分严重的问题，就是大部分人民对于团结救亡的认识，还不够彻底；对于全民阵线的信念，还不够坚决"。文中指出："现在虽然大家都叫喊抗日救国，大家都在高谈联合战线，但是政府怀疑民众，民众也怀疑政府；中央不信任地方，地方也不信任中央；国民党怕被共产党利用，共产党也怕被国民党利用，这是谁也不能否认的事实。"

　　文中表示，"五年来，蒋介石先生历次表示埋头苦干，忍辱负重，准备抗日，这是天下所共闻的。我们也承认抗日要尽可能地作迅速而有效的准备，我们所不能同意的只是准备抗日的方式"。"中国国民党，我们始终认为是中华民族革命历史上的一个主角。"同时，认为中国共产党于去年八月一日发表宣言，主张停止内战，联合各党各派，共同抗日救国。中国红军领袖也迭次发出通电，吁请各方面停战议和，一致对外。我们赞成中国共产党和中国红军这一个政策，而且相信这一个政策会引起今后中国政治上重大的影响。最后他们表示，"抗日救国的基本队伍，当然是人民大众。不管中央当局也好，地方当局也好，国民党也好，共产党也好，都脱离不了民众。要是没有民众的参与，断然谈不到抗日救国。同时在救亡联合战线中，也只有民众是最热诚的，最坚决的，最坦白无私的"。

毛泽东在该文发表数日后就知道了其内容，并于8月10日致信章乃器等四人以及全体救国会员，他站在《八一宣言》的立场上，对四人发表的宣言作了答复。他写道："我们在报纸上读到了章、沈、陶、邹四先生所发表的团结御侮的几个基本条件与最低要求和全国救国联合会的宣言和纲领。这些文件引起了我们极大的同情和满意，我们认为这是代表全国大多数不愿意作亡国奴的人们的意见与要求，我代表我们的党、苏维埃政府与红军表示诚恳的敬意，并向你们和全国人民声明：我们同意你们的宣言、纲领和要求，诚恳地愿意与你们合作，与一切愿意参加这一斗争的政派的组织或个人合作，以便如你们纲领与要求上所提出的一样，来共同进行抗日救国的斗争。"

但是对《团结御侮的几个基本条件与最低要求》中的一些观点，毛泽东婉转地作了批评，如文章中把过去的争论归集为抗日斗争的方法和"安内""攘外"的先后上，毛泽东判断"这只是表面上的，实际上是有些人在民族叛徒与民族英雄之间动摇，在抵抗与投降之间选择道路"。

潘汉年回到瓦窑堡，向中共中央汇报了共产国际与中共代表团联系的情况，以及国统区的抗日救亡运动。9月下旬潘汉年离开陕北，重返上海，携有毛泽东给章乃器、陶行知、邹韬奋、沈钧儒的信函。毛泽东代表中共中央，再次对章乃器等人所著的《最低要求》一文，作了肯定的答复，并在信中说："先生们抗日救国的言论和英勇的行动，已经引起全国广大民众的同情，同样使我们全体红军和苏区人民对先生们发生无限的敬意！但要达到实际的停止国民党军队对红军进攻，实行停止内战一致抗日，先生们与我们还必须在各方面作更广大的努力与更亲密的合作。""我相信我们最近提出的民主共和国口号，必为诸位先生所赞同，因为这是团结一切民主分子实行真正抗日救国的最好方策。""付上我们八月二十五日致国民党书，请求诸位先生予以审察，并以高见惠示我们。""国民党军队继续对于红军进攻与一切野蛮法令的尚未撤废，到今天仍然把我们与先生们远远地隔离着，彼此不能经常共同讨论与交换抗日救国的具体意见。这也就不得不使诸位先生对于我们今天所执行的抗日民族统一战线的方针与实际行动，尚有若干的隔阂与误会。因此，我委托潘汉年同志与诸位先生经常交换意见和转达我们对诸位先生的热烈希望。"

救国会服从民族在危亡时刻的最高使命，它包容了一切党派、政团组织，参加救国会的不仅有中共党员、国民党和其他党政派别，也包括宗教界人士，基础是大量的无党无派的爱国民众。救国会自成立一开始就与中共有着密切关系，由于救国会的主张与中共北上抗日、反对内战的主张相吻合，尤其在《八一宣言》发表后，中共自身经历了由反蒋抗日转为逼蒋、拥蒋抗日的过程。在这一问题上，救国会与中共的大政方针相一致。而且，中共对于救国会的态度十分明确，鼓励党员参加各地方的救国组织和各种形式的救国运动，无条件地服从救国抗日组织的规则、纲领和决议。由于长期在国统区从事地下斗争的中国共产党人，富有极大的地下斗争经验，自然成了各救国会的重要力量。

救国会是一个由中产阶级爱国知识分子组成的社会团体，集聚着一批社会知名人士，处于公开状态，背后又有复杂的社会关系，南京政府对它无可奈何。中共的地下组织是南京政府镇压的目标，而中共党员们通过救国会宣传党的抗日主张、发动群众，既能保护自己，又能通过救国会把许多失散的党员重新集合起来，聚集力量，因此可以说救国会组织起到了中共在国统区无法起到的作用。

救国会的产生、发展与中共有着密切的关系。但今天再来研究救国会现象，不能简单地把它归结为由中共领导的一个爱国抗日团体，应该看到，救国会是由广大爱国民众在民族存亡的紧要关头自觉服从民族的最高使命而发起的，其中有共产党人参加，并通过对救国会领导层的影响，体现中共方针政策的一个爱国团体。从另一个角度来考量，共产党人以民族利益为重，自觉与民众的爱国抗日运动相结合，加速了它的发展、成熟。救国会离不开共产党人的参与和对重大活动的决策影响；而在那个时代里，在国统区工作的中共党组织和党员也离不开这个组织的存在，否则中共的主张和政策，无法得到有效的宣传和实施。

章乃器在十年劫难中，就救国会运动有没有中共的领导作了解答，认为它"既不具形式，又不留痕迹"，而且"从运动的初期到中期，始终没有人用党员的身份同我们联系。……当然更没有用党组织的名义来同我们接触的""他们所运用的不是党的某一个文件，而是党在长时期工作中对于他们的教导……用通常语言表达一般人所喜闻乐见的他们自己的思想，而不是生硬的、难于接受、难于消化的教条。这种成熟自觉的东西，和我们的自发的但是已经经过深思熟虑的东西，很容易融合，从而产生了一批气势磅礴、热情奔放而又言之有物的文献。"

到南京去请愿

1936年中期的时局，变得格外严峻，日本增兵华北，威胁黄河两岸，浪人走私危害国家财政收入。西南桂系将领举起抗日之旗，决定北上抗日。全国各界救国联合会认为南京政府所说的最后牺牲之时已经到来，"此时不战，更待何时？若不对外，必起内争，时机迫切，系于一发"。全救会紧急通电南京政府，希望政府顾及民族的安危，实现屡次表白的捍卫国土的决心，"领导全国，对日抗战"。

上海各界救国会率先发出赴京请愿的号召。6月21日9时，上海各界救国会联合会组织千余市民、学生，整队开赴北站，请求站长发列车赴京请愿。北站被请愿的队伍占领，到南京的铁路运输中断。请愿团群众在李公朴、史良、顾执中等救国会领导人的率领下，高呼"请政府立即对日宣战""停止内战一致对外""驱逐华北日兵出境"的口号。中西捕探以及大批保安警察出动，布置铁丝网木架等障碍物，包围车站。请愿团千余成员从大门至月台手拉手组成两道人墙，军警们持枪列队看守，互相对峙。市民、学生纷纷对警官士兵作演说，高唱《义勇军进行曲》。

下午2时，军警当局以请愿团不听劝告，拟强迫驱散，派出大批手持竹竿的军警赶到现场。请愿团为避免流血事件，全体撤离火车站。

请愿团活动没有达到去南京请愿的预期，却造成了东方大都市上海的铁路运输中断六个小时，引起中外各界的关注。

7月10日，国民党第五届二中全会在南京举行。全救会为要求政府即日对日抗战，停止耗损民族实力的内战，决定推派沈钧儒、章乃器、史良、沙千里、彭文应赴京，向二中全会请愿。清晨，请愿团抵达南京，国民党中央推三阻四，拒不接受请愿。请愿团提出，请"大会准许代表团在大会发言五分钟"，发言内容：要求大会议决立即对日抗战，开放民众救国运动，保障言论出版自由，并释放政治犯，停止内战。

请愿团迟迟得不到国民党的准确答复，眼看为期四天的国民党五届二中全会就要结束，13日10时，沈钧儒、章乃器、史良、沙千里等五人前往中央党部大会召开处，受到大会警卫部队的阻拦，交涉后，同意进入警卫处，等候大会是否接见的答复。

沈钧儒、章乃器等人等候在警卫处，不知过了多少时候，南京市长马俊超姗姗而来，出面接待，说："诸位，本次会议为中央委员会议，人民代表不能列席参加，请谅解。"

马俊超边说边把请愿团请入小会议室，"对诸位所提出的主张，如对日抗战一点，政府事实上在准备，在野的人是无从知道的。总之，人民与政府应共信互信，由政府来统一军令政令去抗日。你们不应拿抗日与政府来作对，为难政府"。

章乃器当即驳斥："民族危机日甚，政府不思抗日，敷衍民众抗日热情，不惜尽摧残之能事，怎能说我们拿抗日与政府作对呢？如果政府早日实行抗日，岂不是全国早已实现一致对外了吗？"

马俊超不想与五人争辩，继续自己的话题："中央对开放民众救国运动，从不压迫，若地方当局有所压迫，是他们的错误。但是民众应该遵守纲纪，不能以民众运动为借口与政府捣乱。"

马俊超话音未落，招来沈钧儒的一通反驳："政府空言抗日决心，一面却是以内战消耗国力，并拼命压迫人民爱国运动，如何叫人拥护政府，相信它是抗日的呢？要人民遵守纲纪，那么政府官吏呢？非法巡捕人民，人民无故失踪等，官吏的违背法律、纲纪，政府为什么不严加管束、制裁？"沙千里说："中央无力管束地方当局，怎能有效地领导全国的抗日？中央不该推脱职责，该严明法纪！"

马俊超的面额沁出汗珠，大有招架不住之势。他面前的五人，三个著名律师，一个是文思如涌、口舌带剑的银行家，一个是留学美国的法学家。如此阵容，自己如何对付得了？他保持自己一进场的主意，坚决不与请愿代表争论。

"对停止内战，现在无所谓内战。"说罢，马俊超就下了逐客令，"诸位的大部分意见，我向大会转达，至于大会发言就请免了！"说着，把请愿团送到会议室门口。

走到门外，五人大笑。请愿的结果，他们早有预见。不过，南京中央当局没有认为救国会不合法,拒绝接见。当局安排马俊超出来接见、解释,等于承认全救会是一个合法团体。这正是他们所需要的。

下午 3 时后,全救会请愿团在礼查饭店举行记者招待会,中央日报、中央通讯社、新民报、大公报等近三十位记者出席,章乃器报告全国各救国团体的主张及请愿经过,史良报告全救会组织经过。

全救会在南京政府首都,向全国宣告了全救会的存在和请愿活动的失败。

国人难忘九一八

九一八,留在中华民族记忆深处的耻辱,耻辱唤醒了中国人,唱出了一曲震撼人心的《义勇军进行曲》。

在国运险恶、日寇入侵紧迫的 1936 年,纪念九一八具有十分重要的现实意义。

沈钧儒在《怎样纪念"九一八"》一文中,号召人们在 9 月 18 日中国人所有的学校、工厂、商店等一律停止营业,于 10 时同时打钟鸣笛举行纪念大会。此时此刻,每一个中国人应想念祖国的统一;铁蹄下同胞的呻吟和与敌人枪击的抗日义勇军们……

沈钧儒的文章慷慨激昂、令人震撼,鼓舞每一个正直的中国人在"九一八"五周年纪念日,去思考祖国的前途和民族的未来,去抗争。章乃器也向救国阵线战士致信:"我们用行动来纪念'九一八'自然先要冲破代理人下的压迫,然后才能向日本帝国主义抗争。尤其是在今年的'九一八',日本帝国主义除了利用蒙伪军进攻绥远之外,还要扩大成都事件和北海事件威吓代理人们,以图根本消灭中国人民反抗运动。……'九一八'已经经过五个年头的今日,还依然有敌人来压迫民众,那自然就是甘为代理人的汉奸,是敌人豢养的奴隶,我们是要毫不犹豫地杀尽这一班无耻的国贼的。"

上海各界救国会提出了《"九一八"五周年纪念宣传大纲》。9月5日救国会领袖们和上海市政府谈判，政府默许救国会提出的召开一个盛大的九一八纪念会。南京政府担心救国会利用九一八纪念日，掀起一场反对日本帝国主义入侵的群众性示威活动，刺激日方，因为日方已扬言用武力干涉中国经济发达的长江中下游地区。南京政府授意上海市长吴铁城设法阻止救国会组织的九一八纪念活动，提出邀请沈钧儒等救国会领袖赴南京接受蒋介石的接见。全救会领袖沈钧儒、李公朴、章乃器、邹韬奋断然拒绝。不久，吴铁城以南京行政院的通令强硬宣布停止纪念活动，取消纪念会。经杜月笙、钱新之、黄炎培等人与市政府磋商，救国会不得已放弃原计划，改成在距市区三十里的漕河泾地区，举行九一八纪念碑奠基典礼，限定人数。17日下午，政府又找借口宣布取消第二天的奠基典礼。

一切陷入僵局，救国会领袖没有退缩，17日晚发动两千人左右进行"游击宣传"，每宣传队四人，散布在上海的大街小巷。宣传队员不断向群众分赠宣传品，宣传结束内战、团结一致抗日的主张。18日下午3点钟，沈钧儒、章乃器、李公朴、王造时、史良以及大批救国会成员和群众向南市小东门集结，准备乘车赶往漕河泾，不想大批军警已暗伏在南市小东门一带，一见市民已聚拢，挥舞棍棒驱散人群，手无寸铁的群众被迫撤离。一部分群众在王造时、史良的率领下，突破警戒线，向老西门进发，高呼纪念九一八口号，高唱救国歌曲，秩序井然。

老西门已布置下了警察和便衣侦探，等待示威人群到来。4点20分游行队伍一出现，军警们一拥而上，用刺刀和棍棒殴打示威者，血案终于发生。

人群里响起了"中国人不打中国人"的口号，可已受命的军警们挥舞棍棒扑向示威者。游行人群顿时四处散开，有的避入沿街的商行，有的逃到弄堂深巷。军警们不顾一切追赶、殴打，不少妇女、儿童遭到暴虐，无法逃脱，遍体鳞伤。看到五六个警察痛殴一跌倒在地、抱头痛哭的妇女，史良痛心疾首，一面高呼不许打人，一面冲上前去，阻挡军警将落在妇女身上的棍棒。史良手臂、背部多处受伤。冲突持续了四十分钟，被殴伤者达百十多人，被捕失踪三十余人。

老西门一带警笛狂啸、人嘶车鸣、鲜血涂街……

次日，救国会在宁波路邓脱摩饭店举行记者招待会，向新闻界通报惨案真相。20日，上海各界救国联合会紧急发表告全国同胞书，指出当局不惜用刀棍对参加纪念九一八的徒手群众施行残酷的压迫，是想向日本帝国主义证明中国人已忘了九一八。"这还不是单纯的压迫，这中间还有毒辣的预谋，对敌人束手无策，一味乞怜，而对自己的同胞，则压迫唯恐不周，摧残唯恐不毒；这种误国的官吏，我们不能不宣布其罪状于全世界，以求人类理智的裁判。"

南京政府的暴行引起了社会各界的共愤，宋庆龄、何香凝发表声明："请一致主持公道，严办负责官吏，抚慰受伤人民，释放被捕诸人，以安人心，至为企盼！"李宗仁、白崇禧也致电救国会慰问纪念九一八惨案中受伤的同胞。

救国会与鲁迅葬礼

10月19日——鲁迅逝世。他再也不能呐喊，静静躺在大陆新村9号寓所的卧室里，失去了投枪的膂力，匕首般锐利的笔闪不出寒光。他和许多勇士一样，没被敌人的流弹击倒，却无法敌过体内细微的病菌的侵袭。几个月前，美国肺病专家上门替他诊断，露出一脸惊诧：面前这位病入膏肓的中国人竟然还在写作，若是一个欧洲人五年前已入土安息了。美专家无法回答病人的询问，不得不称赞他生命顽强，是抵抗疾病的典型的中国人。

临终前，他显得平静，胸腔里发出的呼吸声不再急促，他感觉渴，发出低沉的"要茶"声。话声刚落，他的头朝枕头右侧一歪，再也无力摆正。一颗巨星飘坠，结束了并不漫长的生命——五十六岁。他直挺挺仰躺在卧榻上，眍进眉骨的双眼紧闭，微蹙眉结流露出忧患和愤慨，两撇威严的胡子给嶙峋的头颅增添了斗士的风采。斗士倒下，依然不失斗士的风采。

典雅的日本看护妇田岛收拾起医疗器械，蹑手蹑脚退出房间，在门口向女主人许广平鞠了一躬，似乎告诉她自己的职责已尽，无须继续滞留。鲁迅逝世的噩耗传遍中外，震惊、痛惜、呜咽；也有嘲讽、欣喜，即使官方在嘲讽之余，不得不加一些对他的肯定，诸如新文化的巨擘……

对于处于局势大转变前夜的中国来说，需要鲁迅的"投枪"和"匕首"，需要更多的人挺起像他一样的脊梁。许多清醒的中国人，悲痛之余，追随鲁迅不死的精神，以自己的躯体构成民族的脊梁，支撑古老且落入泥潭的中国走出内战的深渊，枪口一致对准民族的敌人。当务之急，摆在他们面前的是如何筹办鲁迅的丧事，悲戚的悼念只能使时间白白流逝。时下的分歧聚焦到把鲁迅作为具有世界意义的文豪来悼念，还是把他作为民族的斗士追悼，掀起一场联合一切力量拯救民族危亡的群众运动，两者之间的争议牵动着人们的心绪。

10月19日早晨，中共驻上海办事处副主任冯雪峰摇响了"哈瓦斯"新闻通讯社编译胡愈之寓所的电话。胡穿着睡袍起身接过听筒，脸上出现了惊愕的表情。鲁迅的病情，他知道得极清楚。年初，他带着苏联方面的委托，欲邀鲁迅赴莫斯科休养。他由香港秘密潜回上海，约鲁迅在一家咖啡馆面陈。鲁迅拖着削瘦的病体赴约，毅然拒绝。"我五十多岁了，人总是要死的，死了也不算短命""我在这儿，还要斗争，还有任务，去苏联就完不成我的任务。敌人是搞不掉我的""他们对我没有别的办法，只有把我抓去杀掉，但我看还不会，因为我老了，杀掉我，对我没有什么损失，他们却损失不少，要负很大的责任。敌人一天不杀我，我可以拿起笔杆子斗一天"。胡愈之凝视着鲁迅根根直竖的头发，噙着泪水无意再劝，他理解面前的斗士。先生精神矍铄，治疗一段时间会好转，他带着自己的希冀与鲁迅告别。

冯雪峰的声音继续响起，打断了胡愈之的沉思："先生的葬礼，宜救国会出面组织，酿成一场声势浩大的反内战的群众运动。"

胡愈之放下电话，靠在床边吸烟，心情沉重。这个隶属于中共情报系统的布尔什维克，正秘密做救国会上层领导的工作，与救国会诸领袖结下了深厚的友情。他的学识名声、谦谦风采赢得了他们的信赖，引以为知己，使中共能有效地借助救国会的力量做一些自己无法做的事情。与此同时，莫利哀路 29 号洋楼前的草坪上，一个娴淑中透出坚毅的女性垂首踱步，无心看一眼那些钟爱的鸽子。它们悠闲地散步草坪，无忧无虑，不能理解女主人此时的心情，分担她的痛苦。她低头沉思，女性缜密的思辨告诉她，鲁迅不光属于文艺界，他属于中国，纪念他不是少数人的事，应由民众来承担。要达到这目的，唯有依靠救国会的力量，它能打破界别、政党乃至阶级的界限，广泛发动群众，结成统一联盟。

李素娥已猜到女主人将出门，抱着灰色风衣站在台阶上等候。宋庆龄默默地披上风衣，赶赴大陆新村。

冯雪峰一踏进大陆新村 9 号，急得直跺脚，冲周建人高声嚷嚷："你怎么不早一点通知我呀！"他快步上楼进入鲁迅的卧室，俯下身子深情地吻了一下鲁迅的面颊。

宋庆龄已坐在客厅里，倾听许广平的诉说。许眼圈通红，抽泣不止，脸庞失去了平日的血色，苍白一片。周建人与冯雪峰下了楼，与宋庆龄交谈起来。"当务之急是商量一下如何料理丧事。"冯雪峰踱步走到窗前，"葬礼不宜我们出面，否则必遭国民党的扼杀。"宋庆龄操着一口酥糯的沪语："救国会可以。它是公开的，又能联络各界人士。"她在紧要关头总能和中共站在一起。冯雪峰心头一热，甚是敬佩。宋庆龄身为救国会的执行委员，主动提出承办丧礼，一切担忧云消雾散。"应该有个治丧委员会，"冯雪峰说，"政治上、文艺界、国际友人、亲朋挚友，方方面面都需要照顾到。""蔡元培、宋庆龄、内山完造、沈钧儒、萧三、曹靖华、A·史沫特莱、茅盾、胡愈之、胡风、许季茀、周建人、周作人。""应该有对付国民党政府的缓冲人物，把丧礼办得更好。"宋庆龄沉吟俄顷，缓慢地说。冯雪峰回过头来："谁最合适呢？""相伯先生。""马相伯？""对，他也是救国会发起人之一，国民党拿他没办法的。"当天出版的《大晚报》，发表了鲁迅先生的讣告和治丧委员会名单。翌日，街头报童挥舞手中的《大公报》《申报》，扯着嗓子高喊："看报，鲁迅病逝、治丧委员会有所变动。"治丧委员会的名单，人员减至八人，去掉了《大晚报》公布的名字中的胡愈之、曹靖华、胡风、许季茀、周建人、周作人。在征得马相伯的意见后，马的名字排在了第一位。

其实，冯雪峰还起草了一份名单，增加了毛泽东，可当时国统区的报刊没有勇气让毛泽东三个字见报。一家日本人办的小报《日日新闻》在10月20日刊登了一则消息：鲁迅告别礼，今明两天中举行，毛泽东也是治丧委员。

出现在中国政治舞台上不足周岁的救国会，它的诞生发展与鲁迅生前没有什么联系，救国会的团结御侮的政治纲领，鲁迅并未公开站出来支持，他对统一战线的建立有着自己的主张。救国会机关报——《救亡情报》的记者陆诒采访他时，问及他对全国救国会提出的"联合战线"的看法，鲁迅针对性极强地发表了如下的谈话："民族危难到了现在这样的地步，联合战线这口号的提出，当然也是必要的。但我始终认为在民族解放斗争这条联合战线上，对于那些狭义的不正确的国民主义者，尤其是翻来覆去的投机主义者，却望他们能够改正他们的心思，因为所谓民族解放斗争，在战略的运用上讲，有岳飞、文天祥式的，也是最正确的，最现代的，我们现在所应当采取的，究竟是前者，还是后者呢！这种地方，我们不能不特别重视，在战斗过程中，决不能在战略上或任何方面，有一点忽略，因为就是小小的忽略，毫厘的错误，都是整个战斗失败的源泉啊！"

救国会领袖之一章乃器在冯雪峰的安排下，与鲁迅会面。章乃器介绍了救国会的性质、组织结构、人员组成。鲁迅斜倚在藤椅里，吸着纸烟，透过烟雾凝望面前这位著名银行——浙江实业银行副经理的面容，总觉得他有些朦胧，整个会面没有什么结果。

一辆黑色道奇轿车，飞速驰向沪西愚园路沈钧儒寓所。胡愈之无心观望车窗外的街景，耐不住烟瘾掏出纸烟，贪婪地吸了起来。是啊，把鲁迅的葬礼放在救国会的肩上，他们能接受吗？他眉头紧锁，忧心忡忡。

胡愈之走进沈钧儒的书房，见他背对房门，仔细端详玻璃柜里一块普通的石头。

"是愈之吗？"沈钧儒耳尖听出了胡愈之的脚步声。"先生又在观赏你收集的石头？"胡愈之知道他酷爱收集平凡、普通、坚毅的石头。"这块石头，是我岳丈从台湾带回故里，那时，日本人刚占领台湾。我一直保存至今。我想大陆不至于沦为台湾哩！"

"早上，豫才先生病故你恐怕是知道了吧？"胡愈之试探地问。"孙夫人已来电，她吩咐在万国公墓给周先生置墓地，我会办妥此事的。"沈钧儒捋着额下美髯，沉着地回答。他比鲁迅长五岁，记忆中还是在浙江两级师范学堂任监督时，延聘刚从日本回国不久的鲁迅为理科教员，与鲁迅有过交往。那已是二十四年前的事了，以后两人难以谋面，交往甚少。

"衡山先生，"胡愈之打断对方的沉思，"目前的形势，周先生的葬仪由救国会出面筹备，你看妥否？"沈钧儒作了肯定的答复。

话分两头，19日9时许，法租界辣斐坊史良大律师寓所，正在召开上海妇女界救国会理事会，出席会议的有沈兹九、胡子婴、陈波儿等30年代女界名人。女佣走到总干事胡子婴身后："太太，有你的电话，好像是孙夫人打来的。"宋庆龄在电话里告诉她，鲁迅已经逝世，丧事由救国会来办；通过他的丧事来发动民众，搞成一个群众性的运动。胡子婴回到会场，向在座诸位转达了宋庆龄的意见。

《申报》副刊《妇女园地》和《妇女生活》主编沈兹九轻声叹息："是我错怪了周先生。"不久前，沈兹九和一些女权运动提倡者跑到鲁迅家里，动员许广平出来做妇女工作，许广平沉默俄顷，似乎已被说动。鲁迅在一边用夹着香烟的手指点夫人："广平你不要出去！"许广平欲言又止，默不作声。沈兹九和女友扫兴而归，心想，他口头上说妇女解放，却把自己的夫人关在家里，管得太严太死了。现在想来错怪了周先生，病势严重的鲁迅，家中不能离开主妇，先生的文稿等着她整理抄写。而我们这些"娜拉式个性"的女子，还拼命劝许广平离家外出！

中午时分，救国会的领袖们在卡尔登边上的功德林蔬菜处紧急聚议。功德林蔬菜处是他们常聚会的地方，救国会没有一个固定的办公处，许多重大事情都在餐馆里商议，文件什么的全在各人的皮包中。不一会儿，章乃器出现在蔬菜处，他为建立抗日统一战线被迫辞去浙江实业银行副经理的职位，不惜毁家纾难，卖掉自己的小楼，赁屋而居，所得款项补充救国会的财政。他和妻子胡子婴及孩子，靠他从银行领回的一笔职员储蓄金本息度日。丢掉金饭碗的章乃器，无职一身轻，一腔热忱倾注救亡的事业中，实际上成了救国会的专职领导人。

"丧事的经费，救国会承担！"三句不离本行，章乃器对沈钧儒说。

"我们的经费本来就紧，如何筹措？"王造时颇有些担心。"经费的事，能够解决。"章乃器很自信。救国会领袖们一致认为：鲁迅先生的葬礼以上海文化界救国联合会名义主办，接受胡愈之建议通过葬礼发动一次民众示威，把抗日救国运动推向高潮。

鲁迅的葬礼由救国会主办的消息传到瓦窑堡，中共中央及中华苏维埃政府中央执行委员会，通过上海文化界救国会转交了给许广平的唁电："鲁迅先生在无论如何艰苦的环境中，永远与人民大众一起与人民的敌人作战，他永远站在前进的一边，永远站在革命的一边。他唤起了无数的人们走上革命的大道，他扶助着青年们使他们成为像他一样的革命战士，他在中国革命运动中，立下了超人一等的功绩。"

如何把丧事变成一场群众救亡运动，救国会的领导们心里没有谱，但是他们有丰富的经验，经验使他们自信。他们拟出初步方案，鲁迅遗体安放在万国殡仪馆，民众瞻仰遗容三天，各救国会和民众送的挽联在出葬时作为仪仗，安葬时起灵、下葬由各界人士包括国外友人抬棺。甚至连悼歌他们也考虑到了，可惜谱曲是来不及了，参加葬礼的民众也来不及练唱，因此准备采用《打回老家去》的曲调重填新词作为悼歌。鲁迅晚年的战友胡风主张以一个伟大革命作家的身份安排鲁迅的葬礼，政治影响会更大更好。他认为，让救国会的领导们出面，不一定收到良好的效果，他们在民众中的威望还不高。

各界救国会理事会邀请胡风等一些与鲁迅关系密切的作家举行会议，会上沈钧儒介绍了鲁迅葬礼的活动方案，征询意见。当说到抬灵柩时，胡风激动地亮出自己的观点："先生的棺椁应该由文艺界来抬，而不是其他什么人。先生具有国际主义者的风范，不是民族主义者，他生前反对狭隘的民族主义。"

章乃器站起身慷慨陈词："鲁迅先生不仅是一个伟大的文豪，他超越了任何界别，说出了被压迫大众所要说的话，指点了大众应该走的路。

他属于世界被压迫大众，更属于中华民族。失去了他的民族性，国际主义不过是空谈而已。在国难当头的今天，先生精神应该归结为民族求存。"

四周一片掌声，胡风噌地站起身，欲继续与章乃器争辩，他敢于直抒自己的心臆，对什么问题总想辩个究竟。沈钧儒微笑地提出了折衷的方法："起灵时文艺界抬棺椁，到公墓安葬时由各界人士来抬。"他的年龄决定他不可能像青壮年们一样好争论，更注重实际效果。

最后问题集中到鲁迅棺木上将覆盖怎样的旗帜。国民党大员死后，用一面青天白日旗覆盖棺材以示国葬。鲁迅棺椁上用国民党旗帜显然不合适，空白的旗帜失去了覆盖的意义，旗帜上写一些什么呢？一时困扰了人们。

胡子婴沉思起来，先生一生为国家和民族而战斗，无愧中华民族杰出的代表，民族的精神在他身上得到全面的体现。"民族魂！"她旁若无人地喊出了这三个字。

沈钧儒操着一口吴语，缓慢地说："好。周先生得不到什么国葬，但可举行一个民族的葬仪，他地下有灵会高兴的。"

纸、砚、笔是现成的，沈钧儒伏案而书，写下"民族魂"三个酣墨淋漓的大字。

一面白缎作底，黑丝绒做成的"民族魂"大旗诞生了。当今天的人们站在复制的旗帜下仰视它时，心中依然会激起荡气回肠的波澜。建国后，鲁迅墓从万国公墓迁入虹口公园，墓工们打开墓穴时，白缎"民族魂"的大旗随着岁月的消逝，腐烂化成碎片。岁月何止磨损人们的记忆，万物皆在老化之列，不死的唯有坚强不息的精神，代代相传，浸润在民族的血液中，无法抹去。

鲁迅的遗体安卧在万国殡仪馆的大厅里，由内山完造找来日本医药人员给遗体注射了防腐剂。遗体经过精心化妆，似乎显得年轻了许多，头发梳得一丝不苟，且有光泽，头下搁一只白色枕头，脸色安详，好像睡着的样子。遗体换上了长袍马褂，这一装束似乎不一定符合死者生前对服饰的要求。灵柩平放在地上，人们低头透过玻璃罩就能看见鲁迅的遗体。玻璃罩棺椁晶莹透亮，庄重豪华，宋庆龄为此花费了一笔钱。于是，一些小报记者讥嘲道，鲁迅一生勤俭朴素，死后却盛敛如此豪华的棺椁里，违背了鲁迅的准则。宋庆龄淡然一笑，她与鲁迅的深情厚谊，无法以金钱物质来衡量，为了死者，也为了活着的人们能再看一眼这位战士，花笔费用算什么呢？

在遗体陈列的当天，前来凭吊的人不多，三三两两文艺界的人和青年赶来瞻仰遗容，空旷的吊唁大厅里显得格外冷清。胡风、黄源、萧军等人负责照料遗体。自黎烈文拒绝担任治丧处长后，胡风他们身上的担子更重，群众瞻仰要有人负责签到，花圈、挽联须登记，事无巨细，均落在他们肩上。深夜，劳累一天的他们，在遗体前面的地毯上打起地铺，过了一个不眠之夜。户外，秋虫悲鸣，凄凄惨惨，漫漫长夜何时是尽头？

后两天万国殡仪馆人流不息，签到处的名册上留下了数以千计的瞻仰者的姓名，尚有许多不知姓名的凭吊者来去匆匆，为的是最后望一眼先生。瞻仰者中有工人、店员、职员、学生、教师、记者、编辑、文艺家，其中不乏与鲁迅毫不相识，甚至连他的著作都没读过人的，他们仅知道死者的名字，鲁迅——民族精神浓缩的体现，这已经足够了。相识与不相识，读与没有读过他的书，显得并不重要。

10月22日下午1时许，人们从都市不同的角落来到草木萧瑟的万国殡仪馆，人流中出现了宋庆龄、蔡元培、沈钧儒、章乃器、邹韬奋、李公朴、王造时、史良、郑振铎、叶圣陶的身影。胡愈之默默地走在救国会领导们身边，边走边吸着烟，他将在鲁迅墓地致简短的悼词。此时此刻，他既不能公开代表中华苏维埃，也不能代表救国会，他在这个组织中没有任何职务。他常常是这样：在事业初创时有他的身影，事业发展了壮大了，却没有留下姓名悄悄离开了。

黑压压的人头一致转向吊唁大厅，视线聚集到同一个焦点。忽然一张娇媚的脸闪动了一下，左顾右盼，风情百般。她对于20世纪六七十年代的人们并不陌生，衰老中透射出当年绰约的风姿——江青。

2时，黄源、巴金、黎烈文、胡风等十四名作家抬起灵柩。刹那间，悲痛的泪似涌泉，呜咽、嚎啕一片，无数双手争相触摸棺木。灵柩抬上殡车，足足耗了半个多小时。人们不愿他离去，呼喊着他的名字，就像他唤出人们心声一样催人泪下，撼人魂魄。

灵车缓缓启动，朝西郊万国公墓驶去。车后紧随着宋庆龄、蔡元培以及救国会的领导们，他们走在这支近万人组成的队伍前面，身后的社会各界民众手持白色小旗，唱起了挽歌：

"你的笔尖是枪尖，刺透了中国的脸。你的发言是晨钟，唤醒了奴隶们的迷梦。在民族解放战斗里，你从不曾退却……天空中飘坠下纸片，不是什么冥钱，印着鲁迅生前救亡的主张。"送葬队伍足有两里多长，巴金等一些作家自动分列维持秩序，《八月的乡村》的作者、东北汉子萧军任总指挥。整支队伍秩序井然，气氛肃穆，像股铁流由胶州路流入爱文义路、静安寺路、大西路、中心路到达虹桥路。

途经租界时，不少印度巡警驻马戒备。举行出殡游行已由殡仪馆向租界巡捕房办了法定手续，没有发生意外。折入华界，警察局派出了许多军警，荷枪实弹地站在马路两旁，一些读过鲁迅著作、知道鲁迅的警察，哼起了挽歌，掉下眼泪。对于富有爱国心的中国人来说，不能不流泪。1936年的中国岌岌可危，不说日本帝国主义指使伪蒙军点燃百灵庙战火，狼烟翻滚、烽火未熄；就是中国的经济命脉——上海，日本兵驾驶坦克车、装甲车不时驶出虹口租界，在人们眼皮底下示威。1936年中国上空闪动着刀光剑影，传来刀刃相击的铿锵。

浩浩荡荡的队伍行至哥伦比亚路与虹桥路的转角处，人行道上站满同文书院的日本学生，他们身穿整齐的黑色制服，白色长袜，伸长脖颈观望，发出"中国出了一个大作家，有这么多人给他送葬"的感叹。日本学生没有理解，也不可能理解这送葬的真正意义。

队伍中爆发出"打倒日本帝国主义"的呼声，群情激愤。

"打倒日本帝国主义"本应是1936年中华民族发出的最强音。日本发动全面的侵华战争已不可避免，谁也改变不了这一事实。但是，南京政府不顾事实，开动庞大的国家机器捂住人民的嘴，禁止使用抗日口号。他们要人民忍让、退却，生怕引起外交争端。于是，报端常出现以某国代替日本的怪事，救国会成立时不能用抗日救国会的称谓，因为抗日会滋生出事端。泱泱大国遭人践踏、蹂躏，竟孱弱到不敢提及侵略者的国名，岂不是民族的悲哀？

黑幕撕裂了，顽强的太阳从云间的深罅处射出几缕血色光泽，凝重、苍劲，又一个血色黄昏降临，光顾人寰。

葬礼在万国公墓的礼厅石阶前举行。礼厅墙上悬挂着鲁迅巨幅画像，画像下宋庆龄无意看一眼自己家族巨大且豪奢的坟墓，凝望着东北角。那里将诞生一座仅一米左右的墓冢，沉睡着一个伟大的生命。简朴的墓碑上除了鲁迅的瓷像外，还有就是他的遗子海婴稚拙的笔迹——鲁迅先生之墓。她不禁伸出手抚摸一下身边的小海婴。他仅七岁，这么小的年龄失去父爱，未来的日子怎样熬下去！女性对于孩童，有一种天然的慈爱，虽然她一生并未育有一男半女，但母爱使她泪水夺眶，脸上泪珠涟涟。

蔡元培致辞已毕，沈钧儒报告鲁迅生前事略。沈钧儒一改往日平稳、缓慢的语调，激昂慷慨起来。他难以控制自己的情绪，微颤的手时不时捋一下颌下美髯，年逾花甲的他很少有过失常的激动。

宋庆龄在人们的掌声中，讲了一段简短的话："鲁迅先生是革命的战士，我们要承继他战士的精神，继续他革命的任务！我们要遵着他的路，继续打倒帝国主义，消灭一切汉奸，完成民族解放运动。"她不擅长做即兴演讲，尤其在情绪激动时，更难做到。她与鲁迅结下深厚的战斗友谊，能谈出许多鲁迅的轶事。然而，现在她不能不以口号似的语言，表达自己的深情。

墓畔发表演说最长的是章乃器，他远不只是一个银行家，撰著了诸如《中国货币金融问题》《中国货币制度往哪里去》等大部头经济著作，他还擅长于撰写政治宣言，发表演说。每当他演讲稍停顿时，热烈掌声跟着响起。

"鲁迅先生所以伟大，是在于他的笔，肯为全世界被压迫大众讲话，肯为特别被压迫最厉害的中国民众讲话。纪念鲁迅先生，我们必须发起一种鲁迅运动。第一，使没有参加联合战线的人，都觉悟了来参加。第二，应使每个人每天都做一小时有利于民族解放的工作。第三，每个人都应该学鲁迅先生的样，为全世界被压迫者讲话，而且至死不屈！"内山完造、邹韬奋、萧军分别作了演说。最后，救国会领导沈钧儒、章乃器、王造时、李公朴四人，一起展开"民族魂"的大旗，轻轻覆盖在鲁迅先生的灵柩上。墓穴四周人们自动挽起手，筑起了人墙。十四位作家紧攥绳索，缓慢、平稳地把棺椁放入穴中。四个泥工移动石盖，关严实后用水泥封住每个角落。一把把泥土，纷纷扬扬落在了石盖上，堆积成拱形的土包。生者为死者唱起了愿你安息的挽歌，死者听不到生者的祝愿、赞美乃至咒骂。棺椁中的他，已不具有生命，一堆变化着的有机物质而已，但肉体可以消灭，不灭的是他的精神。

鲁迅葬礼的第六天，《日日新闻》透露出一则惊人的消息，蓝衣社上海特区高级会议决议"将王造时、章乃器、邹韬奋等数十名抗日救国联合会首脑，以对付史量才之手段处以死刑"。

史量才——中国报业巨子，惨死在国民党特务的枪口下，连尸骨也只能悄悄埋入杭城附近的山谷，生怕遭挖坟暴尸之灾。

这一天终于要到来了。

七人被捕的导火索

时局紧张，压迫得人们无法透气。社会上谣传甚嚣尘上，七人将被捕的消息，不胫而走，四处流传。七人也有所闻，有的流传渠道还十分可信，畏惧、逃遁、隐匿是软弱、卑琐，唯一的出路就是继续战斗下去。

11月8日，上海又出现了大规模的日商纱厂工人罢工。日商纱厂工人罢工孕育长久，1936年2月3日，日商大康纱厂工人梅世钧被日方管理人殴毙，引起社会哗然，酿成一次波及上海主要日商纱厂的罢工活动。

李公朴主办的《读书生活》发表了《梅世钧被杀》一文，预示"梅世钧的被杀一定会掀起一个比'五卅'更伟大的运动的吧"。

当时在日商纱厂做工的工人，命运悲惨。五卅惨案后，日方资本家加紧了对中国工人的剥削，用残酷的管理办法，榨取中国工人的血汗。中国工人迫于生计，不得不在日商纱厂里从事无法忍受的劳作，承受非人的虐待。20世纪20年代末叶，工人的生活更惨，1935年世界经济危机已经过去，经济略见好转，中国市场日益兴盛，棉纺织业需要增加，销路也顺畅起来，日商为了获得丰厚的利润，依然维持经济大萧条的状况，压榨工人，待遇苛刻，延长工作时间，减少工资，工人稍有疏忽，即罚扣工资，动辄开除，至于无理诟骂与殴辱，更为常事。工人每日做工12小时至18小时不等，工资则仅大洋一角几分，最多亦不过三角几分。救国会一直关注日商纱厂劳资间日益尖锐的矛盾，不断揭露了日商残害中国工人血淋淋的事实，在5月的一份《救亡情报》上，他们刊登了一篇关于女童工惨死经过的文章："4月10日裕丰纱厂一女童工在工作的时候，说了声罢工的话，立刻被五六个工头拖出去拳打脚踢，打倒在地。一个小女孩便活活地被打死了。工头便把尸首装在麻袋里，藏在一间筒子间里……"6月14日的《救亡情报》上又刊登了两个工人遭日人毒打致伤的经过。以后，他们陆续发表了《铁蹄下女工的呐喊，停工后要不到工钱》、《日商纱厂的工人生活状况》等文章，引起了社会的震动。同时，作为救国会机关报的《救亡情报》，悄悄地在一些日商纱厂的工人中流传，日商纱厂出现了工人自发组织起来的救国会，罢工、怠工事件不绝。

随着日寇加紧对中国的侵略，国内反抗日寇的情绪日益高涨；日商纱厂劳资矛盾更趋尖锐，终于在1936年11月酿成声势浩大的日商纱厂工人反日大罢工。

7日，日商上海第四纱厂工人率先罢工，随后沪东杨树浦地区的上海第一、二、三、五及同兴、东华等日商纱厂全体男女工人一万五千余人联合一起关机罢工，以示声援。很快罢工蔓延到沪西、浦东，酿成上海全市性日商纱厂的大罢工。罢工工人发表联合宣言，提出五项条件：要求增加工资十分之二；吃饭后停车一小时；不准开除任何一个工人；不准拷打任何一个工人；反对星期日多做钟头。罢工遭到中日军警的镇压，工人被捕，流血事件不断，也有罢工工人死于军警的乱枪棍棒之下。罢工工人愤怒难平，罢工此起彼伏，持续不断。

日方派人员与罢工工人屡次谈判，由于双方条件相差甚远，工人继续罢工。中日贸易协会理事长钱新之出面调停，但无结果。此时日本政府驻上海领事馆、驻上海特务机构正密切关注着罢工事态的发展，不断密报日本本土的外交部和情报机关。日军大批进驻纱厂，企图以重型武器镇压罢工。黄浦江上出现了日军增援的军舰，剑拔弩张，大有一触即发之势。

日商纱厂工人大罢工一开始，得到救国会七君子们的支持。《救亡情报》11月15日，发表《日厂华工同盟罢工和我们》的社评，支持罢工，并警告日寇不许用武力镇压；把一场劳资矛盾扩大成民族之间的斗争。同期《时事一周》中章乃器热情地写道："久受奴隶待遇的上海日纱厂工人，到这时也完全觉悟了。他们发动了十多家纱厂一万六千人的大罢工，要求增加工资、减少工时、不准打骂侮辱和女工生产不准开除的几个天公地道的要求。……他们是不愿意再做亡国奴了，这是救国阵线力量扩大的一个重大的表征。"

11月12日正值孙中山先生诞辰纪念日，救国会不顾国民党上海市党部的阻挠，组织群众在静安寺路女青年会召开纪念会，主张实现孙中山的联俄、联共、扶助农工的三大政策，国内团结一致，反对日寇的侵略。会议最后，沪东区日本纱厂的一位女工登台演说，揭露日商的残暴和工人们的反抗，引起与会者同情和义愤，纷纷慷慨解囊援助工人们的正义斗争，沈钧儒、章乃器、李公朴、王造时等七位救国会领导也不例外。沈钧儒、章乃器、王造时当即致电国民党桂系高级将领李宗仁，请他支持日商纱厂工人罢工，给予罢工道义和物质的援助。邹韬奋与他主持的生活书店全体员工向罢工工人捐赠一日薪水，声援工人罢工。上海各界救国联合会率先发言呼吁，号召全国同胞援助日商纱厂罢工工人："我们首先希望全上海十一万的大中学生，能够首先发动节食运动，减省饭费五分之一，这样我们就可以永远维持日商纱厂罢工工人的生活，而可以使他们长期奋斗下去。"

"全救会希望华商纱厂的企业主、工友们，能够觉悟日商纱厂的败挫就是华厂的生存，而日厂工人待遇的提高和成本的加重，是华厂战胜日厂的唯一可靠的条件。全救会要求华商厂主及工友一致以实力援助日厂罢工。"

全救会继续向其他工厂里的工人、店员、公务员、市民和全国同胞呼吁，团结一致，缩衣节食援助日厂罢工。这样，必然可以在这个经济斗争当中，使日本帝国主义完全屈服。

学生界救国会激动地表示："我们代表着上海市全体学生来向二万多英勇的工友们作由衷的同情与羡仰，你们不怕饿着肚皮，挨着皮鞭与枪炮，不怕敌人的铁甲车，你们只知联合团结向民族的吸血鬼——日本帝国主义者斗争。你们这种英勇的精神将燃着全国四万万七千万人的心，引起他们抗敌的热情像火山般爆发。……你们是不孤独的，和你们站在一起的是全国不愿做汉奸亡国奴的人们！"

社会各界纷纷伸出援助之手，解囊帮助罢工工人渡过生活上的难关。救国会和其他爱国群众团体成立日商纱厂罢工后援会，把募来的款换成米票，发给工人兑换成米，保证了工人的生活和罢工的顺利进行。

得到救国会援助的日商纱厂大罢工，直接影响了日本在华的利益，日商受到沉重打击。不仅如此，在1936年的氛围中，日商纱厂的工人罢工有着十分鲜明的反侵略的意义，构成中国大地上反对日本帝国主义侵略运动的一个重要部分。

日本政府不可能坐视不管，18日午后日本驻上海总领事若杉派寺崎赴上海市政府与市府秘书长俞鸿钧协商罢工的解决办法。日方认为，丰田纱厂的罢工完全超出劳资纠纷的范围，纯属暴动，背后有抗日救国会、共产党派的不法分子的支持。寺崎提出立即逮捕罢工的支持者救国会章乃器、沈钧儒、李公朴及其他五人等要求。俞鸿钧表示，寺崎所提到的人员早已在监视之中，但由于他们的社会影响，需要有确凿证据时才能逮捕。寺崎急不可待地说："要等确凿证据，那是遥遥无期，必须立即动手。"他以出动日本海军陆战队相威胁，又说："倘使今后再惹起同样事态，说不定将发生不测的情况。"

一心想着避开中日争端的南京政府，在日本帝国主义的要挟下，正准备着一场大逮捕。

那个冬夜的故事

气象预报：山东附近天晴而寒，扬子江上中游天阴而晴、颇寒，吹北西呈北风，扬子江下游呈强烈北风。——《立报》1936 年 11 月 23 日

初冬入夜，北风透心，卷动凋落的黄叶漫舞而起，发出阵阵寒栗的簌簌声，惊悸中给人不祥的预兆。风长啸，寒意浓，苍穹尚有微弱的星辰，忽明忽暗，忧伤中含着憎恨，窥探一个无可奈何的人寰。本该明亮、无瑕充满希望的星辰，可憎夜雾遮去了它的光彩。

那是一个女孩的双眼，目送着父亲李公朴被押进囚车，无瑕的大眼流露出恐惧和憎恨。她从未体验过人间阳光之外的罪恶，五个春秋里尝到的是父爱的纯真。警笛长啸之际，她意识到美好已经过去，黑夜中警车炫目的灯光，狰狞可憎，她蓦然懂得了仇恨，一下子觉得自己变得早熟起来。刻骨铭心之夜，储存在她的记忆里无法抹去，每忆及时恍如昨日。下列文字是她在许多年后，执笔记录下的当时的情景。

我父亲是爽朗、非常喜爱孩子的人。我从小在他的身边长大，他很喜爱我的弟弟，但我们却整天看不到他。我对他的第一个记忆就是他被捕的那天深夜。当时的情景是我出生以来第一个可怕的印象，所以深刻地留在我的脑海里，永生不能磨灭。

22 日夜里，我已经睡熟，突然被吵闹声惊醒。睁开眼，满屋都是陌生人。有的是国民党的警察，有的是法租界的巡捕，气势汹汹，蛮横无理。父亲正在和他们争辩，后来听父亲说了一声"我跟你们走"，他什么也没有拿

就走了。接着窗外一阵汽车马达声，很快就消失了。街上和家里一片寂静，寂静得像坟墓一样。母亲坐在沙发上沉默无语，但面色苍白，含着愤怒。我有些怕，不知会发生什么不幸。我胆怯地问母亲："爸爸到哪里去了？"母亲说："被他们抓起来了！"我追问母亲："他们为什么抓爸爸？""因为你爸爸爱国。"母亲像是答复我，又像是在问别人："爱国也犯罪吗？"

23日凌晨，岂仅是李公朴的女儿在惊悸中提出"爸爸到哪里去了"的天真问话，王造时——一位留学于美国威斯康星大学的政治学博士，著名教授，从容地披上皮袍，吻别四个年幼的孩子，在孩子的哭声中登上警车。四个孩子最小的不足周岁，他们不明白父亲为什么被一群凶神般的军警带走，顷刻间成了囚犯。几个稍大的孩子缠着母亲问："爸爸什么时候可以回来？"母亲耐心地回答："很快就会回来。"终于孩子们从母亲美好的愿望中，意识到受了骗。

孩子们在哭泣，期待着父亲回来。也就在此刻，白发苍苍的老母、贤淑的妻子们也在为儿女或丈夫的突然被捕而流泪、呜咽。

沙千里的母亲与儿子共同生活了三十七年，儿子从小没离开她一步，每次出门办事必先告诉母亲。现在儿子突然遭逮捕，母亲担忧、伤心可想而知。后来，沙千里在狱中写下被捕时给高堂老母和妻子带来的惊惧和忧愤。他是一个孝子，十分敬重自己的母亲，然而作为一个正直的中国人同样热爱自己的祖国。在两者不能兼顾时，他选择了忠诚于祖国，同时又流露出对母亲、妻子的深深歉意。沙千里写道：

初冬的夜里，薄薄的棉被已经不能抵御寒气的侵袭，我拥被睡着。在梦中，母亲走进房里来叫醒我，说有朋友找我，神色非常仓皇。时候已经深夜2时，冒寒寻我，我想朋友们会有什么不幸发生了。

　　自从参加救亡运动以来，同志遭受不幸的，为数已经不少，我当时以为又有朋友遭遇了同样的事故，所以跑来要我去设法的。谁料到结果是我做了这一幕悲剧的主角。

　　母亲房里的窗子半开着，窗外伏着一个看不清的人影，当我走到窗子面前的时候，那个影子便发出声音，叫着我的名字。我起初当真以为朋友叫人来找我，还查问他什么事情；待我定睛看清这影子的时候，面目是狰狞得可怕，在窗子外面像等待择人而噬的样子。一刹那，窗外又发出了几个人的声音，突然进入我耳朵里的是："我们行里来的！"

　　接着便是严厉而急迫地叫着："开门！开门！"我那时已经知道他们的来意，母亲更惶急起来，我身上仅穿着单衣，我一面请母亲去开门，一面自己去穿衣。

　　开了门，五六个彪形大汉和一个高大的西探，一拥而进了我的房中，其势汹汹，形如虎狼！有的把电筒四面照射；有的翻查我的书架。那西探一再问我姓名，好似恐怕错捉了人似的；后来见我书架放着的银盾上刻有我的名字，才不再问我。我也一再问他为了什么事，但是极力催促我穿好衣服，跟他们走；而且厉声的催促，置我的问话于不理。我心地是那般明白，除了救国会之外，没有其他缘由的。然而依照法律，除现行犯得以当场逮捕外，对于非现行犯，执行拘提，必须将拘票示被告。因为拘票上载明拘提的理由，和应解送的法院，如此则被告方知因何被捕，否则毫无原因，滥行拘捕，不知道到哪个法院去，再说什么法律保障人权的话！所以他虽催促我非常厉害，但我并非现行犯，如要捉我，一定要有拘票，因此我一再要他们拿出拘票来看。我一想一切没有法律的世界，尤其在法权被帝国主义铁蹄蹂躏的现在，中国的法律虽然可以拒绝拘捕，但是在此汹汹的形势之下，"秀才遇着兵，有理说不清"，我被迫得不得不走。捕房虽然违背协定，没有拘票，随便拘人，但是却出诸中国公安局的请求，我是中国人，教我简直无话可说！

六十七岁的母亲在万分惊慌中，还保持着相当的镇定，命我穿得暖暖的。桂灵本来酣睡着，被大声叫醒了，当然见到这许多人在房中，似乎莫名其妙地呆住了半晌。她看清了这样的形势，知道是什么一回事的时候，她陡然起来，脸色泛着青白，看着我穿衣袜；帮我穿上长袍大衣，悲痛和惊骇的神情，在她含着泪珠的眼里，可以看出来。

她——史良的母亲与千里的母亲一样也是位慈蔼的白发老妪。她用那双骤然变得模糊的眼睛，凝视着女儿，瞧着她穿上旅行服，好像要出远门去旅行的样子，随后跟着来人，出了家门。女儿反手关了房门，房门发出的声响好像在说："妈妈，别担心，我会回来。"屋里留下一片寂静，老人感到了窒息。她咳嗽起来，一阵撕心裂肺之后，吐出了鲜红的血块。她理解女儿，懂得女儿和她的战友们的奋斗系着民族的命运，自己不尝到女儿突然被捕的痛苦，别的母亲也会有今天。不过，史良毕竟是她的骨肉，深明大义和母爱胶着在一起，通达中有爱怜，刚毅间掺和泪水。这一夜，她变得憔悴，一下子衰老了许多。

白发的母亲们在失声痛哭，呼唤着儿女的名字。也许她们不会知道就在此刻，上海愚园路桃源坊 51 号走出了一位银须飘拂的老者，他与那些母亲的青丝儿女们一样成了同案犯。

沈钧儒身材矮小，眉下一双眼睛矍铄放光，透射出力量。他脚下生风，步履矫健，即使等待他的是囚室，也没半点的拖泥带水。沈钧儒捋着长髯，轻松地对赶来的儿子交代了一句："去去就来，那便是我昨天晚上对你们说过的事。"显然，他已经知道自己会被捕，早已给家人打了招呼，足见他的从容和凛然。

沈钧儒出生于清同治十三年（1875 年 1 月 2 日），与妻子张孟婵共育四男一女，四个儿子留学于日德两国，学习医、工、商专业，唯一的女儿就读金陵女大理科。身边还有三个孙辈稚儿，与他长期相伴。沈钧儒钟爱孩子，再忙也要挤出时间与孩子们相耍数时。凭他的声望，前清进士、民国参议院秘书长，笃定可以在上海租界内当寓公，逗弄孙儿、抄录古书养性、习拳练功修体，何故与一班青丝英豪共赴国难，落得下狱的结果？

沈钧儒不甘于逍遥人生，时刻关心着国家的命运。他勇于探求，紧随时代的大潮，不时成为弄潮儿，站在浪涛的顶峰。他二十八岁中举，二十九岁参加甲辰恩科会试，成为中国一袭千余年的科举的最后一批进士。金榜题名时正值外患内乱、国运危难之际。清皇室岌岌可危，覆灭势在必行。沈钧儒苦思救国良策，毅然东渡扶桑，寻找救国良方。当时，中国社会不少变法者主张效仿日本明治维新，实行君宪制度，中日、日俄战争后学习日本的呼声更高，学子纷纷东渡，向日本学习技术，效仿他们的政治变革。沈钧儒辞官不做，赶上历史大潮，东渡日本目睹了改革后的日本社会。在他的眼里日本成功的经验有助于故土摆脱危机，希望着废除皇帝，设置议会，清明政治，使工农商和科技文化迅速发展，华夏民族才能重振雄风、屹立于世界民族之林。

皇室衰民国起，沈钧儒丢开君主立宪的幻想，加入了同盟会，参加反袁斗争、护法运动，反对曹锟贿选，滚打在时代的洪流中。济南惨案后日本帝国主义的侵略野心日益昭著，不断对我国进行大规模的战争，古国大地狼烟四起，沈钧儒又挑起抗日救亡的大梁，结成全国性的各界救国会，促进国内各种政治势力团结一致共同抵御来自东邻岛国的侵略。沈钧儒又一次投身到时代的大潮中，成了时代骄子和人民的代言人，喊出了民众的心声。

沈钧儒消失在苍茫的黑夜中，含笑登上囚车。当旭日东升时他的孙辈们醒来，发现自己敬爱的祖父不见了，会提怎样的问题？大人们又该如何告诉他们年迈的祖父去了何处？

沈钧儒的被捕邹韬奋没有预想到，他还惦记着让妻子把自己被捕的消息设法转告他。自然妻子沈粹缜与沈钧儒没能通上话，得到的答复是沈钧儒也进了局子。

23日零时，邹韬奋躺在辣斐德路601弄4号（今复兴中路）寓所的床上，思考下期的《生活星期刊》的社论，边想边进入了梦乡。他睡得很酣，奔波了一整天，晚上又去了功德林蔬菜处，与救国会的其他领导相聚，商谈直到深夜才回到寓所，沉睡后发出轻轻的鼾声。2时半沈粹缜在睡梦中被一阵凶恶的敲门声惊醒，不禁发出一声惊呼。身边躺着的丈夫醒来，屏息听了一下后门传来的声音，意识到将发生什么，披上外衣走下楼梯打开后门。门外涌进四个持枪的人，领头的是一个高鼻梁蓝眼睛的法国租界巡捕房政治部的官员。法租界当局应国民党上海公安局的要求，下令逮捕居住在法租界内的邹韬奋、章乃器、史良。法国人一见到邹韬奋便问他是什么人。邹韬奋回答之后，法国人好像不信似地反问："你就是邹韬奋吗？"邹韬奋肯定地重复了一遍。

面对名闻遐迩的原《生活周刊》主编邹韬奋，法国人不得不有所收敛，把枪收回皮套，态度和善起来。邹韬奋用流利的英文对来人说："我不会逃，请你放心。我要穿好衣服才能走，你上楼看我穿好一同去。"法国人打量了一下邹韬奋，见他睡衣外仅罩着一件外套，点头答应了，跟着邹韬奋上了三楼。

上了楼，邹韬奋沉着地取来西服，系上领带，询问一步不离他左右的法国人逮捕他有什么凭证。法国人拿出一张巡捕房的职员证亮了亮。邹韬奋知道职员证不能用来逮捕人，应该出示逮捕证，这种逮捕不合法。他没有为此争执，他们要逮捕自己即使不出示任何凭证，也能办到，争执没有任何用处。

　　他披上呢大衣，对妻子说了几句安慰的话，又小声叮嘱她打电话。转脸对法国人说："可以走了。"两个中方公安局侦探从邹韬奋的小书房里抱出一些信件和几十本小册子走出来，嬉笑着与邹韬奋搭讪："我在弄口亲眼看见你从外面回家，在弄口下了黄包车，很快走回家。不过睡了两小时吧！"

　　邹韬奋这时才意识到自己早已受到监视，心想救国会的朋友一定有几个同时遭到被捕，不免挂念起沈钧儒，老人六十多了，恐怕难以经受住折磨。警车风驰电掣般驶向卢家湾巡捕房，邹韬奋走下囚车，缓步迈上捕房门前的石阶，无意间抬头看见一个熟悉的女性的身影由巡捕挟持着走在前面。前面的女性好像也意识到后面的人犯多半是自己的同案犯，便转过脸，冲邹韬奋报以淡淡的微笑，笑中没有凄惨，显出友爱、坚定。邹韬奋紧走几步，试图追上她问一下其他朋友的情况，巡捕伸手抓住了他的双臂。

　　审问后，邹韬奋无可奈何地接受搜身，领带、西裤吊带、鞋带全被缴去了，好像生怕他会在狱中自杀。当狱卒命令他摘下眼镜时，邹韬奋犹豫了，一戴数十年的眼镜摘去后看不清前面的路。史良隔着木栏杆，大声向巡捕官员抗议，"邹先生是社会上有地位的人，不必这样搜查，眼镜也应该让他留用。"此刻，她忘了自己也是囚犯，仿佛还站在法庭上慷慨陈词，行使律师的权力。抗议丝毫不起作用，眼镜还是被取走了。邹韬奋拖着一双没了鞋带的皮鞋，眼前朦朦胧胧，跟着狱卒走到监狱的门口。

　　在监狱门口，邹韬奋重又遇见了史良，发现站在史良身边身材高大披着大衣的章乃器。此刻章乃器的境况与邹韬奋差不多，领带什么全部缴去了，脚下的皮鞋也没有了鞋带，趁巡捕与狱卒在交接时，邹韬奋轻声问："沈先生怎样了？"章乃器回答："大概也被捕了。"

　　他俩分别被关进两个囚室，铁锁撞击铁栅栏发出沉重的响声，令人惊心。

　　原浙江实业银行副经理、沪江大学教授章乃器，卖掉别墅后搬入法租界台拉斯脱路慈惠村（今太原路）不久，否则他们三人不可能被同一所看守所收押。

章乃器自被迫辞去浙江实业银行的职位后，全部精力扑在救国会的事业上。 他身为全国救国会的执委之一，分管财务和宣传工作，他的家成了救国会的秘密机关，救国会的机关刊物《救亡情报》编辑部就在他的家里。

22日晚上，章家客厅集聚着一部分救国会基层骨干，正商谈下一步的工作和对时局的分析，会议一直进行到深夜，一些路远的人留宿在章家。章乃器与妻子胡子婴安排好客人，回房休息。

不久，一阵急促的敲门声把章乃器惊醒，他猛地坐起，很快意识到自己劫数难逃。 他首先想到暂住在家里的朋友们，在妻子的协助下，把留宿人员安排到另一间房里，自己下楼去开门。

门开后，涌进十多个警探，一下子把章乃器包围住。为首的法国警官用英语对章乃器咕哝了几句。章乃器点点头，回答说他要打电话给朋友。他拨通宋庆龄寓所的电话，告诉宋庆龄他被捕了。他的情况不同于其他六位君子，他是宋庆龄发起的中华武装自治会的重要成员，这个中共外围的秘密组织，一直被南京政府视为仇敌。

他放下电话，又提出上楼换衣服，法国警官见他并无抗拒之意，表示同意。他上楼穿衣，妻子一边嘱咐他穿暖点，一边替他披上大衣。两个包探在书房收抄他们需要的证据，对章乃器的妻子说："不是我们巡捕房要来，是上海的公安局长要我们来打扰的。你看，他们还派人和我们一同来。"果然，楼下的十几个警探中有几个与法租界巡捕装束不同的人，正在屋内四处翻腾。

警探们带着几捆救国会的宣传品，上了车。章乃器敞着大衣走出大门，来到户外。西风扯起他的衣摆，早谢的头顶上几缕长发不安分地搭在眼前。他扣好大衣，用手指整理一下头发，登上警车的铁梯，坐在一侧，警探们紧挨在他的左右。警车启动，章乃器禁不住离开座位，走到一扇小窗前深情地凝视着车外。西风烈，黄叶滚动的寒冷夜，唯有自家居室的电灯亮着，透出一份温馨。

与七人同时被立案起诉的还有陶行知、罗青、顾留馨、任颂高、张仲勉等人。陶行知因 7 月受救国会派遣到西欧、北美等地游历，出席世界和平大会，这位现代著名平民教育家才幸免于难；罗青家居南京，在江阴县被国民党军事委员会军法处逮捕，转入江苏省高等法院；顾留馨（从事商业，住上海公共租界爱文义路 1528 号，职救第五大队领导人之一）、任颂高（职救理事，上海杨树浦临清小学校长，解放后任江苏省副省长）、张仲勉等人被同案起诉。

上海发生七君子事件不久，1936 年 11 月 28 日，南京救国会的重要成员曹孟君、孙晓村也被国民党南京宪兵司令部以"赤匪嫌疑，危害民国"的罪名被捕。

1991 年隆冬，我在上海档案馆暖融融的阅览室里，查阅七君子的档案。面容冷峭的档案小姐回答七人没有立专门的人物档案，散得很，而且一般都是他人查阅过的。我执著地要找出几份，报出了 1936 年旧公安局档案编码。档案小姐无奈地给我捧出一大叠卷宗。我细心地发现了几份有关的档案原件，记录了上海市公安局密探对七人的严密监视。他们组成十五人特别小组，日夜监视七人，七人的一举一动皆在他们的视线中。11 月 22 日晚密探看到七人回到寓所后即报告总部，由总部会同公共租界和法租界当局，联合派员、统一行动，几乎就在同时——次日凌晨 2 时半分别逮捕了七人。当日，上海的一家消息灵通的小报，率先在头版用大号铅字标出"今晨七人被捕"，内容非常简单，寥寥不足四十字："本市消息，今晨二时半，市公安局会同公共租界及法租界捕房，逮捕七人。上午解法院。"被捕七人的姓名没有透出，引起社会各界的纷纷猜测。

七人被捕后，章乃器妻子胡子婴着手营救工作。她身为上海妇女界救国会发起人之一，清醒地认识到七君子被捕不是普通的案件，应该通过社会舆论反对南京政府的这一行为，掀起一场反迫害、倡导抗日的运动。她与救国会干部吴大琨一起给各个报馆打电话，希望他们能将七人被捕的消息公布于众。同时，紧急出版《救亡情报》号外，她亲自动手撰写《不能忘记的日子》，送入印刷厂付梓，不久号外就开始在上海流传。上海《大美晚报》23 日傍晚发行时，转载了胡子婴的文章和吴大琨的《七人被捕的经过》。24 日，上海各大主要报纸登载了七人被捕的消息，成为新闻热点，一直到 12 月西安事变发生后，对于七人的报道热才有所下降。通过新闻媒介和大众传播工具，七君子案件传遍中华、海外，引起海内外社会各界进步人士的同情和支持。

第二次被捕

橙色曦光透过监狱高墙上的铁丝网，悄然射入昏暗、肮脏的囚牢，映在七人疲惫深沉的脸庞上。他们迎着霞光，舒出一口长气，为告别昨夜的黑暗而庆幸。监狱生活对于他们中的大多数相当陌生，污辱人格的搜身、肮脏拥挤的铁牢，连饮食也说不上是因为毫无食欲还是过于粗糙、龌龊几乎都没有动过。他们中的沈钧儒、王造时、史良、沙千里都是律师，在铁牢见过许多当事人，现在自己却成了囚犯，莫须有的罪名竟与爱国救亡联系在一起。

沙千里十分形象地称关押自己的三尺牢房为"大鸟笼"，他曾隔着"大鸟笼"见过犯人，不免有些触景生情。牢中没有水，体弱的他口干舌燥，频频咳嗽。站久了，他觉得腰和脚都感觉酸痛，好像要断下来，精神萎靡、困顿。他靠在墙上，勉强支撑着，终于体力不支，不得不坐在地上，微合上眼睑期待天明。

　　他们不习惯监狱中的一切，尝到了失去人身自由的痛苦，心中有一股说不出的愤怒和忧愁，为自己也为灾难深重的祖国。邹韬奋在《经历》中描绘第一次在拘捕证上打手印时的心情："这是我生平第一次打手印，最初一念是不胜愤怒，但转念亡国奴的惨状更甚于现在的遭遇，为着参加救国而打手印，算什么？"

　　似乎只有王造时对拘留所中的一切并不在乎，团团的胖脸挂着笑容，他在铁栅前踱步，伸手轻轻抚摸冰冷冷的铁栅，仿佛抚慰着流逝的岁月。1919 年五四运动在北平爆发，年方十六岁的少年王造时，投身在这如火如荼的伟大运动中，他作为清华中等专科的学生代表，带领一个小分队进入东安市场宣传演讲，当即被捕，关进牢房。同样的铁栅、同样的高窗，黑暗中与同伴们相互鼓励，共度漫漫长夜，呐喊、高唱，同反动的卖国政府抗争。那年 7 月，山东军阀马良枪杀宣传抵制日货的学生，济南、天津和北平各校学生组织代表团向北洋军政府总统徐世昌请愿，要求惩办肇事官员，王造时再次遭拘。

　　眼前的铁栅、高墙勾起了他对昔日监狱生活的回忆。那时环境差了许多，人格上的污辱更甚，今昔相比他坦然了许多，和衣进入了梦乡。清晨，狱卒端来盛在油腻腻碟子中的面包和脏脏的杯子里的茶水，他不顾许多，抓起面包细嚼起来。待一会儿，还要上法庭，饿着肚皮没有精神，振作不起来。他唯一放不下心的是妻子和年幼的孩子们，还有为鼓动抗战的战友们，这一夜不知还有哪些朋友被捕失去自由。

　　王造时和沈钧儒、李公朴、沙千里分别于 23 日 9 时离开静安寺路公共租界巡捕房被押往北浙江路上的江苏省高等法院第二分院。在捕房律师休息室里四人相遇，四双眼睛没有流露出意外的神情，好像一切均在预料之中，四双手紧握在一起，无语传递出友爱和愤怒，一股无可阻挡的冲击力通过手的交融，渗入四颗跳动的心房，力量，何止来自四人，身后还有无数的同胞。

江苏省高等法院第二分院第一庭。黑压压的人们挤满了旁听席，他们中有四人的亲朋好友、同事战友，还有许多不知名的同情者，纷纷交头接耳，窃窃私语。在他们四周站满荷枪实弹的法警，虎视眈眈，如临大敌。法庭内空气十分紧张，大有一触即发之势。

审判长步入法庭，开口宣布："本案情节重大、禁止旁听。"旁听席发出闹哄哄的不满声，人们的目光集中在被告席的四人，迟迟不愿离去。法警持枪驱逐众人，迫使人们离开现场。

审判庭里出现了短暂的平静。

首先是静安寺路捕房抓获的沈钧儒、李公朴、王造时被传到被告席，三人手抚被告席木栏，抗议非法拘捕。同时不卑不亢地回答审判长程式化的关于姓名、职业之类的提问。

审判长有气无力地问完后，探捕报告拘捕经过，公安局代表、一个西装革履的三十来岁的人，十分傲慢地走入原告席，说他们三人鼓动"工潮"、危害民国。大约原告不常上法庭，心里颇具恐慌，声音发颤，不时出现结巴。犯罪事实不确，证据不足。律师们一致反对上海市公安局代表关于从公共租界移提人犯的请求。根据上海公共租界内中国法院之协定第六条第二项"在公共租界内发现之人犯经各该法院之法庭调查后，方得移送于界外之官署"的规定，原告上海市公安局的要求被驳回。律师们提出的移送公安局必须先行调查程序，查明是否确有犯罪事实，并提供确凿证据才能移送。几经争辩，法庭接受律师的保释要求，决定改期再审。

三人脸露喜色，退出法庭。一步出法庭，就被等候在门外的人群围住，欢呼声、鼓掌声鹊起。

欢乐的声浪传入法庭，鼓舞着沙千里。他显得更为沉着。在一套程式化的程序过后，沙千里以种种法律条文反驳公安局代表的陈述。法官宣判，沙千里获得了保释。沙千里心里既高兴又颓丧，庆幸自己获得了自由，颓丧自由过于短暂，"二十五日上午再行讯问"，扳指算来也不过仅有一天的时间。他想到老泪纵横的母亲，羸弱的妻子和稚龄的孩子们，还有其他许多等待他去处理的事务需要在 24 小时内作出安排。

下午 3 时许，卢家湾巡捕房大门洞开。如临大敌的法警们列成两行，一直排到不远处的江苏省高等法院三分院。不一会，史良走出巡捕房，随即是并排行走的章乃器和邹韬奋，他们的手被铐在了一起。三人昂首挺胸，毫无怯弱，缓缓地走去。三人被引进待审室，与几个监视他们的法警对话。法警们多半知道他们的主张，对三人的被捕表现出同情，有人动感情地说："你们的意思，做中国人的谁不赞成？"

亲友们把待审室围得水泄不通，不时趁机探出脑袋朝里张望，送上水果糕点，传递三言两语消息，沈、李、王、沙四人由高二分院审理律师保释的消息，令他们振奋。

待审室的门吱的一声开了，一个熟悉的身影出现在门口，向三人挥动双臂致意。

章乃器高兴地欢呼："沈先生来了。"邹韬奋、史良不约而同把目光投向沈钧儒，可惜门很快被法警关上了，不见了他的身影。

下午 4 时许，法庭传唤史良。女律师史良第一次以被告身份登上被告席，接受审判长的审问。她沉着地回答了提问，抗议捕房不合法的逮捕。

在律师张志让和唐豪的协助下，上海市公安局律师代表的陈述被驳得体无完肤，无奈又无确凿证据，法庭只能同意律师保释，但要交一家铺保。

对章乃器的审问的结果，也同史良一样，不过需要两家铺保。最后一个被提审的是邹韬奋，他坦然承认是全国各界救国联合会执行委员之一。审判长问："你与共产党有无关系？"邹韬奋不紧不慢地回答："我曾与沈钧儒、章乃器、陶行知诸先生共同公开发表小册子——《团结御侮的几个基本条件与最低要求》，毛泽东批评这个小册子的文章也公开印刷过。小册子主张全国团结，一致对外，有原文可查，这里用不着多说，我们公开发表了主张，谁都可以看、谁都可以批评。"

审判长沉吟片刻，把话题转向上海日本纱厂罢工的事上，讯问邹韬奋是否有煽动之嫌。

"日本纱厂里的中国工人过着牛马不如的生活，被迫罢工要求加薪和公允对待，与我毫无个人关系。我捐了一天的工钱给他们，以表示我对他们的同情。"罪名无法成立，审判长不得不下令保释，23日晚上8时，七人终于都获得保释。

晚风吹动，人们在欢呼，庆祝暂时的胜利。这天黄昏，沙千里拖着疲乏的身躯回到家，孩子们木然地注视着父亲，怯生生地唤过爸爸之后不知所措。老母亲病倒在床上，几次想挣扎着爬起来都无济于事，妻子脸色苍白，露出几分喜悦，很快又被担忧笼罩。他望着自己的亲人，一下子哽咽起来，不知用什么话来安慰他们，只能深情地凝视着他们。此刻，他心中没有悲痛，一股愤怒油然而起，爱国者成了罪犯，可以被为所欲为地非法捕捉，中国变成了何等社会！他独自走进书房，做一些后天开庭的准备工作。他从事律师工作多年，深知司法界的内幕，法院背后他们一定布置好了陷阱。司法不过是南京政府压制民众的手段，不能独立，法律保障的能力非常有限。他整理有关资料，预备对付法官。他做得非常专注细心。突然一阵急促的电话铃声打断了他的思路，他心里一紧，上前拿过听筒，一个陌生的声音在耳边响起，对方告诉他法院又出了拘票，今天夜里要重新来抓他。

不等沙千里询问对方的姓名，对方已神秘地挂断了电话。沙千里放下听筒，内心疑虑顿起，法院已决定25日再审，为何又出传票？转念又想，觉得陌生人的电话也许有道理，情况出现了变化，法院提前开庭？不过这不该再出拘票，由律师传唤到庭就可以了。

妻子在旁小声问："什么人来电话？"沙千里说了电话内容，母亲顿时唤喊着让儿子外出躲避一下。沙千里当然不会知道，就在23日傍晚，上海公安局分别向高二、三分院发出公函："在李公朴等人保释后，发现犯罪的新事实，并有逃亡之虞。请慎重办理。"当夜，高二分院率先签出传票。

神秘的打电话者，是法租界捕房的翻译，史良的未婚夫——陆殿东。

沙千里在老母、妻子的恳求下，决定到朋友家暂住一夜，准备依照法院指定的询问日期到庭听审。走出爱文义路524弄，夜色已浓，路灯惨淡，他站在马路边唤一辆黄包车。几个大汉从弄堂口旁边的老虎灶窜出，一拥而上扭住他的胳膊。稀少的行人中，发出"绑票了"的惊呼。

绑架，确实如此！他们随意践踏法律，藐视法庭，人民的自由在他们心里如粪土不值。

沙千里又回到他昨夜蹲过的大鸟笼里。沈钧儒自23日2时半被捕后，没有好好休息过，眼圈黑乎乎的显然睡眠不足，一上床便发出鼾声。没多久，捕房派出的警探重又打搅了他的休息。差不多在同一时间，住得不远的王造时重又被押回了捕房。他对再次逮捕早有准备，没有理会传来的相关消息，他明白自己有妻儿家室，无法避开劫难，躲过了初一躲不过十五，反正是要回去的，逃脱不了不如来个爽快。公共租界巡捕房，一班人马进入愚园路亨昌里24号李宅时扑了一个空，没能抓捕到李公朴。这位年轻的美髯公，童趣不灭，胆大仗义，他深知不可能逃脱劫难，但他坚持恪守法庭的判决，要法院通过担保的律师传唤才到庭。他没有胆怯地逃跑，在24日下午2时，法庭重开庭时的前夕，出现在法庭，无声粉碎了李公朴逃亡的谣传。邹韬奋离开高三分院后，被朋友拥进觉林吃晚饭，回到家安稳地睡了一夜，精神恢复了许多。一早醒来，他第一个念头就给沈钧儒家打电话。对方告诉他，沈钧儒已于今晨一时又被捕去了。放下电话，电话铃不断响起，不少朋友在电话里劝邹韬奋离家先躲一躲。邹韬奋一下子拿不准主意，拨通律师的电话，询问律师的意思。他告诉律师："我由你出面保释，当然要负责，不能随便走开。不过，现在竟然出现随意拘捕的事，我想暂行避一下，地址自然要让你知道。"律师表示赞成，邹韬奋洗脸、整衣，用完早餐，叫了一辆汽车到好友家暂避。

下午，律师来电话通知，法院定于下午 4 时开庭，3 时到律师事务所一同去法庭。

章乃器被保释后，次日接受莫利哀路 29 号女主人宋庆龄的邀请，共进午餐。全救执委之一的宋庆龄热情地款待了章乃器夫妇，几人坐定，佣人李妈端来菜肴，宋庆龄边挟着菜边道出了心中的忧虑：妹夫蒋介石一向出尔反尔，背信弃义，手上沾满鲜血。邓演达被捕后，自己出面力保，蒋介石答应释放邓演达，但就在这时蒋派他的侍卫长请被关押的邓演达散步，背后一枪杀死了他，教训不可忘记。所谓仁义廉耻，无非是他的唱词。对国民党元老的邓演达尚且如此，何况他章乃器一介书生呢？

章乃器忧心忡忡，沉默不语，闷头吃着菜。席间出现了短暂的沉默。正在此时，电话铃响起，李妈走到章乃器身边："章先生，律师张志让先生来电话，请你听。"席间的沉默添了几分紧张，宋庆龄不安地望着女友胡子婴，温暖丰润地抚摸着胡子婴略透凉意的手掌。

不一会，章乃器回到席间，低声转述律师来电的内容，"志让让我下午四时去法庭，法院要开庭。"宋庆龄抬起脸："你不能去，否则性命难保。多少仁义之士倒在他的刀下。"胡子婴不安地说："如果不去，会连累担保的律师。太对不起张大律师了。"谋略深远的宋庆龄对章乃器说："你把张律师请来，一起研究一个妥当的办法。"胡子婴站起身："我去拨电话。"

"好吧，我们暂时丢开这一切烦恼，痛快地满足食欲。乃器先生，你是能喝酒的，再来一杯。"她亲自为章乃器斟满酒。

胡子婴带着几分喜色，走进饭厅："张大律师马上就到。""好吧，子婴，先解决了这些。"她筷子点了点面前的菜肴。门外，汽车喇叭响起，三人迎出去。一个消瘦的中年男子挟着大公文包走入客厅，四人坐定。

宋庆龄用一口酥糯的吴地方言冷静地对张志让说："张先生出面保释，负有法律责任，问题性质不严重；而乃器先生的问题是政治问题，有生命危险。不知张先生是否是这样看的？"

张志让点头同意，"我理解夫人的意思，最好是用一个妥善的办法，让法庭找不到什么把柄。否则，也解决不了问题。"

宋庆龄略作沉思："张先生说得对。我看这个办法不知可行否，广慈医院与法租界捕房有协定，病人可以不受拘捕。我设法介绍乃器住进该院。"

三人不住点头表示同意："现在只有这个办法暂缓一下，为妥帖之策。"

"我去找几个朋友商量一下，看看下一步怎么办。"胡子婴说。很快，章乃器被送到广慈医院一间临窗的病室，他凝视着病房窗外的大草坪，草坪上有几个孩子在玩耍，他们无忧无虑地追逐嬉闹。他觉得自己就像一头被囚的雄狮，寂寞、孤独，远离朋友和自己的战场。"怕死吗？"他不禁自问。如果这样，当初银行里的朋友、师长劝自己出国留学又为何拒绝了呢？

他在房里徘徊起来，一种无形的窒息压迫着他，使他异常痛苦。

邹韬奋在律师孙祖基的陪同下准时赶到法院，由于章乃器和史良未到庭，法庭宣布改为当夜12时开庭。他被押进法警室，和法警们聊起了天，大谈国难严重和救国会团结御侮的主张，法警们听得津津有味。时间在他身边不知不觉流去。

时钟的滴答声敲打着章乃器的心，自己不可能隐名改姓，躲藏起来。如果不出庭，就要遭到通缉，变成逃犯，既不能公开行动，仍随时有被捕的可能。他无法再在病房里安坐下去，焦虑地背手踱步。紧张地思考，让他感到疲惫，和衣躺在病床上，有了一些睡意。

他的妻子和张志让律师赶到了医院，胡子婴一进病房就愁容满脸地说："我和银行里的几个朋友通了情况，蔡承新还去找了杜月笙，了解了一下蒋介石的态度，杜月笙不肯透底，看来躲不过了。"

"孙夫人是怎么想的？"

胡子婴喝了一口茶，"事情迫在眉睫，孙夫人也认为不能长此下去，同意我们的想法。躲过今日，躲不过明天。"

章乃器跳下床，脱去病员服，换上西装大衣，果断地说："走，上法院去。"

三人赶到法院时钟正敲了十二下，邹韬奋由法警押着离开休息室，去法庭接受审问，章乃器与他并肩走进阴暗的法庭。

史良一直没有露面，有情报说她已离开上海去了苏常一带。28日，江苏省高等法院二分院颁发通缉令。后来她这样回忆道："我是救国会负责组织工作的人，为了不使工作受到影响，只好暂时躲了起来，把组织工作交给其他同志。法院方面竟发出通缉令，画影图形，张贴在各交通要道。为了藐视他们。我故意在爱文义路巡捕房门前张贴着通缉令的墙壁前拍了一张照片作为纪念。"

之后，史良化装成农村妇女手抱一个小孩，租了一部汽车从上海开到苏州，主动投案，关押在苏州司前街女牢。那已经是一个多月以后（12月30日）的事了。

不是凯歌却依然要高唱

再度被捕后，法庭拒绝辩护律师关于保释的请求，六人分别于24、27日两天移送到上海市公安局，第一次在狱中相聚。当邹韬奋等人一进公安局，就被引到沈钧儒等人关押的房间里去，在患难中相见，大家格外快慰，彼此诉说了一番经过的情形，又说了不少互相安慰的话语。其实，24日已转到公安局的沈钧儒、李公朴、王造时、沙千里早在等待与章乃器他们的相会，他们从狱卒们的神情、交谈中知道另几位战友要移到此地关押在一起。他们希望战友们早些过来，案子归并一处，也许可以早一点解决。沈钧儒他们盼望着其他三人，并且商量如何安排女律师史良的铺位，好让她一到便可以休息。

27日晚上6时许，沈钧儒等四人刚用完晚餐，狱中工友送来新出版的《华美晚报》，四人传阅着，议论报纸上的有关报道。

王造时读着一条消息，愤然不平，"岂有此理，上海市政府竟公然宣布我们的组织为非法团体，试图颠覆政府！"

"什么非法团体，救国会是公开的。"李公朴坐在床边，吸着烟，"如果是非法团体，吴铁城为什么忙不迭地见我们？我们派代表赴首都请愿时，南京市长马俊超还接见了。"

"还有更严重的嘞，勾结赤匪，妄倡人民阵线。"王造时操一口带着吉安音的官话，继续往下念。

"欲加之罪，何患无辞？"沈钧儒笑悠悠地说，"古往今来，屡见不鲜。别管这些，说些好笑的轻松一下。"沈钧儒收起了晚报。

话语不多的沙千里插了一句："这么多罪名，至少每人枪毙七次，七七四十九，要耗四十九颗子弹。"

众人大笑："太多了，留着一些子弹打东洋人吧！"正在说笑之间，户外传来警车戛然止住的刺耳声音。李公朴迅速跑到窗前："嘿，他们来了！"

"少了一个，史律师没来。"

不一会，楼梯响起了杂乱的脚步声。 邹韬奋推门进来笑嘻嘻地说："这里比看守所好多了，初具规模。""参观一下吧！"沈钧儒拉章乃器和邹韬奋的手，"这是会客的，屏风外的圆桌吃饭，小房间是你俩住的地方，两张小铁床。 公朴、造时他们给你们备好的。"

"相聚在一起少了一份孤独，去了一份相思之苦。"章乃器与大家握着手，"没有比抱团力量更大的了。"六人围坐在圆桌前，说着第二次被捕后的经过，沙千里问："宣布移送公安局时，你们怎么想的？""我们当庭提出质问，可法庭回答十分巧妙，说让我们来与你们对质。"

沈钧儒平和地说："刑诉法规定只有警察机关将人犯移送于法院，没有法官检察官侦讯人犯移送于警察局的道理。"

"连常识也不顾了。""执法者犯法——可悲！中国的悲剧。"王造时推推眼镜架说，"法律，在中国只是统治者的御用工具，所谓法理，历来没有独立性。"

沈钧儒深叹了一口气："我为宪政奔波了几十年，无济于事啊。"这时，楼道里、露台上悄悄地增加了不少荷枪实弹的警察，侦探们一直坐在房旮旯里听他们讲话。 好在六人光明磊落，没有什么隐瞒，想说就说，想笑就笑。有时，他们拉上警探们，给他们宣传抗日救亡的道理。邹韬奋幽默地用"武装同志"代称警察，"文装同志"代称便衣侦探，他第一次尝到了日夜受监视的滋味，连睡觉都有几双眼睛睁睁着"侍卫"到天亮。这份"厚爱"令人吃不消。

根据《中华民国训政时期约法》第八条第二项规定："人民因犯罪嫌疑被捕拘禁者，其执行逮捕，或拘禁之机关，至迟应于二十四小时内移送审判机关审问。"

六人在狱中早过了二十四小时，依然得不到移送，也没进行侦查讯问。

11 月 29 日晚，上海市公安局长蔡劲军换了一身便装，来到囚室笑着对六人说："卑人略备酒宴，请诸位先生赏光。"连拉带揉地把六人弄进了小宴会厅。蔡劲军给各位斟上酒，立于席间："诸先生提倡抗日救国，精神可嘉。以弟个人之愚见，先生们所倡，与政府无两致，非相敌而背。其中实有误会，消去误会，赤诚相见，一切不会有事。请诸先生放心，愚弟担保。"

不等蔡劲军说完，李公朴按捺不住："政府公开宣布我等七人勾结赤匪，组织非法团体，妄图推翻政府，恐怕也是误会所至的推测了？"

"局长之意概以误会两字，置法律又何顾呢？法律不容用误会两字来开玩笑的。"沈钧儒态度平缓，绵中藏针。

蔡劲军赶忙打断："若诸位当初接受市长的意见，不至于有今境遇相逢。政府乃民众利益的代理，反对政府之策，背离民众利益。"

六人一阵哄笑，笑得蔡劲军十分尴尬。章乃器收敛起笑容："九一八之事变后国事危急，蒋先生密令东北军后撤，照先生之意此乃代表民意之举？"蔡劲军说："这恐怕不是事实。据兄弟所闻，那时，委员长并无密令，让东北军不抵抗。你们听信了谣传。"

沈钧儒捋捋胡子："章先生言之事实，蔡先生未必能接受，争论也无意义。现蔡先生设私宴款待我等，就不要为难了吧。"

蔡劲军觉得捞到了稻草："好的，我们说些其他事。诸先生为社会名士，大名如雷，蔡某人深为佩服。"蔡劲军边说边擦着额头上的汗珠。李公朴在一旁忍不住感到好笑。酒宴散尽，六人回房。邹韬奋略带推测地说："蔡之宴请恐怕是诱骗我们的口供，也许试图说服我们解散救国会。"

王造时站在一边，侃侃而谈："据我从报纸上的消息和今晚的宴请分析，兴许是他们试图欺骗公众，平息社会的舆论。他蔡某人不会不知道，说服我们解散救国会，蒋介石、吴铁城没做到，何况他一个公安局长，而且在这等氛围中。"

"王兄说得有理。"

"前天市政府还宣布我们是一群反叛者，与今天蔡的谈话相距甚远，蔡这顿酒宴可能别有一番用意。"沙千里说。"这也没有什么矛盾，执行死刑前，犯人都吃一个饱的。"六人笑了起来，准备明天"从容就义"。果然不出王造时的所料，有的报纸已登出六人移提公安局后，局长与名人会面，畅谈颇久的消息，企图缓和事态。

翌晨，公安局司法科派人通知六人进行审讯，讯问在铺着地毯、富丽堂皇的会客室里进行。沈钧儒第一个被召进去讯问，他坦然地把救国会组织的宗旨以及一切主张目的，原原本本地向讯问者作了交代，并让书记官作了笔录。后来，讯问者又问及救国会与火花读书会的关系，他眨巴着眼睛，回答从未听说。

接着章、邹、李、王、沙逐个进入会客室接受讯问。沙千里在《七人之狱》一书中详细记录了这一次讯问：临到我，我便跑到会客室。问话在后半间举行。一只原来的小圆桌作为"问案"。科长和书记左右分坐着，我坐在他们二人的中间，面对着后面的玻璃窗。科长前面的桌上放着许多案卷，因为台子过小放不下，其余还有许多的文卷，放在靠墙壁那个长沙发上。他手里也拿着一卷，向我缓和地问着，我依着问逐一答复。我想假使一切法庭都能做到如此，我相信"冤狱"也许可以减少许多。

讯问者问："职业界救国会你在内吗？"沙千里回答："我是发起的一分子，现在是理事之一。"讯问者又问："还有谁是理事？""很多，但是在'救国有罪'的环境里，我不愿宣布。他们都是有地位，很有学问，赤诚爱国的分子。如果今天宣布救国不是犯罪的，那么我明天就可以宣布。"

沙千里从容回答，把讯问者的探问挡了回去。"会员有多少？"讯问者不善罢甘休，继续追问。"一两千。同情而未曾加入的，多到不可计算，并且一天天在发展。"讯问者继续探问："有没有共党分子？"沙千里干脆回答："不知道。救国会素来主张：不问党派，不问职业、地位，不问信仰；只要主张抗日救国的，都应该团结起来。所以职业界救国会里，在职业方面，有经理、老板、买办，也有伙计、学徒、老司务，以及一切自由职业者如医生、律师、新闻记者等，在信仰方面，有基督教、天主教，也有佛教和反宗教者，在党派方面，除国民党员外，因为环境不允许他们宣布，他们也不肯宣布，救国会里无从知道他们是属于哪一党派。所以有无共党分子，简直不知道。即使有了，也和国民党员一样，大家一律以抗日救国为目的，不是实行某党某派的主义或政策，当然不必拒绝，况且他们也不告诉救国会说他们自己是共党。脸上或外表上又无共党的标志，所以无从知道有无共党。"

讯问者又问："火花读书会你加入吗？"沙千里又是一个"不知道有火花读书会这样一个团体"。讯问者提醒他："它是职业界救国会的一个会员。"沙千里回答："职业界救国会只有个人会员，没有团体会员。"南京政府对于如何处理六人感到棘手，原先试图秘密逮捕他们，送军法处关押，被公众舆论揭开后，一下子变得被动起来，手足无措。无奈，南京政府只能决定把六人转移至江苏省高等法院看守所关押受审。南京政府司法行政部长王用宾电告江苏省高等法院首席检察官孙鸿霖赴宁，秘密商量对六人的起诉提案，指派资深检察官俞赞年负责对六人的起诉。

12月4日，六人刚吃过午饭，正准备稍事休息。门被推开，公安局司法科长高声宣布："立刻动身到苏州去！"六人一直等着"发落"，一旦突如其来宣布了，有些措手不及。"可不可以给家属挂电话，免得惦着。""不行，马上动身。""依法可以和家属再见面，送些铺盖。""上峰指示，不行！"司法科长一口回绝，照例是两个字"不行"。王造时气愤地嘟囔着："走就走，简直没有法律了。"边嘟哝边动手整理杂物，包卷起铺盖。

突如其来的决定令邹韬奋十分愤懑，情绪有些激动，看见沈钧儒正麻利地卷好铺盖，也回到左边的小房间打行李准备上路："卷铺盖该我们滚蛋了！"

大房间里的王造时、李公朴、沙千里的行李已卷好，正趴在桌子上给家人留条子，告诉去向。公安局长蔡劲军生怕六人拒绝移送，跑来给各人打招呼，一再解释临时接到命令，不无唐突，望诸位海涵。

六人来到院里，上了大警车。十几个武装警察和几个侦探挤进车厢，把车子塞得满满，像沙丁鱼罐头。车子由徐家汇路绕中山路驶向锡沪公路。他们透过窄小的车窗朝外眺望，突然一面太阳旗跳入眼帘。密密麻麻的建筑中，太阳旗迎着风，呼啦啦飘扬。如果没有旗杆的牵引，它会疯狂地飞上天。旗上的猩红色太阳图案与中午天空的灰蓝相映，有一种灼痛双目的痛苦，愤怒油然在六人心头升起。不知是谁问了一句，"这是什么地方？""丰田纱厂！"车内没有声音，沉默得令人难受。

"快到真如了吧？""已在真如地界了。"

真如，淞沪战争中十九路军将士浴血抵抗日本侵略者的战场。白骨森森、血流成河，喊杀声、炸弹声已经远去，将士的热血浸透了这片泥土，烈士的白骨永远掩埋在旷野中。

车厢内空气几乎凝固了，六人似乎都在追忆四年前发生的那场激战。

李公朴噙着泪花，哽咽地唱起了《义勇军进行曲》："起来，不愿做奴隶的人们，把我们的血肉，筑成我们新的长城……"

章乃器低声和着，这首曲子此刻最能表现自己的心情，歌声由弱渐强，由轻到响，连同车的军警们也情不自禁地哼唱起来。中国人、中国的歌！

无论是谁，只要他胸膛里跳动着一颗中国心，他就会高歌中国的《马赛曲》。悲壮的歌声飞出车窗，回荡在旷野中。沈钧儒眯缝着双眼眺望车窗外，不禁联想到沦陷的东三省和烽火连天的绥远，脑海中急速映出"双眼望圜扉，苦笑喊'前进'！闻之为泪落，神往北几省，矫矫付将军，力遏敌胆进，联想及青岛，沈子吾夙敬，努力在前途，存亡悬一瞬！国难如此殷，我侪乃久摒！哀哉勿自馁，驼耳犹知奋"的诗句。

大地苍茫，歌声嘹亮。昔日的战场，寂静无语，却无声地诉说过去的战争，血的教训、血的启示，中国人不能再成为一盘散沙，抱成团、攥成拳，中国不会亡。

真如，1932年一·二八的战场。一个非常偶然的机会，有关部门向我征求提案。我当即写了一份建议在真如地区建立纪念碑的提案，提案和有关部门的意见不谋而合。负责征求提案的同志告诉我，真如的有关建筑上，准备安上纪念标志，办成青少年教育基地。至今我没有看到这样的标志挂在什么建筑上，更不见有什么纪念碑，反倒看到真如寺的佛塔高高耸立，似乎在告诉人们向往美好比记住战争更重要。其实，记住战争和苦难，更能让人懂得美好的重要。

七君子事件与1936年中国社会

本已动荡不安的1936年中国社会，因七人的被捕激起了波澜。国难当头，抗日救亡成了亿万人民关注的头等大事，救亡领袖的被捕，使民众的关注变得十分具体，激发出极大的抗日热情，促进中国社会各阶层人民抗日救亡运动的开展和广泛的统一战线的形成。

七人事件成了张学良、杨虎城将军发动逼蒋抗日的西安事变的导火索，改变了国共两党第二次合作和谈止步不前的局面，奠定了中华民族在日寇发动全面侵华战争时迅速实行全民抗日的基础。

11 月 23 日七君子第一次被捕的消息传开后,民情沸腾,社会越发动荡不安。上海市长吴铁城出面发表声明"以正视听",试图平息民愤。他称:"李公朴等自从非法组织所谓上海各界救国会后,托名救国肆意造谣,其用意无非欲削人民对于政府之信仰。近且勾结'赤匪',妄倡人民阵线,煽动阶级斗争。更主张推翻国民政府,改组国防政府。种种谬说,均可覆按。政府当局年余以来,曲加优容,苦口劝谕。无如彼等毫不觉悟,竟复由言论而见诸行动,密谋鼓动上海总罢工,以遂其扰乱治安、颠覆政府之企图,业经查有实据。本市政府负有维持治安之责任,不但不忍见数十万工友为彼等煽惑而流离失所,且尤不能使三百万以上人口之都市一可彼辈之阴谋鼓煽,而陷于无秩序之状态也。"

七君子的被捕促使国民党内部的分化,主张抗日的派别敦促蒋介石集团摒弃先安内后攘外的政策。最早作出反应的是历来与蒋介石有芥蒂、鼓动北上抗日的国民党桂系,他们与救国会有过联系,彼此心照不宣。由反蒋抗日发展到拥蒋抗日的桂系李宗仁、白崇禧、黄旭初等人首先向南京政府军事委员会副委员长冯玉祥以及孙科、居正等人发出特电,认为:"当此日人主使匪伪侵我绥东,全国舆情极端愤慨之时,政府对于爱国运动,似不应予以压迫。况声援抗日将士,立意极为纯洁,纵或对日纱厂罢工工友有同情举动,亦系爱国热情所应有之表现,与危害民国实极端相反。且沈钧儒等七人平时或主教育或主言论,其为爱国志士,久为世人所公认,如政府加以迫害是使全国志士寒心。"

次日,"大兵诗人"冯玉祥将军致电正在洛阳忙于视察"剿匪"情况的蒋介石,认为七人热心国事,不是共产党人或破坏民国的罪犯,他们的言论宣传抗日,内容有所偏激,可以谅解。把他们羁押起来,会引起社会的共愤,请求蒋介石允许释放他们。在南京的于右任、孙科、李烈钧等二十余位国民党中央委员也纷纷打电报给蒋介石，请求慎重处理此案。

七人被捕的消息传到古城西安，少帅张学良独自一人乘军用飞机飞抵洛阳见蒋介石，当面请求释放七君子；建议停止剿共，和中共合作抗日。蒋介石冷眼看着少帅，一言不发，觉得这位换过帖子的兄弟走得太远了。山城堡战役蒋介石起家的第一军一师被红军击败，损失两个旅，大半责任在于这位老弟的按兵不动，现在他又跑来劝说联共、释放七君子，实在有些不可容忍。少帅见蒋介石直勾勾看着自己，继续说，"委员长这样专制，摧残爱国人士，和袁世凯、张宗昌有什么区别。"这话，刺痛了蒋介石，他恶声恶气地回答："全国只有你这样看，我是革命政府，我这样做，就是革命。"

少帅忿忿离去。蒋介石放心不下张学良，自己的剿共计划正在紧锣密鼓地进行，六十多个师共两百六十个团已向陕北调动，万一少帅有所闪失，岂不是前功尽弃？他要与张学良一起去西安，亲自督促东北、西北两军对陕北作战。

12月12日拂晓，张学良与杨虎城将军发动兵谏，袭击了临潼华清池蒋介石的住所，扣押了蒋介石。西安事变改变中国现代史的进程，对全面抗日之前的中国的主要政治力量的平衡起到作用。

西安事变的发生与七君子事件有着密切联系，七人被捕成为引发西安事变的重要原因之一。这种联系不单表现在七人被捕促使张学良、杨虎城不顾个人安危用"兵谏"之法迫使蒋介石抗日，本质上还表现在他们抗日主张的一致，以及长期处在联系之中。

九一八事变，日本侵略者占领东北。张学良痛心疾首，无颜面对故土父老和炎黄子孙，他命令东北军在山海关集结待命，准备打回东北去，以行动弥补过失。

张学良的密友、实业家杜重远来到上海，通过中华职业教育社与邹韬奋结成密友，他们对民族危机有着一致的认识，都不满蒋介石的内外政策，主张国内团结一致抵御日本的侵略。此时，杜重远结识了邹韬奋的好友秘密共产党人胡愈之，胡等人影响了杜重远，他表示愿意积极做张学良和东北军的工作，促使东北军转向抗日。1935年5月杜重远因主办的《新生周刊》刊登了《闲话皇帝》一文，被关押在漕河泾模范监狱。胡愈之每周日前去探望，借机做一些去探视杜重远的东北军高层人士的工作，包括张学良的秘书高崇民，高崇民回忆道："杜重远又介绍两位左派人士胡愈之、邹韬奋，他们商议叫我去西安，劝阻张学良不要随蒋打内战了。"后来，张学良借在南京出席会议的机会，特意赶到上海，单独来到监狱告诉杜重远，他和陕北红军已商谈合作抗日，取得了协议，中共已派重要人员秘密进入东北军司令部。西安事件的发生，一定程度上与这一时期跟张学良的秘密联络有关系。

上海各界救国会成立，西北也出现了"西北各界抗日救国会"，后改名为"西北各界救国联合会"和"东北民众救亡总会"。西北各界救国会与主持西北军务的张学良、杨虎城建立了密切的联系，得到西北、东北军的同情和支持。沙千里回忆说："西北各救虽没有派出代表参加上海的全救成立大会，但是，他们同全国各界救国联合会一直保持着联系，对全救通过的各项文件都一致同意，并在西北地区传达了会议的文件和精神。"1936年夏，日本政府和伪蒙军制造绥远事件，救国会为了争取国民党上层将领援助抗敌部队，致电张学良，希望他不忘丢失东三省之痛，主张抗日、恢复失地，支持绥远抗战，阻止蒋介石与日本政府进行和谈。后来，这份电报被南京政府认为是七人策反张学良反蒋的一大罪状。

张、杨成功地扣押了蒋介石后，向蒋提出条件的第三条就是立即释放在上海被捕的爱国领袖们。

中共中央也密切注意着事态的发展。七君子以及救国会主张国共再度携手合作一致抗日，起到了中共在白区起不到的作用，做了大量的政策方面的宣传工作。救国会的兴起和发展，与共产党人在国统区的活动有着密切的联系，如潘汉年、胡愈之、周新民、钱俊瑞等人参与了救国会的工作。七君子事件本身可以用来宣传中共的联合共同抗战的方针，推动全国的抗日阵线的形成。

吴玉章主编的在法国出版的华文报纸《救国时报》于11月30日，刊登了《抗日救国运动领袖——章乃器等七人突被捕》的消息，同时附文介绍了七君子之一的章乃器，该报还发表了题为《争取救国自由》的社论，社论指出："'爱国有罪'，这是南京政府数年来对待人民救国运动的酷烈的法律，这是全国人民所一致反对的足以亡国的暴政。不道正当全国人民正在力争爱国自由的时候，南京政府这一暴政乃更危害到全国各界人民联合组织的救国团体的领袖。……为挽救国家的命运，不沦于更甚的悲惨，我们谁都待奋然起来。"社论号召国内外同胞团结起来，争取七人的自由，达到全国万众一心抗日救国的目的。

西安事变后，周恩来率十八人代表团到达西安，与张学良、杨虎城、宋子文举行谈判，提出释放政治犯，保障民主权利，主张先释放在苏州关押的爱国领袖，然后再放蒋介石。南京政府代表宋子文主张到京后再释放爱国七领袖。蒋介石回到南京后，并没有兑现诺言，连执意送他去南京的张学良也被软禁起来。

中共中央又于七君子事件发生的第二年4月，就七君子得不到释放作出决议，要求国民党政府释放七人和全体爱国政治犯，彻底修改《危害民国紧急治罪法》，给予民众宣传抗战的民主权利。决议指出，国民党政府不顾民众的呼声，逮捕七君子，不仅引起广大的人民反对，即使国民党内部爱国人士亦多愤愤不平。西安事变和平解决，七人理应无条件释放，得不到释放可见国民党政府无诚意实行抗日，阻碍了全国团结一致抗日局面的形成。中共中央声明："对此爱国有罪之冤狱，不得不与全国人民一起坚决反对，并期望国民党中有识领袖之切实反省。"

在国统区上海坚持地下斗争的中共党员，积极组织参与营救七君子的工作，与社会各界进步势力联合起来，发起一次次释放七人、促进两党合作的抗日救亡运动。

七人是民众救亡运动的领头人，在民间具有广泛的影响，七人的被捕，在广大民众中间激起了强烈反响，增强了抗日的信心，认识到团结起来一致抗日的重要性。

可以说，七人事件对于中国全面抗战前的现代社会形成团结的局面，有着积极意义，推动国共朝着第二次合作方向发展，促进了国民党内部各派的团结，向抗日方向聚合，有利于民众的抗日热情的增加，民众自信心的提高。

1936 年，对于我来说，毕竟过于遥远，相隔的岁月，把它弄得十分得陌生。20 世纪 90 年初一个非常偶然的机会，我得以接触到大量那个时代的原始资料，使我与这个本无多少相知的年代挂上了钩，发生瓜葛，萌发出写一写 1936 年的风起云涌的抗日救亡运动，以及救国会领袖的念头，因为那个年代值得今天的人们回味，丰富的内容、深邃的寓意、让您去沉思、遐想……

（原载《七君子之死》 河南人民出版社 1994 年 10 月第一版）

章乃器：大写的人生

1. 1957 年，共和国第一任粮食部长章乃器正逢花甲，岁月如梭，光阴荏苒，他的人生历程走完了一轮，完成了一个环状的封闭线，将再做一个环状，至于这个环形能否圆满，是一桩不可料及的事情。不过，他不会意识到自己在新的一个甲子开始的时候，将消失在共和国政治舞台上，成为一度遭人唾弃的大右派。

这年 5 月 8 日，中共中央统战部长李维汉主持召开民主党派负责人帮助共产党开展整风运动的座谈会，章乃器与李济深、陈叔通、章伯钧、包尔汉等五十多人出席。会上，他批评了宗派主义和教条主义："有些党员在党内讲的是一种是非，在党外又是另一种是非；自己明明错了却不承认错误，而且以此作为党性的表现。"章乃器自然不会忘记民族资产阶级问题，认为《人民日报》4 月 22 日的社论，提出"工商业者要继续改造，积极工作"的观点，犯了教条主义的毛病。他认为对工商业实行社会主义改造之后，民族资产阶级作为阶级的形态已不复存在，原工商业主与工人之间不再构成两大对抗性的阶级，他们同属社会主义中国的公民，经过一段时间的改造，完全可以得到信任，让他们的特长得到发挥，而不是加强对他们的改造，弄得他们不敢工作，对于他们资产阶级意识的改造是一个长期的细致的思想教育问题。同时，他还认为资产国有化后，原工商业者的尾巴——

定息，是一种非劳动所得，由原资产化为国有以后，国家通过银行拨给的收入，不是剥削所得。故此，他在会上强调官僚主义比消亡的资产阶级更为威胁社会，将成为社会主义的敌人。

他觉得自己的话还没有讲完讲透，当夜伏案疾书，完成了《从"墙"和"沟"的思想基础说起》一文，就中共与非中共、中共党组织与行政系统等关系作了分析，提出了自己的观点。他认为，中共党员应该保持人民勤务员的本色，不要自视特殊，而非党人士也不要以特殊的眼光看中共党员。不能认为非党人士理解、宣传中共和国家政策、方针的水平一定低于一些中共党员，对马列主义的掌握非党人士一定低于中共党员。他指出，共产党员是特殊材料造成的口号，不具备什么科学性，反而筑起了党与非党之间的"墙"和"沟"。

对于以党代政问题，章乃器提出："不少党员对国家行政机构的作用还没有足够的认识，没有充分认识到国家机构是党进行革命和建设社会主义的武器。因此，不但国家机构没有被足够的重视——县以下的人民代表大会开会不正常和不充实的情况严重存在。"他认为，克服以党代政现象，首先要明确分工，然后在这基础上加强党的政治和政策思想领导，充分发挥各个系统的积极性。这样，有利于做好国家工作。同时，他对统战部在工作中存在的问题也作出了批评。章乃器的这些观点，是以一个爱国人士从爱护中共、建设社会主义的立场出发，绝非反对中共的领导、反对社会主义，向中共作出进攻，观点中包含着科学性和他自己在实践中所取得的经验教训。

他的观点，迅速遭到一大批人的批判，批判并不是就他所提出的一系列观点，善意中肯地进行，而是把问题拔高到阶级路线、立场高度，同时从他历史上的言论和复杂的社会关系中去寻找他"反共"的根子，全盘否定他在历史上所做的有利于人民、中共的事；只字不提他在民族危亡时领导民众救亡运动的历史功绩，大有一棍子打死之势。

章乃器没有被砸闷，依然直着腰板，在不同场合和会议上，解释争辩、重申自己的观点。

6月8日，毛泽东为中共中央起草党内指示《组织力量反击右派分子的猖狂进攻》。同日，《人民日报》发表了社论《这是为什么？》。一场反击资产阶级右派进攻的斗争，在全国范围内展开。这期间，中共中央召开工商界人士座谈会，会上不少人批判了章乃器的言论，称他抵抗改造、背离社会主义、背离中共的领导。有的人不惜添油加醋，对他的言论进行歪曲，以宣泄个人的恩恩怨怨，去证明过去与他的争论自己是一贯正确的。这中间，不乏他昔日的朋友、部下。

章乃器意识到这些批判是有组织的，他不顾自己处于孤立无援的境地，毫不犹豫地再次亮出观点，对不实事求是的批判一一作了答复。至于谩骂式的批判他采取藐视的态度，认为不值得一辩。他拒不接受批判的态度，引起人们的共愤，章乃器对此毫不理会，照旧昂首挺胸地走出会场。6月25日他出席国务院举行的全体会议，讨论周恩来即将在一届人大四次会议提出的《政府工作报告》，报告谈到当前的运动，并有一段批判章乃器的文字。会场上，章乃器突然站起来说："我要对周总理说几句话。你是总理，我是协助你工作的国务院干部，过去工作中遇到问题，总是大家共同分担困难。现在我遇到了问题，作为总理，批评帮助他工作八九年的干部，只根据他所说的两三句话，就说他是反对社会主义，这个断语，是不是值得考虑？"

在场的李维汉词严义正指斥他。章乃器反驳李维汉为偏听偏信。周恩来指出："你不悔改，将自绝于人民。"

同月26日至7月15日第一届人大第四次会议在北京举行，作为四川省代表，章乃器在四川代表督促下作了发言，强调自己"从主观上检查不出有反共反社会主义的思想"。

这天，他疲惫地回到寓所，爱女匆匆赶了回来。客厅里父女相对无语，气氛凝重。良久，女儿开口说："爸爸，你还是检讨吧，就说自己错了。"面对女儿渴求的眼睛，他痛苦地陷入了沉思。他知道坚持自己的观点会产生怎样的后果，会连累孩子。那么改变自己？他否定了。他认为自己的观点符合中国社会的实际，违心地改变自己无非是保住自己的职位，一个革命者不唯实，连做社会主义公民也不配。如果计较个人利益，当初又为什么要丢弃万贯家产回到祖国，参加共和国的建设呢？想到这里，章乃器泪流满面，轻轻抚摸着女儿的头顶："小孩子不懂政治，不要掺合，爸爸的意见都是在承认党的领导前提下提出来的，爸爸不会反党，更不会反对走社会主义道路。"

他的另一个女儿，带着自己的行李离家出走，从此再也没有与他见过面。大儿子宣布与他脱离父子关系，小儿子登台公开批判他。

因为他的言论和对待批判的态度，黄炎培为首的民建中央率先对他作出处分。在当时的环境下，章乃器作了自我检讨。章乃器在《我的检讨》中写道："我绝不会反党、反社会主义。我到死都是忠于党、忠于社会主义的。立志、下决心，是每一个人的主观可以决定的。哪能设想，一个在黑暗时代，在敌人千方百计的威逼利诱之下，都不肯表示反共的人，今天反而要反党？哪能设想，一个在资本主义的泥坑里就追求社会主义的人，在今天社会主义事业已经取得如此辉煌胜利的时候，反而要反社会主义？八年来，我丝毫也没有意识到要依靠什么政治资本搞争名夺利的勾当。我一心依靠党，愿在党的安排下做一名自食其力的普通公民。"他一再重申自己绝不反党、反社会主义，也做好准备去做一名自食其力的普通公民。整篇检讨，没有否定自己的观点，反而不断完善充实。所谓检讨，也局限于观点中的偏颇部分。

他的检讨被一部分人说成狡辩，并虚拟出一个以他为首的小集团，网络遍及各省，妄图反党、反社会主义，乱国篡权。章乃器没有被这些莫须有的罪名吓倒，继续申辩，给中央写了三万言的长文《根据事实，全面检查》。他痛苦地写道："我对党披肝沥胆，希望党对我推心置腹。"重申自己不能颠倒是非对待别人，也不能泯灭是非来对待自己。他表示甘愿接受处分，指出："一个只能受褒奖，不能受处分，只能升职，不能降职，只能为官，不能为民的人，不能不是十足的官僚。他不但当不起一个革命者的称号，而且不配做一个社会主义的公民。"

2.1958 年 1 月底，章乃器冒着凛冽的寒风赶往中南海，周恩来将在西花厅召见他。他做好削官为民的准备，但心里还存着一丝希望。周恩来开门见山地说："我们准备撤掉你和章伯钧、罗隆基的职务，马上就要提交国务会议讨论。章、罗两人已知道了。你可以出席会议，申辩。"章乃器没有感到吃惊："我写的《根据事实，全面检查》你有没有看过？""没有。""那是很遗憾的，好多话我在上面都写了。撤职是否最后决定？"周恩来肯定地点了下头。"那还申辩什么呢？我愿意放弃出席的权利。""那也好。"章乃器略带委屈地说："撤职倒没什么，做个自食其力的公民。但为什么要扣上反党、反人民、反社会主义的罪名呢？这违反事实，我宁死也不能承认的。""你个人可以保留意见，我们党是准许这样做的。你以后作什么打算呢？"章乃器坚定地答道："我是全心全意，全力投向党的，党给我处分，我愿积极接受下来，作为党对我的锻炼和考验。我和党共事已经三十年了，仍然没有被了解，那就请再看五年吧，五年不够，也可以看十年，到那时我也不过七十岁；我现在开始就好好地锻炼体格，充实头脑，准备到那时再为党工作十年。"周恩来笑着说："你倒真乐观呀。你还有什么要说的？"章乃器重申："我是永远不反党的，我要使那些诽谤的流言，彻底地破产；我绝不做为亲者所痛、仇者所快的蠢人。"说罢，章乃器独自走出西花厅，消失在长廊上。

章乃器不会知道，针对他的言论毛泽东在此前举行的最高国务会议第十三次会上尖锐地指出："资产阶级和资产阶级知识分子，要承认有改造的必要。右派就不承认自己有改造的必要，而且影响其他一些人也不大愿意改造，说自己已经改造好了。章乃器说，改造那怎么得了，那叫做抽筋剥皮。我们说要脱胎换骨。他说脱胎换骨就会抽筋剥皮。这位先生，谁人去抽他的筋，剥他的皮？""右派中间那些不愿意变的，大概章乃器算一个。"1957 年章乃器被打成"右派"似乎是那个时代的必然。

3. 北京东郊呼家楼一带多了一个谢顶蓄须的老者。他每天清晨健步来到日坛公园，在草坪上独自操练拳艺。他时而白鹤亮翅，时而古树盘根，敏捷中不失稳健，内行人一眼就知道老人功底扎实，拳艺精湛。老者习拳练功达五十多年之久，对此道颇有研究。五十多年来，他深受拳功的益处，经历一次次磨难，出人预料地健活人世。可惜，此时已无人知道他是谁，街坊邻居简单地称呼他为章老头，后生晚辈在老章前面加以胡子。他的胡子远近有名。

老者就是奇迹般活在人间的章乃器。

1957 年的风波结束后，章乃器告别了鲍家街粮食部，离开了部长职位，工资由行政三级降到了十七级，开始了平民生活。平民生活并不可怕，他乐呵呵地说比早年在北京附近小县城任银行低级职员时生活好多了。令他心痛的是自己丧失了工作权利，对一个精力充沛的实干家来说，终日无所事事本身就是惩罚。

很快，他恢复了自信，深信自己的观点没有错，如果自己错了，那不过是比别人认识上领先了一步，会有云飞雾散的一天。他每天手不释卷，阅读马列经典著作和各种专著，写下数百万字的笔记。除去阅读，章乃器坚持锻炼，气功、腰腿八段锦、俯卧撑。他深信生命在于运动，失去运动生命会衰老，意志会衰退，一个人意志崩溃了，即使有腿也站不起来。他不想让自己身体垮掉，盼着有一天，继续为人民做事。

由于第三届全国政协尚未换届，章乃器还是政协委员。他利用到外地视察、疗养、探亲访友的机会，做调查工作，并向中央作汇报，提出自己的看法和建议。1960 年下半年，全国各地的右派成批地脱帽，章乃器焦急地等待中央也能给他摘帽，可是希望越来越渺茫，人们好像已经忘记了他。章乃器不能再沉默，他不顾朋友的劝阻，利用全国政协第三届三次委员会议召开之际，申诉自己被错划为右派的问题。提案提交后，他焦虑地等待答复。回复令他悲伤，正当的申诉怎么成了翻案？接踵而来的是被开除民建会籍，撤销政协委员资格。

以后，章乃器还被短时间羁押，原因是"经济案"。他的小儿子章立凡曾对此介绍说："父亲在政治上受到进一步打击的同时，在经济上也陷入了困境。早在 1948 年底去东北解放区前夕，父亲已辞去了上川企业公司总经理职务。解放后，父亲担任政府领导工作，无暇顾及公司业务。上川公司因无人主持，无法进行工商纳税。父亲以借支方式收回了他对上川公司的投资。1956 年初，父亲将港九地产公司在香港的房屋出售，所得款项，经与上川公司的股东协商后，按股份退给股东，收回股票，结束了上川企业公司。这件事事先征得有关部门同意，股东对此也表示满意。到了 1957 年反右时，忽然有人以股东代表名义，到法院控告父亲欺骗股东，私自结束上川公司、偷税漏税、逃避公私合营。这场官司打了六年直到父亲被撤销一切职务之后，才判父亲败诉。父亲对此不服，拒绝服从法院的判决，因此被短时间羁押。"

后来，章乃器以文物作价做了清偿，人才被释放。章乃器喜欢搜集文物，他用自己所得的本股金，收藏了数千件的文物，成为建国以后国内屈指可数的收藏家。为避免文物的流失，先后两次向故宫博物院捐献大量文物。此时，章乃器政治上遭到打击，经济上日子愈发拮据，待遇再次降低，由领工资改为发生活费，全部收入不到 1957 年前的五分之一。

这期间，妻子杨美真再也顶不住来自各方面的压力，终于做出与他离婚的决定。章乃器一生坎坷，随之婚姻也变得多灾多难。然而，每次婚恋他都付出了一腔真情，也得到了爱的回报。

1991 年初秋，我在北京一个普通的居民楼里采访了章乃器的女儿章畹，在她身上一点看不出名人之后的样子。她对父亲一生的婚姻状况作了介绍。

1920 年，章乃器回到原籍与从小订下娃娃亲的王镜娥完婚，不久相偕到上海定居，先后生下二男二女。王没有什么文化，笃信神佛，与丈夫没有共同语言。一日，章乃器的三弟章秋阳给阿哥带来一位女青年，三弟介绍："她叫胡子婴。浙江师范学校的高材生，女作家。"胡子婴落落大方地与章乃器握过手。这时，章乃器正独自着手准备出版一份时事评论性的半月刊，揭露国民党统治的腐败。胡子婴听后大加赞赏："好啊，我可以帮助你一起干。"他们促膝谈论政治、文学，忘却了悄悄流逝的时间。道别时各自流露出相见恨晚的叹息。不久，他们相爱结婚，《新评论》也出版了，行销国内外许多城市，在青年中引起强烈反响。发妻携儿带女回到老家，成了时代的牺牲品。章乃器始终对王镜娥怀有敬意，除去每月寄去生活费，还不时托人捎上礼物。新中国成立后，身为部长的章乃器派专人把王镜娥接到北京，让孩子们陪她观光。分别二十多年，重聚在共和国的首都，两位年近花甲的老人禁不住热泪涟涟。章乃器选择了胡子婴，成了他生活伴侣和事业的支持者。为了抗日救亡章乃器丢了银行高级职位，胡子婴毫无怨言；救国会经费不足，他们卖掉洋房赁屋而居，所得款项作为活动开销。章乃器因"爱国有罪"关押在苏州，胡子婴不顾自身安危为丈夫以及战友的自由而奔波，他们双双成为社会活动家，最终因章乃器反对《日苏中立条约》签订，要求胡子婴一起退出救国会，胡子婴对此有不同的看法，导致离异，结束了长达十三年的夫妻生活。

1944年，四十七岁的章乃器由沪江大学已故校长刘湛恩夫人刘王立明介绍，与杨美真结婚。杨美真是沪江大学的高材生，留美硕士。才华出众，风姿绰约。这次婚姻，维系了十八年。十八年的风风雨雨，他们相亲相爱，一起由重庆返回抗战胜利后的上海，又转辗去了香港，最后相继进入解放区，相聚在五星红旗下。1957年时，杨美真被指责为章乃器小集团的重要成员，许多人劝她孤立章乃器，她没有离开丈夫。直到章乃器"翻案"之后，她才不得已与丈夫分手，劳燕分飞的悲剧再度在章乃器身上重演。章畹还为我介绍了孙采苹。在北京阜新门外的一幢蛮高级的居民楼里，我见到她，一个依然保持着优雅的老妇人，在儿子章立凡陪同下，接受了我的采访。

孙采苹早年留学于日本早稻田大学，曾在章乃器创办的中国征信所和港九地产公司工作，在香港时期与章乃器生活在一起，1950年生下儿子章立凡，长期定居在北京。

生活中不能没有爱，在政治上遭到不公正对待时，更需要让爱抚慰自己受伤的心灵。这时，一个眉清目秀的女性闯入了他的生活。她是一个普通的音乐教师，以一份真诚伴随章乃器度过了一生中艰难的岁月。

1964年章乃器与女教师王者香结婚，可惜三年之后她因病去世。短短的三年，她给章乃器以巨大的力量，使他在"文化大革命"的摧残中还保留着活的勇气。她的死给章乃器以沉重打击，章乃器在《七十自述》中写道："整整八个昼夜，我在绝食中受到百般的拷打、凌辱和威胁。但我居然没有死，而且自信仍然可以活十年以上（者香的去世使我大大减少了再活十年的信心）。"

　　章乃器最难挨的日子是王者香去世前后的一段日子。1966 年 8 月 24 日，一群腰扎武装带的红卫兵涌入章乃器的住所，反剪他双臂押上大街，送入吉祥戏院。这是一次著名的"打人集会"，据说押到那里挨斗的没几个生还，章乃器就是生还的一个。他目睹身边的人一个个倒在血泊中，依然昂首挺胸，不断运气发功。批斗者瞧他不跪不低头，傲气十足的样子，解下腰间武装带劈头盖脸地猛抽，还有人朝他的胸口腰部出拳，他终于倒在血泊中，被好心人抬进医院，医院大夫听说是大右派，连连摇头不给治疗。这时，章乃器已苏醒："如果周总理让治疗呢？"他想到了周恩来这位可敬的共产党人。他忍着剧痛，咬紧牙关趴在长凳上写下了："总理，我被打，已经受伤，医院不给治疗，请你指示。"便条很快被送到周恩来面前，他凝望着歪歪扭扭的字迹，提笔写道：无论何人，一律实行革命人道主义，给予治疗。

　　章乃器被抬进急救室，医务人员实施抢救。医院对他这样身份的病人，不敢久留，很快派人送他回家。

　　回到家时，王者香拖着病体，一勺一勺喂丈夫进食。她心中期盼着别出事，让丈夫好生养伤。事与愿违，这时又有人来砸门，原来是附近中学的红卫兵听说章乃器已回家了，便决定来斗争他。他们赶走王者香，在客厅里私设刑房，对章乃器进行审问和拷打。王者香不愿与丈夫分别，拖住丈夫不放，直到手指被掰开，扔出客厅为止。

　　面对酷刑，章乃器无比镇定。对于死，他丝毫不畏惧，死没有什么可怕，所求的只是死得其时和死得其所。他自省自己手上没沾半滴人民的血，腰间没留半文不义之财，社会上一切黑暗糜烂的勾当与己无关，自己堂堂正正地做人，不怕夜有敲门声。他望着拷打、凌辱自己的青年人一张张扭曲的脸，十分难过。他们还是一群天真的孩子，认识问题激进，容易受人蒙蔽，他们不是敌人。他苦口婆心地规劝："解放军三大纪律八项注意是什么？"没人理睬他。他自问自答，"不许打人、不许骂人。打人、骂人、罚跪是旧社会的作风"。

多年的政治经验和政治敏感，使他意识到史无前例的"文革"，被少数坏人操纵了。

他不明白这场运动的真相，在他心中以为是一场中共对自己的考验，他默默地吟诵："能求祖国长强富，个人生死无足论。坏事终当变好事，千锤百炼铁成钢。"他始终没想到过跳楼悬梁之类的自杀，他热爱人生，要顽强地活下去，而且要等到中共看清楚自己是一个对党的事业无限忠诚的人，然后无憾地死去。但是，他以自己的经验，意识到在无统一组织、无纪律的情况下，很可能被少数坏人置于死地。

8月26日上午，章乃器要求见妻子一面。王者香来了，她一下子紧抱遍体鳞伤的丈夫，失声痛哭。章乃器拭去她脸上的泪水，"不要哭。要你来记录我口授，算是遗嘱，防备万一。"章乃器一字一句地说："毛主席的统一战线政策是无敌于天下的，我愿竭诚拥护它，推行它，虽死无悔。党从遵义会议起到延安整风这一阶段的历史是无比光荣的，我愿发扬光大它，虽死无憾。毛主席说：用革命的两手反对反革命的两手。这句话是永远正确的，我们必须时时刻刻记着它，实行它。"最后，章乃器流着泪说："者香，你一定要请红卫兵把这些话转达毛主席、周总理，他们一定会相信我的话是真诚的。"

以后的几天，章乃器继续遭到拷打、凌辱。他自己在回忆录中写道："值得记述的，是有人用钢丝包橡皮的鞭子打我，所得伤肿特别不容易消退。还有人划了火柴烧我的手，更有人用气枪射击我的头面。此外，如用冷水浇头，如用水壶灌鼻子，如硬要我吃肮脏的食物，等等，就算是轻微的了。可怕的是居然有人主张用辣椒水灌我的鼻腔。大概是因为家里找不到辣椒，所以没有实现。但到最后，用氨水灌我的鼻孔，我真不知道这些坏人是怎样教育出来的。"

这时，章乃器已是六十九岁的老人了。

凭借着气功的神力，他挺了过来。当他从昏迷中一苏醒过来后，便进行气功和绝食的试验。红卫兵责问他是不是进行绝食斗争，他回答："不是什么斗争，而是绝食试验。"他一共绝食八整天。在这期间，拷打昼夜没停，章乃器都挺了过来，而且身上的内外伤减轻，乌紫退色，受伤的右目也能看清东西了。

他一边挨打一边坚持绝食试验，一心想做成试验，记录下一切体会，以传给后人。"一息犹存，总要为人类进步事业做出可能的贡献"，他心里这样念叨着。后来，他在自己的回忆文章中把自己当时练气功、绝食的体会，完整地记述下，并作了科学的分析和论证。

章乃器被赶出了朝阳门外的小公寓，迁入呼家楼一幢普通的民宅，在一间不到十二平方米的小屋里度日。小屋的门终日大敞，好接受来自各方面的监督，还让一些搞外调找他写材料的人出入方便。一天，几个夹着公文包的大汉来到小屋，气势汹汹地说："你在安徽曾与张劲夫有过交往，张是叛徒。你写一份证明材料。"说罢，来人拿出一沓报告纸，摔在章乃器的面前。章乃器冷冷地回答："我不知道张劲夫是叛徒，无从写起。"满脸横肉的家伙拔高嗓门："你是大右派，不要包庇叛徒。"章乃器站起身，怒目而视："我不是右派。我追随党几十年，不会歪曲历史。"他从来不承认自己是右派。那人威胁他："你不写，罪上加罪。"章乃器仰脸大笑："到底我还是社会主义公民。不实事求是，连做公民的资格也没有。"大汉色厉内荏："太猖狂了！"章乃器夺过让他写材料的纸，撕得粉碎："我不会歪曲历史。"

一身正气的章乃器不会诬陷曾与自己合作得很好的朋友，也不会借机报复那些曾与自己有过隔阂、工作中产生分歧的人。20 世纪 30 年代从事救亡运动时，章乃器与秘密党员钱俊瑞在工作中有过矛盾，当有人找上门让他证明钱是叛徒时，章乃器毫不犹豫地拒绝了。俗话说得好，危难时刻见真情，朋友要经受考验，章乃器经受了考验。同时他认为中共不喜欢软骨头的朋友。

章乃器的小屋里时常出现一些前来监督他的人，有戴红袖箍，也有穿制服的，总强令他做什么或不要做什么。一天，一个新上任的地段治保员上门，对章乃器进行一通训话。章乃器不服，与来人进行争辩。他翻开宪法，说自己是有公民权的人，不是敌人。治保员不以为然，要章乃器上大街把他的所谓反动观点亮在广大群众面前，接受群众的批判。章乃器回答："好啊。不过我有一个小小的要求，你穿我的衣裳，我穿你的制服。"

1972年一天的清晨，章乃器依然散步去日坛公园练功。出门不久，被几个戴红袖箍的人赶了回来。"今天不许你出门。"章乃器不解地问为什么？"今天尼克松来北京，不许你乱说乱动。"章乃器火了："他尼克松来北京为什么要限制我的活动。我每天都上公园打拳练功，不能因为尼克松而打扰了。我是社会主义公民，有公民权。"章乃器掏出他曾参与制定的《中华人民共和国宪法》亮在那些人面前。"你再不老实关你起来。"章乃器倔犟地说："走，我跟你们去，找你们领导评理。"红袖箍们见老人态度坚决，梗着脖子，只能由他去。

据这一时期与章乃器接触过的人回忆，他口袋里，常揣着两本书：《毛主席语录》《中华人民共和国宪法》，这是他的法宝，用来对付各种意外的事情。然而，在法制遭到严重摧残的岁月里，宪法连共和国主席都不能保护，何况他章乃器呢？他的处境可想而知。

章乃器身处逆境，不忘天下事。为了获得更多的信息，他悄悄向老朋友借阅《参考消息》，揣在怀里，躲到无人处细心阅读。他读到国际市场上面粉价格低于大米，不禁心头一亮。如果出口大米，购进面粉，国家可以赚取不少的外汇；面粉加工成面包，营养价值高于大米，食用方便、卫生，又能促进粮食加工业的发展，是一件一举多得的好事。他毕竟是共和国第一任粮食部长，依然牵挂着粮食工作。同时，他还提出国家应该重视中小学师资的培训，提高教师的工资待遇，社会应尊重教师，他们的工作意义重大，关系到民族的未来。

但是，他的声音已无法传入中南海，他只能将自己的想法对街坊邻居讲。

章乃器一刻没忘记自己昔日朋友，此时他们也纷纷被整挨打，遭到不公正的对待，有的下落不明。章乃器四处托人打听，让人捎去自己的安慰。据章立凡回忆：那时他就充当了父亲与老朋友之间的联络"信使"。章乃器的胸襟宽阔，即使1957年批判过他的人，他也没漏掉对他们的关心。

逆境中的章乃器丝毫没有改变自己，仍然保持自己不盲从、不迷信权威的人生态度。那时，林彪尚未自我爆炸，以接班人身份活跃在政治舞台，北京街头常有一些为林彪歌功颂德的宣传，有的以大字报形式张贴街头。有一次，他就见到了这样的一张大字报，荒唐地称林彪指挥了斯大林格勒保卫战。他非常气愤，这完全歪曲了历史，胡编乱造，违背了事实。他一口气跑回陋室，提笔给周恩来写信，请他出面制止这种开国际玩笑的荒唐事，以免误导后代。

4."文革"后期，章乃器的一些亲属不断向中央有关部门写信，替他申诉，并希望尽早地摘掉他头上的右派帽子，亲属做章乃器的工作，劝他认真检查，不要固执，应该委曲求全。章乃器给自己的大哥回信："听毛主席、周恩来的话，我自省是百分之一百做到了的。我所欠缺的就是不会喊'万岁'，而且我还认为他们并不欢喜那一套。我认为歌颂一个人总应该用点脑筋，举出具体的事实加以肯定。空喊'万岁''伟大'，不能不是无原则的捧场。"

后来，章乃器的长兄来信说他顽固，应该转变态度。章乃器回信说："你称我为顽固，又说让我转变，你把我描写成什么样的人呢？我并不要你为我尽力，但希望你不要诽谤我！请你赶快为我洗刷！千万不要做损人不利己的事。我顽固在哪里？难道没学会假认错就是顽固？我是永远不学那一套的。"

章乃器的亲属劝他直接写信给毛泽东，他拒绝了；又劝他写信给当时担任人大副委员长的陈云，他表示："我是要去见陈云同志的，但不想说我自己的事，而是汇报自己的思想和提出工作意见、建议。"章乃器的执著，终于迎来了1975年的曙色，这年邓小平主持中央工作。春暖花开时节，中央有关部门转告章乃器，陈云将接见他。

4月25日，章乃器剃尽长髯，换上沉睡箱底多年的呢子中山装，一派君子风度赶往人民大会堂。此刻他还不知道毛泽东已在摘掉他右派帽子的批复上，潇洒地签上了自己的名字。

陈云、张劲夫、李金德亲切地接见了他。章乃器在建国初期曾任国家财经委员会委员，陈云是委员会主任，曾配合陈云开展工作。章乃器在经济、金融方面显露出出色的才能，得到陈云的称赞。陈云语重心长地说："右派帽子摘掉，不必检讨了，好好总结教训。回去后恢复政协委员的活动，以后再安排工作。"全国政协副秘书长李金德告诉他，已在统战部会议上向有关干部传达了这一决定。据当时一同谈话的张劲夫回忆，谈话是在大会堂南门的一个小房间里进行的："章先生听了之后没有讲感谢的话，只讲我过去讲的意见没有错""我和陈云两个懂得他的意思，是你们把我搞错了，我不是右派，把我搞成右派，要改正他就满意了"。

摘了右派帽子总是好事，虽然章乃器从未承认过自己头上的这顶帽子。现在自己又要为人民做事了，二十四年来，梦寐以求的就是这么一天。他想先到上海去看看，这里曾是他战斗、工作、生活过的地方。章乃器怀揣政协介绍信，来到阔别已久的上海，与老朋友董幼娴见面，当谈及文革中受到冲击的情况时，他风趣地说："树大招风，理所当然。"

这时，报刊上出现了"反击右倾翻案风"的文章，他感到形势变了，悄然返回北京。落实工作，也成了泡影。他又蓄起了胡子。不过，此时他的生活状况已得到了一些改善，国家有关部门给他新配了房子，但章乃器竟没有能等到搬进去的那一天。

1977年农历二月初二，章乃器迎来了八十岁的生日，他挺高兴："好呀，到我八十岁生日了！"他的女儿一家、前妻杨美真委托老人的好友许汉三捎来礼物。不久，章乃器摔了一跤，再也不能起床，住进北京医院地下室。在"两个凡是"的阴影笼罩下，他没有得到妥善的照顾。5月13日，章乃器的心脏停止了跳动。根据他的遗愿，遗体作医学科学试验之用。当时，对于一个没有任何职务的摘帽右派来说，举行了一个小型追悼会已不错了。健在的七君子史良、沙千里赶来参加，民建中央领导致了悼词。《光明日报》在一个极不显眼的角落里，登载了一则短小消息。

正义终有伸张的一天，大写的人生不会被抹杀。党的十一届三中全会以后，共和国上空朝霞满天。民建中央胡厥文、胡子昂等提议给章乃器平反，但也有一些人持不同观点。直到最后，一份汇集章乃器1957年言论的册子以及申诉信，直接出现在胡耀邦办公桌上，问题才有了转机。胡耀邦很快做了批示转给在黄山疗养的邓小平。中共中央有关部门进行研究后，认为1957年章乃器的全部言论，是通过正常渠道发表的，有的属于经济理论问题，带有明显的学术性。所谓有组织有纲领的反党小集团纯粹子虚乌有。1980年6月，章乃器的右派冤案终于得到了改正。这一天，章乃器早在1957年就预料到了："我相信，'真金不怕火'。有了共产党的领导，一定可以明是非。"

在章乃器逝世五周年的时候，他的骨灰移到了八宝山革命公墓第一室。

章立凡不无感叹地说："如果父亲晚几年去世，他就瞑目了。"

我记得章乃器在第一届全国人大第四次会议上，曾忧愤地说："某些人相信'众口可以铄金'，'曾参杀人'重复了三次，慈母也为之动摇。"然而，历史毕竟不是用谎言写成的，一位著名的女共产党员为缅怀章乃器，题下了"爱国救亡志士，共产党人诤友"，高度评价了他的一生。冥冥中的生命，可以安息了吧。

（原载《七君子之死》 河南人民出版社 1994 年 10 月版）

肩负特殊使命的文人胡愈之

一个人活着时便能读到亲朋好友写的悼念文章，恐怕实属罕见。而这样稀罕的事，胡愈之亲历过。1945 年 7 月，《中学生》杂志突然出了一期悼念他的特辑，撰文者有茅盾、叶圣陶等著名作家，叶圣陶深情地写道："如果我们有幸得与他重新相见，这特辑便是'一死一生，乃见交情'的凭证。"

当时、叶圣陶确信胡愈之已在南洋病故，没想到相隔 41 年后，这位挚友方与他同在北京医院里溘然长逝，享年九十岁。叶圣陶生前曾再次提笔，重复着四十余年前的一段文字："愈之兄关心朋友甚于关心自己。他经常为朋友出主意，帮助朋友解决困难，却没见他为自己出过什么主意，也没听他诉说过自己的困难。所以他的朋友都愿意接受他的意见，乐于跟他共事。"

胡愈之——以他的才学和为人赢得包括邹韬奋、茅盾、巴金、叶圣陶、郑振铎、夏衍、冰心等一批文化巨子的尊重和爱戴。同时，他又是肩负着特殊使命的中共秘密党员，长期活跃在情报、统一战线上……

免试进"商务"

1914 年夏天，18 岁的胡愈之来到上海谋职，父亲的朋友自告奋勇，把他的几篇作文送给商务印书馆创始人张元济过目。胡愈之心情焦急地等待回音。他热爱出版工作，早在家乡上虞时，便经常带着弟弟们摘录上海报纸上的消息，冠以标题，用工整小楷抄在练字的大张毛边纸上，一次几份或十几份、分送给关心时局的同学和亲友传阅。

时隔数日，胡愈之还没得到张元济的准信。他哪里晓得，张元济接到他的文章后，当即读了起来，拍案叫绝道："文采飞扬、词意旷达，此生家学渊深。"胡愈之父亲的朋友赶紧回答："上虞胡家之后人！""难怪。我晓得胡家曾出过翰林，官至御史！""对，那就是此生的祖父。""好，请他来吧。"

不想，父亲的朋友出门忙别的事去了，竟忘了将喜讯及时告诉胡愈之，害得这位年轻的求职者一连几天寝食不安，人瘦脱了一圈。

得信之后，胡愈之匆匆赶到商务馆。张元济破例亲自接见，问道："除去国文，你还会些什么？"胡愈之低着头，怯声答道："英语、世界语也略知一些。"张元济满脸笑意，"好生安顿下来，切不可骄躁，加倍磨砺、前程无量。"

胡愈之被分配到理化部编教科书。除了工作，他一头扎进东方图书馆，博览群书。这日，他正在埋头翻译一篇文章，不想被几个词卡住，跑去查词典，恰好词典已被另一个清瘦的青年人借走。胡愈之上前向那青年借阅，青年人见问者是浙江同乡，十分高兴，替他解释了那几个词的意思后，说："我叫沈德鸿（即茅盾）刚来不久。"茅盾谦虚地说。"我是 18 岁进商务的，已有两个年头了。"两个同龄人越说越近乎。很快成了挚友，约好了一同上图书馆，一同著文投稿。

高举白话大旗

与茅盾相识不久，新文化运动已蓬勃兴起，白话文逐渐引起人们的重视。胡愈之试着用白话文写作，投到《时事新报》和《民国日报》等副刊上登载。不想，自己的顶头上司理化部主任杜亚泉读到后，大为不快，"赶什么时髦，花些功夫弄精了文言，这才算本事。"胡愈之不服气，辩道："白话文是发展方向，不是赶时髦。""什么白话文？！一个苍蝇嘶嘶嘶，两个苍蝇哎哎哎，苍蝇苍蝇你在说什么？苍蝇说：我在做白话诗。纯粹一帮苍蝇！"杜亚泉蔑视地顺嘴念了一首打油诗。随手把刊有胡愈之诗文的报刊丢在脚下。

胡愈之不愿与顶头上司的关系弄僵，压住一腔怒气，变换手法，不再用真名发表白话文章，甚至读白话报刊时也悄悄避开杜亚泉的耳目。

时过不久，新文化运动高潮到来，白话文已成大势，商务印书馆出版的文言文杂志销路日跌，迫不得已改换门庭，用白话文出版。胡愈之如鱼得水，得心应手地撰写各种白话文章、翻译外国作品，发表在《东方杂志》《小说月报》《妇女杂志》《学生杂志》上。同时，又与郑振铎、茅盾等人发起文学研究会，成了商务馆有名气的编辑。他实际负责编辑的《东方杂志》，帮助和培养了一批作家和社会学家。杜亚泉自然无法再做胡愈之的顶头上司，只好卷了铺盖。

率先抗议"四·一二"

早年的胡愈之游离于一切政党团体之外，受到无政府主义影响，也接触到了马克思主义，却没有像朋友沈仲九、茅盾、杨贤江参加无政府团体或共产党组织，这多半与家庭对他的要求相关。作为家里的长子，他要担负生活的重担。父亲去世后，家里留下一笔上万元的债务，两个弟弟的学费要他承担，他无法不接受"父债子还"的俗约，不能拒绝履行长兄的义务，"轻举妄动"连累一家数口人的生计。

在生活的重荷下，胡愈之没有放弃追求真理、投身到社会现实中。"五卅"运动爆发后，他与群众一起参加游行、集会、罢工，同时对运动进行采访和报道。《东方杂志》为此出版了"五卅"临时增刊，发表了他撰写的《五卅事件纪实》的长文，详细介绍了运动的起因、发展过程，指出"五卅事件"引起的全国民众运动，是中华民族要求独立与生存的大抗争的开始。增刊引起帝国主义列强的不满和干涉，上海租界工部局对增刊提出控诉，最后判罚 200 元了事。

1927 年 3 月 21 日，北伐军进入上海郊区，胡愈之与商务馆的职工一起参加了第三次武装起义，被推选为编辑出版工会代表，出席上海市民代表大会。沉浸在革命胜利喜悦中的胡愈之，很快在"四一二"政变的枪声中惊醒，再也顾不上个人、家庭，发出了怒吼。

4 月 13 日傍晚，胡愈之与中华农学会总干事吴觉农从朋友章锡琛家中出来，途经闸北鸿兴路。微雨之后，路面淌着血水，鞋子沾上血迹。吴觉农小声惊呼："血！血！"一直埋头走路的胡愈之已注意到了，心情沉重朝前走去。不远处就是吴觉农的家，胡愈之来到朋友家。"没想到他们比北洋军阀还要凶残！我们不能听凭他们屠杀同胞。给我笔！"胡愈之接过笔，伏案疾书，"目睹此禽兽食人之惨剧，万难苟安缄默"，他要求"最高当局立即交出对于此次暴行直接参与之官长士兵，组织人民审判委员会加以裁判……""这是一篇檄文，定会振动人心。"吴觉农赞叹。"联络文化界朋友，联名上诉国民党中委会中的文化界著名人士蔡元培、李石曾、吴雅晖，份量重些。"

翌日，胡愈之分别给郑振铎、冯次行、章锡琛、周予同等人打电话，征求签名。按姓氏笔画为序。胡愈之写好朋友的姓名，又抄录了一份，直接寄给蔡元培等人，执一份底稿赶到二弟胡仲持服务的《商报》编辑部。"大哥，这可有杀身之祸。""你别担心，后果我已全部考虑过，没有可怕的。""大哥，政治上我支持你。可是，你是我哥，我要为你生命安全负责！"仲持辞意恳切。"二弟，你不要有太多的顾虑，按哥的意思做。""好吧，明天见报！"胡仲持见说服不了长兄。答应下来。第二天一早，《抗议书》果然在《商报》登了出来。

《抗议书》公开发表后，胡愈之的口子不好过，住宅周围特务出没，时常有不三不四的人闯进屋探视并问这问那。胡愈之烧掉朋友的来信，早出晚归，变得格外警惕小心。不久。传来国民党政府准备逮捕署名人的风声，郑振铎出国流亡。到达英国的郑振铎发信告诉胡愈之，到法国生活，相当便宜。胡愈之马上筹措了一些款子，决定去法国。在法国、瑞士相继待了两年。在巴黎，胡愈之就读于巴黎大学国际法学院，学习国际法，研究国际问题，几次以中国世界语学者的身份，出席世界语大会。同时，他和一些留法学生有了比较广泛的接触。当时，巴金也在法国，生活经常发生问题，胡愈之与他结识后，热情地介绍巴金与《小说月报》联系。数月之后，巴金的第一部小说《灭亡》便在《小说月报》连载，开始了他长达半个多世纪的文学生涯，享誉中外。

轰动的《莫斯科印象记》

胡愈之准备回国，想在回国途中到苏联逗留参观。他亲自跑到苏联驻法国大使馆联系，大使眨巴一双蓝眼睛，一个劲地摇头。"取道我国可以，作逗留我认为没有必要。"显然，大使不欢迎他在苏联作逗留。兴许对他的动机有所怀疑。胡愈之知道再费口舌，无济于事，客气地与大使道别。

走出使馆大门，一个念头闪过脑际，何不寻找苏联的世界语组织联系？胡愈之回到寓所，迅速写信给莫斯科世界语的朋友，告诉他们自己到莫斯科的日期。

1931年1月下旬，胡愈之到达冰雪中的莫斯科，一下火车他看到了两个挥着绿色小星旗的女青年，正在接站。胡愈之告诉她们，自己只能在莫斯科逗留一天，俩女青年当即为他办了可在莫斯科停留七天的许可证，具体安排参观日程。胡愈之终于实现了参观访问莫斯科的愿望。

二月底，胡愈之回到正处在白色恐怖中的中国。继续回商务馆，负责《东方杂志》的编辑。一天。老同事樊仲云来拜访胡愈之，苦恼地大谈他编的《社会与教育》销路不好，濒于倒闭，央求胡愈之写些能吸引读者的文章。胡愈之吸着纸烟，沉默了良久。《社会与教育》是一家依附国民党的杂志，自己的文章不宜在这样一份杂志上刊登。不过，把介绍赤都莫斯科的文章给他发表，兴许多了一层保护色。

胡愈之悠然地说："有倒是有一篇长文，不知你敢不敢用。"樊仲云见胡愈之松了口、赶紧说："只要好销，不反对党国，没有什么不好用的。""好，一言为定。不过我的稿子不能删改一个字。"胡愈之态度坚决。樊仲云满脸堆笑，低三下四地回答、"愈之兄的文稿，卑人岂能动下个标点。"

《莫斯科印象记》一发表，引起知识界的轰动，许多知识分子看到了中国的出路，排消了心头苦闷。当时，处在思想激烈矛盾中的邹韬奋读了《莫斯科印象记》之后，实现思想转变。他通过胡愈之童年时的同学毕云程，结识了胡愈之，开始了他们之间的友谊。在交往中，胡愈之改变了对邹韬奋以及他主编的《生活周刊》的看法，成了《生活周刊》和生活书店的灵魂。

《莫斯科印象记》连载后，迅速出版单行本，再版五次。胡愈之的中学老师鲁迅赞赏该书："这一年内，也遇到了两部不必用心戒备，居然看完了的书，一部是胡愈之先生的《莫斯科印象记》，一部就是《苏联见闻录》。"

"特科"工作者

1933 年春的一天，朋友张志让领来一位胖子。"大家都叫我胖子。愈之兄尽管直呼。"张庆孚抹去脸上汗珠，乐呵呵地说。"岂敢，张先生非等闲之辈。"胡愈之事前听朋友介绍过，胖子是左翼社会科学联合会的书记，中共秘密党员，公开身份牧师。

"愈之兄旗帜鲜明，我极为佩服。""一介寒士，不值挂齿。"胡愈之谦逊地说。张庆孚挺直率，"自你发表《莫斯科印象记》后，深为我党关注。我们别绕圈子了，你身为哈瓦斯中国部的台柱子，又与一班文人雅士为友，消息灵通。我看你不如给我们搞一些有价值的消息。"心有灵犀一点通，"岂止是消息，恐怕就是情报吧！"胡愈之答应了下来。

胡愈之通过新闻出版界的朋友和国民党元老李烈钧的儿子搜集情报，传给张庆孚，同时在《申报》《生活周刊》上发表以马列主义为基本观点的言论。很快引起了国民党政府的注意，上了黑名单。黑名单上的杨杏佛被杀，邹韬奋流亡，胡愈之又一次面临着再度流亡。"哈瓦斯"通信社中国部负责人张翼枢生怕胡愈之一走影响业务。"我了解你，你不是共产党。你不要到公共租界去，在法租界我可以保证你的安全。轿车接送。你看如何？"张翼枢挽留他。

胡愈之觉得自己替中共搞情报刚开始，去海外流亡非上策。既然张翼枢说话了，再走反而暴露了身份，不如留下，继续干下去。他答应了张翼枢的要求。

九月一个深夜，胡愈之正在伏案写作，一阵轻而急促的敲门声响起，胡愈之心头一紧，莫非出了事？他拉开门，张庆孚突然出现在面前，"你怎么来了，什么急事。"张胖子往床边一坐，"别紧张，愈之兄，我给你带好消息来了。中央已同意吸收你为中共党员，直属特科领导，不参加基层组织活动，只与我单线联系。"

以后，胡愈之的联系人换成了宣侠父、严希纯。

策反东北军

"九一八"事变时东北军首领张学良不抵抗，撤离了东三省，大好河山沦入日寇魔掌。事后东北军"打回老家去"的呼声高涨，张学良抗日的心思渐升。

这时，胡愈之结识了流亡上海的东北著名实业家杜重远，他与张学良私交颇深。胡愈之主动与他交朋友。杜重远目睹不抵抗主义给东三省人民带来的灾难，对国民党政府极为不满，主动提出加入中共。胡愈之没有明确答复，沉吟俄顷："这样吧，我给你介绍一位朋友，听听他的意见。"次日，胡愈之领来张庆孚，张胖子笑眯眯地说："先生之要求，我已耳闻，照先生目前的状况，不宜参加组织为好，便于你发挥作用。否则，不利于打开局面，对你个人的身家性命也不利。""张先生的意思是从实际出发，在不在组织并不重要。"胡愈之补充说。杜重远接受了他们的意见。

1935年5月，杜重远主持的《新生周刊》因发表艾寒松《闲话皇帝》一文，激怒了日本人，日本驻沪总领事向上海市政府提出强烈抗议。国民党上海市政府以妨害"邦交"为罪名，由江苏省高等法院第二分院判处杜重远十四个月的徒刑，杜重远关押在漕河泾模范监狱。

杜重远入狱、在以张学良为首的东北军中产生了巨大的反响，大批东北军人员假借各种名义，络绎不绝地到监狱探望杜重远，他们中不仅有将领也有士兵。

"这是一个绝好的机会，我们应该做大量的宣传工作，帮助东北军将士认清时局，放弃打内战，枪口一致朝向日本人。"胡愈之对杜重远说。"我也是这样想的。愈之兄，应该大力促成此事，我个人势单力薄，恐怕困难。""好，我一定来监狱，一起说服东北军将领。"

胡愈之平日在"哈瓦斯"通信社上班，搜集情报。一到星期日便驱车赶到漕河泾，与前来探望杜重远的东北军将士交谈，指出日本的侵略野心和不抵抗政策的本质，宣传共产党一贯抗日的主张，鼓励他们站在抗日的一边。

一次，杜重远告诉胡愈之已约好了东北军中的重要人物高崇民，高是张学良的秘书、亲信。"如果争取他做张学良的工作，更好。"

果然，胡愈之见到了高崇民。高崇民张口必称三民主义，对共产党和共产主义很不理解。胡愈之用一套大道理对之，效果不佳。胡愈之见这样做说服不了他，便约高崇民在市区继续会面。先交朋友，后做工作。交往数次，高崇民被胡愈之的才学和为人所吸引，与他成了无话不谈的朋友。"说起联合反蒋抗日，还有许多问题要解决。最大的问题是西安有杨虎城，不和杨合作不行。"高崇民忧心忡忡。"先把张将军的工作做通了，杨虎城方面容易了许多。""回西安后，我照你的意思，跟张将军说说。"

高崇民回西安后，与张学良密谈。张已有联共之意，对高崇民提出的联杨逼蒋抗日的计划十分赞赏，派高崇民到杨虎城的第十七路军指挥部住下，做他们之间的联络人。

对东北军展开的政治思想工作十分有效，胡愈之设法把这一情报汇报中共中央。他匆匆赶往联系人严希纯的寓所。为慎重起见，他没直接破门而入。在外绕了一圈、打电话到严的住宅。女房东告诉他。有人正在严希纯住所搜查，严已被人带走。胡愈之赶忙放下电话，迅速离去。

与中共联系的渠道已断，如何把情报传递至中央呢？胡愈之去香港找宣侠父。中共华南工委书记宣侠父得悉后，觉得事关重大，应该尽快报告给中央。问题是香港的地下党与到达陕北的红军之间的秘密联系网亦已中断。"去巴黎，《救国时报》能与共产国际的中共代表团联系。"宣侠父果断地说。

转辗两个多月后，胡愈之终于再一次抵达莫斯科。潘汉年在车站上迎接了他，马不停蹄地把他引见给共产国际中共代表团长王明。胡愈之解开西装，撕开夹里，取出密件，交给王明。稍等片刻，工作人员说报告无法显影。胡愈之改成口头汇报，详细讲述东北军的现状和他们逼蒋联共抗日的趋态。王明不耐烦地追问，"东北军反蒋没有军费怎么办？"胡愈之一下子回答不上来，军费问题并不是他所需要解决的。"我想每月要一百万吧。"王明颇自信，"这没有什么问题、容易解决！你去把报告写出来，我们再研究。"说罢，扬长而去。

不久，共产国际与中共中央恢复了电台联系，得悉张学良与陕北党中央有了直接来往。王明告诉胡愈之，"你的任务已经完成。情况中央已知，你不要管了，回去时把潘汉年带回到香港，他不懂外语。以后你的工作由他直接领导。"

筹划宣传《八一宣言》

胡愈之与潘汉年到达香港，向正在创办《生活日报》的邹韬奋介绍了共产国际关于建立国际反法西斯统一战线的方针，改变反蒋抗日的政策，转向联蒋抗日。邹韬奋接受了他的意见，把《生活日报》办成了宣传中共《为抗日救国告全体同胞书》即《八一宣言》的喉舌。

胡愈之觉得《生活日报》偏于香港一隅，影响力有限，又策划邹韬奋和在港的陶行知联合沈钧儒、章乃器写一个与《八一宣言》基调相近的宣传纲领。

胡愈之亲自起草草案，主张国民党停止内战，共产党废除苏维埃和红军，团结民族资产阶级，以章乃器等四人修改后联名发表。

全国各界救国会联合会在上海成立后，潘汉年对胡愈之下达任务，"以后你只管救国会的事，别的不要管了，有什么问题来找我，没有问题你就自己去干。"

胡愈之接受任务，潜回上海，与救国会上层人士宋庆龄、沈钧儒等人建立了密切的联系。"七君子事件"发生后，胡愈之积极参与营救工作，发动各界人士为七人自由而奔波，终于使沈钧儒、章乃器等七人挣脱牢笼，赢得自由。

历史的误会

1936 年春夏，冯雪峰受中共中央的派遣，秘密从陕北到达上海，重新建立惨遭白色恐怖摧残的上海党组织。事前，他已经写信通知了在香港的潘汉年。潘汉年嘱咐胡愈之到上海后设法与冯雪峰接上头。

冯雪峰到达上海，迅速与住在二弟、已是《申报》主编胡仲持家的胡愈之取得联系，了解上海地下党的情况。"留在上海坚持斗争的一些党员，已都处于各自为战的状态中，工作十分困难。""谁能靠得住？"冯雪峰追问了一句。"第一是夏衍，他靠得住。"胡愈之回答。第二天，冯雪峰去找了夏衍。

一九五七年冯雪峰被划成"右派"，其中有一些人不明真相，指责冯到上海后"先找党外，后找党内"。其实，胡愈之作为秘密党员，冯雪峰找到他，不能说是先党外后党内，完全是包括夏衍在内的地下党人不明白胡愈之的真实身份而已。

在冯雪峰被错划为"右派"时，胡愈之的政治身份尚未公开，组织纪律迫使他无法站出来替朋友作证。眼巴巴看着他遭人误解，打成"右派"。冯雪峰逝世后，胡愈之顶着压力为恢复冯雪峰的党籍而奔波，以实现亡友的夙愿。

组织出版《鲁迅全集》

上海成为孤岛后，胡愈之没离开上海，继续从事收集情报和统一战线工作；秘密输送进步青年去上海周边地区的游击队和新四军。

这时，美国著名记者埃德加·斯诺找到胡愈之，拿出《红星照耀中国》（即《西行漫记》），要求翻译出版。胡愈之不敢轻易组织人马翻译出版这本介绍延安的著作，找到八路军驻上海办事处负责人刘少文，征得刘少文的首肯后，胡愈之方组织王任叔、梅益等人翻译，以"复社"名义出版，使这部著作得以在中国问世，让许多不了解陕北的人第一次全面地了解到陕北这块红色根据地。

上海的形势吃紧，急煞了鲁迅夫人许广平，鲁迅的大量遗稿全部留在上海，万一局势变化被日本人掠去，后果严重。许广平与胡愈之商量。"运到武汉去？""不行，国民党不让出版，运过去也不是办法。"

胡愈之否决了。"那怎么办？先生的遗稿我初步整理过，丢了一份有负于先生在天之灵。"许广平噙着泪水。"保存下来的最好办法就是出版，藏宝于民间！"胡愈之说。"可哪来那么多铜钿，真是难煞人。"胡愈之从容对答，"出版《西行漫记》时，我们用的是集资的办法。先生的全集也可集资出版，先搞预约书卷，待资金够了方开印。"

战争年代读者手里的钱不多，一下子用二十元买一部书的人不多。胡愈之决定把书做成普及本和精装纪念本两种，普及本的价格降到八元，连工本费都不够；精装纪念本，装帧考究，刻有"鲁迅全集；蔡元培题"字样，每部售价百元，以盈补亏，使整个出版发行不赔钱。胡愈之一边组织百数十位学者、文人和工友，共同编排印校，一边去有钱人集中的香港、广州、武汉等地，推销预约书卷，很快经他手就推销出百余部，连孙科、邵力子这样的达官显贵都订购了。在胡愈之和郑振铎、周建人、许广平、王任叔的努力下，六百余万字多达20大本的《鲁迅全集》仅用四个月，送到读者手中，可谓是我国出版史上的一大创举。

许广平在《后记》中深情地写道："幸胡愈之先生本其一向从事文化工作之热忱，积极计划全集出版事宜，经许多困难，初具规模，且拟以其手创之复社，担当斯责……"

打进桂系上层

胡愈之为《鲁迅全集》集资到达武汉后，周恩来没让他回上海，直接安排他去国民党军事委员会政治部第三厅担任第五处长，主管抗战的宣传动员工作。

对于公开的共产党人参加抗日政府，爱国人士能够理解。然而，胡愈之是个秘密中共党员，出任国民党官职难免不引起朋友的误解，有的朋友当面指摘他"官欲太重""当抗战官，吃磨擦饭"，与他疏远。胡愈之内心委曲，却又不好解释自己的举措，默默地忍受。不久，他向周恩来提出辞职去延安的要求。"不行。你不能丢开自己的阵地。抗战是一项长期工作，我们要通过合法手段，来宣传党的方针政策，揭露国民党的阴谋和破坏。"

胡愈之无言以对，继续着手情报搜集工作，把青年记者学会成员，以政治部第三厅的名义派往前线，担任战地记者，骨干成了中共隐蔽战线上的情报员，直接把前线的战况、人员配备等军事情报中转给八路军办事处。

武汉沦陷，周恩来指示胡愈之趁政治部撤退沙市，混乱局面中辞职，迅速前往桂林，打入桂系内部，做李宗仁、白崇禧、黄旭初的统战工作，搜集桂系的各种情报，表面上是去当白崇禧的秘书。白崇禧表示愿意接受，名单送到重庆蒋介石手里，蒋指着胡愈之的名字对陈布雷说："这种左翼分子断不可当白崇禧的秘书。"

胡愈之无奈，否则秘书的位置对他搞情报大有益处。桂系有个智囊机构——广西建设研究会，胡愈之被聘为该会的委员，与广西上层人物建立广泛的联系，为他们出谋划策，同时悄悄地把桂系的动态通过秘密渠道传到延安。

巧入狮城

国共合作抗战的好景不长，到了三九年底出现了磨擦，预兆告诉人们更大的磨擦即将发生。中共老牌情报工作者李克农心急火燎地约胡愈之到秘密联络点，让他撤出桂林。"中央认为你已经被国民党所怀疑，应转移地方，去香港继续从事情报工作。""我服从，到香港后主要进行哪几方面的工作？""我也不清楚，南方局会告诉你。"

次日，李克农送来飞往香港的机票。胡愈之借口二弟有病需要照料，飞抵香港，迅速与中共南方工作委员会负责人廖承志接上头。"你的目的地不在香港，是新加坡。"胡愈之不解地问，"去新加坡做什么？""争取华侨站在我们的一边，让他们了解谁是破坏国共合作的罪魁祸首。""我没有这方面的经验。""《南洋商报》缺一名众望所归的新闻界权威出任负责人，陈嘉庚向周恩来副主席提出要我们派人去。你最适合，你的政治身份没有公开过，他们只知道你是一个进步文化人，又是新闻出版界的权威、我们的朋友，这样便于工作，陈嘉庚也乐意接受。"

胡愈之知道自己未暴露身份，但国民党政府一定会横加干涉自己一个"亲共"分子赴新加坡，拒绝给护照。胡愈之当机立断使用别名，化装成小商人混迹在一班闯南洋的劳工中，坐进肮脏的三等舱。在船上，胡愈之花了一笔钱买通英籍船医，开了体格合格证明，免掉了扣押体检的关卡，顺利进入新加坡。

12月2日，《南洋商报》登载胡愈之任该报编辑主任的消息，英殖民当局大为吃惊，通过华民政务司传讯胡愈之，企图以偷越入境为罪名哄走他。"你用胡学愚化名，混入国境，是非法行为"。胡愈之早有准备，从容递上印有"胡学愚，号愈之"的名片，笑答："照中国人的习惯，正式场合都是用字不用号。可见。我对此行的重视。"政务司官员闹不明白中国复杂的名、号用途，放弃追究，在精通国际法的胡愈之面前不得不服输。

南洋华侨帮派很多，有广东帮、福建帮，又有海南帮、潮州帮等，各自为政，胡愈之奔波在各帮之间，主张丢弃前嫌，团结一致爱国。《星洲日报》是南洋另一个著名侨领胡文虎办的，与《南洋商报》属于不同帮派，观点、倾向不尽相同。胡愈之与《星洲日报》主编、老朋友俞颂华和副刊主编郁达夫联系，协调两报之间的关系，保持良好往来。

流亡南洋

1941年12月9日太平洋战争爆发，新加坡的形势吃紧，英殖民当局投降。胡愈之与郁达夫等28人坐上一艘电动小舢板，冒着沉没的危险漂过马六甲海峡，驶往印尼苏门答腊，停靠在石叻班让小岛。一上岸，胡愈之见小岛上聚集着二百多难民，难以安营扎寨，让船继续前进，飘泊在苏门答腊一带的岛屿上、最后在巴雅公务的小市镇上定居下来。胡愈之化名金子仙，剃光了头，蓄起了胡子，与流亡者一起办了酿酒厂和肥皂厂，解决生计问题。

这时，胡愈之失去了与中共情报机构的联系。然而，他没有因此而停止为中共工作、忘记自己身上的使命，迅速在流亡者中秘密组织"同仁社"，提高流亡者对时局的认识水平，讨论分析抗战局势的发展，出版秘密小册子在流亡者中传播。

在巴雅公务住了一年多，郁达夫的身份暴露，日本人知道他是中国著名进步作家，把他监视了起来。一天，郁达夫化装成富商，冒险赶到胡愈之等人流亡者的住地，通知胡愈之赶快离开巴雅公务。"一旦日人知道这里住着一批抗日文化人，他们会大开杀戒。"胡愈之为郁达夫担忧，"你怎么办？不如趁早到别处躲避一下。""我躲不了，索性不动声色，等事情发展了再作打算。你们应该先离开。不然，事情恐怕牵扯太大。"

胡愈之听从了朋友的劝告，率领其他流亡者转移到苏东高原的马达山，租了一座曾是荷兰人住过的高脚木屋住了下来，坚持渡过了流亡生活的最后两年。

与郁达夫分手后，他们便失去了联系。直到日本宣布无条件投降，胡愈之方听说郁达夫被杀的消息。胡愈之为朋友的不幸遇难痛心，赶到巴雅公务，调查他的死因。胡愈之怀着对亡友的怀念，把调查情况整理成文字稿分别寄给了联军司令和香港作家协会。

胡愈之成了郁达夫在印尼流亡和失踪的重要见证人和调查者。"文革"后率先提出为郁达夫平反。

秘密回国

抗战胜利后，胡愈之回到新加坡，创办了《风下》周刊继续做华侨统战工作，由于和救国会的历史关系，民盟中央委托他在南洋负责建立和发展民盟组织，出任民盟马来亚支部主任委员，直到民盟被当局宣布为非法组织，胡愈之转移到香港。这时，他才与中共组织又联系上，华南分局书记方方通知他速回解放区，接受新的任务。

1948年8月，胡愈之与夫人沈兹九扮成华侨富商，带着一辆小轿车，登上一艘去南朝鲜的英国商船。到达仁川港后，胡愈之拍卖掉汽车。中共秘密联络员已经在等候他们，"明天下午，你们装作到海边游泳、会有小游艇来接你们的。"

翌日下午，胡愈之夫妇来到海边，装着下海游泳的样子，悠闲自得。不一会，海面上出现了一艘游艇。待靠岸后，胡愈之他们登上游艇，船迅速启程，向大连方向驶去。

转辗月余，胡愈之到达中共中央所在地平山县西柏坡，中央统战部李维汉和社会部李克农已在等候，听取胡愈之关于统战和情报工作的汇报。当晚，周恩来接见了这位战斗在隐蔽战线第一线的大将。"桂林见面后，一晃十年，十年没见面了。""周副主席，十年间我为党做的工作太少。"周恩来笑着说，"有在前线浴血战斗的将士，也有在敌占区为党做秘密工作的战士，两者缺一不行。这十年你为党的情报和统一战线做了不少的工作，是脑袋提在手上取得的成绩。""以后，我的工作？"胡愈之急切地问。"你现在还是秘密的，继续做民主党派的统战工作。""民主党派的工作非常复杂，我想还是公开吧。""不。我们胜利了，尖锐复杂的斗争还在后头。是将革命进行到底，还是使革命半途而废呢？对这样的一个问题，各民主党派人民团体正在进行一场激烈的斗争。全国解放后，民主党派和无党派民主人士进行社会主义改造，也还是长期的事情。统战工作还有很多事要做，我们一定要把这项工作做好。"

胡愈之收回了自己的要求，服从中央的安排。过了几天，周恩来怕他思想还不通，专门跑到他的宿舍，和他通宵促膝谈心。

共和国成立以后，胡愈之依然以民主人士的面貌活跃在政治舞台上，先后担任《光明日报》总编辑、出版总署长、文字改革委员会副主任、文化部副部长；出任民盟中央委员会副主席和代主席。

大胆上书毛泽东

一九六六年夏，共和国面临着一场浩劫，身为文字改革委员会副主任的胡愈之拒不承认自己是什么走资派。他不顾自己身处逆境，频繁出现在受到迫害的老人面前，送去一份慰藉。瞿秋白的夫人杨之华遭到"红色风暴"无情的摧残，生命垂危，从隔离的监狱中转移到阜外医院治疗，胡愈之闻讯后连夜赶到医院，探望这位含冤蒙辱的老人。"我总想到我们在苏联相识的情景，一晃倒三十九年过了。当时，我们是革命者，也是流亡者，漂泊不定。"杨之华显得十分吃力，"我们渡过了黑暗的日子，面前的困难我会克服。""相信党，一切都会云消雾散。"胡愈之在宽慰病榻上的杨之华，也在增添自己的信心。

那年月，老朋友茅盾的日子不好过，门前冷落车马稀，许多朋友迫于舆论不敢串门。胡愈之不信邪，常驱车到茅盾寓所探望老友，俩老友沉浸在对往事的回忆中忘却时间，忘记了外面的"风暴"。每一次去茅盾家，胡愈之总要问他生活有什么困难，只要茅盾提出，总设法把他的要求反映给中央有关部门。

在浩劫的年月中，很少有人能和胡愈之一样不顾身家性命地搞"秘密活动"，他和夫人沈兹九找来一些朋友到汪芝麻胡同寓所关起门来说一些悄悄话，分析时局，研究对策，他经常约李文宜来家交谈，以致李家人听到电话铃一响，就能八九不离十地猜到是胡愈之的电话。

有时为了避人耳目，胡愈之不顾七十古稀之龄独自去朋友家串联。一次他从李一氓家回来，对夫人沈兹九大赞李宅地处隐蔽，便于串联。

"四人帮"摧残中共的统一战线政策，破坏民主原则，无情打击包括民主党派在内的高级干部，胡愈之极为愤慨，特地约来毛泽东早年的朋友周士钊以及杨东纯，研究如何把问题直接反映给毛泽东。三人最后决定上书毛泽东，要求能够接见一次，以直抒胸襟。商定周士钊反映教育问题，杨东纯谈青年问题。胡愈之思索之后说："我专门说民主问题"。他知道自己所涉及的问题，与"文革"完全相背驰，大有犯颜直谏之势，有入狱之险。周、杨两人再三叮嘱他，可别说得太多，要留有余地。他们为老朋友捏着一把汗。

毛泽东没有满足他们接见的要求，又不好驳老朋友的面子，派了几个工作人员接见他们。一天，胡愈之与周、杨三人被通知去人民大会堂。胡愈之手持板烟斗不停地吸着，大谈民主、统一战线，反复强调发扬民主，广开言路听取民主人士意见的重要性和中共统一战线政策在历史不同时期所起的巨大作用。

一连两天半，三个老人谈得精疲力竭。工作人员貌似认真地记录下三老的意见，说是要向毛泽东汇报。胡愈之静心地等待着来自毛泽东的答复，一连数月过去，没有传达处理意见，反而间接传来胡愈之组织人攻击"文化大革命"的流言。胡愈之对这样的结果，并不感到意外，坦然处置，依然继续他的秘密活动。

创"群言"笑拒校长

劫波余生的胡愈之，深刻认识到"文革"的根源是个人崇拜，党内民主生活遭破坏，所导致的恶果。1976 年 10 月以后，他顶着各方面的左倾势力，提倡群言堂，主张民主党派、工商联恢复活动后，迅速创办一个大型综合性刊物，取名为《群言堂》。他大胆设想《群言堂》不仅能广开言路，同时又是一种新型的集体所有制的出版机构，实行自负盈亏，按劳分配，不向政府伸手，而能帮助国营经济的发展。他甚至拟好了《建立"群言堂产销合作社"的初步设想》，送给民主党一部分领导人阅读。但由于种种原因，胡愈之的这一个愿望没能实现。

1985 年 4 月，中国民主同盟办起了《群言》，胡愈之的期望虽没能达到，但仍然十分高兴。创刊那一天，他不顾感冒，抱病赶到民族文化宫，参加招待会。

此前的 1979 年，中央统战部公开了胡愈之的党员身份，他的高风亮节和谦逊平凡赢得朋友们的敬佩。这年秋，许多在京的浙江籍人士相聚，有人谈到故乡绍兴、宁波人文荟萃，应有一所综合性大学，胡愈之的老朋友吴觉农提议，"如果愈老任名誉校长定会有很大号召力。"话音刚落，全场一致鼓掌表示同意。胡愈之连忙摆手，"我中学都没有毕业，怎能当大学校长呢？"

十年浩劫结束后，胡愈之历任第六届全国人大常委会副委员长，五届政协副主席，一九八六年一月十六日十一时十五分在京与世长辞。

（原载《三角洲》 1994 年 4 月刊）

君子王造时最后的命运

历史是一个过程，永恒的是它经过时间验证的公允。

——作者

1948年春寒料峭的夜晚，王造时放下酒杯，与朋友田汉、郭沫若、夏衍、周信芳一一握手道别，披上大衣，推门走出杏花楼酒家，来到大街上。长贯的黄浦江风扑面而来，他拢了一下衣袂，准备回家。这时，他的同乡好友罗隆基追上了他，"造时兄，往哪儿走？"王造时驻足良久，若有所思地自问："往哪儿走呢？"罗隆基被他弄糊涂了。"往右，有坠入浦江之险，走中间穿马路，可能被穿梭的汽车撞着，还是慢慢地往左走吧。"罗隆基听罢会心地一笑，领悟了老友的一番隐义。

隆隆的解放战争的炮声已经渐近，在这历史的当口，王造时拒绝了国民党中央党部秘书长吴铁城的劝说，要他去美国或英国教一两年的书，也拒绝了代总统李宗仁亲信邱昌渭要他参与和平运动的请求。他决定继续留在大陆，迎接一个民主、平等的人民共和国的到来。命运，决定了王造时做出"往左走"的抉择。

一

　　还是在老家江西安福县高等小学上学时，王造时便萌生了祖国强盛、独立的爱国主义思想。1915 年 1 月，日本趁欧洲大战列强无暇东顾的机会，向中国提出旨在独霸中国的"二十一条"，并于五月提出最后通牒，限四十八小时答复。袁世凯为圆皇帝梦，竟然除对第五条声称"容日后协商"外，都加以承认。消息传到安福，王造时在读的小学举办国耻纪念大会，一位老师上台慷慨陈词，诉说亡国切肤之痛，在他心灵中引起震撼。五十余年后，他在狱中仍然不能忘记当年情景，深情地写道："爱国主义在我头脑里打上了深刻的烙印，痛恨卖国求荣的袁世凯，痛恨侵略我国的日本强盗。"

　　"五四"前夕，王造时以出色的才学，考入清华。他投身到轰轰烈烈的五四运动，作为学生领袖，组织同学上街游行、演说，声援被捕同学。6 月 3 日，王造时带领一部分同学在东安市场宣传演讲，遭到军警的阻挠。王造时不畏强暴，与军警抗争，不幸被捕。迫于社会舆论，当局不得不释放学生。王造时结束了短期羁押，回到清华。他没有因遭被捕而胆怯。7 月，山东军阀马良枪杀宣传抵制日货的学生，王造时再次挺身而出，代表清华同学，与北京各校的同学一起，向总统徐世昌请愿，要求惩办肇事官员，再次被捕。这年，王造时刚 17 岁。

　　以后，王造时一边参加清华的民主改革，一边刻苦求学。1925 年他以优异的学习成绩毕业，前往美国威斯康星大学攻读政治学，以寻求中华民族的出路，获得政治学博士学位。不久，以研究员身份赴英国伦敦大学经济学院，研究费边社会主义和了解英国的社会现实，形成了一套既有美国特点又有英国色彩的强国政治主张。

　　五年之后，王造时回到国内，国民党 CC 派迅速让他少年时代的同窗

好友，与他接洽，要他去南京做官。王造时不满南京政府，打算独立发表
自己的政治观点，拒绝了同窗的劝说，留在上海。在潘光旦的介绍下，他
出任私立光华大学政治系主任、教授，后为文学院院长，兼任其他大学的
教授，同时撰写文章，竭力宣扬爱国主义、民主主义，反对帝国主义在中
国的特权和国民党的独裁专政，要求实行民主和宪法政治，保障人民的各
项基本权利。

由于王造时激烈的言论触动国民党的利益，南京政府密令全国各大学
不许聘请他教书。王造时丢了饭碗，生活拮据。社会名流章士钊替他着急，
让他在自己办的律师事务所挂牌做律师，包揽了一切开销；商务印书馆总
经理王云五约他译书，每月交稿六万字，致送三百元，帮助他度过生活难关。

王造时面对迫害，始终不与国民党南京政府妥协，不顾生命危险，率
先把国民党特务机构蓝衣社暗杀社会知名人士的名单，送往报社发表。有
一天，国民党元老李烈钧叫他到家里，给他看一份暗杀名单，上面不仅有
他，还有鲁迅、杨杏佛、邹韬奋等人的名字。李烈钧劝他到香港避一下风
头。王造时沉思一下，谢绝了，"我要登报揭露这件事，中国人办的报纸
不敢，就找外文报。"王造时找到留美同学《大美晚报》总编辑张似旭，
《大美晚报》中英文两版以头条新闻披露，轰动上海，引起暗杀名单上的
知名人士的警觉，出洋躲避，避免了一场大屠杀。不仅如此，王造时还积
极与蒋介石的政敌联系，先后与冯玉祥、蔡廷锴、李济深交往甚密，共图
反蒋，结束蒋介石的统治。

"九一八"事变后，王造时主张抗战，实行全民族的抵抗，赶走日本
侵略者。他呼吁民族内部的团结，停止一切内战，让国人手中的枪炮刀一
起指向民族的敌人。他特别强调要联合中国共产党，大胆地告诉国人共产
党不是国民党南京政府所说的"匪"，充满对中国共产党的理解和同情。
1936 年 5 月，王造时终于和沈钧儒、章乃器、邹韬奋、李公朴、史良、

沙千里走到一起，组成全国各界救国联合会。他当选为执行委员和常务委员，并于同年 11 月与上述六人，一起被南京政府逮捕，关押在苏州江苏省高等法院看守所，成为永留史册的"七君子"之一。

七七事变后，王造时与战友们一起结束了长达二百余天的监禁生活，走出牢房，继续为抗战、民主、和平、独立而奔波，以实现自己早年确立的强国梦。

二

1949 年 10 月 1 日，中华人民共和国成立。王造时无缘登上天安门城楼，参加开国大典。虽然，他曾向救国会领导人沈钧儒请求参加新政协，有望参加大典。但是，这一愿望没能实现。他还是十分高兴新中国的成立，盛赞新政权是"中国政治生活史上空前未有的廉洁政府"，他在上海市人民代表会议上作了题为《我们决心开步走》的演讲，表达了他的心声。这年末，中国人民救国会宣告解散，他成了无党派人士。他被任命为华东军政委员会委员、华东文教委员会委员，当选为上海市政协常务委员等。

他更多的精力放在了教学上，担任复旦大学历史系教授，对于政治活动的兴趣明显减弱，心中多了些苦闷和孤独。这种苦闷和孤独，来自历史的原因。1941 年 4 月，苏联和日本签订《苏日中立条约》，其中条款明显损害中国的领土主权和抗战事业。王造时反对这份条约，执笔写信给斯大林，表示"莫大的遗憾"，沈钧儒、章乃器、李公朴、史良、沙千里等都在公开信上签了名。不久，王造时离开重庆回老家吉安。公开信被周恩来知道后，亲自向沈钧儒解释，这样做对团结国际统一战线、共同反对德、意、日法西斯不利，并容易给国民党提供反苏反共的借口，沈钧儒同意收回公开信。不想，公开信签名之事，被误传为王造时强迫别人签名等，使他与朋友们关系疏远起来，且一直苦闷在心。另一件事，就是解放后，救国会主要负责人在北京宣布中国人民救国会解散。王造时认为如果其他民主党派不散，救国会也不必解散。后来，毛泽东对中国人民救国会解散也深感惋惜。

1956 年 2 月全国政协会议在北京召开。王造时作为上海市政协推举的代表前往出席。在北京，周恩来会见了王造时。他向周恩来说明致斯大林公开信的起草经过，作了自我批评，取得周恩来的谅解。周恩来明确告诉王造时，反对解散救国会是对的。

王造时得到周恩来的接见，并得以长谈。同时，一些在京的老朋友也鼓励他，不要消沉，要出来工作。王造时心情极好，苦闷全消，恢复了他原有的热情。在全国政协大会上他作了《扩大民主生活》的发言指出：为了把国家的事情办得更好，防止官僚主义的滋长，防止下情不能上达，以至演成严重问题，就要按照"知无不言，言无不尽""言者无罪，闻者足戒""有则改之，无则加勉"的原则向党提意见，这才是民主人士应尽的职责。

他的发言引起马寅初、章乃器等老朋友的高度评价，称他不失君子之风范。在京期间，他走访了救国会一部分老人，商量恢复救国会的事宜。

王造时回到上海之后，积极传达大会精神，他的能动性被调动起来。不料，引发的后果，却是一个悲惨。

三

王造时回沪半年许，党的八届二中全会在北京召开，宣布在明年开展整风运动，集中对主观主义、宗派主义、官僚主义进行整风。1957 年 4 月，中共中央发出《关于整风运动的指示》，要求全党重新进行一次普遍的、深入的反对三项主义的整风运动，以适应社会主义改造和社会主义建设的需要。

此时，王造时接受了《光明日报》记者的采访，表示"双百方针"是社会主义新文化运动的开始，意义可以与欧洲文艺复兴运动相比。从中足以看到共产党整风的伟大意义，是其他国家的政党无法比拟的。"同时，他小心翼翼地说，相关负责同志"可以考虑再发表一个比较具体的声明，保证除现行反革命分子外，一切思想问题概不在追究之列。"他希望通过法律的手段确保鸣放的顺利进行，认为鸣放与社会主义法制建设有着十分重要的关系，通过立法让人民知道自身的权利和义务，明白自由界限，在法律的范围内让人民享有充分的言论自由，获得一种安全感。王造时内心存有顾虑，婉转地借助"有的人"之口说："如怕'钓鱼'，怕'放长线钓大鱼'，怕先'放'后'整'，怕'记一笔账'，怕'欲擒故纵'。"他一口气连说五个"怕"字，很难说不是他自己内心的担忧。

他没有因为"怕"而闭口不讲话，启唇便涉及一个敏感的办刊物的问题。同时，主张恢复一些被明令砍掉的社会学科，如政治学、社会学，他认为："社会学不仅是资产阶级的，社会主义也需要社会学。社会主义社会同样遇到市政、行政、管理、选举制度等问题。"

5月11日，王造时应邀出席上海宣传会议。会上上海市委第一书记柯庆施做了报告，鼓励党外人士帮助中共进行整风。王造时站了起来，要求发言。会场顿时鸦雀无声，与会者猜测着这位君子将发表什么高论。王造时清了一下嗓子，激昂陈词，指出官僚主义不是个别现象，而是普遍存在，不是刚刚萌芽，而是发展到了相当恶劣的程度，阻碍了生产力发展，影响建设计划，一定程度上损害广大人民的物质和精神生活。

会场上不少人为他捏了一把汗。他一发而不可收，继续说："官僚主义不铲除，党的威信必定受到损害，社会主义建设必定受到阻挠""官僚主义越往基层、越发的严重，而且表现为那里没有群众的鸣放，那里的官僚主义越专横，故此鸣放的重点必须放到基层群众身上……"

王造时的发言引发人们的鼓掌，也引来了低声不满。会议一结束，柯庆施遇见王造时，称赞他的发言有见地、有水平。

正当王造时积极投身到整风运动时，一篇题为《事情正在起变化》的文章，发至党内高级干部阅读。不久，王造时在内部会议上的讲话，被公开发表，引起社会各界强烈的反响，批判呼声日高，指责他妄图搞乱社会，动摇国家基础，甚至违背事实地说王造时是有预谋地向党和社会主义国家发动攻击。

王造时没有改变自己的观点，继续就社会主义社会的法制和民主建设谈了自己的看法，他分别在5月21日《新闻日报》召开的座谈会和市政协会上作了"进一步建立社会主义民主法治秩序"的发言，强调在一个民主与法制长期处于软弱状态中的中国，需要扫除人治的封建残余，加强法治观念，尤其在社会主义国度里，强化人们的法律意识，促进民主是当务之急。他认为建国后，国家颁布了宪法、法令和其他各项法规，但尚有大量的立法工作没有做，法律尚不完善，空白很多，如人民享有广泛民主权利的法律条文写在宪法上，还需要通过普通的立法把它具体化，得以真正实现。

王造时的言论受到点名批判。他坚持认为自己响应党的号召，开展整风，自己热爱社会主义新中国和共产党，追随党的社会主义方向。"我搭的那列车是党开的，当然是追随党的。"王造时理直气壮地回答一些人对于他的责问。

于是，王造时被一些人错误地说成上海右派集团的重要分子，并且早在去年夏季这个集团就有了纲领和组织、计划向中共和社会主义进攻。所谓的实例便是去年三月间，在北京列席政协会议时期的活动，被说成是阴谋组织反动政党。同时，又有人去翻他的历史旧账，把他早年间发表的文章中的文句摘出，证明他一贯反党反社会主义。

四面楚歌的王造时被迫作出自我检查，强调自己的动机是好的，只是效果不好，给党的领导和社会主义事业带来了危害。他沉痛地说："以残余的岁月，紧密地追随党走，尽其绵薄，全心全意为人民服务，为社会主义建设事业服务，来赎我一生所犯的罪过。"

王造时头上被戴上一顶令人生畏的帽子，不能回到讲坛上，不能著书立说。他住在上海茂名南路上一幢著名的高楼里，俗称"十八层"，当时上海高层不多。多少个夜晚，他凭栏远眺，万家灯火，而他孤独有病，不禁吟道："谁念高楼病客，辗转呻吟，独抱一无岑寂。最怕窗外风狂雨骤，把杨柳摧折。"他思念北京城里的周恩来，一九五六年春的一席话消释了他心中的坚冰，打消顾虑。这位和蔼善解人意的领导人应该理解自己，可惜"怅望有如千山万水隔"。但是，王造时并没有因为个人遭受打击，失去信心，继续唱道："待从头，重收拾，相携手，报祖国。"

王造时一生命运多舛，人生后期更为艰难。丧妻不足两年被打入"冷宫"，戴上帽子之后，大女儿因长期忧虑、苦闷而病故；另一女儿也被错划至另册，家里还有两个患精神病的儿子。

面对家庭连年的不幸，自己所遭不公对待，他没有后悔自己在解放前夕的抉择，那时如果去了美国或英国，一定不会有此等的厄运。然而，一个眷恋祖国，为她独立昌盛奋斗的爱国者，无法弃离脚下的一片故土，自己的心血以至每一颗莹晶的泪珠，只有洒在生他养他的大地上。

他默默地忍受着命运的安排。

四

1960 年金秋，共和国即将迎来她十一岁的生日，年轻的生命尝到了左倾路线带来的苦头。为了发展经济、科技、文化，中共中央于年初决定在民主党派中开展"神仙会"，听取他们的意见和建议，调整与民主人士、知识分子的关系。九月底，王造时头上的帽子被摘除。摘帽后开始重返讲坛，再一次担任世界近代史这门重点基础课的讲授。他回忆到："领导上还叫我为教育革命时期没有上过这门课的班级补课。"

变得沉默寡语的王造时失去了昔日的风采，小心处事、谨慎做人，生怕再生事端，遭受冲击。不过对于教学，他保持自己一贯的兢兢业业，为了扩大学生知识面，他与历史系的同事开设了"史学评论"，介绍和批判资产阶级史学流派，主讲黑格尔历史哲学部分。除去向大学生授课，他还向研究生讲授欧美社会政治思想史，从英国资产阶级革命讲起，到十九世纪末叶为止，着重介绍有关法国资产阶级革命的启蒙学派。

1961 年他与一个教养极好的女性重新组成家庭，这个大资本家的外甥女丧夫拖着几个孩子，命运虽不似他一样多坎坷，却也历经了人生的波折，渴望着人间一份真挚、慰藉、爱抚。王造时曾深情地回味着这一份爱："我们彼此都有'同是天涯沦落人'之感，所以婚后互相照顾，感情甚笃。"

王造时不仅担负了复旦大学的教学工作，还参与世界史教材的编译工作，应商务印书馆的邀请，加工、补译自己的旧译拉斯基的《民主政治在危机中》和拉丹纳的《美国外交政策史》作为内部参考书籍出版。上海一家出版社邀请他翻译汤因比的《历史研究》节本和《历史研究》第十二卷。同时，他参与了《辞海》近代国际关系史部分的编写。

王造时临窗伏案写作不辍，常至夜深人静。妻子爱怜，劝阻总不能有效地使他搁笔。他试图在写作翻译中消除内心的创伤。自 1957 年 9 月到

1966年6月，他编译著写的文章，达一百多万字，可是能够出版的并不多。他默默地笔耕，不问收获，在耕耘的过程中，让时间悄然流逝。

面对洁白的稿纸，王造时的心情并不舒畅，一双凝视稿纸的眼睛，失却了原本透射出的智慧和自信，忧虑、痛苦仍在，这不仅是为自己和家庭的遭遇，更是对于祖国未来的命运。日趋炙手的个人崇拜，践踏民主法治，将带来怎样的后果，古老且年轻的中国将驶向何方？

王造时难以预料未来，连自己的将来都无法估计。他的笔言不由衷，文字只是为了适合一个声音，重复一个观点，即使这个声音违背了人类文明的共识。

五

1966年春夏之交，狂飙席卷大地，《我的一张大字报》向九州大地猛轰一炮，大地震颤。身处上海，且处在风暴旋涡中心的复旦大学，王造时的命运将怎样呢？

校园里大字报铺天盖地，刷遍了每个角落，臂戴红袖箍的红卫兵随处抓人，批斗会口号响彻云霄。年逾花甲的王造时孤独地置身在一片红色中，默然看着大字报，留心有没有揭露自己的。他发现一张揭露他利用讲授世界近代史之机，散布资产阶级民主自由的毒素的大字报，凑近阅读起来。不远处，又有一张，批判他在讲授欧美社会政治思想史时散布资产阶级思想，内容与上一张大同小异。另外还有两张，分别质问他1957年上半年罗隆基来上海和他见面搞什么阴谋，批判他在料理老朋友彭文应丧事中为他张目。他坦然一笑。王造时走遍学校，心里没有什么异常，倒有几分松了口气的舒缓，整个校园大字报数以千计，自己仅有四张，还不至于挨斗。他离开偏僻的复旦，回到市中心的寓所，向太太说起自己摸到的行情，好让她放心。

没出几日，校园里关于他的大字报猛增，称他是"反动学阀""反共老手""反党反社会主义分子"，有的学生一袭过去的做法，从书库中找来他早年出版的著译，引文批判。八月末，一群臂带红袖箍的学生砸开他寓所的门，把他珍藏的书籍、信件，无情地撕、烧、毁。这吓坏了患有精神病的儿子，哭号惊叫不止。他目睹这一切，只能把泪水往心里咽。

"红袖箍"闹腾到半夜，带着一部分书籍、私人信件扬长而去。王造时与妻子安抚好儿子，独自在一片狼藉的客厅里冥思，人类数千年的文明、人权、法律、民主的就这样遭到践踏吗？

翌日，王造时来到学校，被编进"牛鬼蛇神劳改队"，接受批斗，勒令写"交代"，这样过了二十余天。一天夜里，一大帮子"红袖箍"再次破门而入，要他交出所谓的组织政党的计划和纲领。

他们轮番对王造时进行审问。起先他还给年轻无知的青年学生讲现代史、讲知识分子的奋斗，讲自己的经历，以解释自己在各个历史时期的言论。但"红袖箍"不耐烦他的一套。他精神恍惚，有时答非所问，有时一概承认，他毕竟是六十四岁的老人，挺过这一难关不容易。

王造时被以组织反革命政党的罪名关押进看守所。11月8日，经过一天休息的他，稍有恢复，大脑也清醒了许多，当即向公安人员声明：迫于压力的交代有许多是虚构的，应予推翻；组织社会民主党是莫须有罪名；自己的问题属于世界观没改造好，思想问题应在群众中得到教育和批判，不应关押。

他的声明，在那些日子里过于微弱，没有人理睬，漫长的狱中生活不知何年是尽头？

六

1969 年 1 月 14 日上午，王造时吃完粗糙冰冷的早饭，突然觉得胃部钻心的疼痛，以为是所吃食物所致，想上床躺一下，屁股刚挨着床边，一股血腥味从嘴里冒出，吐出鲜血。他端详着掌心中的血，不知如何处置。他想喊看守，没出声又是一口鲜血。不久，他身子酥软，瘫倒在地。

一辆监狱救护车把他送到提篮桥监狱医院。躺在病榻上，他思念自己的妻子和儿女，他们一定不知道自己病了，是否要想办法告诉他们？转念他打消了，反而挂念他们日子过得怎样。王造时与家人已有三年没有见面，他只是从看守送来的纸片知道家人来探望过了，同样他们也是从纸片上签名中知道他还活着。他最放心不下自己两个患有精神病的儿子，如果不是颠沛流离，孩子的病情不会恶化，作为父亲他感到自己对不起儿子。就在他躺在病榻上与病魔较量时，次子病情恶化，随后大儿子去世。

当他出院重回牢房时，他才得悉两个儿子一病一亡。他明白，孩子打出生不久就遭到惊吓，以后又跟随他过着动荡不安的生活。大儿子 1946 年患病，十年后，在北京上北大外文系的小儿子也得病，如果受到较好的护理和疗养，他们不至于病情加深，以至身亡。

终于，他在看守所迎来了他六十九岁的生日。面前没有亲朋好友，没有酒菜，没有生日蛋糕和温馨的生日祝福歌。有的是高墙和高墙上够不着的气窗里透射来的一束看得见摸不着的阳光，映照在囚室里，格外的醒目和刺眼，他不住揉着眼睛，顽强地盯视阳光。六十九岁，民间常有做九不做十的习俗，虚算起来自己也七十了。七十年的风雨坎坷自己是怎样渡过的呢？他脑子里茫然一片，清楚的只是自己的求索和奋斗，努力是为了生命变得具有意义，而不虚度年华。两天后，王造时含冤死在狱中。一年多后，他的次子病逝。

七

历史用鲜血和生命写成，当人们再忆及王造时时，已是他去世之后的第七个年头。1978 年 12 月，他的冤案得到平反昭雪，错划的问题于 1980 年得到改正。同年 8 月 19 日，上海市政协、复旦大学联合召开隆重的追悼大会，沉痛悼念这位著名的爱国民主人士。这时，他早已成了齑粉。

平反昭雪对于死者已无大意义；对于活着的人们意义无疑重大，它告诉事实真相，也告诉人们应记取的教训。好在历史是后人写成的，一个为祖国做过有益事情的人死去，后来者一定会在他的名字下写上他的功绩。作为历史学教授的王造时明白这个道理，生命的终结，并不就等同留在史册上的名字也失去意义，它依然闪着光辉。我想，他临终时虽是乌云笼罩，心底一片坦荡、从容。历史是一个过程，永恒的是经过时间检验的公允。

（原载《三角洲》 1993 年 6 月刊）

女中豪杰胡子婴

时间磨损了人们的记忆，关于她的文字很少见到，她的名字好像已被人们淡忘。然而，一个曾为祖国的独立、民主、繁荣而奋斗过的人，她的名字不会消失。何况，她拥有一个永远年轻的名字——胡子婴。

上海遭通缉

毕业于浙江省立师范学校的胡子婴，在革命志士汪寿华、张秋人的影响下，立志离开闭塞的故乡上虞，去寻找一个平等的社会。

1927年初夏，年仅 20 岁的胡子婴风尘仆仆地来到上海，敲开商务印书馆编辑胡愈之的家门，拜访这位堂叔。堂叔热情地接待了她，并告知她一条信息：迅速发展的北伐，不久将席卷上海。"那么我来得正是时候，北伐军解放上海，一个平等社会即将来到了。"胡子婴天真地说。"不，革命不会一帆风顺，需要流血、奋斗。"胡愈之若有所思地回答道。

3月21日，北伐军进攻龙华，上海爆发了第三次工人武装起义。商务印书馆职工在这一天发动起义，胡子婴脱去旗袍，换上短装投身起义队伍，垒路障，送情报，救伤员，出没在硝烟战火之中。攻打闸北警察局时，起义工人遇到军阀孙传芳部队的负隅顽抗，迟迟攻克不下。她热血沸腾，捡起战死工友手中的枪，跃出战壕，向敌人阵营冲去。起义工人见一位弱女子敢于一马当先，纷纷跃出壕沟，一鼓气冲进敌营，与敌人展开白刃战，终于占领闸北警察局。之后，胡子婴不顾连日疲劳，又与工人武装队伍一起攻下北站。胡子婴的事迹，在工人和进驻上海的北伐军中得以传播。人人称赞她是战火中的巾帼英杰。

正当胡子婴沉浸在北伐胜利的喜悦之时，蒋介石突然发动了"四•一二"大屠杀，宝山路上血流成河。此时，她已被列入黑名单，无法再在上海待下去，只身潜回老家。

上虞巧脱险

好不容易脱离虎口，谁料想又入狼窝。这时，上虞警察局接到上峰命令，通缉胡子婴。她有家不能归，藏身在城外的亲戚家里。

这一天，嫂子匆匆赶来告诫她："你千万别露面，通缉令已贴满大街小巷。家人正在想办法疏通关节。"胡子婴耐着性子等了几天。果然，嫂子喜滋滋地跑来："这下好啦，关节已被打通，不过就看你自己了！"胡子婴不明白："看我什么？"

"你交好运了。县长的外甥爱慕你才貌双全，要娶你为妻，成了县长的外甥媳妇，还通缉个啥？"胡子婴听罢，生气地说："嫂子，我不能以出卖自己而保全性命。这样活下去，与死又有什么差别：都是失去了灵魂。"嫂子拖着哭腔道："我全是为了你好呵。"

嫂子走后，恰好一位朋友来看望胡子婴，她气愤地说起此事。那位朋友为她出了个主意："你应该将计就计，先答应下来这门亲事，等通缉令一取消，就转移到别的地方。"胡子婴领悟了朋友的用意，第二天便对嫂子佯说自己想通了，攀亲就攀亲吧。不日，嫂子把县长的外甥领来。

　　眼前这位青年不是如她想象的纨绔子弟，而是一副斯文的样子，彬彬有礼。他告诉胡子婴："通缉令已取消，你自由了。"胡子婴激动地握着他的手，顿时好感升起，不过想到他趁人之危逼婚，心里还生着气。

　　次日清晨，朋友雇了小船，送胡子婴出走上虞。

　　不料，那青年闻讯赶来，胡子婴惊诧："即使我走不了，也不愿同你结婚，要杀要剐由你。"那青年笑着说："你误会了，我是特地来为你送行的，由我来送你最安全。""为什么？""我敬佩你，支持你离开上虞，干一番事业。"胡子婴感动得流下了眼泪。

　　匆匆一别，胡子婴再也没同这位好心的青年见过面，听说他后来生肺病过早地离开了人世。在胡子婴的记忆中，一直保存着他的微笑。

他乡遇知音

　　由于与商务印书馆的关系，胡子婴结识了印书馆的职员、中共党员章秋阳。章秋阳无意间提及自己在浙江实业银行担任营业部主任的二哥章乃器，正准备着手办份杂志，需要有人帮忙。胡子婴觉得好奇，一个银行高级职员为什么要独自办一份刊物？带着疑问，她决定去拜访这个"怪人"。在办公室，章乃器直截了当地解答了胡子要的疑问："现在北伐革命已进入低潮，许多人逃遁、隐匿。我认为有勇气者应该挺身而出，敢于亮出自己的观点，不能贪生怕死！国民党摧残民众运动，违背了中山先生的遗愿。"胡子婴听了，既高兴，又有些担忧；"章先生如此直言，会有杀身之祸的。""青年不站出来说话，这个国家还有什么指望？"章乃器坚定地说。胡子婴涌出一股他乡遇知音的快感："我愿协助你工作。北伐失败后，我好苦闷，找不到出路。"

　　1928年胡子婴终于与章乃器结成伉俪，在华安保险公司楼上举办隆重的婚礼，邹韬奋等一些新闻、出版、银行界的知名人士到场祝贺。透过朦胧的婚纱，胡子婴想到以后的日子，银行家太太的生活并不是自己羡慕和追求的，决不做一只金丝笼中的小鸟。

沪上女作家

婚后，胡子婴全力协助丈夫出版《新评论》，而且亲自上街推销，引起路人的好奇。《新评论》由小到大，行销全国十几个大中城市，引起青年朋友的强烈反响。

同时，她还提笔写作，试着把大革命失败前后青年由热血沸腾到消沉的变化过程表现出来，以排泄心中的苦闷。终于，她写成了中篇小说《一个独身者》，小说女主人翁静妹酷似她自己。静妹少女时代充满理想、斗志，以至拒绝男友的求婚。到了而立之年，静妹干一番事业的理想没有实现，落了一身病，处在孤独的凄苦中。小说写得委婉、动人、细腻，反映了大革命失败后一大批青年知识分子的心情。小说发表后，立即引起读者共鸣，胡子婴不时接到读者的来信，向她诉说衷肠。

以后，胡子婴以宋霖等笔名，陆续发表了一系列小说、短文。进入二十世纪四十年代，她目睹民族工商业遭到国民党政府的摧残，令人愤慨，向茅盾建议，写些文艺作品进行揭露。茅盾笑着说："工商界的情况，你比我熟悉，又写过小说，为何不自己动手？"胡子婴受到茅盾的启发，遂以《滩》为题写了一部反映工商界生活的小说。陪都重庆的夏季，炎热难耐，胡子婴身边放着一盆冷水，边奋笔疾书边绞一把毛巾，擦去脸上的汗水。手稿完成后，茅盾通读，大加赞赏，称《滩》是一部反映民族工商业者的好作品，"而且文笔细腻，生动感人。你看我还为它写了介绍文章"。自己的创作竟得到著名作家的称赞，这使她兴奋不已。

结识沈钧儒

胡子婴从事写作，与文化、出版界保持密切交往，同时还在女青年会办的女工夜校担任教职，与广大劳动妇女朝夕相处，自己也开始接触一些马列主义著作。

1935年"一二·九"运动爆发，胡子婴不能静心写作与教书了，便积极投身抗日救亡运动中去。这时，恰逢沈钧儒与一批社会名流发起抗议国民党政府迫害北平爱国学生运动，广泛征集签名。胡子婴穿街走巷，找到自己相识的女友、学生，苦口婆心地说："国家有难，不能光叫学生担当，我们应该站出来讲话！"女友、学生在她的鼓动下，纷纷签上了自己的姓名。胡子婴不认识沈钧儒，她在电话簿上找到沈的律师事务所电话号码，约这位素不相识的爱国老人在重庆南路上的胜利饭店见面。

美髯垂胸的沈钧儒头次见着胡子婴就十分喜欢，"好啊，连女同胞都行动起来了，中国一定有救。"胡子婴忙不迭地双手递上一份有数百人签名的抗议书，"这是我征集的签名，请沈先生收下。""真不简单，有这么多人签名。"沈钧儒笑眯眯地捋着胡子。胡子婴并不满足地说："我想我们妇女界一定要组织起来，力量就大了。""说得好！手携手力量大。你应该去争取。"沈钧儒鼓励她。

很快，胡子婴与自己过去的音乐教师、《妇女生活》杂志主编沈兹九，女律师史良等人取得联系，积极筹备上海妇女界代表大会，声援北平学生运动。12月21日，代表大会在四川路青年会召开，会上何香凝不顾年迈有病，拄杖上台讲演。全场群情激奋，一致要求成立妇女界救国会，通过联合各界妇女抗击外来入侵的宣言。在代表的共同推举下，胡子婴与史良、沈兹九、罗叔章、陈波儿等十一人当选为理事，她分管总务。会议一结束，胡子婴与理事一起组织千余名妇女游行，声援学生运动，反对华北自治，要求南京政府惩治卖国汉奸，揭开了风起云涌的救国运动的序幕。

胡子婴身先士卒，走在游行队伍的前列，为队伍开道。

游行队伍到达新世界时，租界当局出动军警试图冲散游行队伍。胡子婴临危不惧，一边指挥游行队伍四人一排，携手向前；一边迎着军警走去，宣传民族危亡人人有责，亡国对于每一个中国人来说都是一场灾难。军警在她的劝说下，又见游行队伍秩序井然，就让路通过了。

自此以后，凡是妇女救亡运动一系列重大示威、抗议活动，胡子婴不仅是策划者、组织者，而且始终走在队伍的前列，迎着军警的枪口和屠刀，丝毫没有畏缩。

巧计助学生

上海妇女界救国会成立的不久，发生了复旦学生赴南京请愿的活动。学生占领北站，上海市长吴铁城表面上答应学生去南京的要求，暗地里下令拆除路轨，阴谋破坏学生的请愿。胡子婴听了，不禁心急如焚，她试图冲进被军警包围的火车站报告消息，可惜几次努力都失败了。但她并不气馁，驱车赶到住在辣斐德路（今复兴中路）上的何香凝住所讨救兵。何香凝问明事由，不顾身体有病下了床，准备赶到北站救学生。恰巧，国民党高级将领张发奎的太太坐小车来探望，胡子婴巧妙地扶着何香凝坐进张的小车，拉上张发奎的太太一同去了北站。

到了北站，军警不让她们进去。胡子婴大声喊："你们知道她是谁？廖仲恺夫人，连蒋介石都怕她三分，你们竟敢阻拦？"军警依然不肯放行。胡子婴与何香凝一起向军警宣传抗日，鼓动军警抵制上峰下达的命令。这事惊动了上海社会局局长潘公展，他急忙赶到现场劝说何香凝回府，答应绝不伤害学生。胡子婴这才搀扶着何香凝离去。

卖房筹经费

丈夫章乃器成了救国会的主要领导人，日夜为实现全民抗日而奔波，胡子婴竭力支持。即使章乃器被迫辞去银行的高级职位，她也毫无怨言。

救国会是民间抗日团体，经费来源有限，胡子婴鼓动丈夫卖掉江湾的别墅，搬到台拉斯脱路（今太原路）慈惠村租屋居住。卖房所得款项充作救国会的活动经费。

住房缩小了，收入减少了，胡子婴心甘情愿过上勤俭的日子。她辞去女佣，节衣缩食，亲自下厨烹饪。不过，对救国会的经济支持，她从不吝啬，腾出有限的住房，作为救国会的活动场所。救国会的机关刊《救亡情报》的编辑部就设在她的家里，一些工作人员吃、住在她家里。

后来丈夫章乃器在"七君子"事件中被捕，胡子婴不顾身患疾病，拖着孩子过着拮据的日子。她公开对记者表示："即使搬到亭子间过艰苦的生活，也要同投降派做坚决的斗争！"同时，她着手设法营救"七君子"，并协助他们开展狱中斗争。

倡言"民族魂"

1936年10月19日上午，胡子婴匆匆赶到辣斐德路辣斐坊（今复兴中路复兴坊）史良寓所，参加妇女界救国会理事会会议。刚坐定，宋庆龄电话便追来了。她沉痛地说，鲁迅逝世，丧事由救国会出面料理。宋庆龄表示要"通过葬礼，向广大民众宣传学习先生的民族气节，掀起一场群众性的抗日救亡运动"。胡子婴搁下电话，向理事转达了宋庆龄的指示。

胡子婴与救国会的朋友一起投入到葬礼筹备活动中，发动各界救国会和民众致送挽联，前往万国殡仪馆瞻仰鲁迅先生遗容，参加葬礼。鲁迅入殓，遗体上盖什么旗呢？参加葬礼筹备工作的人员意见不一，难以确定。胡子婴沉思俄顷，高声提议用"民族魂"。话音刚落，大家异口同声地叫好。于是，沈钧儒亲书这三个大字，她连夜让人赶制一面用白缎作底、黑丝绒织成"民族魂"三个大字的旗帜，庄严地覆盖在鲁迅遗体上，与他一起下葬。

连夜藏手稿

鲁迅逝世后的第 35 天，国民党上海当局在日本驻沪领事馆的指使下，悍然逮捕沈钧儒、章乃器、邹韬奋、李公朴、沙千里、王造时、史良等七人。这就是"七君子"事件。就在特务破门逮捕章乃器的瞬间，胡子婴保持清醒的头脑，临危不惧，迅速把方志敏烈士在狱中写的《可爱的中国》等原稿藏入墙洞，以至特务在搜查书房时竟没有发现。

方志敏在狱中留下 14 篇文稿，分两批转到胡子婴手里。当时中共尚处于地下，救国会向社会半公开，胡子婴家的地址是全公开的。第一次，胡子婴接到一封秘密信函，约其会面，她化装成阔太太赶到宝隆医院，从一个姑娘手里接过一包方志敏的遗稿。第二批遗稿是"七君子"被捕前三天，一个与方志敏关在一起的旧军官，转交给她的，嘱托她送给中共中央。章乃器被捕当时，胡子婴担心方志敏的遗稿。丈夫抓走后，她便连夜打电话给宋庆龄，请她设法保存方的遗稿。接着，胡子婴又叫来章秋阳，嘱咐他把遗稿送至宋庆龄处，"只能亲自交到孙夫人手里，不能有半点疏忽。""嫂子放心，我会办好的。""走去？不行，要坐辆出租车去。"胡子婴说罢，挂通车行电话，为章秋阳安排了出租车。

后来，宋庆龄把遗稿转给了中共上海办事处负责人冯雪锋，使得《可爱的中国》这一名篇得以流传至今。

营救"七君子"

安全送走方志敏遗稿之后，胡子婴心里一块石头落地，于是一门心思着手营救"七君子"。她连夜找到救国会干事、《救亡情报》编辑吴大琨，商量营救办法。经过一番分析，胡子婴决定第一步揭露国民党的罪行，造成一定的社会影响，发动民众声援"七君子"。胡子婴伏案疾书，赶写文章《一个不能忘记的日子》，连夜送往印刷厂。第二天早上，《救亡情报》以号外形式，发表了她的文章，一下子把七人被捕的详情捅到了社会上，打破了国民党上海当局企图封锁消息的阴谋。

在胡子婴等人的积极参与下，"七君子"事件引起社会各界的广泛重视。一场以营救"七君子"为主旨，反妥协、要抗日的群众性爱国运动迅速在全国蔓延。

为找到营救的突破口，胡子婴上南京，下苏州奔波不停。她去找章乃器小时候的好友陈诚，陈诚避而不见，派心腹幕僚出面拒绝。她并不气馁，设法见到了挂着空职的冯玉祥将军。冯将军一见她就说："你来得正好，国家出了大事，张学良、杨虎诚在西安扣住了老蒋，他们提出释放'七君子'要求。陈果夫等人主张杀掉七人，以警告张、杨，我已阻止了他们。不过，七人性命还有危险，要设法早作准备。""有什么好办法？"胡子婴急迫地问。"他们七人关在苏州江苏省高等法院看守所，可以找驻军长官宋希濂帮忙。"冯玉祥为她出主意。

胡子婴回到上海，请章乃器的哥哥章培出面与旧友宋希濂联系，自己连夜赶往苏州，向沈钧儒等通报情况，让他们防备突变。果然，当局已下令禁止"七君子"接见任何人，并在看守所外增设了岗哨。沈钧儒等心中早有准备，针锋相对地提出思念子女心切，要求子女探监，以时刻保持与外界的联系。

夫人送爱心

1937年早春，对胡子婴来说是无情的。丈夫身陷囹圄，身边孩子缠膝，自己因宫外孕大出血危及生命，躺在家中病榻上不能动弹。

正在她几乎失望之际，门轻轻地推开了，宋庆龄走了进来，"不用多说了，马上进医院。"宋庆龄用自己的小车把胡子婴送往表亲牛惠霖兄弟开办的私立医院免费治疗。临告别时，宋庆龄一再叮嘱她一定要好好治病，并让自己的保姆李妈每天定时送去营养食品。

胡子婴不等身体痊愈，要求出院。牛医生好意劝阻，可是没能挡住她。一天，她借口散步，便一去不回。因为她惦记着关押在狱中的"七君子"，要为他们的自由奔波。

不知是手术过于仓促，还是出院过于匆忙，手术时留下一大截纱布在腹腔里，竟没有发现。一直让她腹部隐隐作痛，直到新中国成立后才发现取出。

奔走揭阴谋

4月，江苏省高等法院决定审判"七君子"，《大公报》刊登了起诉书。胡子婴大胆地找到素不相识的《大公报》社长张季鸾，提出发表七人的答辩状。张头也不抬地回答："不发表。"胡子婴见他如此生硬的态度，顿时气愤难忍，高声说："你们的报纸号称大公，可你们只登官方一面之词，算得上什么大公？今后你们报社的招牌应该摘掉了，不配再叫大公。"张季鸾淡淡一笑，"我不愿意陪你们作戏，《大公报》不是你们的舞台！"胡子婴听出话中有话，忙追问一句，"你这话是什么意思？"

张季鸾道明原委，原来他前不久在庐山道听途说，闻七人已同意接受审讯后进南京反省院，"你们双方已在幕后达成协议，发表答辩状岂不是借《大公报》在作戏？"

听罢，胡子婴笑着说："是我错怪你了。不过，七人绝不是像你们说的那样出尔反尔，他们从未悔过，采取不吃、不说、不写的'三不'办法抵制进反省院。你不能听信谣言。"张季鸾见她说得坚决、诚恳，终于同意发表七人的答辩状。

在与张季鸾的交谈中，胡子婴获得了一个重要情报，蒋介石并不主张七人进反省院，认为应尽快结束此案，迅速把七人送上庐山共商抗日大计（当时，蒋已在和中共代表谈判联合抗日事宜）。把七人送进反省院是叶楚伧、陈布雷的主意。胡子婴觉得国民党上层内部的矛盾可以利用，便迅速赶到苏州，要求七人设法拖延审判日期，由沈钧儒给老友张季鸾写信，请张出面把七人拒绝进反省院的决心转告蒋介石。

胡子婴携带沈钧儒的信函，返回上海，再次约见张季鸾。张吞吞吐吐不愿做七人的说客，怕得罪叶楚伧等人，推卸再三。胡子婴抓住张季鸾爱护蒋介石声誉的弱点，因势利导，"若要把他们弄进反省院，绝食后出了人命，势必损害蒋先生的威信，望张先生三思。"张季鸾叹了一口气，"你的嘴真厉害。这样吧，我给蒋先生写封信试试。"

不久，蒋介石亲自打电话给陈布雷过问此事，陈布雷只好将实情告诉蒋，七人在第一次公审后，提出申请法官回避，事态扩大，闹得满城风雨。蒋介石闻讯后，严厉申斥陈布雷一顿，关照他迅速放人，送上庐山。

在胡子婴的努力下，敌人的阴谋终于破产了。

舍身宁入狱

7月5日清晨，胡子婴带着简单的生活用具，赶到莫利哀路（今香山路）

宋庆龄住宅，与宋结伴赴北站，搭头班火车到苏州去。此前，她与宋庆龄、胡愈之等人发起了"爱国无罪，则与沈钧儒等同享自由；爱国有罪，则与沈钧儒等同受处罚"的入狱运动。

到达苏州、在宋庆龄的带领下，一班人前往法院。检察官见到这群人突然而至，手足无措，"何必呢？现在没有羁押你们的必要，羁押你们与他们有什么利益。"胡子婴回答："检察官上次开庭说，救国会就是危害民国，救国会既危害民国，我们是救国会的负责人或会员，就应当把我们也押起来！"检察官被驳得无言以对，尴尬地说："没有发现你们有犯罪证据，怎好羁押呢？现在天气很热，而且苏州景致也老是那几处，没什么好玩，还是回去吧。"胡子婴听出他话中带刺，严肃斥责："你弄错了，我们来不仅仅做个形式。我们不走了！"

检察官见一行人真有打算留下来的意思，不由慌了神，答应立案侦查。胡子婴这才与同行的 11 人一起乘末班火车回上海。

爱国入狱运动很快席卷全国，一些学者、教授、作家，学生、艺术界知名人士和工人纷纷要求入狱，声援关押在狱中的"七君子"。国民党当局迫于压力，终于在同月 31 日释放了"七君子"。

胡子婴亲自赶往苏州，迎接"七君子"出狱，祝贺他们结束了长达二百余天的囚禁生活，而对自己在狱外所做的种种营救，只字未提。

重庆办实业

"七君子"出狱不久，日寇便把战火烧到了上海，"八·一三"抗战爆发，胡子婴立即组织妇女上火线抢运伤兵。上海沦陷，她又带着女儿绕道香港抵达重庆，继续与沈钧儒等救国会领袖们一起从事抗战、民主活动。

"八·一三"时，胡子婴目睹了前线士兵做饭困难，长时间吃不上饭，一到重庆她便着手创办一家生产压缩饼干的军粮厂，可惜资金不足，又拒绝接受孔祥熙的资助，不得不放弃。胡子婴没有灰心，与丈夫章乃器一起创办了上川实业公司，下设翻砂厂，手摇发电机厂、酒精厂、畜牧场，她亲自和技术人员一起搞设计、定配方，成为企业的主要组织者和管理者之一。

1941年，她与丈夫政治主张不同分道扬镳。胡子婴独自挑起了生活重担，独自去西安采购烧碱，风餐露宿，随车押运，以维持生计。有人问她，"银行家、企业家的太太一下子过这样的日子苦不苦？"她爽朗地笑着回答："若嫌苦，我早就改变自己了！"

由于她出色的工作，胡子婴被聘为夫子池合作金库办事处主任，成为陪都重庆工商界知名的女企业家。

为民主而战

作为女社会活动家，胡子婴没有放弃政治活动。1939年，她与沈钧儒以及共产党人一起，发起了宪政促进会，被推选为常委。这期间，她与共产党人周恩来、秦邦宪、董必武、邓颖超等有着广泛的接触。当时，工商界有一个"星期五聚餐会"，每周聚餐时有很多头面人物参加，胡子婴请来共产党人给工商业家讲解抗日政策。

中国民主政团同盟成立，胡子婴又和同盟的负责人一起，要求国民党结束一党专政，建立各党派之间的联合政权，实行民主政治。

1945年7、8月间，抗战已近尾声，反对国民党独裁，建立联合政府，成了一项重要工作，胡子婴与沙千里、许涤新、罗叔章等发起组织"中国经济事业协进会"，呼吁国内团结，成立联合政府，让民众有充分的选举权。"经协"成立前夕，胡子婴出面请来周恩来、邓颖超、陆定一做指示。"经协"的工作得到周恩来的重视和好评。同时，胡子婴还参加了民主建国会初创时的工作，与胡厥文、黄炎培、章乃器、李烛尘等人同为常务理事。

这一年秋，毛泽东到达重庆与国民党谈判。毛泽东在重庆时期，邀请工商界人士见面。这一邀请，是胡子婴通过味精大王吴蕴初夫人吴戴懿，以吴蕴初和王若飞名义发出请柬的。重庆工商界著名人士接到请柬，到"桂园"与毛泽东相见，聆听中共对工商业者的政策介绍。

之后不久，沈钧儒、陶行知与胡子婴等人改组救国会为中国人民救国会，制定了这个组织的政治纲领和组织章程，高举反帝、反封建的大旗，主张为建设一个独立、自由、平等的人民共和国而奋斗。救国会的政治纲领符合共产党的新民主主义革命路线，从而胡子婴成为新民主主义战士。

1946年1月，爱国人士准备组织"重庆市各界政协商会议协进会"，邀请一部分政协委员来做报告，苦于借不到会场。胡子婴自告奋勇，想方设法借到沧白纪念堂，不过对方要担保，保证会场不受破坏，否则照价赔偿。胡子婴硬着头皮写下了保证书，签字画押，使会议能在20日如期举行。哪知国民党特务得悉后，不断前往沧白堂捣乱，损坏财物，并打伤郭沫若、张东荪等人，制造"沧白堂事件"。沧白堂提出赔偿，胡子婴请求冯玉祥出面打电话给重庆市政府，才算不了了之。

2月10日上午，胡子婴前往校场口参加"陪都各界庆祝政治协商会议成功大会"，见到李公朴、章乃器、施复亮、郭沫若等不少朋友遭到特务围殴。她毅然挺身而出，担负起掩护工作，帮助朋友突围，送他们出会场，自己身上却挨了特务的拳头、棍棒，伤痕累累。

请缨赴申城

解放前夕，国民党政府大肆搜捕民主人士，一片白色恐怖。民建的成立本来就没有得到国民党政府的同意，再加上胡子婴频繁参加民主运动，在上海的处境十分危险，胡子婴只好出走香港。不久，她接到周恩来要她去东北解放区的邀请，她毅然北上。

1949年4月15日，胡子婴以及黄炎培、盛丕华、吴羹梅等工商界人士，来到双清别墅，毛泽东热情地接待了他们，共商上海接管后的经济恢复工作。

毛泽东笑呵呵地表示：上海即将解放，上海的财政经济影响到全国，影响到整个解放战争，要派熟悉上海工商界的人去做工作。毛泽东边说边拿眼睛望着大家，胡子婴当即请缨："我愿意去。"毛泽东十分高兴。

胡子婴回到上海，一干就是10年。她不怕被人戴上资产阶级代理人和比共产党还左的帽子，一方面代表国家利益与不法资本家作斗争，一方面保护工商业者的合法利益，正确体现党的"公私兼顾、劳资两利"的政策。她认为这10年是自己工作效率最高、非常愉快的10年。她出色的工作和雷厉风行的性格受到了陈毅市长的好评。50年代末，胡子婴到达北京，先后担任商业部副部长，中华全国工商业联合会副秘书长、代理秘书长，全国政协常委，民建中央常委，中华全国工商业联合会副主任委员，中国儿童和少年基金会副会长。

1982年11月，正值全国政协第五届第五次会议召开之际，已是75岁高龄的胡子婴不顾年迈，坚持按时参加会议，不料30日凌晨，终因哮喘发作，抢救无效逝世。

（原载《上海滩》1993年第5期，《中外妇女文摘》1993年5月摘载）

李公朴最后的时刻

春城，一个陌生的城市。记忆中，它由鲜花和美丽的传说构成，四季奇花怒放，花团锦簇、没有寒风和飞雪。然而，一九四六年的夏季，严寒光顾了这座温馨的城市、不见铺天盖地的大雪、呼啸的寒风，白色恐怖抵过了酷寒，空中回荡着惊心的警笛、弥漫血腥。一个战士悄悄倒在黑洞洞的枪口下，发出了"我中枪了"的呻吟……

1946 年 6 月末，蒋介石政府利用国共停战协定，得以喘息的机会，调集百分之八十的兵力（113 个旅、约 160 万人），向中共领导的中原、东北、华北、华东各解放区进攻，扬言在 3 至 6 个月打败共产党。与此同时，毛泽东在延安接受美国记者路易斯·斯特朗采访，作出"一切反对派都是纸老虎"的著名论断，回答了记者关于美国不给予蒋介石政府援助能维持多久的提问。

战火蔓延中华大地，长城内外又见硝烟。李公朴认识到这场内战的必然。双十协定以来，一切的和平谈判不过是国民党政府争取时间准备内战的幌子。一旦时机成熟，他们就会撕毁协议，使中华民族重入战争泥潭。内战不可避免，人民必定胜利。国民党政府除去军事上拥有优势外，政治上孤立、经济上难以摆脱困境，优势很快会消失，覆灭的命运与内战一样不可避免，一个崭新的民主共和国会在阵痛中分娩，以巨人的雄姿屹立在世界东方。

五月初，李公朴带着较场口惨案留下的伤痕回到昆明，着手准备把自己经营的书店和北门出版社迁往上海、北平。继续偏于西南一隅，不能适应时局对民主和平运动的需要。与战友握手言别时，他一手握着烟斗，一手不住捻着颏下浓密的大胡子，微笑着道一声"上海见"，眼中闪耀希冀重逢的喜悦。他坚信会有相聚的一天，东海之滨的都市,相去已足有九年了。

抗日战争时期素有民主堡垒之称的昆明，陷入一片忙乱中。西南联大的学生一批批撤走，不少机构纷纷搬迁中心城市，特务猖獗，流言尘嚣甚上："李公朴回昆明奉中共的命令，率四十名特务及携四万现款谋反""民盟云滇支部要组织暴动，联合地方势力夺取政权"。昆明的政治环境极为险恶，军警到处搜查抓人，连地方实力人物龙云的旧部也不能逃脱。

昆明风声鹤唳，人人自危。北门街李公朴寓所外，形迹可疑者不绝，严密监视北门书屋的主人。一天，两个五大三粗的"退伍军人"闯进书屋，热情地抓住李公朴的手不住摇晃，"总算见到了，想得我们好苦啊！"李公朴警惕地打量面前的不速之客，"你们来……"满脸横肉的"退伍军人"麻利地从贴胸口袋里摸出一封皱巴巴的信，神情庄重地递给他，"先生。我们的来意全写在上面，请你过目。"他接过信，仔细阅读，信上写到："根据传闻，李先生正在召集干部准备在云南起事，我们都是退伍军人，不满现状，特来投效，恳请收留。"读罢，李公朴重又扫视这两个陌生客。他们神秘地出现在书店，无非是投石问路，试图探明虚实，这不免太愚蠢了一些。自己又不是二岁的乳儿，小鱼一条那么容易上钩。想到这里，李公朴一阵大笑，笑得两个"退伍军人"成了丈二和尚不住抓耳挠腮，"先生，你这是怎么啦？""我一个开小书店的人，唯有口笔呼吁民主和平，哪里能起什么事造反呢？若能那样的话也太抬举我李某人了。你们可不能轻信谣言，贻误了自己的好事，请回去吧。""退伍军人"未能回过味来，稀里糊涂地被他轰出书店，一无所获。

"死，我不怕，随时准备着"，李公朴和民盟云南省支部的其他领导人不畏强暴，毅然为军警无故搜查民宅提出抗议：严厉惩处直接肇事者，公开向人民道歉，力保以后不再发生同类事件。呼吁全国社会贤达和各界人士、一切人民团体声援他们的各项要求。6 月 27 日，民盟云省支部借座法国商务酒店，举行为期三天的招待会，重申民盟的政治主张和对时局的态度，李公朴激愤地说："政党之间可以相互的公开批评，不应该采取谩骂造谣的方式，可以相互友谊竞赛，不应该用消灭异己的方式。为民主与和平，我们愿意和一切人合作，把中国建设得幸福繁荣。"

突然，门外传来一阵吵嚷，"抓住他！""他抢了大会签名册！"一个身穿香油纱衫褛的家伙，抱着签名册朝盘龙江方向跑去。李公朴夺门而出撒腿直追。来宾签名册留有与会者的姓名，一旦落入魔爪后果不堪设想。抢者见李公朴和一群青年已经逼近难以逃脱，丢下签名册，纵身跳入滚滚江水中逃之夭夭。李公朴松了一口气回到会场。

会后，民盟云省支部与进步社会贤达开展了呼吁和平的"万人签名运动"，春城群情激昂，争相签名助威，形成了一股声势浩大的争取和平民主的群众运动。

李公朴与战友在滇府的一系列抗议活动激怒了蒋介石,他发出谋杀令,授权昆明警备司令部,宪兵十三团必要时可以直接处置李公朴、闻一多等人。暗杀活动在昆明紧锣密鼓地筹措开,李公朴的生命危在旦夕。

"脚跨出门就不准备再跨进门。"李公朴爽朗地对劝说他离开昆明暂避风头的一位朋友说，"他们要杀你，什么地方都一样。看情况，我已走不出昆明。"他清楚自己的处境，逃避已经不可能实现。他举目凝望墙上岳丈张筱楼画的一幅红梅图，乌黑的梅枝上一簇簇盛开的血般鲜艳的花朵，傲霜斗雪、不屈不挠，以一片赤诚抗拒大自然的风暴。梅花尚然如此，何况人呢？他紧攥手中的烟斗，陷入沉思。生命，人的根本，若连它都不顾了，死又何足惧！四一二蒋介石发动政变后，一批批共产党人倒在血泊中，鲜血染红大地，旷野中柔弱的小草带着血滴，发出呜咽。那些英烈在临终时又何曾露出惧色？历史悲壮的一幕，又在他的面前闪现，先烈临刑前的呐喊始终在耳畔回响。这位参加过北伐，又因主张抗日而入狱的民主斗士不会向黑暗屈服。

七月十一日，苍穹阴云铅沉，漫无休止地飘洒细雨，窗玻璃上爬满水珠，远处一片灰茫。街上时不时传来一两声警笛的呼啸。李公朴吸着烟斗，走到书桌前，放下烟斗，搁在烟缸上，笔撰欧洲教育史。他长年致力于民主教育的研究和实践，从美国俄勒冈州雷德大学完成学业归国后，创办了《申报》流通图书馆和业余补习学校。他认真借鉴西方现代教育，提倡民主普及教育，把教育权归还人民，鼓励并资助个人兴学，摒弃专制强暴的教育体制。他认为统治教育、特务教育、洋八股教育除了戕害青年、断丧人性外，更是一无所获。宪法应该确定建立民主教育的体系，实行民主的普及教育。抗战胜利后，他和著名平民教育家陶行知一度创办了社会大学，以实现自己的教育主张，这一新颖的实验性学校刚成立，便遭到蒋介石政府的扼杀。开学三个月后，教育局派员视察，要社大筹基金履行立案手续。立案手续送上去后，渝教育当局认为"设备简陋"，只能停办。对此，李公朴没有失望，紧握住陶行知的手，相约回到上海、北京后，再办一所社会大学，让更多的青年受到教育。他暗自决定在民主教育的岗位上努力一辈子，把自己的后半生与民主教育紧密联系在一起，为民主的教育普及做贡献。

这时，李公朴觉得自己写累了，搁下笔在屋里踱起步来。夫人张曼筠蹑手蹑脚地走进书房，"这天真闷人呀！连气都快透不出了。""我看是不会长久了，很快会过去！"他舒展腰肢，活动活动身子，不住轻捶几下腰眼。"最好出去散步，换一下空气！""外面风声紧，还是别出去为好。"夫人劝阻。"噢，躲在屋里他们就不下手了？他们照样会闯进来，朝我放枪。差点忘了，还要去一趟南屏电影院，一个朋友想借他们的场子开音乐会募捐，顺便看场电影，我们一起去。"

21点45分，李公朴夫妇依偎着走向南屏街公共汽车站，等待搭车回北门街寓所。他们上了汽车，坐在汽车中间的位置上。三个穿美军制服的人紧随上了车，一个坐在公朴身旁，一个坐在他夫人身边，紧紧挟住他们夫妇。另一个着军便服的人敏捷地占据了李公朴斜对面的座位，时不时抬眼瞄一下他们俩。张曼筠心里一紧，多半是被坏人跟踪了，如何摆脱他们的包围？李公朴注意到周围的势态，从容不迫，依然和夫人有说有笑。公交车停靠青云街站。李公朴站起来，和夫人一同下了车。身穿美军制服的人，急不可待地接踵下车，紧随不放。

青云街至北门街需通过一段不长的斜坡小路。路灯幽暗，投射在坑洼不平的路面上。李公朴挽着夫人的手，三步并成两步顺坡上行，随着一声轮胎爆裂般的声响，他的身子一歪，栽倒在泥泞的马路上，痛苦地呻吟了一句"我中枪了"。张曼筠俯身借着昏暗的路灯，看见丈夫腰际殷红一片，血不住向外涌来，"捉人啊，有人开枪打人！"惊惧的高叫声在黑夜中回荡，久久难以消逝。顿时，青云街一带喧闹起来，叫嚷、奔跑声织成一团，"他用枪打死了人！""不是我！不是我！""就是他！"一辆吉甫车戛然而止，跳下巡警，把求饶者押上车子，飞速返回警察局。

出事地点，张曼筠抱住丈夫，泪流满面。她唯一的希望赶快来人抢救倒在血泊中的丈夫。"什么事？"云大的学生出现在她的面前。"李先生被人用枪打中了。"张曼筠悲怆地回答。"李先生、李先生，你醒醒！"学生呼唤着。李公朴缓缓睁开眼睛，用极低的声音说，"你们来得正好，快想办法。""快去李先生家抬帆布床。"有人提议。

此时，李公朴神志清楚，觉得还是躺下好受些。"我要坐下来。"张曼筠和几个学生托着他的背，让他舒服些。天上的雨不住飘着，淋湿了他们的衣服。李公朴的呻吟一阵紧似一阵，呼吸变得急促起来。

警察出现在出事地点，气势汹汹地查问，"喂，你们聚在一起干什么？"张曼筠强按住心中的愤慨，平静地作了回答。"你们是什么人？"警察把目光转向大学生。"我们是他的学生，他坐公共汽车到此地下车，遭到狙击，倒在此地！""赶快抬走！"警察下令。"我们没担架。""快抬走，我们可不管什么担架。"警察吆喝着，接着就动手驱赶。

李公朴的儿子和北门书屋的几个工作人员在云大学生引导下，携帆布床赶到。众人纷纷伸出手托住李公朴摆上床，抬向云大医院。

李公朴躺在帆布床上，腹部的疼痛无情地折磨他。他们开枪了，黑暗中射来子弹——卑鄙！一群食人的魔鬼，无耻之辈。他想喊、想咒骂，呻吟替代了一切，失血的双唇发出断续的呻吟。众人加快步伐，朝医院奔去……

"爸爸——"儿子国友不停地呼叫，声腔呜咽。李公朴听到了儿子的哭声，试图伸手抚摸一下国友稠密的发顶，安慰他稚嫩的心，可是手并不听自己的使唤。孩子，别哭泣，爸爸正是为了你们不再流血，无灾无难地成长，才遭暗枪。他爱孩子，无论是亲骨肉还是朋友的孩子，与孩子同乐，仿佛自己年轻了许多，又回到无忧无虑的孩童时代，亲吻孩子的小脸，唱歌讲故事，逗笑孩子，总觉得天真还在。郭沫若后来曾回忆到，"公朴来时总爱抱着我的小孩之中的任何一个和他亲脸。公朴说：他顶喜欢孩子。如若为公朴塑像，让他手里永远抱着一个孩子吧！"

二十三点，北门外云大医院。

医生已得悉李公朴遭暗枪中弹的消息，做好了抢救准备，帆布床很快被抬进手术室实施抢救。子弹从李公朴左右侧腰部射入，洞穿腹腔，至右腹穿出，伤势极为严重，他躺在手术台上，安静地接受医生的检查。死，他有准备，生死早已置之度外，然而未竟的事业谁来完成？民众自由接受教育、文化素质的提高，一切迫切需要自己去努力。他双手攥成拳，凭着一股毅力，与袭来的昏迷抗争，抵御死神的侵扰。

他翕动双唇，试图说些什么，喉管干燥，声带难开。他忍不住咳嗽起来，一股血流随之喷出，染红了胡子，血珠顺着胡子淌到洁白的床单上，点点滴滴，似盛开的梅花，怒放在原野，报以春天的消息……

"实施手术。"主治医师对周围的医护人员下达命令。

手术进行了一个小时四十分钟，医生精心缝合伤口，把昏迷中的李公朴推出手术室。医护人员的眼圈湿润泛红，忍不住抽泣起来。一个瘦小的护士哽咽着，"这样打是打不完的，除非把全国的老百姓全部打死。然而有我们，一定会把他们从死神手里抢回来。"

良好的愿望在严酷的事实面前，显得苍白无力。腹腔打开后，在场的医护人员几乎全都惊呆了，腹肠穿通数孔，其中两孔径一方寸以上，形将断绝，即使华陀在世，也难有回天之术。精致的手术刀怎能敌抵无情的手枪？善良与残暴相较量，前者柔弱无比。

李公朴躺在滑轮床上，被送进三十四号病房，瓶中的血浆顺着透明的橡塑管流进他虚弱的体内。血滴得很慢，在静穆的病房中几乎能听见那滴答的声响。

就这样死了吗？四十四个春秋在人间过于短暂，梦想中的共和国和民主的平民教育尚未实现，一切似乎过于匆忙和仓促。后悔了吗？不——如果后悔，当初就会屈服！自四·一二政变后，离开被国民党右派占领的北伐军队起，已经选择了另一条道路，即使在高官厚禄面前也没有动摇。去年初春，蒋介石派特务头子刘健群做说客，以教育部高官引诱李公朴离开昆明。他的回答坚决："我的事业在昆明，我要在这里发展教育，离不开这里。"刘健群奸笑着:"留在昆明很不安全。""哦,这吓不倒什么人。"刘的脸色铁青,一字一顿地说:"你执意不赴重庆,我没法向委员长交待。""那我没有办法了!"他笑着回答,语气平静,他心里牢记战友沈钧儒给他题写的"立场坚定,态度和平"六个大字。

他选择了为大众的事业而奔波,无疑做好了牺牲的准备。国民党政府脱离了人民,成了新的独裁。他们不代表人民。在统治者与人民之间,选择民众必然要付出代价,虽然这代价昂贵。李公朴脸上浮现一丝笑意,禁不住自言自语起来,"我早就有准备了。"

玉壶冰心,即使蒙上尘埃,总是那样晶莹剔透。出身贫寒的李公朴,一生飘泊动荡,在他身上没有学者名流的学究气,养成了诗人般的热诚,善于与人打交道的品行。于是,在他的朋友中,三教九流应有尽有,不乏国民党政军要员。复杂的社会关系,加上所谓的江湖义气,导致他总被一些人误解,可悲的是这些人中不少是他的同志、战友……

李公朴被暗杀的消息传到上海,周恩来正在马思南路 107 号周公馆主持会议,当场指责一位负责同志把李公朴称为政客、投机分子,"我问你,他的生命是不是为民主运动而牺牲的?李公朴当然有他的缺点,但是缺点并不是他的主导面。应该肯定他是一位为新民主主义革命而献身的战士!"

是啊,他一生遭受同志的误解,受到委曲不是一次两次,唯有以一腔赤诚,流泪倾诉,剖析自己,求得同志与战友的理解。

著名诗人张光年回忆,刘健群诱降之计失败后,便指使联大三青团展开谣言攻势,在校内外张贴大量标语,硬说李公朴已被收买,即将赴渝出任要职。很多人不信,但方正不阿的老实人往往容易上当。一天晚上,公朴情词激动地找我谈话,说是当天下午,闻一多、吴晗,楚图南等几位战友拍起桌子质问他,"为什么出卖民盟?""这些好朋友不听辩解,污辱了我的人格!"他说这样下去,今后的工作很难做。说时流下了眼泪。我知道这样的委屈是很难忍受的，我尽力宽慰了几句，就说：不要紧，事情的经过我是清楚的，明天我找他们谈。相信是能够谈清楚的。

第二天，张光年到西仓坡，邀请闻一多到对面吴晗家里一同恳谈，他还走访了楚图南和别的朋友，他们不等张光年说完，就深怀歉意地说："我们错了，我们向公朴检讨。"

此后的一个晚上，李公朴邀张光年作长夜谈。这次谈话令张光年难以忘怀。他回忆说：开头，李公朴还不能完全释然于怀，颇带气恼地说："检讨是检讨了，把人也污辱到家了。"他俩都深知闻一多，吴晗，楚图南的为人，性格上不掺一点杂质，而且彼此间一向是直来直往。倒是李公朴惯于处理复杂的纠葛，何况大敌当前，局势紧张，他很快想通了。接着他放下烟斗，半闭眼睛，向张光年吐出内心的独白："我正想：为什么老蒋不找别人而找我？为什么朋友不怀疑别人而怀疑我？可见我还是有弱点啊！"以下是张光年略记李公朴讲话的大意，"我虽然出身贫寒，但在社会上混得久了，沾染的旧意识旧作风不少。我们读了延安整风文献，共产党人那样严格地要求自己，我是自愧弗如的。就如在昆明，朋友们过着清贫的生活；我虽然谈不上充裕，却总要设法维持一个过得去的场面。我的生活标准比别人高些，个人主义比别人多些，社会关系比别人复杂些，这就使敌人有可钻的空子。我应当注意啊……"

历史学家吴晗生前写道："过去受了国民党中伤的毒，公朴蒙受了多少谣言的灾害诽谤、中伤。朋友中为了爱护他，曾引起极严厉的指责、批评，有时闹得面红耳赤，声色俱厉，可是公朴，他绝不激动，不怀恨，安详地含着眼泪解释，他哭。他用最有力的武器来回答这些莫须有的诽谤、中伤，他在加倍地工作。他说能批评他的人，是他最光荣的朋友，同志。"

李公朴坦诚得就像一个纯真的孩子，丝毫不掩遮自己，流泪辩说与他脸上的大胡子，给予人的形象迥然相异，难以把两者糅合在一起。如果不是为了崇高的事业，求得同志、战友的理解，他何必要哭泣？这毕竟有失名士的风采。

流泪、呐喊、抗争乃至遭受暗枪的狙击，一切为了什么？病床上的李公朴微睁开眼睛，用一双湿润的眼睛，凝望围在病榻旁的人们。为什么呢？他嗫嚅双唇，"为了民主，完全为了民主！"

疼痛折磨他又一次昏迷过去。

残暴的敌人无耻、卑鄙，他们惯用的伎俩——诬陷，打砸、暗杀，错误地认为这样便能扼杀民主。民主不是脆弱的竹箸，一使劲便折断夭亡。在强权下民主越发坚强，壮大之势难以阻挡。强暴、独裁渺小且苍白，恰恰是虚弱的表现。民主事业不可能像人的躯体一样可以被消灭。"卑鄙、无耻！"十分钟后，李公朴的神智变得清醒、咬牙切齿地吼道。

他始终处在时而清醒、时而昏迷的状态中。一旦清醒，他努力迫使自己思考，想得很多很远。他回忆起较场口惨案后，自己在日记中写下的一段文字，"我从来都是坚信中国革命是一个长期的艰苦的血肉斗争。其实一谈到革命，是没有不流血的。我流的血，不过几百口，只是血海中的几滴而已，这算得了什么呢？为了民主的胜利，为了中国的前途，只要能够团结起更多的人来，死又何足惜！"

他极想复述这段文字，安慰自己身边的人。他们的脸多么苍白，泪迹斑斑，尤其是一生钟爱的妻子，形同泪人，哭红了眼睛。她依偎着李公朴，一双纤手紧握着他，时不时颤抖。松开吧，我马上就要离开你，以后漫长的岁月里，你将失去我。你要携着孩子一起勇敢地走下去，哪怕道路坎坷，充满荆棘。你无限的柔情，不乏铁一样坚韧的理智，柔情中不失坚毅，我相信你，会一步一个脚印走下去。松手吧，我要远去，去追寻先于我离开人寰的战友。

春城此刻尚在黑夜的笼罩下，漆黑一片，没有皓月，甚至连星星都失去了踪迹。悄悄地，东方出现了几缕血色般鲜红的霞光，挣破黑暗，宣告新的一天的到来。

晨之气息徐徐透过窗扉，直驱三十四号病室。李公朴获悉了黎明的清新，呼吸平缓起来，鼻翼不再抽搐展收。天快亮了吧！新的一天快来临了。李公朴挪动身子，低声问道："什么时候了？"张曼筠俯下身子，嘴贴在他耳边，细声回答，"五点多了，快天亮了。"

李公朴握成拳状的手松开，伸向床沿，试图挣扎着坐起，再看一眼黎明时的辉煌。力不从心，努力换来的是失败，他疲惫地垂下眼帘，咳出胸腔中的瘀血。

那是一丛丛盛开的梅花，血写的梅花在漫天飞雪中显示出无限的生命力。多少人的鲜血浇灌了报以春天的生命，她鲜艳因为用血染成。

张曼筠脸贴在丈夫的额角，感到丈夫的体温骤然下降，逐渐冷却。她的眼泪涌出眼眶，泪珠滴在李公朴乌黑的发丝上……

噩耗传遍九州，李公朴的战友沈钧儒、章乃器、史良、王造时、沙千里纷纷致电未亡人张曼筠。十五日，以沈钧儒为首的中国民主同盟政协代表在沪举行记者招待会，发出了保障人民基本自由权利比组织联合政府还要紧急的呼声。

沈钧儒与王造时联袂撰文，在回顾李公朴一生的同时，赞颂他不畏强暴的精神，"为光明而坚决奋斗的人，自然是黑暗势力所要残害的人。当时，有许多征兆使他已预感到国民党反动派将对他下毒手，他说：'我两只脚跨出门，就不准备再跨回来！'可见，他为民主而奋斗，早已把生命置之度外了……公朴先生是为民主而生，也是为民主而死的。"

沙千里以凝重的笔墨写下"精神不死"四个大字。章乃器悼念亡友的挽联，写的工整、对仗，显然经过深思熟虑："爱国家爱大众，此等人物却遭迫害普天同愤；为民主为和平，这种运动竟受摧残寰宇沾羞。"

　　史良闻讯李公朴遇刺逝世的消息后，颇具男性力度地给张曼筠写了一封劝慰信，"你是有知识有理智的女子，你要认清公朴的死，固然残酷，可是这也证明他在民主斗争中是最有力量的一个。他是在民主斗争的战场上阵亡的，他的光荣、壮烈的死，是有代价的。他将比他活着更有力量。他是要永远在人们的心上活着的！曼筠妹，你是他的妻子，你比任何女子都光荣，你千万不要过于悲痛呀！你要载着他的荣誉、踏着他的血迹、加倍努力前进！才不辜负他。我们一班朋友，也誓死继承他的遗志，永远伴你在一块。"

　　1946 年 9 月 29 日，重庆各界六千余人追悼李公朴。在追悼会上，史良全身一色黑，低头慢步登上祭台。她后悔自己给李公朴买机票飞回滇府，分手时他们的双手握在一起，道着再见，也道着保重。不想，相距仅两月，再也不能听见战友的朗笑和嘹亮的歌声。她悲愤地说："公朴，较场口血迹未干，而现在竟惨遭此卑鄙无耻的暗杀，我不懂，为什么对国家奔走和平民主的人，为了国家谋得真正独立的人，而被人如此打死……"突然她停下诉说，凝神注视每一个人的脸。猛地提高嗓音大声说："公朴先生为什么而死？他是为奔走中国的和平民主团结而死！他是被谁打死的？公朴先生是被那些不要和平，不要民主，不要团结的人打死的！"

　　李公朴的身影，始终在史良脑海中浮现，没被飞逝的时光抹去，三十五年后，这位共和国的副委员长，凝望窗外迎风摇曳的红叶，不禁又一次忆及惨死在蒋介石政府枪口下的亡友，写下了近万言的长文纪念故人。她善于在历史和现实中找到契机，把过去和现实联系在一起，以告诉未来："缅怀既往，悼念烈士，我们感想万千，却又充满胜利的信念。历史的车轮是滚滚向前的，任何人也阻挡不住。只有实践才是检验真理的唯一标准。实践证明，社会主义有着巨大的生命力。我们已经取得了很大的胜利，我们还将取得更大的胜利。这是可以告慰于先烈，也是有以自励而奋发有为的。"

1957年，参与谋害李公朴的凶手蔡云旗在江苏盐城县南洋区被捕，这个国民党中校情报参谋对他所犯罪行供认不讳，被判处十年徒刑，李公朴在天之灵得以告慰。他的遗骸被迁往上海，与战友邹韬奋同在一个公墓，相邻安眠于黄土。

1991年9月的初秋，我在北京采访李公朴战友的女儿，一位年逾七旬的老人，她高兴地回忆起父亲的这位战友，"那是六十多年前的事，我在重庆举行婚礼。李公朴和夫人张曼筠来了，指着我和新婚丈夫不住摇头，'这哪像一对新人'。说话间从口袋里变戏法似地掏出一对大红花，给我和丈夫佩上。他眯缝起眼睛，端详着我俩。啊，这才有了喜气。"

"公朴，是个热情人，最爱的是唱歌，而且指挥大家唱。那天他也领我们唱，是《义勇军进行曲》，他最喜欢唱的歌。"他曾经的战友这样回忆。

是啊，北伐的军列中有李公朴的歌声，横街看守所里有他的歌声，晋察冀战场上有他的歌声。他浑厚、激扬的歌声至今与国歌相伴，回荡在九州上空。李公朴的墓前，每到四五清明时，总会有一枚黄色的小花出现，静静地躺着，叙说着思念。据说是一个小男孩，每年奠祭烈士的亡灵时他总在公墓区，在墓碑前放上一朵黄花，致以高崇的敬礼。

（原载《三角洲》1993年4月刊）

衡山先生轶事

话说衡山

衡山不是山，非五岳之列，却似衡山挺拔巍峨。衡山——清末进士，中华人民共和国第一任最高人民法院院长沈钧儒的号。沈钧儒，字秉甫，号衡山，浙江嘉兴府秀水县人，祖上两代为清廷诰赠朝仪大夫、翰林院编修，1875年1月2日生于苏州。1904年参加甲辰恩科会试，中式贡士第51名，殿试二甲第78名，赐进士出身，任签刑部主事。不久，辞官东渡扶桑主修法律，回国后与江浙名士郑孝胥、张謇、汤寿潜等人一起从事立宪运动。武昌起义后，参与浙江的独立活动，出任广东军政府检察长。以后参加护法运动、五四运动和苏浙皖沪自治运动，四一二反革命政变，沈钧儒因同情共产党人险遭蒋介石杀害。之后，沈钧儒脱离政坛，担任上海法科大学教务长和开业律师，成为二十世纪二三十年代闻名遐迩的大律师。

九一八事变后，沈钧儒重返政坛，参加宋庆龄、杨杏佛组织的中国民权保障同盟，主张国共联合抗日，发起成立上海各界救国会和全国救国会，遭南京政府的逮捕，列"七君子"之首。抗日战争爆发后，他一边主张抗日，一边继续民主运动，以后与黄炎培，张澜等人创建中国民主同盟。1948年秋，他毅然从香港回到解放区东北，参加新政协的筹备工作。新中国成立之后，历任政协副主席、最高法院院长、全国人大副委员长、中国民主同盟主席。1963年6月11日与世长辞，享年九十岁。

沈钧儒一生正如他的女婿、著名新闻记者范长江所说："九十年来波涛深，四朝荣辱共一身。"在近代纷繁的历史变迁中，沈钧儒不为逆流所动，表现出追求真理和进步的高贵品质。

二十世纪九十年代第一个初秋，我在北京市郊的翠微里见到了老人的爱女沈谱（范长江的夫人），岁月蹉跎，光阴荏苒，昔日的爱女变成了银丝飘拂的老妪，她高兴地戴上助听器接受我的采访，深情地回忆起自己的慈父。

石癖

俗话说嗜好见性情，沈钧儒一生独钟爱石头，自命书斋为"与石居"。爱石，自古有之，朱元璋爱石，敬石，呼石为兄；苏东坡亦有石癖。古籍中石谱石经不乏其作。赞美玲珑剔透的有之；盛赞色彩斑斓的有之；赞咏纹理寓象的有之。然而，沈钧儒不然，舍形取义，所收藏的石头大凡都有一番含义，更为石头的坚贞，表里如一所动。有一次，郭沫若观赏他的收藏后，命笔成诗："磐磐大石固可赞，一拳之小亦可观。与石居者与善游，其性既刚且能柔。柔能为民役，刚能反寇仇。"

郭沫若的诗点明了石与沈钧儒之间相通的品质。沈钧儒好石，似乎是家传。祖上传下几块观赏石，长年摆在书桌上，幼时他就喜欢揣摩其形。真正倾心于石是在甲午海战之后，清廷把台湾割让给日本，岳丈张廷骧无法在台湾为官，回归故里吴县，携一台湾的珊瑚石，赠给爱婿。沈钧儒不能晓其义，穷追究竟。岳丈长吁短叹，目中噙泪，"台湾已不再是大清国的了。倭寇占领，大肆烧杀奸淫，血染山河。照此下去，大清国非亡不可。

吾辈生不知为谁民，死不知为谁鬼。"

岳丈的忧愤，令沈钧儒心碎，领悟岳丈赠石之用心，深感国运衰败，弱为俎上肉。他动手用刷子洗净珊瑚，以红绸为衬，盛入玻璃框中，"我要以此石为传家宝，留给后人，让他们铭记国耻。"

由此，沈钧儒石癖发端，无论到哪儿都不忘拾几块石头带回家来，或养石生苔，或藏入盒中。有亲朋好友来访，便展示观赏，叙说由来。解放后，沈钧儒身居要职，得暇便以收集、清理、养石为乐，即使出国也不忘带几块石头回来。有人不解，沈钧儒笑答，"我即石、石即我。岂能弃我而不顾？"二十世纪五十年代，沈钧儒出访苏联，特地从拉兹里夫车站旁列宁隐居过的小草棚边，捡回一枚长圆形淡红色的石头，"此石为证。这样一位伟大的革命家过的是艰苦生活，可见胜利来之不易。"后来，他到了德国，从希特勒屠杀人民的魔窟废墟上，意外地找到一块长形土黄色的砖头，上面血迹依在。他举着砖头，愤然地说："这是罪证。我们不能忘记人类史上这一场大劫难！独裁者给人民带来的只能是灾难。民主、法制，人民幸福的保障。"这块砖头，成为沈钧儒收藏的珍品。

"别人弃之，我取之。"沈钧儒的藏石，在他生前得以展出，引起社会轰动。后来一部分转入他的纪念室陈列，文革后遭到摧残，老人一生的精心收藏被糟踏。不知衡山先生在天之灵会生出何等感想。

东渡

沈钧儒一生执着向前，不拘泥于历史，抱古不化。也不因为深受"皇恩"，做清朝遗老。他开通豁达，随历史进步大潮而动，不惜牺牲个人利益站在历史大潮前列。

清廷赐他为进士之后，不久任命他为签刑部主事，作为京官，各方面的条件较为优渥。可是，这时的清王朝已岌岌可危，倾厦即在旦夕。他面对这严峻的现实，思考着国家的前途出路。当时，经过明治维新的日本已在各列强中崭露出头角，不仅打败了中国，而且连老牌的强国俄国也被它打败，日本的成功经验引起了沈钧儒的兴趣，他毅然辞官不做，离别妻儿，东渡扶桑，学习法律。他一边学习一边与杨度、熊范舆等从事立宪运动，抨击清廷专制，"冥顽不灵，贪饕无耻"，引起清廷极大不满。以致他一踏上故土，被直隶警界监视失去自由。幸好他的内兄张一麐为袁世凯幕僚，经疏通后，始得脱险。

诗文

沈钧儒家学渊深，从小受到古诗文的熏陶，少时便能吟。十四岁时，他随父亲沈翰由老家侨寓苏州洞庭西山，为太湖美景所染，积帙诗成。稍后他写得一手好文章，淋漓旷达，气势恢宏。今保存在中国革命博物馆中的他的《殿试策对论》可见一斑，他提出"整治吏、定兵制、修财政、育贤才"四项革新主张，最后写道："夫是四者皆自强之要，根本之图，果然张驰得宜，则郅治可期也。行见合万国而来，同总八方而会，极于铄哉，则我国家亿万年有道之长基于此矣。"

对于古诗，沈钧儒的底子深厚。他生活的时代，时势更迭激荡，文风也随时代而变。但是，新文化运动开始，沈钧儒不像那些守旧派一样，抱着文言文不放，反对白话。而是迅速丢弃不合时宜的文言笔墨，努力用白话文，新文体写作。他五四时期著成的《家庭新论》轰动一时，得到蔡元培、张季鸾等人的赞誉。不久，他主持《中华新报》的笔政，大量的政治性评述文章写得文采飞扬。

对于古体诗，沈钧儒不拘泥格律，他说："眼前事物，忽起感触，意思拼凑，随便成了句子，就把它写出来，不拘新旧体，甚至不押韵，不合格律，有些不通，亦不甚理会，当它是一种对于自己的安慰。"他的诗作，不是无病呻吟，强作愁说。

他常试着写新体诗，一次，他写了一首《一滴》的诗，可是他怀疑自己写的不像。于是，不耻下问，亲自把诗寄给胡适鉴定。胡回信说他写的诗是散文诗，沈钧儒才放心大胆地写了起来。他的新体诗写得也十分出色，如一首赠给冯玉祥的《人生须是跳跃者》，便可以证明。"遥野里的喊声／你不听见么／起来，起来／聂耳在那里叫你……喊声、歌声／四十几年前的句子，五十年前头的书／一时搅乱了我的脑子／啊哟还了得，枕头飞起来了，被头掀翻了／不要再困倒／人生须是跳跃着／惭愧，冯先生。"

当然，沈钧儒还写了大量的旧体诗，后来邹韬奋主持的生活书店执意要出版，沈钧儒不愿意，几次婉言谢绝。终因拗不过邹韬奋，还是出版了《寥寥集》。沈钧儒把自己的新体诗也放进了集子，并在自序里写道："诗词这一类东西，我认为是无用之物，尤其是旧体的，太不大众化，所以我对于青年们的谈话，总是劝他们不要糜费心力在里面……"

老少年

著名教育家陶行知偶见一帧刊载于《永生》封面，公祭五卅烈士游行的照片，见前排走着美髯飘动的沈钧儒，矫步如飞。陶行知敬意倍增，欣然命笔，写成《留别沈钧儒先生》一诗，咏唱衡山先生："老头，老头／他是中国的大头／他是同胞的领头／他忘记了自己的头……老头常与少年游／老头没有少年愁／虽是老头，不像老头。"

九一八以后、沈钧儒为国运所忧，奔波于国内，只身从上海跑到山海关，去看"天下第一关"，了解对峙中的中日军队的情况。抗日形势日趋紧张，沈钧儒与一群尚属晚辈的章乃器、邹韬奋、李公朴、陶行知等人，发起全国性的民间抗日团体，与年轻人一道，参加游行、集会、请愿，直到坐牢，为在全面抗战前夕，形成全国抗战力量的联合，做出一份贡献。到了重庆后，他不顾老迈，前往前线慰问抗日将领，深为官兵感动。山城重庆交通不便，出门就是山，连青壮年行路也觉得吃力，老人不坐"滑竿"（一种简学的轿子），行山路如平地。解放后，沈钧儒政务繁忙，而这时他已年近八十，依然保持良好的精神状态，一直活到九十岁，成了寿星。

有一次，沈钧儒出席一个友人的宴会，席间出去解手回来时没当心，被门槛绊倒，重重地摔在地上。在座的友人吓坏了，连忙上去搀扶，可还没等友人伸出手，他已一个翻身爬了起来，且说道："虚惊一场，还是继续喝酒。那人摔了一跤，恐怕不成问题。否则一定会痛哭一场的。"引得大家笑起来。

沈钧儒七十岁时，心理还像青年人一样年轻，说要学军事、学驾汽车、学外语。与青年交往，他谈一个通宵无倦意，反而是青年人觉得困乏。精神上永葆年轻，再加上他一套独特的自我保健法，更使他精神抖擞，身体健康。他还出版专门介绍自己保健法的书，以示效仿。

沈钧儒的健身分为床上和地上运动两部分，床上运动有十三个式子，地上运动有三个式子。他早上醒后和睡前各做一次，每次大约半小时。对于床上运动，主要是以按摩方法从头到脚，从穴位在周身进行按摩一遍，每做三十次或五十次不等。

老人的太极拳练得炉火纯青，一直坚持到晚年。

巧斗法官

1936年11月23日凌晨，沈钧儒因爱国罪被捕，与他同时被捕的有章乃器、邹韬奋、李公朴、王造时、史良、沙千里。而对公共租界的巡捕和国民党特务的枪口，他像没事人一样轻松，笑着对儿子说，"我去去就来，没有什么大事的。"

沈等六人被转移到苏州江苏省高等法院看守所，男牢中其他五人，公推沈钧儒为领头人——主席。沈钧儒笑着说，"唤主席不是给煽动颠覆罪添了一条罪证了？我们像个临时家庭，就称为家长吧。"

沈钧儒是法律界前辈，培养了不少司法人员服务于司法、法律界。他被捕后，常遇到自己过去的学生，对他表示出几分客气。第一次开庭，主审官让他坐着答辩，遭到他一口拒绝。同案六人也劝他坐下回答法官提问，毕竟他已是年过花甲的老人。可是，他说："七个人如一人，除非法官让你们全坐下。"这样，他与其他人一样一直站到审问结束。

沈钧儒在法庭上不仅严词驳斥，追问法官，让法官无言以对，只好转移话题。而且他善于巧辩妙答，常把审问者弄得目瞪口呆，丑态百出。当法官问："你赞成共产主义吗？"沈钧儒一口浙江官话，"赞成不赞成主义，这很滑稽的。我请审判长注意这一点，就是救国会从来不谈主义……如果一定要说我们宣传什么主义，那么，我们的主义就是抗日主义，救国主义。"法官自作聪明，赶紧追问，"抗日救国不是共产党的口号吗？"不想，沈钧儒笑着说："共产党吃饭，我们也吃饭难道共产党抗日，我们就不能抗日吗？审判长的话，被告不能明白。""那么你同意共产党抗日统一的口号？""我想抗日求统一，当然是人人所同意的。如果因为共产党说要抗日，我们必然要说"不抗日"，共产党说统一，我们必须要说"不统一"这一种的说法，是被告所不懂的。"沈钧儒话音一落，顿时引起法庭上一片哄堂大笑，弄得法官瞠目结舌，好生尴尬。

沈钧儒熟悉法律，善于用法律与敌人斗争，检察官在起诉书提出西安事变与七人有关，他当即要求张学良出庭作证，张学良已被蒋介石囚禁自然不能出庭。审判长连连搓手说："不用调查。"

随着日寇侵华的步步深化，全国人民抗日高潮，要求七君子出狱的呼声一浪高过一浪，国民党迫于形势，释放七君子已成大局。国民党中的一部分顽固派提出结束审判，送七人进反省院，以保全政府的面子，沈钧儒宁愿坐牢，也不进反省院。他采取拖迟判审，不让敌人的阴谋得逞，于是拟好申请回避状，申明审判官不公道，拒绝被告和律师一再要求与有关人员进行对证。回避状直到第二天开庭一小时提出，搞得法院猝不及防，狼狈不堪，只好匆匆宣告停止诉讼程序，改期再审。

抗战全面爆发后、沈钧儒和六名战友出狱。

临危不惧

"四一二"政变前夕，浙江的一些国民党右翼分子大肆屠杀共产党人，一批与共产党人携手的左派也遭杀害，沈钧儒与褚辅成被杭州军警当局扣押在省政府内，失去行动自由，随时有被害的危险。沈钧儒面不改色心不慌，从容与褚辅成谈天说地、吟诗论文。后经蒋介石童年时的老师庄崧甫斡旋，跑到南京见蒋力阻，蒋才同意释放。不想蒋介石出尔反尔，又令杭州方面把沈等人"护送"到南京。沈钧儒明知此行凶多吉少，毅然入虎口，准备一去不返。蒋介石迫于他的名望，不敢贸然下手，假惺惺地派出副官长探视，并嘱他们回上海休息。

1946年2月10日上午，"陪都各界庆祝政治协商会议成功大会"在较场口广场举行，沈钧儒受筹备会邀请到会作讲演。他一到会场、战友章乃器、李公朴已被特务打伤，他自己也遭特务围攻，掷烂水果、臭鸡蛋，沈钧儒左右开弓，挡住掷物，高声斥责特务破坏政协五项决议，破坏民主。这时，特务高声喊："打死他！"沈钧儒面无惧色，"死算什么，你们践踏民主，破坏和平才是历史的罪人。"特务的棍棒正准备打来，突然一辆汽车驶来，朱学范拉他上汽车，免遭劫难。

内战全面爆发后，国民党宣布民盟为"非法组织"，并暗杀盟员，沈钧儒受到特务严密的监视。当他得知张澜也遭到特务监视，生命受到威胁时，毅然搬到张澜寓所同住。朋友劝阻，他笑着说："不能让他一个人太寂寞了。"说罢让家人带上铺盖，来到张澜寓所。张澜见他一派视死如归气概，大为赞叹。两位老翁美髯微飘，相对而坐，品茗论古谈笑风生。然而，窗外三五成群的特务，有的化装成修鞋人、扫地者，监视楼上的两位老人，可奈何不了他俩。不久，沈钧儒决定赴香港，继续从事民主运动。但在国民党特务的严密监视下，要离开上海十分困难。朋友们劝他剃掉胡子，化装脱离虎口。剃胡子，沈钧儒不舍得。如果胡子剃掉，还是不能跑掉，岂不是弄巧成拙，造成割须弃袍之类的笑话？他灵机一动，让儿子找一只大口罩，把胡子掩盖起来，剩下的部分塞入大衣领里，长髯不露，安然登轮。

到达香港，沈钧儒便得意地捻抚斑白的美髯，"老蒋奈何不了我的胡子，怎么能搞垮民盟呢？"不久，他亲自主持民盟三中全会，确立民盟正确的路线，挽救了民盟，鲜明地提出反蒋、反美和反封建的政治纲领，使民盟摆脱了中间路线。

爱及始终

沈钧儒年轻时与吴县大户张家长女孟婵成婚，情感笃实。1934年他的夫人去世，沈钧儒一直把夫人的遗像悬挂在床头，珍藏着夫人少女时代绣的一对绣花鞋面，以资纪念。一次，一位朋友问起他为何不续弦了，他回答，"自从老伴去世，儿女媳妇及孙辈都更爱护我，对我照顾得十分周到，假若续弦。必不免是为了得一人之爱护，却失掉众多的爱护，两相衡量，那是得不偿失的。"

沈钧儒一生爱至始终，与夫人恩爱不渝。夫人谢世后他深情地写了一首悼亡诗《鸳鸯砚》，缠绵悱恻，沁人肺腑"分离难复合／戢翼长相思／缠绵玉臂句／凄清室瑟词／同命四十年／一旦隔尘土／此砚永宝用／此情誓终古。"

沈钧儒不仅自己忠贞如一，而且希望自己的下一代像他一样。当他的女儿和范长江举行婚礼时，他送给女儿女婿的是一首朴质的诗："人生有真爱／快乐在贞一／愿吾婿与女／善葆金石质"。

1953 年，沈钧儒来沪养病，三十四岁的侄辈沈嘉尚未婚配，他一再叮嘱：其他的条件不要太高，主要的一条是对方忠诚、勤奋、为人老实。当得知沈嘉有了对象之后，他立即要沈嘉把对象的情况告诉他，还抄了简历，让秘书去核实。

沈钧儒早在五四时期就提出妇女解放、婚恋自由，但是他反对朝三暮四，骤合骤散的做法。在做律师时，他经常遇到离婚案，总是耐心说服，让破镜重圆。有一次，一对青年夫妇、双方气呼呼地来求沈钧儒帮助离婚，沈钧儒慈祥地与他们交谈："结婚是爱情的发展与巩固，不是爱情的终止。巩固和发展爱情，增进家庭的幸福是双方的责任。互相谦让，互相爱护，处处体贴对方，替对方着想，不要只想到自己。"他幽默地打起比方，"没有结婚时，一个人在床上独睡，可以四肢摊开，舒舒服服地睡眠，不会妨碍到任何人。结婚了，睡眠的方式就要跟着变，如果还是像结婚以前一样，两个人都把两手两足摊开来躺在一张床上，那就非吵起来不可。"

那对青年夫妇听到这里，涨红着脸笑了起来，最终携手跨出了律师事务所。

淡泊

深受传统道德影响的沈钧儒，自觉吸取传统文化中的精华，为自己人格的一部分。他讲究修身养性之道，每天必反省自己的一日行为，检点自己有否过错。解放后，他在自己的口袋中，藏着一张纸条，上书"今天你为人民做了那些有益的事"，以不断提醒自己。

轻利重义，自奉俭朴，两袖清风，一尘不染。与沈钧儒接触过的人一致如是说。他旧时做过大官，当过律师，竟然无积蓄。生活朴素，陈设简陋，一般古玩字画都不收藏，经常接受资助度日。他的钱大部分周济了进步青年。

一二·九运动中著名的学生领袖陆璀，为出席第一次世界青年大会无路费而犯愁。他听说后，一下子送给她四百元。为此、陆璀终身难忘，以至她暮年写道："不及寒暄，沈老打开抽屉，拿出四百元法币递给了我们。他亲自送我们到大门口，我们握手道别，并示我一路平安。待车子已经开动时，我回头透过车窗玻璃还看到他老人家慈祥地微笑着，向我们频频招手。这个形象就像一张永不褪色的照片似的，留在我们记忆里。"

沈钧儒在重庆时，更是全力资助进步青年去延安，连铺盖也送人，还一再叮嘱路上别着凉，而自己仅盖一床烂棉絮。有时连烂棉絮也送人了，晚上睡觉临时向朋友借。

解放后。沈钧儒身为最高人民法院院长，起居室里除一堂祖传的红木几椅，两份从琉璃厂买来的殿试卷，满橱藏石之外，几乎一无所有。有一次，竟找到老朋友千家驹借一百元钱急用，发了工资归还。他的朋友、故旧，受到反右斗争扩大化的影响，被打成右派，生活困难。沈钧儒一是想不通，为什么要把这些与共产党患过难的人打成右派？二是关照他们好好学习马列主义。生活上，沈钧儒周济他们，不要因为政治斗争，不让人过日子。

在金钱名利上，沈钧儒从不计较。在他心里，坚守着淡泊可以明志，助人可以养性的信条。

家中过客

沈钧儒与夫人共育四男一女，有趣的是他把儿女视为家庭的过客。对于这些过客，沈钧儒倾注了全部的爱，以身作则教育他们，培养他们的独立精神，使他们对社会有用。他先后把三个孩子送往日本、德国科学发达国家学习工业技术、医学。烦恼的是三儿子沈叔羊小时候得了脑膜炎，沈钧儒怕他将来不能自立，主张他学习绘画，后来沈叔羊成了丹青高手，并在中央美术学院主讲美术史。女儿在金陵女了大学学习化学。孩子都成为了对社会有贡献的人。

沈钧儒最疼爱的是女儿沈谱，可是在战争年代身为共产党员的女儿不可能留在他身边。一次次的重逢辞别，即使把女儿当作过客的沈钧儒也不能不感到一种别离的痛苦。但是，他还是毅然忍痛与孩子告别。一次，女儿看见孤独一人生活的老父，过着无人照顾的日子，十分想留在他身边，不想沈钧儒铁板着脸说，"你真不像我们。事业需要你，你有什么理由陪伴我呢？"

其实，身边无子女的日子，沈钧儒也是难捱万分，每次想到远在他乡的孩子，忍不住悲伤，食同嚼蜡，他曾给在德国留学的儿子写道："自汝行后，几乎无日不思。我想到你们大家出去，非常感触，有一天晚上忍不住的悲痛，饭都没有吃……"

与世长辞

1963 年元旦的钟声刚敲过，衡山先生迎来了第八十九个生日。老人深知自己不会长久，何况自九年前生了一场严重的肺病之后，身体大不如以前，举臂提腿也觉沉重，经常感到困顿，记忆力衰退，常出现认不出来者的尴尬局面。一天，他突然提出要自己的一些故旧、学生来颐和园介寿堂休养地晤面。胡愈之、沙千里、萨空了、范长江陆续来了，大家不知道老人有什么要紧事召他们而来。坐定后，老人平静地说，"我身体与精力已不如前，常感乏力，举步沉重，为了身后事，与你们谈谈，说明我的愿望。我很早就期望加入中国共产党，以前曾为此写信给董老（董必武）。董老回信说要和党内同志研究。我想可能是因为民盟的工作，还不好参加。现在我仍恳求党加以考虑，如生前不能入党，希望在我死后追认为共产党员。"

话音一落，令身边的人大为感动。

老人停顿了一下，继续说："我一生做了一些事。有些做对了，有些不对……"

谈话之后，胡愈之把老人的讲话整理成文，并拟一份报告转给了统战部副部长金城。不久。统战部正式向中央报告，以"民主人士中的一面左派旗帜"肯定老人的贡献。党和国家领导人刘少奇、周恩来、邓小平、彭真等分别批准了统战部的意见，并决定在老人生日前一天，由全国政协出面，邀聚在京的七十岁以上的政协委员、人大代表、民主党派中央负责人和国务院参事的老人，为他们集体祝寿。主祝沈钧儒习俗上被称为九十的寿辰。

元旦近中午，穿一身深色中山装的沈钧儒在一双儿女的搀扶下，进入政协礼堂三楼大厅。他不住地与陆续步入宴会厅的老人握手致意。大厅里摆满鲜艳的一品红、青葱的棕竹桐树，一片盎然。沈钧儒被安排在首席，坐在周恩来左侧。

周恩来站起身，侃侃而谈，"今天、我们很高兴同七十岁以上的老人以及他们的夫人聚集在这里，欢度 1963 年的元旦。四年前政协委员会邀请六十以上的人士举行了一个茶话会，当时我刚好过了六十一岁，也列入了老人的队伍。四年以后的今天，同七十岁以上的老人在一起，我又变成了后生。"

沈钧儒平静地端坐着，虚弱的身子不再像以前笔挺，无力地倚在软椅背上，脸上的神情平淡如水，没有往昔的笑意，显得十分专注。周恩来继续说："沈钧儒老人今年九十岁，我们为他祝贺。沈老是民主人士的左派旗帜，为民主主义、社会主义奋斗到老。"老人激动，颤巍巍地站起身，举起酒杯，提高声腔，提议在座的老人"祝毛主席健康长寿"。

全场二百多位老人纷纷举杯。

沈钧儒敬佩年龄上与自己相差几乎是一代人的巨人——毛泽东。每次与他握手，老人总要踮着脚尖，而毛泽东总微欠着身子。二十世纪三十年代，毛泽东曾亲笔写信通过特使潘汉年交给他，共商抗日大计，直到抗战胜利后，他们才在重庆相见。那时，沈钧儒亲临重庆机场，与一大批社会名流欢迎毛泽东的到来，以后他们接触的机会多了起来，深感这位巨人的气魄和伟力。有一段时间，沈钧儒潜心抄录毛泽东的诗词二十一首，在病中孜孜不倦地用小楷抄录他的著作《愚公移山》。

"祝大家健康长寿！"沈钧儒再次举杯唱贺。

宴会结束后，沈钧儒回到北京医院，继续接受治疗。他的呼吸系统出现衰竭。1952 年沈钧儒参加亚洲及太平洋区域和平会议期间，任务多工作忙，生了一场严重的肺炎。沈钧儒的身体遭到严重的损坏。之后，体质大不如前。此时，威胁他生命的是支气管肺炎。

　　老人躺在病床上，陷入昏迷中，他已无法感知蹑手蹑脚来到身边的亲朋故友，他们的低声询问、轻微的笑泣，老人不会启唇解答和宽慰，鼻窦间一丝游离的气息，维系着他历经沧桑的生命。

　　1963 年 6 月 11 日凌晨 3 时 55 分，老人平静地与世长辞，脸上没有苦楚和忧伤。三天后，举行沈钧儒的追悼大会。刘少奇、朱德、周恩来、陈毅等参加了追悼仪式。国家副主席董必武致悼词，对老人的一生给予高度的评价："他一生中，追求真理，要求进步，通过长期的革命实践，经受锻炼和考验，不断地进行自我教育和自我改造。直到高年，仍然孜孜不倦地学习马克思列宁主义和毛泽东著作，经常关心国内外形势，衷心拥护党的对内对外方针政策。沈钧儒先生严格要求自己做一个坚强的民主战士，做一个共产党的好朋友，并且经常勉励大家'活到老、学到老、做到老'。沈钧儒先生所走过的道路是知识分子的光明道路。沈钧儒先生是一切爱国知识分子的光辉榜样。"

（原载《三角洲》1993 年 2 月刊）

魂系热土身卒魔窟

1. 1942深秋。灰蓝色的苍穹铅般沉重，寒风无情地吹落梧桐树梢上的叶片，枯黄的落叶随风飘舞，发出轻微的呻吟。远处，急驶来几辆日寇的三轮摩托，日本侵华特务"梅机关"淞沪办事处的松尾，坐在车斗里，瞪着狼犬似的小眼睛贼溜溜打量来往的行人。

贴近马路上岗沿，一前一后出现两辆黄包车，缓慢朝码头方向行驶。车上一个身穿古铜色长袍的中年男人脸色苍白，不住捂嘴干咳，身边的少妇轻轻替他捶背。他身后的黄包车里，端坐着白发苍苍的老妪，膝上放着漆成橙黄色耀眼的香篮，双手不住捻动念珠，干枯的双唇翕动念念有词。松尾没有觉出破绽，命令摩托加速，他要赶往码头，检查哨卡的情况。据汪李七十六号报告，邹韬奋离开了粤东山区，绕道潜回上海，准备进入苏北抗日民主根据地，继而北上去中共首府延安。上峰指示不得让邹韬奋从眼皮底下溜走。

韬奋眯缝起眼睛，远眺灰蓝色的天际。他揉一下眼睛，多年戴近视镜摘下相当不习惯，不过他无意注视周围发生的一切。他心里明白，掩护自己去根据地的绝非仅是身边的两位女性，她们身后有共产党的地下组织，党一直在暗中保护自己，摆脱日伪的追捕。自己需要沉着。

车到黄浦江畔，少妇搀住韬奋下了车。

沿江码头，日伪戒备森严。五步一岗十步一哨，通往码头的道口，已置下铁丝网路障。松尾站在一旁，盘问过往行人，一条狼犬在人群中窜来窜去，时不时发出狂吠。

韬奋目光平静地望着跟前的场面，脸上没有任何表情，少妇顺手拽一下华老太的衣袂，让她做好应付突变的准备。华老太心领神会，微微点头，从容地朝哨卡走去。韬奋侧身依在少妇的身边，紧随华老太身后。

"站住，什么营生？"松尾横刀拦住了韬奋一行的去路，狼狗敏捷地转过身，直奔而来。

"妈哟，大狼狗。"少妇故作惊骇状，躲到华老太背后，巧妙地挡住了松尾的视线。

"阿弥陀佛，我佛慈悲，普济众生。"华老太瞌下眼睑，虔诚地念道。

少妇怯生生地说："皇军，我先生患了痨病，丢下上海的生意回老家养病。"韬奋撕心裂肺地咳嗽起来，干咳声让人觉得有柄小刀在刮削心肺。少妇掏出手绢，替他擦去额头上的汗珠。这时，华老太开了腔，"老家广教寺可灵啦，大慈大悲的菩萨包治百病，保佑我贤婿。"

松尾再一次把目光集中到韬奋脸上。这个曾是神户医专二年级的学生，自然明白中国土语中痨病指什么，他下意识地捂住嘴，厌恶地嚷着让他们滚开。

韬奋在少妇的搀扶下，不紧不慢地通过哨卡。华老太双手合十，"我佛慈悲，我佛慈悲。"

铁锚隆隆绞起，汽笛高亢。

2. 火色的朝霞在天边燃烧，万里平川一片辉煌，霞色里农舍升起缕缕白色炊烟。

韬奋骑着一匹温顺的枣红马，向新四军驻地骑岸镇出发。"先生第一次骑马？"身旁的警卫员问。韬奋抚摸马鬃，"书生惯于以笔代刀剑，跃马驰骋疆场总需学习。"他抖一下缰绳，马迅速跑起来，把他掀翻在地。韬奋一骨碌爬起，笑着对警卫员小李说："看，这不缴学费了。"小李急了，"不行，我替你牵缰。"韬奋抓住缰绳不放手，"锻炼锻炼，不碍事的。"说罢，重又跃上马背，夹马疾驰。

小李紧追不舍。"慢些，别摔着了。"

阳光洒在师部简陋的小院里，一群小孩席地而坐，手握小树枝在泥地上划写"抗日""生产""学习"。韬奋拴好马，好奇地凑上去观望。"喂，小朋友日字中有一横，少了成抗口了。"小孩认真地添了一横，反问韬奋，"你是新来的先生？"这时，一身戎装的粟裕师长快步迎了出来，"是新来的先生，我们大家的先生。这些孩子在扫盲。"韬奋搓着手，兴趣十足地说："普及教育，看来只有在民主根据地才能实现。""小学堂被汪伪炸了，再加上经济封锁，没纸笔，条件艰苦。"韬奋气愤地攥拳砸在另一个手掌里："这些强盗！"边说他们边进了屋子。

坐定后，韬奋忙说："粟师长介绍一下根据地的情况，各方面的我都想知道一二。"韬奋习惯地掏出小本子，准备记录。"随便聊还做记录？""职业习惯，就像你习惯带枪一样。"韬奋拍了一下粟裕腰间的左轮手枪。粟师长侃侃而谈，"在我们这里农民群众能投票选举乡长，县设参政会共商大事。群众拥护，独裁不得人心。"韬奋来了兴趣，停止记录，不无感慨地说："农民群众能投票选举自己的行政领导，只有在共产党领导下才能实现。这是中国民主政治的雏形。""嘿，不愧老资格的新闻记者，一下子抓住要点。""我们的参政会员除去投日亲日分子，各方各界的代表都容纳，让他们有充分的发言权。"粟裕补充了一句，"群众信赖自己的政权，抗日的热情高涨。"韬奋笑着说，"这叫当家作主，主人自然爱家哟，看来抗日也离不开民主。民主政治能促进抗日。"两人哈哈大笑。

　　这时，界平推门走了进来。韬奋打量着站在跟前的界平，他虽军人装束却掩遮不住眉宇间的书生意气。当今中国知识分子迫切需要能文能武、笔刀并举，中国才能胜利。韬奋伸出手，"我是邹韬奋。"韬奋？界平扬起两道粗黑的浓眉，惊喜油然升起。他熟悉这个名字，《生活周刊》上的韬奋文章使他倾倒。

　　粟裕师长关切地说，"陪同韬奋先生采访、考察。要照顾好他的身体，多找一些营养品，他身上有病。"韬奋禁不住摸了一下右耳，"不要特殊，我可是一个新入伍的小兵。"

　　连日的考察、座谈，令韬奋振奋。这里发生的一切令他耳目一新，看到了希望。共产党人的实践倾注着对未来中国的理想，又是那么严谨实在，符合古老中国的实际。他不顾化脓的耳朵，如饥似渴的听着记着。晚上回到驻地，摊开采访本和稿纸，整理白天的记录。他想把自己在民主根据地的所见所闻，写成《萍踪寄语》式的散文，向全国乃至世界宣扬中国的革命。屋里寒冷异常，韬奋手放在嘴边不住呵热气。警卫员小李端上几样小菜，放在他面前的书案上，"邹先生，吃饭喽！""啊，别忙。""饭菜会凉的。"韬奋站起身，跺跺被冻麻的腿，他接过小李递来的筷子，"这么多菜，和战士一样吗？"小李支吾起来，界平挑帘走进屋子。"先生是病人，应该得到照顾。再说这几天的奔波，人越发瘦了。"韬奋见界平说得恳切，挥手说："来，一起吃。以后战士吃什么，我也吃什么。不要特殊。"

　　正吃着，警卫员小李带来一个青年人，见到韬奋紧张得结巴起来。韬奋拉过他的手，并排坐在床沿边，"慢慢说，别慌。""先生，我们不少学生读过你的文章，他们想见你，聆听你的教诲。我代表四分区学联专程来邀请你。""我初到根据地，对这里尚生疏，是个小学生，怎能教导你们抗日青年呢？"青年以为韬奋婉言拒绝，猴急起来，"先生，他们都盼着你，请不到你我无法回去交待。这是邀请信。"韬奋笑了，"别急，我没有拒绝呀，可以去宣传抗日嘛。""先生，你一定去啊。"青年人高兴地蹦了起来。

界平低头默不作声，心思重重。"界平，你怎么啦？""温家桥距金沙镇、唐闸一带的敌人据点不远，敌人的汽划子时常出没，很不安全。"他道出了心头的忧虑。韬奋轻松地回答："比比前方浴血奋战的战士，惧怕便全消了。"他眼中射出坚毅的神情，界平知道自己无法阻拦。"界平你先休息吧，明天还要赶路。"韬奋拧亮油灯，奋笔疾书……

战时的南通县中，设在温家桥一座古老的寺庙里，庙门前植有一棵粗大的银杏树，树下已聚集了千余人，黑压压的人头攒动。他们从不同的地方赶来，有的甚至从南通城、金沙镇敌占区偷偷跑来，盼望能和大名鼎鼎的韬奋见一面，聆听他的演说。

韬奋登上银杏树下临时搭成的讲坛，开始了他的演说。他以自己亲身的经历揭露国民党中的投降派假抗日真反共反人民的罪行，分析世界反法西斯的战况。深刻、幽默、亲切的话语，激起阵阵欢声笑语。

耳际一阵剧烈的疼痛，韬奋手撑着桌面，暗下劲抠住桌面。他心里唯一的念头，就是一定要坚持演说到结束。"抗战已到了恭贺新禧的阶段。中国人民的伟大斗争，让我看到新中国的光明已经在望。努力吧！我向大家贺新禧。"

一片鼓掌，掌声中韬奋走下讲坛，独自走入僻静处，他不愿别人看到自己的病痛。细心的界平紧随而来。"我头痛得厉害。"韬奋见瞒不住，实说了。"找医生。"警卫员小李提醒界平，"没随行医生。"韬奋摆一下手，"搞块热毛巾就行。"韬奋被抬进寺庙，躺在神龛下的香案上。界平打来一盆热气腾腾的沸水，好不容易拧干毛巾，置在韬奋的额头上。汗水顺着韬奋的脸颊淌下。

3. "梅机关"松尾整天惶惶度日，连邹韬奋的影子还没看见，难以完成上锋的交待。这天，松尾被召进课长的办公室。川村课长双手插在马裤兜里不住踱步，根本没拿正眼瞧松尾，不住用鼻子哼哼着，"松尾君，你能耐大着哩！"松尾不知道发生了什么，接二连三地哈腰鞠躬。他意识到一定出了纰漏，是不是韬奋……他不敢继续往下想。川村把一份新四军编印的《江潮报》扔到他面前，"看看吧！"

松尾抖抖地接过小报，一条醒目的标题灼伤了他的眼睛，"民主运动健将韬奋先生途径上海抵苏北"。松尾的双腿不由自主地颤抖，软绵撑不住身子。"我该死，愿受处罚。""我给你最后一个机会。"川村脸铁青，"苏北列入第一批清乡范围，张北生在筹建苏北地区清乡主任公署，你去协助张先生，先遣南通。若再让邹韬奋跑了，我拿你的人头是问。"松尾大声立下了军令状。

很快，松尾来到南通县城，驻扎在风光秀丽的濠河边。他无心欣赏窗外的景色，独自一人坐在沙发里喝闷酒，狼狗忠实地跪伏在主子的脚边。松尾摸摸脖颈，好像有把刀搁着，恐惧阵阵袭来。邹韬奋只是在新四军管辖的地区活动，没有大规模的清乡，难以逮住。他随手把一块肉塞入狼狗的嘴里，哼起日本小调排遣心中的烦恼。

宪兵队长恭恭敬敬地走来，"报告，得到确切消息，邹韬奋正在温家桥一带活动，城里有不少人去听他的演讲。"松尾心中窃喜，不动声色地拍了一下狼狗的脑袋，"金沙镇、平潮镇、唐闸一线的驻军，火速袭击温家桥。"

12月30日天色熹微，韬奋翻身起了床，心里惦着通西各界人士座谈会。他脸色苍白、憔悴，这一夜病痛屡屡袭来，迫使他昏沉沉，又把他从昏乱中折腾醒来。他没预料到自己的病情会发展得如此迅速。一个多月前，在上海秘密做检查时，医生的结论是中耳炎。中耳炎不会有这般剧痛，脑壳像裂了似的。他有这方面的常识。

界平蹑手蹑脚走近韬奋床边，"先生感觉好些吗？"为消除对方的担忧，他嘴角浮起一丝淡淡的笑意，"界平，不用担心，一切会好的。""先生，群众提议取消今天的座谈会，我们还是回行署吧。一来这里距敌太近，二来行署已准备好药品。""界平，座谈会照开，了解得越多越好。根据地的民主实践是中国政治的未来，这是我面临的新课题呀。""先生……"界平眼眶发湿，"先生太不顾惜自己了。"

座谈会在一个不足二十户人家的小村子举行，韬奋步入会场，场内鸦雀无声。人们的视线投向他，目光中充满关切和崇敬。韬奋理解这样的静穆，扬扬手里的记录本，朗声笑着招呼大家，"我是来请教大家的，望诸位不吝赐教。在根据地我就是小学生。"说罢，深深地朝在座的人鞠了一躬。全场报以一阵热烈的掌声，几个十七八岁的年轻人噙着眼泪，围住韬奋，"邹先生，题个词吧。"

韬奋提起桌上的笔，挥毫而书："辛苦遭逢起一经，干戈寥落四周星。山河破碎风飘絮，身世浮沉雨打萍。惶恐滩头说惶恐，零丁洋里叹零丁。人生自古谁无死，留取丹心照汗青。"书罢，他侧脸亲切地询问身边的青年，"请教尊姓大名。"

青年报完姓名，远处枪声大作，隐约传来马蹄迅跑声。屋里出现骚动，界平贴在韬奋耳边悄悄说着什么。韬奋没停下笔，从容地签上自己的名字，"让大家伙先走吧。"

一个战士带着枪伤奔进会场，"敌人偷袭，快进村了。"界平拔出盒子枪，"同志们跟我来。小李护送邹先生撤退到河对岸。"

界平和战士以会场作掩体，展开一场小小的狙击战。火舌交错、炸声四起，有几个战士被击中倒在血泊里。界平高声问："人员全过河了吗？""都过了。""撤！"界平下令。十余匹马朝北岸迅跑。

松尾带着一队人马赶到河边，立马北望，无可奈何。过河就进入根据地的腹地，一批新四军战士远远地涌来，人喊马嘶。松尾气急败坏地命令士兵纵火烧了会场，"不杀邹韬奋誓不甘休。"

熊熊火光冲天而起，映红了半爿天空。骑在马背上的韬奋无比愤慨地对界平说："不消灭法西斯，人民不会有一日的太平。"韬奋要过界平的盒子枪，朝对岸瞄着，"只有枪杆子才能赶走侵略者，实现民主。我此身题秃多少笔，可他蒋介石还在摧毁民主，日寇照旧逞疯狂。若减我二十年，一定弃笔从戎。"界平深情地望了一眼略带忧虑的韬奋，宽慰地说："先生的笔似刀枪，胜似刀枪，敌人胆战心惊。"

4. 汪精卫亲率一班伪政府要员飞抵日本，向日本天皇乞求，获得五亿日元的援助，"清乡"进入实质性实施阶段。"清乡"的第一个目标便是南通地区新四军一师四分区。部队日夜调防，地方政权转入地下，形势日益危急。

韬奋感知了战局的急剧变化，窗外的人喊马嘶，辎重车的隆隆响声。他不能安伏于书桌整理采访笔记，心里一刻不能平静，耳病日趋加重，屡次发作，拖着病躯难以随部队行动，是时候北上去延安了，别无选择。

界平抱着一件崭新的羊皮大衣，笑盈盈地站在他面前，"先生，陈毅军长让人捎来了大衣，给你遮风挡寒。"韬奋接过羊皮大衣，抚摸着洁白柔和的羊毛。日伪对根据地实行严格的经济封锁，军需匮乏，不少战士以单薄的棉衣过冬，连粟裕师长也同普通战士一样，一身灰蓝色棉衣。陈毅送来贵重的皮衣给自己，他怎能不激动呢？"陈毅军长关心你的身体，反复强调要保重。"韬奋急切地问："我什么时候能见到他？""军部指示我们，护送你去盐阜地区，然后继续北上。"

延安知道他的心思，作出与他完全相一致的决定。"什么时候动身？""越快越好，根据地下党的情报，日伪已纠集一个师团的兵力，向我四分区压来，他们试图由北、西两方面进攻，妄想把我们赶下江海。"韬奋轻蔑地哼了一声，"我们现在就动身。"边说边动手收拾行囊。

韬奋解下枣红马的缰绳，一手牵着马一手握拉着界平，"再见了，后会有期。""先生，保重啊。"界平一下子抱住韬奋的双肩，眼眶噙满泪水。他清楚"清乡"的残酷性，韬奋此去能否与自己再次重逢难以预知，他的心系在韬奋的身上。

韬奋身披羊皮衣，跨上枣红马，"界平，我们一定会在祖国新生的礼炮声中再见。"枣红马像离弦的箭，奔跑在旷野上……

到达阜宁以东的孙河庄已是清晨，熹光悄悄出现在东方。少顷，锦绣般的朝霞布满天空。韬奋拖着一双麻木的腿，走到小河边捧起水擦洗脸面。冰冷刺骨的河水令人清醒，韬奋顿刻觉得旅途疲乏被驱逐了。"嗨，你也来洗一下，解乏哩。"他招呼警卫员。小李兴高采烈地下了河堤。

韬奋抬腿迈上堤坡，突然耳部隐约作痛，迅速扩延脑部，整个大脑像被利斧劈开，眼前漆黑一片，金星飞溅，身子沉重地栽倒在地上。他双手抱着头，在地上打起滚，嘴里发出阵阵撕人心肺的呻吟。小李发了慌，"邹先生，快服上止痛药。""药品金贵。不到万不得已不可用。""不。"小李难过得哭了，硬是把药片塞进韬奋的唇间，"吃吧。"韬奋慢慢咽下药片。德国狮牌止痛片在这战争环境中搞到不容易，是战士用血乃至生命换来的。"先生，我背你进村。"

韬奋摆摆手，他想稍事休息。枣红马温驯地弯曲下四肢，让韬奋倚靠。寒风凛冽，冻土刺骨，韬奋的身子在颤栗。"军旅生涯最能磨砺人的意志，世界上许多杰出的人物，都有过这种经历。"他望一眼哭红眼睛的小战士，逗趣地说："胜利后，你也能成为杰出人才。""你做我老师。"小李被逗乐了。小战士眼尖，发现远处驶来一群军人，"黄师长来了。""三师长黄克诚将军？""是他"。说话间，黄克诚已来到他们面前，蹲下身子亲切地握住韬奋的手，"别多说话，回师部休息。"

炭盆里火烧得正旺，屋里格外的温暖。韬奋倚在床上，此刻疼痛已减轻了许多，精神也好了起来。黄克诚一直坐在韬奋的身边，不时推一下架在鼻梁上的眼镜，风趣地说："带兵打仗，戴副眼镜可不是件好事。有一次眼镜反光，引来敌人注意，一梭子射来，震落眼镜。好家伙差点儿见了马克思。"韬奋笑着说，"换一身装束，别人定以为你是个教授。"黄克诚一声大笑，"还是做小学生好。""哪里哟，新四军中文武双全的将领不少，像陈毅军长。"韬奋突然转了话题，"我什么时候能见到陈军长？"他急切地问。黄克诚迟疑俄顷，"由于战局恶化，军部已撤走。我们将安排你去八滩隐蔽起来，待机由海上去晋察冀解放区。""我服从安排。"

转移去八滩途中，韬奋无法再骑枣红马，病痛迫使他躺在担架上，由小李他们轮流抬着。临行前，经师部军医诊断，他患得可能是脑癌。这种病在医疗设备简陋的根据地无法治疗。

枣红马垂着棕红色的长尾，无限留恋地跟着韬奋的担架低头向前。不久，韬奋一行人到了一幢青砖朱门的深院前，开明绅士、盐阜区参议会副议长杨芷江恭候多时，"邹先生驾到，有失远迎。"他撩起马褂，颠颠地走下朱门前的台阶，拱手唱贺。"先生乃当今柴大官人，接纳四方客。"韬奋躺在担架做拱手状。他知道杨先生曾做过吴佩孚的秘书长，喜欢结交文人名士，前不久才送走阿英、范长江、黄源等一批文化名人。"见笑。区区之人能尽些绵力，义不容辞。"说着，迎韬奋入宅，腾出客堂北房，让韬奋歇息。

5. "梅机关"特务松尾一直没有放松对韬奋的追捕，在温家桥一带险些捉到韬奋，却让溜了，心里又恨又急，接连杀了几个手下的人。他不甘心，估计韬奋会北窜，马不停蹄地赶到徐州，督兵南下截住去延安的韬奋。上锋川村称赞部下的这一招，同时电告松尾不得守株待兔，要主动向盐阜地区出击；严密封锁出海以防从海上逃脱。松尾接到电文，佩服上司的远略，脸上露出了奸笑。他拿起电话，摇了几下……

这日，隐藏在八滩杨家的韬奋脑痛发作。他紧咬棉被，试图分散自己的痛感。维持了一会，他实在熬不住了，在床上折腾起来，不停地翻滚。小李翻遍行囊，止痛药已用完，急忙去找杨芷江想办法。

杨芷江手提一杆烟枪，跑进屋子，"没药。邹先生吸一口大烟，兴许会好些。"杨芷江吸鸦片，确信烟土能治百病。警卫员小李扶起韬奋，韬奋靠着墙壁，半躺在床上。杨芷江递上烟枪，放在韬奋唇边。"我连纸烟都不吸。""吸一口会好些。"杨芷江划火点燃烟土。韬奋吸了一口，顿觉病痛减轻了许多。"痛快吧？这烟土还是从云南一带弄来的好土。"杨芷江刚说完，韬奋哇地一声吐尽胃里的吃食。

这时，杨宅大门外响起一阵枪托砸门声。不一会，女佣慌慌张张地跑进屋，"一队伪军进了村，已到大门门口。"杨芷江发了慌，"快躲起来。"说罢，反手关上房门，走了出去。

一群伪军进了隔壁的客厅，门外传来沿海"剿共"游击副指挥徐继泰粗声粗气的声音，"杨老先生，你让邹韬奋出来，省得我等兄弟动手。老先生是个爽快人。"杨芷江装迷惑，"韬奋，什么掏粪？""堂堂先生反倒会装迷糊。我徐某人还是你的学生。先生糊涂了，学生岂不更差劲？"杨芷江冷冷地说，"我没你这样的学生。"

韬奋知道自己不出面会连累杨芷江，他让警卫员扶着自己下床，披上羊皮大衣，推开房门，凛然地站在徐继泰面前。"我就是你要找的邹韬奋。"徐继泰万万没想到韬奋会径直走到面前，慌忙收起枪，"气魄，不愧为邹韬奋。"韬奋两道锐利的目光直逼徐继泰，"你身为炎黄子孙，甘当日寇的走卒，胸中还有一颗中国人的心吗？日寇很快会灭亡，世界进步力量已团结起来，对待共同的敌人法西斯，你应该掉转枪口，打日本鬼子才是。"徐继泰喝退身边的伪军，怯声说："先生误会，我徐某人早年在武汉见过您，听过您的演讲，后受国民党指使'曲线救国'，我并不真心当汉奸。""既然救国，应该以行动表明。不得骚扰百姓，全部撤出八滩。"韬奋说完，返身走出客厅，回自己的房间。徐继泰紧随而来，献殷勤地说："邹先生还是离开此地为好，日本'梅机关'松尾已命令部队，搜寻您的行踪，否则……"韬奋打断他的话、"你的良心没全变黑，趁早投奔新四军，重新做人，对民族对人民做些有益的事。""先生说得极是，我徐某人深受启发。"

6. 陈毅军长得悉韬奋的病情，根据战局发展，作出了"劝韬奋先生回上海治疗，待痊愈后再北赴延安"的决定。小李告诉韬奋，由上海回到南通地区，秘密回到上海治疗。地下党已做好了安排。韬奋接过一张"良民证"，默不作声。

枣红马踩着盐场小路，缓慢地带着韬奋往海边走去。不远处，几架巨大的木结构风车缓慢随风转动，发出刺耳的声响，一群衣衫褴褛的劳工吃力地拖动木耙，晾晒白花花的盐粒。阳光下盐粒反射灼目的光泽，让人难以睁眼。韬奋驻马远眺，心潮激荡。祖国何时才能摆脱日寇的蹂躏变得繁荣昌盛？少年时曾梦想做工程师，实现强国梦，可是面对列强的宰割、政治的腐败，即使成了工程师又有多大的能力改变现实？他毅然确立当新闻记者的理想，以手中的笔唤醒人民。他到过美国汽车城，心中暗思，中国未来工业，一定能发展到这一步。

"先生，穿过盐场就是海。接您的船已等着哩。"警卫员小李提醒。"噢。"韬奋用双腿稍夹马肚，枣红马向海边疾驰。海边，韬奋又一次驻马回首，深情地望了一眼简陋破旧的盐场和远方辽阔的原野。

大海苍茫，浪涛连天，时而三二海鸥掠过汹涌的海面，飞向浩渺处。他目光追寻海鸥的踪影，什么时候再回来？他自问。不，总会有一天要回来，北上奔赴延安，考察那里的民主、文化建设。也许一年，也许更遥远。船工仰脖唱起了古老的船夫曲，声腔悲壮粗犷，一下子驱散了他心头淡淡的愁绪。他不愿离去，无奈战事危急，病魔缠身。

韬奋回到舱里，盘腿坐在一张小桌前。以前谈抗战论民主大有隔靴之状，此次考察、采访近半年，不再有泛泛而谈的感觉。回上海后可能的话，边治病边撰写成著作，可以写一本《民主政治在中国》的书。

船工探头进船舱，"远处有敌人的汽划子，正朝我们开来。"韬奋猫腰来到甲板上，前方一艘汽划子冒出一条长长的黑烟，突突正朝小船驶来。船工转舵，向不远处的岸边拼命划去。

松尾站在汽划子的驾驶舱里，举着望远镜，"追上去"。他抽出军刀，架在驾驶员的脖子上，"全力追上小船。"

汽划子驶近时，小船已没了踪影。松尾四下搜寻，发现不远处的芦苇丛里传来"哗哗"声。他命令，"机枪扫射。"

小船灵巧地行驶在芦苇深处，受惊的飞禽呱呱喳喳叫着飞起，飘坠下羽毛。

汽划子无法驶进芦苇丛，扫射一通之后怏怏离去，马达声由近而远逝去。敌人撤走了，小船回到海上，载着韬奋朝南驶去。韬奋站立船头，仰望着飞翔的海鸟。它们展翅搏击长空，忽矫健奋力，忽俯首滑翔，坚韧的双翅不住煽动，透出执着和毅力。船工又唱起了船夫曲："摇不完的橹哟／看不尽的水／对岸的红袄儿哪里寻／甭说那岸远哟／会丢了性命／丢了性命又何所惧……"

7. 1943 年春，韬奋秘密潜回到上海。

韬奋走下栈桥，出示一张假冒的良民证顺利地通过了日寇的哨卡，步履蹒跚地朝码头广场走去，旅途使他颇感劳累，大脑隐隐作痛，他唤住黄包车夫。"先生要去哪块？"车夫殷勤相问。

去哪儿呢？茫茫人海，万家灯火。这座熟悉的城市，曾有过温馨的家，妻子的温存、儿女的恋情，现在妻离子散，音讯全无，一番伤感涌入心田。

离别根据地时，中共党组织告诉他去找地下党在上海的秘密机关正泰商行。一年前从东江途经上海时，他曾在那里住过，可是现在一下子无法忆起地址。思索了好一会，像被掏空了脑髓的大脑一片空白。"走吧，向南。"韬奋有点无可奈何地说。

黄包车急匆匆驶离码头，消失在早春的夜幕中。车里的韬奋一刻没停止回忆，隐约地记得正泰的位置就在以前他住过的辣斐德路附近，再往细处想脑袋卡壳了。"先生，到了吗？"车夫有些发急，车已经在附近兜了好几圈。"再拉一圈，应该就在附近。"韬奋苦笑地说多给些车钱。离开抗日民主根据地时，新四军转来一笔钱，帮助他回上海治病。

黄包车夫在辣斐德路东端漫无目的地拉着来回。韬奋意识到这样做十分危险，容易让人起疑心。日伪的巡警会发现自己。他让车子停在一家杂货铺前，佯说自己已经到家，付过车钱打发掉车夫。韬奋拖着病躯，寻找自己的去处。突然，他眼睛一亮，"这条石库门弄堂好眼熟。"借着路灯，他看清了过街楼上书有东升里几个大字。对，就在这里。他敲响了一号的门。

"谁？"屋里发出了询问声。

"我找程老板。"韬奋沙哑地回答。门开了，一个三十来岁的男子出现在门洞里，没能认出站在面前的来者，颇疑惑地问，"你是什么人？"此时的韬奋苍白、枯瘦、憔悴，昔日照人的风采荡然无存。

韬奋从程老板的目光中明白了他的疑惑，低声报了名字。程老板一把拉他进屋，机警地回顾了一下四周，随手关上大门。

进屋后，韬奋连站着的气力都没有，腿脚一软，瘫坐在椅子里，双手抱着脑袋，"你这里有止痛片吗？我头痛得厉害。"程老板找来药片，放在他的手掌心里，韬奋迅速吞下。

中共秘密工作者程老板很快把韬奋已抵达的消息汇报上级，得到指示：绝对保证韬奋安全，在此前提下让他接受最好的治疗。程老板一刻不怠慢，请了沪上著名的鼻喉科专家穆瑞芬为他治疗。

韬奋见到老朋友穆医师，爽朗地笑着说，"我变得多吧？看我你就像看陌生人一样。"穆医师强忍着泪，告诉韬奋必须马上住院接受检查治疗。"你不怕为我这样的人治病会惹出麻烦？""在这里，绝对安全。"穆医师浅浅一笑。

他化名李晋卿住进医院，经过检查，他向医师询问自己的病情，"我相信科学，不怕死。即使治不好也不要紧。但我需要知道自己生了什么病。否则，死不瞑目。"

穆医师敷上笑容，尽量轻描淡写，"身子虚弱，用脑过度，营养不良。恢复一段时间会好的。""你在安慰我。"韬奋说，"我还有一点病理常识，你说的一切不会引起我脑子极度的疼痛。是不是脑子里有什么毛病？"穆医师见瞒不过去，只能实说，"中耳生了瘤子，不过可以摘除，这种手术成功率还是蛮高的。"为了安慰他，穆医师还是拣轻的说。其实，检查结果表明他得的是中耳癌，已经恶化，病情十分严重。

"现在就动手术。穆医师我还要走的，不能在此长留。"韬奋焦虑地说。穆医师回答，"急不出来的。你现在的身子骨十分虚弱，要静养。""要多少时间？""这要看你如何配合了。"韬奋平静地表示，"一定服从医生的指示。"

韬奋知道自己不可能拖着病体实现北上的心愿，安心在病房里养身子，好接受手术。程老板隔三差五地派人送来鱼肉，给他增补营养。韬奋胃口大好，常把送来的菜肴一扫而光。一晃个把月过去，病室外春意已浓，一阵阵暖风挟着花香吹拂而来，韬奋的体质慢慢地恢复了许多，脸面也变得红润起来，他再安分不下，拉住程老板的手恳求，"早点让医生开刀吧。"程老板说，这事他做不了主，还要与医生商议。韬奋拍拍自己的肚皮，"再养下去，成了个大胖子是走不动路的，没法北去。"

程老板被缠得没有办法，与穆医师商量，谈妥了近期动手术，韬奋听了十分高兴，扳着手指数开刀的日子。一个宁静的下午，韬奋被抬上手术台，嗅到了股浓烈的"可罗方"的气味，他惊叫一声，进入昏迷状态，浑身失去了知觉。穆医师持刀切开韬奋的右耳后，患部神经结构复杂，一丝不谨慎都将给他留下残疾。穆医师小心翼翼地避开每根神经，钳出一些带血的块状物，放在洁白的搪瓷腰子形盘子里。"给我银针！"穆医师接过助手递来的银针，银针在火中烧得通红。银针接触患处，发出丝丝的声响，一股焦味迅速在手术室内弥漫。

四个小时后，穆医师疲惫地离开手术台，在治疗报告上写道："现在是否还有癌症细胞遗留在里面，或者由于不小心使得神经受到损坏，实在没有办法预料。"

穆医师深情地凝望着依然在昏迷中的韬奋，一切只能托老天的保佑。

8. 韬奋醒来，打量四周，病室里的一切他叫得出名儿，知道自己的脑子没有受到手术的影响而有所损坏。"什么时候可以出院？"韬奋问穆医师。"等刀口长好后，要进行三个疗程的镭锭放射治疗，大概要有一段时间。"

"这么长时间？"韬奋心里火烧火燎，他盼望着早一天出院，重回根据地，去延安。他走到玻璃镜前。发现自己的脸已经变形，半边脸瘪陷了进去，有点儿歪样。穆医师心里难过，"手术后，总会出现这样的变形。"

不想，韬奋反倒高兴地笑了，"再过哨卡不用化装了，没人会认出我。你说是吗？"

世上没有不透风的墙，韬奋回沪治病的消息隐隐约约传到了陈彬和耳朵里。这个和韬奋有过一段交往的文化人，此时已充当了日伪在文化界的耳目。他急忙把消息转给了梅机关淞沪办事处。松尾大喜，原本他接到情报说韬奋到了延安，故放弃了对他的追捕。不想，现在韬奋竟然自投罗网，岂能放跑了他。松尾命令加强对各主要医院的监视，派人搜查。

程老板得到地下党的情报，近期日伪准备搜查医院，他不敢断定日伪特务的举动就是冲着韬奋来的。然而，他心里有一点明白，继续把韬奋留在医院里治疗相当危险。时不可待，马上转移。程老板化装成大老板，借来一辆崭新的奥斯汀轿车赶往医院。医院门口不三不四的人集聚，探头探脑，样子可疑。程老板三步并成两步，走进穆医师的休息室。

"现在病人的情况还不稳定，耳朵流脓，不继续化疗，恐怕难保不出问题。"穆医师告诉程老板。"外面的风声太紧。在公共医院里活动容易暴露。""我懂。程先生你看着办。"程老板果断地说，"把他接走，这是唯一的办法。万一落入日本人手里，岂不更糟。"

程老板蹑手蹑脚，推开病室门，见韬奋正在伏案写作，潜心得连来人都不知道。手术后，他不能安心接受放射治疗，嫌时间过得太慢。程老板劝慰无效，心生一计提议韬奋一边治疗一边写点东西。韬奋这才勉强静下心来。一提笔，他来了精神，由一天写一二千字，一下子恢复了写五千字，有时竟开起了夜车，把身上的病忘得一干二净。

程老板轻声干咳一下。

"是程老板来了。外面有些什么风声，快给我通通信。"程老板凑过去问："还在写？"韬奋有些得意，"我现在每天能写五千来字，争取早日完成。书名为《患难余生记》可好？"程老板看着他镇定的神情，"你也太笃定了，日本人已经开始搜查各医院。"韬奋搁住笔，"噢，他们知道我到上海了？""可能有一些风声，要迅速转移。""就走？""对，马上。否则，随时有危险。""不急，这节写完就动身。"说罢，韬奋继续埋头回忆老朋友杨杏佛遭国民党特务枪杀的场景，写道："他有一天刚和他的十一岁的儿子小佛上汽车，暗杀他的枪弹四面飞来，他用全身包围着他的儿子以卫护他，结果他的儿子幸得保全生命，而他自己却被乱弹击中牺牲了。"

"走吧，不能再拖了。拖一分钟就是多一分危险。我来时门口已有可疑的人在活动。"程老板在一旁按捺不住，心焦地催促。"这就好了！"韬奋从容地站起身，收拾好用品在护士的搀扶下走出了病室。

刚走到医院门口，一个乞丐模样的人凑了过来，"先生行行好，给点吃的。"程老板示意护士迅速把韬奋送上车，自己从口袋里掏出几张票子丢在地上，"躲一边去，碍手碍脚。"不想那要饭的竟抱住程老板的腿，"先生，你怎么骂人。"

程老板心一紧，明白自己遇上了便衣特务。正在这时，不远处走来了一个巡警，程老板急中生智，使劲朝乞丐的小肚上踢了一脚，"瘪三，昏头了。拿了铜钿还纠缠，也不看看山水。"

巡警讯问出什么事，程老板给巡警递了一盒烟，忿忿地说，"瞎了他狗眼，给了几个小钱，还抱着腿不放。"程老板洒脱地弹掉了裤腿的烂泥。巡警抽出一支烟，程老板殷勤地用一只镀金打火机点烟，趁势在巡警耳边低语。巡警脑袋一摆，冲乞丐骂了声："滚一边去。"

小车一溜烟地开走了。

"好险啊。"韬奋吐出一口气。"我们常遇到这种事情，习惯了。"程老板镇定地回答。韬奋拉着程老板的手，"我知道你与我不是一般的朋友，更不是你在书店时上下级关系。我们是同志，世界上最崇高的情义。"

9. 离开红十字医院，韬奋暂住在妹妹家里。不几日，韬奋的病情有了一些变化，耳朵流出脓水，鼻腔堵塞不能畅通呼吸，一度已不疼痛的脑袋，又隐约作痛起来。他并不在意，以为是神经痛，手术后的正常反应，他抓紧时间写《患难余生记》，一刻不停，准备一旦脱稿后，动身北上，去朝思暮想的延安。

这一天，程老板来了，告诉他要离开这里。"去根据地？稿子我可以带到根据地再写？"韬奋兴奋起来，"我早就在等这一天。"见他如此高兴，程老板欲言又止，不想扫了他的兴。韬奋揣摩着程老板的脸色，猜出了几分。"不是去根据地？""不是，我们找好了一家不引人注意的小医院，可靠安全，继续治疗。"韬奋的症状，穆医师分析癌细胞可能已转移到鼻腔和大脑，不及时治疗情况十分危险。

"我觉得好多了，我要去北边。""不行，这是北边传来的指示。他们已经知道你的情况，要你继续治疗，不能急于回苏北。听说那边会派人来看你的。"

"这我就没办法了。"

剑桥医院，一家规模极小的私人医院。搬入没几天，程老板领来一位两眉粗短的男人走进病室。韬奋见到来人十分高兴，这不是知新书店老板徐先生吗？"雪寒先生，什么时候到沪的？""前天。这次我是奉华中局之令专程来沪探望先生，传达延安的声音，毛主席、周副主席都关心你的病情。"老资格的地下工作者徐雪寒，皖南事变后奉命回华中局工作，他在上海曾一度以书店老板为掩护从事地下斗争，与韬奋有过一段交往。

"你带我北上吗？我想见到他们。"韬奋拉住徐雪寒的手不放，目光中放射出企盼。

"你现在适应不了颠簸，需要静养。由地下党负责你的安全。这次我从根据地带来一笔款子用来治病。""太感谢了。我一个文弱书生，长期追随诸先进，竭尽愚钝，受之有愧啊！"

"我们都盼望你早日康复，继续为民族的解放事业作出贡献。人民需要你，我们需要你。"

客人走后不久，韬奋病情况又开始恶化起来。一天，韬奋让护士在床上放好支板，铺开稿纸，准备继续写作，提笔写了几个字，一阵绞痛袭来，眼前火星四溅，一片漆黑，他无力支撑，头一歪便昏死了过去，稿纸撒了一地。

等他醒来，已是晌午。韬奋知道自己的病情正在加重、恶化。他不想让人知道这一变化，手撑着床沿，准备把散落的稿纸拾起来。他摔倒了，趴在地板上无力捡起近在咫尺的稿纸，心情沉重。

这时，送午饭的护士推门走了进来，见状急忙扶起韬奋，"先生怎么啦？"韬奋故作笑态，"没有什么，腿一软就跌了一记。""你头上都是汗，一定发生了什么？"韬奋还是一再否定。

夜上，韬奋出现了第一次叫喊，声音由低沉到尖利，脑壳里像有无数根钢针在扎刺。他已控制不住自己的呻吟、叫喊。

医生、护士赶来，韬奋正在病床上打滚，双手抓破床单。

"注射杜冷丁！"医生吩咐护士。

韬奋安静了下来，沉沉地睡去。

这以后，他离不开杜冷丁，每天都需要用它减轻病痛。他已无力再写《患难余生记》，稿子上落满灰尘。

风声日紧，梅机关的嗅觉越来越灵，他们连小医院也不肯放过。程老板决定再次转移，趁着黑夜把韬奋转移到新闸路一幢独门独院的房子里。

韬奋被安顿在朝北的房间里，由一位姓林的小姐负责注射杜冷丁。这时，他的病情继续恶化，不光左眼坏死、鼻腔堵塞，连喉头也肿了起来，吞咽困难。他知道病魔正在自己的头部扩展，吞噬着生存的希望。躺在病榻上的他，夜不成寝。就这样倒下了，放弃手中的笔？不，不能这样脆弱。我要提起笔继续写下去，我要去北方，那里有一片圣地。面对北窗，他心潮起伏，若是星辰闪烁的夜晚，他会因为看到明亮的北斗星而激动。

林小姐每天照例在黄昏时分赶来，替他注射。这一天，韬奋并没有如期等到林小姐，一个念头在他脑际闪过，是不是出了问题？

不出所料，黄昏时分林小姐拎着装有针筒、药剂的手提包，走近弄堂时，突然被几个大汉拦住去路，"你包里是什么？"林小姐愣了一下，镇定地回答，"打针的东西。""为谁打针？"林小姐说："病人！"大汉发怒，"什么病人，打什么针。快说你给谁打针？"林小姐突然记起前几日吴公馆的老太爷犯哮喘，曾让她去打过针，吴公馆就在不远处。"吴老太爷。""什么吴老太爷？让我们去见识见识。"林小姐不慌不忙理好提包，带着几个大汉往吴公馆走去。

吴公馆门口，林小姐给门卫说了几句什么。只见门里冲出几条壮汉，对跟着来的人就是一顿老拳，"这是吴公馆请来的护士小姐，你们也敢调戏？"几个大汉见势不妙，赶忙夹着尾巴溜走。

林小姐迅速把发生的事报告了程老板，程老板不敢怠慢，连忙赶到韬奋暂住的房子里。这时，他在与病痛作抗争时，摔倒在冰冷的地板上，昏死了过去。

林小姐蹲下身子，欲唤醒韬奋。程老板阻止了她，"等他醒过来了给他打一针。"

程老板边说边动手拾掇用具，"我们要把他带走，不能再在这里担搁，恐怕日本人已有所察觉。你到外面去叫一辆黄包车来。"

屋里的走动声，惊扰了韬奋，他朦胧地醒来，"程老板你来的正好，林小姐没有来，是不是出了问题？""没有，她碰到了麻烦，不过已经过去了。""她出事了吧？""没有！"韬奋松了一口气，"我放心了。"

程老板关切地询问他的情况，"我没有什么，一切都会挺过去。"韬奋做出挺轻松的样子，摊摊手。

林小姐进了房间，"车子已在门口，快动身吧！"

林小姐边说边麻利地给韬奋注射。

程老板挽住韬奋，他挣脱，"我能走到楼下。""不，还是挽着。遇上别人问就说去医院看急诊。"林小姐说。"好吧，这样也好！记得我曾学着卓别林的鸭子步为茅盾他们表演，逗得大家好开心。现在却是要人挽着走了。"韬奋不觉回忆起在东江时的情景。

夜色漆黑，韬奋坐进了黄包车，离开了新闸路。

10. 韬奋的病情在恶化，剧痛的次数变得频繁，杜冷丁的药性只能维持三四小时，每天要打五六次针减轻痛苦，稍有安静。药性过后，他立刻被痛醒，两只手捧着头，一面流泪、一面发抖，从床上爬到地上，又从地上爬到床上，哭喊着要打针。

护士无奈，每次含着泪在他日渐消瘦的肌肉上扎针。医生知道杜冷丁对于他的神经系统有着麻醉毒害作用，过量使用没有好处，决定将药量减少，由半针减到三分之一，每天有几次用蒸馏水打进去，使他得到安慰，心理上能够满足。

程老板目睹着韬奋的病情日益加重，深知他的病无法再治，韬奋的生命危在旦夕，迅速向华中局汇报。

等徐雪寒再次出现在韬奋面前时，他几乎不相信自己的眼睛，韬奋消瘦得只剩下皮包骨头，除了一双眼睛之外，几乎很难认出面前的就是韬奋。

韬奋席地而卧，从棉袄里伸出枯瘦的手，和雪寒握了握。"你看，我只能睡在地板上，发病时痛得不能自持，满地爬滚，睡在床上要跌下来。"

"这次来沪，是陈毅同志亲自安排的。于公于私。我都要赶来探望你。"

徐雪寒席地而坐，靠近韬奋说。

韬奋强打起精神，坐了起来。"陈将军可好，在苏北时，我没有能与他谋面，真是一大憾事。"

"很好，日伪扫荡已被粉碎，根据地形势日益好了起来。敌人的日子不会长远。"

"看来我是看不到这一天了。日本鬼子还没赶走，我却再也不能拿起笔保卫祖国、保卫人民了！我的心意，我的希望，寄托在延安，寄托在共产党人身上。我要求入党，请你代我起草一份遗嘱，也就是一份申请书，请求党在我死了之后，审查我的一生行为，如果还够得上共产党员的称号，请求追认我为共产党员。"

韬奋说着，脸上黄汗淋漓，徐雪寒知道他是强忍着巨大的病痛，倾诉心中积压许久的这一番话。

"我相信党中央一定会认真考虑你的请求，作出正确的决定。请你安心治疗，争取早日痊愈。"

"你一定要帮助我，写遗嘱，送到延安。"韬奋还要继续说一下，一阵疼痛袭来。"我又要痛了，你不要害怕！"韬奋嘴里"哎！哎！"地呻吟着，顷刻涕泪横流，嘤嘤啜泣。"我的眼泪并不是懦弱的表示，也不是悲观，我对于任何事情，从来不悲观。只是痛到最最痛苦的时候，用眼泪来和病痛斗争。"

医生迅速给他注射杜冷丁，韬奋安静了下来。

11. 1944年初夏，住在上海医院的韬奋频繁出现昏厥，已从桂林赶到上海的他的夫人，日夜守护。她泪水洗面，眼睛红肿，望着窗外的梧桐叶越发浓郁，祈祷着丈夫能捱过这个夏天，继续活下去，看到梦寐以求的那一天。病状蔓延到他喉头，咽不下任何食物，连流汁也困难，只有以葡萄糖延续生命。韬奋已到了生命最后一息，鼻窦间的一缕游息，维持着他病入膏肓的生命。

郑振铎得到韬奋病危的消息，赶到医院探望曾支持他出版《世界文库》的老朋友，他从纱窗外望着安睡的韬奋，面容瘦削苍白得可怕。心里一阵凄凉。胸部简直一点肉都没有，隔着医院特用的白单被，根根肋骨都隆起着，双腿瘦小得像两根小木棒。

不一会韬奋转侧起来，呻吟不住，脓水不断从鼻孔中流出。他夫人用棉花拭干了它。韬奋睁开眼，微弱地说道；"这些时过得还好罢？""没有什么，只是躲藏着不出来。"郑振铎回答。韬奋睁大了眼睛还要说什么，可是疼痛袭来，他咬着牙，一阵阵的痉挛，终于变成了叫喊。"你好好养病，不要多说话了。"郑振铎忍住想问的话，离开了韬奋的病榻。

韬奋在呻吟，"替我打针吧。"他夫人只好又替他打了针。病房里恢复了沉寂。郑振铎想到他不会有希望了。

7月22日，韬奋体力衰弱至极点，连说话的气力都没有了。他期望着能活下去，他有许多话要对别人讲，心中的希望、追求、病苦、烦恼，他想对人诉说，可是失声的嗓音，发不出声音，翕动着干枯焦黄的双唇，没有一丝声音，脸上写尽痛苦。夫人看出了他的心思，给了他一支笔，韬奋几次都没有握住。他曾用手中的笔，写下了多少的文字，激昂万千，柔情感人，尖锐抨击。如今，他无力握住它。夫人把笔放在他的指缝间，韬奋写了，歪歪扭扭，无法辨认。

回光返照。不想次日他精神好多了，感到饥饿，想吃东西，夫人给他喂了一点流汁。他斜倚在床头，示意夫人拿来笔，这次出人预料地一下子就握住了笔，在纸片上歪斜地写了两行字，一行是"你不要怕。"韬奋用眼睛看了一下夫人，夫人哭着说，"我不怕，我一定好好活下去，带好孩子们。"随即他又写了一行字"一切照办，不要打折扣"。站在他身边的程老板握住韬奋的手，"相信我们，我们一定会不折不扣地照先生的意思做！"

他又在纸上写了"快快打针"四个字,他失声的嗓子连疼痛都叫喊不出。

7月24日早晨，韬奋昏睡着，奄奄一息。死神伸出手紧抓住他不放松。对于死亡，他并不陌生，当年尚是孩子时便目睹了慈母去世，以致对死亡刻骨铭心，尝到了生死离别的极痛。在以后的日子里，新婚不久的第一任妻子被死神掠去生命，倒在他怀抱里永别。在他四十九个春秋的生命里，目睹的更多的是战友倒在黑暗的枪口下，血沃华夏大地，绽出报春的小花，点缀贫瘠的故土。无论是亲人还是战友，他们的死令韬奋悲恸、哭泣，也让他感知死亡的无情和冷酷。终于，此时此刻，死神拥抱了他。

7点20分，韬奋停止了呼吸，停止了思考，再也无力提笔写作，带着奔赴延安的愿望离开了人间。他渴望着去延安，无论生前或死后，在遗嘱中他表示："我死后，希望能将遗体先行解剖，或可对医学上有所贡献，然后举行火葬，骨灰尽可能带往延安……"

韬奋逝世，程老板派人把消息直递华中局。9月28日，中共中央接受韬奋临终前的请求，追认他为中共党员。九泉之下的他感知到了吗？

（原载《三角洲》1992 年 3 月刊）

段祺瑞魂逝申江

避开嫌疑　举家南下定居

1931 年"九一八"事变，日本侵略者占领东三省，虎视眈眈觊觎着关内的华北，制订了缜密的侵略计划，但苦于找不到理想的代理人做傀儡。不久，他们想到了寓居天津英租界内的段祺瑞。这个五度出任北洋政府国务总理的皖系首脑，曾和日本政客西原龟三有过密切交往，1917—1918 短短两年间拱手出卖了东北、蒙古、山东等地的许多主权，颇得日本人的好感。而且，他在中国政坛上尚存一些势力，利用段氏这位政坛耆宿，可望再塑溥仪式的儿臣。故此，日本人频频向段祺瑞暗送秋波，一度冷落的段寓，骤然变得热闹起来，时常有旧部老友前来怂恿他出山，其中王揖唐最为勤勉，三日两头跑来劝说。他与王揖唐交往极深，除去同为安徽合肥人外，段氏一直视他为自己的心腹幕僚，几度委以重任，私交非同一般。然而，这次他没听王揖唐的。他心里明白，王的劝说并非是个人之意，自 1926 年皖系崩溃后王揖唐留居天津，一直观望着时局变化，暗中同日本人保持着秘密的接触，伺机再捞一把，重返政坛。可是，段祺瑞此时对政治颇为淡漠，无心继续在政治舞台上角逐；也不想和日本人搅在一起。他自知日本能在东三省站住脚跟，与他早年给予日方的诸多特权难以分开，分裂祖国的罪责无法逃脱。

恰在这时他旧时门生、早年肄业于保定军官学校的蒋介石亲自邀请他南下。蒋介石此举，也是生怕日本人与段氏勾结，北方时局变得复杂，置他于自己眼皮底下，便于控制。蒋介石的邀请符合段氏心愿，他没有什么犹豫便择日南迁上海。

1933 年春寒料峭之际，年近七十的段祺瑞带着大部分直系亲属来到上海，在这里渡过了他一生最后的三年时光。

吃素下棋　寓公貌似逍遥

段祺瑞在上海没有私宅，抵沪不久，南京政府把霞飞路 1487 号带有大草坪的洋房交给他使用，段氏率全家老小数十口搬迁入内，做起寓公。

旭日尚未升起，段氏便披衣起床，绕大草坪散步十来圈，直到身上微汗方回到房内。净身后，步入佛堂，朝着神龛上供着的释迦牟尼读经颂佛，虔诚至极。自 1926 年"三一八"惨案后，他被冯玉祥将军驱逐下台越发信佛。念经成了每天必修的功课，且已茹素。这样做，他的内心也许获得了几分平衡。读经完毕，段氏接过女佣递来的豆浆，饮毕后喝上两小碗稀饭，早餐就算用完。九时许，他让家人搬来藤椅，坐在草坪的向阳处，静心读报纸。当然，他不会忘记自己喜欢的围棋，常邀一些海上围棋名手如顾水如、李文卿、雕希文等前往"交战"，过一过棋瘾。若有北方高手到上海来，自然也得到段府"叙旧"。不过，如今段氏即使输了也不会像以前那样发火了，佛学把他调教得心平气和。

段氏在上海三年，门前车马虽不及执政时频繁，但也还不至于冷落。国民党要员咨询国事；故友旧部登门叙旧。随着华北时局日益恶化，他成了大小报刊记者关注的热点。每天午睡后两三小时的接待，常弄得他劳累困顿，有时干脆让侄子段宏纲或私人医生郭秉镕代劳。段氏时常对他们叹息，"我南下申城，图的就是个清静，没想到还有这么多人不忘记老朽。"望着憔悴的老人，郭秉镕不免宽慰几句，"先生叱咤政坛数十年，余威还在。""我已暮年，平安度完此生，实为最大的心愿。"郭秉镕轻轻捶磕段氏的背，"先生说得极是。"

除去记者的打扰使段氏稍觉不快外，他在上海日子过得还算闲适。但是他毕竟从政多年，不会忘掉国事，尤其是北方时局，客人来时问得极详细。一次，他还为老友写下了"修身齐家治国平天下"九个大字，可见逍遥背后，他真实的心态。

电报释谜　拒绝分裂之邀

1935年日本侵略者为了进一步控制华北，无理要求国民党政府出卖华北的大部分主权，以武力威胁，签订了《何梅协定》，加紧了他们"华北特殊化"的步伐。十一月，汉奸殷汝耕成立傀儡政权"冀东防共自治政府"。局部的"胜利"并不能满足侵略者的兽欲，把华北从中国版图上抹去才是他们的目的。但是，一块心病堵着——没找到代理人。王揖唐、齐燮元、王克敏等一帮旧官僚军阀蠢蠢欲动，拼凑班底，然而总不能令日本人满意。他们授意王揖唐，探一下段祺瑞的口气。

秋高气爽，段氏寓所前的草坪上洒满阳光。他端坐在藤椅里，躬身和顾水如下棋。郭秉镕急匆匆跑来，打断他的思路，"先生，天津方面急电。"段祺瑞心不在焉地说："念来听听。"郭秉镕小心拆开电报，"玉裁诗集，已预约五部，余待接洽，再得奉告。王赓。"

这时，段氏的心绪全被电文吸引去了，仰倚在椅背上静思。王揖唐（王赓系王揖唐原名）在搞什么名堂，他暗自意识到谜语般的电文在向他传递某种信息，"五部"一定指五省自治。

他要过电文，仔细阅读了几遍，电文用意渐渐猜透了。这时郭秉镕凑上前去说："这在探询先生是否愿意回华北主持自治呢。"段氏默然点头，起身在草坪上踱起步来。良久，走到郭秉镕面前，"你的意思呢？"郭秉镕淡然一笑，"这是大事，请先生定夺。"段氏仰视苍穹，双眼眯成了一条线，"人各有其志，随他去吧。"郭秉镕接口道："那么，如何回复？"段棋瑞一字一顿地说："专电转陈。玉公谓：股东决不同，不特其他方面，切勿接洽。即已预约者，请作罢。"

"先生明智。"

第二天，沪上不少报纸用大字标出"预约诗集有五部段祺瑞不出售，津王某来电措辞闪烁，段复告务须一切作罢，态度坚决可佩。"许多人不解其意，猜测纷起，不少记者前往他的寓所探询。段祺瑞干脆让进步报纸《立报》的记者，把往来的电文公布于众，表明心迹。他的此举，倍受人们的赞誉。然而，段氏老友部下王揖唐越走越远，最后投入日本人的怀抱，出任伪华北政务委员会委员长达二年多。1948年以大汉奸的罪名，被处极刑。这些都是后话。

临终遗嘱　不忘国事危难

1936年盛夏，酷阳高照，段祺瑞贪食了几片西瓜当夜腹泻不止。家人邀请著名中医丁济万用汤药治调理，他的病基本痊愈。入秋之后，段氏突然受风旧病复燃，并有吐血便血加重之势，精神一下子萎靡，身子瘦脱一圈，憔悴不堪。英籍内科医生白利生诊为胃溃疡。他卧于病榻静心养病，不仅弈棋停止，就是会客也一概回绝了。病情逐渐得到控制。

10月28日午后四点多钟，李思浩匆匆来访。这个李思浩早年在段内阁历任财政次长或总长，人称"不倒翁"，是段的心腹之人，现在又受蒋介石之命，担任着冀察政委会副主任，刚从平津回来，求见段氏。段祺瑞刚吃完药正躺在病榻上休息，家人轻声通报"李思浩先生来了。"。

"噢——传见。"

不一会功夫，李思浩急匆匆地走进段氏卧室，大声地说："总理，我回来了！"

段祺瑞苍白的脸上露出一丝微笑："思浩，老朽欠礼了。"

李思浩轻步走近床边："总理，几月不见，您又苍老了许多，请多保重。"遂即坐下，向段祺瑞报告平津之行。

段祺瑞微闭双眼，静静地听着。

当说到长城内外一片混乱状况，以及原北洋军阀官僚聚资敛财，过着醉生梦死的生活，有一些人为了维护自己的财产，甚至与日本人暗自联络出卖灵魂。

他听了十分伤感，说："国运危在旦夕了！"

临别时，李思浩说："我听宏纲和郭医生说，中西医大夫都希望总理开荤，能增强身体营养……"

段祺瑞睁开眼睛，板着面孔："人可死，荤绝不能开！"

李思浩听了不再提起这件事。又说一些闲话，便站起告辞而去。

自打李思浩来访之后，段祺瑞常常唉声叹气，心情也烦躁起来，病情开始加重。

10月20日上午，孙媳妇抱着满月的曾孙走进段祺瑞卧室，说："给太公磕头！"

段祺瑞眯着眼向曾孙子望了一阵，慢慢地将眼皮耷拉下来。

当晚，段祺瑞突然大口吐血，经过诊断，结论是胃溃疡复发，迅速采取止血措施。第二天他处于昏迷状态，至晚8时许，停止呼吸，终年72岁。

424

丧仪隆重　功罪后人评说

11月5日十四时，段氏大殓。遗体穿常服，外罩青黄僧衣两件，黑布僧鞋，宛似居士。圆瑛法师主持葬礼。

对于段祺瑞的逝世，南京国民政府极为关注，特颁令予以国葬，命令全文如下：

前临时执政段祺瑞，持躬廉介，谋国公忠。辛亥倡率各军，赞助共和，功在民国。及袁氏僭号，洁身引退，力维正义，节概凛然。嗣值复辟变作，誓师马厂，迅遏逆氛，率能重奠邦基，巩固政体，殊勋硕望，薄海同钦。兹闻在沪溘逝，老成凋谢，悼悼实深。应即特予国葬，并发给治丧费一万元，平生事迹，存备宣付史馆，用示国家笃念耆勋之至意。此令。

大殓当天，上海下半旗至哀。

蒋介石发来唁电，同时委托上海市长吴铁城代表自己到灵前祭奠。前往灵堂吊唁的，还有朝野大员要人于右任、居正、张群等百余人；各国驻沪领事、代办也纷纷到灵前鞠躬哀悼。

当时，社会上十分注意曾是段的旧属，后分道扬镳的军委会副委员长冯玉祥的举动。他虽近在咫尺，却未抵沪吊唁，但派人送了一副耐人寻味的挽联，"白发乡人空余涕泪；黄花晚节尚想功勋。"

另外还有一个曾煊赫一时的人物也送了挽联，此人就是挥兵与皖系混战数年的直系军阀吴佩孚。他写的挽联颇有几分谐趣，"慧本教统归真。天下无公，正未知几人称帝，几人称王，奠国著奇功，大好山河归再造；时局至此，皆误在今日不和，明日不战，忧民成痼疾，中流砥柱失元勋。同门学生吴智玄拜挽"。

关于段祺瑞的卜葬地点，家属发生了争议。有的主张安葬在黄山，理由是蒋介石曾下令为段祺瑞在黄山建一别墅，给他颐养天年。段十分感激，但后来身体不适便一直未去居住，现在将遗柩葬于黄山，岂不是既归葬皖籍故乡，又表示对蒋关怀的谢忱之意。但有的家属则表示，应将灵柩归葬合肥大桃乡祖坟？一时，两种意见争持不下。

后来，段祺瑞的长子段宏业出来说话，他说先父一生事业都在北方，应移灵北京安葬为适宜。旧时丧礼往往以长子意见为重，所以他一表态，其他族人也就不再多言，便一致表示依了他的主张办理。

由于卜葬点的争议，出殡时间一直拖延至12月4日才举行。

段祺瑞的棺材为楠木制造，外罩绣了佛字的黄缎。两根灵杠后端系白布两条，长达30余米，送灵的一些朝野要人手曳白布，尾棺缓缓而行。其后是百余名僧道尼，一路上吹奏法器，口诵经文。

棺木运上专列火车，由段宏业及其舅父吴光新和儿女亲家龚心湛护送。当灵车启动之后，军乐队奏起哀乐，僧道尼法器齐鸣，和送灵的段氏家族老小的哀号汇成一片，回荡在火车站上空……

灵车沿津浦路北上，当行至蚌埠、济南、天津等地时，当地军政要员至站台举行路祭。12月7日上午，灵车抵达北平站，二十九军军长兼冀察政委会委员长宋哲元、北平市长秦德纯，以及段的旧属同僚吴佩孚、江朝宗等百余人到车站迎灵，随后灵柩在仪仗队开导下，运至西直门旁边的一座庙内，供祭奠的人焚香施礼。

隔日，灵柩再移往西山卧佛寺北屋内暂厝，以待再卜风水宝地营圹。但不久抗日战争全面爆发，段祺瑞的灵柩也因故终未能得以安葬。不过，这已是题外的话了。

（原载《上海滩》1991年11月刊）

后　记

　　这四卷本的文集经过一年多的收集、整理、编辑，终于得以出版，是一桩令人高兴的事情。

　　作者潘大明老师长期工作在文化、新闻、出版、传媒行业，经历不同寻常。壮年时，离开体制，成了体制外的人，不从属于任何公营机构，比如高校、研究机构、媒体出版单位，相继创办了文化传播教育类的企业，举办各类大型文化活动，推出上百余项文化艺术展览，出版书籍，向社会提供文化教育产品，成了养活自己的"社会人"。他说，自己是一个胆怯的人，中年时下海，得益于文化的力量——历史人物的启示，以及时代的要求、个人的判断和图强。那会儿，他常会想到邹韬奋在过街楼里，以两个半的人力，办《生活周刊》，后来成就了著名的周刊和同名的书店。当然，时代不同了，邹韬奋的当年，一定不是今天的模样。

　　"时代激发每个人的创造力，文化学者只能且做且学，让书本上或经历中获取的知识经验融入时代"，这是潘大明老师在五十岁时对一家杂刊记者采访时说的话。他的思想是自由的，这正是他的需要。在他看来，没有思想的自由，难有一定程度的财务自由，没有财务的自由，很难实现思想的持续自由。他是一个善于思考，勤于践行的人。在践行前，他往往花费许多时间进行思考，使得践行时意志坚强，行动大胆，步伐坚定，表现出低调、耐久、务实、创新的作风和特立独行的风格。

下海后，他没有沉缅于经营活动，而是热忱地投身公益性的文化事业。2008年，他与朋友们一道发起成立了国内唯一的"民间资金、媒体主办、专业评审"的文汇·彭心潮优秀图书出版基金，十年间资助出版的图书大部分获得国家、省市级奖项和相关基金的资助，令人欣慰。他先后向贵州贫困地区小学，上海徐汇区、浙江青田、安徽天长图书馆捐赠大批图书。同时，在市民中发起组织"寻访上海城市发展轨迹之旅""发现您身边的美丽系列寻访动""淮河流域系列寻访活动"等体验式文化活动，受到市民的青睐和好评。

他始终保持学者的底色，笔耕不辍，从第一篇小说发表，已有四十个年头，积累的作品和文章丰富，部分出版发表过，尚有许多处于手稿状态。当初，编者只是想把他所写的作品与文章汇编成集子，以庆贺他从事文化工作四十载。

这看似容易的事情，做起来有诸多困难。由于时隔比较长，发表的文章，到底在哪一期、哪一时间已经模糊，散文随笔特写发表的报刊更为分散，这样就为收集带来了困难；大量的手稿则呈现于文行半途，或者为片断，甚至是素材，需要完善，补充成篇；一些已付梓的文章发表时间过早，出版时间较久，某些观点比较含糊，需要重新确定边界，进行梳理和系统阐述。还有，要删去一些不能收录文集的文稿，包括两个部分，一是作者工作中形成的简报、讲话稿、总结、调查报告、新闻稿，即使文化艺术性强的电影剧本、电视专题片脚本，也没有录入；另一种就是不合时宜发表的文字。作者的敝帚自珍，往往与编者发生争执，最后相互妥协，形成了这套一百余万字的文集。同时，在征求业内人士的意见后，选择了部分相关报道、评论，作为附录放在书中，以方便读者了解他和他的作品、文章。

文集以文体分类，分为小说、纪实文学、文论、散文随笔特写四卷，这四种文体差别化的显现，综合起来可以完整地反映作者的思想感情，对人与事的认知、理解和看法，以及创作写作过程。说实在的，这样的归类有些牵强，某些文章难以用文体归纳，原因是作者笔下的文章有一些文体难辨，无非是编辑所需不得而为之。

在编排上采取创作写作和发表时间，由近及远的排列方法，这与其他的文集编排不同，大多采用的是由远及近。由当下到过去的编排，可以使读者能够更好地了解作者最新的创作和研究成果。在编辑过程当中，小说、纪实文学、文论卷收录的作品和文章，不做同一类题材或者同一人物、事件的归类性分编，比如写石库门的、写工厂的、写机关的；研究某一历史人物的评传与轶事没设置专编。散文随笔特写卷分散文随笔编、特写编和附录（部分评论与报道）三个部分来编。此外，没有再做更仔细的分类，例如散文随笔编继续细分为生活感悟、文史思考、书评等，可能会给阅读带来不便。不过，编者以为还是粗线条些为好。否则，作茧自缚。

在编辑的过程，潘大明老师花了许多心血进行文稿修订、完善、重写，这个工作量巨大。据编者统计小说卷，仅五六篇在报刊上发表，大部分为首度公开出版；纪实文学卷，半数在报刊上发表过；文论卷，绝大部分仅在会议内部论文集中刊出，可以视为首次公开出版；散文随笔特写卷，相当部分未发表过，一部分见于报刊。这就需要他动笔进行处理，下一番功夫，非一般可为。同时，他还要为编辑工作，付出劳动，整体的策划和编排；提供写作发表的时间线索，具体的文章归类等。

文集做成后，每卷约二十六万字，一百四十余篇，长则数万字短则百余字。这些作品与文章，反映、研究发生在上海的重大历史事件、产生的人物以及普通市民的生活情状、心态变化，尤其是在不同历史转折期，出现的思潮和他们的心路历程，散发出浓郁的地域文化气息，是深度认识、研究上海的一种补充，也是对那些渐行渐远的大历史的细节诠释。同时，反映出作者观察细致，体悟敏灵，形象塑造生动；思想深刻，多维思考严密；擅长使用多种写作方法表达。而他笔端流露出的对上海的挚爱，正是他完成这一系列作品与文章的动力所在。

　　该书从策划编辑，到排版设计，得到文化教育、新闻出版界人士的关心和支持，他们提出了许多很好的意见和建议，使编者汲取到一种力量，能够继续编完。中共上海市委宣传部、世纪出版集团、上海市出版协会相关领导，中华全国新闻工作者协会原副主席贾树枚，著名出版人、同济大学教授王国伟等先生，对文集的编辑给予热情鼓励，提出了意见和建议。中新网以《百万字〈海上四书〉编辑成功》为题目，报道了编辑过程。

　　在本书文稿的收集、出版过程中，《解放日报》总编辑陈颂清先生给予了热心帮助；书籍装帧艺术家张天志先生亲自参与了设计。同时，这套书的出版得到上海三联书店的总编辑黄韬先生与他的编辑团队的大力支持，在此一并表示感谢。

编者识

2025 年 7 月 18 日